CHOIX

DE

SERMONS ET DISCOURS

DE

S. ÉM. MGR PHILARÈTE

MEMBRE DU TRÈS-SAINT SYNODE DE RUSSIE

MÉTROPOLITE DE MOSCOU

TRADUITS DU RUSSE SUR LA SECONDE ÉDITION

PAR

A. SERPINET

Учаще ихъ блюсти вся елика заповѣдахъ вамъ.
Матѳ. XXVIII. 20.
Leur enseignant à garder tout ce
que je vous ai comnanié.
MATTH., XXVIII, 20.

TOME PREMIER

PARIS

E. DENTU, LIBRAIRE-ÉDITEUR

PALAIS-ROYAL, 17 ET 19, GALERIE D'ORLÉANS

1866

CHOIX

DE

SERMONS ET DISCOURS

—

1ᵉʳ RECUEIL

1811 — 1847

PUBLIÉ AUX FRAIS DE Mr A. I. LOBKOFF,

AVEC LE CONCOURS DE Mr A. Z. ÉGOROFF.

PARIS. — IMP. SIMON RAÇON ET COMP., RUE D'ERFURTH, 1

CHOIX

DE

SERMONS ET DISCOURS

DE

S. ÉM. Mᵍʳ PHILARÈTE

MEMBRE DU TRÈS-SAINT SYNODE DE RUSSIE
MÉTROPOLITE DE MOSCOU

TRADUITS DU RUSSE SUR LA SECONDE ÉDITION

PAR

A. SERPINET

Учаще ихъ блюсти вся, елика
заповѣдахъ вамъ.
Matth. xxviii, 20.
Leur enseignant à garder tout ce
que je vous ai commandé.
Matth., xxviii, 20.

TOME PREMIER

PARIS

E. DENTU, LIBRAIRE-ÉDITEUR

PALAIS-ROYAL, 17 ET 19, GALERIE D'ORLÉANS

1866

PRÉFACE

I

Quand un intérêt croissant et irrésistible attire avec plus de fixité chaque jour, vers les profondeurs de la Russie, les regards de la France et de toute l'Europe attentive, quelle autre œuvre serait-il possible d'offrir à cet intérêt, plus propre à le satisfaire, que celle-ci? Où pourrait-on espérer de trouver plus de vérité sincère? Et, s'il est constant que la religion d'un peuple soit à la fois la morale, l'intelligence et le caractère national de ce peuple, où ce fait pourrait-il être plus incontesté qu'en Russie, alors que la religion y est si bien la religion de l'État qu'elle est une partie essentielle, intégrante et obligée de la vie individuelle? De là vient qu'elle s'intéresse, se mêle à toutes les affaires, et intérieures, et, souvent, extérieures, et cela non pas seulement lorsqu'elle y est invitée, mais tout naturellement, spontanément, ou mieux, par obligation. Rien ne saurait se faire qui eût l'approbation générale, sans l'approbation, ou, selon l'expression russe elle-même, sans *la bénédiction* de la Religion. Or, le prélat, illustre dès longtemps déjà, qui occupe depuis 1821 le siége archiépiscopal et métropolitain de Moscou, a été durant tout ce temps le centre, la tête et l'esprit, j'allais dire l'âme et le cœur de la Religion russe orthodoxe, de même que l'antique Moscou, si elle n'est plus la capitale nominale de la Russie, n'a pas cessé d'en être la Ville Sainte, et par conséquent la véritable capitale, comme elle a été constamment le centre de son patriotisme, et, sinon toujours le cerveau où a résidé son esprit, du moins le cœur où s'est réchauffée sa vie. Si ce qu'a dit de Bonald est vrai, que « la littérature est l'expression de la société », combien plus cela est-il vrai de la littérature religieuse ! C'est ainsi que l'on trouvera, il ne faut pas s'y tromper, dans les Sermons, les Homélies et les Discours de Mgr Philarète, non pas seulement ce que l'on entend habituellement par des sermons et des homélies, mais, avec et outre cela, l'esprit vivant du pays qu'il évangélise, qu'il travaille à instruire et à moraliser avec toute l'ardeur de son zèle, et du caractère duquel aucun détail n'échappe à la pénétration et à l'analyse du savant Prédicateur. Traits de la vie usuelle, individuelle et

nationale, traits de mœurs, traits de caractère, se
présenteront à chaque pas à qui les voudra reconnaître, mêlés à une morale dont on ne saurait nier
l'attrait. Ce n'est donc pas le théologien seul qui
pourra venir chercher ici matière à ses études, et, il
faut bien le prévoir, à sa discussion et à sa contro-
verse ; ce n'est pas seulement le philologue qui
pourra exercer et poursuivre ici ses investigations
curieuses ; mais le philosophe, le publiciste, l'homme
d'État, avec l'ethnographe ou l'ethnologiste, y ren-
contreront tout aussi bien plus d'un de ces renseignements fondés et solides sur lesquels ils aiment à
asseoir leurs raisonnements et leurs opinions.

« Dans le genre de la chaire, » dit M. A. Galakhoff[1],
l'un des critiques les plus distingués de la Littérature
russe contemporaine, « comme dans tout autre genre
oratoire, il faut distinguer deux éléments, ou deux
parties constitutives, l'une générale, l'autre particulière. L'élément général consiste dans les dogmes
de l'Église (c'est-à-dire dans ce que l'homme doit
croire) et dans ses principes de morale (c'est-à-dire
dans ce que l'homme doit pratiquer) ; l'élément
particulier consiste dans les pensées et les actions des hommes qui enfreignent les lois de
l'Église. L'obligation du prédicateur est d'accorder
l'élément général avec l'élément particulier, c'est-à-

---

[1] Полная Русская Хрестоматія, Изд. трет., 1849, Част.
III, ст. 18 (Chrestomathie Russe Complète, 3ᵉ éd., 1849, t. III, p. 18).

dire de ramener à l'Église les pensées et les actions des hommes qui s'écartent de l'Église.

« C'est pour cela que l'éloquence sacrée a deux côtés, l'un dogmatique, l'autre moral. L'éloquence dogmatique consiste dans l'exposition des vérités éternelles, immuablement persistantes dans l'Église; l'éloquence morale consiste dans l'application des vérités immuables aux circonstances muables des temps et des lieux dans lesquelles le prédicateur trouve ses auditeurs.

« Si la première partie, c'est-à-dire l'exposition des vérités, était seule essentielle à l'enseignement, en ce cas on n'aurait pas besoin de prédication : il serait suffisant d'étudier une fois le cathéchisme établi, dans lequel sont exposées ces vérités. Si la seconde partie, c'est-à-dire l'application des vérités éternelles aux circonstances muables, se rapportait uniquement à ces fautes dans lesquelles l'homme, à cause de la faiblesse constante de sa nature, peut tomber également en tout temps, en ce cas, l'enseignement des anciens Pères de l'Église serait plus que suffisant, et une nouvelle prédication pourrait paraître superflue après ce qui a été dit par les Pères de l'Église.

« Mais, malgré tout ce que nous pouvons puiser de salutaire à l'âme dans les écrits de nos anciens Maîtres, nous sentons cependant que nous avons indispensablement besoin de la parole d'un pasteur contemporain, témoin rapproché de nos faiblesses

particulières, pour nous soutenir dans nos difficultés
nouvelles, pour nous consoler dans nos malheurs
nouveaux, pour nous montrer le chemin dans nos
égarements nouveaux, qui, quoiqu'ils proviennent
tous d'une même racine (c'est-à-dire de la faiblesse
de la nature humaine), se manifestent cependant à
chaque époque sous des aspects nouveaux. Conséquemment, outre les autres qualités essentielles, le
prédicateur a encore indispensablement besoin de
la qualité éminente de la *contemporanéité*, s'il veut
agir fortement sur ses auditeurs. Tous les prédicateurs distingués ont eu cette qualité à un degré
plus ou moins supérieur; le caractère spécial de
chaque époque a donné à leur éloquence un coloris
spécial.

« Quelles sont donc les infirmités *particulières* de
notre époque, quels sont les défauts *contemporains?*
De nos jours, la maladie principale ne consiste, ce
semble, ni dans la prédominance d'une passion quelconque, ni dans l'ignorance d'aucune vérité. Au
contraire, nous souffrons plutôt d'une paralysie générale du cœur, du manque d'aptitude intérieure à
tout élan généreux; nous souffrons, non d'une ané-
mie, mais d'une pléthore de science, que nous gagnons à nous occuper également du vrai et du faux,
à attacher une égale importance à l'utile et au
nuisible.

« Contre cette maladie régnante de notre temps,
c'est-à-dire contre l'indifférence de l'âme et l'avidité

insatiable de l'esprit, contre la-nonchalance du cœur
et l'impétuosité de l'esprit, contre la mollesse
égoïste et les efforts outrés d'une dialectique présomptueuse, le pasteur spirituel a deux remèdes :
ou il agira directement *sur la raison*, et il s'efforcera
de conduire l'homme au salut *par la voie de la conviction;* ou bien il agira directement *sur le cœur,* et
il s'efforcera de conduire l'homme au salut *par la
voie du sentiment.*

« Ces deux moyens différents d'agir contre les défauts de notre temps appartiennent particulièrement
à deux des maîtres contemporains les plus distingués
de notre Église : Philarète et Innocent. Le premier
agit principalement *sur la raison,* par la voie de la
conviction de l'esprit; le second agit principalement *sur le cœur,* en faisant appel au sentiment. Ce
mot « principalement » indique que la prééminence
de l'une de ces facultés n'exclut pas l'autre, et que
chacune d'elles contient en elle-même la puissance
inverse comme inséparable, mais subordonnée. »

A la suite de ce jugement, qui porte sur la Russie
en général autant que sur Mgr Philarète et sur la
théorie de la prédication admise en Russie, le lecteur ne sera peut-être pas fâché d'en trouver un
autre sur lequel M. Galakhoff appuie le sien, et qu'il
cite lui-même pour développer et corroborer ses
opinions :

« Le principe positif duquel doit découler le caractère de la prédication dans l'Église, c'est l'esprit de

la Bible, l'esprit de l'Église et le rapport de cet
esprit avec l'esprit du peuple auquel s'adresse la
prédication : par conséquent, le caractère intrinsèque de l'art oratoire sacré consiste dans l'exacte
expression de l'esprit de la Bible et de l'Église relativement à l'esprit du peuple. Le prédicateur agit
habituellement au milieu d'une société distincte,
dans un cercle déterminé de cette société, et dans un
temps ou un siècle donné. C'est là ce qui détermine,
pour le prédicateur, *sa nationalité et sa contemporanéité*, dont les exigences sont les suivantes : 1° la
prédication doit être en rapport avec l'esprit et le
caractère du peuple en général. Quoique l'enseignement de la Foi, fondé sur la parole de Dieu comme
miroir de l'humanité, soit instructif pour les fidèles
par lui-même, indépendamment des rapports de
temps et de lieux, il faut pourtant savoir approprier
cet enseignement au peuple et le mettre à sa portée.
Le Sauveur lui-même, dans l'enseignement des vérités divines, se conformait à la situation de ses auditeurs. L'apôtre Paul a répété aussi plus d'une fois
qu'il donnait aux uns une nourriture solide, et aux
autres du lait, ou les principes les plus simples de
la vérité évangélique ; 2° la prédication doit se rapporter nommément à la partie du peuple sur laquelle
le prédicateur veut agir ; 3° la prédication, outre le
caractère du peuple et du troupeau, doit s'accom-
moder encore à l'esprit et aux circonstances du
temps. Les prédicateurs les plus célèbres ont tou-

jours observé sérieusement les tendances de leur
siècle, et lutté avec efforts contre les inclinations
vicieuses qui le dominaient. Les œuvres de Chrysostôme, de Grégoire et de Basile, en Grèce; de saint
Dimitri, de Théophane et d'Iavorsky, en Russie, sont
l'expression de la société contemporaine de ces prédicateurs. Si leur éloquence était si puissante et
si persuasive, c'est qu'ils l'appropriaient exactement
aux besoins de leurs contemporains. De la même
manière, tout prédicateur doit observer attentivement les évènements de son siècle, non comme poli-
tique, mais comme surveillant de la foi, gardien de
la vertu et de la morale chrétiennes. Ainsi, dans un
siècle d'égoïsme et de froids calculs d'intérêt privé,
le prédicateur doit être l'organe vivant de l'amour
chrétien pur et désintéressé; dans un siècle d'incrédulité, il doit réveiller la puissance de la Foi sainte;
dans un siècle d'indifférentisme, — défendre la dignité et la sainteté de l'enseignement évangélique;
dans des jours de dépravation, — faire valoir la
pureté et l'austérité de la vertu chrétienne[1]. »

Pour ce qui est de l'influence, de l'autorité dont
l'illustre Prélat jouit en Russie, et qui paraît devoir
être, comme elle le sera assurément, le point de
départ de l'attention dont il sera l'objet à l'étranger,
il semblerait qu'il fût permis de dire que Pierre le
Grand a bien pu abolir le Patriarchat de Moscou,

---

[1] Чтенія о Церковной Словесности, Я. Амфитеатрова.
(*Lectures sur la Littérature Ecclésiastique*, de J. Amphitéatroff.)

mais qu'il n'en a pu que changer le titre pour restituer le titulaire dans sa première dignité de *Métropolite de Moscou et de toute la Russie*, et que Mgr Philarète, suivant du reste la voie déjà largement
tracée et les traditions de ses illustres prédécesseurs Augustin et Platon, a rendu au Siége Ponti-
fical de Moscou toute son autorité et son influence
d'autrefois, et peut-être d'autant mieux et d'autant plus sûrement qu'il l'aurait moins cherché.

Une œuvre fort importante de Mgr Philarète n'a
pas peu contribué, du reste, à lui donner dans tout
l'Empire une influence profonde : c'est son *Grand
Catéchisme*, qui, approuvé par le Très-Saint Synode
de Russie, a été aussitôt adopté dans tous les établissements d'éducation, et, dès lors, dans toutes
les paroisses, jusque dans toutes les familles, de
sorte que l'on ne compte plus, depuis longtemps,
les millions d'exemplaires qui en ont été répandus
de Moscou jusqu'au fond de la Sibérie et au delà
du Caucase, et qu'il n'est pas un Russe aujourd'hui
âgé de trente ans et plus qui n'ait puisé dans ce
livre son instruction morale et religieuse.

Donc, des plus humbles degrés de la société russe
à ses sommets les plus élevés, il n'est pas un front
qui ne s'incline au nom de Mgr Philarète. L'Académie Impériale des Sciences, Section des Lettres,
en l'admettant, ou plutôt en l'appelant dans son
sein et en s'honorant de le compter au nombre de
ses membres ; l'Université Impériale de Moscou,

en lui conférant spontanément aussi, ambitieuse
qu'elle a été du même honneur, le titre de Membre
honoraire, l'ont mis au nombre des écrivains natio-
naux et des écrivains classiques de la Russie. Mais
c'était peu encore. Le savant Président de la Section
des Lettres de l'Académie Impériale des Sciences,
qui a rédigé lui-même la *Grammaire* de l'Académie
Russe, à qui est due aussi la préface du *Dictionnaire*
de cette Académie, M. Jean Dawidoff, traçant, dans
cette préface, un rapide aperçu des progrès de la
langue et de la littérature russes, n'a pas hésité à
prononcer, au nom de l'Académie entière, ce jugement sans appel :

« Ce siècle, signalé par un développement si bril-
« lant de notre Langue nationale, est redevable de
« ses progrès, non moins qu'aux écrivains profanes,
« aux orateurs sacrés, dont on peut regarder les
« sermons comme des modèles, soit pour l'exposi-
« tion des vérités de la Foi, soit pour la combinaison
« de la langue biblique avec la langue nationale.
« Gédéon, Platon, Anastase, Lévanda, Michel, Au-
« gustin, ont été les représentants de l'éloquence
« sacrée de la seconde moitié du siècle passé et du
« premier quart du siècle actuel. Les Sermons de
« Philarète, métropolite de Moscou, et d'Innocent,
« archevêque de Kharkoff[1], constituent la couronne
« de l'éloquence sacrée contemporaine. »

---

[1] Mort, en 1857, archevêque de Kherson et de Tauride.

Or, dans l'éloge de l'archevêque Innocent, prononcé en séance de l'Académie après sa mort, le
même M. Dawidoff s'exprimait en ces termes :

« Esprit clair, mémoire vaste, imagination créa
« trice, science universelle, éloquence entraînante,
« extérieur agréable et majestueux, — tous les plus
« beaux dons du Ciel étaient réunis en notre Archi
« pasteur. »

Et plus loin il ajoutait :

« En étudiant attentivement les grands Prélats de
« l'Église du quatrième siècle, les Basile, les Gré
« goire de Nazianze, les Jean Chrysostôme, on verra
« à quel point de perfection notre Archipasteur s'ap
« propriait leur prédication. Mais son cœur sympa
« thisait mieux avec le dernier : il l'avait choisi pour
« son idéal. Dans les Sermons pleins d'onction et de
« vie d'Innocent, souffle l'esprit du saint Évêque de
« Constantinople : c'est la même profondeur de
« pensée, la même richesse de fonds, la même
« peinture des grands tableaux de la nature, et,
« avec cela, le même langage imprégné, illuminé
« des clartés de ce soleil éblouissant qui enflamme
« le ciel enchanteur de l'Orient, la même morale
« pure, embellie de poésie. Entre les orateurs sacrés
« des temps modernes, celui que notre immortel
« Archipasteur préférait à tous, c'était Massillon. Si
« le concours de ces deux éléments : le sentiment
« et l'imagination, avec une méditation profonde,
« constitue le modèle de la prédication, l'éloquence

« sacrée de notre collègue défunt est bien voisine
« de cet idéal[1]. »

Et voilà l'Orateur qui, au rapport des personnages
qui l'ont entouré à ses derniers moments, se faisait
lire, la veille encore de sa mort, les Sermons de
Mgr Philarète !

Nombreux seraient les témoignages que l'on pourrait recueillir sans beaucoup de peine et accumuler
ici pour montrer quel haut rang occupe en Russie,
sous tous les rapports, Mgr Philarète ; mais il faut
abréger, et le mieux sera évidemment d'obéir sans
plus différer à la juste exigence qui appelle ici une
Biographie de l'illustre Métropolite.

«PHILARÈTE, de son nom de famille *Bazile Drozdoff*,
Métropolite de Moscou, Saint-Archimandrite de la
Laure de Saint-Serge-de-la-Trinité, membre du Très-
Saint Synode de Russie et de l'Académie des Sciences,
membre honoraire de l'Université de Moscou, né en
1782, selon M. Galakhoff, en 1784, selon le Dictionnaire Encyclopédique[2], à Colomna, ville du gouver-

---

[1] Вѣнокъ на могилу Высокопреосвященнаго Инвокентія,
Архіепископа Таврическаго; Москва, 1864. (*Guirlande sur le
Monument de l'Éminentissime Innocent, archevêque de Tauride*;
Moscou, 1864.)

[2] Полная Русская Хрестоматія А. Галахова, Изд. трет.,
1849, Част. III, и Справочный Энциклопедическій Словарь,
Изд. Крана, 1848, Том. XI. (*Chrestomathie Russe Complète*
d'A. Galakhoff, 3ᵉ édit., 1849, et *Dictionnaire Encyclopédique*, édit. de
Kraye, 1848, t. XI). — C'est à ces deux ouvrages, l'un complétant
l'autre, qu'est empruntée cette *Biographie* à laquelle sont mêlés cependant quelques renseignements particuliers.

nement de Moscou, commença ses études au séminaire de Colomna, et les acheva au séminaire de la
Laure de Saint-Serge, où il fut nommé professeur
dès qu'il eut terminé son cours, et attira sur lui, par
les dons particuliers dont il était orné, l'attention du
Métropolite Platon. En 1808, il entra en religion. En
1810, il fut transféré, avec le titre de bachelier ès-
sciences théologiques, à l'Académie Ecclésiastique
(grand-séminaire) de Saint-Alexandre-Nievsky, à
Saint-Pétersbourg ; en 1811, il fut promu au titre
d'Archimandrite ; en 1812, nommé Recteur de cette
Académie. Dès cette époque, il commence sa carrière
comme prédicateur et comme écrivain. Ses Sermons
« pour la Nativité de Jésus-Christ » (1811), et « pour
le jour de la Pentecôte[1] » (1811) ; son « Oraison
funèbre prononcée sur le cercueil du prince Golé-
nischeff-Koutousoff » (1815) dans la Cathédrale de
Kazan, à Saint-Pétersbourg ; son « Sermon sur la
voix de celui qui crie dans le désert[2] » (1814), donnèrent au public lettré une haute opinion du talent
de Philarète pour la prédication. Cette opinion fut
pleinement justifiée et encore augmentée par ses
travaux théologiques subséquents. Entre temps, il
avait publié un *Examen des causes morales des succès
surprenants des Russes dans la guerre de 1812*, et un
Essai de Commentaire sur le Psaume LXVII (1814).
En 1815, il donna ses « Entretiens entre un sceptique

[1] Tome I, p. 47.
[2] Tome II, p. 317.

et un croyant sur l'Église Gréco-Russe Orthodoxe »,
imprimés à Saint-Pétersbourg, et traduits en français sous le titre d'*Entretiens d'un sceptique et d'un
croyant sur l'orthodoxie de l'Église Orientale*, par l'archiprêtre Soudakoff. Son *Esquisse de l'Histoire ecclé-
siastico-biblique* (1816) est une œuvre large, remplie
d'une science profonde. La même année, Philarète
publia ses *Notes sur le Livre de la Genèse*, le premier
essai, en Russie, d'un commentaire vraiment scientifique et solide de l'Écriture Sainte. Sa science, ses
qualités et son travail infatigable attirèrent sur Philarète la haute attention de l'empereur Alexandre le
Béni, qui confirma, en 1817, son élection à la dignité
d'Évêque de Rével, Vicaire de Saint-Pétersbourg. En
1819, il fut nommé archevêque de Tver et membre
du Très-Saint Synode ; en 1820, transféré à Iaroslavle,
et, en 1821, à Moscou, avec la dignité d'archevêque.
En 1826, à l'occasion du couronnement de l'empereur Nicolas, il fut élevé à la dignité de Métropolite. Le
Grand Catéchisme de l'Éminentissime Métropolite fut
approuvé par le Très-Saint Synode, et adopté comme
manuel dans tous les établissements d'éducation de
l'Empire. De ce moment, Mgr Philarète renonce au
genre purement scientifique et littéraire pour s'a-
donner spécialement à la prédication, et il se fait
admirer autant par la rapidité de son développement que par l'excellence des résultats qu'il obtient.
A peu près chaque fois qu'il officiait, c'était un nouveau sermon, de sorte qu'à peine est-il resté une

vérité chrétienne, dogmatique ou morale, que ce
Prélat n'ait traitée dans ses nombreuses instructions.
Un choix de ses *Instructions religieuses* fut publié
en 1820, tandis que chacune d'elles paraissait,
d'abord dans la *Lecture chrétienne*, et ensuite dans
les *Appendices* de la collection des *Œuvres des Saints
Pères*, que publiait dès cette époque l'Académie
Ecclésiastique de Moscou [1]. Pas un évènement, triste
ou joyeux pour la Russie, n'a passé sans fournir
à l'éminent Prélat le sujet d'une *Instruction*, depuis
le jour où il a été appelé à la direction de l'arche-
vêché de Moscou. Tels sont les discours qu'il a prononcés, à l'occasion des troubles qui surgirent en
Russie après la mort de l'empereur Alexandre Ier,
à l'occasion de la présence à Moscou d'Augustes Personnages, à l'occasion de l'invasion du choléra à
Moscou, et enfin au sacre de quelques évêques.
Comme orateur sacré, l'Éminentissime Prélat continue encore aujourd'hui à travailler infatigablement
à la gloire de l'Église et de la Religion. En 1844, il a
publié trois volumes de *Sermons et Discours*, au
nombre desquels se trouvent quelques-uns de ceux
de l'édition de 1820. En 1848, a paru une seconde
édition, en deux volumes, des mêmes *Sermons et
Discours*, avec quelques rares additions, et enfin, en
1861, un nouveau recueil, en un volume, d'un bon

---

[1] Cette publication continue encore aujourd'hui à paraître régulièrement chaque mois, de la même manière, et elle n'omet jamais de
recueillir jusqu'aux plus petites allocutions de Mgr Philarète.

nombre des *Sermons et Discours* prononcés entre ces
deux dernières dates, est venu compléter cette
seconde édition et en former le troisième volume.

« Relativement au caractère littéraire et théologique des productions de l'Éminentissime Métropolite, il faut remarquer que la pensée du Prédicateur
plane constamment dans les sphères les plus élevées
de la Dogmatique chrétienne, et que les vérités fon-
damentales du Christianisme concentrent principalement sur elles sa sérieuse attention : l'état primitif
et bienheureux de l'homme ; sa chute, accompagnée de l'altération intérieure et extérieure de sa
nature ; enfin la rédemption de l'homme par le Dieu-
Homme Jésus-Christ, tels sont les sujets sur lesquels s'exerce le plus souvent et avec un attrait
particulier la pensée du savant Orateur. Quelquefois
cependant aussi, l'illustre Prédicateur fait retentir
les accents du reproche, de la menace, de l'avertissement : tels sont, par exemple, le sermon qu'il
prononça, en 1819, étant archevêque de Tver, au
petit monastère isolé de Nilova[1] *contre le luxe dans
les vêtements et la toilette*[2]; *en* 1825, le *Sermon pour
l'ouverture de la Curatelle des pauvres de condition*

---

[1] Le monastère de Nilova, ou de Saint-Nil, fondé en 1594, est situé
sur l'île de Stolbno, dans le lac Séliguer, au gouvernement de Tver.
On y remarque six églises, dont l'une contient les reliques de saint
Nil, moine grec du mont Sinaï, au quatrième siècle, et disciple de saint
Jean Chrysostôme.

[2] Tom. I, pag. 90.

ecclésiastique [1] *; le Sermon pour le dimanche de tous les Saints, prononcé à la visite de la ville de Colomna, en 1822, sur l'amour pour Dieu et pour Jésus-Christ comme principale obligation du chrétien* [2]. Le style de Philarète se distingue par une concentration profonde et par la force de la pensée : partout règne l'exactitude logique la plus sévère ; l'Orateur ne se laisse jamais distraire de la pensée principale qu'il s'est une fois proposé de développer. La force de sa pensée se manifeste en ce qu'il embrasse à la fois les évènements des époques les plus éloignées, et, au moyen d'un texte de l'Écriture Sainte, va droit au but qu'il s'est assigné. Les faits de l'histoire de l'Église, surtout de celle de l'Ancien Testament, fournissent constamment au Prédicateur des sources de comparaisons et d'analogies frappantes par leur exactitude. La concision de l'expression, quoiqu'elle ne soit pas toujours claire pour chacun, et la force, sensible pour tous, constituent le caractère distinctif du style de l'Éminentissime Philarète. Les Œuvres de cet illustre Prélat resteront à jamais l'un des phénomènes les plus remarquables et les plus originaux de notre littérature ecclésiastique. »

Après avoir suivi l'éminent Orateur dans sa longue carrière de 1811 à 1861, le lecteur se réjouira sans doute, comme moi, de l'agréable surprise qui nous arrive au dernier moment. On ne saurait ne pas trou-

[1] Tom. II, pag. 355.
[2] Tom. I, pag. 77.

I.   b

ver un grand intérêt, si l'on en prend quelqu'un à
son œuvre, à pouvoir entendre les paroles toutes
récentes qu'il vient de prononcer il y a quelques
jours à peine, les dernières par conséquent qui soient
sorties de sa bouche avant la mise au jour de ce
livre : on aimera à le comparer à lui-même, d'abord
s'élançant dans l'arène plein de vigueur et de jeunesse, puis portant avec légèreté encore la couronne
de ses quatre-vingt-quatre années, toute resplen-
dissante de l'auréole d'un génie assez puissant pour
conserver une fraîcheur et une poésie que ne
respecte pas toujours aussi bien la gravité de
l'âge.

Depuis longtemps déjà, le vénéré Pontife, pour
parler à ses chères ouailles, s'avance jusqu'à l'entrée du sanctuaire, pendant que ses auditeurs se
pressent avec une familiarité filiale autour de lui
jusqu'à le toucher et l'empêcher de respirer, et tandis que quelques personnes seulement, les plus heu-
reuses, peuvent recueillir à peine quelques sons
intelligibles de sa voix presque éteinte, les autres
sont là, émus et frémissants sous ce souffle dont ils
ne comprennent que ce qu'il leur apporte d'inspiration. Le lecteur l'entendra donc presque aussi
bien que s'il avait assisté à la pompeuse cérémonie.

Il faut que l'on sache encore que Mgr Philarète a
l'habitude d'aller, chaque année, prendre quelques
jours de repos, auprès de la Laure de Saint-Serge-de-

la-Trinité[1], dont le titre de Saint-Archimandrite est
attaché à sa dignité de Métropolite de Moscou, dans
cette chère retraite qu'un de ses sermons[2] nous à
fait connaître d'une manière si attrayante, retraite
modeste et isolée qu'il s'est préparée lui-même depuis longues années, qu'il a appelée son *Ermitage
de Gethsémani*, sous l'abri duquel il aurait voulu
passer en paix, dans le silence et la méditation, loin
du tumulte du monde, quelques-unes de ses dernières années, mais à l'amour duquel l'arrachent,
d'un commun accord, la vénération profonde de son
Église chérie et l'auguste affection de ses Souverains.

C'est pendant ces jours de retraite qu'a eu lieu
la cérémonie majestueuse dont je trouve, aujour-
d'hui même, le récit dans la *Gazette de Moscou* du
13-25 août dernier. Je le prends tel que je le
trouve, sans y ajouter un mot, sans en rien retrancher, qu'à la fin quelques-uns de ces détails qui

[1] Monastère d'hommes, ayant servi à différentes époques de forte-
resse, entouré de fossés et de remparts flanqués de huit tours avec des
bastions, situé à soixante kilomètres environ de Moscou. Il contient neuf
églises aux coupoles presque toutes dorées en or de ducats, remplies de
richesses immenses en ornements sacerdotaux et pontificaux chargés de
perles et de pierreries, en châsses, chandeliers, lustres, baldaquins et
autres objets d'argent et d'or dont le poids dépasse souvent plusieurs
centaines de livres. Le clocher, à quatre étages, à la dorure de la cou-
pole duquel on a employé près de 55 livres d'or de ducats, contient
27 cloches, dont l'une ne pèse pas moins de 74,000 livres. C'est, après
celui de Kieff, le pèlerinage le plus célèbre de la Russie, et il est fré-
quenté, chaque été, par plusieurs milliers de visiteurs russes et étrangers.

[2] Tom. II, p. 105.

sont la propriété exclusive du journalisme et n'ont
aucun rapport à mon sujet :

« La Laure de Saint-Serge-de-la-Trinité vient de
jouir tout récemment du bonheur de voir célébrer
dans son enceinte une solennité religieuse qu'elle
n'avait vue jusqu'ici qu'une seule fois, vers la fin du
dernier siècle. Le 25 décembre 1799, dans l'église
du réfectoire de Saint-Serge, le métropolite Platon,
de bienheureuse mémoire, avait donné la consécration épiscopale à Séraphin, évêque de Dmitroff, plus
tard métropolite de Novgorod.

« Le 7-19 du mois d'août dernier, dans la cathédrale de l'Assomption[1] de la Laure, a été sacré évêque de Mojaïsk, avec la dignité de vicaire du diocèse
métropolitain de Moscou, le recteur du Séminaire
Ecclésiastique, archimandrite du monastère de l'Épiphanie, à Moscou, Ignace, qui, il y a seize ans, après
avoir terminé à la Laure le cours de ses études aca-
démiques, y avait fait sa profession monastique.

« Préalablement, le 5 de ce mois, dans le vaste
réfectoire de l'église de Saint-Serge, à onze heures
du matin, en présence des membres du Très-Saint
Synode, Philarète, métropolite de Moscou, et Eugène,
ex-archevêque de Iaroslavle ; du Très-Révérend Léonide, évêque de Dmitroff, vicaire du diocèse métropolitain de Moscou, membre du Comptoir du Saint
Synode, et de l'archiprêtre Dimitri Pétrovitch Nov-

---

[1] Le monastère a deux églises cathédrales : celle de l'Assomption
et celle de la Trinité.

sky, eut lieu, selon le cérémonial usité, la préconisation de l'archimandrite Ignace, élevé à la dignité d'évêque. En cette circonstance, il prononça le discours suivant :

« Très-gracieux Archipasteurs et Pères,

« A l'invitation de Dieu, qui vient de descendre sur moi, que dirai-je et que répondrai-je?

« Si le saint Apôtre recommande à tout croyant d'opérer avec crainte son propre salut, de quelle crainte doit être enveloppé celui qui est placé pour veiller au salut des autres, et de plus pour placer et conduire ceux qui veillent au salut des autres !

« Si tout croyant ne doit s'approcher qu'en tremblant des Mystères du salut, combien plus celui qui est placé pour consommer les Mystères, et non-seulement pour les consommer, mais encore pour en distribuer aux autres la grâce mystérieuse, et pour les conduire par la parole et par l'exemple de la vie !

« En portant mon attention sur tout cela, et, d'un autre côté, en me représentant ma misère extrême et mon indignité, ne devrais-je pas décliner un pareil fardeau, ainsi que l'ont décliné des grands et des forts tels que saint Grégoire le Théologien et saint Jean Chrysostôme? Mais en même temps, ils ont soumis avec abandon leur volonté à la volonté du Seigneur, bonne et parfaite, et ils se sont montrés par la suite de fidèles coopérateurs des Mystères divins.

« M'abandonnant à la volonté du Seigneur, je cherche mon espérance et mon appui, selon les paroles de l'Apôtre, dans la confiance parfaite *en la grâce qui me sera donnée*

(I Pier., 1, 15). *Je me glorifierai volontiers surtout de mes faiblesses, afin que la force de Jésus-Christ habite en moi* (II Cor., xii, 9), et j'aurai la confiance que, par l'intercession du Bienheureux Serge Thaumaturge, reposant ici en odeur de sainteté, devant les reliques puissantes duquel j'ai été élevé, tout indigne que j'en étais, aux premiers degrés du sacerdoce, aujourd'hui encore descendra sur ma faiblesse, par l'action mystérieuse de la solennelle imposition des mains de l'Autorité ecclésiastique, la force de la grâce de Jésus-Christ.

« Je me confie en ton assistance paternelle, très-gracieux Archipasteur ! Pénétré de reconnaissance envers Dieu, je ne puis taire ici que, né d'un prêtre ordonné par toi, j'ai reçu aussi de toi les consécrations préparatoires ; que, depuis le commencement de ma carrière jusqu'aujourd'hui, j'ai toujours été l'objet des bienfaits multipliés de ta sollicitude incessante et paternelle. Ne me refuse pas, dans la carrière si difficile où je vais entrer, de soutenir mes forces impuissantes, de me redresser dans mes hésitations et mes erreurs, de donner pour guide à mon inexpérience ta longue expérience et ta bénédiction efficace, afin que je puisse, selon la recommandation de l'Apôtre, *ranimer le don de Dieu* (II Tim., 1, 6), qui me sera communiqué par l'imposition des mains. »

« En réponse à ce discours, Mgr Philarète, métropolite de Moscou, a prononcé les paroles suivantes :

« Tu as raison, nouvel élu de la grâce de l'épiscopat, de penser que les fonctions auxquelles tu es appelé sont terribles et difficiles à remplir, même pour les forts d'esprit, mais que les faibles eux-mêmes, qui y sont appelés par la Providence Divine, par l'entremise de l'Autorité ecclésiastique et du Pouvoir Souverain, doivent se soumettre à leur vocation, par devoir d'obéissance, avec une entière confiance dans la grâce toute puissante de Dieu.

« Cependant, lorsque tu fais appel au secours humain, je ne puis ne pas te contredire qu'en ce qu'il y a là une pensée d'humilité et de juste défiance de toi-même. Mais tu aurais un bien peu ferme appui si tu comptais beaucoup sur le secours humain, et moi, je ne mettrais pas assez de bornes à ma présomption si je te promettais un secours suffisant. Et toi, et moi, crions et répétons avec le Psalmiste : *Mon secours viendra du Dieu qui a fait le ciel et la terre* (Ps. cxx, 2). *Révèle tes voies au Seigneur, et il fera* (Ps. xxxvi, 5) ce qui est bon et salutaire, pour toi et par toi. »

« Le dimanche 7-19 août, la cloche-reine de la Laure appela les nombreux assistants, pèlerins venus de Moscou, à la vaste cathédrale de l'Assomption, où devait s'accomplir la cérémonie du sacre, et dans laquelle on venait d'achever, comme à dessein pour cette fête, la restauration des peintures murales. Ce fut un spectacle des plus touchants lorsque, devant les quatre prélats placés sur une estrade : le métropolite Philarète, l'archevêque Eugène, l'évêque Sabba (de Polotsk et Vitebsk) et l'évêque Léonide, au milieu de la réunion d'un nombreux clergé, soit appartenant à la Laure, soit venu de Moscou, le nouvel élu prononça sa profession de foi et ses grands vœux. Au commencement de l'office, après l'hymne au Dieu trois fois

Saint, l'imposition des mains fut accomplie, à l'autel, par les quatre Prélats consacrants. Ensuite l'office continua, célébré par le métropolite Philarète assisté de l'évêque Léonide, du nouvel évêque Ignace et d'un nombreux clergé.

« Après l'office, avant la remise de la crosse épiscopale au nouvel Évêque, le Métropolite de Moscou lui adressa l'exhortation suivante :

« Très-Révérend évêque Ignace,

« Une grande œuvre s'est accomplie aujourd'hui sur toi, quoique ce soit par des instruments de peu de valeur.

« Le saint apôtre. Paul, dans une vision miraculeuse, vit le Seigneur Jésus-Christ, et reçut directement de lui sa vocation à la foi chrétienne et à la mission de l'apostolat ; mais, quand vint pour lui le temps de procéder activement à l'établissement des Églises et des prêtres qu'il devait leur donner, il reçut pour cela, avec Barnabé, l'imposition des mains de Siméon, de Lucius et de Manaïl. *Alors*, dit le livre des Actes des Apôtres, *après avoir jeûné et prié, et leur avoir imposé les mains, ils les laissèrent partir* (Act. des Ap., xiii, 5). Tant est indispensable et importante l'imposition mystérieuse des mains !

« Ensuite, quand il enseignait à ceux qui avaient reçu de lui l'imposition des mains, les obligations de leur ministère, il leur disait : *L'Esprit-Saint vous a établis évêques* Act., xx, 29). Telle est la hauteur de la source d'où découle la sainte et mystérieuse vertu de l'imposition des mains !

« Ainsi donc, conserve, toi aussi, la conviction inébranlable que c'est l'Esprit-Saint qui t'a établi évêque. Dans cette conviction doivent résider pour toi la force et ta protection.

« Si la pensée s'effraie des terribles exigences de ton ministère, songe que c'est l'*Esprit de force* (Is., xi, 2) qui t'a établi, et qu'il ne te refusera pas son appui, pourvu toutefois que tu ne te rendes pas toi-même volontairement indigne de sa force par ton peu de foi ou ta pusillanimité.

« Si tu rencontres des difficultés par suite du défaut des connaissances qui te sont nécessaires, invoque avec foi l'*Esprit de vérité* (Jean, XIV, 17) qui t'a établi. Il ne dédaignera pas son œuvre, il t'enverra d'en haut la lumière, et il ne permettra pas que tu tombes par ignorance dans l'erreur.

« Si tu venais à rencontrer la tentation de chercher à plaire aux hommes, ou de craindre de leur déplaire, ou de te laisser solliciter par quelque autre motif illégitime qui pourrait t'écarter des voies de la vérité et de la justice, dis-toi à toi-même : Mieux vaut cent fois déplaire à des hommes passionnés, et supporter moi-même des afflictions de leur part, que de contrister et d'affliger l'Esprit de vérité et de justice qui m'a établi.

« Ainsi tu te fortifieras et tu te garderas toi-même pour les exploits de ton haut ministère pastoral, et la houlette de ton autorité ne tardera pas de se parer, comme la verge d'Aaron, des fleurs d'une parole utile aux âmes et des fruits d'une activité utile à l'Église. »

Après tout cela, cependant, il va rester encore au lecteur un regret. Avec quelle attentive admiration, en effet, l'Europe n'aurait-elle pas voulu

assister à cette entrevue mémorable, non pas cour-
toise, mais pleine d'affectueux épanchements, qui
vient d'avoir lieu, le 16-28 août, entre un Représentant de la libre et fière République des États-
Unis d'Amérique et le Pontife Moscovite!

La grande République du Nouveau Monde a envoyé, pour apporter au Tsar Autocrate d'un peuple
récemment émancipé ses félicitations sur la protection évidemment céleste qui l'a préservé de l'abo-
minable attentat du 4 avril, une Mission extraordinaire ayant à sa tête l'honorable G. V. Fox, sous-
secrétaire d'État du département de la marine des
États-Unis de l'Amérique du Nord et membre du ca-
binet de Washington, et Mgr Philarète a fait à cette
mission, dans son humble *Ermitage de Gethsémani*,
le plus cordial accueil : qui n'aurait désiré entendre,
avec l'honorable G. V. Fox, les paroles textuelles
de l'illustre Prélat? Ces paroles, malheureusement,
n'ont pas pu être recueillies, et, je le répète, on le
regrettera. « L'Éminentissime Métropolite avait manifesté le désir de recevoir dans sa cellule les amis
transatlantiques du peuple russe. Arrivés à l'*Ermitage*, les visiteurs s'arrêtèrent près d'une église de
bois à laquelle touche la cellule de l'Archipasteur,
illustre non-seulement en Russie, mais encore bien
loin par delà ses frontières. Ils entrèrent avec un
profond respect dans cette petite cellule de bois.
L'envoyé du Congrès américain écouta en s'inclinant
les paroles gracieuses de l'auguste Vieillard, qui lui

exprima combien il avait de plaisir à voir ces relations amicales entre les deux peuples, et combien
*il serait à désirer que la concorde s'établît universelle-
ment entre toutes les nations chrétiennes.* Mgr Philarète ajouta que l'on s'était réjoui, en Russie, du
triomphe de l'autorité légitime en Amérique, où, de
concert avec une complète tolérance, règne la crainte
de Dieu. Après cela, il offrit à l'Envoyé, en souvenir
de sa visite, des vues de la Laure et de l'Ermitage.
En ce moment, le vénérable Prélat rappela qu'il avait
eu l'occasion de faire la connaissance d'un membre
du clergé américain, nommé Young, qui avait visité
Moscou. De la cellule du Métropolite, les visiteurs
passèrent dans l'église de bois, dont les murs sont
entourés de cyprès. L'Éminentissime Prélat, à leur
grande surprise, les y accompagna, et leur expliqua
lui-même, avec le secours d'un interprète, qui n'était
autre que le contre-amiral Lessofsky, tout ce qui s'y
trouve de remarquable[1]. »

Laissons maintenant les honorables visiteurs descendre dans les cryptes du Couvent; puis, sous la
conduite du prieur Antoine, — qui fera présent à
l'honorable G. V. Fox d'une image, non bénite, de
saint Serge, peinte dans le style byzantin et enrichie
d'ornements d'or, — parcourir la Laure dans le plus
grand détail, apprendre avec étonnement que la
veille de ce jour, 15 août, fête de l'Assomption, il

[1] *Gazette de Moscou,* du 17-29 août 1866.

ne s'y trouvait pas moins de *huit mille* pèlerins, visiter l'Académie Ecclésiastique et enfin s'arrêter devant le monument de Boris-Godounoff ; nous n'avons voulu, nous, que chercher à connaître de mieux en mieux Mgr Philarète, et nous nous arrêtons sur ces faits qui ont pu jeter un jour nouveau, et vrai surtout, sur la personnalité de l'illustre Orateur.

A qui pouvait-il mieux appartenir, en effet, d'ouvrir ainsi toutes larges à son Pays les voies chrétiennes de l'avenir, et de l'y introduire? A quel exemple plus puissant pouvait-il être réservé d'exercer une plus heureuse et plus irrésistible influence? Mgr Philarète a mis à sa gloire le sceau le plus authentique et le plus solennel. Il ne saurait plus être douteux, maintenant, que toutes les grandes et magnifiques réformes que notre époque a vues s'opérer sous le règne, déjà illustre et immortel a tant de titres, d'Alexandre II, ne soient bientôt couronnées par la plus belle et la plus chrétienne de toutes : le magnanime Souverain auquel la reconnaissance et l'amour de ses sujets, devançant la justice de l'histoire, ont décerné le glorieux titre de *Libérateur*, voudra, lui aussi, que *la concorde puisse s'établir universellement entre toutes les nations chrétiennes, que, dans son Empire aussi, de concert avec une complète tolérance, règne la crainte de Dieu*, et sa générosité ne consentira pas à laisser inachevée son œuvre glorieuse. Les grandes âmes ne s'arrêtent pas volontiers dans la voie des grandes actions.

II

Pour parler à présent de la loi qui m'a servi de
guide dans cette traduction, il m'est indispensable
de faire au public quelques confidences. Mgr Philarète me les pardonnera, je l'espère : elles ne
porteront en rien atteinte à sa gloire.

L'éminent Prélat est, paraît-il, essentiellement
ennemi de la publicité, du moins en ce qui le con-
cerne. Retiré dans sa vie laborieuse et austère, il
se préoccupe plus de la continuation et de l'efficacité de son œuvre que du retentissement et de la
renommée qui la suivent. C'est ainsi qu'il n'a jamais été possible d'obtenir une seule fois son concours à la reproduction fidèle de son image, même
par la photographie, si expéditive pourtant, et que
les dessinateurs et les peintres russes qui se sont
efforcés souvent de reproduire ses traits l'ont toujours fait à son insu. Ce n'est que grâce à l'habileté
de l'artiste qui en a été chargé, et aux nombreux
modèles dont il a été entouré, que le portrait qui
figure au frontispice de ce livre paraît être, de
tous ceux qui existent, le plus approchant de la
ressemblance. C'est ainsi encore que le Biographe
que j'ai cité plusieurs fois se trompe en disant qu'en
1844 Mgr Philarète *a publié trois volumes de Sermons*

et Discours : on sait en Russie que cette édition
de 1844, comme celle de 1848, comme le volume
complémentaire de 1861, on les doit à l'un de ces
hommes dont la Russie, pour sa gloire, est assez
féconde, et qui sont souvent à la recherche de quelque bon emploi de leur grande fortune. Il n'est pas
besoin, je pense, d'ajouter que c'est encore ce même
homme qui, aujourd'hui, désireux de la gloire de
l'illustre Prélat et de celle de son pays, s'est fait
l'éditeur bénévole de cette traduction ; mais je lui
dois de déclarer que c'est malgré sa défense que
j'écris ces lignes, désireux que je suis moi-même de
rendre à chacun ce qui lui appartient. La gloire
aime à poursuivre la modestie de sa prédilection,
et c'est pour cette sœur préférée qu'elle réserve ses
plus charmantes couronnes. Je puis ajouter maintenant que toutes ces éditions russes portent en
elles-mêmes la preuve de la non-participation de
l'Auteur : il n'est pas difficile, en les lisant, de s'a-
percevoir que *l'œil du maître* n'a point passé par là.

Lors donc que surgit, dans un autre de ces
esprits qui ne séparent point leur religion de leur
patriotisme, et qui savent communiquer la flamme
qui les anime, — lorsque surgit l'idée de faire une
traduction des *Sermons, Discours et Homélies* du
modeste non moins qu'illustre Archipasteur, pour
me servir à mon tour de l'expression russe, ce fut
une grande affaire. Il fallut combattre toute une
année. Quel était le motif qui retenait son consente-

ment sur ses lèvres? N'est-ce pas qu'il n'avait jamais
considéré lui-même ses prédications que comme des
conversations intimes, des confidences d'un père à
ses enfants, qui n'étaient point destinées à sortir
du sein de la famille? On verra que toujours sa parole porte ce cachet de causerie confidentielle, et
l'on concevra facilement qu'il lui en coûtât de dévoiler cette intimité et de la jeter au vent de la
publicité européenne, pour laquelle elle n'était
point faite, à laquelle il avait oublié de songer.
« J'ai exprimé la crainte, » disait-il à son Éditeur
dans la lettre où il donna à la fin son consentement, « que, par suite d'une traduction peu
« exacte, on ne m'attribue des pensées que je n'ai
« pas et que je ne dois pas avoir, et qu'il ne ré-
« sulte des conséquences fâcheuses de votre entre-
« prise, à laquelle, même avec une traduction ha-
« bile, je ne promets pas beaucoup. Qui se soucie,
« en Europe, de sermons et de discours prononcés
« à Moscou? » Et, dans une autre lettre, il ajoutait : « Il ne serait pas avantageux à l'original de
« paraître devant les étrangers avec un habit
« sous lequel il paraîtrait autre qu'il n'est. »

Le vénérable Pontife voyait-il se dresser devant
lui, comme un fantôme effrayant, ce vieil adage :
Traduttore traditore? N'avait-il pas eu lieu de s'ap-
plaudir sans réserve de l'épreuve déjà faite par
M. Alexandre de Stourdza[1], écrivain de mérite pour-

---

[1] *Oraisons funèbres, Homélies et Discours,* par Mgr Philarète, mem-

tant, et, de plus, l'un des siens, qui avait livré précédemment à la publicité française une trentaine de
ses chefs-d'œuvre? Était-il encore plus effrayé d'avoir
pour interprète cette fois un traducteur français, et,
de plus, catholique romain. qui ne s'annonçait
d'aucune manière comme disposé à transiger avec
ses convictions?

Quoi qu'il en soit, Mgr Philarète, après avoir
enfin donné son consentement, avait fait, ou plutôt
fait faire sous ses yeux, *par quelques membres de
son Académie*, le choix de 168 de ses *Sermons, Homélies et Discours*, sur 571 dont se composent les
trois forts volumes publiés en russe. Et c'est précisément ce choix qui, dicté par l'éminent Auteur,
donne à l'œuvre présente son principal caractère.
Il est évident que, s'il m'avait été laissé, je l'aurais fait autrement et j'aurais choisi, plus que probablement, ce qui a été écarté avec le plus de
soin, ou plutôt, j'aurais voulu tout traduire, dans
la conviction où je suis que, pour bien juger une
œuvre quelconque, il la faut avoir tout entière, sans
en omettre ni une ligne, ni un mot ; mais, tel qu'il
est, il faut reconnaître, et il l'atteste par lui-même,
que ce choix est fait avec franchise, sincérité, noblesse même, et que, s'il a évité peut-être de livrer
ce qu'il y a de plus intime dans l'œuvre, il n'a pas
évité certainement avec moins de soin tout ce qui

bre du Saint Synode de Russie, Métropolitain de Moscou, traduits par
Alexandre de Stourdza. 1 vol. in 8°, Paris, Cherbuliez, 1849.

aurait pu ressembler, de près ou de loin, soit à une
fausse crainte, soit à une provocation quelconque, à
l'adresse de qui que ce soit. J'ajoute maintenant
que, ce choix fait, Mgr Philarète n'a plus voulu
avoir aucune part à la traduction, et que j'ai été
livré à moi-même dans l'abandon le plus complet,
dépourvu de toute assistance, privé de tout conseil, même dans les endroits qui m'offraient les
plus grandes difficultés, et où j'aurais été par conséquent bien heureux de trouver un secours sur
lequel, il faut bien que je le dise, j'avais compté le
jour où j'avais pris sur moi la tâche de traduire
l'une des œuvres les plus difficiles à pénétrer et à
traduire de toute la littérature russe.

Et cependant je ne me suis laissé ni effrayer ni
décourager ; je ne me suis laissé rebuter par aucune
difficulté. Dussé-je ne pas réussir, ou, ce qui serait
plus malheureux encore, mal réussir et donner raison à toutes les craintes de l'illustre Auteur, j'ai per-
sévéré dans mon entreprise. Ne serais-je parvenu
qu'à forcer un plus habile à refaire ce que j'aurais
mal fait, que, trouvant mon absolution dans ma
bonne intention, je n'aurais ni un repentir, ni un
regret. Faire bien connaître la Russie telle qu'elle
est, dans une œuvre qu'elle a placée elle-même,
d'un commun accord, sans aucune contestation, au
premier rang, sous le rapport du mérite littéraire
autant que philosophique et religieux, et, il est
permis d'ajouter, je pense, patriotique, n'est-ce pas

I.   c

ce qu'il peut y avoir de plus utile, à la Russie elle-même aussi bien qu'à l'Europe, qui désire tant cette connaissance? Il y avait donc bien là, ce semble, de quoi tenter une ambition.

Mais ne me trompé-je pas moi-même? Ne pourrait-on pas trouver à ce travail un but, un motif, ou du moins un mobile encore supérieur? Depuis mille ans bien comptés, — nos adversaires communs en pourraient célébrer aujourd'hui le jubilé[1], — deux Églises sœurs, qui n'en devraient faire qu'une seule, sont divisées, rivales, quelques-uns vont jusqu'à dire ennemies, tout en s'attachant inviolablement au même Chef invisible, en conservant religieusement les mêmes dogmes, les mêmes sacrements, le même Sacrifice, en prêchant la même foi, la même espérance et la même charité! Depuis mille ans, le Grand Crucifié, que toutes deux appellent leur unique Fondateur, leur Chef unique, leur Père et leur Dieu *doux et humble de cœur*, leur tend du haut de sa croix ses deux mains pour les réunir dans son divin amour; depuis tantôt deux mille ans, Celui que toutes deux invoquent comme l'*Agneau de Dieu*, immolé pour le salut du monde, comme le *Dieu de paix*, qui est venu apporter *sur la terre la paix aux*

---

[1] Photius, résolu de ne pas céder, excommunia le pape à son tour, le déclara dépossédé, dans un second conciliabule tenu à Constantinople en 866. Il prit le titre fastueux de *patriarche œcuménique* ou universel, et il accusa d'hérésie les évêques d'Occident de la communion du pape. (*Dict. de théol. de l'abbé Bergier*, tom. III, art. GRECS.)

hommes de bonne volonté, répète sa prière : *Отче*
святый, соблюди ихъ во имя твое, ихже далъ еси
мнѣ, да будутъ едино, якоже и мы (Іоанн.,
XVII, 11)! *Pater sancte, serva eos in nomine tuo,*
quos dedisti mihi, ut sint unum sicut et nos [1] (Jean,
XVII, 11)! et cette prière de leur Dieu instituant
le Mystère de son amour n'a pas encore été exaucée... par deux Églises dont chacune croit et veut
être sa fille préférée!

Mais, après l'élection du but, reste le choix et la
mise en œuvre des moyens : il me fallait choisir
entre les différentes manières d'envisager la traduction, entre les divers genres de traductions.

Si j'avais eu à traduire un ancien Père de l'Église
grecque ou latine, je me serais arrêté, peut-être, si
je m'en étais senti la force, au genre adopté dans
notre école : fouiller la pensée, la saisir autant que
possible, et tantôt la sculpter, la fixer sous sa nouvelle forme, tantôt la faire jaillir à toute sa hauteur
en jets non moins puissants et parés de toutes les
couleurs du prisme de notre langue. Cela se fait, on
le sait, et il en résulte, on n'en saurait disconvenir,
des torrents majestueux d'une éloquence admirable;
mais Mgr Philarète, fidèle disciple d'ailleurs des
Pères de l'Église, appartient à un *autre temps*, à
une *autre nationalité* surtout, et il se sert d'une

---

[1] Père saint, conserve-les en ton nom, ceux que tu m'as donnés, afin
qu'ils soient un comme nous (Jean, XVII, 11)!

langue qui, sans être moins riche ni moins expres-
sive, et malgré ses rapports multiples et frappants
avec les langues anciennes, n'a pourtant plus, dans
sa bouche du moins, ni la même pompe, ni le même
caractère. Il est simple, il raisonne, il converse, alors
même que sa pensée plane dans les plus hautes
sphères. Lorsqu'il n'aurait qu'à donner l'essor à sa
parole pour qu'elle suivît librement sa pensée dans
les mêmes régions, il lui lie les ailes pour la retenir sur la terre, au milieu de ses auditeurs; il la
force à redescendre, un peu pesamment quelquefois
peut-être, et on la voit lutter et se débattre avec
effort contre la contrainte qui l'oppresse, mais sans
changer pour cela d'essence. Est-ce un bien, est-ce
un mal? On sent cette violence, on la regrette parfois; mais le savant Orateur l'a jugée nécessaire,
et ce n'est point à un autre de vouloir le redresser
et l'obliger à faire mieux ou autrement. C'est pour
cela, sans doute, qu'il semble en effet qu'il n'y ait
pas deux manières d'exprimer les mêmes choses,
et que l'on se range facilement à son avis quand il
ne veut pas être traduit selon une méthode directement opposée à son intention aussi bien qu'à son
génie propre. Parlons d'une manière générale : Ce
mode de traduction libre auquel donnent la préférence les esprits que charment surtout l'élégance et
la grâce du style, — ce mode peut-il bien ne pas revêtir effectivement l'original de cet habit français,
à la coupe variée et légère, que mon modèle à moi

redoutait tant? A ce travail, l'auteur ne perd-il pas, quoi que fasse le traducteur le plus habile, ses qualités natives, pour en revêtir d'autres qui ne sont plus les siennes? Enfin, le traducteur a-t-il bien atteint le vrai but de la traduction quand il a assez modifié, amélioré même, si l'on veut, son texte original, pour mériter et obtenir cet éloge, si capable cependant de le flatter et de le séduire, qu'il a dépassé son modèle?

Un jour, il y a très-peu de temps encore, cette question se présenta tout d'un coup à la plus grande hauteur à laquelle elle puisse atteindre : une grande idée se fit jour en France, si grande que bien des esprits du rang le plus élevé s'y attachèrent avec l'entraînement de l'enthousiasme, et, fascinés, n'en mesurèrent pas d'abord les immenses difficultés.

Un homme jeune encore, inconnu encore, n'ayant d'autre renom que celui de *pasteur de l'Église suisse de Londres*, avait publié, en 1864, un petit livre qui, malgré la gravité du sujet, avait éveillé à peine quelques faibles échos : c'était *la Bible en France*[1]. Ce titre indique assez de lui-même l'idée principale et première qui avait inspiré l'auteur.

Ce livre à la main, M. Emmanuel Pétavel vint en pleine Sorbonne réclamer, au nom de son idée, la

---

[1] LA BIBLE EN FRANCE, ou *les traductions françaises des Saintes Écritures*, étude historique et littéraire par Emmanuel Pétavel, pasteur de l'Église suisse de Londres; in-8°. Paris, 1864.

nationalité de ses pères. Son idée appartenait à la France, et il voulait la lui restituer. Encore une belle et noble pensée!

Le jeune savant fut accueilli avec admiration. Des membres les plus distingués des clergés catholique, protestant et israélite, se réunirent en une Société qui prit au plus juste titre le nom de *Société nationale pour une traduction nouvelle des Livres Saints en langue française.*

Pour présider cette Société, il fallait une Illustration indépendante : ce fut M. Amédée Thierry, sénateur, membre de l'Institut, connu pour ses travaux historiques et scientifiques.

La séance d'ouverture fut indiquée pour le 21 mars 1866, à huit heures du soir, à la Sorbonne.

A la simple annonce du jour, de l'heure et de l'objet de la séance, plus de deux mille personnes de toutes religions se pressèrent, dès sept heures du soir, dans le vaste amphithéâtre de la Sorbonne, qui, bien avant huit heures, ne pouvait plus contenir les assistants, dont l'affluence allait cependant toujours en augmentant.

Ce fut un triomphe!

Et puis, ce fut tout.

Quelques jours à peine s'écoulèrent, et cette Société, dont cette seule séance a immortalisé le renom [1], fut dissoute par les protestations imprévues de

---

[1] Tout ce que fait la France est promptement imité à l'étranger. A peine formons-nous une société pour une traduction nouvelle des

plusieurs membres du clergé, et surtout du haut
clergé-catholique. « Toute réflexion faite, » disait
Mgr l'Évêque de Montauban, « l'entreprise est si
« étrange, si attentatoire aux principes et aux droits
« de l'Église Catholique, aux décrets des conciles et
« des Pontifes romains; elle est encore si irréfléchie
« de la part de plusieurs, que je me tiens pour
« parfaitement autorisé à la démarche que je fais[1].»

Était-ce donc à l'Église catholique romaine de
craindre en pareille circonstance? Oui, elle était là
*pour surveiller l'exécution et sauvegarder la vérité
catholique*, et, quand elle est quelque part dans
cette intention, elle est toujours et partout au poste
d'honneur qui lui appartient. L'entreprise avait donc
bien le *sens commun*, et c'eût été un spectacle magnifique pour le monde entier, que cette grande et
décisive bataille sur ce terrain vaste comme l'univers, dans laquelle il ne pouvait être douteux un
seul instant que la victoire ne restât sur tous les
points et constamment à la vérité. C'eût été, peut-

Livres Saints que nous tenons des Hébreux, et que nous ne connaissons
généralement que par la version grecque des *Septante*, ou par la version latine de saint Jérôme dite la *Vulgate*, qu'on annonce la création à
Berlin d'une Société analogue. L'Allemagne ne veut plus s'en tenir à la
version de Luther. En même temps, les savants de Belfast, en Irlande,
convient tous les hébraïsants du monde à se réunir à eux pour faire
une version polyglotte de la Bible, absolument concordante jusque dans
le moindre verset. C'est une véritable émulation de conciles scientifiques. (*La Presse* du 28 mars 1866.)

[1] Lettre adressée au journal *Le Monde*, et insérée dans la *Gazette de
France* du 10 avril 1866.

être, la consommation de la réunion tant désirée de toutes ces confessions diverses qui adorent pourtant le même Dieu, qui revendiquent toutes également le Livre saint et sacré de sa parole comme la racine et la confirmation de leur croyance. Cette réunion, le monde entier l'appelle de ses vœux, et il faudra bien qu'elle se fasse un jour. Quelle circonstance lui sera donc plus favorable?

Le Clergé catholique, en protestant contre cette entreprise, s'est mis lui-même en demeure de la reprendre et de la mettre seul à exécution. La France catholique attend maintenant de lui cette grande œuvre, d'autant qu'il est plus que probable que les autres confessions n'auront pas abandonné entièrement leur projet, et qu'il nous est permis, à nous, catholiques, d'ajouter hardiment, parce que c'est notre conviction et notre foi, que lui seul possède et réunit toutes les conditions indispensables pour faire une traduction impartiale, exacte, littérale, littéraire et digne, de *tous* les Livres Saints.

Mais quelles ont donc été les causes vraies de cette dissolution si prompte d'une association de tant de bonnes volontés, à laquelle s'ouvrait si facilement et si largement l'avenir, à laquelle était promise et assurée d'avance l'immortalité? L'une des principales ne serait-elle pas dans le *libéralisme* de la traduction dont M. Emmanuel Pétavel, le fondateur réel de la Société, s'est constitué le défenseur dans son livre?

Le libéralisme! Il faut, dites-vous, « doter la France d'une traduction de la Bible supérieure aux traductions existantes, sous le double rapport de la science philologique et de la forme littéraire; » et, un instant après : « La Bible, foyer de lumière, de poésie et de saint enthousiasme, où s'est allumée la flamme des plus beaux génies; la Bible, livre éternel, livre des livres, il est temps de la présenter en France sous une forme digne des vérités qu'elle renferme, digne des résultats acquis par les sciences archéologiques et philologiques, digne enfin de la nation française. » Sa forme à elle, sa forme propre n'est donc pas assez littéraire? ou bien est-ce pour la France seulement qu'elle n'est pas assez élevée, malgré tout ce que vous venez d'en dire, et la langue française se sent-elle en état de faire plus et mieux? La Vulgate a-t-elle donc changé cette forme? La Version des Septante l'a-t-elle donc changée? L'a-t-elle donc changée, cette forme, la version slavonne, qui est si près de la perfection? Mais, dites-vous, « ce livre, qui contient la parole de Dieu, on en est venu à le considérer comme le symbole d'une communion particulière. Il n'est pas rare d'entendre parler d'une Bible catholique, d'une Bible protestante; et telle version, accréditée auprès de telle communion religieuse, sera rejetée par telle autre; comme si les Saintes Écritures n'avaient pas toujours existé identiques à elles-mêmes avant comme pendant nos tristes débats! L'heure est venue de mettre un terme à cet état déplorable[1]. » Tout cela ne serait-il pas précisément parce que toutes ces traductions, au lieu d'être *littérales*, sont *libérales?* Tenez! Le vénérable M. Martin de Noirlieu[2], dont le plus grand tort pourrait bien être de n'avoir pas été assez compris des siens, — car c'était merveille de voir comme on se ménageait mutuellement dans cette Société d'hommes de bonne volonté, malgré l'improvisation un peu vive, peut-être, mais si franche, si nette et si convaincue d'un autre membre catholique[3], — M. Martin de Noirlieu était déjà en contradiction avec vous dès le premier jour, et j'ajoute sans hésiter qu'il était dans le vrai, quand il disait clairement, lui : « Choisir des hommes habiles dans les « langues hébraïque, grecque et latine, pour faire « dans notre langue française une traduction du « livre par excellence, de la Bible, tout à la fois *lit-* « *térale* et *littéraire*, tel est le projet qui a été formé, « et dont nous espérons l'exécution avec l'aide de « Dieu. » L'art humain pourrait-il se mettre en concurrence avec l'art de Dieu? Dans la traduction de la Bible, l'art le plus élevé, la littérature la plus sublime, ne saurait consister qu'à se rapprocher le

---

[1] *Rapport et Discours de la Société nationale pour une traduction nouvelle des Livres Saints en langue française*, Discours de M. Pétavel, p. 15.

[2] Curé de la paroisse Saint-Louis-d'Antin, à Paris, membre de la *Société nationale*.

[3] M. l'abbé Loyson, docteur en théologie, vicaire de la paroisse Sainte-Clotilde, à Paris.

plus possible du sublime et divin Original. Une conviction plus forte que moi y insiste presque malgré moi : une traduction de la Bible ne sera vraiment *littéraire* qu'à la condition d'être vraiment *littérale*. « Il ne faut pas nous le dissimuler, disait encore « M. Martin de Noirlieu, l'entreprise est ardue ; « chaque page, disons mieux, chaque mot de notre « traduction devra être, ainsi qu'a parlé le Psalmiste, « *épuré dans le creuset, raffiné jusqu'à sept fois* « (Ps. xi, 7), pour échapper à ce que Bossuet, ce « traducteur si exact et si éloquent d'une foule de « passages de la Bible, appelait *la rouille du langage* « *humain*. » Le vénéré pasteur de la paroisse Saint-Louis-d'Antin avait dit déjà : « Demandons à Dieu sa « lumière pour traduire fidèlement les saints livres « qu'il a inspirés ; » pourquoi ne disait-il pas nettement que la traduction de la Bible ne serait possible que par l'inspiration de Celui qui l'a inspirée ?

Tout cela me touche, et je veux m'y appuyer, parce que mon sujet est éminemment biblique, parce que j'ai cette fortune que ma cause se confond avec celle de la Bible, ou du moins s'y rattache d'une manière très-rapprochée. Je cherche donc si la littéralité est possible d'abord, utile et avantageuse ensuite. Mon essai de littéralité pourra peut-être, malgré sa faiblesse, que je ne me dissimule pas, servir tant soit peu, pour ou contre, à l'expérience.

« Esclaves de la lettre, » dit M. Pétavel[1], « et se

---

[1] *La Bible en France*, p. 251.

donnant eux-mêmes pour tels, les traducteurs litté-
ralistes se placent sous le coup de la sentence de
l'Apôtre : « La lettre tue. » Qui ne sait que chaque
langue a été formée sur son moule à elle, et que
les associations aussi bien que les acceptions des
différents mots varient à l'infini d'idiome à idiome? »
Tout cela est parfaitement vrai, et c'est précisément
à cause de cela que le traducteur doit avoir grand
soin, s'il ne veut pas se perdre sans ressource, de
voir dans son art autre chose qu'une espèce de procédé purement matériel, de rechercher sous la lettre
« l'esprit qui vivifie, » et de s'en inspirer. Il y a une
grande différence entre un calque mort, ne repro-
duisant ni les ombres ni les couleurs, et la recherche de la reproduction aussi fidèle que possible
des mêmes ombres et des mêmes couleurs ; entre un
littéralisme mort et une *littéralité vivante;* et, si l'on
pouvait bien s'entendre sur ces deux derniers mots,
peut-être les idées verraient-elles bientôt diminuer
sensiblement la distance qui les sépare.

J'accorde sans hésitation aux adversaires de la traduction littérale leur argument le plus redoutable,
leur point de départ, la base sur laquelle ils s'ap-
puient, et je conviens sans peine que Chateaubriand,
dont le grand génie n'a pas craint d'avouer et de regretter tout le premier ses torts, est allé trop loin
dans sa traduction du *Paradis perdu.* M. Vinet lui
reproche [1] d'avoir appelé Ève *l'impératrice de*

---

[1] *Études sur la littérature française au XIX⁻ siècle,* t. I, p. 564.

ce monde beau, et croit que Milton, s'il eût écrit en français, l'eût nommée *la souveraine de ce bel univers*. M. Vinet a raison, et Chateaubriand s'est rangé lui-même à cet avis; mais c'est bien ici le cas de distinguer entre un *littéralisme extrême*, auquel appartient la première expression, et une *littéralité sage et raisonnable*, qui peut réclamer comme sienne la seconde. Ce *littéralisme*, je le repousse donc aussi; mais cette *littéralité*, je l'adopte et je m'y attache invariablement.

Et rien de plus facile que de prendre ici M. Vinet lui-même pour juge, et de l'appeler à trancher la question. « Je parle, dit-il, du littéralisme absolu; car il y a entre deux langues, à quelque distance qu'on les aille prendre, une masse de rapports suffisante pour nous autoriser, nous obliger même à essayer d'abord de la littéralité; toutes les fois qu'elle est possible, elle est nécessaire; mais à quelle condition est-elle possible, si ce n'est à la condition de rendre, avec la pensée de l'écrivain, l'écrivain lui-même, je veux dire son intention, son âme, ce qu'il a mis de soi dans sa parole, et ensuite de satisfaire par la pureté du langage, sinon les méticuleux puristes, du moins les hommes d'une oreille exercée et d'un goût délicat? C'est dans ce sens que j'explique cette phrase de M. de Chateaubriand : « Une « traduction interlinéaire serait la perfection du « genre, si on pouvait lui ôter ce qu'elle a de sau-

« vage[1], » c'est-à-dire qu'elle serait la meilleure si elle était possible. »

Voilà, semble-t-il, une sentence à laquelle il serait peu raisonnable de ne pas se soumettre. J'y ferai cependant une réserve, et j'espère qu'on me l'accordera sans trop de résistance : à la place *des hommes d'une oreille exercée et d'un goût délicat*, qu'une traduction ne saurait que bien difficilement satisfaire toujours, je voudrais mettre, avec Bitaubé, *des hommes judicieux et éclairés*, afin de pouvoir conclure ensuite, avec Chateaubriand et M. Vinet, qu'il faut rester dans la *littéralité* autant que cela est possible.

Un savant et habile écrivain, M. Lazard Wogue, résume en quelques mots les principes qu'il croit les plus vrais de la traduction : « Traduire un auteur, dit-il, c'est le faire parler comme il eût parlé lui-même s'il se fût exprimé dans la langue de son traducteur[2]. » Longtemps avant M. Lazard Wogue, Bitaubé avait dit : « La règle prescrite aux traducteurs, d'écrire comme si leur auteur eût écrit dans leur langue, ne leur est pas d'un grand secours, et peut même quelquefois les égarer... Loin d'imposer aux traducteurs la règle d'écrire comme leur auteur eût fait dans ce siècle, règle qui produit des copies faibles et tronquées, on ferait mieux de leur impo-

---

[1] *Essai sur la littérature anglaise*, avertissement, p. 8.
[2] *Le Pentateuque*, traduction nouvelle, 1860, p. xxxii.

ser, au contraire, celle d'écrire comme ils eussent
fait à la place et dans le siècle de leur auteur[1]. »
Mais Bitaubé oublie-t-il donc si vite ce qu'il vient de
dire lui-même à la page précédente : « Comme il n'y
a pas deux hommes dont les traits soient parfaitement semblables, de même il n'y a pas deux esprits
qui aient précisément le même tour » ? Comment
donc, d'abord, un traducteur arriverait-il à se transformer avec l'exactitude nécessaire ? et ensuite, où
se retrouveraient donc ces deux qualités essentielles
que l'on a vues plus haut si légitimement réclamées
par l'un des critiques russes que j'ai cités : « la nationalité et la contemporanéité » ? Enfin, que serait-ce donc que le génie propre et l'individualité ?

Sans approuver en tout un écrivain, sans admirer un homme en tout ce qu'il a fait, ce serait être
étrangement ennemi de soi-même que de se refuser opiniâtrément à recevoir d'eux un bon conseil
ou un bon exemple. J'en reviens donc à M. Pétavel avec d'autant plus de plaisir que je puis me
trouver d'accord avec lui, et je prends pour idéal ce
tableau, qu'il peint si magistralement, de Luther
méditant sa traduction de la Bible :

« On se représente un génie et un savant de sa
trempe, dominant la lettre par l'esprit, couvant
dans son cerveau des pages inspirées dont il retient
et pèse jusqu'au moindre trait de lettre, s'attachant

---

[1] *Réflexions sur la traduction des poëtes*, Paris, Didot, 1787,
p. 111.

à rendre la pensée, toute la pensée, rien que la
pensée d'un auteur organe de Dieu lui-même, remontant de l'analyse à la synthèse, puis, descendant de la synthèse qu'il croit avoir enfin trouvée,
pour s'assurer qu'elle se justifie dans chacun des
détails de l'analyse ; jour et nuit préoccupé des
grandes idées qu'il a aperçues dans son texte et
dont les lois de la philologie établissent l'existence
objective, mais pour lesquelles il doit encore trouver une forme et une expression adéquate. Voilà
comment se passent, dans la méditation d'un cha-
pitre, parfois d'un ou de deux versets, les journées,
les semaines, les mois de celui qu'enflamment
l'amour de la vérité révélée et le désir de la communiquer à ses semblables.

« Telle est, selon nous, la vraie, la royale méthode[1]. »

Tenons-nous-en donc à cette *royale méthode*, et,
quand nos forces n'y sont pas aussi égales que
notre désir, cherchons notre sûreté en dedans de
son enceinte, où nous sommes assurés de la trouver, et non pas au dehors, dans de vagues pâtu-
rages dont la plantureuse fécondité et les fleurs
éclatantes ne serviraient qu'à nous dissimuler les
endroits dangereux.

En effet, le but véritable et naturel de la traduction me paraît être, d'un côté, non de transfor-

[1] *La Bible en France*, p. 222.

mer, d'adapter, d'assimiler, pour ainsi dire, l'écrivain étranger au goût de ses nouveaux lecteurs, mais bien de mettre ceux-ci à même de le lire tel qu'il est; d'un autre côté, d'apporter, non pas à la littérature étrangère, mais bien à la littérature à laquelle on s'adresse, des richesses nouvelles. Or, ces richesses sont-elles seulement dans les idées? Ne sont-elles pas aussi beaucoup dans les expressions, dans les tours, dans la *manière*, dans la langue enfin de l'écrivain qu'il s'agit de faire connaître? Les contours de toutes ces formes ne fussent-ils pas nettement dessinés, ce qui arrive assez souvent, l'écrivain ingénieux les saisira et les dessinera lui-même avec plus de fermeté en se les appropriant, tandis que le traducteur aura gagné, à cette fidélité, d'avoir conservé au modèle ce qui lui appartient le plus inséparablement, son caractère, son génie propre, son naturel, son parfum, son goût même de terroir, pour ainsi parler, ce que l'on pourrait appeler sa saveur, son bouquet, avec son esprit et tout ce qui fait son individualité. Transformer l'original, c'est donc laisser tout cela dans l'ombre et dans l'oubli, ou plutôt le détruire, et, pour plaire à ceux qui ne le comprendraient pas, le dérober, d'abord à lui-même, et ensuite aux autres, qui le réclament comme leur propriété légitime et incontestable.

Quant à Mgr Philarète, c'est bien de style, c'est bien de forme qu'il va se préoccuper! Il ne dédaigne peut-être pas toujours, mais il est loin de recher-

I d

cher ces ornements et ces ressources dont d'autres
font parfois si grand cas; il ne s'arrête qu'aux
vraies richesses. Avant tout, son sermon doit être
court et abondant; il faut donc que sa phrase soit
bien remplie et précise, pour abréger, et de là,
sans doute, viennent ces longues périodes dans lesquelles il accumule pensées sur pensées, les serrant,
les comprimant, les foulant pour les faire tenir dans
le plus petit espace possible; de là vient qu'il n'y a,
la plupart du temps, qu'une manière de dire exactement ce qu'il dit, et c'est celle dont il se sert.
Si le mot lui manque, il l'emprunte partout où il le
trouve, ou bien il le compose, il le fait à l'aide des
moyens que lui offre sa langue si abondante, entre
autres, de cette sorte de moyens; si sa grammaire
lui fait obstacle, il ne cherche pas à tourner l'obstacle, mais il le franchit et passe outre, et son
procédé nouveau devient une règle nouvelle dont
s'empare et s'enrichit aussitôt sa grammaire, une
locution de plus dont se garderait bien de se priver l'art d'écrire qui se plaît à reconnaître en lui
l'un de ses plus sérieux et de ses plus grands modèles. Nul écrivain ne s'est jamais aussi réellement
créé sa langue propre, sa langue à lui, ni ne s'en
est servi avec plus de hardiesse et de succès.

Mais je m'étais fait une loi, dès le commencement, de n'exprimer sur Mgr Philarète aucun jugement qui me fût propre; je reviens donc sur mes
pas et je laisse la parole à M. Galakhoff, le critique

russe si habile que j'ai déjà cité plusieurs fois.

« Plus est prononcée, dit-il, dans le prédicateur, la puissance spéciale de son talent, plus ses prédications produisent d'effet : c'est pour cela que la *Semaine Sainte* et la *Semaine de Pâques*, qui sont éminemment marquées du caractère propre de l'éloquence sacrée d'Innocent, sont les meilleures de ses productions. Et si cette spécialité de caractère et de direction, non-seulement ne perd pas de sa force, mais, avec le temps, à chaque production, acquiert une efficacité plus considérable, alors les sermons présentent une croissance graduelle en puissance et en beauté de la parole sacrée ; et c'est ce que nous voyons dans les œuvres de Philarète. Une concentration profonde de la pensée, la suite la plus sévère dans le développement du sujet, la force de la dialectique, constituent les attributs inséparables de chacun des sermons de cet orateur. Aucun de nos prédicateurs ne possède un aussi grand art de pénétrer le contenu du texte qu'il a choisi pour le thème de son discours, de le considérer sous toutes ses faces, d'en éclairer toutes les profondeurs. La concision et une pureté parfaite, la force et l'exactitude, une régularité sévère, une simplicité qui va jusqu'au ton de la conversation ordinaire, et en même temps l'élégance, telles sont les qualités distinctives de son style modèle ; mais sans l'élégance de la forme extérieure, sans la beauté de l'expression, sans l'élaboration soigneuse de la phrase, le talent

oratoire cesse d'être une production de l'art et ne
peut guère plus être que le fruit d'un don natif,
condition indispensable, mais insuffisante pour per-
pétuer la durée des œuvres oratoires. — En parlant
des qualités particulières du langage dans les sermons de Philarète, il ne faut pas oublier l'introduction de mots nouveaux et d'expressions nouvelles,
mais en ayant soin de prendre le mot *néologisme*
dans sa signification la plus large, c'est-à-dire en
entendant par ce mot, non pas seulement des mots
nouveaux et des tours nouveaux qui n'existaient pas
auparavant dans la langue, mais aussi des mots et
des tours *renouvelés*, employés autrefois et remis en
usage. De même que le caractère interne de la prédication doit découler de l'esprit de la Bible et de
l'Église, et des rapports de cet esprit avec l'esprit
du peuple, ainsi, son caractère externe (le langage,
le style) n'a sa physionomie propre, ou son individualité, que lorsque la langue nationale y est imprégnée de la langue biblique et de la langue ecclésiastique. Par la première, il faut entendre la langue
de traduction de la Bible; par la seconde, — la
langue de la littérature liturgique, de la littérature
prédicatrice, de la littérature théologique ou scolas-
tique systématique. 1° Le langage religieux est une
émanation de l'Évangile; par conséquent, non-seulement les pensées principales en doivent être bibliques, mais encore on y doit rencontrer aussi les
expressions bibliques. Pour cela, ou l'on prend les

expressions simplement, telles qu'elles sont dans la Bible, ou on les dérive par analogie, et ensuite, ou bien on les unit avec les expressions du langage national usuel, ou bien on les fait entrer dans le corps de la langue selon les principes et le génie de l'idiome national. 2° Outre les expressions distinctes, la langue de la chaire peut employer des phrases entières, des idiotismes bibliques entiers. 3° L'emploi de l'idiotisme biblique ne se borne pas à la seule reproduction mécanique de la phrase biblique : le véritable *bibléisme*, pour l'art oratoire sacré, consiste à s'assimiler librement et sans effort la forme biblique. 4° Enfin, les idiotismes bibliques les plus importants et les plus indispensables pour la prédication, ce sont les idiotismes moraux, c'est-à-dire les propriétés morales du style, qui sont : la sainteté et l'intégrité, la vérité et l'efficacité pour le salut. — Les expressions nouvelles employées par l'Éminentissime Philarète sont le fruit d'une connaissance profonde de la langue slavonne ecclésiastique. Ce sont tantôt des mots distincts, tantôt des expressions complexes..... »

Il est aisé de comprendre, après cela, combien étaient grandes et multiples les difficultés à vaincre pour arriver à une traduction française exacte, littérale, réciproque, c'est-à-dire de laquelle une nouvelle traduction inverse pût reproduire le texte original. C'était cependant le but auquel je devais et voulais tendre, persuadé que c'était encore, après

tout, le moyen le moins difficile et le plus sûr de
bien rendre une pensée qui non-seulement s'attache
souvent à l'expression d'une manière indissoluble,
mais encore y puise son origine, en découle comme
un fleuve de sa source, mince filet d'eau d'abord,
mais se grossissant dans son cours d'une multitude
d'affluents qui lui apportent l'abondance. Certes, ce
n'est pas Mgr Philarète qu'il est possible de traduire sans le bien comprendre : on ne le traduirait
pas si l'on ne trouvait pas le mot propre, l'expression précise, en un mot; si l'on parlait une autre
langue que lui, si on lui prêtait des expressions, si
l'on ne se servait pas des mêmes termes que lui :
c'est, très-souvent, qu'il n'y a pas pour lui de syno-
nymes, c'est qu'il n'y a pas deux mots pour bien
convenir à sa pensée : il n'y en a qu'un, et il est
indispensable de le trouver comme il l'a trouvé lui-
même. A son style biblique, il faut, comme à la Bible,
plus qu'une traduction : il lui faut une version.

Or, c'était justement à la Bible que m'attendait
la plus grande difficulté, et c'était de là qu'elle
s'épanchait pour envelopper toute l'œuvre. Dans
ces Sermons si remplis de réminiscences, si animés
du souffle de la Sainte Écriture, les textes des
Livres Saints se succèdent à pas pressés, et il m'é-
tait absolument impossible d'en emprunter, quelque part que ce fût, la traduction. C'est que nos
nombreuses traductions françaises de la Bible sont
toutes faites sur la *Vulgate*, tandis que l'Église

Orientale, on le sait, tient pour authentique et officielle la *Version grecque des Septante*, comme étant celle dont se sont servis les Apôtres et leurs successeurs jusqu'à saint Jérôme, et que c'est par conséquent sur cette dernière qu'a été faite la *Version slavonne*, tenue également pour officielle dans l'Église Gréco-Russe. Quant au *Nouveau Testament*, les sources étant les mêmes, la *Version slavonne* est entièrement, à quelques rares *variantes* près, conforme à la *Vulgate ;* mais nos traductions françaises, il en faut convenir, ne sont, malheureusement, pas toujours de la plus rigoureuse exactitude, ainsi que le prouve l'usage admis par nos prédicateurs de traduire leurs textes, en toute liberté, sur le latin de la Vulgate.

C'est donc ainsi que j'ai été amené nécessairement et bien contre mon gré à faire de moi-même la traduction de bon nombre des textes de l'Ancien et du Nouveau Testament, en me conformant strictement, je n'ai pas besoin de le dire, à la version slavonne, surtout pour les noms des lieux et des personnages, mais sans me priver, bien entendu, d'aucun des emprunts, assez fréquents encore, que j'ai pu faire aux différentes traductions françaises.

Cependant, si j'étais astreint, ainsi que je l'ai dit, à la littéralité, jusqu'à ce que j'ai appelé la réciprocité de la traduction, vis-à-vis de l'illustre Orateur, à combien plus forte raison devais-je m'y astreindre

quand il s'agissait de l'Écriture Sainte, de l'œuvre
de Dieu lui-même !

« La critique sacrée, ou l'Exégèse biblique, » dit
M. Philarète Chasles[1], « a quelque chose de colossal
et d'énorme ; mysticisme, elle se perd dans les profondeurs de l'inconnu ; grammaire, elle descend aux
minuties infinies et subtiles de l'étude des mots ;
elle pèse une virgule, commente un accent, calcule
le nombre des syllabes ; elle n'a pas de bornes.
Pour elle tout est divin et infini... »

« Au lieu de considérer la Bible sous le point de
vue controversal, il faut l'étudier soit dans la traduction littérale latine, soit dans celle de M. Cahen[2]. »

« Deux caractères spéciaux distinguent la Bible :
une concision profonde et une couleur orientale. Là
où de longues phrases, mal liées par des conjonctions
parasites, développent leurs lourds replis dans les
traductions anciennes, vous trouvez une expression
lucide, économe de mots, ardente, vigoureuse, mo-
numentale. A la place de ces formes de langage que
la civilisation moderne a introduites, au lieu de ces
termes qui rappellent sans cesse au lecteur les
mœurs de l'Europe, le génie de l'Orient se déploie
de verset en verset et de page en page.

« C'est merveille de lire ainsi l'*Histoire des Patriarches* et la *Vie de Joseph*. Un nouveau monde, le

---

[1] *Études sur l'Antiquité.* Paris, Amyot, 1847, p. 206 et suiv.
[2] *La Bible, avec le texte hébreu,* traduite littéralement par M. Cahen.
Paris, 1830-1846.

monde le plus ancien, le Désert, la Tente, le père de famille Roi et Pâtre, sont devant vous. Ne croyez pas que cet effet admirable, ce coloris introuvable pour un moderne, résultent d'une élaboration artificielle. La seule littéralité a tout fait. La Bible nue, dépouillée des additions du langage moderne, est plus grande mille fois. Quand on ferme ce volume rempli d'idiomes hébreux, de mots qui contiennent des phrases, de phrases qui sont des scènes, de pages qui sont des poëmes, on croit participer à la simplicité grandiose de ces temps, et vivre d'une existence plus forte, libre et primitive......»

«Plusieurs traducteurs,» dit encore M. Philarète Chasles, « emploient le *vous* dans l'acception du singulier *tu* ; c'est un démenti donné à la civilisation patriarcale. Ni les Hébreux, ni les Grecs, ni les Romains n'ont connu cette forme de civilité singulière, ce mensonge du discours qui augmente l'individualité de l'interlocuteur et semble exagérer sa valeur. Si jamais l'emploi d'un tel euphémisme a dû paraître inconvenant et ridicule, c'est assurément dans la bouche des patriarches et dans celle de *Dieu*, parlant à l'homme. » Cependant les Russes connaissent *cette forme de civilité singulière, ce mensonge du discours*, mais seulement dans la vie de société, dans laquelle, je ne sais si c'est à leur plus grand avantage, ils nous ont fait et nous font tant d'emprunts; mais dans leur vie propre, je dirais presque dans leur vie officielle, puisque cela a lieu encore, souvent du moins, même dans leurs rapports de Souverain à sujets, ils ne font pas usage de cet *euphémisme*. Toutefois, je dois avouer que, dès le commencement, j'ai eu de la peine à m'habituer à cette absence de notre politesse raffinée, et que cela n'est venu que peu à peu et assez difficilement. Pensant donc qu'il en serait peut-être de même pour un assez bon nombre de lecteurs français, j'ai conservé, dans les premiers Sermons, ce *vous* que, par l'entraînement presque invincible de l'habitude, j'avais mis d'abord à la place de ce *tu* qui nous paraît, à nous, si familier et désagréable; mais je n'ai pas voulu trop tarder, d'un autre côté, à me conformer en tout à la loi de fidélité à mon modèle, et je me suis hâté de mettre de côté même cette exception.

Afin de donner maintenant une idée plus exacte et plus claire du genre de traduction auquel M. Philarète Chasles attribue la préférence, et que j'ai cherché à adopter, j'emprunte à son ouvrage quelques-uns des exemples les plus courts où il compare la traduction littérale avec une des traductions généralement répandues; le lecteur pourra comparer à son tour.

TRADUCTION : « *Et Dieu dit : Que la lumière soit faite; et la lumière fut faite.* »

TEXTE : « Dieu dit : Que la lumière soit; la lumière fut ! »

« La concision hébraïque, » observe M. Philarète Chasles, « impossible à reproduire, ajoute ici à la grandeur de l'image : « *Dieu dit* (Dieu *veut*, syno-nymes en hébreu) : *Lumière soit ; lumière fut !* »

TRADUCTION : « *Il donna à la lumière le nom de jour, et aux ténèbres le nom de nuit ; et du soir et du matin se fit le premier jour.* »

« Telles ne sont point les paroles bibliques.

TEXTE : « Dieu nomma la lumière jour, et les ténè-bres nuit. Il fut soir ; — il fut matin. — Un jour ! »

TRADUCTION : « *Si vous faites bien, n'en serez-vous pas récompensé ? Et si vous faites mal, ne porterez-vous pas aussitôt la peine de votre péché ? Mais votre concupiscence sera sous vous, et vous la dominerez.* »

« Voici la Bible hébraïque :

TEXTE : « Certes, si tu te conduis bien, tu seras « considéré. Si tu ne te conduis pas bien, le péché « t'assiége à ta porte : il veut t'atteindre, mais tu « peux le maîtriser. »

TRADUCTION : « *Or, Caïn dit à son frère Abel : Sor-tons dehors, et, lorsqu'ils furent dans les champs, Caïn se jeta sur son frère Abel et le tua.* »

TEXTE : « Caïne parla à son frère Hébel, et, comme « ils se trouvèrent aux champs, Caïne *s'éleva* sur « son frère Hébel et le tua. »

« Le tableau est tout entier dans un mot, *s'éleva*, supprimé par l'ancienne version.

TRADUCTION : « *Et il* (Joseph) *s'enquit d'eux* (de ses frères) *comment ils se portaient ; et il leur dit : Votre père, ce bon vieillard dont vous m'avez parlé, se porte-t-il bien ? vit-il encore ?* »

« Il n'y a dans la Bible aucune trace du *bon vieil-lard*, qu'il faut laisser à Florian.

« Voici les paroles hébraïques :

« Il s'informa auprès d'eux de leur bien-être; il « dit : Votre vieux père, dont vous m'avez parlé, se « trouve-t-il bien? Vit-il encore? »

« *En pleurant, Joseph éleva la voix*, (dit la Bible protestante[1]), *et les Égyptiens l'entendirent; la maison de Pharaon l'ouït aussi.* »

« Sa voix éclata en pleurs (dit la version littérale); « les Égyptiens l'entendirent, et on l'entendit dans « la maison de Pa'rau (Pharaon). »

« Est-il nécessaire de faire remarquer cet admirable trait poétique effacé par la première de ces traductions et conservé par la seconde : *Sa voix éclata en pleurs?* »

Encore un exemple : on pourra le comparer, celui-ci, avec la version slavonne[2] :

« *Que vos pavillons sont beaux, ô Jacob!* (ajoute la traduction[3]). *Que vos tentes sont belles, ô Israël! Elles sont comme des vallées couvertes de grands arbres, comme des jardins le long des fleuves, toujours*

---

[1] *Traduction du R. P. de Carrières :* « Alors, les larmes lui tombant des yeux, il éleva fortement sa voix, qui fut entendue des « Égyptiens et de toute la maison de Pharaon. »
Traduction de M. de Genoude : « Et il éleva la voix avec des sanglots, et les Égyptiens l'entendirent, et toute la maison de Pharaon. » (Gen. XLV, 2).

[2] Tome II, p. 58.

[3] Toutes ces observations appartiennent à M. Philarète Chasles.

arrosés d'eau, comme des tentes que le Seigneur lui-même a affermies, comme des cèdres plantés sur le bord des eaux[1].

— « Voici le texte biblique :

« Qu'elles sont belles, tes tentes, Jacob !

« Tes demeures, Israël !

« Prolongées comme des vallées !

« Comme des jardins sur le fleuve !

« Comme des aloès que Dieu a plantés !

« Comme des cèdres sur les eaux ! »

On comprendra maintenant les motifs qui m'ont déterminé, du moment que j'étais obligé de traduire les textes de l'Écriture Sainte, à m'astreindre à la littéralité, et par conséquent à m'y tenir également vis-à-vis de mon Modèle. D'abord, je n'avais qu'à y gagner, puisque, ainsi que l'a dit Boiste, « la littéralité sauve de l'arbitraire. » Ensuite, est-il bien vrai que la littéralité soit ennemie de l'élégance, quand on la voit, pour quelques moments de gêne, pour le travail qu'elle coûte, conduire aussi directement à la véritable poésie? Que si l'on me répétait, avec de Bonald, que « la littéralité est aussi un esclavage, et l'esclavage de l'esprit, souvent de la raison, » je répondrais que c'est précisément à la raison de pré-

---

[1] Cette traduction est à peu près identique avec celle du R. P. de Carrières, et M. de Genoude dit : « Que tes pavillons sont beaux, ô Jacob! Que tes tentes sont belles, ô Israël! Elles sont comme des vallées couvertes d'arbres, comme des jardins le long des fleuves, comme des tentes dressées par Jéhovah, comme des cèdres sur le bord des eaux. » (*Nomb.*, xxiv, 5, 6.)

server l'esprit de cet esclavage, et qu'après cela je
ne redoute plus un prétendu esclavage qui me délivre de l'arbitraire, fût-ce le mien propre, et devient
ainsi la meilleure sauvegarde de ma liberté. Un pouvoir qui me défend de la pire des tyrannies, l'arbitraire, ne saurait avoir pour moi, ni pour personne,
rien de redoutable : il sera toujours le soutien et le
protecteur de la faiblesse.

De combien d'avantages, en effet, me met en possession d'un seul coup cette littéralité ! En m'assu-
rant dans ma propre conscience d'abord, elle me
met de plus à l'abri de toute accusation, de tout reproche. Si, en traduisant mon Modèle, j'avais pu désirer, pour ma religion ou ma nationalité, quelques
réserves ou quelques ménagements, si j'avais pu
être tenté, peut-être, d'atténuer un peu ici, d'appuyer un peu là, je me trouvais, grâce à cette littéralité, dans l'impossibilité d'y réussir. J'ai sauvegardé
ainsi et mes convictions et mon impartialité ; je me
suis réservé tout droit, et d'approuver, et de discuter, et de combattre même, au besoin. D'abord,
jusque sous le rapport de la distribution, je n'ai
rien voulu prendre sur moi, et j'ai laissé tout dans
l'ordre où il m'a été indiqué et où il se trouve dans
l'édition russe, les deux premiers volumes correspondant à l'édition de 1848, et le troisième, au volume
complémentaire de 1861. J'ai dit comment le *choix* a
été fait par l'illustre Auteur ou tout au moins sous
son inspiration et sa direction, et comment ensuite

j'ai été laissé complètement à moi-même : c'est précisément à cause de cela que je me suis imposé la plus
grande réserve et que je ne me suis pas même permis
les quelques notes qui, de temps en temps peut-être,
auraient pu sembler utiles à certains endroits : il
aurait pu arriver que quelques-unes de ces notes
ne fussent pas toujours approuvées, et, après tout,
elles n'étaient pas indispensables. J'ai traduit, et
rien de plus. Ne me demandez donc pas pourquoi je
me suis servi de telle ou telle expression, de tel ou
tel mot, tandis que tel ou tel autre eût paru plus
propre, plus convenable en français, car je vous répondrais que c'est que ce dernier eût été moins exactement correspondant au mot russe; pourquoi j'ai
donné au mot français tel ou tel sens, pourquoi j'ai
repris celui-ci aujourd'hui hors d'usage, pourquoi
j'ai rendu à celui-là sa signification première, ori-
ginelle, ainsi que j'ai fait pour donner le nom de
Préface à ce travail, parce que nul autre ne m'a
semblé lui mieux convenir; pourquoi enfin je n'ai
pas craint parfois un néologisme, à la seule condition qu'il fût modéré, ou un mot quelque peu extraordinaire, à la seule condition qu'il ne le fût
pas plus en français qu'en russe : c'est qu'ainsi je
restais plus près de l'expression ou du mot russe,
j'allais dire que j'employais avec soin le même mot
dont s'est servi mon Auteur; c'est que j'imitais mon
Modèle, qui lui-même a fait la même chose, et non-
seulement m'a donné l'exemple de tout cela, mais

encore, par cet exemple, m'en a imposé l'obligation.
Il violente parfois sa grammaire, quand elle le contrarie; je violente parfois la mienne, quand je n'ai
pas d'autre moyen de serrer mon texte : c'est que la
mienne est la mienne, et qu'en cas de conflit c'est
elle que je crois devoir faire céder. Il rejette, avec
son Église, le mot *sacrement*, et appelle le sacrement
mystère; je fais comme lui : la charité s'appelle,
dans sa langue, *amour du prochain, amour des hommes, philanthropie;* je l'appelle comme lui. Et de
quel droit lui imposerais-je mon expression française? de quel droit oserais-je prétendre à le corriger, ou à l'enseigner, ou à refaire son œuvre, fût-ce
pour en réparer les défauts? J'ai respecté jusqu'à la
ponctuation, me permettant tout au plus, et cela
pour obtenir le même sens, la même signification,
une virgule là où il a mis un point-virgule, un point-
virgule là où il a mis un point. Couper sa phrase
autrement que lui? Pourquoi? Je ne reproduirais
plus alors ni son expression, ni son tour, ni sa *manière*, ni son mouvement, et ce ne serait plus sa
phrase. Les Russes, eux, la lisent bien telle qu'elle
est! La langue et la grammaire russe font du tiret
un usage plus fréquent que nous; je parlais russe,
quoique ce fût en français pour que ceux qui ne connaissent pas la langue russe pussent la comprendre
quand même, et je me suis conformé à la règle russe.
Je n'ai pas reproduit toujours toutes les majuscules :
c'est pour éviter dans notre impression française

une bigarrure qui aurait été nuisible sans servir de rien. Du reste, la majuscule ou la minuscule détermine parfois, pour nous, le sens d'un mot, et il fallait nécessairement prévoir le cas. Toutefois, dans certains Sermons ou Discours plus spéciaux, j'ai donné des exemples de l'emploi de la majuscule et de la médiuscule en russe. J'ai donc poussé l'exactitude jusqu'à la dernière limite : lorsque la phrase russe est voilée, ou indécise, ou à double tranchant, ce qui arrive de temps en temps à cause de la propriété de certains mots russes, ou qu'elle s'appuie sur une allusion, je me suis efforcé de l'imiter encore; lorsque mon Modèle tire ainsi sa pensée d'un mot, ou du double sens, ou du sens indécis d'un mot, ce qui lui arrive assez fréquemment, il m'a bien fallu trouver en français le mot qui lui convenait. Se plaît-il à répéter la même expression dont il vient de se servir, je me garde d'en chercher une autre. Enfin, je ne me suis arrêté que devant la version qui n'aurait plus eu de sens, ou qui aurait présenté un sens faux, — devant cette version que l'on a appelée à juste titre l'*interprétation judaïque*. Et que de détails encore j'omets, je passe, j'oublie ou je laisse au lecteur à découvrir! Je me résume : N'oubliez pas, je vous prie, que vous lisez du russe que l'on n'a fait que préparer, arranger suffisamment pour que vous puissiez le comprendre, vous qui ne voulez pas vous donner la peine d'apprendre à lire en cette langue, mais que

vous êtes, après tout, dans la même condition que
si vous la connaissiez, ou, si vous voulez, que les
Russes eux-mêmes. Vous demandez comment j'ai pu
parvenir à faire tout cela, qui vous paraît presque
impossible. C'est pourtant bien simple : j'ai travaillé
jour et nuit, j'ai corrigé, refait, refondu mon ma-
nuscrit durant trois années entières, et les épreuves
de ce livre durant une autre année. « Traduire, a
dit Chateaubriand, c'est se vouer au métier le plus
ingrat et le moins estimé qui fut oncques ; c'est se
battre avec des mots pour leur faire rendre dans
un idiome étranger *un sentiment, une pensée*, autrement exprimés, *un son qu'ils n'ont pas dans la langue
de l'auteur.* » Je me suis battu avec acharnement
contre les mots pour leur faire rendre tout ce qu'ils
contenaient. Si le principal mérite d'une traduction
consiste dans une exactitude également attentive
pour le fond et pour la forme, je me suis efforcé du
moins d'y aspirer. Que si, malgré tous mes efforts,
j'avais encore commis quelque erreur capitale, qui
pût porter la moindre atteinte à la gloire de mon
Modèle, je serais toujours prêt à en assumer seul
toute la responsabilité. Dans une tâche aussi ardue,
je ne serais pas le plus étonné de tous si j'avais
failli quelquefois.

« Mais qui s'inquiète aujourd'hui, » dit encore
Chateaubriand, « de tout ce que je viens de dire? Qui
s'avisera de suivre une traduction sur le texte? Qui
saura gré au traducteur d'avoir vaincu une diffi-

culté, d'avoir pâli autour d'une phrase des journées,
—il aurait dû dire des nuits—entières?» Qui? Mais
l'Auteur lui-même, d'abord. Et ensuite, beaucoup de
Russes, à l'opinion desquels il convenait bien un peu,
ce semble, d'avoir quelque égard, ne pourront-ils
pas répéter ce que j'ai vu moi-même plusieurs
d'entre eux prendre plaisir à faire, quand ils suivaient dans l'original russe la lecture que je leur
faisais en français? Ils sont, eux, pour les traductions
fidèles jusqu'au scrupule, parce que leur langue
souple, plastique et abondante s'y prête sans aucune
espèce d'empêchement de son côté, et qu'ils y sont par
conséquent habitués. Ainsi, entre autres traductions
russes qui se distinguent sous ce rapport, l'une des
plus remarquables, qui a eu plusieurs éditions, est
celle qu'a donnée de Massillon M. J. Iastrebtsoff,
quoiqu'il me semble qu'on puisse lui reprocher
d'avoir un peu trop modifié l'*habit* au moins de
l'Orateur français. Il est vrai qu'on est forcé d'accorder au Traducteur cette justice que ce qu'il en
a fait n'a été que pour rendre la lecture de sa traduction aussi agréable, aussi attrayante en russe que
l'original l'est en français; mais il faut ajouter qu'en
cela il a plus servi ses lecteurs que son Modèle :
c'est un ménagement qu'il a cru devoir, probablement, au public russe, qui a plus de goût, il serait
injuste de ne pas le reconnaître, que le public français pour ce genre de lecture. Quant à moi, j'ai pensé,
avec Mgr Philarète, que ses lecteurs français n'au-

raient pas besoin d'un semblable ménagement, et
que, dût l'*habit*, avec sa couleur et sa forme vraies,
leur paraître un peu étrange, ils en préféreraient la
vérité exacte et pure à une modification qui aurait
peut-être plus encore excité l'étonnement, et, qui
sait? peut-être l'incrédulité et la défiance. Du reste,
si le plus grand obstacle à la littéralité d'une traduction réside dans la génération des idées, il est à
remarquer que, sous ce rapport, la distance de la
langue russe à la langue française n'est pas aussi
grande qu'on pourrait le croire, quoiqu'elle le soit
beaucoup plus que la distance réciproque.

Et pourquoi ne le dirais-je pas? M. Iastrebtsoff,
tout en rendant avec une rigoureuse fidélité la
pensée et l'expression même de son Original, a dû
pourtant, dans son système, omettre. nombre de
parties de phrases et même de phrases entières
qui se prêtaient mal au génie de la langue russe,
et il en résulte des pertes toujours regrettables,
quelle que soit l'abondance des richesses conservées;
dans mon système, il n'y a lieu à aucun de ces
regrets : pas le plus petit adverbe, pas la moindre
conjonction que l'on ne retrouve à sa place; donc,
aussi, pas une seule idée qui ne soit également à
la sienne : c'est Mgr Philarète, et c'est lui tout
entier, vivant, non d'une vie d'emprunt, mais de sa
vie à lui, de sa vie propre. M. Iastrebtsoff a fait de
notre Massillon un charmant *orateur russe*, cela est
certain ; mais, outre le compte qu'il faut nécessai-

rement tenir, et du caractère personnel de l'original, et de la facilité avec laquelle sa langue se
prête à la traduction, et des moyens et de la plas-
ticité de la langue de traduction, il faut convenir
aussi qu'un Français, en lisant cette traduction, a
bien de la peine à reconnaître Massillon sous son
vêtement nouveau, et surtout qu'il le rechercherait
vainement dans une reproduction inverse. Ajoute-
rai-je que l'illustre Évêque de Clermont se retrou-
verait difficilement lui-même dans cette paraphrase
qui ne contient rien peut-être, si l'on veut, qu'il
n'ait dit, mais qui est loin de reproduire tout ce
qu'il a dit? En un mot, pour exprimer toute ma
pensée, c'est un orateur aussi aimable que Massillon, mais ce n'est plus notre Massillon.

Je sais que, malgré toutes ces considérations,
beaucoup de bons esprits, et même des esprits supérieurs, se rangeront encore du côté de M. Iastrebtsoff. Un traducteur moderne en renom, M. Renan, dans la Préface de sa traduction du Livre de
Job, a lancé un véritable manifeste au nom du *libéralisme* dans la traduction, et il ne serait pas équitable de n'en pas reconnaître du moins la clarté,
la précision et la franche netteté.

« On croit, » a dit M. Renan, « conserver la couleur
de l'original en conservant des tours opposés au
génie de la langue dans laquelle on traduit. On ne
songe pas qu'une langue ne doit jamais être parlée
ni écrite à demi. Il n'y a pas de raison pour s'ar-

rêter dans une telle voie; et si l'on se permet, sous
prétexte de fidélité, tel idiotisme qui ne se comprend
qu'à l'aide d'un commentaire, pourquoi n'en pas
venir franchement à ce système de calque où le traducteur, se bornant à superposer le mot sur le mot,
s'inquiète peu que la version soit aussi obscure que
l'original et laisse au lecteur le soin d'y trouver un
sens? De telles licences sont permises en allemand;
mais c'est une des facilités que j'envie le moins à
nos amis d'outre-Rhin. La langue française est pu-
ritaine; on ne fait pas de conditions avec elle. On
est libre de ne point l'écrire; mais dès qu'on entreprend cette tâche difficile, il faut passer les mains
liées sous les fourches caudines du dictionnaire autorisé et de la grammaire que l'usage a consacrée[1]. »

Voilà donc, d'abord, quiconque entreprend une
traduction, obligé de refondre, de refaire, peut-être,
l'ouvrage qu'il traduit, afin que *la version* ne soit
pas *aussi obscure que l'original*, et voilà, ensuite, la
France entourée de *fourches caudines*, sous lesquelles
devra passer les *mains liées*, sous peine de n'être
pas reconnue, de n'être même pas admise, toute
renommée venant du dehors! En se présentant à la
frontière, toute gloire autonome devra, pour première condition, dépouiller son autonomie pour
prendre ses lettres de naturalisation, qui n'auront
de valeur qu'autant que saura leur en donner l'exé-

[1] *Job*. préface, p. II.

cuteur qui les délivrera; et malheur à elle, encore,
si elle rencontre un exécuteur trop peu habile seulement! Elle risque fort d'être repoussée pour
longtemps, si ce n'est à tout jamais! Or, ce serait
plus qu'un malheur, puisque ce serait une injustice.

Et quand les partisans du *libéralisme* de la traduction demandent où l'on s'arrêtera dans la voie
de la *fidélité*, dans la voie de la *littéralité*, qu'ils s'ob-
stinent à confondre avec le *littéralisme*, en lui en at-
tribuant le nom, ne pourrait-on pas leur demander,
à eux, avec beaucoup plus de raison, où donc l'on
s'arrêtera dans la voie du *libéralisme*, dans cette
voie par laquelle M. Renan lui-même, avec son génie, est arrivé, — qu'il me soit permis de le dire sans
l'offenser, ma parole se perdra au milieu du concert
si immense qui s'est élevé contre son œuvre, — au
regrettable chef-d'œuvre de la *Vie de Jésus?*

Ainsi, la question revient toujours la même : Est-
ce un livre nouveau qu'écrit le traducteur? est-ce
un livre déjà écrit et achevé qu'il veut ouvrir au
lecteur? Et si le lecteur connaissait la langue de
l'original, aurait-il besoin d'une traduction, et ne
le lirait-il pas tel qu'il est? Donc, en enlevant pour
lui ce voile, je satisfais son désir et j'arrive à son
but, qui doit être aussi le mien.

En revenant sans cesse à la Bible et à sa traduction, je ne m'écarte point de mon sujet, puisque
c'est lui d'abord qui m'y ramène par sa connexion
intime avec elle, et ensuite parce que je ne fais que

poser mon principe sur sa base la plus ferme, pour
en déduire les conclusions que je cherche.

Pour en revenir donc à la Bible, ce livre écrit par
Dieu pour l'humanité, ce livre type de tous les livres
sérieux, dans lequel il serait si important de mettre
le monde entier à même de lire facilement et avec
attrait, que chacun se consulte soi-même et qu'il le
dise : tant qu'il n'aura qu'une traduction dans laquelle il saura qu'il lit, non pas la Bible elle-même,
non pas la Bible telle qu'elle est, mais telle qu'un
traducteur plus ou moins habile exégète aura jugé
convenable de la lui présenter, sera-t-il satisfait? A
ce compte, nous n'aurions plus beaucoup à désirer :
car enfin, les traductions que nous possédons, en
français j'entends, nous rendent d'une manière
assez suffisante, si nous voulons nous contenter
d'un à peu-près, la *Vulgate* de saint Jérôme. Cependant, qu'arrive-t-il? Qui ne veut avoir une Bible dans
sa maison? Et combien, après en avoir parcouru
quelques pages, la ferment pour ne la plus rouvrir!
A quoi cela tient-il? Ne serait-ce pas à ce que le
lecteur sent bientôt que ce n'est point la Bible elle-
même qu'il a sous les yeux, mais quelque chose
seulement de plus ou moins approchant, quelque
chose comme une contrefaçon, paraphrase discor-
dante, lourde, indigeste, au lieu des beautés sublimes dont il a mille fois entendu parler? Que
l'on traduise la Bible selon la méthode de M. Philarète Chasles, et l'on verra l'intérêt se réveiller, s'a-

nimer, s'enflammer au feu sacré de la conviction et
de la foi! Pourquoi la Version grecque des Septante,
pourquoi la Vulgate latine, sont-elles si admirablement sublimes, sinon parce qu'elles sont littérales?
Dans la séance d'ouverture de la *Société nationale
pour une traduction nouvelle des Livres Saints en langue
française*, M. Pétavel, secrétaire, l'illustre M. Amédée
Thierry, président, pour exciter l'émulation de la
France, ont parlé de la Russie. Or, que fait la Russie? D'un côté, elle a depuis longtemps sa traduction
officielle en langue slavonne, faite, pour l'Ancien Testament, sur la version des Septante, pour le Nouveau
Testament, sur les manuscrits originaux. Le Saint
Synode, qui a seul le droit et le privilége de la réim-
primer, recueille continuellement, de quelque part
qu'ils lui viennent, les mots nouveaux, les expressions nouvelles, toutes les observations, les examine
sérieusement, les pèse attentivement, et, quand il les
trouve de valeur suffisante, les enregistre d'abord en
renvois au bas des pages, à chaque nouvelle édition.
Quand une expression a supporté l'épreuve de cet
examen et du temps, quand elle est bien reconnue
comme plus rapprochée du texte original, comme
plus *littérale* et plus claire, le Synode, si fidèlement
et si minutieusement attaché cependant à l'antiquité
et à la tradition, sans craindre un changement reconnu utile, l'admet enfin définitivement dans sa
version officielle, qui se corrige et s'améliore ainsi
sans cesse, tout en devenant sans cesse plus littérale.

D'un autre côté, quoique tous les Russes, et surtout
le peuple, comprennent assez bien la langue slavonne liturgique, on a pourtant entrepris, depuis
quelques années, une traduction de la Bible en russe
vulgaire, traduction dont on n'a publié encore que le
Nouveau Testament, et qui s'élabore lentement. Cependant, cette traduction nouvelle subit le sort réservé, à ce qu'il semble, à toutes les traductions, du
moins à toutes les traductions premières : faite sur
le slavon, elle est inférieure à son texte. Pourquoi?
C'est que, sous prétexte de clarté, malgré l'identité
des idiomes, elle s'écarte quelquefois de ce texte.
Et ce fait, ou cette observation, si l'on veut seulement, m'amène à essayer de donner un corps à ma
pensée pour l'exprimer, si je puis, tout entière.

Une traduction quelconque ne peut-elle donc se
faire ou s'entreprendre qu'à la condition d'être parfaitement littérale?

Je me représente toutes les littératures du monde
comme se réunissant, au centre de l'humanité, en
une pyramide immense. Au sommet se place d'elle-
même, de plein droit, tout naturellement, la Bible
hébraïque originale. La pyramide a autant de faces
qu'il y a eu, qu'il y a et qu'il y aura de langues sur
la terre. Chaque genre de littérature forme, dans
chaque langue, un ou plusieurs degrés, en commençant par les genres sacrés, puis en descendant
aux genres philosophiques, et jusqu'aux genres profanes, qui sont à leur place aux degrés inférieurs.

Maintenant, je pense que la traduction de chaque
ouvrage doit occuper sur la face à laquelle elle
appartient le même degré que son original, sans pouvoir s'en écarter plus que du diamètre qui la re-
joint avec lui, et que, par conséquent, plus l'ouvrage se rapproche du sommet, plus la traduction
doit être rapprochée du modèle, et plus il descend
vers la base, plus il est loisible à la traduction de
s'en écarter, jusque-là qu'arrivant enfin tout au bas,
à terre, pour ainsi parler, le traducteur pourrait
avoir à lui l'espace sans limites, et entrer en possession du libéralisme sans bornes, complet alors,
de la simple imitation.

Et voilà pourquoi, le livre que j'ai traduit occupant, on l'a vu, par son genre, par son caractère,
par son style, par lui-même enfin et par toutes les
qualités ou tous les attributs qui le distinguent,
l'un des degrés les plus rapprochés de la Bible, j'ai
cru devoir traiter ma tâche aussi sérieusement que
je l'ai fait. Ce livre, les Russes le considèrent, on l'a
vu, comme l'œuvre capitale de leur littérature sacrée,
et il restera pour eux comme un monument impéris-
sable de la civilisation contemporaine d'un peuple
dont l'illustre Auteur a constamment concentré et
résumé en lui l'esprit et le cœur, tout le caractère
et toute la nationalité. A cette époque de transformation profonde de la Russie, il marque le point de
départ d'où elle s'élance, pleine de résolution et de
fermeté, vers l'avenir : pouvais-je donc, dans une

œuvre de pareille importance, faire trop d'efforts pour ne lui rien ôter de ce qui la caractérise, pour lui conserver, peut-être, sa destination providentielle?

Un dernier mot pour terminer. Mon but principal, le désir sincère qui m'a animé en entreprenant ce travail si difficile, ç'a été de chercher à être utile. Contribuer à faire bien connaître un pays à un autre, ce doit être les servir tous les deux; faire passer une œuvre sérieuse et importante d'une littérature dans une autre, ce doit être les enrichir toutes les deux; faire bien connaître une Église à une autre, ce doit être diminuer d'autant la distance qui les sépare. Notre siècle déclare chaque jour avoir reçu du Ciel pour mission l'effacement des frontières, le rapprochement des nationalités, la fondation inébranlable de la fraternité chrétienne des peuples selon la loi de l'Évangile : ce ne peut être qu'au Christianisme de le guider, et c'est donc au Christianisme de le devancer dans cette grande voie, en se réunissant et se serrant lui-même en un seul corps, comme en un seul et même esprit, autour de l'unique et éternellement glorieux étendard de la Croix du Calvaire.

A. SERPINET.

Paris, 5 septembre 1866.

CHOIX

DE

SERMONS ET DISCOURS

PREMIÈRE PARTIE

SERMONS POUR LES FÊTES DOMINICALES

1

SERMON

POUR LA NATIVITÉ DE JÉSUS-CHRIST.

ET EN SOUVENIR
DE LA DÉLIVRANCE DE L'ÉGLISE ET DE L'EMPIRE DE RUSSIE,
DE L'INVASION DES GAULOIS,
Prononcé dans l'église cathédrale du Monastère des Miracles, en 1821.

> Et soudain apparut, avec l'ange, la multitude des
> armées célestes louant Dieu, et disant : Gloire à Dieu
> au plus haut des cieux.
> — Luc, ii, 13. —

Ce sont les anges qui vous parlent aujourd'hui, Chrétiens, et ce sont les anges qui vous indiquent eux-mêmes ce que vous avez à faire pour obéir à cet avertissement. Quel enseignement pourrait être meilleur, et que vous reste-t-il à désirer encore? Un ange apparaît et dit aux hommes : *Voici que je vous annonce une grande joie, qui sera*

1.

pour tout le peuple : c'est qu'il vous est né aujourd'hui un Sauveur. Il aurait appartenu aux hommes, à cette annonce heureuse, de répondre par l'éternel *amen*, et de glorifier Dieu pour la bonne nouvelle ; et cependant, autour du messager céleste, ce sont d'autres anges qui se réunissent avides de l'entendre. *Et soudain,* c'est-à-dire dès qu'il a proclamé la bienheureuse nouvelle de la naissance du Christ, toute l'armée céleste s'écrie : *Gloire à Dieu au plus haut des cieux !* Et ils chantent leur cantique divin si haut qu'il retentit non-seulement dans les parvis célestes qu'ils habitent, mais encore dans les vallées terrestres. Pourquoi ? Sans doute pour que la voix de la terre s'allie à la voix du ciel, pour que les hommes unissent leur cantique au cantique des anges. Soyons donc dociles à l'avertissement angélique. *Venez, réjouissons-nous devant le Seigneur ; faisons éclater nos transports d'allégresse devant le Dieu de notre salut* (Ps. xciv, 1). *Gloire à Dieu au plus haut des cieux !* Mais vous êtes ici déjà pour vous réjouir de la naissance du Sauveur ; le cantique que l'Église a appris des anges, ne retentit pas seulement dans les temples de Dieu, mais encore dans vos propres demeures ; la parole angélique, quoique prononcée depuis tant de siècles, a montré encore aujourd'hui toute sa puissance : le fait, à ce qu'il semble, en est venu consommer l'accomplissement.

Les serviteurs de la parole ici-bas ne devraient plus avoir qu'à se tenir silencieux et tranquilles, en présence de cette manifestation des messagers divins. Mais le langage des anges, court, et pourtant plein de sens, leur cantique annonce une merveille inattendue ; il éveille, sans qu'on y prenne garde, l'admiration, et cette admiration appelle la réflexion et la méditation. Ensuite on se surprend à songer que, lorsque les légions célestes proclamèrent avec cette pompe triomphale la naissance de notre Sauveur, tout ce bas monde, à l'exception de quelques pâtres, était plongé dans le sommeil, et n'entendit ni leurs acclamations, ni leurs cantiques. Serait-il donc possible, — pourront dire quelques-uns, — serait-il possible que nous aussi, nous pussions ne pas apercevoir, dans notre sommeil, la splendeur du jour divin, ne pas entendre l'hymne de triomphe de l'Église? Sans faire ici de reproches à personne, je me contenterai de rappeler que David, qui était assurément plus vigilant que nous à chanter les louanges de Dieu, trouvait cependant nécessaire de réveiller quelquefois ses hymnes : *Réveille-toi, ma gloire* (Ps. LVI, 9) ! Essayons, nous aussi, par la méditation de la gloire de Dieu à la naissance de notre Sauveur, de réveiller *notre gloire*, ou, pour parler plus clairement, notre zèle de la gloire de Dieu.

Gloire à Dieu au plus haut des cieux !

Ce n'est qu'à la naissance de Jésus-Christ que la terre entend ce cantique angélique : pourquoi pas avant ? Est-ce qu'avant ce jour, Dieu n'avait pas de gloire au plus haut des cieux ?

Cela est vrai ! Dieu jouissait de toute éternité de la sublimité de sa gloire. Selon l'expression d'un saint martyr aux yeux duquel les cieux furent ouverts, il est le *Dieu de gloire* (Act. des Ap., VII, 2), c'est-à-dire que la gloire est si nécessairement unie avec son nom même, avec son essence même, qu'il ne serait pas Dieu s'il était sans gloire.

La gloire est la révélation, la manifestation, le reflet, le vêtement de la perfection intérieure. Dieu se révèle à

lui-même de toute éternité par la génération éternelle de
son Fils consubstantiel, et par la procession éternelle de
son Esprit consubstantiel ; et ainsi son unité, dans sa
Trinité sainte, resplendit d'une gloire essentielle, impé-
rissable, immuable. Dieu le Père est *le Père de la gloire*
(Eph., ı, 17) ; le Fils de Dieu est *la splendeur de sa gloire*
(Héb., ı, 3), et lui-même *il a eu la gloire en son Père, avant
que le monde fût* (Jean, xvıı, 5) ; semblablement, l'Esprit
de Dieu est *l'Esprit de gloire* (I Pier., ıv, 14). Dans cette
gloire propre, intrinsèque, Dieu vit dans une félicité parfaite, au-dessus de toute gloire, sans avoir besoin d'aucun témoin, sans pouvoir admettre aucun partage. Mais
comme, dans sa clémence et son amour infinis, il
désire communiquer sa béatitude, se faire des participants bienheureux de sa gloire, il suscite ses perfections
infinies, et elles se dévoilent dans ses créatures ; sa
gloire se manifeste dans les puissances célestes, se re-
flète dans l'homme, revêt la magnificence du monde visible ; il la donne, ceux qu'il en fait participants la reçoivent, elle retourne à lui, et dans cette circonvolu-
tion perpétuelle, pour ainsi parler, de la gloire divine,
consiste la vie bienheureuse, la félicité des créatures.
Ainsi les chérubins se tiennent devant le trône de Dieu,
enveloppés de la plénitude de sa gloire, et ils se crient
à haute voix les uns aux autres, en l'honneur de la très-
sainte Trinité, le cantique trois fois saint : *Saint, saint,
saint est le Seigneur, le Dieu des armées* (Is., vı, 3) ; *ils se
voilent le visage de leurs ailes*, parce que la gloire qui découle de Dieu est une *lumière inaccessible* (I Tim., vı, 16)
même pour les créatures supérieures ; ils sont *pleins
d'yeux autour et au dedans*, parce que leur ardeur de s'imprégner, par la contemplation, de la gloire de Dieu,

transforme tout leur être en un seul œil ; *ils n'ont de repos ni le jour ni la nuit* (Apoc., IV, 8), non que ce repos leur soit interdit, mais parce que la félicité dont les comble la contemplation et la participation de la gloire divine, et qui s'épanche sur eux comme du débordement d'un vase, se répand sans cesse hors d'eux en un joyeux hymne de louanges, et c'est ainsi que *la gloire, qui vient de Dieu seul* (Jean, V, 44), retourne à Dieu. Ainsi l'homme, dans son état primitif, était *l'image et la gloire de Dieu* (I Cor., XI, 7), et, sans vêtements, ne connaissait pas la nudité, parce qu'il était vêtu de cette gloire. Ainsi encore *les cieux racontent la gloire de Dieu ; le jour en répète le nom au jour, et la nuit la fait connaître à la nuit* (Ps. XVIII, 2, 3).

Mais si la gloire divine réside ainsi en Dieu de toute éternité, si elle se manifeste dans les créatures elles-mêmes, et non-seulement dans celles du ciel, mais encore dans celles de la terre, depuis longtemps et sans interruption, pourquoi, à la naissance de Jésus-Christ, le ciel la proclame-t-il à la terre d'une façon nouvelle et extraordinaire, comme quelque chose d'inconnu et d'inouï? Chrétien, c'est maintenant à ton tour de n'être plus qu'un œil, et surtout *au dedans*; sois attentif et contemple : il y a ici une gloire et un mystère, — une gloire cachée dans le mystère, un mystère dévoilé dans la gloire.

L'homme a rompu en lui le cercle éternel de la gloire de Dieu, quand il a résolu de ne pas la renvoyer à Dieu, mais de se l'approprier, dans l'espérance d'être, selon la promesse du tentateur, *semblable à Dieu*. De là est provenu, dans l'homme spirituel, quelque chose d'analogue à ce qui se passe dans l'homme matériel, quand s'arrête en

lui la circulation du sang. L'homme est mort spirituellement à la gloire de Dieu, ou du moins il est tombé dans
une léthargie telle qu'il a vu s'affaiblir en lui, relativement à son premier état, l'exercice de la vie de son âme
abandonnée à l'obscurité, à l'isolement, à l'inanition et
à la corruption. Mais comme la gloire divine s'est répandue dans tout le monde terrestre surtout par l'homme,
en se réfléchissant en lui comme dans l'image de Dieu,
il s'en suit que, depuis qu'elle s'est cachée à l'homme,
elle ne répand plus dans tout ce monde terrestre le
même éclat qu'au commencement. Quoique le Psalmiste
eût purifié son cœur et ses sens, et que ce ne soit qu'a-
près cette purification qu'il entendit la voix des *cieux
racontant la gloire de Dieu, et les éclats de cette voix se
répandant par tout l'univers*, ces éclats, sans aucun doute,
ne furent ni aussi retentissants, ni aussi magnifiques
qu'au commencement ; car alors on n'entendait que les
accords doux et majestueux de la vie et de la concorde,
tandis qu'à présent il s'y mêle des cris déchirants de
douleur et des bruits de ruine. Ce triste obscurcissement
de la gloire de Dieu dans ce monde, les hommes, aveuglés par le péché, l'ont consommé par là qu'en absorbant
tous leurs désirs et toutes leurs pensées dans la créature, *ils ont changé la gloire du Dieu incorruptible en l'i-
mage de l'homme corruptible, en l'image de quadrupèdes et
de reptiles* (Rom., I, 23).

Le *Dieu de gloire*, sachant que, sans sa gloire, il n'y a
pas de bonheur pour ses créatures, fit, pour me servir
d'une de nos expressions humaines, des efforts multipliés et extraordinaires pour la ramener parmi les hommes ; mais ces efforts parurent longtemps inutiles, et,
en effet, ils ne furent que des préparations plus ou moins

éloignées et partielles à la réapparition effective, générale, la seule possible, de sa gloire parmi ceux qui en
étaient privés, parce que *tous ont péché* (Rom., III, 23).
Dès l'instant où l'homme fut exclu de la gloire divine,
Dieu le chercha pour l'y ramener : *Adam, où es-tu ?* Mais
le pécheur ne put supporter la vue de cette gloire; il s'en-
fuit et se cacha de sa présence. Plus tard, pour la rendre
accessible aux hommes, Dieu la revêtit quelquefois de
la figure de ses anges ; mais ces apparitions terrifièrent
encore la nature humaine, et ne furent pas suffisantes
pour faire rentrer celle-ci en communication de la gloire
divine. — *Hélas ! Seigneur, Seigneur*, s'écrie Gédéon, *j'ai
vu l'ange du Seigneur face à face* (Jug., VI, 22) ! *Nous
mourrons de mort*, dit Manué, *car nous avons vu Dieu*
(Jug., XIII, 22). Le peuple d'Israël, quelque préparé qu'il
fût, selon l'instruction de Dieu lui-même, par Moïse, à
l'apparition de la gloire divine sur le Sinaï, ne put supporter, même de loin, cette apparition : — et ils dirent
à Moïse : *Parle-nous, mais que Dieu ne nous parle pas,
de peur que nous ne mourions* (Ex., XX, 19). Que dire de
ces autres apparitions de la gloire divine, lorsque,
voyant comblée la mesure des iniquités humaines, Dieu,
à moins de mentir lui-même à sa sainteté, ne put répondre par la voix de l'amour et de la clémence aux cris
de détresse qui montaient vers lui, mais fut obligé de
leur opposer les décrets sévères et vengeurs de sa justice, comme il le fit, par exemple, par la condamnation
de Caïn, par le déluge universel et par la destruction de
Sodome? — *Le Dieu de gloire tonna* (Ps. XXVIII, 3), la
terre trembla, l'homme disparut : où la joie aurait-elle
pu trouver place? D'où seraient venus les cantiques de
louanges?

Que fait à la fin Dieu, inépuisable dans ses moyens de miséricorde et de salut, pour ramener l'homme à l'espérance de la gloire? Puisque l'homme n'osait pas se rapprocher de Dieu et rentrer en communication de sa gloire, Dieu se rapprocha de l'homme et entra en communication de son abaissement. Pour que le pécheur n'évitât plus la présence divine, le Fils de Dieu vint à lui, revêtu d'une chair *semblable à la chair du péché* (Rom., VIII, 3). Pour que la créature infirme ne fût plus en dehors de la gloire du Créateur tout-puissant, il ne se revêtit plus de *sa vérité et de sa beauté* (Ps. CIII, 1), mais de la forme d'un enfant faible et vagissant, et de pauvres langes. Comme un habile médecin, lorsqu'il voit que son malade redoute un remède héroïque, le cache sous une apparence étrangère, le lui fait prendre ainsi, et sauve le malheureux de la mort ; de même le Médecin céleste des âmes et des corps, voyant que l'humanité, infectée de la maladie mortelle du péché, redoutait le spécifique divin qui seul pourtant la pouvait sauver, enveloppa sa divinité sous la forme humaine, et ainsi l'humanité éprouva, avant de s'en douter, toute l'efficacité du divin remède, du remède universel de la grâce divine. Dès que la divinité fut dans l'humanité, *tous les dons de sa puissance divine, qui appartiennent à la vie et à la piété, nous furent communiqués* (II Pier., I, 3) ; et c'est pour cela que notre infirmité sera remplie de la force divine, que notre mensonge sera effacé par la vérité divine, que nos ténèbres seront éclairées par la lumière divine, que notre mort sera vaincue par la vie divine. Dans la disparition même de la gloire de Dieu, nous trouvons l'espérance de la gloire, et, quand cette gloire se dévoilera, elle ne nous éblouira plus, elle ne nous effraiera plus, elle ne nous anéantira plus ; mais lorsqu'elle se lèvera sur nous, elle illuminera le monde dans lequel nous l'avons obscurcie. *Jésus-Christ est en vous, espérance de gloire* (II Cor., XIII, 5), selon l'assurance de l'Apôtre. Voilà le glorieux mystère et la gloire mystérieuse de ce jour ! Les serviteurs célestes de la lumière ont vu avant nous l'aurore de cette gloire, et aussitôt ils nous en ont avertis et se sont écriés : *Gloire à Dieu au plus haut des cieux*! Maintenant ce n'est plus l'aurore, mais le grand jour de cette gloire : que notre gloire se lève aussi ; qu'elle monte à son tour vers les habitants des cieux; qu'elle s'élève de nos cœurs, en transports d'allégresse, jusqu'au trône même du Très-Haut : *Gloire à Dieu au plus haut des cieux !*

Mes Frères ! Faites attention que les anges chantent à Dieu cet hymne triomphal pour le glorifier, non de leur salut, mais bien du nôtre. Avec quelle ardeur ne devons-nous donc pas le glorifier pour nous-mêmes ! Qui me donnera une étincelle du feu divin de l'amour des anges pour Dieu, afin que je puisse en enflammer vos cœurs, pour que vous entonniez aussi le cantique angélique, incessant et sans fin ? Je sais que le monde se prépare à étouffer dans vos âmes l'écho du cantique des anges par le bruit de ses fêtes, par ses entretiens frivoles, par ses chants qui corrompent la pureté de l'esprit, *à appesantir vos cœurs dans les festins et dans l'ivresse* (Luc, XXI, 34). Prenez garde d'affliger par vos actes, dans vos demeures, Dieu votre sauveur, après l'avoir glorifié par vos paroles dans son temple. *Je glorifierai celui qui m'aura glorifié*, dit-il, *et ceux qui me mépriseront seront couverts d'ignominie* (I Rois, II, 50). Et n'avons-nous pas fait déjà, il n'y a pas longtemps encore, une assez dure expérience de cette ignominie, lorsque le Seigneur a livré non-seulement nos maisons au pillage et à l'incendie, mais ses temples mêmes à la profanation ? Pourquoi cet abandon, si ce n'est parce que, par notre vie indigne de sa gloire, nous l'avons méprisé dans nos demeures : par notre nonchalance dans la foi, nous l'avons méprisé dans ses temples ? Mais voilà qu'il nous a pardonné encore et qu'il nous a rappelés à sa gloire : glorifions-le, pour ne pas réveiller contre nous sa colère dont nous menace déjà le renversement si extraordinaire de l'ordre des lois de la nature. *Rendez gloire à Dieu* (Ps. LXVII, 35) ! *Glorifiez Dieu dans vos corps et dans vos âmes* (1 Cor., VI, 20) ! — Ainsi soit-il.

2

SERMON

POUR LA NATIVITÉ DE JÉSUS-CHRIST.

> Qu'il y ait en vous la même sagesse qui est en Jésus-Christ, lui qui ayant la nature de Dieu, n'a point cru que ce fût pour lui une usurpation que de s'égaler à Dieu, et qui s'est cependant anéanti lui-même en prenant la forme d'esclave, se faisant à la ressemblance de l'homme, et a été trouvé en tout à l'image de l'homme.
>
> — Phil., II, 5-7. —

Si, selon le mot de Salomon, *il y a un temps pour chaque chose sous le ciel* (Eccl., III, 1), n'est-ce pas aujourd'hui le temps de méditer avec l'Apôtre sur le divin anéantissement de notre grand Dieu et sauveur Jésus-Christ, quand nous le voyons s'abaisser lui-même jusqu'à la mesure d'un enfant, s'anéantir jusqu'à une crèche ?

Les hommes, emportés par leurs passions vers les grandeurs humaines, se sont souvent scandalisés de l'abaissement de Jésus-Christ. Mais après qu'une expérience de tant de siècles a démontré que *Dieu l'a exalté*, que réellement, *au nom de Jésus, tout genou a fléchi au ciel, sur la terre et dans les enfers* (Phil., ii, 9, 10), puisque du jour de sa résurrection et de son ascension, des milliers de témoins ont vu les puissances célestes accomplir servilement toutes ses volontés, les puissances infernales, au contraire, être replongées, à son nom seul, au plus bas des abîmes sans fond, tandis que des milliers d'hommes ont trouvé leur félicité dans l'adoration de ce même nom ; après cela, et lorsqu'on parle à des hommes assemblés pour se prosterner devant le nom de Jésus, on peut se dispenser du soin de défendre et de justifier son abaissement, et rien ne nous empêche de considérer cet abaissement avec la même vénération que nous avons pour sa grandeur.

Oh ! combien le Fils de Dieu s'est abaissé dans son incarnation ! Et cet abaissement doit nous étonner d'autant plus qu'il s'opère dans une sorte de conformité contradictoire avec la grandeur première de l'homme lui-même. En effet, ce n'est pas sans intention que le langage divin emploie, pour peindre ces situations opposées, cette seule et même expression : *image et ressemblance*. *Faisons l'homme*, dit Dieu Créateur, *à notre image et à notre ressemblance*. Et l'Apôtre dit, en parlant de l'incarnation du Fils de Dieu : *Il a pris la forme d'esclave, se faisant à la ressemblance de l'homme, et il a été trouvé en tout à l'image de l'homme*. Un grand de la terre, quel qu'il soit, n'aurait pas à s'abaisser beaucoup pour ressembler à un esclave ; mais quand le Dieu grand et puissant, qui fait

jusqu'à ses esclaves semblables aux grands, se transforme lui-même *à l'image et à la ressemblance* de l'esclave, c'est-à-dire se réduit à la condition de l'esclavage
complet, à l'humiliation profonde qui est le propre de
l'esclave, — à la vue de cet abaissement incommensurable
de la suprême grandeur, il est impossible de ne pas
éprouver un sentiment particulier d'admiration qui va
jusqu'à l'attendrissement ou jusqu'à l'effroi. Et c'est à
ce degré que s'est humilié le Fils de Dieu dans son incarnation.

Mais combien plus encore il s'est anéanti dans les circonstances de sa naissance terrestre! Il lui fallait choisir le peuple parmi lequel il devait naître, et il choisit
le moindre des peuples de la terre, un peuple qui n'a-
vait pas de gouvernement propre, souvent asservi et sur
le point de l'être encore, autrefois béni, mais tout près
d'être rejeté. Il lui fallait choisir une ville, et il choisit
Bethléhem, si petite qu'un prophète qui cherche à la
louer, ne peut se taire de ce reproche qu'elle mérite, et
ne trouve pour la relever que le nom de Jésus, le Dieu
humilié qui y doit naître. *Et toi, Bethléhem, maison
d'Ephrata, est-ce que tu es la plus petite entre toutes les villes
de Juda? De toi doit me venir un chef qui sera prince en
Israël, et sa sortie est du commencement et des jours de l'é-
ternité* (Mich., v, 2). Il lui fallait choisir une mère, et,
afin de cacher encore pour un temps aux incrédules le
mystère de l'incarnation, il fallait lui adjoindre par les
liens de la loi, mais non par ceux de la chair, un père
présomptif, et il choisit, — descendants de race royale, il
est vrai, pour que les promesses et les prophéties fussent
accomplies, — un charpentier et une pauvre vierge restée
orpheline. Et ce n'était pas assez. Si le Maître du monde

était né dans une pauvre demeure appartenant à Joseph, ou tout au moins louée par lui; si Marie l'avait couché dans un pauvre berceau, la forme d'esclave, qu'il prenait, n'aurait peut-être pas eu tous les traits qui la peuvent constituer, car on aurait pu trouver un réduit d'esclave plus chétif que celui de Joseph, un berceau plus humble que celui de Marie. Qu'imagine donc l'infiniment Grand cherchant un abaissement infini? Un édit d'Auguste, ordonnant *le dénombrement des habitants de toute la terre* (Luc, ii, 1), met en mouvement toute la population de Juda, afin que Joseph ne puisse pas rester dans sa maison de Nazareth, afin qu'il ne puisse pas trouver un gîte à louer à Bethléhem, quand sera venu le jour de la naissance du vrai Maître de la terre; et ainsi, en s'abaissant jusqu'à se faire enfant, ce Maître s'abaisse encore jusqu'à une crèche pour berceau. *Elle le coucha dans une crèche, parce qu'il n'y avait point de place pour eux dans l'hôtellerie* (Luc, ii, 7).

Si, de ce Dieu humilié, nous portons nos regards sur toute l'étendue du monde dans lequel et pour lequel il s'humilie, ce prodige d'humiliation nous apparaît sous de nouveaux aspects non moins étonnants. Ici se présente à ma pensée le tableau de la Parole de Dieu descendant du ciel sur la terre d'Égypte, tracé par l'écrivain du livre de la Sagesse : *Pendant que tout reposait dans le silence, et que la nuit était au milieu de sa course, la Parole toute-puissante, Seigneur, descendit du ciel, venant de tes trônes souverains, et fondit, comme un guerrier impitoyable, au milieu de cette terre de mort* (Sag., xviii, 14, 15). Et à la descente de la Parole incarnée de Dieu sur la terre d'Israël, la nuit n'était-elle pas aussi au milieu de sa course, puisque, au moment même de sa naissance, *des bergers veillaient dans la même contrée, et gardaient leurs troupeaux durant les veilles de la nuit* (Luc, ii, 8)? Un silence profond ne régnait-il pas sur la terre, puisque la voix unique d'un ange fut entendue, et entendue par des bergers dans un désert? Effroyable soudaineté que celle de la Parole vengeresse de Dieu, descendant sur la terre de mort de l'Égypte pour *la remplir de meurtres* (Sag., xviii, 16) en frappant tous les premiers-nés d'Égypte! Cependant, non-seulement ce coup imprévu ne diminua pas, mais encore il augmenta la gloire du Dieu vengeur qui, sans aucun moyen sensible, sans aucun acte perceptible, par la seule puissance d'un ordre muet, ou même, pourrait-on dire, par la suspension seule de sa parole qui donne la vie à toute créature, consomme le châtiment de l'impiété. Autrement, mais non moins effrayante est la soudaineté avec laquelle le Verbe libérateur de Dieu, en naissant dans la chair, vient visiter toute la terre, terre de mort parce que *tous* ses habitants *ont péché, et sont privés de la gloire de Dieu* (Rom., iii, 25). — Il vient, non plus comme un guerrier redoutable menaçant de mort tout être vivant, mais comme un enfant nouveau-né, apportant dans tout l'empire de la mort l'espérance de la régénération et de la vie; — il vient; — mais cette terre de mort ne va pas à sa rencontre; elle n'entoure pas, elle ne glorifie pas, elle n'aperçoit même pas son Sauveur, elle n'entend pas le Verbe de Dieu silencieux dans une crèche. C'est presque en vain que *la gloire que Jésus-Christ avait en Dieu le Père, avant que le monde fût* (Jean, xvii, 5), l'accompagne, par la bouche des anges, à son entrée dans le monde, et arrive avec lui, — même jusqu'à la terre : sur cette terre de mort, il n'y a presque pas d'oreilles qui ne soient assourdies par les soucis de

la vie, qui soient capables de l'entendre. C'est presque
en vain que la mieux inspirée et la plus éclatante des
étoiles accomplira un voyage inaccoutumé pour signaler
le lever, dans une nuit profonde, du Soleil de vérité;
et c'est à peine s'il se trouvera deux ou trois hommes capables de comprendre cette indication, et prêts à la suivre, et encore sera-ce au milieu des nations assises dans
les ténèbres et à l'ombre mortelle du paganisme, et parmi
les adorateurs des étoiles. Et la Judée, où *Dieu est connu*
(Ps. LXXV, 2)? — Elle ne soupçonne même pas que *Dieu
s'est manifesté dans la chair* (I Tim., III, 16). Et Jérusalem,
la cité de Dieu (Ps. LXXXVI, 5)? — Elle n'est pas dans la
joie avec le Christ qui vient la sauver, mais dans le
trouble avec Hérode méditant le massacre. Et les grands
prêtres, et les docteurs, auxquels il appartenait particulièrement d'être plus près de Dieu et de ses mystères,
par la prière et l'interprétation de la loi? Ils résolvent
admirablement cette question savante : *Où doit naître le
Christ* (Matth., II, 4)? et là-dessus, ils se trouvent satisfaits de ce qu'ils ne jugent pas nécessaire de se soucier
davantage de savoir s'il ne naîtra pas en effet. Ainsi, ce
n'est pas seulement dans l'obscurité de la nuit naturelle,
mais encore dans les ténèbres tout aussi profondes de la
nuit de l'ignorance et de l'oubli, dans lesquels vivent
les hommes, de Toi et de tes jugements, que *Ton Verbe
tout-puissant, Seigneur, descend du ciel et de tes trônes
souverains, au milieu d'une terre de mort*, et, sans faire attention que presque personne ne le glorifie, que personne
ne le reconnaît ni ne cherche à le reconnaître, loin de
lancer ses jugements terribles, il se tait dans une longanimité où trouvent leur salut ceux qui périssaient!
Ainsi, il ne s'est pas seulement abaissé étant à l'image

de Dieu et égal à Dieu, et étant Dieu, mais il a encore pris un nouveau degré d'abaissement de l'ignorance et de l'oubli de ceux par amour desquels il s'est abaissé!

Admirons, Chrétiens, l'abaissement volontaire où se réduit pour nous notre grand Dieu et notre Sauveur; mais c'est peu encore. Prosternons-nous devant son abaissement; mais ce n'est pas encore assez. *Qu'il y ait en vous la même sagesse*, nous dit l'Apôtre, *qui est en Jésus-Christ.* Ayez les mêmes sentiments qu'avait Jésus-Christ; soyez dans les mêmes dispositions où il était. Qu'est-ce que cela signifie? — L'Apôtre nous l'explique lui-même en faisant précéder ces paroles de celles-ci : *Ne faites rien par un esprit de contention, ni de vaine gloire, mais que chacun, par humilité, mette les autres au-dessus de soi* (Phil. II, 5). Il est clair par là qu'il nous enseigne, à l'exemple de Jésus-Christ, à ne pas nous élever nous-mêmes, à ne pas nous enorgueillir de nos prérogatives, quelles qu'elles soient, mais à nous humilier, et en nous-mêmes, et devant les autres.

Celui qui a des esclaves, qu'il se souvienne de celui qui a pris la forme d'esclave, et qu'il n'humilie plus, par ses mépris, ceux qui sont humiliés par leur destin, et, élevé par Dieu au-dessus d'eux, qu'il ne cherche pas à s'élever encore lui-même par son orgueil.

Celui qui demeure dans une maison magnifique, qui dort sur le duvet, qui est vêtu de soie, qu'il se souvienne de l'étable et de la crèche, et des langes grossiers en proportion, et qu'il ne méprise plus ceux qui habitent des chaumières, qui dorment sur la paille, qui se revêtent de haillons, et qui, peut-être, non-seulement par leur apparence extérieure, mais encore par leur condition intérieure, sont, plus que lui, semblables au Christ.

Que le riche se glorifie, dit l'apôtre saint Jacques, — *que le riche se glorifie dans son humilité* (Jac., I, 10).

Et celui qui, selon l'expression de l'Apôtre, *se repose sur la loi, et qui se glorifie en Dieu, et qui connaît sa volonté, et qui, instruit par la loi, sait discerner ce qui est le meilleur* (Rom., II, 17, 18), — ah! celui-là, *s'il se glorifie dans le Seigneur, qu'il se glorifie* (I Cor., I, 31)! Mais *en croyant être ferme, qu'il prenne garde de tomber* (I Cor., X, 12)! Surtout qu'il ne condamne pas les ignorants, qu'il ne se moque pas de ceux qui tombent. Le Christ est *la lumière qui éclaire tout homme venant en ce monde* (Jean, I, 9) : peut-être ceux que vous voyez assis dans les ténèbres et à l'ombre de la mort, seront-ils bientôt éclairés beaucoup mieux que vous de cette lumière, ou peut-être même leur luit-elle déjà intérieurement, dans leur âme. Peut-être les mages de l'Orient païen seront-ils plus empressés que vous à chercher le Christ, et vous précèderont-ils auprès de lui; peut-être *les publicains et les pécheresses vous précèderont-ils dans le royaume de Dieu* (Matth., XXI, 31).

La douceur, la simplicité, l'humilité, l'indulgence qui égale au dernier d'entre les faibles, le calme dans l'humiliation, une patience à l'épreuve de tous les outrages, voilà *la sagesse qui doit être en vous*, comme *elle est en Christ.* — Ainsi soit-il.

3

SERMON

POUR LE VENDREDI SAINT.

— 1814. —

Qu'attendez-vous maintenant, mes chers auditeurs, des serviteurs de la parole? La Parole n'est plus.

Le Verbe, coéternel au Père et à l'Esprit, né pour notre salut, le principe de toute parole *vivante et efficace*, s'est tu; il est mort, enseveli et scellé dans la tombe. Pour *dire aux hommes*, avec plus de clarté et de force, *les voies de la vie* (Ps. xv, 11), ce Verbe a abaissé les cieux et s'est revêtu de la chair; mais les hommes n'ont pas voulu entendre le Verbe; ils ont déchiré sa chair, et voilà que *sa vie a été retranchée de la terre* (Is., liii, 8). Qui nous donnera maintenant la parole de la vie et du salut? —

Hâtons-nous de confesser le mystère du Verbe, mystère qui doit désarmer ses persécuteurs, et qui le ramène aux âmes prêtes à le recevoir. La Parole de Dieu ne peut pas être liée par la mort. De même que la parole de la bouche humaine ne meurt pas complètement à l'instant même où elle cesse de se faire entendre, mais qu'elle acquiert bien plutôt alors une nouvelle force, et, en passant par le sentiment, pénètre dans l'esprit et le cœur de ceux qui l'entendent, ainsi le Verbe hypostatique de Dieu, le Fils de Dieu, dans son incarnation libératrice, en

mourant par la chair, *remplit toutes choses* (Éph., iv, 10),
au même instant, de son esprit et de sa force. C'est pour
cela qu'au moment où Jésus-Christ s'affaisse et succombe
sur la croix, le ciel et la terre lui prêtent leurs voix, et les
morts annoncent la résurrection du Crucifié, et les rochers eux-mêmes font entendre pour lui leurs clameurs.
*Et le soleil s'obscurcit, et le voile du temple se déchira, et
la terre trembla, et les pierres se fendirent, et plusieurs
corps des saints qui étaient morts se levèrent* (Luc, xxiii,
45. — Matth., xxvii, 51, 52).

Chrétiens, la Parole incarnée ne se tait que pour nous
parler avec plus de force et d'efficacité; elle se cache
pour *pénétrer en nous* plus profondément (Jean, i, 14);
elle meurt pour nous faire don de son héritage. Assemblés dans ce temple pour vous entretenir avec Jésus au
tombeau, entendez *la parole vivante* (Hébr., iv, 12) du
divin Trépassé; écoutez le testament qu'il vous a laissé :
*Je vais vous préparer, comme mon Père m'a préparé, un
royaume* (Luc, xxii, 29).

Mais pour que des rêves inopportuns sur la grandeur
de cet héritage, ne viennent pas détourner nos regards
de Jésus crucifié qui doit appeler particulièrement notre
attention dans ces grands jours, remarquons avec soin,
Chrétiens, que ses premiers héritiers n'ont reçu, à sa
mort, d'autre trésor que le bois de la croix sur laquelle
il a souffert et il est mort, et qu'ils n'ont transmis que
cette croix, sous des images figuratives, à ceux qui veulent avoir part à l'héritage de son royaume. Qu'est-ce
que cela nous apprend? — C'est que de même qu'il a
*fallu que le Christ souffrît, et qu'il entrât ainsi dans la
gloire* (Luc, xxiv, 26) qu'il avait en son *Père*, ainsi c'est
par beaucoup de tribulations que le chrétien *doit entrer*

dans le royaume (Act. des Ap., xiv, 21) que le Christ lui a préparé; que de même que la croix de Jésus-Christ est pour tous la porte de ce royaume, ainsi la croix du chrétien est, pour tout enfant du même royaume, la clef qui le doit introduire dans son héritage. Voilà le résumé de cette grande *parole de la croix* (I Cor., i, 18), si au-dessus de la portée de l'esprit, si bien à la portée de la foi, si puissante par Dieu. Portons-la, comme une goutte de myrrhe, au tombeau du Verbe auteur de la vie.

Avant que le Fils de Dieu incarné prit et portât sa croix, cette croix appartenait aux hommes. A son origine, elle fut faite du bois de *l'arbre de la science du bien et du mal*. Le premier homme pensait ne faire qu'essayer du fruit de cet arbre; mais à peine y eut-il goûté que l'arbre défendu, avec toutes ses branches et tous ses rejetons, croula de tout son poids sur le corps du violateur de la défense divine. Les ténèbres, l'affliction, la terreur, les fatigues, les maladies, la mort, la misère, l'humiliation, l'inimitié de toute la nature, toutes les puissances destructives, en un mot, comme déchaînées de l'arbre fatal, s'armèrent contre lui, et l'enfant de colère eût été précipité pour toujours dans les enfers, si la Miséricorde, dans ses conseils éternels, ne lui eût tendu les mains et ne l'eût soutenu dans sa chute. Le Fils de Dieu prit sur lui le fardeau qui écrasait l'homme; il fit sienne la croix de l'homme, et ne lui laissa qu'à suivre cette croix, non pas, sans doute, pour aider le Tout-Puissant à soutenir le fardeau, mais pour que lui-même, avec la petite croix qui restait son partage, se trouvât encore porté par la vertu de la grande croix, comme la nacelle qu'entraîne le sillage du navire. Ainsi la croix de colère se transforme en croix d'amour; la croix qui fermait le paradis devient une échelle dressée vers le ciel : la croix issue de *l'arbre* terrible *de la science du bien et du mal,* arrosée du sang divin, reprend en *arbre de vie.* Le Fils de Dieu revêt notre nature et *consacre* en lui-même, *par les souffrances, l'auteur de notre salut ; il est éprouvé de toutes les manières* et *il vient en aide à ceux qui sont éprouvés ;* il marche portant sa croix, et *il conduit à la gloire* ceux qui le suivent (Hébr., II, 10, 18 ; — IV, 15).

Qui mesurera cette croix du monde entier, portée par l'auteur de notre salut ? Qui en pèsera le poids ? Qui comptera la multitude de croix diverses dont elle se compose comme la mer se compose de gouttes ? — Cette croix n'a pas été portée seulement de Jérusalem au Golgotha, avec l'aide de Simon le Cyrénéen, elle l'a encore été de Gethsémani à Jérusalem, et de Bethléhem même jusqu'à Gethsémani. Toute la vie de Jésus n'a été qu'une croix, et personne n'a touché au fardeau, si ce n'est pour l'appesantir : *Il a foulé seul le pressoir* de la fureur divine, *et, de tous les peuples, pas un homme n'a été avec lui* (Is., LXIII, 5).

La divinité s'unit avec l'humanité, l'éternel avec l'éphémère, l'infini avec le fini, l'incréé avec sa créature, l'être par essence avec le néant : quelle croix immense et incompréhensible doit résulter de cette union !

Le Dieu-homme dont les cieux célèbrent la descente sur la terre, apparaît ici-bas dans la condition la plus humble de l'humanité, dans la plus petite des villes du plus petit des royaumes de la terre ; il n'a ni asile, ni berceau ; avec ses pauvres parents, à peine quelques pâtres s'occupent-ils de sa naissance.

Huit jours comptés de la nouvelle existence de l'Éternel, on l'assujettit à la loi sanglante de la circoncision.

Le Dieu du Temple *est porté au Temple pour être présenté devant le Seigneur*, et celui qui est venu racheter le monde est racheté au prix de *deux petits oiseaux* (Luc, ii, 22, 24).

Alors qu'il est encore muet, le glaive de la parole de la croix s'aiguise déjà sur lui par la bouche de Siméon, et transperce le cœur de sa mère (Luc, ii, 34, 35).

Quelques étrangers viennent le saluer du nom de roi des Juifs ; mais ce faible hommage excite contre lui la haine d'Hérode, le rend la cause innocente de l'effusion du sang, et le force à s'éloigner du peuple de Dieu et à se réfugier chez un peuple adorateur des idoles.

La Sagesse infinie de Dieu ne *croît* qu'avec l'âge *en sagesse devant Dieu et devant les hommes*. La source et l'auteur de toute grâce *reçoit la grâce* (Luc, ii, 52). Trente ans, le Maître des cieux et le Roi de gloire se cache au ciel et à la terre dans une profonde soumission à deux mortels qu'il a daigné appeler ses parents.

Que n'a pas supporté ensuite Jésus, du jour de son avènement aux fonctions solennelles de rédempteur du genre humain !

Le Saint de Dieu, venant sanctifier les hommes, s'incline avec les pécheurs qui demandent à être purifiés, sous la main d'un homme, et reçoit le baptême : *baptême* en vérité, mes chers auditeurs, car il se plongea moins dans l'eau que dans l'océan des douleurs de la croix.

Celui qui sonde les cœurs et les reins, se soumet lui-même *à la tentation*. Le Pain céleste est en proie à la *faim* terrestre. Celui devant qui *tout genou doit fléchir au ciel, sur la terre et dans les enfers*, souffre que le prince des puissances infernales lui demande ses *adorations* (Matth., iv, 9).

Le Médiateur entre Dieu et les hommes se découvre aux

hommes, mais ou ils ne le reconnaissent pas, ou ils ne veulent pas le reconnaître. Ils regardent ses enseignements comme des blasphêmes (Matth., ix, 3), ses œuvres comme contraires à la loi (Jean, ix, 16), ses miracles comme faits au nom de Béelzébub (Matth., xii, 24). S'il répand ses miracles et ses bienfaits le samedi, ils l'accusent de violer le sabbat. S'il redresse ceux qui errent, s'il reçoit ceux qui se repentent, ils lui reprochent d'être *l'ami des pécheurs* (Matth., xi, 19). Là, ils cherchent à le surprendre dans ses paroles (Matth., xxii, 15); ici, ils le conduisent au sommet d'une montagne pour le précipiter (Luc, iv, 29); ailleurs, ils ramassent des pierres pour les lui jeter (Jean, viii, 59); nulle part, ils ne lui permettent de reposer sa tête (Matth., viii, 20). Ressuscite-t-il un mort, — ses envieux se consultent pour le faire mourir lui-même (Jean, xi, 43, 44, 46, 53). Le peuple le salue-t-il roi aux portes de Jérusalem, — tous les pouvoirs terrestres se lèvent pour le condamner comme un criminel. Dans le nombre choisi de ses amis, il voit un traître ingrat, le premier instrument de sa mort; les meilleurs d'entre eux lui sont *un sujet de scandale*, en lui opposant leurs pensées humaines quand lui s'avance à son œuvre divine (Matth., xvi, 23).

Déposeras-tu, divin Porteur de la croix, ne fût-ce que pour un instant, le fardeau énorme qui va sans cesse s'appesantissant sur tes épaules? Te reposeras-tu un peu, sinon afin de renouveler tes forces pour de nouveaux exploits, du moins par condescendance pour la faiblesse de ceux qui te suivent? — En effet, en approchant du Golgotha, tu t'arrêtes sur le Thabor. Va, gravis cette montagne de gloire; que ton visage resplendisse de la lumière céleste; que tes vêtements éclatent de blancheur; que la

Loi et les Prophètes viennent reconnaître en toi leur accomplissement; qu'on entende la voix de l'affection de ton Père! — mais ne remarquez-vous pas, mes chers auditeurs, que la croix suit Jésus sur le Thabor même, et que la parole de la croix ne se sépare pas de la parole qui glorifie? De quoi s'entretiennent avec Jésus, au milieu d'une pareille gloire, Moïse et Élie? — Ils s'entretiennent de sa croix et de sa mort : *Ils disaient sa sortie du monde, qu'il devait accomplir en Jérusalem* (Luc, IX, 31).

Longtemps Jésus porta sa croix comme sans en sentir la pesanteur; mais à la fin il lui *fut livré, comme à un lion, pour qu'elle brisât tous ses os* (Is., xxxviii, 13). Suivons-le, avec Pierre et les fils de Zébédée, dans le jardin de Gethsémani, et plongeons un œil attentif dans les ténèbres de sa dernière nuit sur la terre. Là, il ne cache plus la croix qui brise son âme : *Mon âme est triste, même jusqu'à la mort* (Matth., xxvi, 38). Son entretien suppliant avec son Père consubstantiel, loin de le délivrer, le retient sous le fardeau de sa souffrance. *Mon Père, s'il est possible, que ce calice passe loin de moi : cependant, non comme je veux, mais comme vous voulez* (Matth., xxvi, 39). *Celui qui porte tout par la parole de sa force*, a besoin maintenant qu'*un ange le fortifie* (Luc, xxii, 43)

Cette tristesse mortelle de Jésus paraîtra peut-être à quelques-uns d'entre nous, indigne de l'Impassible. Qu'ils sachent que cette tristesse n'est pas l'effet de l'impatience humaine, mais de la justice divine. Pouvait-il, l'Agneau *immolé dès la création du monde* (Apoc., xiii, 8), échapper à l'autel de son sacrifice? Celui *que son Père sanctifié et envoyé dans le monde* (Jean, x, 36), celui qui a pris sur lui, dès le commencement la tâche de réconcilier les hommes avec Dieu, pouvait-il hésiter dans l'accomplissement de cette mission à la seule pensée de la souffrance? S'il pouvait avoir quelque impatience, c'était l'impatience d'accomplir notre rédemption et de consommer notre bonheur. *J'ai à être baptisé d'un baptême*, dit-il, *et combien je suis impatient jusqu'à ce qu'il s'accomplisse* (Luc, xii, 50)! Ainsi donc, s'il est triste, il n'est pas triste de sa propre tristesse, mais de la nôtre; si nous le voyons *comme un homme de douleur, comme un lépreux frappé par Dieu, couvert d'opprobres*, c'est qu'il *porte nos péchés, et qu'il s'est chargé de nos langueurs* (Is., liii, 5, 4); le calice que lui présente son Père est le calice de toutes les iniquités que nous avons commises et de tous les châtiments qui nous étaient préparés, calice qui aurait submergé le monde entier s'il ne l'avait accepté, embrassé et épuisé à lui tout seul. Ce calice est composé d'abord de la désobéissance d'Adam, ensuite de la corruption du *premier monde* (Gen., vi, 12. — II Pier., ii, 5), de l'orgueil et de l'impiété de Babylone, de l'endurcissement et de l'impénitence de l'Égypte, de la perfidie de Jérusalem *tuant les prophètes et lapidant ceux qui lui étaient envoyés* (Matth., xxiii, 57), de la méchanceté de la Synagogue, des superstitions du paganisme, de l'arrogance des philosophes, et enfin (puisque le Rédempteur a porté même les péchés futurs du monde) des scandales qui sont arrivés jusque dans le Christianisme : les divisions du troupeau unique de l'unique Pasteur, les subtilités audacieuses des faux docteurs, l'appauvrissement de la foi et de l'amour dans le royaume de l'amour et de la foi, la propagation de l'impiété dans le sein de la piété elle-même. Ajoutons à cela tout ce que nous trouvons en nous et hors de nous qui mérite la haine et la colère de Dieu, et encore tout ce que nous nous efforçons de dérober à notre conscience sous le nom spécieux de *faiblesses* : l'étourderie et les plaisirs criminels de la jeunesse, l'endurcissement de la vieillesse, l'oubli de la Providence dans la prospérité, les murmures dans l'infortune, la vanité dans la bienfaisance, la cupidité dans le travail, notre paresse à nous corriger, nos rechutes fréquentes après nous être relevés, l'insouciance et l'oisiveté compagnes nécessaires du règne du luxe, la licence du siècle enflé des chimères de sa science ; — tous ces torrents d'iniquités ont fondu ensemble sur Jésus pour lui composer un seul calice de tristesse et de douleur ; tout l'enfer s'est conjuré contre cette âme céleste : est-il donc bien étonnant qu'elle ait été *triste jusqu'à la mort* ?

Notre parole faiblit, chers auditeurs, devant la tâche d'accompagner encore le grand Martyr de Gethsémani à Jérusalem et au Golgotha, de la croix morale à la croix réelle. Mais les cérémonies saintes accomplies aujourd'hui par l'Église, ont déjà mis sous vos yeux cette voie et cette dernière croix. Elle est si douloureuse que le soleil n'en a pu soutenir la vue, si pesante que la terre a tremblé sous elle. Toutes les tortures intérieures et extérieures, les plus cruelles et les plus outrageantes, endurées par l'innocence la plus pure, et endurées en récompense de bienfaits sans nombre ; le Très-Saint supplicié par les artisans de tous les crimes, le Créateur martyrisé par ses créatures ; souffrir pour des indignes, pour des ingrats, pour les auteurs mêmes de ses souffrances ; souffrir pour la gloire de Dieu et être abandonné de Dieu : — quel abîme incommensurable de douleurs !

Mon Dieu! Mon Dieu! Pourquoi as-tu abandonné ton Bien-Aimé? — En effet, Seigneur, tu l'as abandonné pour un instant, afin de ne pas nous abandonner pour l'éternité, nous qui t'avons abandonné. Dès aujourd'hui *il règne, il se revêt de beauté, il ceint sa force, et il affermit la terre de sorte qu'elle ne sera point ébranlée* (Ps. xcii, 1). *Élevé de la terre* par la croix, il en couvre la terre, et *il attire tout à lui* au ciel (Jean, xii, 52).

Mais quelque grande et quelque divine que soit, pour attirer tout à elle, la force de Jésus-Christ, il ne peut autrement *nous entraîner sur ses pas* (Cant., i, 3) qu'en plantant sa croix en nous, qu'en unissant notre croix à la sienne. *Celui qui veut venir avec moi*, dit-il, *qu'il prenne sa croix et me suive* (Luc, ix, 23). En effet, quoique, par son sang, gage de son alliance, et par sa croix, il ait consommé l'expiation de tous les péchés et racheté le monde de l'anathème, et qu'il nous ait ouvert l'entrée du Saint des Saints, comme personne n'y peut entrer que le sacrificateur et la victime, nous devons nous livrer comme victimes aux mains de ce grand prêtre *selon l'ordre de Melchisédech*; comme la malédiction est le fruit du péché, et que le péché prend sa racine dans la volonté libre, nous devons, pour nous approprier l'expiation et la rédemption, la justification et la sanctification de Jésus-Christ, livrer librement notre volonté à l'action efficace de la croix de Jésus-Christ. C'est pour cela que ceux qui ont réellement compris toute la *force divine* renfermée *dans la parole de la croix*, nous enseignent si souvent, par leurs exemples et leurs discours, à *être crucifiés avec le Christ, à crucifier notre chair avec ses passions et ses désirs déréglés, à ne pas vivre pour nous-mêmes, à accomplir dans notre chair ce qui manque à la passion de Jésus-*

Christ (Rom., vi, 6. — Gal., vi, 14; v, 24. — Rom., xiv; 7. — Coloss., i, 24).

Plus nous portons constamment et avec patience le fardeau de notre croix, et plus nous recevons avec abondance les dons de Dieu qui nous ont été achetés par la croix de Jésus-Christ : *A mesure que les souffrances de Jésus-Christ abondent en nous, nos consolations abondent aussi par Jésus-Christ* (II Cor., i, 5). Le pécheur qui, en portant courageusement sa croix, arrive enfin à s'y attacher lui-même, en se livrant avec une soumission sans réserve à tous les effets de la justice expiatoire sous les yeux de Jésus crucifié, celui-là entendra bientôt, avec le larron, cette parole de joie : *Aujourd'hui, tu seras avec moi dans le paradis.* La souffrance en présence de Jésus-Christ et à son exemple, est l'entrée du ciel.

De même que la croix visible et réelle est l'étendard royal du royaume de Jésus-Christ, ainsi la croix invisible est le sceau et le signe distinctif des vrais serviteurs, des élus du royaume de Dieu. Elle est le gage précieux de l'amour de Dieu, le sceptre paternel qui *frappe et brise* moins qu'il ne *fortifie et console* (Ps. ii, 9; xxii, 4), le feu purificateur de la foi, la compagne de l'espérance, l'antidote de la sensualité, la domination des passions, l'invitation à la prière, la gardienne de l'innocence, la mère de l'humilité, l'institutrice de la sagesse, le guide des enfants du Royaume. Où ont grandi tous les Saints qui ont été les guides et les défenseurs de l'Église, les Joseph, les Moïse, les Daniel, les Paul? — A l'école de la croix. Quand l'Église a-t-elle été plus féconde, plus florissante, et quand a-t-elle produit le plus de fruits de sainteté? — C'est quand tout le champ du Seigneur a été sans relâche labouré par la croix, et abreuvé du sang des martyrs. Quels sont ceux qui entourent le trône glorieux de l'Agneau? fut-il demandé à Jean dans sa vision : *Ceux qui sont revêtus de robes blanches, qui sont-ils, et d'où viennent-ils?* Et comme il ne put pas les reconnaître dans cette gloire de Dieu, il lui fut dit que c'étaient ceux qui avaient été marqués du sceau de la croix : *Ce sont ceux qui sont venus des grandes afflictions* (Apoc., VII, 15, 14).

Quelle est donc la folie de ceux qui veulent *anéantir la croix de Jésus-Christ* (I Cor., I, 17), et qui s'imaginent *comprendre la vertu de sa résurrection sans la participation de ses souffrances* (Phil., III, 10)! Si Jésus-Christ seul est *la vie et la voie* (Jean, XIV, 6) qui conduit à la vie, comment pourront-ils arriver à *la vie* de Jésus-Christ sans passer par *sa voie*? Peuvent-ils, ces membres amollis, entrer dans la composition d'un corps qui *s'adjoint* à une *Tête couronnée d'épines* (Éph., VI, 15, 16)? Est-il possible aux membres d'être dans le repos et le calme, quand la tête est plongée dans la peine, les tourments et l'ignominie; de s'oublier dans les plaisirs bruyants, quand elle est en proie à des douleurs mortelles; de boire à pleines coupes les joies du monde, quand elle a soif et n'est abreuvée que de vinaigre; de se dresser orgueilleusement, quand elle s'incline; de ne pas vouloir souffrir, même un instant, pour leurs propres péchés et leurs propres iniquités, quand elle meurt dans les tortures pour les péchés et les iniquités des autres; d'être vivants au monde et à la chair, quand elle rend son âme à Dieu? —

O homme attiré au ciel par la grâce de ton Dieu, mais empêché dans le monde par la chair! vois ton image dans le malheureux qui, s'enfonçant dans l'eau, lutte pour se soutenir à la surface : il étend incessamment ses membres en croix, et c'est ainsi qu'il parvient à vaincre les vagues ennemies. Regarde l'oiseau, quand il veut s'élever de la terre : il s'étend en croix, et prend l'essor. Cherche, toi aussi, dans la croix, le moyen de t'arracher au monde, et de t'élever à Dieu. *La parole de la croix est, pour ceux qui se sauvent, la force de Dieu.* — Ainsi soit-il.

4

SERMON

POUR LE JOUR DE PAQUES

— 1845 —

LE CHRIST EST RESSUSCITÉ!

Déjà se sont écoulées quelques-unes des heures solennelles et symboliques de la plus grande des fêtes. Il me vient à la pensée de me demander : Comprenons-nous assez les toutes premières minutes de cette solennité? — Retournons, de ce jour éclatant, à la nuit qui l'a précédé, nuit d'abord sombre, et puis non moins éclatante que ce jour lui-même, et arrêtons nos méditations sur ce qui s'est passé.

Dès minuit, l'Église s'est hâtée de nous réunir pour le commencement de la fête. Pourquoi cela? — C'est qu'il était désirable de rapprocher, autant que possible, le commencement de la solennité de l'heure de l'événement qu'elle est destinée à célébrer : la résurrection de Jésus-

Christ. Cette heure ne nous est pas précisément connue. Quand les saintes femmes, vers le lever du soleil, arrivèrent au tombeau du Seigneur, il était déjà ouvert, et les anges leur annoncèrent la résurrection du Christ, qui était déjà accomplie. Ce fut beaucoup plus tôt que la terre trembla autour du tombeau du Seigneur, que l'ange en souleva la pierre, qu'il en terrassa les gardes par l'éclat de son apparition, et qu'il les en éloigna ainsi afin d'en rendre l'approche libre aux saintes femmes et aux apôtres. Ce fut encore plus tôt que s'accomplit la résurrection, puisqu'elle s'accomplit le tombeau étant encore scellé, ainsi que l'atteste la sainte Église, gardienne des mystères du Christ; mais ce ne fut pas toutefois avant minuit, puisque, selon la prédiction du Seigneur, elle devait arriver le troisième jour, et par conséquent après l'heure de minuit du samedi, quoique ce puisse être dans les premiers moments qui la suivirent. Nous avons voulu saisir, cachée dans ces heures, la minute incomparablement grande et merveilleuse de la résurrection, en commençant à propos notre solennité, afin que notre fête coïncidât autant que possible avec l'événement que nous célébrons, de même que ceux qui conduisent un triomphe sont appelés à se joindre au triomphateur.

Immédiatement avant de commencer cette pompe de la résurrection, nous avons entonné un cantique en l'honneur de la sépulture de trois jours de Jésus-Christ. Pourquoi cela? — D'abord, ici encore l'ordre de la commémoration a suivi l'ordre des événements commémorés, puisque la résurrection de Jésus-Christ n'arriva qu'à la suite de sa sépulture de trois jours. En second lieu, ce réveil, avant la joie, d'une pieuse tristesse, devait fort bien nous préparer à une intelligence plus exacte et plus claire, et à un sentiment plus vif de la joie divine qui la devait suivre.

Nous avons préludé à cette cérémonie pompeuse par un hymne dans lequel nous avons proclamé que les anges chantent dans les cieux la résurrection de Jésus-Christ; ensuite nous avons demandé pour nous aussi la grâce de la célébrer avec un cœur pur; et ce chant a été entonné dès le commencement, le sanctuaire encore fermé, lorsque l'église était encore dans le silence. Que veut dire cet ordre des cérémonies? — Il rappelle encore l'ordre des évènements. Les anges ont connu et glorifié avant les hommes la résurrection de Jésus-Christ, puisque les hommes l'ont apprise d'abord des anges. Le ciel ne s'est pas ouvert aux yeux de la terre quand le Christ l'a ouvert d'une manière invisible par la force de sa croix, et y a introduit, dès le moment de sa résurrection, les patriarches, les prophètes et les saints de l'Ancien Testament, au milieu des cantiques des anges. Nous connaissons par la foi, et non par nos yeux, cette marche triomphale de l'Église céleste, et, pour que cette connaissance que nous en avons ne soit pas trop confuse, pour que la représentation symbolique qu'en fait l'Église de la terre ne soit pas trop morte, nous avons besoin de demander au Christ Dieu sa grâce et la pureté du cœur, parce que *ceux qui ont le cœur pur, verront Dieu* (Matth., v, 8).

Et après avoir demandé à Jésus-Christ ressuscité lui-même son secours pour le glorifier dignement, nous avons suivi, dans cette glorification, un ordre de cérémonies tout à fait inaccoutumé. Sortis du sanctuaire et du temple, nous nous sommes arrêtés dans la nuit, à l'occident, devant les portes fermées du temple, et, là, nous avons chanté un premier hymne à la très-sainte

Trinité et au Christ ressuscité. L'encensoir et la croix
nous ont ouvert les portes, et alors, de l'ombre extérieure, nous sommes entrés dans la lumière intérieure,
et nous nous sommes livrés complètement à l'enthousiasme de la fête. Il y a là tant de choses inaccoutumées
qu'on serait amené à les regarder comme désordonnées
si l'on n'y voyait une signification mystérieuse et profonde. Quelle est cette signification?— Celle-là même que
nous vous avons déjà expliquée en partie. Dans ces cérémonies visibles de l'Église de la terre, est retracée, autant
que possible, la pompe triomphale de l'Église du ciel.

C'est une loi ancienne et sublime des cérémonies de
l'Église, d'être l'image des pompes du ciel. C'est ainsi
que l'apôtre saint Paul dit du sacerdoce de l'Ancien Testament qu'il était *la figure et l'ombre des choses célestes*
(Héb., vIII, 5). L'Église chrétienne est plus près de l'É-
glise céleste que celle de l'Ancien Testament. Celle-ci était
surtout la figure de l'abaissement du ciel sur la terre, —
de l'incarnation du Fils de Dieu ; l'Église chrétienne,
après sa descente sur la terre, a dû principalement le représenter, selon l'expression du Prophète, *montant au
ciel, et traînant captive la captivité* (Ps. LXVII, 19), ou,
pour parler plus clairement, arrachant à l'enfer ses pri-
sonniers et ses esclaves, et les conduisant à la liberté et
à la béatitude ; *recevant des dons pour les hommes*, c'est-
à-dire, acquérant aux hommes, par les mérites de sa
croix, le droit aux dons bienheureux du Saint-Esprit.

La résurrection et l'ascension de Jésus-Christ n'ont
pas commencé au tombeau seulement, mais à l'enfer
même : car, après sa mort sur la croix, ainsi que le proclame l'Église, *son corps est demeuré au sépulcre, mais son
âme est descendue aux enfers, parce qu'il est Dieu. Il est*

1.   3

descendu même jusqu'aux enfers, et il y a dissipé les ténè-
bres qui y règnent. Jusque-là, quoique les patriarches,
les prophètes et les justes de l'Ancien Testament ne fussent pas plongés dans la nuit profonde où sont submergés
les incrédules et les impies, ils n'étaient cependant pas
sortis non plus de l'ombre de la mort, et ne jouissaient
pas de la pleine lumière. Ils avaient la semence de
la lumière, c'est-à-dire la foi dans la venue de Jésus-
Christ; mais ce n'était qu'à sa venue réelle vers eux, et
au contact de sa lumière divine que leurs lampes pouvaient s'allumer de la flamme de la véritable vie céleste.
Leurs âmes, comme les vierges sages, se tenaient aux
portes de la maison céleste; mais la clef de David pouvait
seule ouvrir ces portes; l'Époux divin seul, qui était
sorti par ces portes, pouvait y rentrer, et ramener avec
lui les fils de son lit nuptial. Et ainsi le Sauveur du
monde, après avoir été crucifié et être mort dans le
monde visible, est descendu dans le monde invisible,
même jusqu'aux enfers, et il a éclairé les âmes des justes, et il les a délivrées de l'ombre de la mort, et il leur a
ouvert les portes du paradis et du ciel; puis *il a montré*
enfin, dans le monde visible, *la lumière de la résurrection.*

Ne comprenez-vous pas, maintenant, comment l'Église
a joint cet invisible à ce visible, et a figuré l'un dans
l'autre? Nous nous sommes arrêtés, comme avec les habitants du monde invisible, au couchant, dans l'ombre
de la nuit comme dans l'ombre de la mort, devant les
portes fermées du temple comme devant les portes fermées du paradis. Par là, l'Église a voulu nous dire : C'était
ainsi avant la résurrection de Jésus-Christ, et c'eût été
ainsi éternellement s'il ne fût pas ressuscité. Ensuite
l'hymne à la très-sainte Trinité et au Christ ressuscité,

la croix et l'encensoir nous ont ouvert les portes du temple représentant les portes du paradis et du ciel. Par ces images l'Église nous a dit : C'est ainsi que la grâce de la très-sainte Trinité, et le nom et la force de Jésus-Christ ressuscité, la foi et la prière ouvrent les portes du paradis et du ciel. Les cierges brûlant dans nos mains ne représentaient pas seulement la lumière de la résurrection, mais ils nous rappelaient en même temps les vierges sages, et nous invitaient à nous tenir prêts pour accueillir, avec la lampe de la foi, alimentée par l'huile de la paix, de l'amour et de la charité, la seconde venue, la venue glorieuse de l'Époux céleste au milieu de la nuit, et pour trouver ouvertes devant nous les portes de son royaume.

Ce sont là quelques-uns des traits des cérémonies mystérieuses accomplies aujourd'hui par l'Église ! Soyons attentifs, mes Frères, et surtout soyons fidèles à l'enseignement symbolique de l'Église notre mère.

En célébrant le triomphe du Christ ressuscité pour nous, arrêtons en même temps, dans l'attendrissement de nos cœurs, nos regards sur le Christ crucifié, tourmenté, mort et enseveli pour nous, de peur que notre joie ne s'oublie et ne devienne déraisonnable. Celui-là seul peut goûter pleinement, et sans crainte de la perdre, la joie de la résurrection de Jésus-Christ, qui est ressuscité lui aussi intérieurement avec Jésus-Christ, et qui peut avoir l'espérance de ressusciter triomphalement : or, cette espérance n'appartient qu'à celui qui prend sa part de la croix, des souffrances et de la mort du Christ, ainsi que nous l'enseigne l'Apôtre : *Si nous avons été entés en lui par la ressemblance de sa mort, nous serons aussi entés en lui par la ressemblance de sa*

résurrection (Rom., vi, 5). *Souffrons avec.lui, et nous serons glorifiés avec lui* (Rom., viii, 17). La joie de cette
fête, si elle oubliait la croix et la mort du Sauveur qui
nous invitent à crucifier notre chair avec ses passions et
ses convoitises, courrait le risque — de terminer par la
chair ce qui a été commencé par l'esprit, et de changer
ceux qui célèbrent la résurrection du Christ en bourreaux qui le crucifieraient une seconde fois.

Nous avons célébré, après les anges et à leur exemple,
le triomphe de la résurrection de Jésus-Christ ; nous nous
sommes joints figurativement, pour ce triomphe, aux
patriarches, aux prophètes et aux justes ; nous avons été
introduits dans l'Église comme dans le paradis et le ciel
pour la solennisation de cette fête. Songez donc quelle
doit être, après cela, notre solennité ! Elle doit ressembler
de près à celle des anges ; elle doit être digne de s'unir
à celle de l'Église céleste des patriarches, des prophètes
et de tous les autres saints ; elle doit être digne du paradis et du ciel. Ne pensez pas que cette exigence soit
excessive et impossible à notre faiblesse. Celui qui célèbre cette fête avec un cœur pur, la célèbre avec les
anges. Celui qui la célèbre avec amour pour Dieu et pour
Jésus-Christ ressuscité, dans un esprit de fraternité pour
son prochain, celui-là la célèbre en communion avec
l'Église céleste, puisque le ciel n'est autre chose que le
royaume de l'amour divin ; et si, comme l'assure l'auteur
de l'Apocalypse, *Quiconque demeure dans l'amour, demeure
en Dieu* (I Jean, iv, 16), il ne demeure pas, évidemment,
hors du paradis et du ciel. Mais s'il ne nous est pas
très-difficile de nous élever pour unir notre solennité
à celle des anges et de l'Église céleste, il ne nous l'est
pas beaucoup non plus, malheureusement, de tombe

et de nous éloigner de leur communion. Celui qui plonge et ensevelit les joies de l'âme dans les jouissances de la chair, celui-là ne célèbre plus la fête avec les anges incorporels. Celui qui s'occupe de la terre au point d'oublier le ciel, celui-là, dès ce moment, est loin de l'Église céleste. Celui qui ne s'efforce pas de préserver sa fête du péché, celui-là ne la célèbre plus en communion avec les saints. Celui qui ne garde pas et n'entretient pas sa lumière intérieure, et qui, par sa négligence, la laisse s'éteindre, celui-là n'a pas beaucoup d'espérance de voir ouvertes les portes saintes de la demeure céleste, quoiqu'il voie, sur la terre, s'ouvrir les portes saintes du sanctuaire.

O Christ, notre Sauveur, glorifié au ciel par les anges et par les âmes bienheureuses des justes! *rends-nous dignes de te glorifier aussi sur la terre avec un cœur pur!* — Ainsi soit-il.

5

SERMON

POUR LE JOUR DE L'ASCENSION DE NOTRE-SEIGNEUR

> Et pendant qu'ils le suivaient des yeux montant au ciel, voilà que deux hommes se présentèrent devant eux, vêtus de blanc, qui leur dirent : Hommes de Galilée, que restez-vous là à regarder au ciel?
>
> — Act. des Apôt., i. 10, 11. —

Et à moi, il me semble étonnant, hommes de lumière, que vous demandiez à ces hommes de Galilée pourquoi ils tiennent leurs regards attachés aux cieux. Comment ne regarderaient-ils pas les cieux où vient de s'élever Jésus, où vient d'être enlevé leur trésor, où vient de leur être ravie leur espérance et leur joie, où a disparu leur vie? S'ils portaient maintenant leurs regards vers la terre, c'est alors qu'il faudrait leur demander, — ce qu'il faut demander à tous ceux qui, marchant sur les pas de Jésus-Christ, tiennent cependant leurs yeux opiniâtrément abaissés sur ce monde : Que regardez-vous sur la terre? Qu'avez-vous à y chercher encore, quand votre unique trésor, et le sien, après avoir été trouvé à Bethléhem, répandu sur toute la Judée et la Samarie, après avoir passé par les mains des brigands à Gethsémani, à Jérusalem et au Golgotha, après avoir été caché sous une pierre dans le jardin de Joseph d'Arimathie, — a été enlevé et emporté dans les Tabernacles du ciel? On vous a dit, et il en doit être ainsi : *Où est votre trésor, là est votre cœur* (Matth., 21); par conséquent, si votre trésor est au ciel, votre cœur y doit être aussi, et c'est là que doivent être tendus vos regards, vos pensées et tous vos désirs.

Ces *deux hommes vêtus de blanc*, qui apparurent aux apôtres aussitôt après l'ascension du Seigneur, et qui leur demandèrent pourquoi ils regardaient ainsi au ciel, ces deux hommes étaient eux-mêmes, sans aucun doute, des habitants du ciel; il n'est donc pas possible de penser que cela leur fût désagréable, ni qu'ils voulussent tourner ailleurs les regards des hommes de Galilée. Non! Ils ne veulent que mettre un terme à l'ébahissement inactif des apôtres : *Que restez-vous là à regarder au ciel?* Après les avoir tirés de cet ébahissement, ils les amènent à la réflexion, ils enseignent aux apôtres, — et à nous, avec quelles pensées il faut porter ses regards au ciel à la suite du Seigneur Jésus, qui vient de s'y élever. *Ce Jésus*, continuent-ils, *qui vous est ravi et qui s'est élevé au ciel, viendra de la même manière que vous l'avez vu monter au ciel.*

Quoique notre Seigneur, après sa résurrection, se fût souvent montré aux apôtres et se fût souvent fait subitement invisible à leurs yeux, et que, par conséquent, ils eussent pu en quelque sorte s'accoutumer à ces surprises merveilleuses, cependant, lorsque, en se séparant d'eux sur le Mont des Oliviers, il ne s'éloigna pas simplement ou ne disparut pas tout à coup à leurs yeux, mais qu'il s'éleva toujours visible jusqu'au-dessus des nuages, et qu'ils ne le perdirent de vue que dans l'immensité de l'espace, il n'y a aucun doute que ce prodige nouveau ne leur ait paru, malgré leur habitude de voir des merveilles, extraordinaire et particulièrement frappant. Alors ils comprirent bien que c'était l'accomplissement des paroles que leur avait rapportées Marie Madeleine : *Je monte à mon Père et à votre Père, à mon Dieu et à votre Dieu* (Jean, xx, 17). Il leur fallut bien comprendre alors que ces visites qui les remplissaient de joie, que ces entretiens dans lesquels il les instruisait, que ces communications sensibles avec sa divinité incarnée, qui avaient continué quarante jours, cet instant y mettait un terme. Quand leurs mains et leurs voix ne purent plus atteindre à lui, dans son ascension, ils le poursuivirent de leurs regards qui cherchaient à le retenir. *Ils le suivaient des yeux, montant au ciel.* On peut s'imaginer quelle immense privation durent éprouver les apôtres par la retraite au ciel de Jésus, qui seul était tout pour eux dans le monde. Mais cette privation immense, les puissances célestes s'empressent de la combler. *Ce*

Jésus, qui vous est ravi et s'est élevé au ciel, viendra.

Chrétien, si tu as tant soit peu connu le Seigneur Jésus, si tu as *goûté combien le Seigneur est doux* (Ps. xxxiii,
9), tu comprendras certainement plus ou moins quel vide
son absence laisse dans le monde, tu sentiras quel vide
son absence laisse dans le cœur. Et cela doit être ainsi :
car tout ce qu'il y a dans le monde est *vanité des vanités ;*
or, la vanité ne peut remplir un cœur créé par la Vérité
pour la vérité : *tout ce qu'il y a dans le monde* est *convoitise,* ou bien objet, appât de convoitise, sous des formes
diverses ; et, comme *le monde passe avec sa convoitise*
(1 Jean, ii, 16, 17), ou, pour mieux dire, comme les objets qui excitent la convoitise durent peu, alors, quelque grand que soit le monde, quelque divers que soient
ses biens, quelque abondantes que soient ses sources de
jouissances, tout cela ne saurait remplir le petit vase du
cœur humain qui, étant immortel, ne peut être rempli
que par la vie éternelle. Si, dans ce sentiment du néant
des créatures, il te semble que le Seigneur, qui est ta vérité, ta vie, ton désir et la plénitude de tous les désirs,
s'éloigne de toi, se cache, t'abandonne non-seulement
sans consolation, mais encore dans l'affliction, non-
seulement dans l'isolement, mais au milieu des ennemis
de ton salut ; si tes yeux épuisés de fatigue ne peuvent
plus pénétrer les cieux voilés par un nuage, et que les
décrets impénétrables du Très-Haut ne te présentent que
l'inconnu, entends la parole pleine de force des puissances célestes, cette parole qui peut remplir le vide de ton
cœur, soulager ton affliction, faire cesser ton isolement,
éclairer tes ténèbres, résoudre ton inconnu, revivifier ton
âme par une espérance infaillible et incorruptible : *Ce
Jésus, qui vous est ravi, et qui s'est élevé au ciel, — viendra.*

A cette assurance consolante et salutaire de la venue future du Seigneur monté au ciel, ses messagers célestes ajoutent une brève explication de la manière dont il reviendra. Ils affirment que la venue du Seigneur sera semblable à son départ, ou à son ascension. *Il viendra de la même manière que vous l'avez vu monter au ciel.* Les envoyés célestes ne tiennent probablement pas de vains discours, comme nous le faisons quelquefois, nous, êtres terrestres; la moindre de leurs paroles contient un grand enseignement pour ceux qui savent les écouter. Soyons donc attentifs !

Il viendra de la même manière que vous l'avez vu monter au ciel. D'après ces paroles, si nous observons toutes les circonstances qui ont accompagné l'ascension de Jésus-Christ au ciel, nous pouvons remarquer, d'abord, la bénédiction qu'il donna en ce moment à ses apôtres. *Il fut fait,* dit l'évangéliste saint Luc, *qu'en les bénissant, il s'éloigna d'eux et s'éleva au ciel* (Luc, xxiv, 51). Cette circonstance de son ascension au ciel et de sa séparation d'avec ses élus, le Seigneur lui-même la leur rappellera *lorsqu'il viendra dans sa gloire,* et, en les revoyant, il les appellera à la possession réelle de son royaume; *car alors le Roi dira à ceux qui seront à sa droite : Venez, les bénis de mon Père* (Matth., xxv, 34).

Quel inépuisable torrent de bénédictions le Christ nous promet, Chrétiens! Il élève la main pour bénir, et, avant de l'abaisser, il commence son ascension. *Il fut fait qu'en les bénissant, — il s'éleva.* Ainsi, en s'élevant, il continue encore à répandre invisiblement sa bénédiction. Elle s'épanche et coule incessamment sur les apôtres; par eux elle découle sur ceux qu'ils bénissent au nom de Jésus-Christ; ceux qui ont reçu la bénédiction de Jésus-Christ par les apôtres, la répandent sur les autres; ainsi, tous ceux qui appartiennent à la sainte Église universelle et apostolique, deviennent participants de la même bénédiction de Jésus-Christ et de son Père *qui nous a comblés de toutes les bénédictions spirituelles pour le ciel, en Jésus-Christ* (Éph., 1, 3). *Comme la rosée d'Hermon qui descend sur la montagne de Sion* (Ps. cxxxii, 3), cette bénédiction de paix descend sur toute âme qui s'élève au-dessus des passions et des convoitises, au-dessus des inquiétudes et des soucis du monde; comme un sceau ineffaçable, elle marque ceux qui sont à Jésus-Christ, tellement qu'à la fin des siècles, il les reconnaîtra à ce signe et les appellera du milieu de toute la race humaine : *Venez, les bénis de mon Père !*

Songeons, mes Frères, combien il est important pour nous de nous efforcer d'acquérir et de conserver la bénédiction du Seigneur dans son ascension, bénédiction qui descend, par les apôtres, sur nous et sur l'Église apostolique. Si nous l'avons reçue et si nous la conservons, nous serons appelés, avec les apôtres et avec tous les saints, lors de la venue future de Jésus-Christ, au partage de son royaume : *Venez les bénis !* Mais si, lorsqu'il appellera *les bénis de son Père*, il ne reconnaît pas sur nous ce signe, ou bien si nous n'avons reçu que la bénédiction menteuse de ces hommes qui eux-mêmes n'ont pas hérité du don divin et mystérieux de la bénédiction du Père céleste, quel sera notre sort? En vérité, je vous le dis, songeons-y et occupons-nous-en tandis qu'il en est encore temps.

La seconde circonstance de la résurrection du Seigneur, que nous avons à remarquer par rapport à sa venue future, c'est qu'il est monté au ciel en présence de ses disciples, d'une manière apparente et solennelle. *Ils le virent s'élever, et une nuée le déroba à leurs yeux.* Quelle est cette nuée? — Une nuée de lumière et de gloire, semblable à celle qui couvrit et remplit jadis le tabernacle de Moïse et le temple de Salomon. Alors on vit la gloire, mais on ne vit pas le Dieu de gloire; plus tard on vit le Dieu, mais dépouillé de sa gloire, et on ne le reconnut pas, et on ne le glorifia pas : ici, la gloire ne cache plus le Dieu, et le Dieu ne cache plus la gloire. Les apôtres virent la gloire du Seigneur montant au ciel: le prophète l'a aussi vue et entendue, quand il s'écrie lui-même dans un transport de triomphe : *Dieu est monté au milieu des cris de joie, et le Seigneur, au bruit de la trompette* (Ps. xlvi, 6). Ainsi, quand les messagers de lumière nous annoncent qu'il viendra comme on l'a vu monter au ciel, ils nous donnent à penser qu'il viendra d'une manière éclatante et solennelle. C'est bien ainsi que le Seigneur a dit de lui-même, que le *Fils de l'homme viendra dans sa gloire, et tous les saints anges avec lui* (Matth., xxv, 31). C'est encore ainsi que s'exprime l'Apôtre: *Le Seigneur, à l'ordre, ou à l'avertissement, à la voix de l'Archange, et au son de la trompette de Dieu, descendra du ciel* (I Thess., iv, 16).

Mais pourquoi, dira-t-on, s'arrêter à ces détails qui paraissent plus faits pour exciter la curiosité que pour répondre à un vrai désir d'instruction? Les prophéties sont faites pour marquer et recommander à la foi les événements qui viennent de Dieu; or, qui ne reconnaîtra à l'instant, sans être prévenu de tous ses détails, la venue glorieuse du Christ? — Ne vous hâtez pas tant, mes très-chers amis, de conclure à la superfluité de ces détails. Non! Les apôtres et les anges, et le Seigneur lui-

même ne disent jamais rien pour la curiosité; mais toutes leurs paroles tendent à instruire. Que la venue de
Jésus-Christ doive être éclatante et solennelle, cela nous
a été prédit parce qu'il y aura de faux prophètes qui an-
nonceront le contraire, quand un esprit de séduction
sera envoyé aux chrétiens indignes, infidèles et perver-
tis. *L'heure approche*, ou le temps de la tentation (et
peut-être *est-elle présente*), où l'on vous dira : *Le Christ
est ici, ou il est là ! Le voici dans le désert ! Le voici dans l'intérieur de la maison !* (Matth., xxiv, 25, 26.) Le voilà chez
nous, disent les sectaires apostats qui, abandonnant la
cité de Dieu, la Jérusalem spirituelle, l'Église apostolique, se réfugient, non dans le vrai désert de la paix et
du silence, mais dans la désolation de l'esprit et du
cœur, où il n'y a ni saine doctrine, ni sainteté des mystères, ni vrais principes pour la vie, soit intérieure, soit
extérieure. Le voilà chez nous, disent les ennemis secrets
de notre sainte religion, en montrant leurs conciliabules
ténébreux, comme si le soleil ne devait luire que sous
terre, comme si ce n'était pas lui qui nous a dit et fait
cette injonction : *Ce que je vous dis dans la nuit, dites-le
à la lumière, et ce que vous avez entendu dans l'oreille,
prêchez-le sur les toits* (Matth., x, 27).

Que vous entendiez ces cris ou des murmures, souvenez-vous, Chrétiens, des paroles et de la promesse des
anges à l'ascension du Seigneur : *Il viendra de la même
manière que vous l'avez vu monter au ciel*, d'une manière
aussi éclatante, aussi solennelle. Et c'est pourquoi, *si
quelqu'un vous dit : Le Christ est ici, ou il est là, ne le
croyez point*. Ni les cris violents, ni les murmures astu-
cieux ne sauraient ressembler à la voix de l'archange ou
à la trompette de Dieu. *Ne sortez point à la suite de ceux*

qui vous appelleront hors de la cité du Seigneur; restez
à votre place, et gardez votre foi pour la venue réelle de
Jésus-Christ glorieux et triomphant.

La troisième circonstance de l'ascension du Seigneur,
qui mérite d'être signalée pour l'avenir, c'est qu'elle fut
soudaine et inattendue pour ses disciples. Autant que
nous l'apprenons par les courtes relations évangéliques,
elle eut lieu de la manière suivante : Il leur apparut à
Jérusalem, comme il l'avait fait souvent, et, étant sorti,
il les emmena avec lui, comme pour l'accompagner, s'en-
tretenant avec eux, comme d'ordinaire, du royaume de
Dieu, et particulièrement de la venue prochaine du Saint-
Esprit; *il les conduisit donc au dehors de Jérusalem, jusqu'à Béthanie, et il éleva les mains, et il les bénit, et il
fut fait qu'en les bénissant, il s'éloigna d'eux et s'éleva au
ciel.* Non-seulement il ne voulut pas de lui-même les prévenir de ce grand évènement, mais encore, lors même
qu'ils l'interrogèrent sur l'époque des grands évènements
de son règne, il refusa positivement de leur donner cette
connaissance. *Mais il leur dit : Il ne vous appartient pas
de connaître les temps et les moments que le Père a réser-
vés à son pouvoir* (Act. des Ap., ı, 7). Ce refus de leur
faire connaître les temps porte évidemment aussi sur
l'époque de la venue future du Christ, et même s'y rapporte principalement. Précédemment encore, il insinuait
à ses disciples la soudaineté de cet évènement, en le com-
parant à l'éclair qui est, dans la nature, l'image la plus
frappante de la soudaineté absolue : *Comme l'éclair part
de l'orient et luit jusqu'à l'occident, ainsi sera la venue du
Fils de l'homme* (Matth., xxiv, 27). L'Apôtre dit semblablement : *Le jour du Seigneur viendra comme un voleur
dans la nuit* (I Thess., v, 2).

De cette soudaineté de sa venue future, le Seigneur tire lui-même, pour nous, Chrétiens, un avertissement salutaire. *Veillez donc*, dit-il, *car vous ne savez pas à quelle heure votre Seigneur viendra* (Matth., xxiv, 42). Ne vous laissez pas entraîner à la curiosité ou à une crédulité légère quand des chrétiens, pensant en savoir plus qu'il ne nous a été donné par le Christ, vous compteront les temps de son royaume, et vous fixeront les jours de son apparition désirée : *il ne vous appartient pas de connaître les temps et les moments* ; efforcez-vous plutôt de connaître vos péchés, de compter vos chutes, et d'y trouver un terme dans la pénitence. Surtout gardez-vous, si vous l'entendez, de ce que diront ces insolents prédits par l'Apôtre : *Qu'est devenue la promesse de son avènement ? Car depuis que nos pères se sont endormis, toutes choses demeurent dans le même état depuis le commencement du monde* (II Pier., iii, 4). Prenez garde que les rêves ténébreux des enfants de ce siècle, qui ont fermé les yeux à la lumière du siècle à venir, n'obscurcissent votre cœur, n'aveuglent votre intelligence, n'assoupissent votre esprit à cette heure désirée et redoutable où *viendra le jour du Seigneur, comme un voleur dans la nuit.*

Mes bien-aimés ! en espérant ces choses, efforcez-vous d'être trouvés par lui immaculés et purs, dans la paix (II Pier., iii, 14). — Ainsi soit-il.

6

SERMON

POUR LE JOUR DE LA PENTECOTE

— 1811 —

> Ils furent tous remplis de l'Esprit-Saint.
> — Act. des Apôt., II, 4. —

Lorsque, après s'être abîmé dans la créature, lorsque, ne pouvant plus supporter l'éclat de la lumière incréée, l'homme *se fut caché* (Gen., III, 8) de Dieu, et lorsque Dieu se fut caché de l'homme pour ne pas exterminer le coupable par l'unique effet de sa sainte présence, l'indivisible Trinité, dans sa clémence ineffable, se rapprocha du malheureux banni par des manifestations graduelles, afin que *la grâce de Notre-Seigneur Jésus-Christ, et l'amour de Dieu le Père, et la communication du Saint-Esprit* (II Cor., XIII, 15) pussent le relever et le réhabiliter de sa déchéance. Le Père se manifesta par des promesses d'amour et de miséricorde, et confia le pécheur effrayé de sa justice infinie, à la médiation du Fils; le Fils se manifesta sous le voile de l'humanité, et, après avoir vaincu en lui-même le péché et terrassé la mort, il ouvrit à la grâce du Saint-Esprit une porte vers les enfants de colère; enfin le Saint-Esprit se manifesta par l'apparition de langues de feu, et pénétra, dans la personne des apôtres, la nature humaine, pour lui approprier l'amour du

Père et les mérites du Fils, et *nous rendre participants de
la nature divine* (II Pier., 1, 4).

En ce même jour où fut donnée autrefois sur le Sinaï la
loi de *l'esprit de servitude dans la crainte de la mort*, en ce
même jour est sortie aujourd'hui de Sion *la loi de l'esprit
de vie, de liberté, d'adoption* (Rom., viii, 15, 2), pour que
nous comprenions que la *justification de la loi, qui n'a pas
été atteinte* par les Israélites charnels, *s'accomplit* dans les
enfants de la foi, *qui marchent selon l'esprit* (Rom., ix,
51 ; viii, 5), et que la communauté de ceux qui ont été
sauvés approche, d'un pas mesuré d'avance, vers la consommation de la loi.

Et ainsi, nous devons voir, dans la descente du Saint-
Esprit, non-seulement un miracle qui illustre l'Église
apostolique, mais un évènement essentiellement lié avec
l'affaire de notre salut. La solennité présente n'est pas
une simple commémoration du passé, mais une continuation de la préparation des apôtres pour recevoir cet
Esprit qui souffle sans cesse où il veut. Les apôtres, ainsi
que le rapporte le livre de leurs Actes, après avoir persé-
véré ensemble dans la prière, *furent remplis du Saint-
Esprit.* Et non-seulement les apôtres, mais encore, selon
l'opinion de saint Chrysostome, tous les disciples qui demeuraient avec eux, *au nombre d'environ cent-vingt* (Act.
des Ap., 1, 15), *furent tous remplis du Saint-Esprit.* Et
nous aussi, l'Église nous réunit dans ce temple, comme
dans le *cénacle* (Act. des Ap., 1, 15) de Jérusalem, pour
invoquer l'Esprit consolateur, l'Esprit de vérité, afin
qu'il vienne et qu'il demeure en nous.

Et afin que cette prière d'une si haute importance ne
soit point accueillie par cet ancien reproche : *Vous ne
savez pas ce que vous demandez !* — examinons préalable-

ment, mes chers auditeurs, ce que c'est qu'*être rempli du Saint-Esprit*, et combien ce don est indispensable pour tous et pour chacun.

Nous ne nous hasarderons pas à parler ici du Saint-Esprit comme troisième personne de l'adorable Trinité, procédant du Père et résidant dans le Fils; l'*Esprit de Dieu* lui-même peut seul *pénétrer les profondeurs de Dieu* (I Cor., II, 10, 11). L'Esprit *envoyé par le Fils de la part du Père* (Jean, XV, 26) dans ses dons libérateurs, l'Esprit remplissant l'homme, l'homme rempli de l'Esprit, voilà les objets auxquels l'intelligence de l'homme peut atteindre, et encore l'homme dans lequel demeure l'Esprit; nous, qui à peine *possédons les prémices de l'Esprit* (Rom., VIII, 23), nous ne pouvons que de loin, par le miroir de la parole de Dieu, chercher à voir quelque chose dans les manifestations de ce grand mystère.

L'Esprit-Saint nous explique lui-même, par ses *langues de feu*, ce qu'il est dans ses dons primordiaux. Il est un *feu* immatériel, agissant par deux forces, la lumière et la chaleur, — la lumière de la foi, la chaleur de l'amour. Cette lumière céleste, selon l'expression de Salomon, *s'avance et croît jusqu'au jour parfait* (Prov., IV, 18). Elle dissipe les nuages de l'ignorance et du doute; elle dévoile les illusions fantastiques que l'esprit perdu dans la sensualité prend souvent pour la vérité; elle permet à l'homme de se voir lui-même dans la nudité de sa nature corrompue, de connaître les rapports du monde avec l'âme, et de sentir la présence de Dieu comme source de toute lumière; elle communique *la connaissance des choses que l'on espère, et la preuve de celles que l'on ne voit pas* (Hébr., XI, 1). Selon que la lumière du Soleil de vérité augmente dans l'esprit, le cœur s'é-

4.   4

chauffe et s'enflamme. L'amour divin en chasse l'amour
de soi; il y consume l'aiguillon des désirs charnels : il le
purifie, le délivre, et, respectivement, il éclaire l'âme
d'une lumière nouvelle. La fusion de ces dons primordiaux de l'Esprit est figurée par *la langue de feu* qui proclame *la loi du Dieu* Verbe *au cœur* (Ps. xxxvi, 31) de
l'homme, y imprime *Jésus-Christ* (Gal., iv, 19), et accomplit sa régénération dans la vie spirituelle.

Le moyen par lequel l'homme est rempli des dons
divins, c'est l'action une et indivisible du Saint-Esprit,
qui toutefois peut avoir un commencement et une fin,
diminuer ou augmenter, se ralentir ou s'accélérer, prendre différentes directions et des aspects divers : elle correspond toujours au degré de préparation de celui qui la
reçoit, mais elle n'est jamais soumise à sa volonté ; elle
est suivie de conséquences sensibles, mais elle échappe à
la raison qui voudrait remonter à son principe. Par sa
propagation de l'intérieur à l'extérieur, elle ressemble à
la rosée qui descend sur la toison de Gédéon (Jug., xi,
38), et qui de l'air se forme en gouttes d'eau, et remplit
une coupe ; ou au vent que l'on perçoit par le mouvement qu'il produit, mais non par celui qui le constitue.
*L'Esprit souffle où il veut, et vous entendez sa voix ; mais
vous ne savez d'où il vient, ni où il va : il en est ainsi de
tout homme qui est né de l'Esprit* (Jean, iii, 8). Quels sont
donc les changements les plus saisissables qui peuvent
marquer la présence de l'Esprit de Dieu dans l'âme de
l'homme ? — Il y a des minutes où l'homme même
adonné au monde et à la chair, se réveille du charme
sous lequel ils le retiennent ; il voit clairement que toute
sa vie passée n'a été qu'un enchaînement d'erreurs, de
faiblesses, de crimes, de trahisons envers Dieu, que ses

œuvres sont réellement pour lui une semence de châtiments à venir, et que ses vertus elles-mêmes ne pourront soutenir le regard du Juge éternel : il se condamne lui-même; il tremble dans tout son être, le désespoir s'empare de lui, et il se sent attiré par ce désespoir même à la confiance en Dieu : — cette disposition au repentir, qu'est-ce autre chose que cet *Esprit grand et fort qui renverse les montagnes et brise les rochers* (c'est-à-dire, qui terrasse l'orgueil et amollit l'endurcissement du cœur), *et qu'envoie devant lui le Seigneur quand il passe* (III Rois, XIX, 11)? Qu'est-ce autre chose que ce *vent violent* qui annonce la descente du Saint-Esprit (Act. des Ap., II, 2)? Qu'est-ce autre chose que *la crainte, Seigneur, au milieu de laquelle nous recevons dans notre sein l'Esprit de ton salut* (Is., XXVI, 18)? Heureux celui qui se livre avec docilité à cet entraînement de l'Esprit de Dieu! Il le conduira par la *voie étroite* (Matth., VII, 11) de l'abnégation; il lui fera arracher à lui-même ce qu'il avait semé, renverser ce qu'il avait édifié; il lui apprendra à *souffrir, et à se réjouir dans les souffrances* (Col., I. 24); à *crucifier la chair avec ses passions et ses convoitises* (Gal., V, 24), pour remettre entièrement son esprit dans les mains de Dieu. Peu à peu, le souffle violent se changera en ces doux et *inénarrables gémissements par lesquels l'Esprit lui-même intercède pour nous* (Rom., VIII. 26); en cette voix vivante par laquelle *il crie dans nos cœurs : Abba, Père* (Gal., IV, 6); et alors l'homme accomplira le précepte de Jésus-Christ touchant *la prière incessante* (Luc, XVIII, 1), ce qui aurait été impossible à ses forces seules, soit à cause de son penchant à la distraction, soit à cause de son ignorance de l'objet et de la forme de la véritable prière : *nous ne savons ni ce que*

*nous devons demander, ni comment nous devons le deman-
der.* A l'exercice de la prière incessante, est inséparablement liée la solitude spirituelle, dans laquelle le chrétien, *après être entré dans sa chambre et en avoir fermé la
porte* (Matth., vi, 6), persévère, comme les apôtres, dans
l'attente de la promesse du Père (Act. des Ap., i, 4). Il ne
se laisse pas aller à la distraction dans laquelle les mondains, enchaînés par des convenances frivoles, poursuivant les plaisirs, poursuivis par les soucis, rentrent
rarement en eux-mêmes; mais *il réduit son esprit en
servitude sous l'obéissance de Jésus-Christ* (II Cor., x, 5);
et il donne à tous ses désirs l'essor vers le ciel où *sa
vie est cachée en Dieu avec Jésus-Christ* (Col., iii, 5), ou
bien il les repose *au dedans* de lui-même, où la grâce doit
à la fin introduire *le royaume de Dieu* (Luc, xvii, 24). Il
remplit les devoirs de son état sans être lié par les avantages qu'il en recueille; il use des biens de ce monde,
mais il ne s'y attache pas: il acquiert comme s'il n'avait
pas de besoins; il perd comme s'il donnait de son superflu. L'homme qui est fermement résolu à se maintenir, autant que possible, dans cet état de détachement
de lui-même, verra bientôt *son désert desséché fleurir
comme un lis* (Is., xxxv, 1); *le grain de sénevé semé dans
le jardin* de son âme, *deviendra un grand arbre* (Luc, xiii,
19); au travers du *vêtement corruptible du vieil homme, se
dépouillant* d'heure en heure, brillera *l'homme nouveau, créé à la ressemblance de Dieu, dans la justice et
la sainteté de la vérité* (Col., iii, 9. — Éph., iv, 24); et l'esprit de sainteté respirera dans toutes ses facultés et dans
toutes ses actions.

Ainsi, l'homme rempli du Saint-Esprit présente à l'œil
qui n'est pas obscurci par les préjugés, une image de per-

fection devant laquelle disparaît comme une ombre tout ce que le monde appelle magnifique et grand. L'Apôtre, mes chers auditeurs, l'a estimé à son véritable prix quand il a dit de quelques défenseurs de la foi que *le monde n'était pas digne d'eux* (Hébr., xi, 38). La grâce change en un trésor inestimable tout ce qu'elle touche dans l'homme qu'elle possède. Dans son esprit brille l'esprit de sagesse : non de cette sagesse par laquelle les enfants de ce siècle l'emportent, selon les paroles du Sauveur, *dans leur génération* (Luc, xvi, 8), c'est-à-dire, par laquelle ils apprennent à être inventifs dans les moyens et habiles dans les occasions d'acquérir les biens temporels, et ils augmentent leur propre valeur moins en elle-même qu'aux yeux des autres ; mais de cette sagesse qui *juge spirituellement de tout* (I Cor., ii, 15), afin que tout lui devienne moyen d'arriver à l'unique félicité de son âme, la félicité éternelle. Sa volonté est dirigée par l'esprit de liberté : car *la loi de l'Esprit de vie l'a affranchi, par Jésus-Christ, de la loi du péché et de la mort* qui impose à ses esclaves autant de tyrans qu'ils ont de besoins et de désirs, de passions et d'habitudes. Au fond de son cœur, repose l'esprit de consolation et *de paix qui surpasse toute intelligence* (Phil., iv, 7), que *Jésus-Christ donne à ses disciples, non comme le monde la donne* (Jean, xiv, 27) : car la paix du monde n'est qu'un court assoupissement au milieu du bruit d'une tempête dangereuse, une tranquillité fondée sur l'ignorance, tellement que ces cris de joie : *Paix et sécurité !* sont quelquefois interrompus par *une ruine qui fond soudainement* (Thess., v, 5) : au contraire, la paix que donne Jésus-Christ est fondée sur la confiance inébranlable qui vient de la réconciliation avec Dieu, en sorte que le chrétien, au milieu même des épreuves, des tribulations et des dangers, n'est point troublé, mais qu'*il se livre même à la mort* sans inquiétude, dans la conviction que *les afflictions si courtes et si légères de la vie présente produiront pour lui le poids éternel d'une gloire sublime et incomparable* (II Cor., IV, 8-17). En lui réside un esprit de grandeur qui n'est ni une audace aveugle, ni une fierté cachée sous une vaine ostentation, ni l'éclat de vertus naturelles corrompues dans leur source, mais une véritable élévation de ses pensées occupées de Dieu, une largeur de vues qui n'est bornée que par l'éternité, une noblesse de sentiments produite et cultivée par la parole de Dieu; — un esprit d'humilité qui, au milieu de l'abondance des biens de Dieu, ne voit en soi que pauvreté et indignité, pour en *glorifier Dieu* d'autant plus, tandis que ceux qui ne sont pas régénérés par l'Esprit de Dieu s'efforcent de trouver même dans leurs défauts quelque chose de grand, mendient les respects par leur humiliation même, rampent pour écraser les autres; — un esprit de force, par lequel le chrétien n'est plus cet homme faible, esclave de ses propres sens, exposé de tous côtés aux attaques de l'ennemi, vaincu avant le combat, et sacrifiant une passion aux exigences d'une autre, mais un bon guerrier, revêtu *de toutes les armes de Dieu* (Éph., VI, 11), *pouvant tout en Jésus-Christ qui le fortifie* (Phil., IV, 13), *ravissant par la violence le royaume de Dieu* (Matth., XI, 12). Que dire de ces *dons* merveilleux, de ces *manifestations de l'Esprit* que Dieu donne à ses élus *pour l'utilité* (I Cor., XII, 7) des autres, pour l'édification de toute l'Église? —

O bonheur incomparable d'être le vase, la demeure, l'instrument de l'Esprit de Dieu! O félicité céleste sur la terre! O mystère dans lequel est renfermé tout ce que cherche l'esprit de l'homme, et pour lequel *toute créature gémit et souffre toutes les douleurs* (Rom., VIII, 22)! Mais, ô Seigneur! *qui a cru ce que nous avons entendu, et à qui le bras du Seigneur a-t-il été révélé* (Is., LIII, 1)? *Ni la chair, ni le sang ne révèlent* (Matth., XVI, 17) ce mystère. Le monde s'imagine qu'aux cieux même on respire de l'esprit de ce monde, et quoiqu'il ait entendu si souvent ceux qui parlent le langage de ton Esprit, il répète grossièrement, aujourd'hui comme autrefois : *Ils sont pleins de vin.*

Et cela est vrai. Il y a, même parmi les chrétiens, des gens auxquels les dons du Saint-Esprit paraissent si étranges que, s'ils n'osent les nier tout à fait, du moins ils les attribuent à d'autres personnes et à d'autres temps, et, sans songer à se régénérer eux-mêmes, ils se reposent ou sur une espérance illusoire dans les mérites du Médiateur, ou même sur leur propre justice.

Nous ne nous laisserons pas abuser par l'apparence séduisante que présente ordinairement la justice du monde. Ne pas être l'ennemi déclaré de la foi, ne pas commettre d'iniquités criantes, faire quelques bonnes œuvres, éviter les excès nuisibles, se contenter, en un mot, de remplir ses devoirs indispensables et extérieurs d'homme et de membre de la société, ce n'est que *blanchir son sépulcre* (Matth., XXIII, 27) qui cependant reste à *l'intérieur tout plein d'ossements de morts;* c'est arracher *les feuilles de l'arbre de vie qui doivent guérir les nations,* mais ne pas goûter à *ses fruits* (Apoc., XXII, 2) qui doivent être la nourriture du chrétien; c'est avoir *la justice des scribes et des pharisiens,* qui n'introduit pas *dans le royaume des cieux* (Matth., V, 20). Mais pénétrer dans les replis de son cœur, d'où *viennent les mauvaises pensées* (Matth., XV, 19), et y rétablir la pureté et la sainteté; mais *garder toute la loi, et ne pas la violer en un seul point,* pour n'être pas *coupable comme si on l'avait violée tout entière* (Jacq., II, 10) : — quel est l'homme qui, abandonné à sa seule raison et à ses seules forces, peut se flatter de faire cela? Seul, *Dieu crée* en l'homme *un cœur pur et renouvelle l'esprit de droiture en son sein* (Ps. L., 12). Il faut *naître d'en haut,* pour *voir le royaume de Dieu* (Jean, III, 5).

D'un autre côté, quoique *la semence incorruptible* (I Pier., I, 23) de cette naissance d'en haut soit descendue sur la terre par la mort de l'Homme-Dieu, nous ne pouvons pas nous en remettre, pour le reste aussi, à la vertu, pourtant infinie, de ses mérites. Comment cela? Dieu aurait-il livré son fils en sacrifice, non-seulement à sa justice, mais encore à notre ingratitude? N'aurions-nous reconnu l'efficacité du sacrifice de la croix que pour nous endormir avec plus d'insouciance dans l'inactivité? Penser ainsi, ce n'est pas relever le prix des mérites de Jésus-Christ, mais plutôt l'abaisser et se reposer sur eux avec une sécurité aussi pernicieuse que celle avec laquelle les Juifs *se reposaient sur la loi.* Si nous avons été baptisés en Jésus-Christ, nous devons, conformément à cette profession de foi, montrer, par les fruits de ce baptême, que nous l'avons reçu non-seulement dans l'eau, mais encore dans l'esprit : car le Christ *baptise dans l'Esprit-Saint et dans le feu* (Matth., III, 11).

Enfin, si le don divin de l'Esprit nous semble se manifester rarement, n'en concluons pas qu'il n'est pas pour tous. Il est pour tous, dès que tous sont pour lui. Si l'on n'aperçoit pas plus de signes de sa présence, c'est ou que l'on a des yeux et que l'on ne voit point, ou qu'en effet cette question : *Quand le Fils de l'Homme viendra, trou-*

vera-t-il la foi sur la terre (Luc, XVIII, 8)? approche de sa solution, et que le monde lui-même en est à son dernier soupir. L'univers sait ce qui lui arriva quand Dieu irrité dit : *Mon Esprit ne demeurera plus à jamais dans les hommes, parce qu'ils ne sont que chair* (Gen., VI, 5). Alors, non-seulement la race impie des hommes, mais encore toute créature *soumise au mal sans sa volonté*, furent englouties par les eaux vengeresses. Encore une pareille menace, — et ce sera le déluge de feu du dernier jugement !

Mais aussi longtemps que Dieu conserve notre existence, Chrétiens, et la prospérité de son Église, nous ne saurions douter que l'Esprit de Dieu ne *réside* en elle. De même que, lors de la création du monde, *il était porté sur les eaux*, il est porté aujourd'hui, pendant la durée de la régénération de l'homme, sur l'abime sans fond de notre nature désordonnée, et, par sa bénédiction vivifiante, il la féconde pour la renaissance bienheureuse. Livrons-nous à son action toute-puissante : élevons vers lui nos pensées et nos désirs, après les avoir dégagés de la chair et du monde ; appelons-le de la profondeur de notre chute, afin qu'il descende sur nous, et, par sa grâce, qui nous a été acquise par la médiation du Rédempteur, le Dieu de bonté purifiera, éclairera, renouvellera, sanctifiera et sauvera nos âmes. — Ainsi soit-il.

SECONDE PARTIE
SERMONS POUR LES DIMANCHES

1

SERMON

POUR LE DIMANCHE DE SAINT THOMAS

— PREMIER DIMANCHE APRÈS PÂQUES. —

Jésus lui dit : Parce que tu m'as vu, tu as cru :
bienheureux ceux qui n'ont point vu, et qui ont cru.
— Jean, xx, 29. —

Quand, selon la parole du Prophète, *le Pasteur fut frappé, et les brebis du troupeau, dispersées,* c'est-à-dire, quand Jésus-Christ fut livré à la croix et à la mort, et que ses apôtres furent soumis à diverses épreuves, Thomas fut celle de ses brebis qui, dans la dispersion générale, se trouva égarée le plus loin.

Alors que les autres apôtres, quoique *tremblants à cause des Juifs,* se conduisirent cependant bien en ce que, disséminés d'abord et errant au hasard, ils retour-

nèrent pourtant au plus tôt sur leurs pas pour se chercher les uns les autres, se rendirent en un endroit con-
venu — *où ils se réunirent*, et, sans doute, confondirent
leur affliction commune dans une prière unanime, Thomas, on ne sait pourquoi, ou peut-être même par sa
propre imprévoyance, ne se trouva pas là : — *il n'était
pas là avec eux*. — La première conséquence de cet éloignement fut que l'apparition du Seigneur ressuscité aux
apôtres réunis, fut perdue pour Thomas : *il n'était pas
là avec eux, quand Jésus vint*. La seconde conséquence
fut que, lorsque les autres apôtres furent confirmés de
nouveau, par l'apparition du Seigneur, dans la foi, dans
laquelle ils avaient chancelé pendant sa passion et à sa mort,
Thomas, malgré l'affirmation de ces témoins oculaires si
sûrs, persista avec une certaine opiniâtreté dans son incrédulité : *Si je ne vois dans ses mains la marque des clous,
si je ne mets mon doigt dans la plaie des clous, et ma main
dans son côté, je ne croirai point*.

Je supplierais volontiers, quoique en passant, d'apporter à cette circonstance une attention toute particulière, ceux qui, dans les jours spécialement consacrés par
les chrétiens soit au deuil ou à la joie, où *nous sommes
réunis* pour invoquer le Seigneur dans la prière et le recevoir dans le mystère, — ceux qui *ne sont pas avec nous*
dans ces réunions pieuses, soit par simple indifférence,
soit à cause des obstacles que leur suscitent les affaires
du monde, et dont la plupart, toutefois, ne sont pas in-
surmontables. Qu'ils ne se privent pas de la visite bienfaisante de Celui qui a promis d'être au milieu de ceux
qui sont assemblés en son nom, et dont la présence apporte avec elle une paix pleine de félicité et une joie que
personne ne peut ravir! Par un relâchement volontaire

de leur union avec les autres croyants, union destinée à fortifier leur foi, qu'ils prennent garde de passer, de l'affaiblissement de cette foi, à l'incrédulité poussée jusqu'à l'obstination !

Revenons à Thomas. Il ne fut préservé de la ruine totale que lui préparait son endurcissement dans l'incrédulité, que par l'amour qu'il conservait cependant pour le Seigneur, et qui, peu de temps auparavant, lui avait inspiré la résolution et le désir sincères, qu'il avait cherché à communiquer aux autres apôtres, de mourir plutôt que d'abandonner leur bien-aimé Maître et Seigneur dans le danger évident auquel il exposait sa vie en se rendant en Judée : *Allons-nous aussi*, avait dit Thomas, *et mourons avec lui.* Comme, par cet amour, Thomas s'était uni déjà à la mort du Christ, il lui appartenait d'être uni également à sa résurrection. Ce fut donc cet amour qui engagea le Seigneur ressuscité à se montrer une seconde fois, spécialement en faveur de Thomas, aux apôtres assemblés : il lui permit de toucher, comme il le désirait, les plaies de ses mains, de ses pieds et de son côté, — et ce ne fut pas seulement par cette preuve extérieure et matérielle, si frappante qu'elle fût, mais en le faisant toucher à vif, pour ainsi parler, aux orifices de la source de vie qu'il portait en lui, qu'il ressuscita à la vie de la foi l'apôtre à demi enseveli déjà dans son incrédulité.

Après avoir accompli cette œuvre de miséricorde, le Seigneur y ajouta une de ses paroles de vérité : *Parce que tu m'as vu, tu as cru : bienheureux ceux qui n'ont point vu, et qui ont cru.* Heureuse incrédulité, — aurait pu penser Thomas, qui m'a valu la visite du Seigneur ! Non, lui dit Jésus : Je t'ai pardonné plus qu'aux autres, mais tu n'es pas plus heureux. *Parce que tu m'as vu, tu as cru : bienheureux* — ceux qui font tout autrement. Quelques-uns d'entre nous, en voyant l'exemple de Thomas, pourraient se dire : Pourquoi sommes-nous assez malheureux pour ne pouvoir jouir de la vue personnelle du Sauveur, et être confirmés par lui-même dans la foi? Non, nous dit à nous aussi le Sauveur, ne pas voir — n'est pas un malheur, quand on a, sans cela, assez de fondements pour la foi; au contraire, ne pas voir et croire, voilà — la vraie foi, et, par conséquent, le vrai bonheur. *Bienheureux, ceux qui n'ont point vu, et qui ont cru.*

Il me semble que cette parole du Seigneur demande un examen un peu plus approfondi.

Il faut se rappeler que tous les apôtres, et les apôtres seuls étaient sous ses yeux quand il dit nommément à Thomas, d'un ton presque de reproche : *Parce que tu m'as vu, tu as cru,* et qu'il ajouta ensuite d'une manière générale : *Bienheureux ceux qui n'ont point vu, et qui ont cru.* De prime abord, on trouve étonnant et singulier ce reproche qu'il adresse à Thomas qui, du reste, le méritait pleinement par la menace qu'il avait faite de ne pas croire s'il ne voyait pas; mais ce reproche est fait de façon qu'il semble frapper en même temps les autres apôtres, puisque eux aussi, quoique ce soit avant Thomas, *ont cru après avoir vu le Seigneur.* Cette apparence de singularité s'augmente par les félicitations accordées à ceux *qui n'ont point vu, et qui ont cru,* si l'on considère que tous les apôtres sont du nombre de ceux qui ont vu, et que, par conséquent, ils n'ont point de part à ces mêmes félicitations. N'est-ce donc pas à eux qu'il avait été dit précédemment · *Bienheureux sont vos yeux, parce qu'ils ont vu?*

Il fallait remarquer ces particularités, et les écarter pour nous rapprocher davantage du vrai sens des paroles du Seigneur.

Si tous les apôtres ont cru après avoir vu le Seigneur, il y a pourtant une grande différence entre Thomas et les autres. Le témoignage qu'ils ont reçu de la résurrection du Sauveur, avant de le voir, a été loin d'être aussi important que celui qu'ils ont pu donner eux-mêmes à Thomas, soit quant au nombre des témoins, soit quant aux motifs de conviction. L'apparition du Sauveur leur fut accordée par sa propre volonté, et non parce qu'ils l'exigèrent. Et ainsi Thomas mérita exclusivement un reproche personnel, parce qu'il osa exiger de voir par lui-même, malgré des preuves très-suffisantes pour servir de bases à sa foi.

Tous les apôtres avaient vu le Seigneur; mais combien il eût été humiliant pour leur société sainte qu'il ne s'en trouvât pas un seul parmi eux auquel appartînt le bonheur particulier dont il parlait de n'avoir point vu et d'avoir cru! Nous sommes loin de croire, et nous n'osons même pas penser, Apôtres bénis de Dieu, que vous ayez été privés d'aucun des priviléges des croyants. Montrez-nous donc vous-mêmes celui qui, entre vous, a été *bien-heureux*, parce qu'*il n'a point vu, et qu'il a cru.* — Voyez, mes Frères : l'évangéliste saint Jean ne nous apprend-il pas lui-même ce que nous demandons quand, en racontant la visite des deux disciples au tombeau du Seigneur, le matin de la résurrection, il écrit : *L'autre disciple, qui était arrivé le premier au sépulcre, descendit aussi, et il vit, et il crut* (Jean, xx, 8). Que vit-il donc à son entrée dans le sépulcre? Sans aucun doute, il vit la même chose qu'avait vue le premier disciple, qui était Pierre : *il vit les linceuls à terre*. Et que crut-il? Ce que leur avait d'abord annoncé Madeleine : *On a enlevé le Seigneur du sépulcre, et nous ne savons où on l'a mis?* Mais qu'y avait-il là à croire? Il n'y a là aucune vérité cachée; il n'y a qu'une ignorance manifeste. Que crut donc *le disciple qu'aimait Jésus?* Je comprends, et il me paraît impossible de ne pas comprendre qu'au moment où il entra dans le sépulcre, et *vit les linceuls à terre*, son amour extraordinairement vif excita en lui une foi extraordinaire; la pensée si naturelle qu'il n'était pas possible de concevoir comment les linceuls qui enveloppaient dans des parfums le corps du Sauveur, eussent pu être rejetés par un corps mort, lui inspira la grande pensée de la résurrection; il ne vit rien, sinon que le corps de Jésus n'était plus dans le sépulcre; mais dans le fond de son cœur plein d'amour, il sentit que son bien-aimé était vivant, quoiqu'il n'eût pas même la connaissance des Écritures pour le préparer à la foi dans sa résurrection : *et il vit, et il crut : car ils ne savaient pas encore ce qui est dans l'Écriture, qu'il fallait qu'il ressuscitât d'entre les morts.*

Dès qu'il se trouve ainsi, parmi les apôtres, un exemple du bonheur singulier de ceux qui *n'ont point vu et qui ont cru*, les paroles du Seigneur à Thomas acquièrent une clarté parfaite et une signification précise. Il semble qu'on puisse voir quel regard de reproche le Seigneur porte sur Thomas en lui disant : *Parce que tu m'as vu, tu as cru;* puis quel regard d'approbation il tourne sur Jean lorsque, sans s'adresser nommément à lui, mais n'en parlant pas moins clairement à son cœur, il continue : *Bienheureux ceux qui n'ont point vu et qui ont cru.* Les autres apôtres restent entre l'approbation et le reproche.

Mais puisque le Seigneur déclare que le bonheur de ne pas voir et de croire est un bonheur commun à un grand nombre; puisque, après les autres, la grâce nous a été donnée aussi de croire au Seigneur avec les apôtres, alors que nous ne l'avons pas vu avec eux, qu'avons-nous à conclure pour nous-mêmes? Sommes-nous donc, en effet, plus heureux que Thomas, et même que les autres apôtres, excepté, peut-être, le seul bien-aimé?—Je n'ose pas vous en féliciter; je craindrais d'affliger encore aujourd'hui les premiers disciples du Seigneur, et les guides chargés de nous conduire tous à sa suite, en nous plaçant avant eux, nous les derniers, et en leur ravissant à notre profit le privilége du bonheur. *Il suffit au disciple d'être comme son maître* (Matth., x, 25) : c'est donc assez pour nous de pouvoir, nous les derniers, participer au bonheur des premiers guides qui nous ont été donnés pour nous conduire au bonheur. C'est assez s'il s'en trouve parmi nous quelques-uns auxquels puissent s'appliquer les paroles de bénédiction du Sauveur : *Bienheureux ceux qui n'ont pas vu, et qui ont cru.*

Quelques-uns? — Et les autres? Est-ce donc qu'ils verront et croiront? — Quelque étrange que cela puisse paraître à certaines personnes, il en doit être ainsi, pour que les degrés du bonheur correspondent au degré de la foi.

Et aujourd'hui encore, il y en a *qui voient et qui croient*, — ceux qui, comme Thomas, exigent, pour croire, des preuves évidentes, des faits palpables, des signes miraculeux. Il y en a, au contraire, *qui ne voient pas, et qui croient*, — ceux qui, lors même que des doutes s'élèvent contre leur croyance, que les faits palpables leur manquent, que les signes miraculeux ne leur apparaissent

1.

5

pas, n'en sont pas moins fermes et inébranlables dans
leur foi.

Ce n'est pas aux apôtres seulement, mais à tous ceux
qui l'aiment, que le Seigneur a promis de se manifester,
et, par conséquent, de se montrer. *Celui qui m'aime sera
aimé de mon Père; je l'aimerai aussi, et je me manifesterai
à lui moi-même* (Jean, xiv, 21). Je n'entreprendrai pas de
dire de quel genre seront ces manifestations. Celui qui
voit le soleil en comprend l'apparition sans aucun secours ; mais on ferait de vains efforts pour en expliquer
l'aspect à un aveugle. Je dirai quelques mots uniquement
pour répondre aux exigences des réflexions qui nous occupent en ce moment. Vous sentez votre cœur s'enflammer
pour Dieu d'un amour extraordinairement vif, ineffable-
ment doux, qui vous rend légères et agréables toutes les
œuvres de piété, tellement que vous ne pouvez vous attribuer cette sensation à vous-même, mais que vous y reconnaissez un don de Dieu : alors il vous est facile de
croire ; vous sentez ce que vous croyez, vous marchez à
la lumière de la foi. Alors le Seigneur peut vous dire
Tu m'as vu, et tu as cru. Sachez donc que si, lorsque ce
feu vous paraît éteint dans votre cœur, lorsque cette douceur spirituelle cesse de vous être sensible, lorsque les
actes de vertu recommencent à vous coûter quelques
efforts, et que vos forces vous semblent insuffisantes, si
alors même vous ne cessez pas d'avancer, si vous ne doutez
pas de la grâce divine, si vous ne livrez pas votre cœur
à l'abattement, — sachez que vous avez atteint à la vraie
foi. Et, en conséquence, voilà le bonheur sans égal, bien
qu'il puisse se trouver caché sous la souffrance : *Bienheureux ceux qui n'ont point vu, et qui ont cru.*

Le Seigneur se manifeste à l'homme, non-seulement

dans la vie intérieure, mais aussi dans la vie extérieure, par les bienfaits visibles de sa Providence, dans lesquels, selon le mot de l'Apôtre, *on peut le toucher* (Act. des Ap., xvii, 27). S'il a *protégé vos biens extérieurs, et l'intérieur de votre maison, et s'il a béni vos affaires,* il vous est facile de croire. Mais le démon lui-même ne croit pas à cette foi, comme il n'y crut pas dans Job, et c'est pour cela qu'il peut arriver qu'elle soit soumise à quelque épreuve difficile. Si donc, alors même que la main bienfaisante de Dieu se cache, que la pauvreté vous atteint, ou la maladie, ou quelque autre mal, vous imitez Job, et, *dans tous ces évènements, vous n'accusez pas Dieu de démence,* alors Dieu bénira votre *dernière foi mieux que la première. Bienheureux ceux qui n'ont point vu, et qui ont cru.*

Notre foi peut encore rencontrer le Seigneur sur les voies de la vie sociale, dans la personne du plus petit de ses frères, selon sa parole : *Autant de fois que vous avez agi pour l'un des moindres de mes frères que vous voyez ici, vous l'avez fait pour moi* (Matth, xxv, 40). Et, en ce cas, il est quelquefois plus visible, quelquefois moins. Abdias, qui donna aux cent prophètes du Seigneur du pain et de l'eau, n'eut pas de peine à comprendre qu'en leur personne le Seigneur lui-même *avait faim,* et qu'il *avait donné à manger* au Seigneur lui-même. Que de fois nous nous laissons surprendre, au contraire, à ne pas voir, dans les pauvres que nous rencontrons, le Christ, c'est-à-dire le caractère propre et les vertus du Christ et du chrétien ! Sont-ils vraiment malheureux ? nous demandons-nous. Sont-ils bien dignes de compassion autant qu'ils le paraissent ? Prieront-ils pour nous après avoir reçu nos bienfaits ? Ne t'inquiète pas en vain, âme bienfaisante ! Ne refroidis pas toi-même la charité par les soupçons ;

1.   5*

n'obscurcis pas ta foi par des doutes volontaires! N'est-ce pas assez pour toi que d'entendre le Seigneur te dire : *Vous l'avez fait pour moi?* Pourquoi veux-tu, comme Thomas, le voir et le toucher en celui auquel tu désires faire du bien? Fais du bien à Celui que tu vois, — qui te demande, et crois en Celui que tu ne vois pas, — qui reçoit. *Bienheureux ceux qui n'ont point vu, et qui ont cru.* — Ainsi soit-il.

2

POUR LE DIMANCHE, FÊTE DU SAINT ÉVÊQUE ALEXIS.

> Il courut au sépulcre, et, se baissant, il ne vit que les linceuls qui étaient à terre.
> — Luc, xxiv, 12. —

L'Évangile, dans le récit de la résurrection de notre Seigneur Jésus-Christ, note, entre autres, ces circonstances : que la pierre du sépulcre fut soulevée par un ange, dont la descente du ciel à cette fin fut accompagnée d'un tremblement de terre; que les saintes femmes trouvèrent le sépulcre ouvert; que Pierre et, après lui, Jean, en regardant dans le sépulcre, virent à terre les linceuls du Seigneur, c'est-à-dire le drap dont on avait enveloppé son corps pour l'ensevelir, le suaire ou linge qui était sur sa tête, et, vraisemblablement, la ceinture qu'il avait sur lui pendant le crucifiement. *Et Pierre, se levant, courut au sépulcre, et, se baissant, il ne vit que les linceuls qui étaient à terre.*

Pourquoi donc le récit évangélique s'occupe-t-il à ce point des linceuls du Seigneur qui ne lui étaient plus nécessaires après sa résurrection? Pourquoi le divin Ressuscité lui-même eut-il soin de laisser et de conserver ses linceuls dans le sépulcre, afin qu'on les vît? — C'est que les linceuls du Seigneur devaient aussi compter au nombre des témoins de sa résurrection. Si les Juifs avaient dit que le corps du Seigneur avait été volé par ses disciples; si les disciples eux-mêmes avaient pensé, comme le pensa un instant Madeleine, que le corps du Seigneur avait été enlevé par quelqu'un, ses linceuls auraient protesté contre la calomnie, et redressé l'erreur. Celui qui vole un corps a-t-il le temps d'en défaire le linceul et le suaire, de les replier et de les ranger séparément et en ordre? Quel besoin a celui qui enlève un corps enseveli, de le dépouiller, quand, au contraire, il devrait le couvrir s'il ne l'était pas, autant pour la facilité de l'enlèvement que pour se conformer à l'opinion des Juifs sur l'attouchement des morts? C'est ainsi que les linceuls muets du Seigneur proclamaient eux-mêmes sa résurrection.

Et nous aussi, assemblés ici aujourd'hui, nous sommes réunis autour du tombeau d'un serviteur et d'un imitateur du Christ. Et ce tombeau, lui aussi, s'est ouvert par l'effet d'une commotion dont il est difficile de se représenter l'accomplissement sans le concours d'une main angélique : en effet, une église de bois, après avoir recouvert durant bien des années ce tombeau, s'est écroulée tout à coup pendant le service divin, sans blesser personne, et pour donner seulement l'occasion de le dé-

couvrir. Et que voyons-nous dans ce sépulcre ouvert?
Nous n'offenserons point la vérité en disant que *nous y*
voyons des linceuls à terre, non les linceuls du corps,
mais le corps lui-même, le linceul, le vêtement d'une
âme immortelle qui l'a laissé là en s'élevant à la vie éternelle; nous voyons des linceuls disposés convenablement, qui ne sont ni endommagés, ni déchirés, c'est-à-
dire, nous voyons un corps qui n'a pas été soumis à la
corruption et à la dissolution, mais reposant intact et
tranquille.

Mais que veut dire que celui qui a imité le Christ dans
sa vie, l'imite encore après sa mort en cela qu'il offre à
nos yeux et son tombeau ouvert, et le linceul intact de
sa chair mortelle? — De même que les linceuls muets du
Seigneur proclamaient sa résurrection, ainsi les restes
incorruptibles et muets de cet imitateur du Christ ne
proclament pas comme inconnue, mais rappellent à notre
souvenir comme souvent oubliée, dans les embarras de la
vie présente, notre résurrection future.

S'il fallait parler à des ignorants de l'immortalité de
l'âme humaine, et de la résurrection future du corps humain lui-même, on pourrait, pour leur donner l'intelligence de l'immortalité, appeler leur attention sur la nature et l'essence de ce qui vit et de ce qui meurt dans
l'homme. Ce que nous voyons mourir est un corps matériel et grossier: mais ce qui vit en l'homme, c'est une
force invisible et subtile que nous appelons ordinairement l'âme. Le corps explique lui-même sa mortalité,
puisqu'il se dissout visiblement en parties et se décom-
pose; l'âme, non-seulement ne présente en elle aucun
signe de dissolubilité, de décomposition, mais elle offre
un caractère directement opposé dans la faculté de l'intel-

ligence, faculté capable de réunir des notions diverses sur les choses en une unité indivisible et inconfuse qui n'est nullement incompatible avec les propriétés de la substance divisible. Le corps meurt même dans le cours de la vie, et certainement plusieurs fois, par parties, en perdant chaque jour ce qui est mort de sa substance, tandis que l'âme, pendant toute la durée de la vie, sent en elle une même existence toujours constante. Le corps participe à la vie comme malgré lui, n'étant mis en mouvement que par la force de l'âme, et l'appesantissant toujours plus ou moins par son inertie; l'âme, alors même que l'activité du corps est suspendue par le sommeil ou la maladie, continue à jouir de ses facultés et de sa vie qui est indépendante du corps.

On pourrait prendre à témoin de l'immortalité de l'âme humaine, la meilleure et la plus grande partie du genre humain, et les nations entières, des plus civilisées aux plus ignorantes, de sorte qu'en cette circonstance, les erreurs elles-mêmes peuvent, en quelque sorte, attester la vérité. Quelque matérielles que soient les idées qu'ont de la vie future les sectateurs de Mahomet, quelques grossiers récits qu'en aient faits les païens, quelque effrayant que soit le pouvoir de l'esprit de ténèbres et de malice sur quelques peuples qui regardent comme un acte de vertu pour un vivant de se livrer aux flammes du bûcher d'un mort, même dans ce renversement et cette confusion d'idées et de sentiments, même au milieu de cette domination des facultés de la bête et de la brute sur celles de l'homme, encore, comme l'étincelle sous la cendre, la vérité n'est-elle pas tout à fait éteinte, — j'entends cette vérité qu'au delà de la vie présente, il y a pour l'homme une vie future. Si les sadducéens, anciens ou modernes, s'efforcent d'étouffer cette vérité, ce n'est que parce qu'elle les empêche d'être sadducéens, c'est-à-dire de se livrer sans inquiétude aux jouissances sensuelles, puisque la pensée de l'immortalité exige que même cette vie mortelle soit conforme à la vie future et immortelle.

On pourrait faire parler en faveur de la vie future réservée à l'homme, même la nature muette et inanimée. En effet, on ne saurait trouver dans le monde entier aucun exemple, aucun signe, aucune preuve de la destruction totale du moindre objet : il n'y a point de passé qui ne prépare un avenir; il n'y a pas de fin qui ne conduise à un commencement : toute vie individuelle, lorsqu'elle descend dans le tombeau qui lui est propre, ne fait qu'y laisser son enveloppe corporelle, vieillie et usée, tandis qu'elle-même monte dans la sphère immense et invisible de la vie, pour réapparaître sous une forme nouvelle, quelquefois meilleure et plus parfaite. Le soleil se couche pour se lever de nouveau; les étoiles meurent le matin aux yeux de la terre, et ressuscitent le soir; les temps finissent et recommencent; les sons mourants renaissent dans les échos; les fleuves s'ensevelissent dans les mers et ressuscitent dans les sources; tout un monde végétal meurt à l'automne et se ranime au printemps; le grain meurt dans la terre, il ressuscite plante ou arbre; le ver rampant meurt, il ressuscite papillon ailé; la vie de l'oiseau s'ensevelit dans un œuf privé de vie pour en ressortir cependant encore. Si les créatures des ordres inférieurs se détruisent pour renaître, meurent pour passer à une vie nouvelle, l'homme, la couronne de la terre, le miroir du ciel, ne descendrait-il dans la tombe que pour se disperser en poussière, sans l'espérance même du ver, sans l'avenir même du grain de sénevé?

On pourrait encore, de ce monde extérieur, rappeler l'homme au fond de son propre cœur, et là, lui faire entendre une voix qui lui promet la vie après la mort. Tout être terrestre, l'homme excepté, ne se sent porté, par l'inspiration de la nature, à s'occuper que de la vie présente, à moins qu'il ne soit sous l'influence du pressentiment d'une vie future, comme, par exemple, le ver qui se prépare un tombeau de soie ou de tout autre fil, d'où il doit ressortir papillon; d'où vient que l'homme, même lorsqu'il oublie la vie future qui n'est réservée qu'à lui, fait tant pour ce que l'on appelle l'immortalité dans la postérité? Cette aspiration du cœur humain n'est-elle pas un rejeton venant de la racine de la véritable immortalité, — rejeton dénaturé, mais qui n'en manifeste pas moins la puissance de la racine? — De même, tout cœur d'homme reconnaît, et plus il est élevé, plus il aime avec force le bien et la vérité, quoique fort souvent, dans la vie présente, le bien et la vérité soient dominés par le mal et le mensonge: d'où vient donc ce sentiment, si profond dans la nature humaine, de la valeur du bien et de la vérité, ou la conscience, si ce n'est du pressentiment plus profond encore et tout mystérieux du royaume de ce bien et de cette vérité, dont les limites touchent, par le tombeau, à la vie présente?

Mais peut-être ai-je tort de m'arrêter à ce sujet devant des chrétiens pour lesquels la résurrection future n'a besoin ni de raisonnements, ni de preuves, reconnue qu'elle est et attestée depuis longtemps par l'expérience. *En effet, si nous croyons*, dit l'apôtre Paul, *que Jésus-Christ est mort et ressuscité, nous devons croire aussi que Dieu amè-*

nera avec Jésus ceux qui se sont endormis en lui (I Thess.,
IV, 13). *Mais maintenant Jésus-Christ est ressuscité d'entre
les morts, comme les prémices de ceux qui dorment* (I Cor.,
xv, 20). Si quelqu'un, après cette preuve de fait de la
résurrection, allait s'embarrasser lui-même dans des
doutes sur la possibilité de son accomplissement, sous
prétexte que le mode de destruction d'un grand nombre
de corps morts semble éloigner toute idée de leur régénération, le même Apôtre m'autoriserait non-seulement à
résoudre la difficulté par un raisonnement fondé sur la
nature des choses connues, mais encore à le réprimander
vertement pour ce doute qui affligerait la foi et ne ferait
aucun honneur à l'esprit qui l'imaginerait : *Insensé que
vous êtes, ce que vous semez ne reçoit point la vie, s'il ne
meurt auparavant ; et ce que vous semez n'est pas le corps
même qui doit venir, mais le grain seulement, par exemple,
du blé, ou de quelque autre plante. Et Dieu donne à ce grain
un corps tel qu'il lui plaît, et à chaque semence le corps qui
lui est propre* (I Cor., xv, 56-58).

Il me paraît donc qu'il est moins nécessaire d'expliquer ou de démontrer l'immortalité, la résurrection et la
vie future, que de rappeler à la mémoire d'un grand
nombre ces objets qui, depuis longtemps, comme on le
peut voir, les occupent moins qu'une foule de minuties.

Les apôtres s'appellent eux-mêmes *les témoins de la
résurrection* (Act. des Ap., II, 52) du Christ, quoique leur
mission ne fût pas d'attester seulement sa résurrection,
mais bien tout son enseignement. Tant ils attribuaient
d'importance à la vérité de la résurrection ! Et en effet,
dès que cette vérité est établie, par là même se trouve
confirmé tout ce qu'a fait et tout ce qu'a enseigné Notre-

Seigneur. Mais autant la vérité de la résurrection de Jésus-Christ est importante pour la foi, autant est importante pour notre vie la vérité de notre résurrection. Dès que cette vérité est établie, par là même se trouvent confirmés d'une manière inébranlable tous les principes de la vie sainte, de la vie en Dieu.

Mangeons et buvons, car nous mourrons demain (I Cor., xv, 32). Cette maxime, que l'Apôtre met, à leur honte, dans la bouche de ceux qui ne croient pas, ou qui ne veulent pas croire à la résurrection des morts, qui conviendrait parfaitement à la philosophie morale des êtres privés de la raison, s'ils avaient le privilége de philosopher, pourrait en effet composer aussi toute la sagesse, toute la morale et l'unique loi des hommes, si l'on éloignait d'eux la pensée de la vie future. Mais alors, ne vous étonnez pas, mon ami et mon frère, si vous devenez vous-même la pâture des gens qui aiment à manger et à boire : car s'il ne vaut pas la peine d'arranger sa propre vie, puisque *nous mourrons demain*, il vaut encore moins la peine d'épargner la vie des autres que la tombe engloutira *demain*, sans qu'il en reste trace. Ainsi, l'oubli de la vie future conduit à l'oubli de toutes les vertus et de tous les devoirs, et fait de l'homme une brute ou une bête féroce.

O homme nécessairement immortel, quand tu n'y songerais pas, quand tu ne le voudrais pas ! garde-toi d'oublier ton immortalité, de peur que l'oubli de l'immortalité ne devienne un poison meurtrier même pour ta vie mortelle, et que l'immortalité que tu oublies ne cause ta mort éternelle, si elle venait à te surprendre sans que tu t'y attendes et que tu y sois préparé.

Ne dis pas dans ton désespoir : *Nous mourrons demain,*

afin de ne pas t'en précipiter avec plus de frénésie dans les jouissances de la vie mortelle. Répète, en espérant et en tremblant : Demain nous mourrons sur la terre, et nous renaîtrons pour le ciel ou pour l'enfer ; il faut donc nous hâter de poser, il faut travailler de toutes nos forces à nourrir et à fortifier en nous le germe de notre naissance pour le ciel, et non pour l'enfer.

Quel est donc ce germe de la naissance pour le ciel? — C'est la parole, et l'esprit, et la force de Jésus-Christ ressuscité, qui est notre résurrection et notre vie. Recevez cette semence divine de la vie éternelle par la foi, enfermez-la dans votre cœur par l'amour, enracinez-la par l'humilité, réchauffez-la par la prière et la pensée de Dieu, nourrissez-la et l'abreuvez des larmes du repentir, fortifiez-la par les luttes de la vertu.

Pour détruire en soi les semences *d'ivraie* de la vie de l'enfer, et vivre enfin de la vie pure et pleine du Ressuscité, mourez à tout ce qui n'est pas sa vie, c'est-à-dire, ne faites rien qui lui soit le moins du monde en contradiction : ne vivez pas pour le monde et la chair, les passions et les convoitises : n'attachez pas votre cœur aux richesses, ne vous enflez pas de l'orgueil du monde. Avec Paul, *regardez tout comme ce qu'il y a de plus vil, afin de gagner Jésus-Christ; c'est-à-dire, jugez par la foi en Jésus-Christ, qui est la justice, ou la sainteté, venant de Dieu par la foi, afin de le connaître, lui et la vertu de sa résurrection, et la participation de ses souffrances, devenant conforme à sa mort, afin de parvenir à la résurrection d'entre les morts* (Phil., III, 8-11). Si vous vivez et si vous mourez ainsi, vous aussi, laissant dans le tombeau votre vieille dépouille terrestre, vous recevrez dans le ciel une robe nouvelle, blanchie dans le sang de l'Agneau, et, au jour *de ses noces, vous serez revêtu d'un lin pur et blanc, et ce lin, c'est la justice des saints* (Apoc., XIX, 8). — Ainsi soit-il.

— —   —   — — — —

3

SERMON

POUR LE DIMANCHE DE TOUS LES SAINTS,

PRONONCÉ DANS LA CATHÉDRALE DE L'ASSOMPTION, A COLOMNA, A L'OCCASION DE LA VISITE DE CETTE VILLE,

Le 28 mai 1822.

> Celui qui aime son père ou sa mère plus que moi, n'est pas digne de moi ; et celui qui aime son fils ou sa fille plus que moi, n'est pas digne de moi.
> — Matth., X. 37. —

En me voyant ramené, par les impénétrables décrets de la Providence, au milieu de cette ville où il me fut donné de voir le jour pour la première fois, et de laquelle j'avais été éloigné, par le cours des évènements, de telle sorte qu'il ne m'était plus permis d'espérer de la revoir ; — en me retrouvant, contre toute attente, au milieu de mes frères et de mes proches, de ceux avec qui je partageai les premières impressions agréables de la vie, — je voudrais m'abandonner sans réserve à toute la puissance d'entraînement de l'amour du berceau, — de cet amour dont, selon l'expression d'un Jérosolymitain, les enfants de Jérusalem chérissent encore les pierres de Sion, et pleurent sur sa poussière (Ps. CI. 15), c'est-à-dire que les pierres mêmes de leur ville natale leur sont chères, qu'ils aiment jusqu'à la poussière de ses chemins. Mon cœur serait tout prêt à chanter à cette ville le cantique qu'ils chantaient à leur chère Jérusalem : *Demandez la paix pour Jérusalem, et que l'abondance soit sur ceux qui t'aiment ! Que la paix soit sur tes remparts, et l'abondance dans les tours ! Patrie de mes frères et de mes amis, mes paroles sur toi sont des paroles de paix* (Ps. cxxi, 6-8). Mais qu'entends-je? Ce doux chant, une voix austère vient l'interrompre, la voix du Christ, qui s'adresse à moi, comme dans une intention particulière, aujourd'hui, dans ce temple : *Celui qui aime son père ou sa mère plus que moi, n'est pas digne de moi; et celui qui aime son fils ou sa fille plus que moi, n'est pas digne de moi.* Que ferai-je donc? J'entonnerai un autre chant du Psalmiste hébreu : *N'est-ce pas à Dieu que mon âme sera soumise* (Ps. lxi, 2) ? J'imposerai silence à mon amour pour mes amis et pour mes frères, je le ferai taire devant mon amour pour Dieu et pour Jésus-Christ : *J'oublierai mon peuple et la maison de mon père,* et je m'efforcerai de ne me souvenir que du peuple du Seigneur et de la maison du Père céleste. Dans cette disposition d'esprit, il me sera encore permis de continuer le cantique de Jérusalem, interrompu sur mes lèvres : *A cause de la maison de notre Dieu, j'ai appelé tous les biens sur toi* (Ps. cxxi, 9), ville aimée de Dieu! A cause de la sainte Église, qui est la maison de Dieu; cause de ses enfants orthodoxes, qui sont dévoués à Dieu, j'appelle sur toi tous les biens; et puisque c'est au nom de Dieu que je forme ces souhaits, je demande pour toi des biens divins, *la paix de Dieu, qui surpasse toute intelligence; la foi en Dieu, qui est un don de Dieu; l'amour de Dieu, qui se répand dans nos cœurs par le Saint-Esprit.*

Mais n'affligerai-je pas mes frères et mes amis par un renoncement si prompt à l'amour de la patrie? — Vous allez voir à l'instant, mes Frères, qu'il n'y a là rien d'injuste. En effet, je ne demande de vous aucune disposition que celle dans laquelle je désire me mettre moi-même. Si vous voulez être dignes de l'amour de Dieu et de Jésus-Christ, aimez Dieu et Jésus-Christ plus que votre père et votre mère, plus que votre frère et votre sœur, plus que tout ce qui vous est cher. *Celui qui aime son père ou sa mère plus que moi, n'est pas digne de moi; et celui qui aime son fils ou sa fille plus que moi, n'est pas digne de moi.*

Lorsque, obéissant à l'Évangile, je vous enseigne le saint devoir d'aimer Dieu et Jésus-Christ par-dessus tout, ce n'est pas que je craigne de rencontrer dans aucun de mes auditeurs une inimitié directe contre Dieu et Jésus-Christ. Il y a des gens qui sont dans cette disposition dont l'Apôtre *parle avec larmes* (Phil., III, 18), auxquels je songe aussi en tremblant, *des ennemis de la croix de Jésus-Christ,* qui ne veulent soumettre ni leur raison à sa sa foi, ni leur cœur à sa loi, et qui disent avec les rebelles de la parabole : *Nous ne voulons point que celui-ci soit notre roi* (Luc, XIX, 14)! Mais je ne doute pas que tous les vrais croyants ne soient animés, contre de pareilles gens, du zèle de l'Apôtre, et prêts à les repousser, comme lui, de toute la force de leur âme : *Si quelqu'un n'aime point le Seigneur Jésus-Christ, qu'il soit anathème; Maran-atha* (I Cor., XVI, 22).

Il y a, parmi ceux-là mêmes qui croient en Jésus-Christ et qui se soumettent à l'empire de la loi de Dieu, une autre sorte de gens qui frémiraient à la pensée de se poser en ennemis de Dieu et du Christ, mais qui ne comprennent pas assez clairement, qui ne sentent pas assez

profondément leur devoir d'aimer Dieu et Jésus-Christ,
et qui, par conséquent, ne goûtent pas toute la félicité
contenue dans cet amour. Ils savent que c'est un devoir
de croire, — d'humilier sa propre raison devant les mystères que révèle le Verbe de Dieu, parce que la raison
humaine, limitée et corrompue, ne peut comprendre l'esprit de Dieu qui est parfait et infini ; ils reconnaissent le
devoir de vivre selon la loi divine, — de décerner au vrai
Dieu un culte déterminé, de ne porter atteinte à la propriété d'autrui ni par la tromperie, ni par le vol, ni par
aucune injustice de ce genre ; ils sentent le devoir de
faire pénitence, — de confesser leurs péchés devant Dieu,
dans l'espoir d'en obtenir le pardon au nom de celui que
Dieu *a traité, quoiqu'il ne connût pas le péché, comme s'il
eût été le péché même, afin qu'en lui nous devinssions justes
de la justice de Dieu* (II Cor., v, 21) ; ils reconnaissent le
devoir de prier, — d'invoquer le nom de Dieu, afin de
faire descendre sur eux la bénédiction et la vertu salutaire de Dieu ; ils sont frappés de la crainte des jugements
de Dieu, quand ils s'aperçoivent qu'ils ont violé quelqu'un de ces devoirs ; mais lorsqu'ils pensent les avoir
remplis, alors ils se reposent dans l'espérance du royaume
céleste comme d'une récompense méritée. N'est-il pas
vrai que, pour quelques chrétiens, et peut-être pour un
grand nombre, c'est en cela que consiste toute la religion, si bien qu'il ne leur vient pas même à la pensée
qu'il puisse y avoir encore quelque chose au delà ? Non,
ce n'est pas tout encore, mes Frères ; il reste encore
beaucoup : — il reste tant que, sans ce restant, tout ce
qui précède ne saurait vous conduire à votre véritable
but, c'est-à-dire au salut éternel. Si haut que s'élève
l'échelle de vos vertus, elle ne vous conduira pas au ciel,

et, malgré toutes vos précautions, elle peut vous entraîner misérablement dans une ruine totale, si elle ne porte à son sommet un dernier échelon, par lequel seul elle peut s'appuyer fermement et inébranlablement au ciel. Interrogez votre cœur et demandez-lui s'il aime celui dont il a embrassé la foi et la loi, auquel il apporte son repentir et sa prière : sentez-vous bien réellement que cet *amour a été répandu dans votre cœur par le Saint-Esprit* (Rom., v, 5), de même que vous sentez réellement l'amour filial, l'amour paternel, l'amour fraternel se répandre en vous à la vue de vos parents, de vos enfants et de vos frères ? Si votre conscience et votre esprit ne vous témoignent pas que vous sentez vraiment et vivement en vous cette effusion divine de l'amour divin, il vous faut aller apprendre avec soin cet amour auprès du divin Maître seul capable de vous l'enseigner, Jésus-Christ. *Celui qui aime son père ou sa mère plus que moi, n'est pas digne de moi : et celui qui aime son fils ou sa fille plus que moi, n'est pas digne de moi.*

Vous croyez, et vous espérez vous sauver par la foi : je ne conteste pas cette espérance. Le Sauveur lui-même a fait du salut l'apanage de cette foi. *Votre foi vous a sauvée* (Matth., ix, 22), a-t-il dit souvent à ceux sur lesquels il accomplissait des guérisons miraculeuses. Et c'est à tous, sans exception, qu'il a fait cette promesse : *Celui qui croira et sera baptisé, sera sauvé* (Marc. xvi, 16). Mais la foi est-elle toujours la même ? N'y a-t-il pas une différence entre la foi et la foi ? Quelle est, par exemple, la foi que l'Apôtre loue d'une louange si terrible, quand il dit : *Vous croyez qu'il n'y a qu'un seul Dieu, vous faites bien ; les démons croient aussi et tremblent* (Jacq., ii, 19). Qui pourrait être satisfait d'une pareille foi ? Quelle est

1.

donc la foi qui peut sauver l'homme ? — *La foi qui est
animée de la charité* (Gal., v, 6), répond l'Apôtre. Sans l'a-
mour, la foi est sans force et sans efficacité, et ne peut
atteindre le salut. La foi sans l'amour est une forme sans
vie : l'amour, souffle de l'Esprit-Saint, vivifie la foi et la
rend efficace et salutaire. Si vous voulez être sauvé par
la foi, aimez celui en qui vous croyez.

Vous vivez selon la loi. Il y a là, ce semble, déjà de
l'amour : car le grand Maître en amour divin l'a dit lui-
même : *Celui qui a mes commandements et les garde, c'est
celui-là qui m'aime* (Jean, xiv, 21). Mais approfondissez et
comprenez en vérité ce que dit celui qui est la Vérité.
Comme l'amour est proprement un sentiment du cœur,
et comme le Maître qui sonde les cœurs a prévu qu'il y
aurait quelques disciples faibles pour penser que ce sentiment peut exister sans le secours d'œuvres correspon-
dantes, — afin de prévenir cette transformation de l'a-
mour vrai en amour imaginaire, et pour nous apprendre
à aimer *par les œuvres et en vérité* (1 Jean, iii, 18), il nous
a dit que *celui qui l'aime, c'est celui qui a ses commandements et qui les garde.* Mais un maître rempli d'amour
n'a pu, en aucune façon, entendre par là que ce serait
assez pour ses disciples de remplir extérieurement les
œuvres de ses commandements, et que cette obéissance
leur serait comptée pour un amour qu'ils ne ressenti-
raient point en effet, — de même qu'il ne peut être dans
la nature d'un père aimant ses enfants de leur dire qu'il
leur permet de ne pas l'aimer, pourvu qu'ils fassent ce
qu'il leur ordonne. Et qu'est-ce que l'observation des
commandements sans l'amour ? Qui se connaîtrait assez
peu soi-même, ou qui serait assez peu sincère pour ne
pas convenir qu'il pèche de temps en temps, en certaines

choses, contre les commandements? Si donc l'édifice de la justice propre, élevé sur la base des commandements, a des endroits faibles, la foudre de la malédiction de la loi les trouvera, et, d'un seul coup, renversera l'édifice entier. *Malédiction sur tout homme qui ne persévérera pas dans l'observation de tout ce qui est écrit dans le livre de la loi, pour l'accomplir* (Gal., III, 10). Et voici qui est encore plus terrible : *Quiconque ayant gardé toute la loi, la viole en un seul point, est coupable comme s'il l'avait violée tout entière* (Jacq., II, 10). Où donc est maintenant le salut dans l'accomplissement de la loi? Il s'y trouve, mais pour ceux qui observent les commandements non pas selon la lettre, mais selon l'esprit ; or, l'esprit de la loi, c'est l'amour. Voulez-vous échapper à la malédiction de la loi? Voulez-vous un moyen abrégé et sûr de remplir toute la loi? Ce moyen abrégé et sûr, c'est l'amour. *Celui qui aime*, dit l'Apôtre, *accomplit la loi ; l'amour est la plénitude de la loi* (Rom., XIII, 8-10). Cela n'a pas été dit dans ce sens que l'amour permette de ne pas accomplir la loi ; non ! Il est la plénitude de la loi parce qu'il en est l'âme ; or, l'âme anime et meut tout le corps : ainsi l'amour donne la force à celui qui accomplit la loi, et rend légère l'exécution des commandements. Un fils qui court voir un père bien-aimé, sent-il la fatigue du chemin? Ainsi, les fils de Dieu, les hommes qui aiment Dieu, ne se sentent exténués par aucun effort sur le chemin de la vie par lequel ils se hâtent vers les demeures éternelles où ils espèrent voir un Père dont la paternité leur a donné le droit sublime d'être *les enfants de Dieu* (Jean, I, 12), et dont l'amour, en eux, dépasse tout amour, soit terrestre, soit céleste.

Vous êtes repentant. Et en cela encore vous êtes dans

la bonne voie ; ce chemin-là aussi conduit au salut, selon cette parole : *Le repentir dont on ne se repent point produit le salut* (II Cor., vii, 10). Mais remarquez bien encore ici le sens profond de ce mot de saint Paul : *Le repentir dont on ne se repent point*, dit-il, c'est-à-dire un repentir après lequel l'homme n'échange plus les bonnes pensées auxquelles il s'est une fois attaché, contre des pensées mauvaises, après lequel il ne retourne plus à ses premières fautes, il ne faiblit plus dans son zèle de vivre selon la volonté de Dieu, — voilà le repentir qui *produit le salut*. Ici encore, mes Frères, je vous demande à vous-mêmes un témoignage devant vous-mêmes. Ne remarquons-nous pas, en nous observant, que les bonnes résolutions que nous formons dans nos repentirs, s'ébranlent souvent, s'effacent quelquefois, et que, soit dans des moments d'oubli, soit même lorsque nous avons encore quelque souci de nous corriger, nous retombons dans les mêmes fautes dont nous nous sommes souvent repentis ? Quelle espérance de salut pouvons-nous donc alors trouver dans nos regrets, si le *repentir dont on ne se repent point* produit seul *le salut* ? Et que pouvons-nous faire pour remédier à nos maladies spirituelles, si le remède lui-même, par l'usage répété que nous en faisons dans nos rechutes fréquentes, semble perdre de son efficacité ? Et pour aider ce remède et prévenir nos rechutes, — et pour aider notre repentir et nous préserver des mêmes péchés, le moyen le plus efficace, c'est l'amour sincère pour celui *qui ne veut pas la mort du pécheur*, et qui même est mort pour le salut du pécheur ; je dis l'amour sincère, car il n'y a pas d'amour chez un fils déréglé qui dissipe le bien de son père en comptant sur son indulgence ; l'amour vrai c'est celui du fils tendre qui sait faire un usage modéré de ce qui lui est permis, et ne pas abuser de la bonté d'un père bien-aimé. L'histoire évangélique nous présente un exemple frappant de la force salutaire que l'amour véritable donne au repentir. Une femme connue comme pécheresse dans une ville tout entière, s'approche de Jésus-Christ, répand un parfum sur ses pieds, les arrose de ses larmes, les essuie avec ses cheveux, en un mot, donne tous les signes du repentir, sans même que ses lèvres en prononcent le mot, et celui que les Juifs appelaient ironiquement, mais que les chrétiens doivent appeler avec joie *l'ami des pécheurs* (Matt., xi, 19), l'absout, sans faire attention à la multitude de ses péchés : *Beaucoup de péchés lui sont pardonnés.* Mais comment un résultat si complet a-t-il pu être produit par un repentir qui ne s'était pas même encore manifesté par une confession sincère? Ç'a été l'effet d'un amour sans bornes pour celui qui pardonnait les péchés : *Beaucoup de péchés lui sont pardonnés,* dit-il, *parce qu'elle a beaucoup aimé* (Luc, vii, 17).

Vous priez. Qui ne louera aussi cette sainte pratique? Cependant je vous demanderai encore : De quelle prière priez-vous? En effet, il y a une prière vaine, de laquelle il a été dit : *Ce peuple s'approche de moi de bouche, et il m'honore des lèvres, mais son cœur est loin de moi ; il m'honore donc en vain* (Matth., xv, 8, 9). Qu'est-ce que s'approcher de Dieu de bouche, mais *être de cœur loin de lui?* — C'est prier de bouche, ou bien entendre d'une oreille distraite les prières que les autres adressent à Dieu, mais sans se joindre à eux par l'attention du cœur et la chaleur de l'âme ; en un mot, c'est prier sans amour. Il n'est pas difficile de faire comprendre le vide d'une semblable prière par un raisonnement simple et emprunté au langage de la nature. Que fait l'enfant qui commence à penser, pour obtenir de son père ou de sa mère un objet désiré? Ne joint-il pas à ses instances toutes les expressions d'amour et de câlinerie enfantine qu'il peut imaginer? Par conséquent, ne devons-nous pas nous regarder comme moins intelligents que les enfants eux-mêmes, quand nous pensons, par nos prières froides, sans attention, sans amour, sans ferveur, obtenir quelque chose du Père céleste qui, lui, *regarde particulièrement le cœur*, tandis *que l'homme regarde le visage* (I Rois, XVI, 7)? Dirons-nous que le Père céleste est plus généreux que les pères terrestres, et que, par conséquent, *il donnera ses biens à ceux qui les lui demandent?* Cela est vrai; mais il est aussi plus juste qu'eux, et c'est pour cela qu'il ne peut pas donner ses biens à ceux qui en sont indignes. Bien plus, à cause de sa bonté même, il ne peut pas donner ses biens à ceux qui les demandent avec un cœur méchant, de peur qu'ils ne changent en mal le bien lui-même : or, nous demandons méchamment, sans nul doute, quand nous demandons sans amour, à celui qui est tout bonté et tout amour. Mais que dit encore la loi de l'esprit? — Elle nous montre que non-seulement l'accomplissement de la prière, mais la prière elle-même, vraie et pure, est impossible sans l'amour vrai et pur. *Nous ne savons ce que nous demandons*, dit l'Apôtre, *comme il convient ; mais l'Esprit lui-même intercède pour nous par des gémissements inénarrables ; or, celui qui sonde les cœurs sait quel est le désir de l'Esprit, car il intercède selon Dieu pour les saints.* Et pour que chacun, en entendant ces paroles, comprenne comment il peut obtenir cette puissante intercession, l'Apôtre ajoute immédiatement : *Nous savons que tout contribue au bien de ceux qui aiment Dieu* (Rom., VIII, 26-28). L'amour pour Dieu change tout

en moyens pour notre salut et notre félicité ; sans cet
amour, aucun moyen ne peut atteindre ce but. La lampe
ne brûle pas sans huile, et la prière n'éclaire pas l'esprit
sans l'amour. Le parfum de l'encensoir ne s'élève pas
sans feu, et la prière ne s'élève pas vers Dieu sans l'a-
mour.

Que dire des motifs de vertu que mettent à la place de
l'amour ceux qui n'en connaissent pas la force, — de la
crainte du jugement et de l'espoir de la récompense ? —
Des appuis sont indispensables à ceux qui élèvent l'édifice spirituel ; mais ce n'est pas sur ces appuis que repose
la hauteur et la beauté du temple. Celui qui travaille par
crainte est un esclave ; celui qui travaille pour un salaire
est un mercenaire. *L'esclave,* dit Jésus-Christ, *ne demeure
pas toujours dans la maison,* — on peut ajouter : et le
mercenaire non plus ; — mais *le fils seul y demeure pour
toujours* (Jean, viii. 35). *La crainte a en vue la punition,*
dit le disciple bien-aimé : *celui qui craint n'est point parfait
dans l'amour ; c'est pourquoi l'amour parfait chasse la
crainte* (I Jean, iv. 18). Un autre apôtre dit aux chrétiens,
par opposition aux Juifs : *Vous n'avez point reçu l'esprit
de servitude pour être encore dans la crainte ; mais vous
avez reçu l'esprit d'adoption des enfants, et c'est par lui que
nous crions : Abba, Père* (Rom., viii, 15). Ainsi l'esprit de
servitude, — et pareillement celui de mercenarité spirituelle, — est le partage des Juifs : mais l'apanage des
vrais chrétiens, c'est l'esprit d'amour filial pour Dieu
et Jésus-Christ. On peut même, sans contredire l'Apôtre,
dire que le véritable esprit de l'Ancien Testament même,
aurait été l'esprit d'amour, s'il n'avait été voilé sous la
servitude par l'obstination des Juifs. J'en prends à témoin
les commandements mêmes de la loi de Moïse. Vous ai-

mères, dit-il, *le Seigneur votre Dieu.* Ce commandement
m'étonne particulièrement lorsque je le compare avec
celui qui touche aux parents : *Honore ton père et ta mère.*
Comment ! *Honorer* son père, et *aimer* Dieu ! Mais ordinairement, nous aimons ce qui nous est plus proche et
plus semblable, et nous honorons ce qui est plus haut que
nous. Il aurait donc, ce semble, été plus naturel de nous
commander *l'amour pour notre père, et la révérence pour
Dieu.* Non, dit la loi divine : *Honore ton père : aime Dieu.*
C'est comme si elle nous avait dit : Aimer son père et honorer son grand Dieu, cela est tout naturel et n'a pas besoin
de commandement ; la loi n'enseigne que ce qu'il serait
difficile de savoir sans elle ; et ainsi, non-seulement tu
aimeras ton père comme cela est naturel, mais encore tu
l'honoreras comme le veut le Père céleste ; non-seulement
tu honoreras Dieu selon l'inspiration de la nature et de ta
conscience, mais tu oseras l'approcher de lui, ce que tu
n'aurais pas osé faire sans ce commandement béni ; *aime
Dieu comme un père* ; appelle-le *ton Dieu, le Dieu de ton
cœur, et ton partage pour l'éternité* (Ps. LXXII, 26). O commandement bien-aimé de l'amour ! Que nous sommes
malheureux de n'avoir pas compris plus tôt toute la valeur, de nous être brisé si longtemps les dents sur la dure
coque de la lettre, et de n'avoir pas su goûter la douce
amande qu'elle contenait ! — Tellement que, lorsque
l'Amour lui-même est venu sur la terre, il a trouvé le
commandement de l'amour complètement oublié, et qu'il
l'a proclamé comme nouveau : *Je vous donne un commandement nouveau, celui d'aimer* (Jean, XIII, 34) ; — *Comme
mon Père m'a aimé, je vous ai aussi aimés ; demeurez dans
mon amour* (Jean, XV, 9).

Chrétiens ! Dieu nous appelle à son amour plus fort que

par un commandement, plus fort que par la manifestation impérieuse de sa volonté. Il sait mieux que nous
que l'amour ne se communique pas par des commandements seuls. Il poursuit notre amour, quelque pécheurs
et indignes que nous soyons de son amour divin. *Dieu a
tellement aimé le monde qu'il a donné même son Fils unique,
afin que quiconque croit en lui ne périsse point, mais qu'il
ait la vie éternelle* (Jean, III, 16). Faut-il donc nous commander, ou nous apprendre que nous devons aimer celui
qui est mort pour nous acheter à la vie éternelle? Si nous
sentons que nous offenserions notre père en aimant ses
esclaves plus que lui, comment ne pas sentir que nous
outrageons le Père céleste quand nous lui préférons les
hommes qui sont à peine dignes d'être appelés ses
esclaves, quand notre cœur s'ouvre plus largement et
s'attache plus étroitement à eux qu'à lui? Déployons tout
notre zèle pour être dignes de lui. Disons à notre cœur :
Nous ne voulons pas t'enlever à nos parents, à nos amis,
à nos proches, mais nous te vouons, toi et leurs cœurs
en même temps, à Dieu pour l'éternité. — Ainsi soit-il.

4

SERMON

POUR LE TROISIÈME DIMANCHE APRÈS LA PENTECOTE

> Pourquoi aussi vous inquiétez-vous de vos vêtements?
> Considérez comment croissent les lis des champs;
> ne travaillent pas, ils ne filent pas. Cependant je vous
> déclare que Salomon même, dans toute sa gloire, n'a
> jamais été vêtu comme l'un d'eux.
>
> — Matth., vi. 28, 29. —

Il est facile de présumer d'avance tout ce que l'on peut dire contre les soins superflus du vêtement et de la parure, et il peut se faire que, dans cette prévision, quelques personnes se disent déjà que cet objet est trop minime pour occuper l'attention d'une assemblée chrétienne dans un moment destiné à l'enseignement de ce qui touche à notre salut. Mais les excès, même dans les petites choses, ne sont jamais sans importance. Les excès dans le boire et le manger sont, au commencement, la source des infirmités et des maladies, et, par la suite, ils peuvent se changer en un lent suicide. De même, le mal des soins exagérés du vêtement passe du corps à l'âme; ce n'est donc plus là une chose sans importance! Il y a des gens pour lesquels ces soins ne constituent pas une des moindres parts de leurs occupations journalières, leur dérobant ainsi une grande partie d'un temps qui leur est tout entier, sans en rien retrancher, nécessaire pour le préparation de leur éternité : ce n'est certes pas là une bagatelle. Que celui à qui, malgré tout cela, une instruction sur le vêtement et la parure paraîtra une futilité, que celui-là se demande si le plus grand Maître qui ait été sous le soleil a pu enseigner des futilités! N'écoutez pas, si vous voulez, les petites gens discutant de petites choses; mais vous ne sauriez refuser votre attention aux enseignements du divin Maître.

Que vous inquiétez-vous de vos vêtements? considérez comment croissent les lis des champs ; ils ne travaillent pas, ils ne filent pas. Cependant je vous déclare que Salomon même, dans toute sa gloire, n'a jamais été vêtu comme l'un d'eux.

Qu'est-ce que le vêtement? Dans l'ordre naturel, — c'est un moyen de défendre le corps de l'homme contre l'influence délétère des éléments : dans l'ordre moral, — c'est le voile de la pudeur; dans l'ordre civil, — c'est une couverture artistique des membres du corps, appropriée à l'exercice de telle ou telle fonction sociale, et en même temps un signe distinctif des fonctions et des degrés qui y sont établis. Quoique, sur cette définition, on puisse comprendre immédiatement que les soins de l'habillement doivent être dirigés par la nécessité, la modestie et la constance, nous ne nous en tiendrons pas à ces idées qui indiquent plutôt à l'homme et à la société l'usage régulier du vêtement, qu'elles n'en font connaître l'origine et la destination première par le Créateur des hommes et des sociétés humaines. De ce lieu saint, l'on peut et l'on doit voir plus loin que ne voient ordinairement le monde et sa sagesse élémentaire.

Reportez votre pensée aux premiers jours de la création, où tout le genre humain se composait du seul

couple qui venait de sortir de la main du Créateur dans
une innocence et une sainteté parfaites : vous ne trouvez
là aucune trace de vêtement. *Ils étaient*, dit la Genèse,
*tous les deux nus, c'est-à-dire Adam et sa femme; et ils
n'en rougissaient point* (Genèse, II, 25). On pourrait
même avancer, sans contredire le témoignage de la
parole de Dieu, qu'ils n'étaient pas nus, parce qu'ils
n'avaient ni ne ressentaient ce défaut que nous appelons, nous, la nudité, de la même manière que celui-là
n'a pas encore faim qui ne prend pas de nourriture et
n'en éprouve pas le besoin. Mais, séduits par le serpent
rusé, ils goûtèrent au fruit défendu, et *ils connurent qu'ils
étaient nus* (Gen., III, 7). Voilà le commencement de la
nudité ! Le poison du péché, dès qu'il les eut touchés à
l'âme et au cœur, se répandit rapidement dans tout leur
être ; les passions s'éveillèrent et produisirent dans le
corps les mouvements désordonnés, et soit que la concupiscence qui, *lorsqu'elle a conçu, enfante le péché*
(Jac., I, 15), soit née elle-même à l'instant du premier
péché, ou bien que nos malheureux premiers parents
aient rougi dès lors de honte devant la race future qu'ils
portaient dans leurs flancs, et dont ils étaient devenus
les meurtriers, — ce qui est certain, c'est qu'ils se hâ-
tèrent avant tout de couvrir ces flancs. *Ils entrelacèrent
des feuilles de figuier et s'en firent des ceintures* (Gen.,
III, 7). Voilà l'origine du vêtement !

Ainsi donc, qu'est-ce que notre vêtement ? — C'est le
produit de l'iniquité; c'est le bandage de la blessure du
péché, — bandage inutile, sans huile médicinale; c'est
un faible moyen de garantir quelques jours un corps
condamné, de l'action des éléments qui lui font subir
sa peine; c'est le voile d'une difformité morale devenue

physique ; c'est une couverture pour cacher la honte de
la nudité corporelle, inventée par l'homme mis à nu dans
sa conscience ; c'est le signe distinctif visible de l'homme
— criminel ; c'est le deuil commun et perpétuel revêtu
par le repentir après la mort de l'innocence primitive :
c'est l'étendard de la victoire que notre ennemi a arboré
extérieurement, après nous avoir conquis dans notre intérieur. Que font donc ceux qui s'efforcent avec tant de
sollicitude, à l'envi, de briller par la beauté et la magnificence de leurs vêtements ? — A peine quelque chose de
plus que de renouveler et de relever le triomphe de l'antique ennemi du genre humain. Que vaut donc cette
fierté avec laquelle celui qui est couvert de riches habits
daigne à peine honorer d'un regard la pauvreté vêtue d'un
sac ou demi-nue, — cette insatiabilité avec laquelle quelques-uns amassent continuellement, — cette légèreté qui
change si souvent de parures ? — N'est-ce pas quelque
chose comme si un malade imaginait de s'enorgueillir de
la multiplicité de ses escarres et de la beauté de ses ban-
dages, ou comme si un esclave condamné à porter des
chaines, désirait les avoir en grand nombre, et travaillées
avec un art varié ?

Il est vrai que Dieu a sanctifié en quelque façon ce qu'il
y a dans le vêtement de plus simple et en même temps de
plus indispensable. Et *le Seigneur Dieu fit à Adam et à sa
femme des tuniques de peau, et il les en revêtit* (Gen.,
III, 21). Mais ceci même condamne encore une solli-
tude déraisonnable pour la parure du corps. Si la peau
fut la matière employée, selon l'instruction de Dieu
lui-même, pour la confection du vêtement, pourquoi
donc certaines personnes regardent-elles comme malheureux ou méprisables ceux qui portent une humble

toile ou une laine grossière? Pourquoi nous plaignons-
nous quand ce n'est pas pour nous que file le ver à soie,
quand ce n'est pas pour nous que la terre donne son or
et la mer ses perles? A quoi bon tant de puérils
caprices? Quel vêtement peut vous être meilleur et plus
beau que celui que Dieu vous a préparé lui-même? Car
on peut dire qu'il fait à chacun de nous, comme il a fait
pour Adam et pour Ève, des vêtements convenables. Dans
quelque contrée du monde qu'il nous prédestine à naître,
il nous y prépare ce qui est nécessaire à notre corps,
selon la nature du climat, et il nous met presque toujours dans les mains des moyens suffisants pour nous
procurer ce qui nous est indispensable. Sa providence est
d'une sagesse infinie. Pourquoi donc désirons-nous encore
si souvent que nos habits soient au-dessus, non-seulement
des exigences de la nécessité, mais encore des convenances de notre situation? Pourquoi nous arrive-t-il
quelquefois de n'être pas satisfaits de nos parures, uniquement parce qu'elles ne sont pas dérobées à ceux de
nos frères qui vivent dans les contrées les plus lointaines?
Considérez, — tant la sagesse de Dieu couvre de honte
non-seulement les soucis frivoles du superflu, mais encore les soins inutiles du nécessaire, — considérez comment croissent les fleurs des champs : elles ne filent pas
et ne travaillent pas; et vous, gens de peu de foi, vous
vous tourmentez à plaisir de soucis raffinés pour votre
habillement; comme si la Providence s'occupait moins
de vous que d'une herbe qui fleurit aujourd'hui et qui
sera flétrie demain, et comme si elle oubliait de réunir
autour de vous tout ce qui vous est nécessaire!

Et quel est donc l'objet de tant d'efforts impatients?
Un tissu délicat, des pierres précieuses, de l'or pur,

ajoutez encore à cette énumération tout ce que vous vou-
drez, — que tout cela est petit et indigne d'occuper celui
qui réfléchit tant soit peu ! Je ne sais ce qui peut donner
à l'or, dans la balance d'un homme raisonnable, autant
de poids que dans la balance du marchand, si ce n'est le
poids des misères dont il accable le genre humain. Ce que
l'on appelle la plus belle eau dans les pierres, ne sont-ce
pas les larmes des infortunées victimes qui s'ensevelissent
vivantes, beaucoup plus profondément que les morts,
dans les flancs ténébreux des montagnes, pour y aller
déterrer ces précieuses bagatelles? Les plus belles productions de l'art peuvent-elles donner la gloire à personne autre qu'à leur auteur? Et cette gloire, s'étend-elle
loin? L'Artiste qui a créé le monde a posé, dans les productions les plus simples de la nature, des bornes à la
variété de l'art humain. Considérez, encore une fois, les
fleurs des champs : Salomon, dans toute sa gloire, ne fut
jamais vêtu comme la dernière d'entre elles, dit la Vérité.

Si, en considérant les fleurs des champs, vous ne
trouvez pas en vous la science de l'abeille, pour en recueillir un miel précieux et spirituel; si le spectacle de
la nature ne vous apporte aucun enseignement qui puisse
être pour vous une source de force et de vie, portez vos
yeux plus haut, élevez votre esprit et regardez, non pas
l'image et l'ombre de la vérité, mais la vérité elle-même
face à face, la beauté incréée, la fleur de la perfection. —
regardez, membres du corps de Jésus-Christ, votre Chef,
et voyez attentivement comment lui siéraient vos ornements tant aimés? Quel contraste ! La Tête est dans une
crèche, sur la paille, et les membres veulent se plonger
dans leurs fauteuils, se noyer dans leurs lits ! La Tête est
dans l'humiliation, dans la pauvreté, et les membres ne

rêvent que richesse et magnificence ! La Tête est inondée
d'une sueur de sang, et les membres sont oints et arrosés
de parfums ! De la Tête tombent des larmes, et les membres sont ruisselants de perles ! La Tête est cachée dans
les épines, et les membres dans les roses ! La Tête, sous
la pourpre de son sang, est envahie par la pâleur de la
mort, et les membres empruntent à tous les artifices ce
qui manque en eux à l'ardeur de la vie, et, pensant se
donner eux-mêmes une beauté que leur a refusée la nature, ils transforment la vivante personnalité humaine en
un masque artificiel ! La Tête est tantôt dans la nudité,
tantôt couverte d'un vêtement d'ignominie, et les membres aiment à se reposer sous les tissus d'argent, les
draps d'or, ou bien, au lieu de la nudité du Crucifié, ils
inventent, au mépris de toute honte et de toute pudeur,
des vêtements qui ne servent pas tant à les couvrir qu'à
les découvrir ! Mais *que mes lèvres ne racontent pas les
œuvres des hommes* (Ps. xvi, 41) ! Il est à craindre que
l'on ne regarde comme une indécence de dévoiler des
usages dans la pratique desquels l'on ne trouve pourtant
nulle indécence.

Quoi donc ! — demanderont probablement ceux qui aiment mieux se soustraire aux reproches que de cesser de
les mériter, — est-ce donc qu'il faudra renoncer à toute
élégance, et se vêtir de haillons ! Non pas, contradicteurs
habiles à faire le mal, mais ignorants pour faire le bien
(Jér., iv, 22) ! Personne n'exige cela. Notre divin Maître
ne dénonce, et par conséquent ne nous oblige à dévoiler
que les soucis que l'on se donne pour le vêtement, et
particulièrement les soucis exagérés, frivoles, passionnés.
Que vous inquiétez-vous de vos vêtements ? On sait, du reste,
que lui-même (sans doute pour ne pas priver de celte

consolation et de cette récompense les personnes qui pourvoyaient à ses nécessités corporelles), portait une tunique précieuse sans couture, que ceux qui se partagèrent ses vêtements eurent regret à déchirer. Il y a un genre et un degré d'élégance et même de magnificence dans les vêtements que commandent, non l'affectation, mais la décence, non la frivolité, mais la situation, non la vanité, mais le devoir et la convenance; mais les soins sans bornes, le luxe sans mesure, la prodigalité sans but, les changements quotidiens de toilette, uniquement parce qu'il y a des gens qui ont la sottise de s'occuper d'inventions de ce genre, parce qu'il y en a beaucoup trop d'autres qui poussent la servilité jusqu'à l'imitation de ces puérilités, — voilà l'incroyable folie! Folie d'autant plus étrange et d'autant plus absurde que l'on voit beaucoup de ceux qui en sont atteints en convenir, et que cependant ils ne cessent pas de s'en rendre coupables! Et plût à Dieu que ce ne fût qu'une folie! Mais malheureusement cette folie engendre et entretient l'iniquité. Demandez, par exemple, à quelques-unes des personnes qui sont entrées dans ce saint lieu après le commencement des prières communes et des saintes cérémonies, demandez-vous à vous-mêmes, vous qui êtes dans ce cas : Comment ce temps a-t-il été dérobé à Dieu et à votre âme? — Vous trouverez que, pour quelques-uns, il a été consacré à un corps duquel on a fait son idole. Ne voyez-vous pas combien il est évident que vos prétendues minuties deviennent des offenses pour votre grand Dieu? — Ou bien, voyez encore, aux portes des magasins, ces gens passer quelquefois sans faire attention au pauvre qui implore une menue pièce de monnaie pour avoir son pain quotidien, tandis qu'ils payent sans compter des ornements inutiles. Qui oserait dire qu'il n'y a pas là violation du précepte de l'amour du prochain? Qui donc ne voit, par ces quelques exemples, combien une frivolité si pardonnable aux yeux du monde, peut rendre l'homme coupable devant toutes les deux tables de la loi de Dieu?

Chrétiens! Vous héritiers et futurs habitants du ciel, n'hésitez pas à arracher de vos cœurs les moindres germes des passions impures, de peur que l'ivraie ne se multiplie, que les ronces ne croissent et n'étouffent la semence divine. Il vaudrait mieux être privé de milliers d'ornements du corps que de paraître devant Dieu, aux yeux de qui rien n'échappe, avec la plus petite tache sur l'âme et la conscience. Ah! que ce soit sous les haillons, mais conservons ce vêtement céleste duquel il est écrit : *Vous tous qui avez été baptisés en Jésus-Christ, vous vous êtes revêtus de Jésus-Christ* (Gal., III, 27). — Ainsi soit-il.

5

SERMON

POUR LE SIXIÈME DIMANCHE APRÈS LA PENTECOTE

> A cette vue, la multitude fut saisie de crainte et rendit gloire à Dieu qui avait donné une telle puissance aux hommes.
> — Matth., IX. 8. —

L'Évangile, dans le récit de la guérison du paralytique, offre à notre attention et à notre méditation les œuvres divines de Jésus-Christ notre Sauveur, et les différents jugements qu'en portaient les personnes qui en étaient les témoins. La considération des œuvres divines doit fournir à l'esprit une nourriture incorruptible, et l'examen des divers jugements dont elles étaient l'objet peut être un préservatif contre les jugements téméraires et faux, et par conséquent nuisibles.

Le premier acte divin du Christ Sauveur, dans le récit que nous examinons en ce moment, c'est la manifestation de son pouvoir divin de remettre les péchés. *Il dit au paralytique : Aie confiance, mon fils, tes péchés te sont remis.* Il n'affirma pas seulement son pouvoir par la parole, mais il le prouva par la parole et par le fait. Pour appuyer cette preuve, il posa la question suivante : *Quel est le plus facile de dire : Tes péchés te sont remis, ou de dire : Lève-toi, et marche?* A cette question, il n'y eut pas de réponse : celle-ci resta dans la conscience des auditeurs. Ils ne purent pas ne pas avouer l'insuffisance de la puissance et de la force humaines pour dire à un paralytique : *Lève-toi, et marche*, et pour le guérir par ces paroles. Ils durent avouer qu'il fallait, pour cela, une puissance et une force divines, aussi bien que pour dire à un pécheur : *Tes péchés te sont remis*, et, par ces paroles, purifier réellement son âme. Le pouvoir divin était le même dans les deux cas, avec cette différence qu'il n'était pas aussi visible dans l'acte du pardon des péchés qui a rapport à l'âme, que dans celui de la guérison du corps, qui tombe sous les sens. Ainsi, Jésus-Christ notre Sauveur guérit d'un mot le paralytique, et par là montra et prouva son pouvoir divin de remettre les péchés.

On peut demander : Qu'est-ce qui donna le plus de joie au paralytique, de s'entendre dire : *Tes péchés te sont remis*, ou bien : *Lève-toi, et marche?* — Je pense que les paroles de pardon lui donnèrent d'autant plus de joie que l'âme et sa santé l'emportent sur le corps et sa santé. Et cette joie céleste, je vous l'apporte à vous aussi, mes Frères. En effet, le Seigneur ne montra, sur le paralytique, son pouvoir divin de pardonner les péchés, d'une manière si solennelle que pour que nous pussions tous, nous aussi, en profiter comme lui.

Qui que tu sois, toi qui entends cela, es-tu sans péché? Je suppose que tu ne diras pas cela de toi-même. Et si quelqu'un disait cela de lui-même, l'étonnement général ne tarderait pas de répondre à sa sottise. Mais si tu n'es pas sans péché, tu es donc pécheur ; si tu es pécheur, tu es coupable; si tu es coupable, tu mérites un châtiment, et, dans tous les cas, un châtiment sévère et long, parce que la majesté de Dieu, que tu as offensé par ton péché, est infinie dans sa grandeur et dans son éternité. Que peux-tu donc faire? Cesser de pécher? — Si tu le peux, et si tu en prends la résolution, tu n'auras cependant pas encore, par là, échappé au châtiment. Même devant la justice humaine, le voleur ou le meurtrier, lorsqu'il a cessé de voler ou de tuer, ne cesse pas de mériter la peine due à son crime. Que peux-tu donc faire? Faire le bien? — C'est bon. Seulement, le bien que tu fais aujourd'hui, tu es obligé de le faire pour aujourd'hui même, et conséquemment tu ne détruis pas le mal que tu as fait hier, quoique, peut-être, tu le répares en partie. Redoubler d'efforts pour faire le bien?— Parfaitement. Mais par là tu ne rachèteras pas encore complètement le mal que tu as fait précédemment, parce que tu es obligé de faire le bien chaque jour, dans toute la mesure de tes forces, et, par conséquent, tu ne sauras rien ajouter à ta tâche obligée, rien qui puisse t'être compté au delà de ton devoir et en réparation de tes fautes passées. En outre, les hommes plus expérimentés que nous dans la lutte contre le péché et dans les combats de la vertu, disent que l'homme, entaché du péché de nos premiers parents, et ajoutant encore au dommage qu'il en a reçu par ses péchés propres, n'a plus assez de force en lui pour s'affranchir du mal et pour atteindre à la perfection du bien. *Je suis charnel*, dit l'apôtre Paul, *et vendu pour être assujetti au péché.* — *Je trouve en moi la volonté de faire le bien, mais je ne trouve pas le moyen de l'accomplir* (Rom., VII, 14, 18). Et comme le même apôtre dit encore que *la mort est la solde du péché* (Rom., VI, 25), que *la colère de Dieu éclatera du ciel contre toute impiété et toute injustice* (Rom., I, 18), la position du pécheur n'est-elle pas déplorable, n'est-elle pas effrayante, n'est-elle pas même désespérée? Effectivement, elle serait déplorable, effrayante et désespérée si Dieu le Verbe n'était venu à nous avec cette parole de pardon : *Tes péchés te sont remis.* Cette parole a été adressée à un pécheur qui était de plus paralytique, et il a été guéri, afin qu'il comprît que le Christ ne donne pas seulement le pardon des péchés commis, mais en même temps la force de lutter contre le péché et de faire le bien dorénavant. Quelle consolation ! Quelle joie ! Que ceux qui sont atteints de la tristesse du péché se consolent ! Que ceux qui sont courbés sous la crainte des jugements de Dieu relèvent la tête ! Que ceux qui sont désespérés renaissent à l'espérance ! Que ceux qui croient se réjouissent ! Que nos cœurs s'attachent inséparablement à Jésus-Christ notre Sauveur par un amour plein de reconnaissance !

Le second acte divin de Jésus-Christ dans le récit évangélique duquel nous nous entretenons, c'est la manifestation de son omniscience. Ceux qui ne connaissaient pas sa divinité, en entendant ces paroles : *Tes péchés te sont remis*, pensèrent qu'il s'attribuait un pouvoir qui ne lui appartenait pas, et, qui pis est, ils poussèrent en eux-mêmes leur ignorante insolence jusqu'à l'accusation : *Celui-ci blasphème*. Ils n'osèrent probablement pas s'exprimer à haute voix devant la multitude de peuple qui admirait pieusement l'enseignement et les miracles de Jésus ; mais le Seigneur ne permit pas que leur injustice et leur méchanceté demeurassent cachées sous le voile de leur ruse. *Pourquoi pensez-vous le mal dans vos cœurs ?* leur dit-il, et, en les démasquant ainsi, il réfuta leur fausse opinion et leur montra ce qu'ils ne comprenaient pas assez, à savoir qu'il était le Dieu qui scrute les cœurs.

Jugez de l'effet que dut produire sur ceux qui en étaient l'objet, cette manifestation de l'omniscience. Il ne leur paraissait pas sans danger de laisser voir à la foule leurs pensées odieuses. Quel fut donc leur trouble et leur effroi quand ils virent apparaître soudain ce qu'ils s'efforçaient de cacher ; quand ils virent découvrir, non-seulement leurs pensées, mais, ce qui était si humiliant pour eux, leur lâcheté et leur hypocrisie ; quand enfin les discours et les actes miraculeux de Jésus-Christ montrèrent que leurs pensées secrètes étaient non-seulement insensées, mais encore criminelles !

Mes Frères, Jésus-Christ et l'Évangile ne s'adressent plus aujourd'hui aux scribes ni aux Juifs, mais à nous. Songeons à l'effet de l'omniscience pour nous-mêmes. Ne naît-il pas quelquefois dans nos cœurs des pensées dont la manifestation nous humilierait aux yeux des personnes bien pensantes, — des pensées injustes et passionnées, des pensées de haine, d'envie, d'orgueil, de désirs criminels, et ne nous rassurons-nous pas par la persuasion qu'elles ne sont connues de personne? Que nous nous trompons nous-mêmes dans ce cas! Si nous laissons pénétrer dans notre cœur une pensée mauvaise, et si, au lieu de l'en arracher, nous l'y nourrissons, nous voilà humiliés déjà en nous-mêmes, devant le miroir de justice, qui se trouve dans notre conscience, de la dignité humaine et chrétienne. Mais ce n'est pas assez : il y a un témoin de ce qui est caché en nous, incomparablement plus important et plus redoutable. A nos pensées les plus secrètes, assiste l'omniscience de Dieu. Elle nous pénètre de ses yeux mille fois plus clairs que le soleil, et nous dit : *Pourquoi pensez-vous le mal dans vos cœurs?* Si nous n'entendons pas cette accusation, elle n'en est pas moins réelle, et il n'en est que plus fâcheux pour nous d'être assourdis par le tumulte de nos mauvaises pensées. Viendra un temps où l'omniscience accusatrice se manifestera à tous et devant tous, c'est-à-dire où le Seigneur viendra, *qui éclairera les secrets des ténèbres, et découvrira les plus secrètes pensées des cœurs* (1 Cor., iv, 5). Il sera tard alors pour se dérober à la honte éternelle, et ce sera en vain que ceux qui seront couverts de confusion et perdus de terreur, se mettront à dire aux montagnes : *Tombez sur nous, et aux collines : couvrez-nous* (Luc, xxiii, 50). Commençons donc plutôt dès aujourd'hui à chasser résolûment de nos cœurs les mauvaises pensées qui pourraient finir par nous couvrir de honte à la face du ciel et de la terre. Seigneur, *ne tarde pas*, non-seulement de découvrir en nous du regard de votre omniscience, mais encore d'éloigner de nous les pensées indignes de vos regards !

Le troisième acte divin du Christ Sauveur dans le récit que nous examinons, c'est le miracle de la guérison. Ici, il est à remarquer que les paroles de la guérison ne furent prononcées par le Seigneur et n'eurent leur effet qu'après celles du pardon des péchés. Il est évident qu'il y a une liaison entre la maladie de l'âme et celle du corps ; il est évident que la présence du péché dans l'âme, si l'homme n'en eût été d'abord purifié, eût été un obstacle à la guérison du corps. Il fallait chasser la maladie de l'âme pour qu'elle cessât d'infecter aussi le corps. Il fallait dissiper les ténèbres impures de l'âme pour que l'infiniment pure lumière divine pût s'approcher et guérir le corps.

Ne vous vient-il pas quelquefois à la pensée de regretter que, de notre temps, ces guérisons miraculeuses et d'autres merveilles semblables de la bonté de Dieu ne soient ni aussi fréquentes ni aussi apparentes que celles que nous trouvons dans l'Évangile ? — Voici une occasion de montrer sur quoi il convient de reporter ce regret. Il doit se tourner sur nous-mêmes, sur notre peu de foi et sur la présence du péché en nous. *Vos péchés vous séparent de Dieu* (Is., LIX, 2), dit le Prophète. Le Dieu tout miséricordieux veut s'approcher de vous et vous combler de ses bienfaits ; mais vos péchés vous investissent comme une sombre vapeur, et interceptent la bienfaisante lumière de Dieu. Efforcez-vous avec ardeur de purifier votre âme du péché, parvenez à faire retentir au fond de votre âme cette parole vivifiante : *Tes péchés te sont remis ;* alors ne tarderont pas de vous apparaître clairement aussi d'autres bienfaits particuliers de Dieu, fréquents, manifestes, miraculeux.

Il me reste encore à appeler votre attention sur les divers jugements que-portaient les hommes des actes du Sauveur dont nous nous entretenons en ce moment.

Les uns, *la multitude, voyant cela, était saisie d'admiration, et rendait gloire à Dieu qui avait donné une telle puissance aux hommes.* Les autres disaient : *Celui-ci blasphème.* Et quels étaient ceux-ci? *Les scribes*, des hommes que, suivant nos mœurs, il faudrait regarder comme civilisés, éclairés, savants! Quelle erreur incroyable! La foule, quoiqu'elle ne reconnaisse pas encore un Dieu dans la personne de Jésus, pressent cependant une force divine dans les merveilles qu'il opère, et glorifie Dieu, tandis que des hommes instruits, à la vue des mêmes merveilles, accusent Jésus de blasphème. D'où vient cela? De ce que le peuple, quoique peu éclairé, suivait sincèrement l'inspiration d'une saine raison et d'une conscience droite, et que les hommes instruits étaient aveuglés par l'orgueil. Ceux-ci ne cherchaient pas à puiser, dans l'essence des œuvres de Dieu, une connaissance vraie, mais ils les voulaient soumettre à leur science imaginaire; ils se figuraient que Dieu ne devait ni ne pouvait agir autrement que selon les lois que jugeait convenable de lui prescrire la sagesse des scribes juifs.

Pensez-vous, mes Frères, que nous puissions laisser passer simplement sous nos yeux ce malheureux exemple sans en tirer aucune leçon? Moi, je ne le pense pas.

Qui n'aime pas la lumière? Qui porte envie aux ténèbres? — Mais, que dit la Vérité? — *Il y a un jour vrai qui éclaire.* Il y a donc aussi un jour faux, qui luit à la surface, mais qui n'éclaire pas intérieurement. Ne peut-il donc

pas arriver parmi nous, comme il arriva autrefois en
Judée, que ceux qui se laissent séduire par l'éclat de la
lumière qui luit à la surface, ne reconnaissent pas et ne
reçoivent pas la lumière qui éclaire intérieurement? Ne
peut-il pas se rencontrer, aujourd'hui encore, des gens
qui, il est vrai, ne se donnent pas, et probablement ne
voudraient pas recevoir le nom de scribes, mais qui, dé-
couvrant, dans quelque livre obscur, ou dans le brouillard de leur imagination, un fantôme de vérité, se croient
capables de prononcer un jugement sur les mystères de
la foi, sur la sagesse de l'Église, sur les actes de la Providence divine envers l'humanité? — Que de semblables
appréhensions soient justes, et que la circonspection
qu'elles éveillent soit nécessaire, c'est ce dont je suis
convaincu par les paroles de l'Apôtre. Ce n'est donc plus
aux scribes juifs, mais bien aux raisonneurs chrétiens, c'est par conséquent à moi, c'est à vous que l'Apôtre adresse cette exhortation : *En vertu de la grâce qui
m'a été donnée, je dis à tous ceux qui sont parmi vous de
ne point être sages plus qu'il ne convient, mais d'être sage
avec sobriété,* c'est-à-dire avec une sage prudence, sans
sortir des limites de l'humilité, *chacun selon la mesure de
la foi que Dieu lui a départie* (Rom., xii, 5).

O Christ, Lumière véritable! éclaire-nous de ta lumière, instruis-nous par ta parole, conduis-nous par ta
sagesse. Donne-nous l'Esprit d'humilité, afin qu'il détruise
en nous toute hauteur qui s'élève contre la science de Dieu
(II Cor., x, 4, 5). Fais que nous reconnaissions combien
est insuffisante et peu sûre la sagesse du monde qui met
sa sollicitude à orner l'esprit, mais n'améliore pas le
cœur; qui est riche de pensées et de paroles, mais pauvre d'œuvres ; qui juge et condamne tout facilement,

mais ne peut sauver personne. Fais que nous te confessions, que nous te suivions, que nous admirions les œuvres de rédemption, que nous te glorifiions, ô Christ, force de Dieu et sagesse de Dieu! — Ainsi soit-il.

6

SERMON

POUR LE ONZIÈME DIMANCHE APRÈS LA PENTECOTE

ET POUR L'ANNIVERSAIRE DU COURONNEMENT DU TRÈS-PIEUX SOUVERAIN EMPEREUR NICOLAS PAVLOVITCH,

Prononcé le 22 août 1857.

Ne fallait-il pas que, toi aussi, tu eusses pitié de ton compagnon, comme j'ai eu pitié de toi?
— Matth., xviii, 53. —

L'Évangile de ce jour me désigne pour sujet de cette instruction le pardon des offenses. Ce sujet ne sera point hors de propos non plus au milieu de la solemnité que nous célébrons en l'honneur de notre Très-Pieux Monarque et Empereur couronné et sacré par Dieu. La parole sainte rencontre ainsi fort à propos un exemple digne d'elle, et nos réflexions édifiantes seront allégées par les réminiscences agréables de notre amour de sujets fidèles.

Combien d'hommes, dans l'immense étendue des États de notre Très-Pieux Empereur, ont été, devant sa justice, chargés de dettes quelquefois même très-lourdes, et qui

peuvent se reconnaître à ce trait de l'Évangile : *Le maî-*
tre, ayant eu pitié de ce serviteur, lui pardonna et lui remit
sa dette ! A combien, par conséquent, il peut enseigner,
par le puissant exemple de sa propre miséricorde, la
compassion envers ceux qui les ont offensés : *Ne faut-il*
pas que, toi aussi, tu aies pitié de ton compagnon, comme
j'ai eu pitié de toi ?

Est-il possible de ne pas rappeler maintenant que
le fils aîné de notre Très-Pieux Souverain, entrant
avec l'âge dans l'héritage immédiat des vertus pater-
nelles, a donné une des premières preuves de sa clémence héréditaire dans la compassion qu'il a montrée
pour le sort des débiteurs de la justice, et dans l'intercession dont il les a couverts devant son Auguste Père,
autant que le permettait la miséricorde sans offenser
cette justice, — et que la clémence du Tzar a répondu
avec joie a la clémence du Fils du Tzar ?

Revenons donc à l'Évangile, et puisons-y un motif et
un moyen de faire passer et dans nos maisons et dans
nos cœurs, — une vertu qui brille à nos yeux, sur le
trône, avec tant d'éclat.

Pour nous engager à pardonner en même temps qu'il
nous enseigne le pardon des offenses, le divin Maître
nous présente son enseignement dans une parabole frappante.

Un roi demande compte à ses sujets d'une immense
quantité de richesses qui lui appartiennent, et qu'il a
remises entre leurs mains. On lui en amène un qui lui
doit dix mille talents, c'est-à-dire une somme qu'un
sujet n'est pas capable d'acquitter, et, d'après les lois du
royaume, il doit être vendu avec sa femme et ses enfants.
Le malheureux, ne sachant que devenir, implore un dé-

lai; mais le roi, touché de compassion, lui fait remise
entière de sa dette.

Quel magnifique exemple de générosité! Le débiteur
n'a aucun moyen de se justifier; la loi le condamne; le
roi a toute puissance de faire exécuter le jugement; le
condamné ne songe pas même qu'il soit possible de demander que sa dette lui soit remise, et n'ose implorer
qu'un délai, — et soudain sa dette lui est remise. Cela est
si beau que si le Seigneur, abrégeant tout discours,
avait dit, comme un jour dans une autre parabole : *Va,
et fais de même* (Luc, x, 57), un cœur qui n'aurait pas
été de pierre aurait répondu à l'instant : J'irai, et je ferai.

Mais le Seigneur ne veut pas s'en tenir là. Après avoir
montré combien est belle la bienfaisance, il prévoit que
tous ne se laisseront pas gagner par cette beauté, et il
juge nécessaire de faire ressortir l'horreur du contraste.
La parabole continue.

Le débiteur libéré rencontre un de ses compagnons
sujets du même roi, qui lui doit quelque chose. La
dette est insignifiante : il s'agit de cent deniers. Cependant le créancier qui a obtenu grâce, traite son débiteur
plus sévèrement qu'il n'a été traité par le roi son créancier *, et le saisissant, il l'étouffait.* Il entend la même
prière qu'il a faite lui-même au roi : *Aie patience envers
moi, et je te rendrai tout ;* mais il ne se souvient pas du
passé, il n'est pas touché du présent, et il jette son débiteur en prison.

Quelle dureté intempestive ! Il a lui-même obtenu
grâce, et il ne veut pas faire grâce. Il a lui-même demandé un délai pour une dette qu'il était incapable
d'acquitter, et il ne veut pas accorder de délai pour une
dette qui peut être acquittée. Si la première partie de la

parabole fait au pardon un appel irrésistible, cette seconde partie écarte plus irrésistiblement encore la pensée
même de l'inflexibilité.

La troisième partie de la parabole montre les conséquences de la dureté du gracié qui ne veut pas faire
grâce. Le roi apprend sa conduite ; il retire son généreux
pardon, et il livre son débiteur aux bourreaux *jusqu'à ce
qu'il ait payé toute sa dette* — qui ne peut pas s'acquitter.

Il est impossible de ne pas sentir toute la force de
cette parabole. Nous n'avons qu'à en rechercher la
véritable application.

Ce que signifie le personnage allégorique du roi
créancier, le Seigneur lui-même nous l'a expliqué, dans
la conclusion de la parabole : *Ainsi mon Père céleste fera
envers vous.* Ainsi donc, le roi créancier, c'est le Père
céleste. Par là se trouve déterminée la signification de
toutes les parties de la parabole.

Que nous a donc prêté le Père céleste ? — Oh ! Beaucoup ! Beaucoup plus de dix mille talents ! Il nous a
donné l'être et la vie, le corps et l'âme, l'esprit, le
cœur et tous les sentiments ; il nous a donné la terre
sous nos pieds, la voûte magnifique du ciel au-dessus
de nos têtes ; il a donné le soleil à nos regards et à
notre vie, l'air à notre respiration ; il a mis en notre
pouvoir les animaux et toutes les productions si diverses
de la terre pour la satisfaction de nos besoins et de nos
plaisirs, pour que nous en tirions notre nourriture,
notre habillement et les matériaux de nos demeures ; il
a tout livré au développement de notre industrie pour
que nous pussions produire nous-mêmes tout ce qui
peut nous être utile et agréable. Quelqu'un dira-t-il à
cela que c'est de l'orgueil à nous de croire que tout soit

fait pour nous, la terre, le soleil et le ciel? Je lui ré-
pondrai : Si cette pensée vous rend orgueilleux, je vous
conseille de mettre de côté votre orgueil, de ne songer
qu'avec humilité et reconnaissance aux bienfaits de Dieu,
et de ne pas croire que la vérité, par cela seul que l'orgueil en abuse, cesse d'être la vérité. Direz-vous encore
que vous ne jouissez pas seul de la terre, du soleil et de
la voûte du ciel, que cette jouissance n'est pas accordée
à tous les hommes seulement, mais encore à l'innombrable multitude des créatures de Dieu? Je vous ré-
pondrai : Que vous importe? Les richesses divines sont
d'autant plus merveilleuses, d'autant plus infinies que
des êtres innombrables en jouissent sans gêner en rien
votre propre jouissance, que vous en jouissez bien comme
si elles n'appartenaient qu'à vous seul, comme si elles
n'étaient destinées qu'à la satisfaction de vos seuls besoins. Trouvez le moyen de vous passer de la terre, du
soleil et du ciel, et alors vous pourrez dire que vous ne
devez rien à Dieu ; mais si vous ne pouvez pas faire cela,
il vous faut bien avouer que chaque rayon de soleil qui
vous éclaire et vous réchauffe, chaque molécule d'air que
vous aspirez, sont de nouveaux emprunts que vous tirez
des trésors de Dieu, — emprunts sans interruption, que
chaque instant voit se répéter, et, par conséquent, toujours impossibles à restituer. Mais n'empruntons-nous
au Créateur que des seuls trésors de sa création? Avec
quelle largesse le généreux dispensateur de tous les
biens nous donne encore des trésors de sa providence !
— C'est lui qui veille, avec une sollicitude de tous les
instants, à la conservation de nos forces et de nos facultés ; lui qui nous prête aide et concours dans tout
bien, secours et assistance pour l'arrangement et la

prospérité de notre vie; lui qui nous donne des parents bons et aimants, des éducateurs sages, un souverain juste et clément, la sécurité dans notre vie extérieure, le succès dans nos entreprises; lui qui prépare tout invisiblement pour nous préserver des maux qui nous menacent, lorsque visiblement *le salut de l'homme est vain* (Ps., LIX, 14)! Que dire des prêts plus importants encore, encore plus inestimables que Dieu nous fait des trésors de sa grâce? A nous pécheurs ensevelis dans les ténèbres, et qui avions déjà péri, Dieu a donné la lumière de la foi, l'espérance du salut; par la mort de son Fils unique, il a payé notre rachat de la mort éternelle à laquelle nous nous étions voués par le péché; pour gage, pour prémices et pour viatique de la vie éternelle et bienheureuse, il nous a donné son Saint-Esprit, le baptême de la régénération, la nourriture incorruptible du corps et du sang de Jésus-Christ. Oh! Si nous n'étions du moins les débiteurs éternellement insolvables de Dieu que parce que les bienfaits qu'il répand sur nous sont innombrables et continuels!

Mais ce n'est pas encore tout. Nous avons envers Dieu encore d'autres dettes qui nous surchargent outre mesure et nous humilient profondément, — dettes qui proviennent et s'accroissent, et de ce que nous abusons de ce qui nous est prêté, et de ce que nous ne rendons pas tout ce que nous pourrions rendre à notre grand Créancier, ou à son ordre, à nos compagnons. Rendons-nous toujours fidèlement à Dieu la gloire, la reconnaissance, la prière; à notre prochain, l'amour; à ceux qui souffrent, la compassion; aux pauvres, les secours en notre pouvoir! Mettons-nous toute notre sollicitude à faire fructifier les talents qui nous sont confiés, — en employant toujours notre temps à des occupations utiles, ou, tout au moins, innocentes ; en appliquant toujours notre raison à la vérité, en mettant tout notre cœur à nous porter au bien, en faisant tous nos efforts pour que tous nos sentiments soient pénétrés de modération, de retenue et d'innocence ? Pouvons-nous nous flatter que, sous tous ces rapports, nous acquittons nos dettes ? *A vous, Seigneur, la justice, et à nous la confusion du visage* (Dan., ix, 7 !

Après cela, mes Frères, tournons nos regards ramenés je pense, à la modestie, vers ce que la parabole du Seigneur apprécie à la valeur minime de *cent deniers*. — vers les dettes de notre prochain envers nous, vers ses offenses contre nous, les injustices ou les affronts que nous avons eu à supporter de sa part. Que toutes les dettes de ce genre paraissent petites et insignifiantes, quand nous considérons les nôtres envers le Tout-Puissant ! Quelqu'un a-t-il, par mégarde, touché à notre honneur : nous pouvons n'en faire aucun cas si nous songeons avec autant de sollicitude que nous le devons, combien souvent nous ne rendons pas au Dieu grand et clément l'honneur et la gloire qui lui sont dus. Quelqu'un est-il injuste envers nous? — Nous n'aurons aucune peine à supporter et à pardonner cette injustice, si nous nous rappelons que Dieu en a bien souvent supporté de notre part de bien plus grandes. Celui qui n'oublie pas que ce n'est que grâce à une miséricorde infinie qu'il n'a pas été précipité dans les ténèbres éternelles, celui-là s'oubliera difficilement au point de jeter sans nécessité son prochain dans les fers ou dans les cachots, pour une atteinte portée à sa cupidité ou à son amour-propre.

Mais si, à notre honte, Chrétiens, nous nous oubliions ;

1.   4

                                                      8

s'il nous arrivait de ne pas pardonner, nous à qui il a été tant pardonné, de ne pas faire grâce, nous qui avons reçu grâce si souvent, hâtons-nous de nous rappeler que le Roi céleste nous voit; qu'un compagnon très-voisin de nous, auquel nous ne saurions nous cacher, notre conscience, proteste et protestera contre nous devant lui; que le jour viendra enfin où le Dieu patient *ouvrira les voies à sa colère* (Ps., LXXVII, 50), c'est-à-dire à sa justice; que les reproches du Juge céleste, que nous entendons à temps, et dont nous pouvons nous faire encore un instrument de réforme et de salut, transperceront alors irrémédiablement notre âme comme une arme de condamnation et de châtiment : *Ne fallait-il pas que, toi aussi, tu eusses pitié de ton compagnon, comme j'ai eu pitié de toi?*

Comme conclusion de cette instruction, il nous faut entendre toute la conclusion de la parabole du Seigneur : *Ainsi mon Père céleste fera envers vous, si chacun de vous ne pardonne à son frère, du fond du cœur, les offenses qu'il en aura reçues. Du fond du cœur :* Dans ces paroles se trouve contenu l'esprit de l'enseignement du pardon, avec la solution de tous les doutes qui se pourraient présenter. Pardonnez de cœur, et non pas à l'extérieur seulement et en apparence. Pardonnez de cœur; et tout est fait, quand même on exigerait de vous, plus tard, des actes extérieurs qui sembleraient annoncer plutôt la poursuite que le pardon. Le débiteur qui n'est pas pauvre, mais qui cherche à tromper, on peut l'enfermer dans un cachot, en esprit de compassion, comme si on le mettait à l'hôpital pour le guérir de la lèpre de la fourberie. Le roi ni le juge ne violent le précepte du pardon, lorsqu'ils prononcent la condamnation du coupable, non pour tirer vengeance de lui, mais pour le corriger et pour mettre les innocents à l'abri de ses atteintes. Ainsi une bonne mère pleure en prenant la verge pour châtier un fils opiniâtre dans le vice : il est certain qu'alors elle ne se venge pas de lui, mais qu'elle l'aime raisonnablement. Pardonnez au coupable du fond du cœur, avec amour, et cependant, si vous le pouvez et si c'est votre devoir, redressez-le avec prudence et aussi avec amour. — Ainsi soit-il.

7

SERMON

POUR LE DOUZIÈME DIMANCHE APRÈS LA PENTECOTE

> Le jeune homme, ayant entendu ces paroles, s'en alla triste, car il avait de grandes richesses.
> — Matth., xix, 22. —

Que cet homme est malheureux! Il ne fait que de s'approcher du Christ Sauveur, et déjà il s'éloigne de lui. Il a entendu sa parole divine, et il s'éloigne avec tristesse. Il s'éloigne avec tristesse de celui qui est *la consolation d'Israël* (Luc, II, 25) et la joie du ciel et de la terre. S'il s'éloigne du Christ avec tristesse, où trouvera-t-il donc de la consolation? Quel malheur! Quelle étrangeté! D'où vient cela?

La cause de cette malheureuse étrangeté ne paraîtrait pas, pour beaucoup de personnes, chose fort importante, si l'on n'en découvrait pas des conséquences qu'il est impossible de regarder comme sans gravité. C'est — la passion des biens terrestres : *car il avait de grandes richesses.*

Ainsi, l'Évangile veut nous faire comprendre les conséquences nuisibles et dangereuses de la passion des biens de la terre. Recevons cet enseignement avec attention, et rendons-nous-en compte, autant que faire se peut, par la méditation.

La passion des biens de la terre n'est pas, chez tous les hommes qui en sont atteints, du même genre ni au même degré. Il faut particulièrement distinguer la passion grossière, manifestement désordonnée et déréglée, de la passion délicate, inaperçue quelquefois, quelquefois attrayante.

Celui qui est emporté vers les richesses, emploie quelquefois, pour satisfaire cette passion, la tromperie ou la ruse ; celui qui est emporté vers les plaisirs des sens, et qui, pour la satisfaction de ses appétits, se livre à la bonne chère ou à l'ivrognerie, ou même à des vices encore plus méprisables, épuise sa fortune pour remplir son ventre ; il pousse l'avidité et l'intempérance jusqu'au honteux, jusqu'au repoussant, jusqu'à la maladie, et les maladies elles-mêmes ne le font ni réfléchir ni retourner à la tempérance : — de pareilles passions, avec leurs effets, sont si évidemment désordonnées et déréglées, les conséquences en sont si évidemment nuisibles, sous le rapport de la vie temporelle comme sous celui de la vie éternelle, qu'il n'est presque pas nécessaire de le prouver ni même de le dire à l'homme dont l'esprit n'est pas troublé par ces passions mêmes, dont le cœur n'est pas plongé dans la fange des jouissances brutales. Un maître de maison honorable et bien pensant voudrait-il établir

chez lui un voleur, recevoir à sa table un goujat insati e
ble et malpropre, admettre un furieux ivre de vin dans
sa conversation ? Qu'est-ce donc du tout-puissant Maître
de la maison céleste, et des purs habitants des demeures
éternelles ? Pourraient-ils admettre dans leurs purs habitacles des âmes dont les inclinations et les habitudes,
au temps de leur séjour dans leurs corps terrestres, les
rendaient intolérables et repoussantes pour les autres
hommes qui n'étaient pas eux-mêmes tout à fait purs,
qui n'étaient que moins impurs qu'elles ? *Dehors les
chiens, les empoisonneurs, les impudiques, les homicides,
les idolâtres, et quiconque aime et préfère le mensonge*
(Apoc., XXII, 15). *Ni les voluptueux, ni les abominables, ni
les voleurs, ni les avares, ni les ivrognes, ni les médisants,
ni les ravisseurs du bien d'autrui, ne seront héritiers du
royaume de Dieu* (I Cor., VI, 10).

Il y a des passions terrestres moins grossières, et cependant non moins funestes pour ceux qui cherchent le
Royaume du ciel ; et d'autant plus dangereuses qu'elles
le paraissent moins. C'est ce que doit nous faire comprendre l'exemple, que nous présente l'Évangile, de cet
homme attaché à ses richesses.

Il vint à Jésus-Christ en lui faisant cette grave question : *Que faut-il faire de bien pour avoir la vie éternelle ?*
On peut voir par là que ce n'était pas un homme léger et
ne s'occupant que de choses frivoles. On peut, sans les
offenser, placer ce jeune homme en face des vieillards ;
cet israélite n'est pas indigne de la considération des
chrétiens. Tous, tant que nous sommes, donnons-nous
souvent la préférence sur toutes les autres, à cette question importante : *Que faut-il faire de bien pour avoir la vie
éternelle ?* Quelques-uns ne passent-ils pas leurs jours

dans l'agitation, et leurs nuits dans l'insomnie, sur ces questions frivoles : comment devenir plus riche? ou bien : comment arriver à occuper dans la société une position plus élevée et plus brillante que les autres? Et cependant il est rare que quelqu'un d'entre nous ignore que l'Évangile menace les riches de malheur, et les premiers du sort des derniers. Si votre âme est dans cette disposition, Chrétien, je vous déclare que, à part le bienfait du-saint baptême, elle se trouve dans une situation spirituelle inférieure encore à celle de l'âme de cet israélite, situation déplorable cependant, qui se manifesta par son éloignement soudain de Jésus-Christ.

Lorsque Jésus répondit à cet homme qui l'interrogeait sur le moyen d'obtenir la vie éternelle, que, pour cela, il fallait garder les commandements, ne point tuer, ne point commettre d'adultère, ne point dérober, ne point rendre de faux témoignages, honorer son père et sa mère, aimer son prochain comme soi-même, *le jeune homme lui dit* sans hésiter : *J'ai gardé tous ces commandements depuis ma jeunesse.* Au moment même où un homme cherche à être instruit sur la vie éternelle, il est difficile de le soupçonner d'une vanterie hypocrite et réfléchie devant celui qu'il prend pour maître : car alors il ne tromperait que lui-même, et, en cachant à son maître le véritable état de son âme, il se priverait par là même des avis qui conviendraient à cet état. Il faut donc croire que le jeune homme de l'Évangile ne mentit pas à sa conscience en disant qu'il avait gardé les commandements depuis sa jeunesse, quoiqu'il faille remarquer toutefois que le miroir de sa conscience, n'étant pas purifié et éclairé par la grâce de Jésus-Christ, ne lui représentait ni très-nettement, ni très-fidèlement, la nature spiri-

tuelle et la valeur de ses actions. Cependant si l'on n'exige
de cet israélite q e ce que l'on peut exiger raisonnablement de lui, dans sa condition d'israélite, il nous réap-
paraît encore assez bon, et je me reprends à craindre
que chacun de nous, Chrétiens, ne supporte pas avec
avantage la comparaison de sa vertu.

Avez-vous gardé, Chrétien, les commandements qu'a
gardés cet israélite? Cela vous aurait été, cependant,
plus facile qu'à lui, et vous auriez pu et dû faire incomparablement plus de bien que lui, soutenu que vous êtes
par le secours de la grâce de Jésus-Christ qui vous a été
donnée dans le saint baptême, abondamment augmentée
et sans cesse renouvelée par les autres sacrements chrétiens.

Écoutons encore cet israélite : — *J'ai gardé tous ces
commandements depuis ma jeunesse, que me manque-t-il
encore?* — Quelle sagesse encore dans cette question!
Observateur commun de la lettre de la loi, ne voyant les
choses que par leur côté extérieur, il croit avoir accompli les commandements : cependant, il ne croit pas encore avoir mérité la vie éternelle ; il ne pense pas que
l'éloignement des péchés grossiers et du crime puisse
être estimé à un si haut prix devant Dieu, mais il suppose que pour s'approcher de Dieu, pour obtenir son
royaume, il faut des actes plus élevés, plus dignes de la
grandeur divine. Ne voyez-vous pas qu'il y a là quelque
humilité, quelque pressentiment de la loi spirituelle?
Ces bonnes dispositions de son âme ont amené cet israélite vers Jésus-Christ ; elles l'on placé aux portes de la
grâce ; elles ont ouvert devant lui non-seulement les
portes de la délivrance de la mort éternelle, mais encore le chemin de la perfection qui conduit à la vie éter-

nelle et aux plus hauts degrés de la félicité, puisque le
Seigneur l'a réellement trouvé capable de recevoir l'enseignement de la perfection : *Si vous voulez être parfait...*

Qu'est-ce donc *qu'il lui manque* réellement? — Je le demande avec lui. Le désir et la recherche sincère de la vie
éternelle, l'accomplissement des commandements, l'humilité, le zèle de la perfection : — que de bien déjà dans
tout cela ! Que lui manque-t-il donc encore ? Et si vraiment
il lui manque quelque chose, ce doit être quelque chose
ou qui n'est pas indispensable, ou qui peut naître spontanément d'une semence si abondante de vertu. Nous
pourrions, nous, le penser; mais nous nous tromperions
grandement. Une semence, même abondante, de vertu,
peut rester sans fruit, pour un seul défaut; des efforts
nombreux peuvent ne pas atteindre au but, pour un seul
obstacle. Le pauvre israélite a su comprendre qu'il lui
manquait encore quelque chose, mais il n'a pas su comprendre ce que c'était.

Allez, lui dit le bon maître qu'il a trouvé, *vendez ce que
vous possédez, et donnez-le aux pauvres.* A cette leçon de
perfection, tout change soudainement dans le faible disciple. Qu'est devenue sa confiance première dans le bon
Maître? Qu'est devenu son désir de la vie éternelle? Qu'est
devenue cette habitude de sa jeunesse d'accomplir les
commandements qu'il connait? Qu'est devenu son zèle
d'aller jusqu'au bout dans les efforts exigés pour obtenir
la vie éternelle? Tout cela a disparu; tout cela s'est effacé : je ne vois plus qu'une fuite soudaine : *il s'en alla.*

Inutilement bon, en vérité, le Maitre, après avoir fait
à la passion des richesses, par la parole de vérité, une
blessure médicinale et salutaire, se hâte d'en calmer la
douleur par cette parole de consolation : *Et vous aurez*

trésor dans le ciel : c'est-à-dire, je ne vous enlève pas vos richesses, je ne fais que les transporter dans le lieu le plus sûr, au ciel; je ne vous ruine pas, je vous mets à l'abri de toute ruine; je change votre trésor corruptible en un trésor incorruptible, éternel et inépuisable; un trésor que l'on peut vous voler et vous enlever, en un trésor que personne ne pourra ni vous voler ni vous enlever. L'âme attachée aux biens de la terre n'accepte pas la compensation céleste : *il s'en alla triste.* Le Seigneur, qui a inutilement prévu cela, l'appelle immédiatement à lui : *et venez, et suivez-moi*; c'est-à-dire : je vous offre la destinée que je me suis choisie moi-même; cette destinée peut-elle être mauvaise? Si, habitué à vous croire heureux avec vos richesses, vous ne savez pas comment on peut être heureux sans elles, vous l'apprendrez facilement par l'exemple, par la parole et par l'expérience, en me suivant. La force de la parole et de l'amour de Jésus avait pénétré, évidemment, le cœur du jeune homme; il avait de la peine à se séparer d'un tel maître, à ne pas suivre un pareil enseignement; cependant, il n'a pas eu assez de résolution pour vaincre sa passion, et c'est pourquoi elle l'a entraîné. *Il s'en alla triste, car il avait de grandes richesses.* Il s'éloigna de Jésus-Christ pour ne jamais revenir, probablement, vers lui : en effet, si, se trouvant à la source même de la grâce, il ne l'a pas goûtée, qui sait si la grâce l'ira chercher au loin, après qu'il l'a offensée et méprisée?

Voyez, mes Frères, et considérez avec attention, considérez avec inquiétude et crainte pour votre propre salut, combien une seule passion, dans l'homme, peut être nuisible à de nombreuses vertus; combien la passion des choses terrestres appesantit l'âme, obscurcit l'esprit, lie

la volonté, étouffe le désir déjà brûlant des biens célestes, éloigne la grâce déjà acquise, détruit l'espérance
de la vie éternelle, fondée, probablement, non sans beaucoup de peines et de précautions. En effet, il ne s'agit
pas simplement, dans l'Évangile, de quelque prince juif
dont ce n'est ni le moment, ni à nous de décider le sort;
non, l'Évangile ne s'arrête pas à des récits oisifs et inutiles; il s'agit du sort d'un homme attaché à ses richesses, et, si vous êtes cet homme-là, l'Évangile, quoiqu'il
ne vous nomme pas par votre nom, parle cependant de
vous, et vous menace, non pas de quelque danger sans
importance, mais du danger d'être poussé, par votre passion, jusqu'à trahir l'enseignement de Jésus-Christ, jusqu'à vous éloigner de Jésus-Christ.

Que faire donc, dira-t-on? Faut-il donc que tous jettent
leurs richesses et se fassent mendiants? Non, ce n'est pas
encore là ce dont il s'agit. En effet, Jésus-Christ n'a pas
demandé à tous la pauvreté volontaire. Par exemple, cela
ne fut pas demandé, probablement, à Joseph d'Arimathie, *qui était aussi disciple de Jésus*, et, sans aucun
doute, fidèle à son enseignement, puisqu'il voulut pour-
voir à son ensevelissement, sans faire attention au danger
qu'il courait de la part de ses ennemis, et qui pourtant,
alors encore, était *un homme riche* (Matth., xxvii, 57).

Alors, que devons-nous donc faire?

Celui qui se sent une vocation intérieure pour la pauvreté volontaire, celui surtout qui a trouvé dans son expérience la preuve de cette vocation, et qui s'y est consacré
par des vœux, que celui-là pratique cette pauvreté aussi
fidèlement, aussi sincèrement, aussi parfaitement qu'il
le peut. Ayez ce qu'exige la nécessité et ce que vous permettent les règles de votre état; mais prenez garde d'ac-

quérir et de conserver quelque chose de plus ; ne vous permettez pas de désirer davantage. Ne vous laissez pas gagner à une indulgence prétendue dans le jugement de telle ou telle chose, en disant : Ceci n'est pas trop défendu. C'est par ces pensées séductrices que se conduisait Judas *quand il avait la bourse et portait l'argent qu'on y mettait* (Jean, xii, 6). Il pensait qu'il n'était pas trop défendu de désirer avec une certaine avidité l'augmentation de cet argent, afin de pouvoir donner aux pauvres du superflu, et il oublia complètement, sans s'en apercevoir, le principe du désintéressement apostolique : *Ne possédez ni or, ni argent, ni monnaie dans vos ceintures* (Matth., x, 9); sous le couvert de l'amour des pauvres, il nourrissait l'avarice et la cupidité : *il était voleur.* Ne vous rassurez pas parce que vous n'avez pas amassé un trésor considérable : il n'est pas besoin de quintaux d'or pour faire sombrer votre barque dans l'abîme infernal. Trente deniers furent plus pesants qu'il ne fallait pour cela, dans la main d'un homme qui avait oublié la loi du désintéressement.

Celui qui n'est point lié par la loi de la pauvreté absolue, que celui-là, en jouissant de richesses légitimement acquises, n'oublie pas l'avertissement que le Psalmiste donnait déjà aux riches : *Si les richesses vous viennent en abondance, n'y attachez point votre cœur* (Ps. lxi, 11). Rappelez-vous souvent qu'un peu plus tôt ou un peu plus tard, mais en tout cas dans un temps qui ne sera pas long, ou les richesses vous quitteront, ou vous quitterez les richesses ; conduisez-vous donc avec elles comme avec un hôte qu'il faut recevoir poliment et congédier poliment. *Et que ceux qui achètent soient comme s'ils ne possédaient pas, et ceux qui usent des choses de ce monde, comme s'ils n'en usaient point* (1 Cor., vii, 30, 31), nous enseigne l'Apôtre.

Enfin si, malgré votre désir de vous mettre dans cette égalité d'âme toute chrétienne à l'endroit des choses de la terre, vous n'atteignez pas à cette indifférence, à cette liberté, à cette hauteur d'esprit ; si les désirs terrestres, contre votre volonté, enveloppent votre âme comme dans un filet, et ne lui permettent pas de s'élever vers les choses du ciel ; si les soucis de la fortune vous détournent des œuvres de la piété, dispersent vos pensées et refroidissent les sentiments de votre cœur dans les exercices mêmes de la dévotion, si l'avarice oppresse votre cœur et crispe votre main quand vous devriez l'ouvrir toute large pour la bienfaisance, — je vous rappellerai encore d'une manière particulière cet homme attaché à ses richesses peint par l'Évangile. Voilà sa maladie, et vous savez maintenant combien elle est dangereuse. Songez aux remèdes qu'a indiqués contre elle le Médecin des âmes et des corps : *Vendez ce que vous possédez, et donnez-le aux pauvres ; — venez et suivez-moi.* Si vous ne savez pas, en conservant vos propriétés, conserver aussi votre âme, alors, vraiment, ne vaut-il pas mieux sacrifier vos richesses que d'être perdu par elles ? Dégagez au moins peu à peu, si vous ne le pouvez faire tout d'un coup, votre âme des filets des passions, en agissant à l'encontre de ces passions qui l'enveloppent. Forcez-vous vous-même à faire du bien au pauvre, quand même votre cœur ne serait incliné vers lui par aucune compassion. Arrachez-vous aux affaires du monde, et, quoique avec quelque violence, obligez-vous aux œuvres de piété, quand l'exigent le devoir et l'ordre de la vie. Dieu verra ces sacrifices, sinon parfaits, du moins bien intentionnés, et il vous enverra la sagesse et la force pour les faire avec une plus grande pureté et à une plus grande perfection. Et surtout si, à cause de votre faiblesse, vous ne parvenez pas encore à suivre Jésus-Christ immédiatement, au moins soyez attentif à suivre ses traces avec précaution et sans dévier; pénétrez-vous de son enseignement; encouragez-vous par son exemple; attirez à vous sa force par la prière; et, guidé par cette Lumière conductrice, comme Israël par la colonne de feu, éloignez-vous, si lentement, du moins de plus en plus de l'Égypte, et approchez-vous de plus en plus de la terre de promission; — éloignez-vous de plus en plus de l'asservissement à vos passions et à vos convoitises, et approchez-vous de plus en plus de la liberté des enfants de Dieu, et de la vie céleste sur la terre, vers laquelle veuille nous conduire, par les voies de sa providence et de sa grâce, celui qui s'est réduit pour nous au dénûment; et puisse nous enrichir de sa pauvreté Jésus-Christ notre Dieu, si riche en bonté et béni dans les siècles des siècles. — Ainsi soit-il.

8

SERMON

POUR LE DIMANCHE APRÈS L'EXALTATION
DE LA SAINTE-CROIX

> *Celui qui rougira de moi et de mes paroles au milieu de cette race adultère et pécheresse, le Fils de l'homme rougira aussi de lui lorsqu'il viendra, accompagné des saints anges, dans la gloire de son Père.*
>
> — Marc, VIII, 38. —

Le Père céleste ne juge personne, mais il a laissé tout jugement à son Fils. Voyez combien son jugement est admirable. Comme il est exact et sévère! Le châtiment se mesure au crime sur une seule et même mesure. Si l'homme rougit du Christ; — voilà le crime : — le Christ à son tour rougira de l'homme; — voilà le châtiment. Mais comme, en même temps, ce jugement est indulgent! Autant l'esclave téméraire tente d'abaisser à ses yeux le Maître de la gloire, autant, mais pas plus, le Maître de la gloire veut abaisser devant lui l'esclave téméraire : *Celui qui rougira de moi,* — *le Fils de l'homme rougira aussi de lui.*

Mais quel que nous paraisse ici le Souverain Juge, sévère pour nous effrayer, et, par cette crainte, nous sauver du crime et de la condamnation, ou indulgent pour nous couvrir de honte, et, par cette honte salutaire, prévenir notre honte criminelle, le crime lui-même contre lequel il prononce son jugement, il peut, ce semble, éveiller en nous toute la crainte de son éloignement pour nous, et toute l'attention de notre prudence. Comment! il y aura des gens qui penseront que le Fils de l'homme et ses paroles, c'est-à-dire le Christ et le Christianisme puissent les faire rougir? — Malheureusement il n'est pas possible d'en douter. Ce que prédit la Vérité, arrivera. Le Juge qui sait tout n'aurait pas prononcé le châtiment, s'il n'avait prévu le crime.

Pour que notre Maître ne rougisse jamais de nous, Chrétiens, il nous faut, pour nous préserver, chercher avec attention ce que c'est que *rougir du Fils de l'homme et de ses paroles*, et comment on peut tomber dans ce crime.

Celui qui rougira de moi et de mes paroles au milieu de cette race adultère et pécheresse, le Fils de l'homme rougira aussi de lui lorsqu'il viendra, accompagné des saints anges, dans la gloire de son Père.

On rougit habituellement d'un homme déshonnête, bas, méprisable. Comment donc est-il possible de rougir de Jésus-Christ, le très-saint, l'exalté, le glorifié? Que signifie ici le mot *rougir*?

Pour déterminer le sens de ce mot dans la bouche de Jésus-Christ, il faut se rappeler qu'auparavant il a parlé de la croix. *Si quelqu'un veut me suivre, qu'il renonce à lui-même et qu'il porte sa croix, et qu'il me suive.* Mais qu'était la croix aux yeux des hommes, avant que la mort sur la croix et la résurrection de notre Sauveur l'eussent rendue majestueuse dans sa signification intérieure, et, par là, en même temps, sainte dans sa signification extérieure? C'était un instrument de mort pour les condamnés, et, entre les condamnés, pour les

esclaves, ou pour les gens que l'on jugeait avoir mérité en même temps châtiment et ignominie. C'est pour
cela, probablement, que des gens habitués à estimer les
choses à la valeur de l'opinion publique, en entendant
l'enseignement de la croix, jugèrent aussitôt combien il
serait difficile de suivre un maître qui se préparait lui-
même et préparait ses disciples à un opprobre aussi
extraordinaire ; c'est pour cela, probablement, que des
gens d'une civilisation parfaite et d'un goût exquis pour
leur temps, rougissaient de paraître même parmi les
auditeurs d'un tel Maître, exposant un enseignement si
étrange. A ces pensées et à ces sentiments, le Maître qui
sonde les cœurs répond : *Celui qui rougira de moi et de
mes paroles au milieu de cette race adultère et pécheresse,
le Fils de l'homme rougira aussi de lui lorsqu'il viendra
accompagné des saints anges, dans la gloire de son Père.*
De là on peut conclure que, *rougir du Fils de l'homme,*
signifie, bien positivement, rougir de Jésus-Christ comme
d'un crucifié, et que rougir *de ses paroles* signifie rougir
de l'enseignement de la croix. Il était évidemment nécessaire de prévenir contre cette honte des gens qui vivaient
dans un temps où régnaient le Judaïsme et l'idolâtrie, et
où, pour combattre la foi chrétienne et ridiculiser les
chrétiens comme des insensés, on trouvait suffisant de
dire qu'ils croyaient au Crucifié ; — comme des insensés,
ai-je dit ; c'est en effet ce que dit l'Apôtre : *La parole de
la croix est une folie pour ceux qui se perdent ; — Nous
prêchons Jésus-Christ crucifié, scandale pour les Juifs, folie
pour les Gentils* (I Cor., 1, 18, 23) ; et c'est pour cela que
le même Apôtre, au lieu de proclamer qu'il a adopté l'enseignement de Jésus-Christ, qu'il croit en lui, qu'il lui
rend hommage, a jugé suffisant de dire qu'il ne rougit

pas de lui : *Je ne rougis point de l'Évangile de Jésus-Christ, parce qu'il est la vertu de Dieu, pour sauver tous ceux qui croient* (Rom., I, 16).

Il faut remarquer que ce même crime que Jésus-Christ appelle la honte de son nom et de son enseignement, il l'appelle autrement le *reniement* ou l'abjuration de son nom : *Celui qui me reniera devant les hommes, je le renierai à mon tour devant mon Père qui est au ciel.* Rougir du Christ est le commencement, et le renier est la consommation d'un seul et même crime. De même que *l'on croit de cœur pour la justice, et que l'on confesse de bouche pour le salut* (Rom., X, 10), ainsi l'on rougit du Christ dans le cœur pour la condamnation, on sent un fardeau et un labeur dans son enseignement qui n'est point d'accord avec les idées d'une raison orgueilleuse, avec les convoitises de la chair, avec les usages de ce siècle, et, par suite de ces dispositions intérieures, on le renie par ses paroles, par ses actions et par toute sa vie, pour la ruine.

Il n'est pas douteux que tout chrétien sincère ne sente la gravité de ce crime considéré dans toute son étendue ; et quelques-uns pensent peut-être que cette énormité même les met à l'abri du danger d'y tomber. Je ne m'étonne pas que des personnes bien intentionnées, mais peu expérimentées dans la doctrine chrétienne, pensent ainsi. C'est ainsi que pensait l'apôtre Pierre lorsque, Jésus-Christ prédisant que tous les apôtres seraient scandalisés, la nuit suivante, à cause de lui, il dit au Seigneur : *Quand tous les autres seraient scandalisés à cause de vous, moi, je ne le serai jamais* (Matth., XXVI, 53). Il répondit de même à la prédiction qu'il renierait trois fois le Christ : *Quand il me faudrait mourir avec vous, je*

1.

9

ne vous renierai point. Ainsi pensaient également tous les apôtres : *Tous ses disciples dirent de même* (55). Mais on sait ce qui arriva la nuit suivante : *Alors tous ses disciples l'abandonnèrent et s'enfuirent* (56). Et Pierre, qui craignait moins cette chute que tous les autres, tomba plus misérablement que tous les autres. D'où cela est-il donc venu? Surtout de ce que Pierre ne redoutait pas une chute si profonde. Il n'avait pas encore appris par l'expérience comment l'antique meurtrier de l'homme couvre l'abîme de roseaux et de feuillages pour y attirer et y précipiter l'imprudent. Si quelqu'un des ennemis déclarés et puissants de Jésus-Christ avait attaqué Pierre, il aurait vu le danger, et il se serait armé de courage. Si on lui avait dit nettement : Renie le Christ, il aurait eu horreur de ce crime, et il se serait peut-être en effet, à l'instant même, fermement résolu à persister jusqu'à la mort à confesser Jésus condamné à mort. Au lieu de tout cela, *une servante s'approcha de lui :* qu'y avait-il à craindre là? Elle ne dit rien, et probablement elle ne comprend rien ni de la foi en Jésus-Christ, ni de la confession de son nom ; elle n'est que curieuse de savoir qui l'on a vu avec lui : *Et toi, tu étais aussi avec Jésus le Galiléen?* Pierre pensa peut-être qu'il ne valait pas la peine de parler de Jésus-Christ avec des gens qui étaient si éloignés de ses mystères, et que ce serait jeter des perles sous les pieds des pourceaux. Il semble qu'il ne cherchât qu'à couper court à la conversation. *Je ne sais ce que vous dites,* répondit-il. Je ne vous comprends pas ; et il ne sentit pas combien il était honteux pour un apôtre que la honte du Fils de l'homme se glissât dans son cœur. On le pressa plus vivement : une autre servante le désigna comme *étant avec lui.* Il fallait nier plus fort, et Pierre dit *avec serment : Je ne connais point cet homme.* Ainsi, pour éviter de parler de Jésus, il en arriva insensiblement à renier sa personne. On l'attaqua encore et on lui opposa une preuve convaincante, — et Pierre *commença à faire des imprécations et à jurer qu'il ne connaissait point cet homme,* c'est-à-dire à le renier de toutes ses forces. Cette chute inopinée et profonde de Pierre, qu'il pleura amèrement, fut permise par la divine Providence non-seulement pour son instruction, mais aussi pour la nôtre, Chrétiens. Il trébucha pour nous apprendre à marcher avec précaution dans le chemin du salut. *Que celui qui croit être ferme prenne garde de tomber* (I Cor., x, 12). Si nous pensons que nous serions prêts à sacrifier notre vie pour Jésus-Christ en cas de nécessité, pour ne pas nous tromper nous-mêmes, comme Pierre, par cette douce confiance, nous devons observer attentivement comment nous nous conduisons dans les occasions où, pour ne pas trahir notre attachement à Jésus-Christ, nous avons à faire quelque sacrifice beaucoup moins important que celui de notre vie.

Vient la servante des vaines convenances et des usages frivoles, qu'on appelle dans le monde l'éducation ou la civilité (comme si sans elle les hommes n'étaient plus des hommes et n'avaient plus de figure), et elle dit au prétendu disciple de Jésus crucifié : Est-il bien vrai que tu veuilles quitter la voie de tant de gens sensés, judicieux, puissants, riches, honorés, aimables, dont le genre de vie est aussi agréable pour eux qu'approuvé de tous les autres ? Te refuseras-tu des plaisirs et quelques licences que presque tout le monde regarde comme irrépréhensibles ? Te résoudras-tu à passer pour étrange aux yeux

du monde et à devenir la fable de la société? Voudras-tu
te consumer en efforts, t'épuiser en jeûnes, t'exté-
nuer en austérités qui, pour les anachorètes eux-mêmes,
sont des excès superflus et peut-être les erreurs d'un
zèle déraisonnable? Entre ceux qui veulent suivre les
voies du Christ, qui n'entend de pareils discours? A qui
ne viennent pas quelquefois ces pensées? Que répondrons-
nous à cela, Chrétiens? Il ne s'agit pas ici, qu'il paraisse,
de renoncer à Jésus-Christ; on veut seulement nous faire
rougir du soupçon d'être *avec Jésus le Galiléen*, ou de
vouloir, de préférence à une soirée mondaine, aller
veiller toute une nuit avec lui au jardin de Gethsémani,
où il fut lui-même avec abattement et tristesse, faisant
un sacrifice douloureux, quoique du reste entièrement
libre et volontaire, de sa propre volonté. Non, — disent
quelques-uns dans leurs pensées secrètes, nous ne comprenons point de quoi sert d'être au jardin de Gethsémani; nous ne connaissons, nous ne voulons connaître
qu'une religion qui console, et non une religion qui
prêche les privations, la souffrance, et l'on ne sait quel
genre incompréhensible de mort à soi-même : *Je ne sais
ce que vous dites*. Ah! Prends garde, toi qui veux sauver
ton âme! En parlant ainsi, tu n'es plus un disciple de
Jésus qui relève ceux qui sont tombés, mais bien
de Pierre tombant. Si tu dis maintenant du renoncement au monde et à soi-même, de la participation
aux souffrances du Christ et de la parole de la croix :
Je ne sais ce que vous dites, peut-on croire que tu ne
diras pas bientôt du Christ lui-même : *Je ne connais pas
cet homme?*

Entrons dans quelqu'une des réunions ordinaires,
dans la maison ou *dans le vestibule;* cherchons un chré-

tien parmi les enfants de ce siècle; écoutons les conversations. Nous entendrons à l'instant la flatterie, la
médisance, la voix de la vanité et de l'intérêt, le rire de
la légèreté, les cris de l'impatience, les jugements sur
tout, sur ce que l'on sait comme sur ce que l'on ne
comprend pas; mais trouverons-nous facilement une société, et dans cette société un homme qui ose prononcer
librement une parole assaisonnée du sel de la sagesse
évangélique, qui ose parler de leur âme aux enfants de
la chair, et rappeler aux fils de ce siècle l'éternité? Mais
pourquoi les chrétiens parlent-ils si rarement la langue
chrétienne? — Ils craignent qu'on ne les reconnaisse
comme chrétiens, et que les enfants de ce siècle ne leur
en fassent un reproche; qu'on ne leur dise : *Ton langage même te décèle.* C'est pour cela qu'ils se cachent
et se taisent; — et ils ne s'aperçoivent pas qu'ils rou-
gissent du Fils de l'homme, et que leur silence dit
quelquefois assez clairement au monde, de Jésus : *Je ne
connais pas cet homme !*

A ces exemples, chacun peut reconnaître bien des
circonstances de sa vie dans lesquelles nous sommes
plus ou moins exposés au danger de rougir du Fils de
l'homme, ou de le renier même tout à fait. Soyez attentifs, Chrétiens, efforcez-vous de voir à temps les endroits où l'ennemi de votre salut vous tend ses filets sur
la voie où vous suivez Jésus-Christ, afin de les éviter
prudemment ou de les rompre vaillamment. Ou Pierre
aurait dû ne pas entrer dans la cour du prince des
prêtres et ne pas s'exposer à un danger si prochain, ou
bien, y étant entré, il ne devait plus reculer si loin de
celui qu'il voulait suivre de si près. Et toi aussi, Chrétien, ou ne t'approche pas, si tu le peux, des gens qui

ont l'impudeur de te faire honte de ce qui est ta gloire, ou bien, si tu ne peux te dispenser de t'approcher d'eux, *parle de tes entretiens* avec le Christ devant qui que ce *soit, et ne rougis point*. Ne montre pas ta dévotion, ne proclame pas tes idées sur le salut quand aucun devoir ne t'y engage et quand la gloire de ton Sauveur ne t'y invite pas, afin de ne tomber ni dans l'hypocrisie, ni dans la vanité; mais ne renonce pas à tes œuvres de piété parce qu'elles paraissent étranges au monde; et quand on voudra t'éloigner de la participation aux tristesses, aux souffrances et aux outrages de Jésus crucifié, réponds avec une noble fermeté : *Je connais cet homme, et je veux vivre et mourir avec lui*, afin de vivre avec lui après ma mort, comme avec mon Sauveur et mon Dieu. Ne rougis pas quand *cette race adultère et pécheresse veut te faire rougir de la croix de Jésus-Christ*, et tu ne seras pas couvert de honte *devant les saints anges, devant le Fils de l'homme dans sa gloire, et devant son Père céleste*; mais tu entreras dans la gloire de celui à qui appartient la gloire dans les siècles des siècles. — Ainsi soit-il.

9

SERMON

POUR LE DIMANCHE DE L'ADORATION DE LA CROIX

> Et, appelant à lui le peuple avec ses disciples, il
> leur dit : Si quelqu'un veut me suivre, qu'il renonce
> à soi-même, et qu'il prenne sa croix, et qu'il me
> suive.
> — Marc, VIII. 34. —

Je veux vous entretenir de la signification de ce jour dans l'Église, et en même temps vous présenter une partie de l'enseignement chrétien dont l'accomplissement est utile et salutaire chaque jour. Après avoir honoré ce jour par l'adoration de la croix, honorez-le en arrêtant votre attention et votre méditation sur le précepte du Seigneur de l'abnégation de soi-même et de la nécessité de porter sa croix.

Voyons dans l'Évangile au milieu de quelles circonstances fut prononcé ce précepte.

Notre-Seigneur Jésus-Christ, en poursuivant la carrière de sa vie terrestre et de sa prédication de la vérité, approchait de la passion et de la mort sur la croix auxquelles il devait être livré pour notre salut. Dans son omniscience divine, il connaissait cette proximité, et il crut nécessaire de prévenir ses disciples des événements terribles qui se préparaient, et qui, sans cette précaution, auraient pu, non-seulement ébranler, mais encore ruiner complètement leur foi. C'est pourquoi, aux douze apôtres, comme plus dignes et plus capables d'être initiés à ses mystères, il dit clairement *qu'il fallait que le Fils de l'homme souffrît beaucoup, qu'il fût jugé par les vieillards, et par les princes des prêtres, et par les scribes, et qu'il fût mis à mort, et qu'il ressuscitât le troisième jour.* Mais comme la foi des apôtres eux-mêmes n'était pas encore assez mûre pour ce grand mystère, et que Pierre, le premier d'entre eux, avait osé s'élever contre cette prédiction, de sorte qu'il avait fallu lui fermer la bouche par une réprimande sévère, il n'était pas encore temps, évidemment, d'en parler aussi clairement à la multitude, et cependant, pour fortifier sa foi, il était nécessaire que cette multitude elle-même eût d'avance un témoignage que le Seigneur avait prévu sa Passion et marché à une mort volontaire. C'est pour cela qu'il dit à ses disciples, devant la foule, et à cette foule, comme s'il avait parlé en énigme : *Si quelqu'un veut me suivre, qu'il renonce à soi-même, et qu'il prenne sa croix, et qu'il me suive.* Il ne dit pas : Je porterai la croix et j'y mourrai ; mais comme il ordonne à son disciple de porter sa croix, et que suivre signifie imiter, faire la même chose que fait celui qui marche devant, il donne à comprendre qu'il portera, lui aussi, la croix, et, par conséquent, qu'il sera crucifié, car il eût été inutile de porter la croix si ce n'eût été pour y être crucifié. Ainsi, l'énigme fut proposée à tous, et quoique la foule n'ait pu la deviner à l'instant même, elle dut comprendre, après le crucifiement, ce qu'elle avait entendu avant, et être convaincue de la divinité du Prophète, et croire au mystère libérateur de notre rédemption par la Passion et la mort sur la croix, de l'Homme-Dieu.

Nous parcourons en ce moment, mes Frères, la carrière du carème, et nous approchons des solennités qui remettront sous nos yeux les souffrances libératrices, la mort et la résurrection du Christ. L'Église notre Mère s'efforce de faire en sorte que nous n'assistions pas à ce grand et saint spectacle sans y être préparés et sans en être dignes. C'est pour cela qu'elle nous arrête au milieu de la sainte carrière, et que, par les mêmes paroles par lesquelles le Seigneur préparait d'avance ses disciples et le peuple à l'évènement de son crucifiement, elle nous prépare au pieux souvenir de ce crucifiement; et c'est à nous que, dans l'Évangile, elle adresse ces paroles de la part de Jésus-Christ : *Si quelqu'un veut me suivre, qu'il renonce à soi-même, et qu'il prenne sa croix, et qu'il me suive ;* et ce qu'elle fait entendre à nos oreilles, elle le montre à nos yeux, c'est-à-dire, la croix de Jésus-Christ, afin de nous pénétrer sans cesse par les yeux de ce qu'elle ne peut répéter assez souvent à nos oreilles. Je crois entendre cette insinuation silencieuse, mais assez intelligible : Tu approches du grand et mystérieux souvenir de la mort de Jésus-Christ sur la croix, pour arriver ensuite à la joie de sa résurrection. Arrête-toi et songe si tu es digne de cette approche, si tu es préparé pour cette contemplation, si tu as en toi assez de foi, de vénération, d'amour, d'intelligence. Regarde, comme encore à quelque distance, comme préparatoirement, le grand spectacle de Jésus-Christ chargé de sa croix, de Jésus-Christ crucifié, de Jésus-Christ mort et enseveli, et apprends comme à t'approcher et à ne pas être repoussé, comme à toucher à ces plaies du Seigneur d'où coule la vie, et à ne pas être condamné. Beaucoup se sont approchés, mais peu ont trouvé le salut comme le sage larron ; beaucoup l'ont touché, et ceux qui se pressaient autour de lui par curiosité, et ceux qui l'outrageaient, et ceux qui le frappaient, et ceux qui le crucifiaient, mais peu l'ont fait saintement comme Joseph et Nicodême. Ceux-là seuls qui suivent Jésus-Christ s'approchent de lui et le touchent pour leur justification et leur salut ; mais celui qui le suit doit renoncer à soi-même, prendre sa croix et marcher après lui. Voilà, mes Frères, ce que cherche à vous inspirer aujourd'hui l'Église notre Mère. Voilà ce que sans moi comme par moi, vous enseigne ce jour.

Pour obéir à cette insinuation, il faut chercher à comprendre ce que c'est que renoncer à soi-même et prendre sa croix.

Renoncer à soi-même ne signifie-t-il pas jeter loin de soi son âme et son corps comme on jette un objet qui n'a aucune valeur, sans attention, sans souci ? — On ne saurait le penser. L'âme est un objet d'un grand prix. Vous en avez entendu aujourd'hui même la véritable appréciation dans ces paroles de l'Évangile : *Que sert à l'homme de gagner le monde entier et de perdre son âme ?* C'est-à-dire la perte de l'âme est une perte si grande qu'elle ne saurait être compensée par le monde entier. Par conséquent, l'âme est plus chère pour l'homme que le monde entier. Comment la jeter sans attention ? Nous ne saurions penser non plus que le Seigneur ait voulu nous ordonner de jeter notre corps sans aucun souci, si nous nous rappelons que son Apôtre représente comme un point de la loi naturelle, et même comme l'image de la loi spirituelle, qui est plus élevée, cette sollicitude avec laquelle *jamais personne n'a haï sa propre chair, mais au contraire la nourrit et la réchauffe* (Éph., v, 29) ; que Dieu

a créé notre corps et nous l'a donné comme un instrument ayant ses fonctions dans le monde corporel, à condition de nous demander compte en son temps de l'usage
que nous en aurons fait, *car nous devons tous comparaître
devant le tribunal de Jésus-Christ, afin que chacun reçoive
ce qui sera dû aux bonnes et aux mauvaises actions qu'il
aura faites dans son corps* (II Cor., v, 10) ; — enfin que
non-seulement nous devons conserver et disposer notre
corps pour les œuvres nécessaires, utiles et bonnes dans
le monde, mais que nous pouvons encore le faire servir
à la gloire de Dieu, selon le conseil de l'Apôtre : *Glorifiez
Dieu dans vos corps et dans vos âmes, car ils sont de Dieu*
(I Cor., vi, 20). Peut-on mépriser comme de peu d'importance ce par quoi l'on peut glorifier Dieu ?

Qu'est-ce donc que renoncer à soi ? — De tout ce que
nous avons dit, il faut conclure nécessairement que cela
ne signifie pas jeter loin de soi son âme et son corps sans
attention, sans souci, mais seulement renoncer à tout
attachement passionné pour le corps et ses plaisirs, pour
la vie temporelle et sa prospérité, et même pour les
jouissances de l'esprit puisées dans la nature corrompue,
pour les désirs de notre volonté propre, pour les idées
préférées de notre propre sagesse. Que cette interprétation du précepte du renoncement à soi-même soit la
vraie, c'est ce qu'on peut voir par l'intention qui l'a
dicté. Quelle est cette intention ? — Celle de rendre
l'homme capable de suivre Jésus-Christ. *Si quelqu'un veut
me suivre, qu'il renonce à soi-même.* Pourquoi celui qui
veut suivre le Christ ne pourrait-il pas rester dans cette
voie par le simple désir qu'il en a, sans aucune autre
exigence préliminaire ? Pourquoi est-il exigé préalablement qu'il renonce à soi-même ? — Évidemment parce

que, sans cela, le désir de suivre Jésus-Christ resterait sans résultat. Et en effet, pour celui qui est attaché aux idées préférées de sa propre sagesse, cet attachement est un obstacle à s'élever plus haut, et à croire à la vérité divine : il n'est pas capable de suivre le Christ sans avoir renoncé à cet attachement, parce que, sans cela, il n'entrera pas dans la voie de la foi pure. Celui qui ne renonce pas aux désirs de sa volonté propre, ne peut pas non plus suivre le Christ : car suivre quelqu'un, ce n'est pas choisir le chemin à son gré, mais au gré de celui qui marche devant. Et celui qui ne veut pas sacrifier à l'obéissance et au dévouement à la volonté divine les jouissances de son propre cœur, n'est pas un vrai suivant de Jésus-Christ, même quand il aspire aux jouissances spirituelles, puisque, en faisant tendre tous ses efforts vers l'extinction de la lumière sur les pentes du Thabor, il n'accompagne pas encore, par cela même, le Seigneur vers le Golgotha libérateur. Que dire donc s'il puise les jouissances de son âme à la source impure de la nature corrompue, et s'il résiste obstinément lorsque la Providence et la grâce veulent en arrêter les torrents pour la purification de son âme? — Le Seigneur lui-même en a porté son jugement lorsque, un homme de ce genre manifestant le désir de le suivre, tandis qu'en même temps il était retenu par les douceurs de l'amour de sa famille, il lui répondit : *Celui qui met la main à la charrue et regarde en arrière, n'est point propre au royaume de Dieu* (Luc, IX, 62). Que celui qui est attaché à la vie temporelle ne puisse pas marcher avec succès à la suite de Jésus-Christ, c'est ce qu'ont prouvé les apôtres qui, même après avoir reçu assez longtemps son enseignement, même après tant de prodiges opérés non-seulement par lui, mais par

eux-mêmes, selon le pouvoir qu'il leur donnait, l'abandonnèrent et prirent la fuite quand ils rencontrèrent
sur leur chemin un danger pour leur vie. Que celui qui
est attaché aux biens de la vie temporelle ne soit pas capable de suivre Jésus-Christ, le jeune homme de l'Évangile en présente une triste expérience puisque, quoiqu'il
eût le désir d'entrer dans la voie de la vie éternelle, et
qu'il fût appelé par le Christ lui-même à le suivre, il ne
le suivit pas, mais *il s'en alla triste, car il avait de grandes
richesses* (Matth., xix, 22), et ne voulait pas s'en séparer.
Enfin, celui qui est attaché à la chair et à ses jouissances,
est évidemment un mauvais disciple de Jésus-Christ : car
amolli, fatigué, affaibli par elles, il lui est difficile de
gravir la montagne du Seigneur ; il est plus porté à s'arrêter au bas ou à s'assoupir parmi les fleurs, et il n'est
pas loin de se perdre dans le marais des passions et des
convoitises impures. Pour parler plus brièvement, puisque tout ce qui est dans le fils d'Adam devient habituellement un aliment pour les passions, tant qu'il n'a pas
été purifié, ou mieux, renouvelé par Jésus-Christ, celui
qui veut être un disciple vrai et sincère du Christ, doit
renoncer à tout ce qu'il s'approprie et qu'il aime, non
sous le rapport de l'usage, mais sous le rapport de la
passion. Et c'est ce que le Seigneur, abrégeant encore
davantage, a dit par ce mot : *qu'il renonce à soi-même.*

La seconde chose que le Seigneur exige de son disciple, c'est de prendre sa croix. Que faut-il entendre par
sa croix ? — J'ai déjà dit que l'expression de la croix du
disciple du Christ présuppose la croix du Christ lui-
même et la rappelle. Ainsi donc, notre croix est quelque chose de semblable à ce qui s'appelle la croix du
Christ. Et comme, sous ce nom de la croix du Christ,

nous entendons d'abord l'instrument de ses souffrances
et de sa mort, ensuite ses souffrances elles-mêmes et sa
mort sur la croix, et enfin, dans un sens plus large,
toute la suite et la diversité de ses souffrances, de ses
humiliations et de sa mort progressive, et la croix intérieure de sa tristesse qu'il ressentit si profondément, et,
bien avant cela encore, le pressentiment de sa croix et de
ses souffrances effectives, il s'ensuit que, par notre croix,
nous devons entendre toutes les afflictions dont Dieu
peut permettre que nous soyons atteints, les privations,
les humiliations, les souffrances et la mort même la plus
douloureuse ou la plus misérable. Est-il bien vrai, dira-
t-on, que tout chrétien doive se dévouer à tout cela ? —
Le précepte du Seigneur ne s'explique pas aussi sévèrement. Ce n'est pas à nous de fixer d'avance notre destinée,
notre devoir est de savoir accepter celle que Dieu nous a
marquée. Jésus-Christ lui-même n'a ni choisi, ni augmenté ses souffrances, il les a acceptées dans l'étendue
et le nombre déterminés par la sagesse, la justice et les
décrets de son Père, et comme les enfants des hommes
les lui ont imposés sans savoir ce qu'ils faisaient. Combien plus serait-ce à nous une présomption téméraire, et
par conséquent sans garantie pour l'avenir, de nous dévouer nous-mêmes à des labeurs au-dessus de nos forces
qui, sans le secours d'en haut, sont inégales aux épreuves
même légères et faciles. C'est pourquoi le Seigneur n'ordonne pas à son disciple, dans son commandement,
d'augmenter lui-même ses souffrances, de se crucifier
lui-même, mais dit simplement, avec indulgence : *Qu'il
prenne sa croix*. Qu'est-ce que c'est que *prendre sa croix*?
— C'est ne pas fuir l'affliction, ne pas lui résister, être
prêts à l'accepter quand elle ne nous a pas encore at-

teints, l'accepter avec soumission et sans murmure quand elle nous frappe réellement ; nous laisser doucement conduire, comme la brebis, à la mort, à l'exemple de l'Agneau et Pasteur Jésus-Christ, s'il est nécessaire de souffrir pour la vérité ; porter sans résistance le bois pour notre propre holocauste, comme Isaac, si telle est la volonté du Père céleste, pour notre purification et notre introduction dans la nouvelle existence promise.

Telles sont les conditions auxquelles l'homme peut, sans s'égarer, suivre Jésus-Christ, s'approcher de lui, non extérieurement, mais intérieurement ; non physiquement, mais spirituellement ; devenir participant, par la foi et l'amour, de ses souffrances salutaires et de sa mort, et, par l'espérance, de sa résurrection et de sa gloire.

Éprouvons-nous nous-mêmes, Chrétiens ; renonçons à tout ce qui nous lie, par les liens des passions, à nous-mêmes, à la chair, au monde, et soyons libres et légers pour suivre Jésus-Christ. Recevons avec soumission et sans murmure, notre croix, c'est-à-dire la mesure de chagrins et de souffrances que la Providence proportionne, certainement sans se tromper, aux exigences de notre amendement, de notre purification et de notre perfectionnement. Suivons fidèlement Jésus-Christ dans le chemin de l'abnégation et de la croix, et nous entrerons certainement dans la joie de Notre-Seigneur. — Ainsi soit-il.

10

SERMON

POUR LE CINQUIÈME DIMANCHE DE CARÊME

Et ils dirent : Accordez-nous que, dans votre gloire,
nous soyons assis, l'un à votre droite, l'autre à votre
gauche. Mais Jésus leur répondit : Vous ne savez
que vous demandez.
— Marc, x, 37, 38.

Un fait auquel nous n'avions, ce semble, aucun lieu
de nous attendre, se présente à nous dans ces paroles
de l'Évangile. Les meilleurs disciples du meilleur des
maîtres, à la fin même de leur éducation, se montrent
des ignorants! On sait que douze disciples, autrement
appelés apôtres, furent choisis par le divin Maître, Jésus-
Christ, de préférence à mille autres qui lui étaient attachés soit ouvertement, soit secrètement. On peut remarquer que Jacques et Jean, desquels nous parlons en ce
moment, étaient particulièrement distingués entre les
douze apôtres eux-mêmes : car il n'accorda qu'à eux,
leur adjoignant Pierre seul, cette haute confiance à laquelle ils durent d'être les témoins de sa glorieuse trans-
figuration sur le Thabor, et de sa douloureuse lutte
au jardin de Gethsémani. Durant environ trois ans, ces
heureux disciples vécurent presque inséparablement avec
leur unique Maître, entendant de sa bouche les paroles
de la vie éternelle. Le moment approchait où il allait leur

dire : *Tout ce que j'ai entendu de mon Père, je vous l'ai dit* (Jean, xv, 15). Et de pareils disciples, à un pareil moment, ne savent pas ce qu'ils disent ! *Vous ne savez ce que vous demandez.*

Qu'est-ce donc qui, avec un pareil enseignement, a pu les rejeter dans une pareille ignorance? — Le désir d'être plus élevés que les autres, et d'être presque les égaux de celui qui est au-dessus de tout. *Accordez-nous que, dans votre gloire, nous soyons assis, l'un à votre droite, l'autre à votre gauche.*

N'abaissons pas, mes Frères, ces suivants si rapprochés du Christ, parce qu'ils ont fait un faux pas dans leur chemin quand la descente du Saint-Esprit ne les avait pas encore éclairés de la lumière qui n'a point de soir, et ne les avait pas encore fortifiés de sa force invincible. Mais en voyant la *lumière du monde* (Matth., v, 14) elle-même quelquefois sujette à être obscurcie, les *colonnes* (Gal., ii, 9) elles-mêmes de l'Église ébranlées, songeons combien nous avons besoin de veiller sur nous et d'implorer sans cesse la lumière et la force du Père des lumières et du Maître de la force. *Que celui qui s'imagine être ferme, prenne garde de tomber* (I Cor., x, 12).

L'apôtre Paul, en parlant des fautes et des punitions des Hébreux à l'époque où ils devinrent le peuple de Dieu sous la conduite de Moïse, remarque que *toutes ces choses qui leur arrivaient, étaient des figures, et qu'elles ont été écrites pour notre instruction* (I Cor., x, 11). Semblablement, de ces épreuves des premiers disciples du Christ, dans lesquelles les entraînait leur nature corrompue en Adam, dans lesquelles la Providence impénétrable, mais toujours sage et bonne, permettait qu'ils tombassent alors même que d'eux allait se former le nouveau peuple de Dieu, on peut dire que tout cela leur arrivait comme une figure et comme un exemple pour ceux qui devaient les suivre, et que cela a été écrit dans l'Évangile pour notre instruction. Ainsi, l'aventure de Jacques et de Jean, qui briguaient les premières places avant les apôtres, nous apprend à reconnaître et à éloigner la tentation *du désir d'être au-dessus des autres.*

Un proverbe de notre siècle dit : Celui-là est un mauvais soldat, qui ne désire pas devenir général. Ce n'est pas là un proverbe de Salomon ; ce n'est pas là de la sagesse, mais bien un sophisme mondain et frivole. Le proverbe vrai dit : *Celui qui élève haut sa maison, cherche la ruine* (Prov., xvii, 16) ; et encore : *L'homme hautain est l'abomination du Seigneur* (Prov., xvi, 5). Avec ceux-ci se trouve d'accord le proverbe de celui qui est plus que Salomon : *Quiconque s'élève, sera abaissé* (Luc, xviii, 14).

Il est difficile de comprendre comment ces témoignages si clairs de la vérité ne sont pas compris des sages de ce siècle qui, ne cessant de se dire les disciples du Christ, sont continuellement en désaccord avec la parole du Christ en regardant le désir de s'élever au-dessus des autres, en un mot, l'ambition, comme une marque distinctive d'une âme noble. Ils imaginent même de faire de l'apôtre Paul l'avocat de l'ambition, en s'emparant de ce texte : *J'aimerais mieux mourir que de souffrir que quelqu'un me fît perdre ce qui fait ma gloire* (I Cor., ix, 15). Mais écoutez attentivement ce que préconise l'Apôtre, vous, préconiseurs de l'ambition, et apprenez quelle différence il y a entre l'ardeur de la gloire qui l'anime et la soif d'honneurs qui vous dévore. Vous pensez mériter des honneurs par l'accomplissement de vos fonctions ; il déclare que l'accomplissement du plus saint des devoirs, la prédication de la vérité divine, ne lui apporte aucune gloire, parce que c'est pour lui une obligation indispensable : *Si je prêche l'Évangile, ce ne m'est point un sujet de gloire, puisque c'est pour moi une nécessité* (I Cor., ix, 16). Pour chacun de vos efforts, vous demandez une récompense ; il pense que sa récompense consiste à ne pas recevoir celle à laquelle il a droit : *Quelle est donc ma récompense? C'est de prêcher l'Évangile gratuitement, sans abuser du droit que j'ai par la prédication de l'Évangile* (18). Vous vous efforcez de vous soustraire à la soumission et d'obtenir la liberté et le pouvoir sur les autres ; et lui, ayant une liberté pleine, y renonce et se soumet à tous : *Libre à l'égard de tous, je me suis rendu l'esclave de tous* (19). Qu'il meure, vous écriez-vous, ou du moins qu'il soit puni par un profond mépris, celui qui touchera à notre honneur devant les hommes ; et l'Apôtre dit : Que je meure, si quelqu'un abaisse ma gloire devant Dieu ; il vaut mieux pour moi mourir que de perdre la bienveillance de Dieu : *J'aimerais mieux mourir que de souffrir que quelqu'un me fît perdre ce qui fait ma gloire.* Est-il possible de confondre ce zèle saint du service désintéressé de Dieu et du prochain, avec la passion de l'ambition ? Demandez à votre cœur ambitieux ce qu'il éprouverait si on l'obligeait à sentir que vous êtes les pires des hommes de votre condition, que vous êtes les premiers de tous dignes de mépris et de condamnation ; mais l'apôtre Paul proclame, sans aucune contrainte, ce même sentiment de son cœur, devant toute l'Église : *Car je suis le moindre des apôtres, et je ne suis pas digne d'être appelé apôtre, parce que je suis le premier des pécheurs* (I Cor., xv, 9). S'il vous paraît incroyable qu'un aveu si humiliant de l'un des plus grands d'entre les saints ait pu partir d'une conviction sincère, sachez qu'aucune autre cause que l'ambition elle-même ne vous empêche de croire à ce que sent l'homme spirituel dans la profondeur de son humilité. *Comment pouvez-vous croire, vous qui recevez la gloire les uns des autres, et qui ne recherchez point la gloire qui vient de Dieu seul* (Jean, v, 44)?

Mais revenons à Jacques et à Jean, et relevons quelques-uns des traits par lesquels se manifestait en eux le désir de s'élever au-dessus des autres.

D'abord ce désir les poussait à une sollicitation singulière et ne contrastant pas peu avec les circonstances dans lesquelles ils se trouvaient · *Accordez-nous*, disaient-ils à Jésus-Christ, *accordez-nous que dans votre gloire, nous soyons assis, l'un à votre droite, l'autre à votre gauche.* Mais était-ce le moment de tenir ce langage? Jésus-Christ venait de leur dire, un instant auparavant : *Voilà que nous montons à Jérusalem, et le Fils de l'homme sera livré aux princes des prêtres et aux scribes, et ils le condamneront à mort, et ils le livreront aux gentils, et ils l'insulteront* (Marc, x, 33). Et cette prédiction devait bientôt s'accomplir. Quel contraste donc! Il va se livrer aux insultes et à la mort, et eux veulent se partager entre eux les premières places dans sa gloire. C'est le moment du combat qui approche, et eux demandent la couronne. Ils auraient eu besoin de demander la foi, afin de n'être ni les premiers ni les derniers à abandonner leur Maître quand il serait livré; et ils exprimaient l'étrange exigence d'être plus près que tous les autres de celui qu'ils allaient si tôt abandonner. De pareilles confusions ne se présentent-elles pas aujourd'hui encore, sous divers aspects, dans le désir de s'élever au-dessus des autres? On brigue les postes élevés, mais on ne fait pas attention aux précipices, c'est-à-dire aux dangers qui se trouvent sur les chemins qui y conduisent, ou qui les environnent. L'un, par exemple, demande un siége de justice; mais il ne songe pas que ce siége est peut-être couvert des filets du mensonge, miné par la vénalité, qu'il n'attend pas quelqu'un qui vienne s'y montrer comme sur un trône, dans l'éclat de la gloire, mais bien qui y apporte en sacrifice à la justice, comme sur un autel, son repos, ses intérêts, et quelquefois la bienveillance de beaucoup de forts pour sauver un faible. Combien ne s'efforcent pas d'arriver à ce trône, qui sont tout prêts à fuir l'autel? Que dire de ce genre d'ambition dont quelques ambitieux sentent eux-mêmes l'absurdité, — de l'ambition de ceux qui s'efforcent d'arriver au siége sacré de la justice par le chemin de l'injustice et de la simonie, d'atteindre aux plus hauts degrés de la société par les vils moyens de l'adulation, de la bassesse et de la servilité? — Ce n'est faire aucune injure à aucun ambitieux que de leur dire à tous, sans exception, ce que disait le Premier et le Dernier à ceux qui le sollicitaient pour obtenir le premier rang : *Vous ne savez ce que vous demandez.*

En second lieu, le désir d'élévation indiquait chez Jacques et Jean ce côté faible, qu'ils n'étaient pas descendus assez profondément en eux-mêmes, dans leurs facultés et dans leurs dispositions intérieures. C'est ce que leur reproche mystiquement le Seigneur par cette allusion : *Pouvez-vous boire le calice que je boirai, et être baptisés du baptême dont je dois être baptisé* (Marc, x, 58)? Ce calice du Christ est le même duquel il disait dans sa prière, au jardin de Gethsémani : *Mon Père, s'il est possible,, que ce calice s'éloigne de moi* (Matth., xxvi, 39), c'est-à-dire, le calice de la souffrance et de la mort. Ce baptême du Christ, c'est le baptême de son sang répandu sur la croix. Par conséquent, cette question, adressée à Jacques et à Jean, les conduit à se sonder eux-mêmes pour savoir s'ils sont capables de prendre part aux souffrances et à la croix du Christ. Soit qu'ils eussent, ou non, pénétré complètement le sens de cette question, ils se déclarèrent capables, ce que le Seigneur, paraît-il, ne démentit pas, quand il leur dit : *Vous boirez en effet le calice que je boirai, et vous serez baptisés du baptême dont je dois être baptisé* (Marc, x, 39), et cependant, les évènements qui suivirent montrent que le Seigneur ne leur promit que pour l'avenir le don d'une part dans ses souffrances, promesse qui s'accomplit à la fin par la décapitation de Jacques et par l'exil de Jean; mais à l'époque même où ils affirmèrent si résolument qu'ils pouvaient boire le calice du Christ, ils étaient bien loin de cette possibilité; en effet, pendant la prière de Jésus-Christ devant ce calice, ils ne purent soutenir une heure la veille avec lui; et quand les Juifs mirent la main sur lui, *l'abandonnant, ils s'enfuirent* (Marc, xiv, 50) avec les autres. Cette ignorance de soi-même, de ses forces et de ses facultés, est le défaut ordinaire des gens que possède le désir de l'élévation. Ils sont prêts à occuper tout poste qui leur promette la satisfaction de ce désir; mais ils ne savent pas que, peut-être, le premier effort qu'exigera ce poste les trouvera impuissants, que le premier danger les mettra en fuite. Interrogez-vous vous-mêmes, vous qui cherchez à vous élever: pouvez-vous boire le calice vers lequel vous tendez la main? Vous qui pensez que votre place est au gouvernail même du navire de la société, pourrez-vous bien manœuvrer ce redoutable instrument, et le tenir d'une main ferme durant la tempête? Vous qui voulez que l'on vous reconnaisse comme un homme de conseil dans l'assemblée des anciens, avez-vous en vous-même la sagesse et l'esprit de conseil qui conviennent à ce rang? Vous que transporte l'idée de sortir du cercle des simples citoyens et de monter au rang des hommes nobles, êtes-vous bien assuré de vous soutenir, par la noblesse de vos sentiments, sur le même rang que ceux qui appartiennent à cette classe élevée, ou n'y figurerez-vous que par un étalage frivole et un éclat extérieur qui ne feront que montrer ce que vous n'avez pas, et épuiseront probablement bientôt ce que vous avez? Plus un homme a la vraie connaissance de soi-même, moins il se croit capable de soutenir de semblables épreuves, et c'est pour cela qu'il prend pour règle de sa conduite ce principe du sage : *Ne recherche pas ce qui est au-dessus de toi* (Sag. de Sir., III, 21). Au contraire, plus il fait d'efforts et met de persistance à chercher ce qui est au-dessus de lui, plus on peut conclure avec certitude ou qu'il ne s'est pas éprouvé lui-même, ou qu'il s'est trompé dans cette épreuve, et qu'il trompera l'espérance de ceux qui l'aideront à atteindre l'objet de ses vœux.

En troisième lieu, le désir d'élévation qui animait Jacques et Jean fut accompagné de la rupture de la paix entre les apôtres. *Et les dix autres ayant entendu, commencèrent à s'indigner contre Jacques et Jean* (Marc, x, 41). L'histoire évangélique n'explique pas de quel genre fut cette indignation : les apôtres furent-ils peinés de voir importuner si intempestivement leur Maître à propos de préséance dans la gloire, quand il se préparait et les préparait eux-mêmes à entrer dans la carrière laborieuse de la croix; furent-ils blessés de l'injustice qu'ils trouvaient à ce que, quand tous les douze avaient tout quitté pareillement pour Jésus, avaient eu la même part à ses adversités, et avaient conséquemment reçu également la promesse de douze trônes dans son royaume, deux d'entre eux voulussent s'arroger quelque degré particulier de gloire; ou bien enfin le même esprit d'élévation agissait-il aussi sur les dix autres, de sorte que quelques-uns, selon toute apparence, auraient pu faire valoir aussi des droits particuliers à une préférence sur les autres, comme, par exemple, l'autre Jacques, qu'il était parent du Seigneur selon la chair; André, qu'il s'était le premier attaché à Jésus (car, dans une même entreprise difficile, il y a plus de mérite à donner le premier l'exemple qu'à suivre celui des autres); — Pierre, qu'il avait le premier reconnu Jésus-Christ comme le Fils de Dieu? Quoi qu'il en soit, ce qu'il y a d'assez clair pour notre instruction dans cette histoire, c'est qu'il ne s'était jamais manifesté de désaccord entre les apôtres avant l'apparition, au milieu d'eux, de ce désir de préséance, mais que, dès que ce désir apparut, le désaccord se glissa à sa suite. Cela nous montre que le premier fruit de l'esprit de rivalité et d'ambition, c'est l'esprit de dissension et de discorde. L'Apôtre, parlant des derniers jours, dit entre autres choses qu'alors, *comme l'iniquité abondera, la charité d'un grand nombre se refroidira* (Matth., xxiv, 12). Il ne faut pas beaucoup de pénétration pour reconnaître ce signe au milieu de nous, et en même temps l'on peut remarquer qu'entre toutes les iniquités, le refroidissement de la charité par l'orgueil et l'ambition n'est peut-être pas la moins fréquente. Le faste s'allie facilement avec le faste ; la cupidité fuit la cupidité quand elle n'est pas en communauté avec elle ; mais l'ambition travaille toujours à renverser et à détruire l'ambition, et ne laisse ni paix ni repos à personne, parce que son but final est de voir tout le monde sous ses pieds.

Reconnaissons, Chrétiens, dans le désir passionné de s'élever au-dessus des autres, la maladie la plus grave et la plus dangereuse de l'esprit humain, et le fléau de la société. Après avoir reconnu cela, prenons, pour nous guérir ou pour nous préserver, les antidotes que le Médecin des âmes et des corps a administrés à ses disciples.

Jésus les appela et leur dit : Vous savez que ceux qui sont regardés comme les maîtres des peuples, les dominent, et que leurs princes les traitent avec empire ; il n'en doit pas être de même parmi vous (Marc, x, 42). Le premier remède contre l'esprit de supériorité et de domination, doit être la pensée que c'est l'esprit propre aux gentils. C'est leur malheur d'être dominés par la gloire humaine parce qu'ils ne connaissent pas la gloire de Dieu ; ils s'efforcent de s'élever sur la terre parce qu'ils n'ont pas l'espérance de s'élever au ciel. Mais nous, Chrétiens, qui connaissons la vraie gloire, irons-nous poursuivre une gloire menteuse? Non, mes Frères, *il n'en doit pas être de même parmi nous.*

Mais comment donc doivent se conduire des chrétiens? Notre divin Maître continue : *Quiconque veut devenir le plus grand entre vous, doit être votre serviteur* (45). Désirez-vous la supériorité et le premier rang, efforcez-vous d'être le plus zélé et le premier à travailler au bien de votre prochain. Si vous êtes déjà au-dessus des autres par votre situation, efforcez-vous d'autant plus de travailler à leur bien, pour ne pas être au-dessous de votre rang ; mais quand même vous seriez au-dessous des autres, travaillez avec tout autant de zèle à leur bonheur, et alors nul homme de bon sens ne dira que vous êtes dans une basse condition, puisque les monarques de la terre eux-mêmes, selon l'idée chrétienne, ne sont autre chose que *les serviteurs de Dieu pour le bien* (Rom., xiii, 4).

Enfin si, malgré tout cela, le vieil Adam, qui voulut un jour être semblable à Dieu, s'inquiète encore en vous quand vous êtes humilié devant les hommes, ou bien si, quand vous êtes élevé au-dessus de quelques-uns d'entre eux, il vous flatte encore du rêve de pouvoir devenir un Dieu pour eux, ayez recours à l'art du nouvel Adam, et prenez, contre cette antique maladie, le remède immortel. Jésus-Christ se propose lui-même à vous pour remède : *Car le Fils de l'homme n'est point venu pour être servi, mais pour servir, et il donnera sa vie pour la rédemption d'un grand nombre* (Matth., xx, 28). Chrétien ! Songerais-tu à t'élever au-dessus de ton Christ ? *Il suffit au disciple d'être comme son maître* (Matth., x, 25). Mais notre divin Maître, qui est le Seigneur de tous, s'abaisse et sert ses esclaves : combien plus devons-nous nous abaisser nous-mêmes, et nous servir les uns les autres dans la charité, *chacun regardant les autres comme au-dessus de soi en honneur* (Phil., ii, 3). — Ainsi soit-il.

TROISIÈME PARTIE

SERMONS POUR LES FÊTES DE LA SAINTE VIERGE

1

SERMON

POUR LA NATIVITÉ DE LA SAINTE VIERGE

> Et il leur répondit : Qui est ma mère, et qui sont
> mes frères ?
> — Marc, III, 35. —

Pourquoi la vertueuse Élisabeth, dès qu'elle vit venir à elle la Vierge Marie, et qu'elle entendit de sa bouche le salut d'usage des visiteurs, fut-elle remplie d'une telle joie que cette joie se communiqua même à l'enfant qu'elle portait dans son sein, et qu'il tressaillit, et que sa mère poussa un cri de joie, et qu'elle se mit à bénir la Vierge ? — De ce que, comme le dit Élisabeth elle-même, elle reconnut en Marie la mère du Seigneur : Et d'où me vient, dit-elle, que la mère de mon Seigneur s'approche de moi?

D'où vient que l'Église aussi ressent une si grande joie

au nom de la Vierge Marie, et la glorifie avec tant d'enthousiasme ? Pourquoi fait-elle à sa naissance et à son enfance elles-mêmes les honneurs d'une fête sans pareille pour les autres saints et pour les autres justes ? — Il semble qu'à cette question aussi il ne soit pas nécessaire de chercher d'autre réponse que celle que nous avons reçue déjà de l'esprit prophétique d'Élisabeth : Marie est la mère de Notre-Seigneur.

Mais voyez quelle circonstance inattendue nous présente l'Évangile. La Mère du Seigneur, qu'Élisabeth a trouvée et nous a montrée de si bonne heure, disparaît tout à coup. Voilà que le Seigneur lui-même demande : *Qui est ma mère ?* — On ne peut supposer ni qu'il ne connût pas sa Mère, ni qu'il voulût la renier : cependant quand il demande : *Qui est ma mère ?* — c'est dire ou qu'il ne la connaît pas, ou qu'il la renie.

Et que faisons-nous donc quand nous glorifions la Mère bénie de Notre-Seigneur, pensant lui plaire en cela et nous approcher de lui par elle, si, en quelque façon, il l'éloigne de lui ?

Ne vous troublez pas, vous qui chantez la Mère de Dieu, de cette pensée pénible. Elle nous conduira à des réflexions qui ne nous ébranleront pas, mais au contraire nous confirmeront dans notre conviction de sa gloire divine comme de la sagesse du saint enseignement de son Fils, notre Dieu.

La multitude, nous dit l'évangéliste Marc, *était assise autour de lui. On lui dit : Voilà votre mère, et vos frères, et vos sœurs qui vous cherchent dehors. Et il leur répondit : Qui est ma mère, ou qui sont mes frères ?*

Qu'il ne veuille pas connaître ses frères, cela n'est pas difficile à comprendre. A cette époque, ils méritaient ce refus parce que, comme le remarque l'évangéliste Jean, *ses frères mêmes ne croyaient point en lui* (Jean, vii, 5). Mais en mettant même à part leur incrédulité, ce refus était encore juste parce qu'ils n'étaient que les frères supposés de Jésus, puisqu'ils étaient les fils de Joseph, son père supposé. Ainsi, en refusant de reconnaître ceux que l'on appelait ses frères selon la chair, le Seigneur ne niait aucune vérité terrestre, mais il confirmait la vérité céleste de son origine divine.

Mais comment se fait-il que la Mère du Seigneur partage le sort de ses frères? Elle n'est pas sa mère supposée, mais sa vraie mère selon l'humanité; elle n'a jamais trahi cette haute dignité en refusant de croire en lui comme au vrai Fils de Dieu. Cette foi seule, avec laquelle elle l'a accueilli dès avant sa naissance terrestre et sa conception, lorsque l'Archange est venu la saluer, l'emporte déjà sur la foi de tous les autres croyants. Lorsque Jésus, encore enfant, dans la crèche, fut reconnu par les bergers comme le Sauveur, le Christ, le Seigneur, par quoi, si ce n'est par sa foi, fut engagée *sa Mère à garder toutes ces paroles dans son cœur* (Luc, ii, 19)? Avant qu'il eût *manifesté sa gloire* par ses miracles, et *que ses disciples eussent cru en lui* (Jean, ii, 12), la Mère de Jésus avait une telle foi dans sa puissance miraculeuse qu'elle l'engagea précisément à faire son premier miracle à Cana, en Galilée. Ainsi, et avant les autres, et mieux que les autres, elle crut en lui et le reconnut; et lui, tantôt il prononce le nom bien-aimé de sa Mère et évite de la voir : *Qui est ma Mère?* tantôt il la voit, et ne lui donne pas le titre de Mère : *Femme*, dit-il, *qu'y a-t-il de commun entre toi et moi?* Et une autre fois : *Femme, voilà ton fils.*

Seigneur! Nous ne cherchons pas à scruter les actes,

mais nous cherchons à nous instruire de ta sagesse salutaire. Ne nous impute pas à crime ces études des Écritures, et donne-nous le don d'intelligence.

Est-il nécessaire de vous mettre en garde, Chrétiens, contre la pensée que le Seigneur ait pu ne pas accorder toute vénération à sa Mère toute-bénie? Je ne le pense pas : car vous devez connaître l'avertissement général qu'il donna lui-même aux Juifs contre toute erreur de ce genre, lorsqu'il leur dit : *Ne pensez pas que je sois venu détruire la loi ou les prophètes : je ne suis pas venu détruire, mais accomplir* (Matth., v, 17). Par conséquent, sans aucun doute, il n'a pas détruit, mais il a accompli aussi ce commandement de la loi : *Honore ton père et ta mère.* Et réellement, lorsque, jeune encore et pénétré du sentiment de sa mission, ses parents, qui ne comprenaient pas cela, vinrent pour l'arracher à la conversation des docteurs de la loi divine et l'emmener du Temple, quoiqu'il contredît à cette conduite de ses parents, *il ne leur en* était pas moins *soumis* (Luc, ii, 51). Enfin, lorsque les souffrances de la croix déchiraient son corps et son âme; lorsque, suspendu si cruellement, par des clous qui perçaient ses pieds et ses mains, entre la vie et la mort, le monde entier, suspendu au-dessus de l'abime, pesait encore sur lui dans l'attente du salut, ni les tourments de tout l'enfer, ni le souci qu'il avait de tout le monde, de tous les temps et de l'éternité, n'étouffèrent en lui le sentiment de ses obligations légales envers sa mère. Ces obligations dont l'accomplissement allait cesser pour lui avec sa vie terrestre, il les transmit alors à Jean dont la virginité et l'amour faisaient un digne serviteur de la Vierge-Mère ; et ainsi, pour ce point de la loi, comme pour tous les autres, il nous donna l'exemple de la per

fection qui consiste en ce que notre respect et notre sollicitude pour nos parents s'étendent à toutes les circonstances de notre vie, jusqu'au tombeau et par delà le
tombeau.

Si donc, même dans des circonstances si difficiles, Notre-Seigneur montra une considération si parfaite pour
sa mère, il en faut conclure, sans aucun doute, que, dans
les autres cas, quoiqu'il parût la traiter en étrangère, ce
n'était nullement au préjudice de la *grandeur* spirituelle
à laquelle *il l'avait élevée* en naissant d'elle, mais uniquement en vue des hautes obligations de sa mission terrestre. Rappelons-nous son enseignement : *Celui qui aime
son père ou sa mère plus que moi, n'est pas digne de moi; et
celui qui aime son fils ou sa fille plus que moi, n'est pas digne de moi* (Matth., x, 57). Parlant ainsi, il dut faire de
même et fortifier son enseignement par son exemple,
suivant son propre principe : *Celui qui fera et enseignera,
sera appelé grand dans le royaume des cieux* (Matth., v,
19). En conséquence, le Seigneur Jésus devait montrer
quelquefois par ses actes, pendant sa vie terrestre, qu'il
aimait parfaitement sa Mère selon la chair, mais non pas
plus que son Père céleste, et qu'il offrait son amour filial
humain en sacrifice à l'œuvre de Dieu qu'il accomplissait.

Voyez maintenant comme cette manière de voir explique la conduite de Jésus-Christ qui, au premier coup
d'œil, paraissait incompréhensible.

La Mère de Jésus désire qu'il produise un vin miraculeux à une noce. Cependant ses miracles ne sont pas destinés à la satisfaction des désirs de sa Mère, mais à la
manifestation de la gloire de Dieu. C'était donc ici le cas
de sacrifier le désir de plaire à sa Mère, et il consomma
ce sacrifice par l'immolation, et de la pensée même de sa

Mère, et du titre même de Mère : *Femme, qu'y a-t-il de commun entre toi et moi?* D'un autre côté, le moment de manifester la gloire de Dieu, qui n'était pas arrivé avant ce sacrifice, vint à sa suite, et c'est pourquoi le miracle qu'il semblait refuser à sa Mère s'accomplit un instant après.

La Mère et les frères de Jésus viennent pour le faire sortir de la maison où il annonce la vérité céleste à une foule nombreuse. Ils avaient en cela une bonne intention, car ils le croyaient en danger, parce que ses ennemis publiaient tantôt qu'il était insensé, tantôt qu'il agissait par le prince des démons, et cherchaient à le faire mourir. Mais s'il eût obéi à la volonté de ses parents, c'eût été un dommage pour l'œuvre de Dieu, non-seulement parce que sa prédication eût été interrompue intempestivement, mais encore parce que ses ennemis eussent trouvé une preuve de leurs calomnies dans son enlèvement par ses parents comme s'il eût eu besoin de leur tutelle. Ainsi, il dut donc, ici encore, faire le sacrifice de la satisfaction de sa Mère, et ce sacrifice fut encore un holocauste complet, c'est-à-dire que le Seigneur immola tout son amour pour sa Mère bien-aimée, et jusqu'à la pensée et au souvenir de sa Mère : *Qui est ma Mère?*

C'est comme s'il avait dit : « Pourquoi voulez-vous, « par la volonté de ma Mère terrestre, m'arracher à l'ac- « complissement de la volonté de mon Père céleste? « Quand ces deux volontés m'attirent de deux côtés dif- « férents, je sais, et je vais vous montrer à l'instant à la- « quelle des deux, et avec quelle résolution il faut obéir. « Je laisse de côté la naissance et la parenté terrestres « comme si je les avais oubliées, comme si elles n'exis- « taient pas du tout : je suis complètement dévoué à la

« volonté de mon Père céleste, et à son œuvre, et à son
« Royaume ; c'est là aussi que je me cherche une pa-
« renté, s'il en faut avoir une. *Qui est ma mère et qui sont*
« *mes frères? Qui sont-ils donc? Les enfants de Dieu, qui*
« *croient en son nom, qui ne sont point nés du sang, ni de*
« *la volonté de la chair, ni de la volonté de l'homme, mais*
« *de Dieu* (Jean, 1, 12, 13) ; ou mieux : *Celui qui fait la vo-*
« *lonté de Dieu, celui-là est mon frère, et ma sœur, et ma*
« *mère.* »

Vous voyez, Chrétiens, que le Seigneur ne prive pas de
son attention sa Mère qui est digne de tout honneur,
mais qu'il nous enseigne la justice et la vérité par ses paroles et par son exemple. Soyez attentifs et instruisez-
vous ; voyez et imitez.

Quand vos pères, vos parents, vos instituteurs, vos
supérieurs exigent de vous des choses contraires à votre
conviction, à vos inclinations, à vos goûts, mais nécessaires, ou utiles, ou tout au moins indifférentes, sacri-
fiez votre conviction, vos inclinations, vos goûts au devoir de l'obéissance. Souvenez-vous de Jésus, la Sagesse
de Dieu, qui *était soumis* à Joseph le charpentier.

Quand vos pères ou vos mères, vos parents, vos proches vous demandent des secours, de la consolation, des
services, tandis que vous êtes vous-mêmes dans la nécessité, le chagrin, l'impuissance, réunissez vos dernières
forces ; oubliez votre tristesse pour soulager leur tristesse ; partagez avec eux votre dernier morceau de pain
et votre dernière goutte d'eau. Souvenez-vous de Jésus
pourvoyant, au milieu des tourments de la croix, à la
tranquillité de sa Mère.

Mais quand un malheureux exemple et les désirs de
vos pères, de vos parents, des personnes que vous véné-

rez et qui vous sont chères, vous détournent de l'accomplissement de vos saints devoirs envers Dieu, vous invitent à des actions contraires à la loi, destructives de la paix de votre conscience, opposées au vrai bien et au salut de votre âme immortelle, alors adressez-vous aussi vous-mêmes les paroles de Jésus : *Qui est ma mère, et qui sont mes frères?* Souvenez-vous que vous avez une parenté meilleure et plus haute que les parentés ordinaires, que Dieu est votre Père, que l'Église est votre Mère, que tous ceux qui font la volonté de Dieu, tous les saints sont vos frères, ou tout au moins désirent vous être des frères ; ne vous abaissez pas devant cette haute parenté; ne vous retranchez pas de cette bonne et belle famille; faites, vous aussi, la volonté de Dieu plutôt que la volonté de l'homme, et le Seigneur vous reconnaîtra et dira de vous : *Voici ma mère et mes frères.* — Ainsi soit-il.

2

SERMON

POUR LA FÊTE DE LA PRÉSENTATION DE LA SAINTE VIERGE AU TEMPLE

Car la grâce salutaire de Dieu s'est révélée à tous les hommes, pour nous apprendre à renoncer à l'impiété et aux convoitises du monde, et à vivre dans le siècle présent avec tempérance, avec justice et avec piété.

— Tite, II. 11. 12. —

Si la mémoire de la vie et des actions des saints nous conduit naturellement à la méditation des vertus et des

perfections qui ont signalé leur vie, que pouvons-nous
faire de mieux, dans cette fête solennelle de la consécration à Dieu de la très-sainte et très-pure vierge Marie,
que de méditer sur la virginité et la chasteté?

Car n'est-ce pas elle qui a posé le fondement solide de
la virginité? N'est-ce pas elle qui l'a élevée à une hauteur incommensurable?

Le monde de l'Ancien Testament ne rêvait que d'en-
fantement, et par conséquent de mariage, jaloux qu'il
était d'enfanter le Sauveur du monde. Il comprenait et
estimait si peu la virginité, que la virginité qui ne connaissait jamais le mariage était pour lui un objet de
pleurs. La fille de Jephté, qui dut mourir *sans avoir connu
de mari*, non-seulement *alla elle-même, avec ses amies, et
pleura sa virginité sur les montagnes*, mais encore, après sa
mort, *toutes les filles d'Israël allaient de jours en jours
pleurer sur la fille de Jephté de Galaad, durant quatre
jours chaque année* (Jug., xi, 58, 40). La vie de Jean-Baptiste, et, en remontant plus haut, la vie des prophètes
Élie et Élisée, — voilà les premiers exemples qui montrèrent la dignité de la virginité; mais encore ces exemples ne furent-ils pas compris en leur temps, parce que
les Hébreux avaient vu le plus souvent leurs prophètes ne
pas rester étrangers à la vie conjugale, comme, par
exemple, Moïse, Samuël et d'autres. Il y eut, dès le commencement du monde, des hommes de Dieu; mais la première vierge de Dieu est la toute-bénie Marie. Consacrée
à Dieu, dans l'innocence de son enfance, pour rester toujours pure, elle est devenue le premier fondement, pour
toujours inébranlable, de la vie angélique sur la terre.

Et à quelle hauteur, plus grande que celle du ciel, elle
nous a montré la dignité de la virginité! Depuis Ève jus-

qu'à elle, le sexe féminin, comme le masculin, avait suivi la loi du mariage, dans l'espoir d'obtenir la récompense de donner au monde, tôt ou tard, la Postérité bénie qui devait *écraser la tête du serpent* (Gen., III, 17) infernal, et dans laquelle *seront bénies toutes les nations de la terre* (Gen., XXII, 18); mais cette récompense n'était pas prédestinée au mariage. Le mariage ne pouvait engendrer que des hommes. La virginité seule était digne d'enfanter l'Homme-Dieu.

Mais avant de vous parler de la virginité par rapport à vous en particulier, vous qui m'écoutez, je crains une réflexion qui, peut-être, pourrait tendre à fermer vos cœurs à une instruction sur la virginité : — « La virginité de la très-sainte Mère de Dieu, choisie pour être le vase de l'incarnation du Fils de Dieu, est unique dans le genre humain, et, comme elle n'a pas eu d'exemples avant elle, elle n'aura pas, après elle, d'imitateurs. » C'est la vérité qu'il n'y aura pas d'autre incarnation du Verbe de Dieu, ni d'autre Mère de Dieu ; cependant, mes Frères, nous ne devons pas conclure de là que la virginité de la toute-bénie Marie ne nous offre aucun exemple à imiter, ne nous puisse fournir aucun enseignement pour notre vie.

Si la vierge Marie a été trouvée digne d'être choisie par Dieu, considérez d'où est venu ce choix. Direz-vous que c'est d'une grâce particulière de Dieu? — Je ne le conteste pas. Mais allez plus loin : la grâce de Dieu peut-elle être en contradiction avec la vérité de Dieu? — Non, sans aucun doute. Si, dans l'homme, la contradiction avec lui-même est une absurdité, combien plus en Dieu, l'être souverainement parfait, doit-il y avoir entre ses attributs et ses actes un accord parfait, conforme à la plus intègre unité. Par conséquent, si la vierge Marie a été jugée digne de cette haute élection par la grâce de Dieu, elle l'a été pareillement par la vérité de Dieu. Elle a été élevée au-dessus de toutes par l'élection, parce qu'elle a paru digne au-dessus de toutes de l'élection, par les qualités et les dispositions de son âme, et, entre autres, par la toute-pure virginité par laquelle elle s'est élevée, comme le soleil, évidemment au-dessus de tout l'ancien monde, et plus que probablement au-dessus de tout le monde à venir. De là il faut conclure que, si la toute-bénie Marie a obtenu, par la plus pure virginité, le choix suprême et incomparable de Dieu, quoique un autre choix semblable ne soit plus possible, cependant, celui qui imitera, autant que faire se peut, sa virginité, pourra, comme elle, espérer de la justice de Dieu une grâce particulière de Dieu, une élection particulière, un rapprochement particulier de Dieu. Si la virginité l'a faite, elle seule, plus pure que les chérubins, plus glorieuse incomparablement que les séraphins, elle peut faire ses imitateurs tout au moins égaux aux anges. Si la virginité l'a faite, elle seule, le tabernacle béni de l'Esprit-Saint, la Mère du Fils de Dieu, elle peut non moins faire aussi d'autres âmes filles de Dieu, parentes du Roi des cieux, fiancées de Jésus-Christ. C'est ce que nous fait comprendre clairement l'image mystique du Psaume : *On amènera au Roi les vierges à sa suite* (Ps. XLIV, 15).

Si les raisonnements ne vous paraissent pas assez concluants, si les paroles et les prédictions des prophètes ne vous paraissent pas assez claires, voulez-vous apprendre du Seigneur lui-même que la dignité virginale est égale à celle des anges ? Écoutez ses propres paroles : *Au jour de la résurrection, les hommes n'auront point de* femmes, ni les femmes de maris ; mais ils seront comme les anges de Dieu dans le ciel (Matth., xxii, 50); ou bien, comme le répète un autre évangéliste, ils seront égaux aux anges (Luc, xx, 56). Une condition dans laquelle il n'y a plus ni époux, ni épouses, où il n'y a, par conséquent, qu'une virginité perpétuelle, le Seigneur l'appelle une condition égale à celle des anges.

Voulez-vous apprendre, par la parole divine, que non seulement la virginité est possible à garder pour un grand nombre, mais encore désirable pour tous? — Écoutez les paroles de l'apôtre Paul aux Corinthiens : *Je voudrais que tous les hommes fussent comme moi* (I Cor., vii, 7). Que signifient ces mots : *Comme moi?* Il nous l'explique plus loin, dans la même épître : *N'avons-nous pas le pouvoir de mener avec nous une femme notre sœur? Cependant nous n'avons point usé de ce pouvoir, et nous souffrons tout, afin de n'apporter aucun obstacle à l'Évangile de Jésus-Christ* (ix, 5, 12). C'est-à-dire qu'il s'est privé du secours et de la consolation de l'état conjugal, pour s'occuper ainsi plus librement de la prédication de l'Évangile. Donc, l'Apôtre aurait désiré que tous se fussent consacrés au service de Dieu et à la sainteté dans la virginité.

Voulez-vous connaître la destinée sublime préparée par Dieu à la virginité? — Voyez la vision mystérieuse de Jean : *Et je vis, et voilà l'Agneau debout sur la montagne de Sion, et avec lui cent quarante-quatre mille ayant le nom de Son Père écrit sur le front. Il les entendit chantant un cantique nouveau devant le trône de Dieu, et nul autre qu'eux ne pourrait chanter ce cantique. Qui était-ce donc?* demandez-vous. — Il répond : *Ceux-ci ne se sont pas souillés avec les femmes, parce qu'ils sont vierges. Ce sont eux qui suivent l'Agneau partout où il va ; ils sont rachetés*

*d'entre les hommes, comme les prémices consacrées à Dieu
et à l'Agneau* (Apoc., xiv, 1, 4).

Vous voyez la dignité éminente de la virginité. Portez
maintenant votre attention sur la nature et la consommation de cette vertu.

Chacun sait, par sa propre expérience, que la virginité
est cet état naturel qui précède le mariage, qui n'en a
pas connu les mystères, qui ne s'est pas éveillé à ses désirs. Mais ce n'est là qu'un élément bien imparfait de ce
qui fait le sujet de cet entretien. Ce n'est encore que
l'herbe du lis, mais non la fleur; c'est le bourgeon prin-
tanier du pommier, mais ce n'en est pas la pomme parfumée. La virginité de l'enfance, par cela seul qu'elle est simplement un état naturel, n'est pas encore — l'œuvre de la
liberté, ni le fruit de la conquête, et, par conséquent, ce
n'est pas encore la vertu. On la nomme très-convenable-
ment l'*innocence*, parce qu'elle est *exempte de toute faute
contraire à la virginité*; mais c'est là tout; mais il n'y a
pas encore en elle cette éminente dignité qui appartient
à la virginité parfaite.

La virginité, comme victoire, comme vertu, comme
fleur de pureté, comme fruit de chasteté, comme voie de
perfection, apparaît lorsque l'homme, parvenu à l'âge de
nubilité, selon la marche ordinaire de la nature corporelle qui le prédispose plus ou moins au mariage, ne se
livrant pas alors à l'entraînement de la nature, ne se
laissant pas gagner à la séduction de l'usage, de l'exemple,
du plaisir et du besoin de la vie commune, prend la résolution de ne point subir la loi de l'hymen, de garder
pour toujours sa virginité.

Mais comme *le lutteur n'est pas couronné s'il n'a combattu bravement* (II Tim., ii, 5), celui qui se détermine

aux luttes de la virginité doit connaître, se rappeler toujours et observer la première loi de ces luttes, qui consiste en ce que l'entreprise de la virginité soit faite et courue pour Dieu, *à cause du royaume des cieux*, dit lui-même le Souverain Législateur de la virginité, Jésus-Christ (Matth., xix, 12); et l'Apôtre : — *Celui qui n'est point marié s'occupe du soin des choses du Seigneur, et de plaire à Dieu. — Une femme qui n'est point mariée s'occupe du soin des choses du Seigneur, et de plaire à Dieu, afin d'être sainte et de corps et d'esprit* (I Cor., vii, 32, 34). Le désir de plaire à Dieu, et pour cela, la sainteté de l'esprit et du corps est le but de ceux qui combattent pour la virginité. Celui qui court dans la carrière de la virginité sans viser à ce but, celui-là ne sera pas couronné. Celui qui veut demeurer vierge évite le mariage, afin qu'une inclination particulière vers un être terrestre ne vienne pas l'arrêter ou le faire dévier dans sa course vers Dieu. C'est à cause de cet entrainement plein d'ardeur de son esprit et de son amour vers Dieu, et de la tension de toutes ses facultés vers le service de Dieu, que l'âme vierge reçoit le titre de fiancée de l'Époux céleste.

De cette loi capitale de la virginité, il n'est pas difficile de déduire que l'éloignement corporel de tout ce qui appartient au mariage n'est pas la virginité parfaite, mais que ce n'en est que le premier degré : car Dieu étant un Être spirituel, c'est en esprit seulement qu'on peut et qu'on doit tendre vers lui, s'approcher de lui ; mais la virginité du corps ne fait que supprimer les obstacles qui pourraient s'opposer aux élans de l'esprit, et couper court à tout entrainement opposé. De là proviennent les diverses règles détaillées de la virginité.

Le Seigneur a dit : *Quiconque regarde une femme pour*

la convoiter, a déjà commis l'adultère dans son cœur (Matth., v, 28). C'est pourquoi, de même qu'il y a un adultère du cœur, ainsi il doit y avoir une vertu opposée à ce vice, — la virginité du cœur. Celui qui lutte pour cette vertu doit conserver son cœur pur de tout désir charnel, de toute pensée contraire à la chasteté ; il doit repousser sans délai toute approche, même involontaire, des pensées impures, et, pour cela, veiller attentivement sur tous les mouvements de ses pensées et de ses désirs, occuper et garantir son esprit et son cœur, soit par la méditation de la parole de Dieu, soit par une prière attentive et intérieure.

Comme le Seigneur nous a fait voir que les yeux peuvent être les serviteurs de l'adultère du cœur, il faut, pour empêcher ce mal, instruire ses yeux à servir la virginité, c'est-à-dire détourner ses regards de tout objet scandaleux, et voir tous ceux de ces objets dont on ne peut s'éloigner sans passion, sans désir, voir sans voir, et faire cesser le plus tôt possible la vision dangereuse. Et cela, c'est mortifier le sens de la vue, selon l'ordre du Seigneur : *Si votre œil droit vous scandalise, arrachez-le et jetez-le loin de vous* (Matth., v, 29). De là le voile sur les yeux, la solitude, la réclusion.

Mais si, pour garder la virginité contre le scandale et l'impureté, il faut mortifier le sens de la vue, on peut, par comparaison, comprendre et se convaincre qu'il faut, de la même manière, mortifier aussi les autres sens, comme, par exemple, l'ouïe, — en la préservant de tout discours immodeste et scandaleux, le goût, l'odorat, le toucher, — en les éloignant des sensations qui leur correspondent et les portent à la mollesse et au luxe. De là la pratique du silence, du jeûne, de l'abstinence, la sim-

plicité et l'austérité dans l'habillement, le lit, la demeure ; l'assujettissement et la mortification du corps par
le travail, par les veilles dans la prière, par les prostrations.

Pour résumer la peinture de la virginité en un seul
trait, j'emploierai la belle et riche expression de saint
Chrysostome : *La racine et le fruit de la virginité, c'est la
vie crucifiée* (De la Virg., ch. 79).

Mais ne parlé-je pas trop d'un sujet duquel beaucoup
de mes auditeurs peuvent penser qu'il ne les touche pas ?
En effet, le Seigneur lui-même nous a prévenus que tous
ne sont pas capables de garder la virginité : *Tous n'entendent pas cette parole, mais ceux à qui il est donné*
(Matth., xix, 11). Lui-même n'a pas appelé tous les
hommes à la conquête de la virginité, mais ceux qui en
sont capables, ceux qui ont reçu ce don : *Que celui qui
peut entendre, entende* (Matth., xix, 12). Et puisque la
virginité n'est pas possible à tous, vous pouvez même
demander : Pourquoi en parler à tous ? — J'accepte cette
question. Elle me conduira au but et à la fin de mon discours.

Nous parlons à tous de la virginité, parce qu'au milieu
d'eux se trouvent ceux *à qui cela a été donné*, et que notre
parole cherche entre tous ceux que Dieu appelle à l'entendre et à la mettre en pratique, et que souvent l'homme
ne connaît pas.

Nous parlons à tous de la virginité, afin que ceux qui
sont mariés sachent qu'il y a un état plus élevé que le
mariage, afin qu'ils pensent humblement du mariage, et
afin que, en honorant la virginité même dans les autres,
et en pensant humblement du mariage, ils obtiennent
pour le mariage la bénédiction voisine de la bénédiction
de la virginité.

Nous parlons à tous de la véritable virginité, pour que, la connaissant, ils se gardent des voies trompeuses des vierges folles qui, avec la lampe non allumée de l'esprit, sans l'huile du cœur, errent loin de l'appartement, et, au lieu de l'amour céleste pour le céleste Époux, ne nourrissent en elles que la haine du mariage béni. En effet, dès les temps apostoliques, *l'Esprit dit clairement que, dans les derniers temps, plusieurs s'écarteront de la foi, pour suivre l'esprit d'erreur et les doctrines des démons, dans l'hypocrisie d'imposteurs ayant la conscience cautérisée, interdisant le mariage* (I Tim., IV, 1, 5).

Enfin, nous parlons à tous de la virginité, pour que ceux qui sont mariés et ceux qui ne le sont pas, distinguent d'un œil prudent et attentif, de la sublime beauté de la virginité, de la bienséance modeste d'un mariage honnête et irréprochable, l'inconvenance de cette situation qui ne fait valoir ni le talent d'or de la virginité, ni le talent d'argent du mariage, selon la volonté du Maître de tous les talents et de tous les dons. Ni la virginité, ni le mariage ne sont pour tous, mais la chasteté est pour tous. *Car la grâce salutaire de Dieu s'est révélée à tous les hommes, afin que, renonçant à l'impiété et aux convoitises du monde, nous vivions chastement, saintement et pieusement dans le siècle présent.* — Que signifie ce mot *chastement?* — Soit dans la pureté de la virginité, soit dans l'honnêteté du mariage, il faut *renoncer aux convoitises du monde*, et particulièrement aux *convoitises de la chair qui combattent contre l'âme* (I Pier., II, 11). Ceux-là seuls qui vivront ainsi dans le siècle présent, peuvent *attendre l'espérance bienheureuse dans l'avenir* (Tit., II, 15). — Ainsi soit-il.

2

SERMON

POUR LA FÊTE DE L'ANNONCIATION DE LA TRÈS-SAINTE VIERGE

> Et c'est manifestement un grand mystère que ce mystère de piété, par lequel Dieu s'est manifesté dans la chair, a été justifié dans l'Esprit, s'est montré aux anges, a été cru dans le monde, s'est élevé dans la gloire.
>
> — 1 Tim., III, 16. —

Nous commémorons et nous célébrons aujourd'hui avec vénération ce jour unique dans les temps, ce sublime moment où le grand mystère de piété : *Dieu dans la chair*, a été apporté sur la terre, non dans la parole seulement, mais dans la force du Très-Haut, par l'archange Gabriel, caché dans le cœur pur et scellé dans le sein toujours vierge de la bienheureuse Marie, par son silence modeste. Ensuite, ce *mystère, caché à tous les siècles et à toutes les générations* (Col., 1, 26), s'est transformé en une gloire universelle ; mais il n'en reste pas moins encore un mystère. *C'est un grand mystère que ce mystère de piété par lequel Dieu s'est manifesté dans la chair.*

On s'est étonné, sans aucun doute, de ce mystère, même dans le ciel lorsqu'il s'y est découvert, lorsque Jésus-Christ ressuscité et monté au ciel pour s'asseoir à la droite de Dieu le Père, *s'est montré aux anges* dans la

gloire de l'Homme-Dieu, qui leur était encore inconnue.
L'étonnement du ciel, comme tout ce qui est céleste, est
magnifique. Les anges s'étonnèrent de ce mystère et de
la gloire de l'Homme-Dieu, mais ils n'en furent point
troublés. Ils demandèrent : *Quel est ce Roi de gloire?* Mais
ils ne furent point curieux, ils ne doutèrent point ; ils
désirèrent connaître pour adorer, et avant que ne leur
fût proclamée la solution de leur question : *Quel est ce
Roi de gloire?* ils l'avaient déjà accueilli comme le Roi de
gloire, puisqu'ils avaient déjà crié : *Portes, élevez vos lin-
teaux, et élevez-vous, portes éternelles, et le Roi de gloire
entrera* (Ps. xxiii, 7, 8). Plus ils voient ce mystère impénétrable, et plus ils le trouvent digne du Dieu incompréhensible, plus ils adorent, plus ils glorifient Dieu,
plus ils sont éclairés de sa gloire et en goûtent la béatitude. Là, la connaissance et la gloire ne contredisent ni
n'abaissent le mystère, et le mystère augmente la gloire
et la lumière jusqu'à l'infini.

Mais la terre accueille-t-elle de la même manière le
mystère admirable de Dieu dans la chair, — la terre, pour
laquelle particulièrement ce mystère a été imaginé, et
réalisé, et caché, et découvert, et abaissé, et élevé, et
livré aux outrages, et glorifié ! — Elle est en vérité bénie
entre toutes les femmes, l'unique très-sainte Vierge qui
s'est montrée un tabernacle digne de ce mystère venu du
ciel, afin qu'il ne retournât pas en arrière, comme un navire chargé de trésors qui a quitté un rivage sans port ;
— qui, ayant été élevée à la dignité sublime de Mère de
Dieu, n'a pas permis à sa pensée de sortir, de l'épaisseur
d'un cheveu, de la profondeur de sa modestie ; — qui a
su embrasser le Verbe infini de Dieu dans une si petite
parole humaine : *Voici la servante du Seigneur ; qu'il me*

soit fait selon votre parole (Luc, I, 38). Après elle, bénissons aussi ceux par qui le mystère de Dieu dans la chair *a été cru dans le monde*, qui l'ont reçu avec foi, l'ont conservé fidèlement, l'ont prêché à toutes les nations : — par qui il est arrivé jusqu'à nous dans une pureté inaltérable, dans une force toujours égale. Mais ce sont ceux qui, quoiqu'ils *soient dans le monde* (Jean, xvii, 11), *ne sont pas du monde* (v, 14). Et le monde ? — Il n'a pas voulu recevoir le mystère de Dieu qui devait le sauver : dès qu'il en a entendu parler, il s'est levé en tumulte pour le fouler aux pieds, pour l'étouffer sous le mensonge, le voiler du nuage de ses fictions, le couvrir de mépris et de calomnies, pour lui fermer le chemin avec le glaive, l'inonder du sang de ses témoins, l'ensevelir dans leurs tombeaux, le brûler dans le feu, le noyer dans l'eau, le détruire par tous les moyens possibles de destruction. Il n'a pas réussi ! En dépit de tous les efforts du monde, le mystère de Dieu dans la chair s'est transformé, comme je l'ai déjà dit, en une gloire universelle. Mais à présent encore, combien de gens ou n'ont point reconnu ce mystère, ou, l'ayant reconnu, ne l'ont point reçu ! Et ce qui est encore plus triste, c'est que, même parmi ceux qui l'ont reçu en héritage de leurs pères et de leurs aïeux, il reste encore, ou il apparait des hommes qui ne savent que faire de ce mystère incompréhensible ; ils demandent tantôt avec curiosité, — pourquoi il a été pris, pour le salut du genre humain, un moyen aussi extraordinaire que l'incarnation de la Divinité ; tantôt avec doute, — si vraiment, sans ce moyen, le salut de l'homme n'était pas possible. Mais où il y a curiosité, il n'y a pas encore connaissance pure ; là où il y a doute, il n'y a pas encore foi entière.

Le mystère repousse loin de lui la curiosité, par cela même qu'il est le mystère. Il appelle à lui la foi : du reste, il ne défend pas à celle-ci de s'appuyer en passant sur le secours d'un raisonnement modeste, pour enlever de son chemin les pierres d'achoppement qu'y jette le doute.

Si, maintenant, l'homme ose raisonner sur la nécessité de l'incarnation du Fils de Dieu pour nous et pour notre salut, le croyant peut prendre pour base de son raisonnement les propositions suivantes de Jésus-Christ lui-même.

Première proposition : *Nul ne connaît le Fils, si ce n'est le Père; nul ne connaît le Père, si ce n'est le Fils, et celui à qui le Fils veut le révéler* (Matth., xi, 27). Que, sans la connaissance de Dieu, on ne puisse être sauvé et entrer dans la béatitude éternelle, c'est ce dont ne saurait douter aucun homme sensé. Mais si le trésor de la connaissance de Dieu demeure caché dans le sein de la Divinité elle-même, inaccessible à cause de l'impossibilité d'atteindre à sa hauteur ; si celui-là seulement peut y puiser pour les nécessités de son salut, *à qui le Fils veut l'ouvrir* ; si, en même temps, nul ne connaît, *si ce n'est le Père*, le *Fils* lui-même qui *peut seul révéler* à l'homme la connaissance de Dieu, comment donc peut s'accomplir la révélation salutaire de la connaissance de Dieu? Il a fallu que le Fils de Dieu, des hauteurs de l'impénétrabilité de la Divinité, qui est bien au-dessus de toutes les images de connaissance, descendît, pour ainsi dire, dans quelques images compréhensibles, de même qu'il s'appelle lui-même *l'image du Dieu invisible* (Col., i, 15). Mais dans quelles images? — Certainement dans des images rapprochées de la Divinité, dans des images spirituelles. Admettons que cela soit ainsi. Par là nous commençons à comprendre comment s'accomplit la révélation de la connaissance de Dieu au ciel, dans le monde spirituel, angélique. Mais la terre n'est pas le ciel, et les hommes ne sont pas les anges. Particulièrement dans l'état actuel de la terre et de l'homme, le ciel et l'ange sont cachés pour la terre et pour l'homme : conséquemment, la révélation même de la connaissance de Dieu, propre au ciel et aux anges, ne serait pas encore une révélation pour la terre et pour l'homme. Et ainsi, il a fallu que le **Fils de Dieu**, quand *il a voulu révéler* à l'homme actuel la connaissance de Dieu qui le doit sauver, descendît encore, et entrât dans des images de connaissance plus rapprochées de l'homme; que le Verbe de Dieu, sans cesser d'être le Verbe de Dieu, entrât dans des images du verbe humain ; que *l'image du Dieu invisible*, sans cesser d'être ce qu'elle est, entrât dans des images visibles pour l'œil de l'intelligence terrestre ; qu'elle se manifestât, ou dans des images transitoires, — et voilà les révélations et les visions des saints; ou dans une image permanente, — et voilà l'incarnation du Fils de Dieu.

Seconde proposition : *Personne ne vient au Père que par moi* (Jean, xiv, 6). Que signifient ces mots : venir à Dieu ? — Certainement l'homme ne peut, ni en marchant sur la terre, ni porté sur des ailes dans les airs, venir à Dieu qui *habite une lumière inaccessible, qu'aucun homme n'a jamais vu, ni ne peut voir* (I Tim., vi, 16.) dans son essence. Qu'est-ce donc que venir à Dieu ? On vient à celui dont on est éloigné ; mais comment peut-on être éloigné de Dieu qui est partout ? — *Dieu est Esprit* (Jean, iv, 24): on doit donc aussi venir à lui spirituellement. L'éloignement et le rapprochement spirituels s'opèrent principalement par la volonté. Par une volonté de péché, méchante, l'homme s'éloigne de Dieu, ainsi qu'il est dit dans l'Écriture : *Vos crimes vous séparent de Dieu* (Is., LIX, 7). Par une volonté pénitente et bonne, l'homme s'approche de Dieu. Et voilà ce qui ne peut se faire sans le Fils de Dieu incarné, comme il le dit lui-même : *Personne ne vient au Père que par moi.* Si vous demandez : Pourquoi donc l'homme ne pourrait-il pas venir à Dieu par sa seule volonté propre, qui est libre ? Je vous réponds : A la bonne heure ! Faites-en l'épreuve. Mais si vous êtes attentifs, vous trouverez et vous avouerez, sans aucun doute, ce que de meilleurs que vous et moi ont avoué : *Je trouve en moi la volonté de faire le bien, mais je ne trouve point le moyen de l'accomplir; car je ne fais pas le bien que je veux, mais je fais le mal que je ne veux pas* (Rom., VII, 18, 19). Quelque étrange que soit aux yeux de la raison ce phénomène de contradiction dans la nature humaine, il a été depuis longtemps observé même par ceux auxquels cette observation n'a pas été inspirée par le Christianisme, et si l'on en approfondit attentivement la cause, on peut se convaincre qu'il en doit être ainsi dans certaines circonstances données. Dieu seul est la source du bien et de la force. Si l'homme est dans le bien, et, par là, en communication avec Dieu, il puise continuellement en Dieu la force de faire le bien, et, par conséquent, autant il est disposé à désirer le bien, autant il est fort pour le faire. Mais s'il s'est laissé aller au péché, et que, par là, il se soit séparé de Dieu, alors, selon la mesure de son éloignement de Dieu, diminue pour lui la faculté de puiser la force en Dieu, et, par conséquent, lorsque sa volonté, en vertu de sa liberté naturelle, fait un mouvement de retour vers le bien et vers Dieu, la force de faire le bien ne ré-

I   12

pond plus au désir de le faire; et l'homme ne peut pas venir à Dieu de lui-même, sans un secours particulier, extraordinaire de Dieu qui lui envoie la force, — sans un médiateur qui soit capable de combler la distance entre Dieu et l'homme, de faire disparaître la séparation, de rétablir la communication sans interruption, — sans un médiateur qui rapproche, dans une unité parfaite, les deux parties séparées, — Dieu et l'homme. Et ce médiateur, c'est le Dieu-Homme.

Troisième proposition : *Dieu a tellement aimé le monde qu'il a donné son Fils unique, afin que quiconque croit en lui ne périsse point, mais qu'il ait la vie éternelle* (Jean, III, 16). Dieu ne peut rien faire de superflu ni d'inutile, car cela ne serait pas conforme à sa sagesse. Si donc Dieu a donné son Fils unique au monde, il est clair que cela était nécessaire. Pourquoi? — Pour que, comme le dit lui-même le Fils de Dieu, *quiconque croit en lui ne périsse point, mais qu'il ait la vie éternelle.* Est-il bien vrai que sans cela le monde aurait péri, et n'aurait pas eu la vie éternelle? — Cela est évident. Pourquoi? — Pour rendre ceci intelligible autant que possible, remontons, par la pensée, au commencement des créatures. Il est écrit au Livre de la Sagesse : *Dieu n'a point fait la mort* (Sag., I, 13). Cette ligne du Livre de la Sagesse divine, toute sagesse humaine peut la transcrire dans son livre sans aucune difficulté, si elle n'est pas complètement privée de toute intelligence de Dieu, le Créateur souverainement parfait. Dieu est un principe purement vital. La créature, comme créature, est soumise à des changements : mais ces changements dans la création, et sous la direction du Créateur souverainement parfait, peuvent être ordonnés régulièrement, pour la perfection, sans souffrance, sans

dissolution des parties grossières, impures, mortes,
même dans le cas de leur résolution dans leurs éléments
constitutifs, qui pourrait s'opérer légèrement et agréa-
blement, comme, par exemple (autant qu'on puisse trouver de ces exemples dans la constitution actuelle et im-
parfaite des créatures), la résolution de l'huile pure en
lumière, ou celle de l'encens en un parfum suave. D'où
vient donc le désordre, la difformité, l'impureté, la souffrance, la dissolution, la corruption, en un mot, la mort?
— Il me semble que même le raisonnement scientifique
ne saurait rien trouver à répondre à cela que ce que nous
dit l'enseignement révélé de Dieu : *Le péché est entré dans
le monde, et, par le péché, la mort* (Rom., v, 12). Le péché, comme éloignement de Dieu, est en même temps un
éloignement de la vie de Dieu (Éph., iv, 18), et par conséquent, tôt ou tard, — la mort, pour les êtres corporels,
dissolubles, temporelle, et pour les êtres spirituels, in-
dissolubles, éternelle, parce qu'il n'y a et n'y aura jamais
d'autre source de vie que Dieu. Ainsi, le péché et la mort
sont garants dans le monde, l'un pour l'autre, de leur
présence. Voyez-vous le péché régnant dans le monde,
vous pouvez dire : Le monde se trouve sur le chemin de
la mort. Y voyez-vous la mort, vous pouvez dire : Le
monde, certainement, a péché et marche à sa ruine. Celui
qui n'est pas assez aveugle pour ne voir, dans le monde,
le règne ni de l'un ni de l'autre, ni du péché, ni de la
mort, peut comprendre combien le monde a besoin d'être
retenu sur le penchant de sa ruine, de recevoir à nouveau
le don de la vie éternelle. Et c'est pour répondre à cette
nécessité que *Dieu a donné son Fils unique.* La mort et la
ruine s'avancent sur l'homme, et comme conséquence
naturelle de son éloignement de Dieu, et en même temps

comme effet de la justice de Dieu sur le péché. C'est pourquoi, pour sauver l'homme, il faut, en premier lieu, satisfaire la justice de Dieu (parce qu'aucun attribut de la Divinité ne peut être privé de l'action qui lui est propre, et parce que la déclaration du pardon sans condition, ou de l'impunité, serait le plus sûr moyen de pousser l'homme en avant dans la voie du péché où il est engagé, et par conséquent, non vers le salut, mais vers la ruine); — en second lieu, introduire à nouveau dans l'humanité la vie divine pour vaincre et anéantir la mort qui règne en elle. Exigences difficiles et naturellement impossibles ! Satisfaire la justice de Dieu, c'est livrer le pécheur à la mort éternelle, et alors disparaît complètement pour lui la possibilité de la vie éternelle. Comment aussi rapprocher la vie du Dieu très-saint, de l'homme pécheur? Le contraste si tranché des extrémités rapprochées menace plus de destruction la créature indigne, comme le feu l'herbe sèche, qu'il ne lui donne l'assurance du salut. Que fait donc le Dieu des miracles? Il infuse sa vie hypostatique, son Fils unique dans une petite partie de la nature humaine, partie choisie, préparée longtemps par l'action secrète de ses desseins et préservée du mélange contagieux du péché; il unit la Divinité et l'humanité dans l'unique hypostase du Dieu-Homme; il soumet la Divinité revêtue de l'humanité à toutes les conditions de l'humanité, hormis le péché, même à la faiblesse, à la souffrance, à la mort. Et qu'arrive-t-il? — La justice de Dieu est parfaitement satisfaite, parce que, dans la personne du Dieu-Homme, l'humanité a subi la peine de mort prononcée contre elle, et l'a subie entièrement; puisque même un instant seul de mort du Dieu-Homme, par la co-présence de la Divinité éternelle, équivaut à

l'éternité; sur la satisfaction de la justice est fondé le droit
du Rédempteur de pardonner au pécheur repentant, sans
l'espérance pernicieuse de l'impunité pour celui qui ne se
repent pas ; et, en même temps, la vie divine, descendue
dans les profondeurs de la mort humaine, mais sans être,
à cause de sa nature, retenue par la mort, resplendit, du
fond de la mort, sur toute l'humanité morte par le péché,
et rend la vie à toutes les âmes qui s'ouvrent à elle par la
foi, et qui ne la repoussent pas par l'incrédulité et l'endurcissement. *Voilà comment Dieu a aimé le monde.*

Ces réflexions donnent lieu à ces questions : Comment donc l'homme a-t-il vécu, a-t-il fait le bien, a-t-il
connu Dieu dès avant l'accomplissement de l'incarnation
de la Divinité? Comment vivent, font le bien, connaissent
Dieu, aujourd'hui encore, les hommes qui n'ont pas pro-
fité des fruits de l'incarnation de la Divinité? Ces questions méritent attention. Pour ceux qui n'ont pas assez
pénétré dans les profondeurs du mystère de Dieu dans la
chair, pour en voir, de l'intérieur, la lumière vivifiante,
pour en expérimenter la puissance salutaire, la solution
de ces questions peut leur montrer, au moins du dehors,
la sublimité de ce mystère qui seul fait de tout le genre
humain un édifice harmonieux d'une unité admirable
dans sa diversité, couvrant toute l'étendue de l'espace et
des temps, et perdant son sommet dans le ciel, édifice
hors duquel l'humanité présente des ruines désordonnées, s'élevant rarement quelque peu en certains endroits et à certaines heures, mais généralement rompues,
dispersées, dépassant à peine le niveau du sol.

Comment l'homme a-t-il vécu jusqu'à Jésus-Christ? —
Il a vécu dans l'innocence première de sa création, au
moyen de sa communication avec le Verbe-Dieu, en

qui *était la vie, et la vie était la lumière des hommes au commencement* de la même manière qu'elle l'a toujours été depuis (Jean, i, 1-4). Mais depuis que le péché a eu séparé l'homme de Dieu, jusqu'à Jésus-Christ, si l'homme, déjà *mort par le péché* (Éph., ii, 5) intérieurement, a vécu encore extérieurement, et s'il a même apparu encore en lui quelques éclairs de la vie supérieure, c'est qu'il a vécu en premier lieu des restes de la vie que Dieu lui avait donnée au commencement, de la même manière qu'un rejeton, coupé sur un arbre vivant, vit jusqu'à l'épuisement de sa sève, ou jusqu'à ce qu'il soit enté sur un autre arbre vivant ; il a vécu, en second lieu, des prémices anticipées de la vie de Jésus-Christ que l'on ne chercherait pas en vain au delà du berceau de Bethléem et avant l'Annonciation de Nazareth qui fut, on peut le dire, finale, et non initiale. En effet, dès que la vie primitive eut été altérée par le péché, il fut nécessaire d'appliquer à l'humanité le remède de Jésus-Christ, et il lui fut appliqué par ces mots de la première promesse de l'incarnation du Verbe de Dieu : *La postérité de la femme écrasera la tête du serpent* (Gen., iii, 15) ; et depuis ce jour, il commença et il continua sans interruption d'agir efficacement, comme il est facile de le voir par les patriarches et les prophètes. Pour ce qui est de la vie naturelle de l'humanité, altérée par le péché, peut-on ne pas voir, et dans les temps anciens et aujourd'hui, comment elle marche, non vers le perfectionnement, mais vers la ruine et la mort ; comment, dans le cours des siècles, elle s'est abrégée dans le nombre des années de la vie individuelle ; comment elle s'est brisée et dispersée en mottes désunies qu'on appelle races ou peuples ; comment, chez plusieurs peuples étrangers à Jésus-Christ,

elle est tombée jusqu'aux derniers degrés de la vie bes-
tiale et brutale?

Comment l'homme a-t-il reconnu et reconnaît-il Dieu,
comment a-t-il fait et fait-il le bien avant le Christianisme et sans le Christianisme? — Je ne ferai à cette
question qu'une réponse : S'il a reconnu Dieu, il l'a reconnu à l'aide des restes de la lumière primitive dans
son esprit, avec le secours d'une pieuse tradition ; s'il a
fait quelque chose de bien, dans un certain sens, c'est
par ce qui est resté de bonté primitive dans sa volonté.
Par la chute de l'homme dans le péché, l'image de Dieu a
été brisée en lui, mais non entièrement détruite ni effa-
cée ; le Soleil éternel a disparu à son âme, mais quelques
rayons de son coucher en touchent encore les sommets.
Et à cette lumière affaiblie, *les perfections invisibles de
Dieu, aussi bien que son éternelle puissance et sa divinité,
sont devenues visibles depuis la création du monde par tout
ce qui a été fait* (Rom., I, 20). *Les gentils, qui n'ont point
la loi, font naturellement les choses que la loi commande;
— ils font voir que ce que la loi ordonne est écrit dans leurs
cœurs* (II, 14, 15). Mais on dira peut-être : S'il y a naturellement, dans le genre humain, quelque connaissance
de Dieu, quelque pouvoir de faire le bien, n'aurait-il donc
pas pu, aussi par des moyens naturels, aidés d'efforts
prolongés et d'une coopération réciproque, être élevé,
perfectionné et sauvé? La réponse à cela n'est pas bien
difficile : car les expériences sont faites, il n'y a qu'à les
rappeler. Le genre humain, avant le Christianisme, dans
le cours de plusieurs milliers d'années, a eu tout le temps
d'essayer ses efforts naturels. Qu'a-t-il produit? — Après
les antiques traditions sur l'unité de Dieu, sur l'innocence du paradis terrestre, on, comme on disait chez les

païens, sur l'âge d'or, — le polythéisme, l'idolâtrie, des
vices et des crimes dont les noms seuls effraient par leur
horreur contre nature, comme, par exemple, non-seulement l'homicide, mais l'infanticide, le parricide et l'an-
thropophagie. Le monde païen, digne de pitié dans son
ignorance, devient, lorsqu'il arrive à la civilisation, repoussant par la dépravation qui va ordinairement de pair
avec elle et s'en fait un instrument. Qu'a fait la philosophie païenne? A-t-elle amené une seule ville païenne ou
un seul village à la connaissance du Dieu unique? N'est-
ce pas elle, au contraire, qui a introduit des doutes sur
l'existence de Dieu et de la vertu? — Aux temps du Christianisme, il était facile à la raison d'allumer de nombreux foyers de connaissance naturelle au soleil de la révélation divine; mais, même dans ces temps, la raison
naturelle, en voulant agir sans le Christ, ne s'est-elle pas
privée des restes mêmes de la lumière spirituelle, ne
s'est-elle pas couverte d'opprobre par des fureurs dont
on n'avait pas eu d'exemple même dans le paganisme, et
notamment, n'a-t-elle pas proclamé l'athéisme par une
loi d'État? Que l'on appelle cela un accident passager, un
désordre particulier, un abus de la raison chez quelques
hommes en proie à leurs passions dans une manifestation
vaste, mais purement extérieure; je ne le contesterai pas,
si vous voulez; mais si c'est un abus, un désordre, une
maladie, où est donc l'usage légitime, l'ordre, la santé de
la raison naturelle, sans la haute direction de la révélation, sans le médecin Jésus-Christ? Que l'on montre, si
l'on peut, une manifestation plus large, ou tout au moins
égale, une tentative sociale de cette même raison dans le
sens du perfectionnement et du bonheur de l'humanité!
Et qui peut répondre que cet abus, ce désordre, cette

maladie ne reparaîtront pas souvent, sous des aspects nouveaux selon les circonstances, avec une nouvelle violence, si vous ne soumettez cette raison à une tutelle supérieure, si vous lui laissez toute indépendance; si, avant d'avoir reçu d'elle ce service impossible, vous la proclamez la libératrice du genre humain? En vérité, assez de tristes expériences ont démontré que le salut de l'humanité par elle-même, par des moyens naturels et par les efforts de la raison, n'est rien de plus qu'un rêve, un délire douloureux de l'humanité, malade spirituellement. L'effort le plus utile, le seul efficacement salutaire que puisse faire la raison humaine pour le perfectionnement et le bonheur de l'humanité, ne peut consister qu'à envisager et à mesurer froidement ses forces, ses moyens, son impuissance pour arriver à ce grand but; à comprendre la possibilité, à avouer la nécessité d'une révélation d'en haut; à se rapprocher *du grand mystère de piété*, à déposer à ses pieds ses armes et sa couronne, à se livrer enfin à un noble esclavage, à une libre soumission à la foi au *Dieu qui s'est manifesté dans la chair*.

Chrétiens, enfants de la foi, héritiers de la Révélation, gardiens des mystères divins! bénissons le Dieu des mystères et de la Révélation. Glorifions le Dieu-Homme, le Chef et le Consommateur de la foi. Gardons le mystère de Dieu, qui nous a été confié si généreusement. Songeons en outre qu'il ne serait pas convenable de garder le mystère de piété dans une âme et une vie impures. Il faut garder un trésor saint et divin dans une arche d'or pur, — *le mystère de la foi dans une conscience pure*. (I Tim., III, 9). — Ainsi soit-il.

4

SERMON

POUR LA FÊTE DE L'ANNONCIATION DE LA TRÈS-SAINTE VIERGE

> Or, Marie dit : Voici la servante du Seigneur; qu'il me soit fait selon votre parole.
> — Luc. 1, 38. —

Peu grandes, en apparence, sont ces paroles ; mais une œuvre sublime s'y trouve contenue.

Et nous aussi, nous nous appelons souvent nous-mêmes *esclaves*, et même esclaves des hommes, non pas, il est vrai, toujours avec la disposition d'être en effet ce que nous nous disons; mais quelquefois aussi, nous rampons réellement devant les hommes, même sans nécessité et sans y être obligés. Est-il donc difficile, en apparence, de s'appeler soi-même l'*esclave* ou *la servante du Seigneur* dont nous sommes tous forcément les esclaves, que nous voulions ou que nous ne voulions pas l'être et en prendre le nom ? Tout a été créé, dès le commencement, *par sa parole*, et, jusqu'aujourd'hui, à quelque moment qu'il envoie sa parole sur la terre, cette parole ne peut pas retourner à lui en vain. C'est pour cela qu'il n'est pas difficile, à ce qu'il semble, de répondre à une parole venant de lui par cette expression de consentement, *qu'il soit fait selon sa parole*, puisque cela doit être nécessairement.

En raisonnant de cette manière, un grand nombre auraient peut-être bien pu laisser passer sans attention, et peut-être même quelques-uns laissent-ils passer sans attention les paroles de Marie ; mais le fait qui se dévoile dans ces paroles doit éveiller toute l'attention de quiconque réfléchit. Aux jours de la création du monde, lorsque Dieu prononça sa parole vivante et puissante : *qu'il soit fait*, la parole du Créateur produisit dans le monde les créatures ; mais en ce jour sans exemple dans l'existence du monde, lorsque la divine Marie prononça son modeste et obéissant *qu'il soit fait*, j'ose à peine exprimer ce qui se passa alors : — la parole de la créature fit descendre dans le monde le Créateur. Ici aussi Dieu prononce sa parole : *Vous concevrez en votre sein et vous enfanterez un Fils* (Luc, 1, 31) ; *il sera grand* (32) ; *il règnera sur la maison de Jacob éternellement* (33) ; mais, — ce qui est encore divin et incompréhensible, — la parole de Dieu elle-même diffère son action, se laissant retenir par la parole de Marie : *Comment se fera ceci* (34)? Son modeste *qu'il soit fait* était nécessaire pour que le grand *qu'il soit fait* de Dieu eût son action. Quelle force secrète est donc contenue dans ces simples paroles : *Voici la servante du Seigneur : qu'il me soit fait selon votre parole*, et produit un effet si extraordinaire ? — Cette force merveilleuse est le pur et parfait *dévouement* de Marie à Dieu, dévouement de sa volonté, de sa pensée, de son âme, de tout son être, de toutes ses facultés, de toutes ses actions, de toutes ses espérances et de toute son attente.

Chrétiens ! Oh ! si chacun de nous pouvait obtenir une part, si petite qu'elle fût, de cette force divinement efficace, par les prières de la Vierge toute-bénie! Voici les esclaves du Seigneur, et tes esclaves, Mère du Seigneur! Qu'il nous soit fait selon ton exemple!

Que l'exemple de la très-sainte Vierge nous soit un enseignement, mes Frères, pour nous apprendre le *sincère dévouement à Dieu.*

Le dévouement à Dieu est cette disposition d'esprit par laquelle l'homme s'abandonne tout entier, abandonne tout ce qui lui appartient, tout ce qui peut lui arriver, à la volonté et à la providence de Dieu, de telle sorte qu'il n'est plus lui-même que le gardien de son âme et de son corps comme propriétés de Dieu. L'homme arrive à cette disposition par une surveillance attentive sur ses propres efforts pour devenir parfait et heureux. Il cherche la sagesse; il forme ses facultés; il tend les forces de son esprit; il se fortifie des forces d'autres esprits élus; il se compose une image de connaissances : qu'arrive-t-il? Pendant qu'il s'efforce d'éclaircir pour lui un des traits de cette image, un autre s'obscurcit en lui, se rompt, s'efface : à mesure qu'il élargit le cercle de ses connaissances, au delà d'un point qu'il connait, il voit apparaître tout un vaste domaine d'inconnu; une vérité depuis longtemps reconnue pour certaine, se trouve rejetée dans le doute par la découverte d'une autre vérité; le terme des études humaines les plus actives, d'après l'aveu du plus sincère des sages de l'antiquité, c'est cette découverte que l'homme ne sait rien par lui-même. Il veut devenir bon; il s'efforce de connaître la loi de la justice; il cherche à éveiller dans son cœur des sentiments de vertu; il entreprend de bonnes œuvres : que trouve-t-il encore ici? L'expérience lui prouve que le désir d'être bon est souvent plus faible que la passion qui l'entraine au vice, et qu'il est vaincu par elle; qu'une loi connue indique le bien, mais qu'elle ne donne pas la force de le faire; que les sentiments vertueux se tirent avec peine d'un cœur endurci, comme le feu du silex, et s'éteignent aussi rapidement, tandis que dans un cœur sensible, quoiqu'ils s'allument facilement, comme le feu dans le lin, ils brûlent de même sans flamme, faiblement et peu de temps; que des actions bonnes extérieurement sont souvent corrompues intérieurement par des motifs impurs, tels que la cupidité, la satisfaction propre, la vanité ; que la nature humaine, comme a été forcé de l'avouer, dans les temps modernes, un des plus zélés admirateurs de ce que l'on appelle la raison morale, produit le mal de sa racine elle-même. Après de pareilles expériences, que peuvent promettre tous les efforts de l'homme pour arriver au bonheur? — Là où n'est pas le vrai bien, le vrai bonheur est assurément impossible. La conséquence régulière de ces expériences observées avec attention et sans parti pris d'avance, doit être que l'homme perde toute espérance en lui-même, et, s'il ne veut pas périr, — puisque hors du bonheur réel et de l'espérance, on ne peut rien trouver que la ruine, — qu'il élève, de gré ou de force, ses désirs et ses espérances vers Dieu, et que, sans prévoir encore ni pressentir même comment ils pourront s'accomplir, il s'abandonne à lui, comme une propriété en désordre que son propriétaire ne sait pas administrer.

Dès qu'il a commencé à s'abandonner à Dieu, l'homme se trouve en face d'autres expériences complètement opposées à celles qu'il a faites en se dirigeant lui-même. Auparavant, ses propres efforts pour connaître la vérité pouvaient à peine produire en lui une lumière faible, de

courte durée, laissant après elle une obscurité plus profonde ; maintenant, de l'obscurité même dans laquelle il
se prosterne devant le Père des lumières, jaillit pour lui
une lumière soudaine, et si parfois il reste encore dans
l'obscurité, il y sent cependant encore la proximité incompréhensible de celui qui est au-dessus de la lumière.
Auparavant, ses efforts pour faire le bien, ou étaient
complètement comprimés en lui par les inclinations
mauvaises, ou ne produisaient que des résultats incom-
plets ; maintenant qu'il a livré son cœur à la force de
Dieu, dans sa faiblesse même commence à s'accomplir
l'œuvre de la force divine, détruisant le mal et édifiant
le bien. Auparavant, ses plans les mieux combinés pour
l'arrangement de son bonheur, ou ne s'accomplissaient
pas, ou, dans leur exécution même, paraissaient insuf-
fisants ; maintenant il ne fait plus de plans qui lui soient
propres, mais de jour en jour il aperçoit mieux le grand
plan de la Providence, dans lequel, sans s'arrêter à
aucun obstacle, — excepté celui seul qui naissait autrefois de son obstination et de son incrédulité, — son salut se prépare progressivement. Auparavant, les succès
l'enorgueillissaient, les insuccès le jetaient dans l'abattement, le passé le tourmentait de remords, le présent le
remplissait de soucis, l'avenir l'épouvantait ; maintenant
il accepte, et les évènements heureux avec une joie pure,
parce qu'il y voit une bonté et un don de Dieu, et les évènements malheureux avec espérance, parce qu'il y
voit une preuve de son indignité, une leçon d'humilité,
une purification et une préparation pour un avenir meilleur. Le repentir n'est plus pour lui un feu qui dévore
son âme, mais une pluie douce qui l'arrose, parce qu'il
a plongé ses péchés dans le sang et l'eau qui coulèrent du

flanc du Sauveur; il n'y a plus, pour cet homme, d'inquiétude trop pesante, parce qu'il a remis tous ses chagrins entre les mains de Dieu; il n'y a plus de crainte, parce qu'il vit sous la protection du Tout-Puissant; le passé n'est pas perdu pour lui, le présent est sans danger, l'avenir assuré, — dans les mains de l'Éternel. Auparavant, dans les choses mêmes du service de Dieu, il s'agitait comme la Marthe du récit de l'Évangile, et se donnait beaucoup de mouvement sans mériter par là toute la bienveillance de Dieu : maintenant, comme Marie, silencieux et immobile, il demeure aux pieds de son Sauveur, et, remplissant d'instant en instant sa vie de la parole divine, il recueille au fond de son âme le témoignage qu'il a *choisi la meilleure part qui ne lui sera point enlevée* (Luc, x, 42). Ainsi, le dévouement à Dieu, né de la conviction de l'esprit, grandit en un vif sentiment du cœur; l'abandon, forcé pour ainsi dire, de ce qu'on ne savait pas garder, se change en une donation libre de ce qu'on n'espère conserver que par ce moyen; l'homme se jette lui-même irrévocablement, comme l'obole du pauvre, dans le trésor de la Divinité, non qu'il pense en augmenter le trésor de Dieu, mais croyant et espérant que là elle ne sera pas perdue, et que, si peu de valeur qu'elle ait, elle sera employée, avec des *talents* innombrables, à l'édification du temple vivant du Dieu vivant.

On dit que c'est là se croiser les bras pour toujours, s'asseoir et attendre son salut. Nullement ! Si, en effet, quelqu'un s'est fait une semblable idée du dévouement à Dieu, et se conduit en conséquence, il est dans l'erreur : il ne se dévoue pas à Dieu, mais à la paresse. L'homme qui n'est pas dévoué à Dieu ne se distingue pas en ce qu'il agit, mais en ce qu'il agit selon sa propre volonté, s'appuyant sur sa propre raison ; pareillement, celui qui est dévoué à Dieu ne se distingue pas en ce qu'il n'agit pas, mais en ce qu'il n'agit pas par sa propre volonté et sa propre raison. Comme celui qui n'est pas dévoué à Dieu peut rester dans l'inaction, ainsi, au contraire, le dévouement à Dieu n'exclut pas l'action, — l'action selon la volonté de Dieu et l'Esprit de Dieu. Enfouir son talent dans la terre n'est pas la même chose, évidemment, que de le mettre entre les mains d'un commerçant. Vous avez confié votre trésor à des mains habiles et sûres ; vous vous êtes garanti ; mais vous pouvez de plus confier vos mains à ce même commerçant, afin qu'il les emploie, selon son art, à l'opération de ses revirements, et, par là, recevoir un double intérêt. Ainsi, celui qui veut gagner son âme, confie ce trésor au Rédempteur des âmes, et se repose sur lui dans la foi, l'espérance et l'amour ; mais, dans le même temps, il abandonne à cet Acquéreur universel toutes ses facultés et toutes ses forces comme des instruments actifs pour l'opération du grand revirement au moyen duquel, pour un prix terrestre, corruptible, insignifiant, doit être acquis un bien céleste, incorruptible, divin.

Si, après cela, quelqu'un trouve encore nécessaire de demander pourquoi, précisément, le dévouement à Dieu est nécessaire pour le perfectionnement et le bonheur de l'homme, voici la réponse : — Parce que l'homme a perdu la perfection et le bonheur en se dérobant à Dieu qui, non-seulement le possédait en vertu de son droit universel de Maître de l'univers, mais se l'était approprié particulièrement en lui imprimant son sceau, — son image. La volonté propre de la créature a ravi la troisième partie du ciel, et y a allumé l'enfer ; sa volonté propre a infecté la nature humaine du péché et de la mort, et le monde entier de la malédiction ; et elle ne cessera pas de produire toutes les sortes de maux, aussi longtemps qu'elle ne sera pas entièrement dévouée à Dieu qui seul est assez puissant pour l'imprégner à nouveau de la bénédiction, de la vie, de la sainteté et de la félicité céleste.

C'est pour cela que la parole de Dieu nous rappelle souvent ce dévouement, sous le rapport intérieur et extérieur, temporel et éternel. *Placez vos voies dans le Seigneur et espérez en lui, et il agira lui-même* (Ps. xxxvi, 5). *Révélez vos œuvres au Seigneur, et vos pensées seront affermies* (Prov., xvi, 3). *Humiliez-vous sous la main puissante de Dieu, afin qu'il vous élève au jour de sa visite ; déposant dans son sein toutes vos inquiétudes, parce qu'il a lui-même soin de vous* (I Pier., v, 6, 7). *Notre Père, que votre volonté soit faite en la terre comme au ciel* (Matth., vi, 9).

Toutes les grandes actions que nous présente la parole de Dieu, se sont accomplies par un grand dévouement à Dieu.

Qui ne connaît Abraham et son grand sacrifice ? Comment put-il lever une main meurtrière sur son fils, dans lequel il avait reçu la promesse de sa postérité ? Comment ne douta-t-il pas ? Comment ne dit-il pas à Dieu : N'est-ce pas toi qui as promis, Seigneur, que *d'Isaac ma postérité recevra son nom* (Gen., xxi, 12) ? Où donc sera cette postérité, quand le jeune Isaac sera brûlé sur l'autel ? — Le Patriarche n'avait en ce moment ni pensée, ni désir, ni action qui lui fussent propres ; il remettait tout à Dieu, *croyant à l'espérance contre toute espérance* (Rom., iv, 18) ; de cette manière, il accomplit un sacrifice d'un grand prix, et il ne fut pas privé de son fils bien-aimé, et il doubla la bénédiction sur lui. *En vérité*, lui fut-il dit, *bénissant je te bénirai, et multipliant je multiplierai ta postérité, — et toutes les nations de la terre seront bénies en ta postérité* (Gen., xxii, 17, 18). Ainsi, le dévouement est le meilleur de tous les sacrifices à Dieu, et le gage le plus sûr de sa bénédiction.

Qui n'a entendu parler de Job dont Dieu lui-même a proclamé la vertu dans l'assemblée des puissances célestes ? Or, en quoi consistait la force de sa vertu, si ce n'est dans son dévouement à Dieu, aux décrets impénétrables duquel il s'abandonnait avec reconnaissance, lui, ses enfants, ses richesses et sa santé ? Et ce fut par ce dévouement qu'il annula tous les efforts de l'ennemi de la vertu et de la félicité du genre humain : *Le Seigneur a donné, le Seigneur a retiré : que le nom du Seigneur soit béni* (Job, i, 21). Un pareil dévouement à Dieu est un rempart inébranlable contre toutes les épreuves.

Voyez encore Moïse dans le moment terrible où il avait devant lui la mer, et derrière lui l'armée égyptienne. Le peuple crie vers Dieu ; il murmure contre son chef : que fait le chef ? Il ne prépare pas le peuple à la résistance, il ne cherche pas un chemin pour la fuite, il n'élève pas sa verge miraculeuse, il ne prononce pas même un mot de prière à Dieu. Qu'est-ce que cela signifie ? — Il s'est dévoué à Dieu, et il conduit le peuple dans ce dévouement : *Le Seigneur combattra pour vous, et vous, demeurez dans le silence* (Ex., xiv, 14). Tout se tut ; mais ce silence retentit bien haut dans les cieux, et réveilla la puissance miraculeuse de Dieu. *Et le Seigneur dit à Moïse : Pourquoi cries-tu vers moi ? Parle aux enfants d'Israël, et qu'ils marchent ; — et que les enfants d'Israël entrent au milieu de la mer à pied sec* (Exod., xiv, 15, 16). Ici, l'on voit que le dévoue-

ment à Dieu est la prière la plus puissante et la plus efficace.

Enfin, — pour tout dire en peu de mots à des chrétiens,
— par quoi commence l'œuvre sublime du Christ? — Par
le dévouement du Fils de Dieu à la volonté de Dieu
son Père. *Voilà que je vais faire votre volonté, mon Dieu*
(Ps. xxxix, 9), dit-il en s'abaissant dans son incarnation.
Comment se termine cette œuvre? — Par le même dévouement. *Non comme je veux, mais comme vous voulez*
(Matth., xxvi, 39). *Mon Père, je remets mon âme entre vos
mains* (Luc, xxiii, 46). Et ainsi, le dévouement à Dieu est
le commencement et la consommation du Christianisme
et du salut éternel.

Terminons cette instruction par l'exhortation que l'É-
glise place à la fin de la plupart de ses prières, et que le
prêtre prononce à haute voix pour nourrir sans cesse en
nous l'esprit de dévouement par lequel respire et vit le
véritable chrétien : *Nous dévouons la très-sainte, très-pure,
toute-bénie, glorieuse Souveraine, Mère de Dieu et toujours
vierge Marie, avec tous les Saints commémorés, nous nous
dévouons nous-mêmes, les uns les autres, et toute notre vie
au Christ Dieu.* — Ainsi soit-il.

5

SERMON

POUR LA FÊTE DE L'ANNONCIATION DE LA TRÈS-SAINTE VIERGE

> Elle, l'ayant vu, fut troublée de ses paroles.
> — Luc, 1. 29. —

Et ceux qui m'entendent ne sont-ils pas troublés déjà par la pensée que je veux parler du trouble de la toute-bénie vierge Marie, comme si cette solennité ne présentait pas assez de sujets des plus graves à notre méditation ? Tant de vertus, tant de perfections, tant de prodiges, tant de mystères se présentent à l'esprit au nom de la toute-bénie Marie, au souvenir de la salutation que l'ange lui adressa, qu'ils permettent à peine de remarquer le trouble léger et rapide de son âme paisible et douce.

Mais je ne suis point troublé par la crainte de ces observations. Les prodiges n'ont pas besoin d'être célébrés; les mystères sont souvent mieux révérés par un silence respectueux que par d'audacieux efforts pour les éclairer. Des vertus, des perfections ! — Oh ! si c'était assez pour nous de ne parler que de vertus et de perfections, et si nous n'avions jamais besoin de parler d'imperfections, et même de vices ! Si donc, comme je le suppose, bien des gens ne refusent pas de convenir avec moi qu'il se passe

à peine un jour sans que, peut-être même plus d'une
fois, une parole ou une autre, une circonstance ou une
autre nous jettent dans un trouble léger ou grand, rapide
ou prolongé, portant souvent sur nos propres paroles,
nos actions et nos rapports avec les autres, et, dans tous
les cas, fâcheux en ce qu'il rompt le calme et obscurcit
la limpidité de notre âme, voilà donc bien un motif, et qui
n'est pas sans gravité, de considérer avec une attention particulière ces circonstances qui semblent peu importantes,
où quelquefois l'âme, même jouissant de la bénédiction de
la paix divine, se trouve inévitablement jetée dans le
trouble, et de chercher comment elle en sort, afin de dévoiler, par des exemples, ces troubles la plupart du temps
spontanés, de les diminuer, de les corriger, et d'élargir,
autant que possible, le domaine de la véritable paix de
l'âme.

Elle, l'ayant vu, fut troublée de ses paroles. Qui jette
dans le trouble celle qui doit être remplie de paix, puisqu'elle est appelée à enfanter *notre Paix* (Éph., ii, 14)?
Est-ce un homme animé d'intentions peu bienveillantes?
Est-ce l'esprit de haine, le perpétuel ennemi de la paix
parce qu'il n'a pas lui-même la paix, l'auteur habituel du
trouble et de l'agitation parce qu'il vit dans une agitation
sans trêve? Non! A notre grande surprise, l'auteur du
trouble de Marie est un ange, un serviteur paisible du
Dieu de paix. Mais peut-être la figure sous laquelle il lui
apparut avait-elle en elle-même quelque chose d'effrayant? — Non, il ne paraît pas non plus. L'ange s'approche doucement, et parle : *Et l'ange, venant vers elle, dit.*
Mais pourquoi donc se trouble-t-elle? — *Elle fut troublée
par ses paroles.* Est-ce que ces paroles étaient menaçantes?
— Au contraire, c'étaient des paroles de joie et de béné-

diction : *Réjouis-toi, pleine de grâce : le Seigneur est avec toi, tu es bénie entre toutes les femmes.*

Approfondissons quelque peu le sens de ces paroles de l'ange, pour y trouver la cause secrète du trouble de Marie. Jusque-là, pas un seul des fils, et surtout pas une seule des filles de la terre n'avaient reçu du ciel pareille salutation. Il est remarquable que les messagers célestes ne sont pas prodigues de compliments, parce qu'une politesse recherchée est aussi étrangère à la pure vérité céleste, que la rudesse lui est peu nécessaire. *La paix soit avec toi* (Jug., VI, 23), dit l'ange du Seigneur à Gédéon, à cause de la nécessité de le rassurer : car Gédéon, selon les idées de son temps, croyait que la rencontre d'un ange devait lui être mortelle. Mais ce salut : *Réjouis-toi,* est sans exemple dans les anciennes apparitions des anges. *Le Seigneur est avec toi;* — ainsi l'ange salua le même Gédéon, et également à cause de la nécessité particulière de lui inspirer la force et le courage pour remporter une victoire miraculeuse sur ses ennemis, et pour sauver le peuple d'Israël. Dieu bénit souvent et libéralement Abraham, comme, par exemple : *En vérité, bénissant je te bénirai, et multipliant je multiplierai ta postérité comme les étoiles du ciel et comme le sable du rivage de la mer ; et ta postérité héritera des villes de ses ennemis; et toutes les nations de la terre seront bénies en ta postérité* (Gen., XXII, 17, 18): et une autre fois : *Abraham étant sera établi sur un peuple grand et fort, et en lui seront bénies toutes les nations de la terre* (Gen., XVIII, 18). Mais il n'est pas dit ici qu'Abraham ait été béni entre les hommes, c'est-à-dire de préférence à tous les hommes; quant à la bénédiction de Sara, quoique celle-ci ait participé aussi à la production de la postérité bénie, silence complet. Il est vrai que le

Seigneur dit un jour de Sara aussi : *Et je la bénirai* (Gen.,
xvii, 16) ; mais il est digne de remarque que cette courte
bénédiction est annoncée à Abraham, non pas en sa présence, mais bien en son absence. Il paraît que, dans les
desseins de Dieu, la perte de la bénédiction, dans le paradis terrestre, ayant commencé dans la femme avant
l'homme, la femme devait ignorer plus longtemps que
l'homme les préludes du retour de la bénédiction sur la
terre malheureuse. Sans doute, la Vierge Marie avait
compris cela, soit par la parole écrite de Dieu, soit par
ses humbles méditations sur la grandeur de Dieu ; et
c'est pour cela que lorsqu'elle entendit, de la part d'un
visiteur inattendu, ce salut, non-seulement de paix, mais
encore de joie ; lorsqu'il lui attribua la grâce divine, non
comme un don, mais comme un apanage essentiel ;
lorsqu'il lui annonça qu'elle était bénie au-dessus de
toutes les femmes du monde, les paroles énergiques de
l'esprit agitèrent son âme douce, comme le souffle d'un
vent violent agite nécessairement une eau paisible : *Elle
fut troublée de ses paroles.* Il n'y a rien qui ne soit pur
dans ce trouble ; mais il n'y a plus, au moment du trouble, cette placidité de l'âme, qui l'avait précédé. Lorsque
le vent, frappant sur la surface de l'eau, la soulève en
partie du lit de son repos, alors l'eau pure s'agite aussi,
et paraît trouble : ainsi l'âme de Marie, aux paroles
louangeuses de l'ange, ne fut pas seulement soulevée de
la profonde humilité dans laquelle elle était habituée à se
reposer, mais, élevée au-dessus de toute créature, elle
trembla d'une frayeur pure, et sa tendance constante vers
les profondeurs de l'humilité, rendue sensible par cela
même qu'on l'exaltait, se manifesta sous l'apparence du
trouble.

Voilà comment une âme sainte et calme tombe dans le trouble : voyons maintenant si elle y reste, et comment elle en sort.

Elle fut troublée de ses paroles, et elle se demanda ce que voulait dire cette salutation.

Lorsque le trouble, entré dans une âme, s'y prolonge, s'y fortifie, prend décidément le dessus sur le calme, nous entendons alors des paroles d'impatience, nous remarquons des mouvements irréguliers, nous voyons des actes désordonnés. Rien de semblable ne se montra dans la très-sainte Marie. Le trouble ne la porta à aucun acte, ne lui arracha aucune parole. Par tout cela nous voyons que, si elle fut jetée dans le trouble contre son gré, elle n'y resta pas une minute volontairement ; mais que, dès qu'elle s'y sentit tombée, elle se mit à l'instant en devoir d'en sortir, et que le premier moyen qu'elle employa contre le trouble, ce fut le silence.

Le second moyen que la très-sage Vierge employa contre le trouble, ce fut la réflexion : *Elle se demanda ce que voulait dire cette salutation.* L'Évangéliste n'expose point en détail en quoi consistèrent ces réflexions, sans aucun doute pures comme son âme, élevées comme son esprit, fortes comme la grâce qui lui était donnée ; il n'a pas trouvé que ces détails nous fussent nécessaires ; il n'a écrit du trouble de Marie que ce qu'il est utile d'en savoir à tous ceux qui sont en proie au trouble, c'est-à-dire qu'elle en sortit par la voie d'une réflexion solide et prudente. Si, pour achever le rétablissement de sa paix intérieure, il fut nécessaire que l'ange la rassurât par cette parole : *Ne crains pas*, il ne fut pas moins nécessaire, pour la préparer à accueillir les paroles suivantes de l'ange, qu'elle se rassurât elle-même par ses propres ré-

flexions, fortifiées encore par la prière, ainsi qu'il faut
le conclure, sans aucun doute, de la connaissance que
nous avons de la disposition constante de son esprit.
L'influence céleste apporte à l'âme la paix parfaite; mais
l'âme ferme contre les commotions extérieures et intérieures, s'élevant d'une sage méditation à la pensée de
Dieu, est seule propre à recevoir les grandes et abondantes influences célestes.

Comparons maintenant, avec le trouble irréprochable
de la très-irréprochable Vierge, nos troubles si fréquents.

Marie se trouble d'une parole louangeuse, quoiqu'il n'y
ait pas d'éloge dont elle ne fût digne, et que son mérite
ne surpassât. Est-ce ainsi que nous recevons l'éloge quand
il se fait entendre à notre oreille? Pensons-nous que ce
qui nous semble la parole d'un ange peut être en effet la
parole du tentateur? Rougissons-nous d'un éloge immé-
rité? Détestons-nous l'éloge exagéré? Craignons-nous
même l'éloge juste, de peur qu'il n'endorme notre vertu
ou qu'il n'en ternisse la pureté? Notre cœur imprudent
n'absorbe-t-il pas l'éloge comme un doux aliment, et,
peut-être, comme un doux poison? Notre amour-propre
insatiable ne pousse-t-il pas l'impudeur jusqu'à solliciter
l'éloge, ou jusqu'à se le donner à lui-même? Quelques-
uns disent d'eux-mêmes, sans aucune hésitation : Je
suis un bon chrétien; je suis un vrai fils de l'Église; et
sur ce, ils sont tranquilles : je leur souhaiterais bien, je
l'avoue, quelque trouble qui leur inspirât un peu de défiance d'eux-mêmes, au lieu de ce calme par trop insou-
ciant et présomptueux, qui peut se terminer par un
trouble extrême et tardif.

Marie se trouble d'une parole qui contrarie son humi-

lité : nous, au contraire, ne nous troublons-nous pas
souvent d'un mot qui contrarie notre orgueil ? Non-seulement les paroles positivement offensantes, et les actions
réellement outrageantes nous font promptement sortir de
nous-mêmes ; mais un désagrément léger, une parole dite
sans intention, une observation juste et modérée, en voilà
assez pour nous troubler jusqu'au fond du cœur, jusqu'à
une exaspération qui ne pardonnera jamais. Une âme qui
n'est pas purifiée de ses passions, au moindre choc qui
l'agite de l'extérieur, soulève, comme une eau impure, de
ses bas-fonds le limon et la fange, et, à l'agitation extérieure, joint une obscurité intérieure beaucoup plus profonde.

Marie se trouble, et n'hésite pas à réprimer son trouble en l'apaisant et le maîtrisant par le silence. Beaucoup d'entre nous, au moindre bouillonnement d'un dé-
plaisir intérieur, deviennent des vaisseaux remplis d'un
vin en fermentation, ou des volcans vomissant la lave et
lançant des pierres sur tout ce qui les entoure. Dès
qu'une étincelle d'agitation s'allume en vous, prenez aussitôt la précaution de ne lui donner aucun air extérieur,
de peur que la fumée ne se change en flamme, et que
l'incendie ne vous envahisse tout entier. Quelle que soit
la cause de votre trouble intérieur, fermez avec précaution votre vase — par le silence, et donnez-lui le temps
de se calmer — dans la patience, jusqu'à ce que la fermentation soit finie et que votre vin se soit éclairci.

Marie se trouble, mais elle dompte son trouble par la
réflexion. Empruntons-lui cette arme pour l'employer
dans nos luttes intestines. Quelque diverses que soient
les attaques, l'arme de la raison, surtout si elle est ai-
guisée sur l'enseignement de la parole de Dieu, peut,

comme une épée à deux tranchants, agir de tous côtés pour repousser nos ennemis, et pour nous défendre. Qui s'élève contre vous, et trouble la paix de votre âme? Est-ce le blâme? — Demandez-vous s'il est juste. S'il est injuste, le trait a passé à côté de vous; quelle souffrance éprouvez-vous donc, puisque vous n'êtes pas blessé? S'il est juste, ne sévissez pas contre l'auteur du blâme comme contre un ennemi qui vous a fait une blessure, mais remerciez-le comme un médecin qui vous a découvert une plaie et vous engage à la guérir. Est-ce une offense réelle qui vous irrite? — Demandez-vous lequel est préférable d'être l'offenseur ou l'offensé. Sans aucun doute, il vaut mieux être innocent que coupable. Demandez-vous encore s'il vaut mieux s'irriter que de prendre patience. L'irritation peut promptement vous rendre coupable et plus malheureux qu'auparavant : au contraire la patience sauvegarde l'innocence et peut diminuer le malheur. Sont-ce vos propres défauts, vos insuccès dans l'amendement de vous-mêmes, vos chutes imprévues et d'autres désordres intérieurs qui vous jettent dans le trouble et l'abattement? — Réfléchissez que le trouble seul ne corrige ni ne perfectionne, mais que l'abattement enlève les forces; que, par conséquent, vous ne devez pas vous abandonner un instant à un trouble infructueux, et qu'il faut secouer vivement cet abattement; que c'est par des efforts vigoureux que l'on remporte la victoire sur ses passions et ses convoitises, et qu'avec elle on retrouve la paix de l'âme et la joie du salut.

Que la bénédiction de la bienheureuse Marie soit avec toute âme chrétienne dans ses troubles involontaires, et qu'elle l'aide et à les apaiser par le silence, et à les faire cesser entièrement par la méditation et la prière, afin que

l'ange puisse sans obstacle annoncer la paix à notre cœur,
et y semer profondément *le fruit de la justice* qui *se sème
dans la paix pour ceux qui font des œuvres de paix* (Jacq.,
III, 18). — Ainsi soit-il.

6

SERMON

POUR LA FÊTE DE L'ASSOMPTION DE LA TRÈS-SAINTE VIERGE

> Il a regardé l'humilité de sa servante : car voilà que
> désormais toutes les générations me diront bienheu-
> reuse.
> — Luc, I, 48. —

Entre les personnes qui sont assidues aux Offices divins, qui ne connaît ce chant que l'Église répète si souvent en l'honneur de la très-sainte Vierge Marie : *Toutes
les nations vous glorifient, Vierge Mère de Dieu?* Si nous
réfléchissons sur l'origine de ce cantique et sur le sens
de ses paroles, un spectacle merveilleux et incompréhensible se présente à l'esprit qui le veut contempler. Dans le
lointain des temps passés, voyez-vous se transporter de la
ville ignorée de *Nazareth* à une autre petite ville, également sans gloire, de la montagneuse Judée, une Vierge
pauvre et inconnue dans le monde? Elle salue sa vieille
parente du salut accoutumé; mais soudain elle éveille en

elle l'enthousiasme prophétique, elle est saluée par elle
comme *Mère de Dieu*, et, animée elle-même d'un enthousiasme pareil, elle prophétise à son tour d'elle-même :
*Voilà que désormais toutes les générations me diront bien-
heureuse.* Sa voix est entendue des nations, des siècles et
des confins de l'univers, et les nations, les siècles et les
confins de l'univers lui répondent : Voilà que nous accomplissons votre parole : *Toutes les nations vous glorifient,
Vierge Mère de Dieu.*

Ce temple, cette fête, cette assemblée religieuse et solennelle prennent part aussi à l'accomplissement de cette
prophétie de la très-sainte Vierge, que toutes les nations
la glorifieront. En elle aussi se trouve glorifié ce qui, jusqu'à elle, avait toujours été un objet de pleurs, — la fin
de la vie terrestre.

Comprenons par là, mes Frères, toute la haute signification de ces paroles de la très-sainte Vierge : *Voilà que
désormais toutes les générations me diront bienheureuse.* Ce
n'est pas une simple parole de joie, une prévision s'exprimant au hasard comme un pressentiment ; c'est une prophétie dans l'acception la plus rigoureuse du mot, la
parole de l'Esprit-Saint dans la bouche de Marie, un
témoignage des desseins et de la volonté de Dieu sur sa
destinée comme sur nos obligations envers elle.

Comprenons aussi la haute importance de la tradition
selon laquelle l'Église universelle, dans toutes ses cérémonies, glorifie constamment et avec ferveur la très-
sainte Mère de Dieu. Ce n'est pas une simple tradition
humaine, ce n'est pas seulement une habitude introduite
par une piété volontaire, ce n'est pas une imitation de
l'exemple d'une croyance particulière, mais bien une
pensée de l'Esprit-Saint transmise aux hommes, la suite

d'une indication du doigt de Dieu, l'accomplissement d'un devoir aussi saint que juste et propice pour un chrétien.

La loi suivant laquelle se produisent les véritables prophéties, l'apôtre Pierre l'a exprimée dans les paroles suivantes : *Car les prophéties ne sont pas venues de la volonté des hommes, mais le Saint-Esprit a inspiré les saints hommes de Dieu qui ont parlé* (II Pier., 1, 21). Deux signes doivent se réunir pour caractériser une vraie prophétie et en démontrer l'authenticité : premièrement, la prédiction doit être telle qu'on ne puisse ni la tirer de circonstances connues, par des déductions rationnelles, ni l'expliquer par la situation naturelle du prophète : secondement, la prédiction doit s'accomplir avec ponctualité. Si la prédiction se déduit par des conclusions rationnelles, ou s'explique par la situation naturelle de son auteur, ce n'est plus qu'un prévision humaine, et non une prophétie inspirée de Dieu. Si la prédiction ne s'accomplit pas exactement, c'est une prédiction fausse, et non pas une prophétie vraie, ou, tout au moins, elle n'a pas été puisée dans la vérité. C'est ainsi que les prophètes eux-mêmes nous apprennent à juger des prophètes. *Lorsque sa parole sera accomplie, on le reconnaîtra pour un Prophète envoyé par le Seigneur dans la vérité* (Jér., xxviii, 9).

Appliquons ces principes à la prophétie de la très-sainte Vierge.

D'où une Vierge pauvre et inconnue au monde aurait-elle pu, par le raisonnement, tirer une prévision si sublime ; sur quoi aurait-elle pu fonder naturellement l'espérance si extraordinaire qu'elle serait reconnue et glorifiée non-seulement par le monde contemporain, mais encore par toutes les nations de tous les temps à

venir ? Serait-ce sur ce qu'elle était de race royale ?
— Mais la gloire de sa race avait passé depuis longtemps;
elle était elle-même mariée à un charpentier, et il y a
trop loin, assurément, d'un pareil sort à une gloire universelle. Serait-ce de ce qu'il lui avait déjà été annoncé
qu'elle serait la Mère du Christ ? — Mais si elle avait jugé
de ce fait même par les idées de son temps, et comme en
jugèrent les apôtres eux-mêmes devant le Christ, et que,
par conséquent, elle eût attendu *le rétablissement du
royaume d'Israël* (Act. des Ap., 1, 6), combien peu d'espérance elle aurait pu tirer de là même, d'une gloire qui
pût s'étendre dans tout le monde et chez toutes les nations! Lequel des rois d'Israël fut plus illustre que David?
Quelle mémoire, dans la race israélite, fut plus bénie que
la mémoire du chef de la race, Abraham? Cependant,
non-seulement la mère d'Abraham et la mère de David
ne sont pas appelées bienheureuses par leurs descendants, mais leurs noms ne leur sont pas même connus. La
Mère du Messie pouvait-elle se promettre beaucoup de ces
exemples, en jugeant naturellement d'après l'esprit et les
idées de son peuple et de son temps? Il faut en outre se
souvenir de l'humilité profonde de la toute-bénie Marie.
Celui-là qui n'a pas une idée modeste de son mérite, de
ses vertus, peut se flatter des plus brillantes espérances;
mais sa disposition d'esprit n'était point de ce genre.
Dans le moment même où elle glorifie Dieu de l'avoir
choisie pour la haute destinée de Mère du Seigneur, elle
ne voit en elle-même qu'une servante, elle ne parle que
de sa nullité : *Il a regardé l'humilité de sa servante.* Comment donc, d'une pensée si humble, passe-t-elle subitement à ces expressions si hautes sur elle-même : *Désormais, toutes les générations me diront bienheureuse!* Il est

évident que ce n'est pas des propres semences de son esprit et de son cœur que s'est élevée cette pensée. L'Esprit-Saint, auquel elle s'était livrée tout entière dans l'enthousiasme de sa prière, illumina son esprit en ce moment, anima ses lèvres, et elle exprima la destinée que Dieu lui avait faite dans ses desseins, et ce que, sous la direction de sa providence, l'Église universelle devait accomplir par rapport à elle.

De même que la prédiction de la très-sainte Vierge porte les signes de la parole de Dieu s'exprimant par sa bouche, ainsi l'accomplissement de cette prédiction porte le caractère d'une œuvre de Dieu, non-seulement en général, parce que l'évènement correspond pleinement à la prédiction, mais encore en particulier, parce que cet évènement arriva et se confirma d'une manière qui ne saurait indiquer ni les voies ordinaires de la nature, ni l'œuvre des mains des hommes. Si celui-là trouve la gloire dans le monde, qui la cherche ou qui profite habilement des occasions de la rencontrer, ce sont là les voies du monde, c'est là l'œuvre des mains des hommes. Mais lorsque celui qui fuit la gloire trouve, parmi les hommes, une gloire pure, élevée, plus grande même que la gloire humaine, il est évident qu'il n'a pas suivi les voies du monde, que ce n'est point là une œuvre humaine; il y a ici un motif de rechercher les voies de Dieu, de discerner le doigt de Dieu. *Je ne cherche pas la gloire des hommes* (Jean, v, 41), dit le Fils de la Vierge Marie; *mais* sa gloire couvre la terre, et il est évident que c'est *la gloire qui vient de Dieu seul* (44). Il ouvrit une pareille voie de gloire pour sa très-pure Mère. Il semble qu'il lui appartint moins qu'aux autres de fuir la gloire qu'elle s'était prédite à elle-même; elle n'en chercha pas moins constamment à l'éviter et à s'y soustraire. Quand le peuple était dans l'enthousiasme aux paroles divines de Jésus, quand il le glorifiait pour ses miracles, quand il le recevait en triomphe comme un roi, nous ne voyons pas une seule fois, dans l'Évangile, sa Mère apparaître auprès de lui dans ces circonstances, pour partager sa gloire. Au contraire, nous la voyons se hâter d'accourir auprès de lui avec ses sentiments de mère, quand on l'humilie, quand *on le traite d'insensé* (Marc, III, 21, 31); nous la voyons au pied de sa croix, partageant ses souffrances et son opprobre. Notre-Seigneur Jésus-Christ lui-même, dans les jours de sa vie terrestre, ne se hâta pas de découvrir la gloire de sa Mère, afin que l'on ne prît pas pour l'œuvre de l'amour naturel, de l'amour humain, ce qui devait être l'œuvre de la grâce d'en haut. C'est pour cela qu'il n'est pas étonnant que les apôtres mêmes n'aient pas assez compris dès ce temps, comme ils n'ont pas assez compris beaucoup d'autres choses, quel degré d'honneur et de respect il convenait de rendre à la Mère du Seigneur, et que Jésus ait dû, du haut de la croix, donner les principes de cet enseignement au disciple bien-aimé : *Voilà ta mère*. Tel fut l'éloignement de la très-sainte Mère de Dieu pour la gloire qui l'attendait, éloignement du reste conforme à son humilité aussi bien qu'au temps où *Jésus n'était pas glorifié*. Mais remarquez comme, dès ce même temps, la gloire lui vient par une voie qui, en apparence, n'était point préparée. Comme l'éclair part d'un nuage, elle sort tout à coup de la bouche d'une femme qui, dans l'enthousiasme où la jettent les paroles divines de Jésus, *élevant la voix du milieu de la foule*, lui dit : *Bienheureux le sein qui t'a porté!* Cette femme inconnue n'avait certainement pas entendu ce que

I.   14

la Mère de Jésus, plus de trente ans auparavant, avait dit à la seule Élisabeth : *Toutes les générations me diront bienheureuse* ; et cependant, comme elle accomplit exactement la prophétie, non-seulement quant à l'esprit, mais encore quant à la lettre : *Bienheureux le sein !* Peut-on ne pas remarquer ici, de la prophétie à l'accomplissement, les voies uniques de Dieu, par lesquelles vient la *gloire qui est de Dieu*, — le souffle unique de l'Esprit de Dieu qui commence à exciter *toutes les générations à dire bienheureuse* la Mère toujours Vierge ?

Lorsque le Seigneur crucifié est glorifié par sa résurrection et par son ascension au ciel, alors la gloire de sa divine Mère n'apparaît plus avec la rapidité de l'éclair, mais, selon l'expression de Salomon, *se levant comme l'aurore*, de sorte que Celle qui est *belle comme la lune* devant le Soleil de vérité, — Celle-là même, après l'ascension de son Fils au-dessus de tous les cieux, reste pour la terre *élue comme le soleil*, au milieu des onze ou douze étoiles, c'est-à-dire des apôtres. Tous ceux-ci, dit le Livre de leurs actes, *persévéraient unanimement dans la prière avec les femmes et Marie, mère de Jésus* (I, 14). Remarquez que, tandis qu'on ne l'avait jamais vue avec les apôtres quand Jésus était là, elle est maintenant inséparable de leur assemblée : *ils persévéraient*, ils demeuraient constamment, *avec Marie, mère de Jésus.* Que signifie ce nouvel arrangement ? — Quoiqu'on puisse l'expliquer simplement par le désir de prier en commun pour attendre en commun la descente du Saint-Esprit, cependant, si l'on examine attentivement, on peut découvrir là quelque chose de particulier et de plus mystérieux. Si le vase qui a contenu un parfum en conserve l'odeur même après qu'on l'en a retiré, et continue jusqu'à un certain degré l'action du parfum lui-même, combien plus Celle qui avait été le vase de la Divinité au temps de l'incarnation, devait-elle être imprégnée pour l'éternité du parfum divin de la grâce de Celui dont le nom seul est *une huile parfumée répandue* (Cant., 1, 2); et c'est pour cela qu'il lui était propre et comme naturel de rapprocher des hommes, par sa présence et sa prière, la présence bienfaisante et l'action salutaire de Celui qui avait habité en elle autrefois corporellement, et qui habitait toujours en elle spirituellement et divinement. Cette action bienfaisante de leur communication avec la Mère du Seigneur, les apôtres l'éprouvaient certainement dans leurs cœurs, d'autant plus pleinement qu'ils avaient une plus grande soif de l'éprouver, afin de combler le vide que laissait en eux la privation de leur communication visible avec le Seigneur monté au ciel ; et ainsi, elle devint le centre profond de leur unité, quoique, à cause de son humilité, elle continuât à décliner toute espèce de pouvoir sur leur assemblée. *Ils persévéraient unanimement avec Marie, mère de Jésus.* Enfin l'on vit apparaître merveilleusement et triomphalement, comme la force centrale de l'Église, l'influence de Celle qui était *élue comme le soleil*, lorsque, selon la loi des êtres terrestres, ayant connu son coucher sur la terre, elle se leva au jour sans soir du ciel : car la lumière de l'Esprit-Saint fit connaître aux apôtres dispersés dans le monde pour la prédication de l'Évangile, ce temps de leur dernière communication avec elle dans le monde visible, et l'inspiration de l'Esprit les réunit autour de son lit de mort, de son cercueil qui contenait la vie. Depuis ce jour, selon l'expression de l'Église, *sa gloire, digne de Dieu, resplendit des mêmes merveilles.* En vain les ténébreuses subtilités des ennemis de la vérité se sont efforcées d'obscurcir sa gloire, elles n'ont fait qu'exciter le zèle des vrais croyants à la glorifier. Ni la distance des lieux, ni la suite, ni les vicissitudes des temps n'affaiblissent l'éclat de sa gloire. Quelque éloignés que soient nos jours reculés de la communication intuitive avec elle, cela n'empêche pas la foi de la contempler, la prière d'aller à elle, entre autres moyens, par l'entremise de ses saintes images ; et elle-même, par ces images et des signes mystérieusement communicatifs, vient au-devant de la foi et de la prière, et étend la grâce qui lui a été appropriée et sa puissance bienfaitrice sur tout ce que fait l'Église qui, en retour, la proclame universellement bienheureuse, autant par un devoir de dévotion envers la Mère de Dieu que par un sentiment de foi, d'espérance et de reconnaissance.

Chrétiens ! plus nous sommes parfaitement convaincus que la gloire de la très-sainte Vierge dans l'Église est l'œuvre de Dieu, que notre devoir de la glorifier est une prescription de Dieu, plus soigneusement et plus fidèlement nous devons remplir ce devoir.

Nous glorifions Marie toujours vierge. Est-ce sincèrement ? N'est-ce point par adulation ? L'adulation est méprisée même parmi les hommes, qu'elle trompe cependant quelquefois ; mais Marie vivant au ciel, voyant en Dieu qui voit tout, on ne peut pas la tromper. L'adulation est-elle possible, dira-t-on, là où l'éloge le plus sublime reste au-dessous de son objet ? — Nous sommes adulateurs, si nous louons ce que nous n'estimons pas intérieurement. Ainsi donc, tout en glorifiant la Vierge par excellence, honorons-nous la virginité ? Estimons-nous la chasteté ? Gardons-nous la pureté ? Haïssons-nous l'impureté ? Sommes-nous zélés pour notre purification ?

Nous glorifions dans le temple la Mère toute-bénie ;

mais quelques-uns ne font-ils pas le contraire chez eux ?
Les enfants n'outragent-ils pas les noms bénis de père et
de mère par la désobéissance et l'irrévérence, et les parents eux-mêmes ne font-ils pas la même chose par le
mépris des obligations et des vertus de la paternité?

Nous célébrons ici la grandeur de l'humilité, la profondeur du silence de Marie; mais n'apportons-nous pas ici
même, avec nous, notre orgueil, notre vanité, notre frivolité, notre distraction et notre goût pour les vaines conversations? Et le tumulte des passions n'étouffe-t-il pas
dans notre cœur les hymnes de notre bouche?

Nous félicitons avec Élisabeth Celle qui *a cru*, et qui a
mérité par là d'introduire dans le monde le Maître de la
foi ; nous admirons la Vierge pleine de grâce; nous exal-
tons la Mère des miracles; mais conservons-nous avec
sollicitude le gage inestimable de la foi qui peut, nous
aussi, nous conduire à la félicité? Aspirons-nous de toutes
nos forces à la grâce, je ne dis pas celle qui fait des miracles visibles, et qui n'est pas donnée à tous parce qu'elle
n'est pas nécessaire à tous, — mais à la grâce qui régé-
nère intérieurement, qui crée en nous un cœur pur, qui
renouvelle en nous l'esprit de droiture, qui nous fait
des créatures nouvelles en Jésus-Christ? Ne vivons-nous
pas, au contraire, négligemment et avec insouciance dans
la corruption de notre nature, dans le vieil homme, dans
les œuvres de la chair, dans les soucis ou les amusements
du monde, n'ayant qu'une foi apparente, qui n'est point
fécondée par l'amour et les bonnes œuvres, et qui, par
conséquent, ne peut ni produire en nous la félicité intérieure, ni nous enfanter à la félicité du ciel?

La louange n'est pas belle dans la bouche du méchant. Si
nous voulons glorifier dignement la très-sainte Mère de

Dieu, aimons de tout notre cœur son mérite et sa vertu, et, en les aimant, efforçons-nous de tout notre pouvoir de conformer notre vie à ce que nous glorifions par la pensée et par la parole. Que Celle que nous glorifions nous aide à nous confirmer dans cette disposition, par la grâce qui lui a été donnée et par ses prières puissantes auprès de son Fils et son Dieu consubstantiel et glorifié avec le Père et le Saint-Esprit dans l'Éternité. — Ainsi soit-il.

7

SERMON

POUR LA FÊTE DE L'ASSOMPTION DE LA TRÈS-SAINTE VIERGE

> Or, il arriva que, comme ils s'en allaient, il entra lui-même en un bourg, et une femme, nommée Marthe, le reçut en sa maison.
>
> — Luc, x. 38. —

Bienheureux es-tu, bourg sans gloire et dont le nom même est complètement inconnu : car tu as reçu la visite du Christ, du Dieu de gloire. Bénie es-tu, maison peu riche probablement : car le Christ, riche en bonté, est entré sous ton toit ! Zachée périssait par la passion de la cupidité : mais dès que le Christ visita sa maison, le même jour, *cette maison reçut le salut* (Luc, xix, 9). Et la maison de Marthe recevra aussi le salut en recevant la visite du Sauveur ; elle le recevra sans aucun doute.

Bienheureux aussi tout lieu, toute maison qui sont trouvés dignes de la visite divine! Mais bienheureux surtout l'homme qui reçoit dignement la visite divine! Car si le Dieu infini visite un lieu borné, c'est pour visiter l'homme, et se préparer une demeure dans son âme.

Et pourquoi l'Église nous répète-t-elle si souvent le récit évangélique de la visite du Christ? N'est-ce pas qu'elle veut exciter en nous la soif des visites divines? N'est-ce pas qu'elle veut nous faire comprendre comment nous pouvons nous les attirer et les recevoir dignement?

O porte sublime des visites divines, cité vivante du Dieu vivant, le plus beau de tous les tabernacles du Christ! *Marie*, tu es plus heureuse que celle *qui avait choisi la bonne part*, car tu as choisi, ou plutôt, tu as été choisie par le bien souverain et souverainement parfait; avant tous, mais aussi pour tous ceux qui étaient assis dans les ténèbres, *Celui qui se lève d'en haut t'a visitée*, et non-seulement le souverain Visiteur des âmes t'a visitée, mais il a habité en toi et sous ton ombre! En te retirant de nous par la porte du tombeau, pour aller le visiter à ton tour et habiter avec lui dans sa gloire, laisse-nous ouvertes derrière toi les portes de la miséricorde. Rappelle-lui l'humble bourg qu'il a rencontré dans les détours de ce monde, et qui est pourtant de son royaume, et la pauvre chaumière de la vallée de corruption, qu'il a pourtant construite lui-même et pour lui-même. Que l'âme ne soit pas altérée en vain de sa visite bénie; que sa grâce ne vienne pas en vain visiter l'âme qui ne saurait pas aller à sa rencontre et le recevoir.

Il me semble entendre l'âme s'écrier : Oh! si Dieu m'accordait seulement sa visite bienheureuse! Comment pourrais-je ne le pas recevoir avec piété, avec ferveur, comme le désire le divin Visiteur?

En réponse à cela, on pourrait dire avec beaucoup plus de justice : Oh ! si tu étais capable, disposé, prêt à recevoir dignement la bienheureuse visite! Serait-il possible que tu ne reçusses pas bientôt la visite de Dieu qui, selon l'expression de Job, *tient son esprit attentif* sur l'homme, *qui le visite chaque matin et l'éprouve à chaque instant* (Job, VII, 17, 18)?

Mais qu'est-ce qui empêche l'homme de chercher Dieu avec succès, et de recevoir dignement ses visites salutaires? — L'Évangile, en nous montrant Marthe recevant le Seigneur dans sa maison, nous fait voir que les plus grands obstacles viennent des soucis du monde ou de l'attachement aux choses de la terre.

Marthe ne rechercha pas, ou ne désira pas seulement la visite de Jésus-Christ, mais elle la reçut. *Elle le reçut dans sa maison.* Elle l'accueillit avec respect, car elle l'appela Seigneur, et le pria de donner des ordres à sa sœur, quoiqu'elle fût elle-même la maîtresse dans sa maison. *Seigneur, ne voyez-vous pas que ma sœur me laisse servir toute seule! — Dites-le-lui donc.* Marthe reçut le Seigneur avec empressement, puisqu'elle s'efforça de le bien traiter, comme fit Abraham lorsqu'il reçut la visite du Seigneur. *Marthe s'agitait pour préparer beaucoup de choses.* Cela ne fait-il pas penser qu'elle reçut Jésus-Christ dignement et de manière à le satisfaire? — Ne vous hâtez pas de prononcer une opinion. Attendez le jugement de Jésus. Que dit donc le Seigneur? — Il n'approuve pas la réception que lui faisait Marthe, et il donne de préférence sa bénédiction à Marie de laquelle Marthe se plaignait. Quelle est la cause de cela? En quoi Marthe est-elle blâmable ? Elle reçoit des reproches parce qu'elle a trop de souci des soins de la vie : *Marthe, Marthe, vous vous inquiétez et vous vous troublez de beaucoup de choses.*

Si les inquiétudes de la vie ont pu nuire ainsi à la visite bienheureuse déjà reçue, et en dérober plus ou moins le fruit, ne peuvent-elles pas apporter encore plus d'obstacles, et nuire encore plus à ceux qui ne font encore que de commencer à chercher Dieu et sa grâce ?

Par un examen attentif du récit évangélique, on peut distinguer certaines influences particulières des soucis du monde, qui empêchent l'homme de plaire à Dieu et d'acquérir sa grâce, ou de la conserver lorsqu'il l'a déjà acquise. Ces soucis dissipent et troublent. Ils obscurcissent l'œil de l'esprit dans sa vision de la lumière de la vérité. Ils affaiblissent la volonté dans le choix de ce qui est le meilleur.

Les soucis du monde dissipent et troublent. — Voyez Marthe. Le Christ est dans sa maison : — Celui pour lequel le peuple courait en foule à travers les campagnes et les déserts, afin de le voir, afin d'entendre sa parole, — Celui que plusieurs prophètes et plusieurs rois ont désiré voir, et n'ont point vu (Luc, x, 24), — Celui dont *Abraham*, familier déjà avec les visites célestes, *a été heureux de voir le jour, et a tressailli de joie de l'avoir vu seulement de loin* (Jean, viii, 56), le Recherché, le Désiré, Marthe est près de lui, le voit, l'entend. Que fait donc Marthe ? Se réjouit-elle auprès de lui ? Savoure-t-elle sa présence et ses paroles ? — Cela est douteux. Elle a une autre occupation, d'autres pensées et d'autres sentiments. Elle rêve et s'occupe de farine et d'huile, de pain et de poissons. Le Instituteur de la vérité, le Maître de la grâce est comme absent pour elle : *Marthe s'agitait pour préparer beaucoup de choses.* Son mécontentement contre sa sœur qui ne partageait pas son agitation, la fait à la fin s'adresser au Seigneur ; mais elle ne cherche du secours auprès de lui que pour augmenter cette agitation et cette dissipation, et pour y entraîner les autres : *Elle se leva et lui dit : Seigneur, ne voyez-vous pas que ma sœur me laisse servir toute seule? Dites-lui donc qu'elle m'aide.*

Songez, Chrétiens, que le Seigneur-Jésus-Christ, ou visite effectivement la maison de votre âme, ou se tient à la porte et attend que *vous le receviez dans votre maison.* Si cela ne vous paraît pas assez probable, ce n'est pas par nos paroles que nous vous l'affirmons. Écoutez comment il nous parle à tous de lui-même : *Voici que je me tiens à la porte et que je frappe ; si quelqu'un entend ma voix, et m'ouvre la porte, j'entrerai chez lui, et je souperai avec lui, et lui avec moi* (Apoc., iii, 20). Répondrons-nous à cela : Nous ne voyons pas, Seigneur, que vous soyez là ; nous ne vous entendons pas frapper? — Contestation déplacée! Le Seigneur ne nous trompe pas : *Il sera justifié dans ses paroles* (Ps. l, 6). Comment se fait-il donc qu'il se tienne à la porte et que nous ne le voyions pas, qu'il frappe et que nous ne l'entendions pas? — De la même manière que la même chose arriva à Marthe. Les inquiétudes du monde nous attirent d'objet en objet, d'occupation en occupation, de souci en souci ; et comme tous nos efforts, la plupart du temps, n'ont pas tout le succès que nous désirerions, l'insuccès nous trouble, le défaut de secours nous attriste, les obstacles nous irritent ; nos désirs et nos passions bruissent comme les vents, comme les vagues ; nous nous agitons en vain ; nous nous bouleversons nous-mêmes, à notre propre dommage et à notre propre péril ; l'âme, en proie à cette tempête intérieure et extérieure, ne s'aperçoit pas de la présence silencieuse, n'entend pas la voix douce de la grâce désirée et libératrice.

Les soucis du monde mettent un brouillard entre l'esprit et la lumière de la vérité et de la grâce. — Cet obscurcissement de l'esprit, le Seigneur le signale chez Marthe quand il lui dit qu'*une seule chose est nécessaire.* Comment n'avait-elle pas compris d'elle-même, avant cette explication, cette vérité, si ce n'est dans sa profondeur, au moins dans le sens simple et facile des mots? Admettons qu'elle ne pût pas tout d'un coup s'élever jusqu'à comprendre comment il n'y a de nécessaire que Dieu, et sa parole, et son règne, suivant ce qui a été dit : *L'homme ne vit pas seulement de pain, mais de toute parole qui sort de la bouche de Dieu* (Matth., iv, 4); et encore: *Cherchez d'abord le royaume de Dieu et sa justice, et tout le reste vous sera donné par surcroît* (Matth., vi, 33); mais, recevant Jésus-Christ dans sa maison, et, par conséquent, ayant de lui quelque connaissance préalable, comment ne comprit-elle pas au moins que, pour Celui qui avait dit : *Ma nourriture, c'est de faire la volonté de Celui qui m'a envoyé* (Jean, iv, 34), pour Celui qui avait jeûné quarante jours et quarante nuits, pour Celui qui avait nourri plusieurs milliers de personnes de quelques pains, il n'était pas besoin de beaucoup de boissons et de mets variés? Comment pouvait-elle ne pas comprendre que Celui qui était venu dans le monde *pour rendre témoignage à la vérité* (Jean, xviii, 37), qui s'appelait lui-même le pain vivant, qui appelait à lui ceux qui sont altérés, ne pouvait pas désirer qu'on lui présentât une grande abondance de nourriture corruptible, mais bien que l'on reçût de lui la nourriture incorruptible, l'eau vive, la parole de vérité et de salut? — Non! Elle ne comprit pas cela, elle qui s'inquiétait de beaucoup de choses : — elle ne le comprit pas par cela même qu'elle s'inquiétait de beaucoup de choses ; parce que l'habitude de s'occuper des soins de la vie, de donner toute sa sollicitude à la vie, appesantissait, comme un plomb, les ailes de son esprit, et ne lui permettait pas de s'élever à l'intelligence des choses spirituelles.

N'est-ce pas ainsi que quelques-uns d'entre nous, Chrétiens, quoiqu'ils se trouvent sous le même couvert que Jésus-Christ, comme il nous arrive effectivement d'y être dans son temple, quoiqu'ils le voient presque dans le sacrement, quoiqu'ils l'entendent dans l'Évangile, ne savent pas cependant profiter et jouir de si grands biens? L'Évangile n'est pas assez intelligible pour nous ; le sacrement est trop mystérieux, la prière est fatigante. Nous ne comprenons pas comment on trouve dans l'Évangile la lumière divine, dans le sacrement la force divine, dans la prière la joie divine, la félicité, le ciel. Et pourquoi ne nous est-il pas donné d'avoir l'intelligence spirituelle et une vue nette et pure? — Parce que les soins de la vie embarrassent notre esprit, le surchargent des lourdes préoccupations terrestres, le voilent du brouillard des pensées sensuelles, frivoles, impures; l'aigle qui devrait, dans un pur éther, fixer ses regards sur le soleil de la vérité spirituelle et divine, se change en une taupe fouillant dans la terre, dans la fange et la corruption des choses du monde, des choses charnelles et étrangères à l'esprit.

Les soucis du monde affaiblissent la volonté dans le choix de ce qui est le meilleur. — *Marie a choisi la bonne part*, dit le Seigneur. Or, Marie a choisi *d'être assise aux*

pieds de Jésus, et d'entendre sa parole. Comment l'autre
sœur n'a-t-elle pas aussi choisi cette bonne part? Est-ce
qu'elle ne désirait pas se rapprocher de Jésus? Mais ce
désir s'était manifesté en elle avant de naître dans Marie,
puisque *Marthe le reçut dans sa maison.* Pourquoi donc la
même semence de désir n'a-t-elle pas grandi et porté son
fruit également? — Parce qu'elle a crû librement dans le
cœur de Marie, tandis qu'elle a été étouffée, dans le cœur de
Marthe, par l'ivraie des soins de la vie. *Elle s'agitait pour
préparer beaucoup de choses.* Par la volonté de l'esprit, elle
aspirait vers le Seigneur et l'attirait à elle; mais par l'inclination vers les choses de la vie, elle était détournée de
son service spirituel pour s'adonner à son service corporel, et elle ne réussissait pas à se rapprocher des
sources de sa grâce.

En tout temps et en tout lieu, on peut remarquer combien différemment agit dans les âmes le désir de la grâce
et du salut, selon qu'il y est libre, plein et unique, ou
qu'il est divisé, empêché, affaibli dans son action par
quelque désir de la nature terrestre et par l'inclination
vers les choses de la vie. Nous voyons des gens qui, durant nombre d'années, ne font que commencer l'affaire de
leur salut, sans jamais l'amener à sa fin; ils cherchent
longtemps Dieu, et ne le trouvent pas; ils voient au-
dessus d'eux une certaine aurore de la grâce, et ils ne
peuvent patienter *jusqu'à ce que* son *jour éclaire* leur
cœur. D'où vient cela? — De ce qu'après avoir commencé
l'affaire de leur salut, entraînés par leur penchant vers
les choses du monde et de la vie, ils ne renoncent pas
complètement aux œuvres de perdition; ils cherchent
Dieu, mais ils ne veulent pas perdre les créatures; ils
attendent les consolations de la grâce, mais ils ne veu-

lent pas renoncer aux consolations de la nature corrompue. Nous en voyons d'autres, au contraire, qui, engagés
plus tard au service de Dieu, y avancent plus que les premiers. L'enfant prodigue devance son frère aîné dans les
bonnes grâces de son père. Madeleine, du fond du péché,
et presque de l'enfer (puisqu'une partie de l'enfer habitait
en elle), s'élève à un degré égal aux apôtres. Saul, le persécuteur, se transforme soudain en l'apôtre Paul. *Les publicains et les femmes de mauvaise vie devanceront dans le
royaume de Dieu* (Matth., xxi, 51) ceux qui s'imaginent
être les fils d'origine de ce royaume. Comment s'accomplissent de tels prodiges? — Par un désir de la grâce et
du salut, fort, résolu, capable de vaincre et de tuer tous
les désirs terrestres.

C'est pour cela que la parole de Dieu s'élève fortement
contre le mélange des soucis du monde et des passions
avec les désirs et les élans spirituels. *Personne ne peut,*
dit-elle, *servir deux maîtres* (Matth., vi, 24). Par conséquent, si vous êtes l'esclave des soucis de la vie, comment pouvez-vous être en même temps le serviteur de
Dieu? — *Car là où est votre trésor, là est votre cœur* (Matth.,
vi, 21). Donc, si *votre trésor,* — ce que vous désirez, ce
que vous aimez, ce dont vous vous occupez passionné-
ment, se trouve sur la terre, comment est-il possible que
votre *cœur* s'élève au ciel, auprès de Dieu? — *Personne,
étant soldat, ne s'adonne au commerce du monde pour plaire
à son chef* (II Tim., ii, 4). Donc, si vous reconnaissez
intérieurement que votre âme est encore fortement
attachée à la terre, comment pouvez-vous vous flatter de
la pensée de plaire à votre chef Jésus-Christ, le conqué-
rant du monde?

Celui qui est attentif aux voies salutaires de la Providence divine, ne voit pas sans trembler comment, quelquefois, Dieu lui-même, lorsqu'il prépare l'homme à sa visite particulière ou au don de sa grâce, brise d'une main ferme et d'un bras puissant les liens qui l'attachent aux choses de la terre et de la vie. De quelles visites surprenantes Dieu trouva digne Abraham ! Mais aussi, pour cela, quelles privations il exigea de lui ! *Sors*, lui dit-il, *de ta terre, et de ta parenté, et de la maison de ton père* (Gen., xii, 1). Pourquoi, semble-t-il, la visite et la bénédiction de Dieu ne seraient-elles pas descendues sur Jacob, puisque Isaac le bénit dans sa maison ? — Cependant il est enlevé aux embrassements de ses pieux parents ; il est, à travers le danger, sans secours, sans compagnon de voyage, conduit dans un lieu inconnu ; il repose sa tête fatiguée sur la pierre du désert, et — c'est là qu'il rencontre pour lui et la maison de Dieu, et la visite de Dieu, et la puissante bénédiction de Dieu. Quel chemin conduisit Joseph jusqu'à la grâce d'interprète des songes et jusqu'à la gloire de sauveur ? — Le chemin de l'Égypte, un long voyage, l'esclavage, la prison. Quand et où Dieu se montra-t-il le mieux au peuple d'Israël ? — Quand il fut détaché de l'Égypte, et non encore attaché à la Terre Promise, — là où la terre ne lui offrait aucun attrait terrestre, et le renvoyait de toutes les façons au ciel.

Qu'attendons-nous, quand nous différons de renoncer aux passions terrestres ? Attendons-nous que Dieu nous attire à lui *d'une main ferme*, par un attrait particulièrement fort, comme Abraham ? — Mais une telle attente ne serait-elle pas téméraire et orgueilleuse ? Ou bien attendons-nous que Dieu abaisse sur nous son *bras puissant*, et, par des privations forcées, par des malheurs, par des chagrins, par des afflictions, brise les chaînes brillantes

dans lesquelles nous retiennent le monde et la chair?
— Mais faut-il attendre cela, ou le prévenir autant que
possible? — Des êtres raisonnables et libres doivent-ils
attendre, comme *ceux qui sont dépourvus de raison*, que *tu
mettes à leur mâchoire un frein et une bride pour les attirer quand ils ne s'approchent pas de toi?*

Cessons, mes Frères, de remettre et de différer; hâtons-
nous de nous débarrasser d'un fardeau dont nous ne connaissons peut-être pas assez la pesanteur, parce que nous
n'avons pas encore essayé de marcher sans lui, — du
fardeau des sollicitudes terrestres. Dans les affaires ordinaires et dans les occupations de la vie, rejetons les soins
superflus, exagérés, vains, provenant des désirs immo-
dérés, d'une manière fausse de voir les choses, du manque de foi en Dieu et de confiance en sa Providence. Et
puis autant que nous sommes attachés particulièrement
aux œuvres de Dieu, à la prière, à l'étude de la parole divine, aux œuvres spirituelles pour obtenir la grâce divine, — *rejetons toute sollicitude mondaine*, afin de
recevoir dans notre âme et dans notre cœur la visite
du Seigneur, et de reconnaître et de choisir par elle,
et *la seule chose nécessaire*, et *la bonne part qui ne nous
sera point ôtée*, ni dans le temps, ni dans l'éternité. —
Ainsi soit-il .

8

SERMON

POUR LA FÊTE DE L'ASSOMPTION DE LA TRÈS-SAINTE VIERGE

— 1845 —

> Jésus donc, voyant sa Mère, et près d'elle le disciple
> qu'il aimait, dit à sa Mère : Femme, voilà votre fils.
> Ensuite il dit au disciple : Voilà votre mère. Et depuis
> cette heure-là, le disciple la garda chez lui.
> — Jean, xix, 26, 27. —

Ce n'est plus, maintenant, le disciple de Jésus crucifié qui *garde chez lui*, dans une petite maison, la Mère désolée de son Maître ; le Seigneur Jésus lui-même, régnant dans les cieux, *garde chez lui* sa Mère toute-bénie, dans les immenses demeures de la maison de son Père, dans la contemplation et la participation bienheureuses de la gloire *qu'il a eue en son Père, avant que le monde fût.*

Maintenant, ce n'est plus son disciple seul qu'il lui donne pour fils, afin qu'elle se repose dans son amour filial ; mais c'est tous ses disciples, tous les chrétiens vraiment fidèles qu'il lui donne pour fils et pour filles, afin qu'ils jouissent de sa protection maternelle.

En se retirant dans l'Église du ciel, elle rassemble miraculeusement auprès d'elle les représentants suprêmes de l'Église dispersés sur la terre. et, par là, elle montre

1.   15

que son alliance avec les fidèles de la terre, non-seulement n'est pas rompue par sa retraite, mais encore, dès ce moment, devient plus forte, plus large et plus efficace, et que la grâce qui vit en elle, si longtemps cachée sous son humilité, doit se manifester dès son cercueil et remplir l'Église universelle de sa gloire, selon la prédiction qu'elle en fit jadis, qui put paraître autrefois incroyable, mais qui était parfaitement exacte : *Toutes les générations m'appelleront bienheureuse.*

Telle est la destinée de la très-sainte et toujours Vierge dans sa dormition à la vie terrestre, temporelle, dans son réveil à la vie céleste, éternelle.

Par quel chemin est-elle arrivée à cette sublimité de félicité et de gloire? — Il n'appartient pas à une vaine curiosité seulement, mais aussi à l'amour d'une instruction salutaire de poser et d'examiner cette question. En effet, quoique la destinée de la très-sainte Mère de Dieu soit sans pareille dans son genre et au degré qui lui est propre, en général et comme étant la destinée d'une âme parvenue à la perfection et bienheureuse, elle est la conséquence des vertus, des dispositions, des actions et des victoires par lesquelles se parcourt et s'achève la route commune à tous les hommes pour arriver au salut.

Il ne serait pas facile de repasser en détail toute la voie que dut suivre dans sa vie la très-sainte Vierge, cachée qu'elle est en grande partie par sa retraite et par le silence de l'histoire évangélique. Toutefois, nous en avons assez souvent présenté quelques traces à l'attention et à l'imitation des croyants, dans des solennités semblables à celle d'aujourd'hui. Pour cette fois, nous nous arrêterons sur un lieu élevé de cette voie, que l'Évangile nous montre à découvert, pour en repasser au moins une partie, celle qui apparaît de cette élévation.

La hauteur sur laquelle je conduirai votre pensée, c'est le Golgotha. Là, à ces heures libératrices pour tout le genre humain, mais en même temps terribles pour toute la création, — alors que la rédemption générale qui s'accomplissait n'était pas reconnue même de ceux qui avaient été choisis entre les hommes, tandis que les rochers mêmes ressentaient l'effroi universel; alors que, selon l'expression du Prophète, *la vie de l'homme était suspendue devant les yeux* (Deut., xxviii, 66) *de l'homme*, tandis que l'homme ne voyait que la souffrance et la mort; à ce spectacle, duquel et les indifférents et les ennemis se retiraient pénétrés de compassion, — *ils s'en allaient en se frappant la poitrine*, — là, au pied de la croix de Jésus crucifié, se tenait sa Mère toute-bénie.

Quelle lumière merveilleuse répandent sur sa vie intérieure, ces heures sombres du Golgotha!

Rappelons-nous que le moment des souffrances de Jésus-Christ fut un moment de danger pour tous ceux qui l'approchaient. Cela ressort des paroles mêmes par lesquelles, en se livrant aux mains de ses ennemis, il cherchait à écarter de ses disciples le même danger : *Si c'est moi que vous cherchez, laissez aller ceux-ci*. Mais comment put-il obtenir quelque ménagement pour ses disciples, de gens qui ne le ménageaient en aucune façon lui-même? — Par la force toute puissante de sa parole divine, qu'à cette fin il leur avait montrée d'une manière merveilleuse immédiatement auparavant, en terrassant la cohorte et toute la bande par cette seule parole : *C'est moi*. L'évangéliste, en racontant cet événement, ajoute que le Seigneur l'avait prédit d'avance, et qu'il s'accomplit conformément à cette prédiction : *C'était afin que cette parole qu'il avait dite, fût accomplie : Je n'ai perdu aucun de ceux que vous m'avez donnés* (Jean, xviii, 9). Cela montre que ceux qui étaient auprès du Seigneur, non-seulement se trouvèrent en danger au moment de sa passion, mais qu'ils auraient péri s'il ne les avait préservés par une providence particulière. Délivrés de ce danger, de cette mort prochaine, *tous les disciples, l'abandonnant, prirent la fuite,* — *tous*, sans excepter Pierre, qui ensuite eut la hardiesse de suivre Jésus dans la cour du grand prêtre, mais qui ne soutint pas l'épreuve, — sans excepter Jean, auquel toutefois l'amour rendit bientôt le courage, pour le conduire, sur les pas du Maître bien-aimé, jusqu'à la croix. Mais nous ne voyons la Mère du Seigneur ni trembler, ni fuir ; nous la voyons *se tenant au pied de la croix de Jésus.* Ne voyez-vous donc pas que sa fermeté est au-dessus de la terreur commune, au-dessus de son danger personnel, au-dessus du courage des apôtres ?

Celui qui dirait qu'il appartenait plus à la très-sainte Vierge qu'à tous les autres d'accourir auprès de son fils souffrant, à cause de son amour maternel tout naturel, celui-là se montrerait un bien faible explicateur de sa présence au Golgotha. A ne prendre en considération que l'amour naturel d'une mère, que fallait-il attendre pour son cœur, pour ses sentiments, pour sa vie, des souffrances de son Fils, à la vue desquelles les indifférents eux-mêmes se frappèrent la poitrine, et la terre trembla, et les rochers se fendirent en gémissant, et le soleil eut une défaillance ? Non, l'amour naturel n'explique pas autant qu'il rend incompréhensible que la très-sainte Vierge ait pu *se tenir debout* auprès de la croix sans succomber à l'effroi, sans être en proie à une affliction insoutenable, sans tomber privée de sentiment et de vie. Comment donc peut s'expliquer ce courage sublime, cette fermeté d'âme ? — D'aucune autre manière que par son profond dévouement aux décrets de Dieu, par sa foi dans la force divine de son Fils qui lui était connue plus qu'aux autres par les miracles et publics et secrets de toute la vie terrestre de ce même Fils, par sa connaissance des mystères du Christ auxquels elle avait été initiée avant tous les autres, et qu'elle avait gardés mieux que tous dans son cœur. La foi, l'espérance contre toute espérance, l'amour, non pas naturel seulement, mais élevé par la foi et devenu spirituel et divin, nourrissaient en elle une *lumière intérieure vivifiante que ne pouvaient éteindre ni les ténèbres*, ni la mort, ni les horreurs du Golgotha, et à la clarté de laquelle elle était arrivée d'un pas inébranlable à la lumière sans voile et à la joie de la résurrection du Christ.

Viens, âme chrétienne, observe attentivement les traces de la Reine des cieux : car ses traces sont pour toi aussi l'indication du chemin qui conduit vers Dieu, selon ce qui a été dit : *On amènera au Roi les vierges à sa suite.*

Ne te dérobe à la pensée des souffrances du Christ, ni par inattention, ni par fausse prudence, ni par faiblesse : car il n'y a d'autre voie de salut que par le Golgotha et la croix.

Approche-toi de Jésus crucifié, par la foi, l'espérance et l'amour ; place-toi fermement devant lui par une méditation pieuse et par la prière. Là, tu trouveras la lumière pour éclairer ton chemin, et la force pour accomplir ton voyage.

Si le danger, le malheur, l'affliction, t'atteignant, soit immédiatement, soit dans ceux qui te sont chers, ébranlent ton courage, épuisent tes forces, souviens-toi de la Mère du Seigneur se tenant debout auprès de sa croix, et, par la contemplation de son affliction sans borne et imméritée, comme de son courage invincible et de sa résignation, réveille ton courage et ta résignation dans tes souffrances bien moindres, assurément, en comparaison, et probablement moins imméritées, lui demandant en même temps un secours des talents de son trésor de grâce spirituelle, dont le nombre s'est augmenté surabondamment entre ses mains par son œuvre fidèle et bénie.

Voyons encore, des hauteurs du Golgotha, se développer une autre partie moins élevée, mais non moins digne d'être suivie, du chemin par lequel la Vierge toute-bénie est arrivée à la gloire éternelle.

L'Évangile nous raconte que notre Sauveur, voyant auprès de sa croix sa Mère et Jean, son disciple bien-aimé, *dit à sa mère : Femme, voilà votre fils. Ensuite il dit au disciple : Voilà votre mère.* Dans ces paroles, nous voyons l'amour du Fils divin pour la Mère terrestre qu'il ne veut pas simplement consoler de la perte de son Fils, mais à laquelle il veut en quelque sorte se rendre lui-même dans une autre personne ; et, pour honorer sa virginité et récompenser en même temps la virginité du disciple bien-aimé, il choisit Jean, demeuré toujours vierge, pour en faire le fils d'adoption de la Vierge par excellence. Mais nous n'aurions pas compris ce qui se trouve, en particulier, contenu dans ces paroles du Seigneur, si le disciple bien-aimé qui, sans aucun doute, comprenait mieux que qui que ce soit le cœur et la pensée

de son Maître, ne les avait éclaircies par l'accomplissement. Par quel accomplissement ?— *Depuis cette heure-là,
le disciple la garda chez lui.* Par là nous voyons que
l'adoption de Jean par la très-sainte Vierge l'engagea,
entre autres choses, à lui assurer une demeure et les
autres nécessités de la vie temporelle, et que, par conséquent, elle n'avait aucune garantie à elle propre sous
ce rapport. Il faut croire que son amour et sa foi en son
divin Fils l'engageaient à être toujours, autant que possible, auprès de lui, dans ses voyages non interrompus
par les villes, les bourgs et les déserts ; qu'elle était donc
étrangère, comme il était *étranger à ses frères* ; qu'elle
n'avait pas, comme *il n'avait pas où reposer sa tête.*

Ainsi, la très-sainte Vierge, suivant, dans sa vie intérieure, le chemin de la foi et de l'abandon parfait à la
volonté de Dieu, marchait, dans la vie extérieure, par le
chemin du renoncement à tous les attachements terrestres, à tous les biens et à tous les plaisirs terrestres, par
le chemin de la simplicité, du désintéressement, des privations volontaires qu'elle offrait en sacrifice à la foi et à
Dieu.

Fixe tes regards, Chrétien, sur ces traces bénies, et
sois attentif à ce que le chemin de ta vie n'en soit pas, du
moins, trop éloigné.

Le disciple la garda chez lui. Voyez-vous ? La Mère du
Roi des cieux ne vit pas dans les palais, dans la magnificence, au milieu de nombreux serviteurs attentifs au
moindre de ses signes ; elle s'en va à pied par les rues,
accompagnée uniquement d'un pêcheur, habiter une petite maison, et qui, encore, ne lui appartient pas, sans
gloire, sans éclat, dans la solitude, dans la simplicité,
où elle n'aura que la tranquillité et les services que

pourra lui procurer le zèle pieux et unique d'un pauvre pêcheur.

Contemplez ce spectacle, et apprenez à ne pas apprécier trop haut la richesse, à ne pas soupirer après les plaisirs, à ne pas poursuivre la gloire, à ne pas vous laisser attirer par l'éclat, à aimer la simplicité et une paisible médiocrité, à ne pas mépriser la pauvreté quand vous la rencontrez chez les autres, à ne pas la craindre si elle veut vous visiter, à n'en pas rougir si elle s'est déjà établie chez vous.

On ne vous enlève pas les biens terrestres, si la Providence vous les donne ; jouissez-en avec reconnaissance envers Dieu, avec bienfaisance envers votre prochain, avec humilité ; mais veillez sur vous et sur votre cœur, pour qu'il ne s'y attache pas, mais qu'il en soit au contraire complètement détaché.

Si vous êtes sur le chemin du ciel, comme cela doit être, ne vous chargez pas volontairement de beaucoup de terre, pour ne pas tomber d'épuisement avant la fin du voyage.

Elle est belle, mais terrible, et, sans aucun doute, parfaitement vraie, cette loi de notre destinée que le Seigneur nous a fait connaître quand il a dit : *Où est votre trésor, là aussi sera votre cœur.* Il a appelé trésor ce qui enchaîne notre pensée, ce vers quoi tend avec une force irrésistible l'inclination dominante en nous. C'est pour cela que nous déterminons nous-mêmes notre destinée ; nous la portons en nous-mêmes, dans l'inclination qui nous domine. Si notre trésor, l'objet du désir qui règne en nous, se trouve et reste sur la terre, dans les biens terrestres, dans les richesses, dans les plaisirs, dans la gloire, ici-bas restera aussi notre cœur ; mais là où est notre cœur, là est notre vie, là est notre destinée, et, par conséquent, elle ne se trouve pas au ciel. Choisissons-nous donc et préparons-nous le meilleur sort : disposons-nous de telle sorte que notre trésor ne soit pas sur la terre. *Cachez-vous un trésor dans le ciel*; transportez-y sans cesse vos pensées, vos désirs, votre amour, et là sera votre cœur, votre vie, votre joie, votre félicité, par la grâce et par les largesses du Père, du Fils et du Saint-Esprit dans l'éternité. — Ainsi soit-il.

9

SERMON

POUR LA FÊTE DE L'ASSOMPTION DE LA TRÈS-SAINTE VIERGE

— 1846 —

Dans l'exposition de la Foi orthodoxe de saint Jean Damascène, on trouve le raisonnement suivant sur les saintes images : *Comme tous ne connaissent pas l'écriture, ou même ne s'adonnent pas à la lecture, pour suppléer à ce défaut, les saints Pères ont pensé qu'il était bon que ces événements (ceux qui se rapportent à l'incarnation du Fils de Dieu), comme étant très-glorieux, fussent représentés dans des images, afin d'en rappeler plus facilement le souvenir* (Liv. IV, chap. xvii. D'après ce raisonnement, contempler les saintes images équivaut à lire les livres religieux. Il est donc raisonnable de conclure de là que l'on peut puiser l'instruction dans les images, tout aussi bien que dans les livres. Et quoique saint Jean Damascène parle ici de ceux qui ne savent pas lire, nous, qui connaissons quelque peu l'écriture, ne nous élevons pas trop au-dessus de ceux qui ne la connaissent pas, et ne regardons pas comme superflu pour nous ce qui leur est utile, *ne nous élevant pas à des pensées trop hautes, mais nous accommodant aux humbles,* comme nous l'enseigne la sagesse modeste de l'Apôtre (Rom., xii, 16).

Ceux qui s'appliquent à s'instruire des mystères de la très-sainte Vierge Mère de Dieu, dans les saintes Écritures, savent combien il y est peu parlé d'elle. Et l'on ne saurait s'en plaindre, car les livres saints taisent beaucoup plus de choses qu'ils n'en disent sur le Verbe incarné lui-même, et cela est de toute nécessité, ainsi que l'a remarqué le dernier Évangéliste, qui a complété les autres : *Si on rapportait tout de la même manière, je ne crois pas que le monde même pût contenir les livres qu'on en écrirait* (Jean, xxi, 25).

Ainsi, nous croyons être dans notre droit lorsque, après nous être appliqués, dans d'autres occasions, selon nos forces, ou plutôt selon notre faiblesse, à l'étude des témoignages que les écritures rendent de la très-sainte Vierge, nous voulons aujourd'hui, au lieu de livres, lire quelque peu dans l'image de l'Assomption de la très-sainte Mère de Dieu, dont la peinture très-ancienne, par une disposition particulière de la Providence, a été apportée de Constantinople à Kieff, et que le saint prélat Pierre, de sa main vénérable et sainte, nous a représentée ici pour être l'objet, sans aucun doute, non-seulement de la contemplation de nos yeux, mais aussi des méditations de notre piété.

Ce que le spectateur aperçoit d'abord, au premier plan du tableau, est très-simple. Nous voyons le corps très-pur de la très-sainte Vierge, après le départ de son âme très-sainte, gisant sur un lit. Les apôtres réunis l'enlèvent et l'emportent au lieu de sa sépulture. Saint Pierre lui rend les honneurs de l'encensoir, quoiqu'il remplit lui-même d'un parfum incomparablement plus suave et plus vivifiant les sentiments intérieurs de ceux qui s'en approchaient avec foi. Si le pinceau et la couleur pouvaient exprimer les sons, nous entendrions certainement partir aussi de l'image le chant funèbre des apôtres, dans lequel, selon l'expression de saint Denys l'Aréopagite, *réunis pour contempler ce corps source de la vie et sanctuaire de Dieu, Jacques, le frère du Seigneur, et Pierre, et tous les chefs de l'Église chantaient sans fin la bonté immense de l'abaissement de la Puissance divine*, c'est-à-dire la bonté du Fils de Dieu ayant revêtu dans l'incarnation la faiblesse de la nature humaine, moins le péché (*Des noms divins*, — chap. III).

Que nous rappelle cette peinture? Que nous enseigne-t-elle? — Elle nous rappelle la loi terrible de la mort. Elle nous enseigne à songer à temps à l'exécution sur nous de cette loi.

Tu es terre, et tu retourneras à la terre, a dit le Juge céleste, en la personne de notre premier père coupable, à tout le genre humain (Gen., III, 19). Et comme cette condamnation s'accomplit inexorablement! Que *la mort eût régné sur ceux même qui n'ont point péché par une transgression semblable à celle d'Adam* (Rom., v, 14), de même sur ceux qui ont péché de quelque autre manière que ce soit, et sur ceux qui n'ont pas été purifiés du péché originel, soit! Mais la toute bénie Marie, même avant qu'elle devint la Mère de Dieu, avait été, selon l'expression d'un théologien de l'Église (Jean ; Cant. pour l'Annonc.), *pré-purifiée par le Saint-Esprit*, afin qu'elle fût un vase digne de l'incarnation du Fils de Dieu. Ensuite, comme, dès le moment de l'incarnation, son corps fut la demeure de Dieu, ainsi, sans aucun doute, son âme aussi fut la demeure de Dieu, et dans un sens aussi élevé qu'elle surpasse, par sa dignité de Mère de Dieu, les chérubins et les séraphins. Cependant, malgré tout cela, elle est soumise, elle aussi, à la loi de la mort, quoique ce ne soit, il est vrai, qu'en apparence ; elle rentre, elle aussi, dans la terre, quoique ce ne soit, il est vrai, que pour un temps très-court. Comment cela a-t-il pu être permis ? — Cela a pu être permis à cause de son humilité qui a fait qu'elle n'aurait pas voulu consentir à ne pas être soumise à la mort quand son divin Fils en avait subi l'épreuve ; et cela a été en effet permis, par une disposition de la Providence, pour nous, enfants de l'Adam terrestre, qui ne nous efforçons pas de nous transformer à l'image de l'Adam céleste ; — pour nous, enfants de celui qui a péché, qui péchons et ne sommes pas purifiés, afin qu'en voyant le cercueil de la très-pure Mère de la Vie, et en regardant ce qui est au-dessous d'elle, nous songions avec crainte à la vérité de cette parole de l'Apôtre que *le juste même à peine sera sauvé*, et afin que nous sentions profondément toute la force de la conclusion qui suit : *Si le juste même à peine sera sauvé, que deviendront l'impie et le pécheur* (I Pier., IV, 18) ?

Si, malgré une vie saintement renouvelée, malgré une haute sainteté et une pureté parfaite, le trait de la mort trouve encore un endroit plus ou moins vulnérable dans la nature humaine, qu'en sera-t-il de l'homme qui, ne s'efforçant pas de parvenir à une sainte rénovation, vit avec insouciance dans sa nature corrompue? Qu'en sera-t-il d'une âme qui, par ses inclinations corrompues et par ses passions, entretient en elle-même les éléments de l'enfer, et féconde en elle les semences de la mort spirituelle? Qu'en sera-t-il d'un corps qui, avec sa disposition déjà naturelle à la corruption, non-seulement ne reçoit pas le remède de la force d'en haut renouvelée par le don de la vie, mais encore se remplit des nouvelles et plus funestes semences de corruption et de mort d'ici-bas, que jettent en lui une âme viciée, ses passions mauvaises, ses convoitises effrénées, et tous les genres d'intempérance et d'abus des facultés sensitives?

Puissions-nous, mes Frères, nous efforcer vigilamment et de tout notre pouvoir de redresser, de purifier et d'exhausser notre conduite par les commandements de Dieu et par la puissance de la foi, et de nous élever, de la vie visible d'ici-bas, à la vie cachée de la grâce, afin que notre vie temporelle soit le vrai commencement de notre vie éternelle, afin que notre mort temporelle ne nous conduise pas à la mort éternelle, afin que notre cercueil soit pour nous la porte du ciel!

Revenons à la contemplation de notre Image. La seconde partie n'en est pas aussi simple que la première. Au-dessus du lit funèbre et du corps inanimé de la très-sainte Vierge, l'image représente le Christ Sauveur lui-même, tenant sur ses mains l'âme de sa Mère sous la figure d'un enfant, symbole, évidemment, d'une nouvelle naissance à la vie du ciel. Les écritures ne disent pas que ceci ait été vu de tous les témoins de la dormition et de la sépulture de la Mère de Dieu. Il faut donc supposer que le peintre de l'image a représenté ici comme visible ce qui appartient au monde invisible, et a réuni tout simplement ce qui était visible aux yeux du corps avec ce qui ne l'a été qu'à ceux de l'esprit. Après avoir représenté le corps de la très-sainte Vierge délaissé par son âme, il a semblé vouloir prévenir cette question : Qu'est devenue alors son âme? Et, pour réponse, il l'a représentée visiblement aussi, portée dans les mains de son divin Fils.

Ici se place d'elle-même une nouvelle question fort importante : Quelle valeur a cette image? N'est-ce pas simplement un rêve de l'imagination? — Non.

Cette pensée ne serait pas conforme à la dignité d'une antique et sainte image. L'audace de peindre les images selon les rêves de l'imagination du peintre, est le produit de la licence des temps modernes. Les anciens représentaient dans les images ce qu'ils trouvaient dans les écritures ou les traditions dignes de foi. L'artiste de notre image, saint Pierre, n'a pas voulu non plus, sans aucun doute, prendre pour sujets de ses peintures des rêves de l'imagination. Nous concluons sans hésiter que son tableau nous représente, non une fantaisie de l'imagination, mais une observation conforme à l'essence de l'objet.

Faut-il, d'après le principe de prudence de l'Église, montrer la conformité de cette tradition avec les saintes Écritures? — On peut, pour cela, se servir des paroles de Jésus-Christ : *Il arriva que le pauvre mourut, et qu'il fut porté par les anges dans le sein d'Abraham* (Luc, xvi, 22). La considération que ces paroles appartiennent à une parabole ne doit pas être un motif de douter de leur signification, parce que les personnages eux-mêmes des paraboles sont représentés sous les traits de la nature réelle. De même que la mort et la sépulture du riche sont des traits de la nature réelle, ainsi l'enlèvement par les anges du pauvre qui vient de mourir, et qui a racheté son âme par la souffrance, est un trait de l'observation réelle. Maintenant, comparez. Si l'Écriture témoigne que les âmes des saints, en sortant de leur corps, sont reçues par les anges, n'est-elle pas parfaitement conforme avec cela, la tradition qui témoigne, entre autres, par le moyen de cette image, que l'âme très-sainte de la Mère du Seigneur, plus élevée que les anges, fut reçue, au sortir de son corps, par son divin Fils lui-même? Selon une autre tradition, un ange lui fut envoyé encore sur la terre pour la prévenir de l'approche de son trépas; ensuite le chœur des anges l'accueillit par des cantiques célestes dont les échos furent entendus de ceux qui en étaient dignes, au moment de la cérémonie funèbre.

Vous voyez quelle sagesse multiple nos pieux Pères ont renfermée dans la peinture des images. Ils nous y ont présenté, non-seulement un souvenir édifiant d'un passé visible, mais encore une observation mystérieuse de l'invisible dans le domaine de la vie future.

Quelle douce contemplation, quoiqu'elle s'élève à des hauteurs inaccessibles! De quel splendide éclat y brille l'amour du divin Fils pour sa Mère bienheureuse! Quelle exactitude du Juge céleste dans la rémunération des œuvres de la vie terrestre! De même que la Vierge toute pure a porté dans ses bras le Fils de Dieu au temps de son enfance terrestre, ainsi, en retour, le Fils de Dieu porte son âme dans ses mains aux premiers moments de sa vie céleste.

Qui que tu sois, toi, mon compagnon de voyage sur la terre, qui m'écoutes, bientôt, pour ton âme et pour la mienne, — je ne sais pour laquelle la première, — mais certainement bientôt, pour la tienne et pour la mienne, s'ouvriront les espaces invisibles de la vie future. Avons-nous songé à ce qui nous y attend? Qui nous y recevra? Les anges voudront-ils, comme l'âme du pauvre de l'Évangile, porter aussi notre pauvre âme dans quelque demeure de la lumière? Ou bien ne t'en inquiètes-tu pas, et penses-tu que tu pourras bien te passer de cet honneur? Ne t'abuse pas. Il est vrai que c'est un honneur pour ceux qui en sont dignes; mais n'est-ce pas aussi un secours pour ceux qui en ont besoin? Si, sur le chemin de ce monde visible, nous avons besoin d'être gardés et conduits par les anges, n'en aurons-nous pas encore plus besoin à notre entrée dans le monde invisible, inconnu et sans bornes? Aujourd'hui, le monde matériel s'étend devant nous comme un mur qui nous cache les splendeurs du royaume des cieux, mais qui nous sépare en même temps du royaume ténébreux de l'enfer; mais aujourd'hui aussi, les influences de l'ombre sans fond pénètrent plus ou moins jusqu'à nous, et nous avons d'autant plus besoin des influences tutélaires du royaume de la lumière : que sera-ce donc quand notre âme, se séparant de son corps, franchira les limites du monde matériel, et entrera en contact immédiat avec le monde spirituel? N'est-elle pas menacée d'une attaque ouverte des puissances de ténèbres, elle qui ne peut pas dire d'elle-même, comme le pouvait le seul Impeccable : *Le prince de ce monde vient, et il n'a aucun droit sur moi* (Jean, xiv, 30)? Bienheureux celui qui, regardant par delà le tombeau, a assez de présence d'esprit pour dire avec David : *Quand même je marcherais au milieu de l'ombre de la mort, je ne craindrais aucun mal, parce que vous êtes avec moi* (Ps. xxii, 4.), — vous, la lumière du monde et le vainqueur de l'enfer, — vous qui illuminez même l'ombre de la mort de la splendeur de votre croix, — vous qui *avez supporté la mort pour tous*, afin que la mort fût absorbée par la vie, — vous qui commandez à vos anges de garder ceux qui vivent sous votre protection, dans toutes les voies visibles et invisibles, dans le temps et au delà des limites du temps! Mais pour avoir une pareille présence d'esprit, il faut que Jésus-Christ soit réellement avec nous dans notre foi, dans notre amour, dans notre conduite conforme à sa volonté et à ses commandements.

Dans le prophète Isaïe, *voici ce que dit le Seigneur : Bienheureux celui qui a une famille dans Sion, et des parents dans Jérusalem* (xxxi, 9). Si ces paroles ont une signification par rapport à la Jérusalem terrestre et au peuple juif, elles en ont une incomparablement plus grande par rapport à l'Israël spirituel et à la Jérusalem céleste. Le Juif, s'il ne peut, dans la Jérusalem terrestre, s'arrêter dans la maison d'un parent, peut y trouver un hôtel, et, pour de l'argent, se procurer ce qu'il ne peut recevoir de l'amitié d'un parent ; mais, dans la Jérusalem céleste, il n'y a ni appartements à louer, ni argent, ni achat, ni vente. Ou il y faut arriver comme compatriote et parent, ou l'on n'y est pas reçu. — Mais est-ce que nous pouvons devenir les parents des citoyens du ciel, quand, pour la plupart, nous ne les connaissons même pas? — Nous pouvons devenir les parents, non-seulement des citoyens du ciel, mais de leur Roi lui-même. Lisez, dans l'Évangile, sa charte préparée depuis long-temps pour vous tous, et pour vous admettre tous à cette haute parenté : *Ma mère et mes frères, ce sont ceux qui*

I.

entendent la parole de Dieu, et qui l'accomplissent (Luc, VIII,
21). Ainsi donc, mes Frères, soyez attentifs à écouter la
parole de Dieu, surtout lorsqu'il vous parle par l'Église;
soyez vigilants et fidèles dans l'accomplissement des commandements de Jésus-Christ, et vous entrerez dans la
parenté céleste, et vous aurez *une famille dans la Sion cé-*
leste, et des parents dans la Jérusalem qui n'a pas été construite de main d'homme, et vous serez dès cette terre,
selon la parole de l'Apôtre, *des cohabitants de la cité des*
saints et de la maison de Dieu (Éph., II, 19), et, à la fin,
ils vous admettront aussi dans les demeures éternelles du
ciel, au partage de la félicité et à la contemplation de
la gloire du Père, du Fils et du Saint-Esprit. — Ainsi
soit-il.

10

SERMON

POUR LA FÊTE DE L'APPARITION DE LA TRÈS-SAINTE VIERGE

> Jésus, gémissant en son esprit, leur dit : Pourquoi
> cette race demande-t-elle un signe? Je vous dis en
> vérité qu'il ne lui sera point donné de signe.
> — Marc, VIII. 12. —

Le Seigneur déclare à la race juive, infidèle et dépra-
vée, qu'il ne lui sera point donné de signe. Mais nous,
Chrétiens, peuple choisi, ne devons-nous pas espérer au
contraire qu'il nous sera donné un signe pour le bien et
le salut?

Oui! Il fut un temps où les Chrétiens semaient abondamment, non dans la terre et dans la chair, mais dans l'esprit et dans le ciel, et, conséquemment, recueillaient en abondance les fruits spirituels et célestes. Ils semaient la foi, et ils moissonnaient des signes et des prodiges vivifiants et salutaires, nourrissant et fortifiant l'esprit pour la vie éternelle. Et, réciproquement, Dieu semait du ciel les signes et les prodiges, et ils produisaient sur la terre, parmi les hommes, des fruits de pénitence, d'amendement, de foi, d'espérance, de reconnaissance envers Dieu, de vertus de toutes sortes. Dieu a souvent fait des miracles, non-seulement par les hommes saints, mais aussi par de saintes apparitions, ou par les signes visibles et les symboles commémoratifs de la sainteté, comme, par exemple, par les corps purs des saints, par les saintes images ; et il a fait ces miracles d'une manière si visible et avec tant de solennité, que l'Église a consacré des jours particuliers à la commémoration solennelle de quelques-uns de ces prodiges ou de ces apparitions miraculeuses

Mais aujourd'hui, les miracles ne nous sont-ils plus connus que par les souvenirs? Ne les cherchons-nous pas comme des raretés? Ne les demandons-nous pas inutilement?

Ainsi, le Seigneur ne se plaint-il pas encore de cette race? Ne refuse-t-il pas encore les signes avec une résolution menaçante? *Pourquoi cette race demande-t-elle un signe? Je vous dis en vérité qu'il ne lui sera point donné de signe.*

La remarque que nous ne voyons plus aujourd'hui de miracles, est si ordinaire, et souvent accompagnée de jugements si divers et quelquefois si étranges, qu'il n'est pas inutile de rechercher pourquoi nous ne voyons plus aujourd'hui de prodiges.

Quelques-uns disent nettement que nous ne voyons pas de miracles parce qu'il n'y en a pas, et qu'il ne doit pas y en avoir de notre temps : car les miracles sont employés par Dieu comme un moyen pour propager et fortifier la foi, et, par conséquent, lorsque la foi est assez répandue, établie solidement, les miracles lui sont devenus inutiles.

Je conviens, si l'on veut, avec ces raisonneurs, que les miracles sont employés par Dieu comme un moyen pour répandre et fortifier la foi. Mais qu'il faille conclure de là que les miracles ne sont plus nécessaires de notre temps, je le donne à juger aux gens impartiaux. S'il y a des incrédules, les moyens de répandre la foi ne sont donc pas inutiles. S'il y a des ennemis de la foi, qui s'efforcent de l'ébranler, les moyens de fortifier la foi ne sont donc pas superflus. Mais comme il y a réellement, au grand chagrin et au grand danger des croyants, des incrédules et des ennemis de la foi dans notre temps et même dans le giron de la Chrétienté visible, comme des serpents cachés dans son sein, faut-il, je le répète, conclure que les miracles, comme moyen de propager et de fortifier la foi, ne sont plus nécessaires de notre temps ?

Mais pour ne pas laisser à ces philosophes présomptueux la satisfaction d'outrager ainsi la vérité, examinons leur assertion que les miracles sont employés par Dieu comme un moyen pour répandre et fortifier la foi. Il y a des miracles qui sont visiblement destinés à répandre la foi. Tel fut, par exemple, *le don des langues*, ou la faculté miraculeusement donnée aux apôtres, par la descente du Saint-Esprit, de parler des langues qui leur étaient inconnues auparavant. Il est évident que l'intention de ce miracle fut de donner à tous les peuples la facilité la plus grande de recevoir l'enseignement de la foi. L'histoire du Christianisme montre que le don des langues eut une action puissante sur les commencements de la religion chrétienne; que, par le moyen de ce don, la foi pénétra, avec la rapidité de l'éclair, chez tous les peuples du monde; mais aussi que bientôt, dès que chacun des peuples qui avaient reçu la foi commença à avoir chez lui des hommes qui en connaissaient la doctrine et qui pouvaient la communiquer dans leur langue maternelle, avec le secours de l'étude habituelle des langues dans lesquelles écrivaient les hommes de Dieu, le don miraculeux des langues disparut. Dans cette occasion, on peut affirmer, non sans fondement, que le miracle cessa dès qu'il ne fut plus nécessaire. Mais il y a d'autres miracles qui ne sont pas aussi étroitement liés avec la propagation de la foi; qui, même là où la foi est déjà répandue et confirmée, peuvent servir au bien et au salut des hommes. Tel est, par exemple, le don de guérison, ou la faculté miraculeuse de guérir les maladies par la prière, par la parole, par l'imposition des mains, ou par le moyen de quelques autres symboles. Pourquoi le roi Ézéchias fut-il relevé de son lit de mort par le prophète Isaïe, et rendu à la vie pour quinze ans? Fut-ce pour que la renommée de ce miracle de foi parvint jusqu'à l'incrédule Babylone, en fit venir une ambassade aussi dangereuse que flatteuse, qui livra le roi à la tentation de la vanité, et qui fut l'occasion de la prédiction d'évènements funestes? Ce ne fut pas pour cela que pria et pleura Ézéchias? *Seigneur*, s'écria-t-il, *souvenez-vous comment j'ai marché devant vous dans la vérité et avec un cœur parfait, et que j'ai fait ce qui était agréable devant vos yeux.* Et Dieu lui répondit par son prophète : *J'ai entendu ta prière, et j'ai*

vu tes larmes, et voilà que je te guéris (IV Rois, xx, 5, 5).
Ainsi, ce miracle fut, de la part de Dieu, une œuvre de
miséricorde ineffable et d'indulgence extrême, et, par
rapport à Ézéchias, la récompense de sa foi et de sa
vertu ; pour les autres croyants, mais faibles dans la foi,
un encouragement à une foi ferme et à la confiance
en Dieu. Pourquoi Jésus-Christ lui-même ressuscita-t-il
le fils de la veuve de Naïm? L'Évangéliste n'en indique
pas d'autre cause que la compassion que ressentit Jésus
pour cette veuve. *Le Seigneur, l'ayant vue, fut touché de
compassion pour elle* (Luc, vii, 15). Quand peuvent être
inutiles de pareils miracles, faits pour de pareils motifs,
dans un but pareil? Lorsque l'apôtre Jacques, après avoir
prescrit *au malade d'appeler les prêtres de l'Église, afin
qu'ils prient sur lui en l'oignant d'huile au nom du Seigneur,*
ajoute la promesse que *la prière de la foi sauvera le malade, et que le Seigneur le soulagera* (Jacq., v, 14, 15),
qu'est-ce que cela signifie, sinon qu'il perpétue dans
l'Église de Jésus-Christ le don de guérison qui a été
donné aux apôtres dès le commencement? Est-ce pour un
temps que le Seigneur lui-même a donné aux croyants
cette loi et ce droit : *Celui qui croira aux œuvres que je fais,
fera les mêmes œuvres, et en fera de plus grandes encore*
(Jean, xiv, 12)? *Celui qui croira — fera* : par conséquent,
tant qu'il y a des croyants sur la terre, il doit y avoir des
hommes faisant les œuvres de Jésus-Christ, *et de plus
grandes encore,* et, dans le nombre de ces grandes œuvres
sont renfermés, sans aucun doute, les signes ou miracles.
Nous dirons encore plus hardiment : Puisqu'il y a toujours un Dieu, il y a toujours des miracles : car, puisque
Dieu existe toujours, il agit donc toujours ; s'il agit, il y
a donc, évidemment, des œuvres de Dieu ; or, les œuvres

propres de Dieu, ce sont les miracles. *Tu es le Dieu qui opère des merveilles* (Ps. LXXVI, 15)! En vain la sagesse audacieuse de la créature veut te dérober ce privilége éternel et cette expression de ta toute-puissance créatrice : *Tu es le Dieu qui opère des merveilles!*

Mais si, aujourd'hui encore, il peut et il doit y avoir des miracles, pourquoi donc ne les voyons-nous pas? Nous n'expliquerons pas cela par des suppositions, qui sont trompeuses. Nous prendrons conseil des expériences, qui sont fidèles.

Dans ce temps que tous appellent le temps des signes et des miracles, dans le temps de la vie terrestre de Notre-Seigneur Jésus-Christ, a-t-on vu des signes? Y a-t-il eu des miracles? Vous pouvez rire de ces questions. Mais interrogez les Pharisiens de cette époque; interrogez en général les hommes de cette génération : ont-ils vu des signes? Y eut-il alors des miracles? — Ils n'en ont point vu, il n'y en a pas eu. Il faut donc nécessairement leur répondre. En effet, s'ils avaient vu des signes, pourquoi auraient-ils *demandé des signes*, et, par cette demande, *tenté le Seigneur*, comme ils l'ont fait : *Les Pharisiens vinrent, et ils commencèrent à discuter avec lui, lui demandant un signe dans le ciel, pour le tenter* (Marc, VIII, 11)? Si la demande hypocrite des Pharisiens ne vous persuade pas, la franchise du refus de Jésus vous persuadera. *Pourquoi*, dit-il, *pourquoi cette race demande-t-elle un signe? Je vous dis en vérité qu'il ne lui sera point donné de signe.* S'il a dit qu'il ne serait point donné de signe à cette race, assurément il a fait ainsi; et c'est pourquoi il n'y a pas eu de signe pour cette race.

Que dites-vous, Seigneur? Comment *ne sera-t-il point donné de signe à cette race?* Ne lui avez-vous pas donné des signes divins sans nombre? N'entendez-vous pas comment les confesse l'un de cette race : *Nul ne peut faire les prodiges que vous faites, si Dieu n'est avec lui* (Jean, m, 2) ? Et qu'est-ce donc, sinon des signes et des prodiges, que ce que vous montrez vous-même aux disciples de Jean : *Les aveugles voient, les boiteux marchent, les lépreux sont guéris, et les sourds entendent; les morts ressuscitent, et l'Évangile est annoncé aux pauvres* (Matth., xi, 5) ?

Que signifie donc tout cela ? Nous pensions résoudre la question par l'exemple; mais, dans cet exemple, voici un nouveau nœud plus difficile. Ils voient les signes et les miracles de Jésus-Christ, et ils ne les voient pas; il y en a, et il n'y en a pas. Trouvons les bouts de ce nœud, et tout se déliera. Nicodème voit les miracles de Jésus-Christ, et les Pharisiens ne les voient pas. Le Seigneur donne à un petit nombre de disciples de Jean un grand nombre de signes; mais à cette race, ou il ne donne pas un seul signe, ou il ne donne que le seul *signe de Jonas le prophète*, c'est-à-dire sa mort sur la croix et sa résurrection. Il n'est pas difficile de voir par là qu'il en doit être ainsi dans tous les temps. Pour les croyants, il y a des signes et des prodiges, et ils les voient; pour les incrédules, ou il ne leur est pas donné de signes, ou ils ne voient pas ceux qui s'accomplissent, comme s'il n'y en avait pas.

L'une des causes pour lesquelles les miracles sont invisibles, tient aux thaumaturges eux-mêmes. Les vrais thaumaturges n'aiment pas à montrer leurs miracles. Jésus-Christ lui-même, le chef et le plus parfait modèle des thaumaturges, qui est aussi venu sur la terre pour que par lui, les hommes reconnussent la puissance salutairement miraculeuse de Dieu; qui, en agissant ouvertement pour la gloire de Dieu, n'avait pas besoin de se tenir en garde contre la tentation de la gloire humaine, puisqu'il avait, contre cette tentation, la puissance et la gloire divines, — Jésus-Christ lui-même, cependant, à ce qu'il semble, ne montrait pas autant qu'il cachait sa puissance de faire des miracles. Hormis *le signe de Jonas le prophète*, solennellement promis et donné à toute cette génération, ou même à toutes les générations et à tous les peuples, c'est-à-dire hormis le miracle de la mort et de la résurrection du Christ, qu'il était indispensable de produire au grand jour et dans toute sa gloire, comme un soleil dans le firmament des miracles, et hormis encore quelques signes peu nombreux, comme, par exemple, la résurrection de Lazare et la voix du ciel sur le Fils de Dieu, glorifiant en lui le nom de Dieu, signes dans lesquels se montrait à découvert le triomphe de la puissance miraculeuse, — la plupart des miracles de Jésus-Christ se sont accomplis, non-seulement sans aucun effort pour les publier, mais encore avec quelque soin de les cacher. Il guérit un lépreux, et aussitôt *Jésus lui dit : Prends garde, ne le dis à personne* (Matth., vm, 4). Il ressuscite la fille de Jaïre, et, comme les parents sont dans l'admiration et prêts à le glorifier, — *il leur commanda de ne dire à personne ce qui avait été fait* (Luc, vm, 56). Il se transfigure dans la gloire sur le Thabor, devant trois disciples choisis seulement, et comme ils descendaient de la montagne, *Jésus leur fit ce commandement : Ne parlez à personne de cette vision, jusqu'à ce que le Fils de l'homme soit ressuscité d'entre les morts* (Matth., xvii, 9). Pourquoi ce soin du secret? — Pour ne pas, selon sa parabole, *jeter des perles devant les pourceaux* (Matth., vii, 6); pour que les œuvres saintes de Dieu ne fussent pas exposées aux outrages des lèvres impures et blasphématrices des pécheurs, ou foulées aux pieds du dédain de l'ignorance ; — pour ne pas nuire à l'efficacité du mystère dit à l'oreille, par une proclamation prématurée sur les toits ; — pour nous laisser l'exemple de ne pas nous livrer à la gloire humaine si dangereuse pour la vertu. Cette sage et sainte modestie de l'Homme-Dieu faisant ses miracles, tous les thaumaturges l'imitent, et par devoir, et par crainte de la tentation, dans tous les temps et dans tout le monde. Citons un exemple domestique : Tant que vécut saint Serge, quoique quelques-uns de ses actes eussent fait reconnaître en lui le pouvoir de faire des miracles, le plus important qu'il ait accompli, — la résurrection d'un enfant, fut caché, par un ordre sévère, au père même du ressuscité.

Une autre cause pour laquelle les miracles, non-seulement ne sont pas visibles, mais même ne se font pas du tout, c'est l'incrédulité, ou le peu de foi, — ou de ceux qui devraient les faire, ou de ceux pour qui ils devraient se faire, ou des uns et des autres en même temps. Il a été dit que *toutes choses sont possibles à celui qui croit* (Marc, IX, 22) : par là, il a été dit aussi que peu est possible à celui qui croit peu, et qu'à l'incrédulité rien n'est possible de ce qui exige un pouvoir surhumain. Un jour, les apôtres ne purent chasser un démon. *Pourquoi n'avons-nous pas pu le chasser?* demandèrent-ils au Seigneur. *Jésus leur dit : A cause de votre incrédulité* (Matth., XVII, 19, 20). Mais ce qui est encore plus étonnant, c'est que le tout-puissant Seigneur Jésus lui-même vint un jour dans son pays, *et ne fit pas beaucoup de miracles, à cause de leur incrédulité* (Matth., XIII, 58). Est-il donc vrai que la toute-puissance elle-même soit sans force devant l'incrédulité? Non! Elle reste toujours la toute-puissance; mais, ou bien le cœur endurci ne reçoit pas la vertu bienfaisante, de même qu'une pierre grossière et vile ne se laisse pas pénétrer à la lumière, ou bien la vertu sainte, par une précaution miséricordieuse, ne veut pas toucher à l'indignité, afin de ne la pas faire disparaître comme le feu — la paille.

Ces observations générales sur les miracles, appliquez-les, si vous le voulez, en particulier, à notre temps et à vous-mêmes.

Pourquoi ne voyons-nous pas de miracles? — Celui qui le pourra, qu'il réponde autrement : quant à moi, il me semble que nous sommes inévitablement amenés à cette réponse : Nous ne voyons pas de miracles, ou nous en voyons rarement, soit parce qu'ils se cachent à nous à cause de notre indignité de cette confiance, soit parce qu'ils ne s'accomplissent pas à cause de notre incrédulité ou de notre peu de foi.

Comment la prière opèrerait-elle des miracles sur nous, quand notre prière est courte, froide et inattentive, et que nous l'adressons à Dieu moins avec des sentiments de foi et d'amour filial que par une sorte de soumission involontaire à sa loi?

Comment la parole spirituelle opèrerait-elle des miracles sur nous, quand notre cœur, comme un champ envahi par l'ivraie, est semé et couvert d'une moisson compacte de paroles de frivolité, de désirs de la chair, de pensées d'iniquité?

Comment les sacrements opèreraient-ils des miracles sur nous, si nous ne nous en approchons que par une nécessité inévitable, sans une purification préalable attentive, sans un zèle ardent pour nous unir avec Dieu? L'apô-

tre Paul, reprochant aux Corinthiens leur communion indigne du corps et du sang de Jésus-Christ, conclut : *C'est*
pourquoi il y en a beaucoup parmi vous qui sont malades et
languissants, et bon nombre qui s'endorment (I Cor., xi, 30),
c'est-à-dire que plusieurs sont frappés d'une mort soudaine pour avoir outragé la sainteté. Il me semble que
pour beaucoup d'entre nous, c'est déjà un miracle de la
miséricorde de Dieu que, dans le même cas, nous ne
soyons pas frappés des mêmes châtiments.

Recourons, mes Frères, au Seigneur qui fait sans cesse
des miracles pour notre salut, et, chacun pour tous, et
tous pour chacun, crions vers lui avec les apôtres : *Sei-*
gneur, augmentez notre foi (Luc, xvii, 5). Et ensuite, disons
avec David : *Manifestez en moi le signe de votre clémence,*
et que ceux qui me haïssent soient confondus et voient que
vous m'avez secouru et consolé (Ps., lxxxv, 17). — Ainsi
soit-il.

QUATRIEME PARTIE

SERMONS POUR LES FÊTES DES SAINTS

—

1

SERMON

POUR LA FÊTE DE SAINT ALEXIS LE MÉTROPOLITE

ET POUR LE DIMANCHE QUI PRÉCÈDE LE GRAND CARÊME
(DIMANCHE DE LA QUINQUAGÉSIME)

Prononcé dans la cathédrale du Monastère des Miracles.
le 12 février 1822.

> Mes brebis entendent ma voix, et je les connais;
> elles me suivent, et je leur donnerai la vie éternelle.
> — Jean, x, 27, 28. —

Dans ces paroles, Jésus-Christ, le vrai Pasteur et Gardien des âmes, et le modèle de tous les pasteurs spirituels, en se peignant lui-même avec ses brebis, nous enseigne à tous quel doit être le pasteur pour ses brebis, et dans quelle union doivent être les brebis avec leur

pasteur : *Mes brebis entendent ma voix, et je les connais;
elles me suivent, et je leur donnerai la vie éternelle.*

Qu'il est doux de considérer maintenant, — et un Pasteur selon ce modèle, et des brebis dans cette union avec leur Pasteur! Le Pasteur à l'image de Jésus-Christ, saint Alexis, assurément, connaissait et connait les brebis de ce troupeau spirituel, et ses nécessités spirituelles, et la fidélité de son obéissance, puisqu'il a confié et confie encore aujourd'hui à sa garde ce dépôt inestimable, — ses saintes reliques. Sans doute il nous a souhaité et nous souhaite la vie éternelle, puisqu'il nous a ouvert et ne cesse de nous ouvrir, dans son cercueil même, une source de remèdes bienfaisants et l'espérance de la vie éternelle. Voici que les brebis nouvelles elles-mêmes de son ancien troupeau, depuis combien de temps déjà qu'il garde le silence, entendent encore sa voix ; quoiqu'ici — il repose sur sa couche, et qu'il vive là-haut, bien loin, dans les cieux, elles viennent encore baiser ses traces. Oh! si toutes les brebis de ce grand troupeau étaient, pour leur Pasteur, ce que sont celles qui se trouvent réunies en ce moment dans cette enceinte sacrée! Oh! si les brebis ici présentes étaient toute leur vie ce qu'elles sont à cette heure solennelle, d'abord pour le Chef des pasteurs, Jésus-Christ, et, après lui, pour tout pasteur placé par lui !

On répondra peut-être à cela : *Médecin, guéris-toi toi-même* (Luc, IV, 23)! J'accepte le conseil : j'avoue mon infirmité; je désire la guérison; je cherche un remède dans le dépôt médicinal de la parole du Christ, et, comme il est connu que ceux-là même qui sont placés pour traiter les autres, ne peuvent pas se traiter eux-mêmes, je choisis pour médecin le bienheureux Alexis, afin de pouvoir par sa main, c'est-à-dire par le moyen de son intercession et de son exemple, puiser dans la parole de Jésus-Christ l'esprit et la force d'un Pasteur. .

Je les connais, dit Jésus-Christ de ses brebis. Ainsi, le propre du vrai Pasteur est de connaître ses brebis ; ou bien, si la connaissance parfaite n'appartient qu'à celui qui sonde les cœurs, à Jésus (qui est par cela même *l'unique Pasteur* (Jean, x, 16) au pastorat duquel ne font que participer tous les pasteurs), du moins le Pasteur véritable, à l'image de Jésus-Christ, doit-il faire tous les efforts en son pouvoir pour connaître ses brebis et leur situation intérieure. Indubitablement, cela est indispensable. Si le Pasteur ne connaît pas ses brebis, il pourra se mettre à en poursuivre d'étrangères, — peine perdue, et il abandonnera les siennes, — perdition ! S'il ignore la situation particulière de quelques-unes d'entre elles, il peut se faire qu'aux nouveau-nées, au lieu du *lait spirituel et pur qui les aurait fait croître pour le salut* (I Pier., ii, 2), il donne une *nourriture solide* (Hébr., v, 14), tandis qu'il voudra nourrir de lait les plus fortes, qu'il éloignera de l'eau celles qui auront soif, qu'il étendra sa houlette sur les malades, qu'il ne donnera pas de repos à celles qui porteront dans leurs flancs. La parabole est claire, ce semble, et la vérité évidente : il n'est pas nécessaire de s'expliquer davantage pour ceux qui doivent comprendre toutes les paraboles.

Pasteur Alexis ! Comment tu connaissais les brebis qui t'avaient été données, et même comment tu reconnaissais du plus loin celles qui t'étaient destinées par le Chef des pasteurs, c'est ce qui a paru d'une manière merveilleuse dans la guérison que tu as opérée d'une reine infidèle. En entreprenant, dans ce but, un voyage dans un pays plongé

dans les ténèbres d'une fausse croyance, tu as été en
vérité le pasteur de l'Évangile qui laisse quatre-vingt-dix-
neuf brebis pour aller à la recherche d'une seule qui s'est
égarée. Qui aurait pû penser que cette recherche ne serait
pas vaine ? Qui, hormis l'Esprit de Dieu qui habitait en
toi, a pu t'annoncer d'avance que cette nouvelle Syro-
Phénicienne était capable de recevoir du Christ ce qu'il
voulait lui donner, dans une foi qu'elle ne désirait pas ?
Ce fut lui qui te le fit connaître, certainement ; et nous
pouvons penser qu'après avoir ouvert à cette reine les
yeux du corps d'une manière miraculeuse, tu jetas aussi
dans son cœur quelques étincelles de la lumière spirituelle, et tu changeas le bouc en agneau.

Mais nous qui paissons le troupeau au milieu duquel
tu reposes après avoir accompli tes exploits de pasteur,
combien nous sommes peu zélés pour acquérir ce don
spirituel de discernement ! Si peu, que quelques-uns
d'entre nous, peut-être, ne le regardent pas comme une
nécessité de leur vocation. Quelques-uns d'entre nous,
malheureusement, n'ont pas, et, pour leur condamnation,
ne s'efforcent pas d'avoir même une connaissance ordinaire de l'état intérieur des brebis qui leur sont confiées.
Sur l'idée faible qu'ils ont de leur vocation, quelques-uns
bornent presque tous les devoirs de pasteur à l'art de
souffler dans le chalumeau accordé par leurs prédécesseurs ; d'autres préfèrent l'art de la voix et de la parole ;
quelques-uns se reposent sur la solidité de leur houlette ;
ou bien, pour parler sans parabole, les uns pensent que
toute l'affaire du prêtre consiste à officier selon le rituel
antique ; d'autres placent au-dessus de tout l'art de la prédication ; d'autres encore espèrent sauver leur troupeau
spirituel par leur seul pouvoir de lier et de délier, comme

s'il n'avait pas encore été employé. Tout est indispensable et salutaire, et le service divin, et la prédication,
et le pouvoir de lier et de délier; mais tout cela demande
des mains sages et un usage raisonné, et ce n'est pas
l'un ou l'autre selon l'occasion, mais le tout ensemble et
dans l'ordre, qui conduit au salut. Qu'arrivera-t-il si nous
nous contentons de jouer du chalumeau tandis que les
brebis ont besoin de nourriture; si nous voulons les
nourrir de notre parole, et qu'elles ne trouvent sur notre
table que de la menue paille sèche, ou des fleurs réjouis-
santes, mais non nourrissantes; si nous menaçons de la
houlette quand il faudrait consoler, ou si nous délions
quand il faudrait inspirer la crainte des liens éternels?
Vrai Pasteur, reçois cette confession de nos défauts;
instruis-nous par ton exemple à *juger sainement les âmes
de notre troupeau* (Prov., xxxvii, 23), et intercède pour
nous auprès du Chef des pasteurs, afin qu'il nous donne
et le zèle et l'art de connaître les brebis qu'il nous a confiées, pour que nous sachions et *relever les faibles, et
soigner les malades, et consoler les affligées, et ramener les
égarées, et chercher les perdues* (Ézéch., xxxiv, 4), par sa
grâce salutaire.

Je leur donnerai la vie éternelle, dit encore le Chef des
pasteurs, de ses brebis. Il est évident que nul autre que lui
ne peut dire cela : car lui seul *a les clefs de l'enfer et de
la mort* (Apoc., i, 18). Mais comme, dans toute œuvre
qu'il a accomplie, et dans toute parole qu'il a prononcée
sur la terre, *il nous donne l'exemple, afin que nous fassions
comme il a fait* (Jean, xiii, 15), selon la mesure de la grâce
qu'il nous accorde et du ministère qu'il nous confie, il
s'ensuit que lorsqu'il nous montre en lui le propre du
bon Pasteur donnant la vie éternelle à ses brebis, il nous

17

enseigne par là même et nous commande de n'avoir d'autre intention, pour les brebis spirituelles qu'il nous confie, que de leur procurer la vie éternelle. Cette pensée doit enflammer nos prières, inspirer nos paroles, diriger notre conduite. Nous devons avoir ce but en vue dans tous nos rapports avec nos brebis spirituelles, soit que nous les instruisions dans le temple, que nous conversions avec elles à la maison, que nous les consolions dans le chagrin, ou que nous leur remettions ou même que nous leur retenions leurs péchés, — et dans ce dernier cas, en les menaçant de la mort éternelle, nous devons avoir en vue la vie éternelle, afin que celles même qui se tiennent au bord de l'abîme, *nous les sauvions par la frayeur, les arrachant du feu* (Jud., i, 23).

Est-ce ainsi que nous nous conduisons dans le ministère pastoral ? Est-ce bien là que tendent toutes nos pensées et tous nos désirs ? *Avons-nous appliqué*, selon l'expression de Salomon, *notre cœur à notre troupeau* (Prov., xxvii, 23)? Nous efforçons-nous sans cesse d'augmenter la force de notre esprit, afin de nous débarrasser, nous et les autres, de la poussière de la frivolité soulevée par le tourbillon de l'étourderie, et de dissiper le nuage des soucis de la vie, qui cache aux yeux du monde la lumière de la vie spirituelle et éternelle? N'arrive-t-il pas au contraire que quelques-uns d'entre nous, s'occupant des choses les moins importantes du ministère pastoral, et même avec une attention insuffisante, en perdent de vue le grand but final ? Se rassurant par la pensée que l'unique Chef des pasteurs est aussi l'unique Auteur de la vie éternelle, ils s'inquiètent peu de savoir si les brebis qui leur sont confiées vivent de la vie de la grâce, ou sont infectées de la maladie du péché, ou même meurent spirituellement.

Il y a même eu quelquefois des pasteurs que le Chef des pasteurs lui-même a accusés de ne rechercher que leur propre intérêt, au lieu du salut de leurs brebis : *Voilà que vous vous nourrissez de lait, et que vous vous revêtez de laine, et que vous tuez ce qui est gras, et que vous ne paissez pas mes brebis. Les pasteurs se paissent eux-mêmes, mais ils ne paissent pas mes brebis. Voici que je suis contre ces pasteurs* (Ézéch., xxxiv, 3, 8, 10)! Oh! si nous pouvions être persuadés que nous ne rencontrerons plus de ces pasteurs si infidèles, *faisant de la piété un trafic* (I Tim., vi, 5), condamnés par le Pasteur des pasteurs!

Bon et fidèle pasteur Alexis, préserve-nous, par tes prières, d'une négligence dangereuse et d'une infidélité funeste devant le Chef des pasteurs. *Combattons*, selon l'Apôtre, *le bon combat de la foi, et gagnons le prix de la vie éternelle à laquelle nous sommes appelés* (I Tim., vi, 12). *Que personne, et surtout parmi les pasteurs, ne cherche sa propre satisfaction, mais le bien des autres* (I Cor., x, 24). *Thésaurisons pour nous, et pour les autres, un fondement solide pour l'avenir, et embrassons tous la vie éternelle* (I Tim., vi, 19).

Mais alors même que je me traite moi-même, alors même que j'apprends aux pieds d'un saint Pasteur les devoirs du pasteur, — en ce moment même je pèche contre ces devoirs si je ne cherche aussi pour ce troupeau spirituel la parole de guérison et de vie. Bénis aussi, ô notre Pasteur, tes brebis, afin qu'elles reçoivent la parole du Chef des pasteurs; que, par toi, elles soient pénétrées de la force de la doctrine évangélique.

Mes brebis entendent ma voix, dit Jésus-Christ. Et ainsi le propre des vraies brebis est d'entendre la voix de leur pasteur. Et en effet, si les brebis n'entendent pas le pasteur, ce sera exactement comme si elles n'avaient pas de pasteur. Qu'il fasse retentir les sons de son chalumeau, qu'il les appelle de sa voix, qu'il élève sa houlette, tout cela n'apportera aucune utilité ni le salut aux brebis si, s'éloignant, elles ne voient ni n'entendent, ou si, s'obstinant, elles n'écoutent pas, ou bien si, n'étant pas apprivoisées, elles ne répondent pas. Une brebis qui n'écoute pas son pasteur, est infailliblement la proie de l'animal féroce. Expliquons la parabole. Les Chrétiens sont les brebis du pâturage de Jésus-Christ; le Pasteur auquel elles doivent obéir est d'abord et essentiellement Jésus-Christ lui-même, et, après lui, tous ceux, quels qu'ils soient, qui représentent visiblement son pastorat invisible, et qui exercent le pouvoir qu'il leur a confié : Car *c'est lui*, dit l'Apôtre, *qui a donné* à l'Église *des pasteurs et des docteurs pour travailler à la perfection des saints, dans les fonctions de leur ministère* (Éph., IV, 11, 12); et pour qu'on reconnaisse ceux qu'il a donnés, il a posé ce signe : *Celui qui entre par la porte, est le pasteur des brebis* (Jean, X, 2), c'est-à-dire celui qui entre dans ce ministère par une élection légitime; et pour que l'on écoute ces pasteurs envoyés comme le Pasteur suprême lui-même, il a déclaré que les écouter eux ou lui-même, c'est tout un : *Celui qui vous écoute, m'écoute* (Luc., X, 16). Le bercail et le pâturage spirituel où nous entendons la voix du Pasteur, où se trouvent la nourriture et le salut des brebis, c'est l'Église. La voix du Pasteur, c'est la prière, l'enseignement, la célébration des saints mystères, la direction, les conseils utiles à l'âme. Si des gens qui prennent le titre de chrétiens, s'écartant de l'Église, s'en vont errer dans les ravins des schismes, *se lais-*

sant flotter et emporter à tout vent de doctrine, par les mensonges des hommes et par l'astuce de leur séduction artificieuse (Éph., IV, 14); si, au lieu du vrai pasteur entrant par la porte, ils écoutent *ceux qui s'introduisent autrement* (Jean, X, 1), qui, selon le jugement du Chef des pasteurs, *sont des voleurs et des brigands*; ou bien si, sans se séparer ouvertement de l'Église, ils ne s'attachent pourtant pas à elle d'un cœur sincère et obéissant ; s'ils ne s'empressent pas d'écouter le pasteur priant, enseignant, célébrant les saints mystères; s'ils ne recherchent pas les conseils spirituels ; s'ils s'imaginent, par ignorance et par orgueil, qu'ils peuvent se conduire et se sauver eux-mêmes : ces hommes, et ceux qui leur ressemblent, par cela seul qu'ils n'écoutent pas le vrai pasteur, ne sont pas de vraies brebis. En s'écartant de l'obéissance à la voix salutaire du Chef des pasteurs, ils vont sans s'en douter à la rencontre du lion qui *rôde en rugissant, cherchant quelqu'un à dévorer* (1 Pier., V, 8).

Après tout cela, vous qui êtes réunis ici, dans le bercail sacré du premier des pasteurs, Jésus-Christ, et du Pasteur choisi par lui, Alexis! si, comme votre présence elle-même en témoigne, vous voulez vous garder de la maladie de l'inattention et de l'indocilité, prenez, comme moyen médicinal préservatif, cette parole du Pasteur des pasteurs : *Mes brebis entendent ma voix*, afin que le souvenir de cette parole renouvelle et fortifie sans cesse votre attachement sincère et votre obéissance pour lui, et afin que le bruit et les scandales du monde n'entraînent pas ailleurs votre cœur et vos pensées. Quant à vous dont l'attention de l'âme a été détournée de Jésus-Christ par les scandales, étouffée par le bruit de la frivolité, éloignée par l'égarement, dissipée par les attraits du monde et de la chair, emportez d'ici, comme un remède contre cette maladie de l'âme, cette parole du Christ : *Mes brebis entendent ma voix*. Que ceux-là reconnaissent la voix de leur vrai Pasteur, et qu'ils reviennent à lui par le repentir et par la ferme résolution de l'écouter inébranlablement.

L'écouter inébranlablement! Car, dit le Pasteur suprème, *mes brebis* non-seulement *entendent ma voix*, mais encore *me suivent*. Et pourquoi des brebis entendraient-elles la voix de leur pasteur, si ce n'est pour suivre inébranlablement sa direction? Écouter le pasteur, c'est le commencement de l'obéissance; mais cependant pas toujours : car quelquefois les animaux féroces écoutent aussi le pasteur, mais cela n'en fait pas des brebis : l'attention parfaite consiste à suivre fidèlement celui que l'on écoute. La voix salutaire montre le salut ; quand nous l'avons entendue, nous ne sommes pas encore sauvés : ce n'est que lorsque nous suivons cette voix d'un pas ferme, que nous atteignons le salut. Donc, si vous écoutez le pasteur priant, ne vous contentez pas de l'écouter, mais priez aussi ; emportez, de la maison de prière, l'esprit de prière jusque dans votre maison, et qu'il sanctifie votre chambre solitaire. Écoutez-vous le pasteur enseignant : ne vous contentez pas de l'écouter, mais recueillez ses paroles dans votre cœur ; et comme les brebis, après avoir pris leur nourriture, la ruminent intérieurement, et, par une mastication répétée, la préparent plus parfaitement à se convertir en leur chair et en leur sang, ainsi vous, après avoir pris la nourriture de la parole que vous avez entendue, ruminez-la de nouveau dans votre cœur, et, par une méditation attentive de ce que vous avez entendu, convertissez-le pour vous en chair et en sang, ou, pour mieux dire, en esprit et en vie, et, dans la force de cette

nourriture spirituelle, faites des œuvres, non pas mortes
et charnelles, mais vivantes et spirituelles. C'est ce que
commandait, dans sa sévérité, l'ancienne loi elle-même
dont fut nourri Israël, quand elle disait des commandements : *L'homme qui les accomplit, vivra par eux* (Lévit.,
XVIII, 5). C'est à quoi invite aussi la loi de liberté de l'É-
vangile : *Celui qui médite la loi parfaite de liberté, et qui
s'y attache n'étant pas un auditeur oublieux, mais faisant des œuvres, celui-là sera heureux en ce qu'il fera*
(Jacq., I, 25).

Et en cela encore, mes chers auditeurs, nous avons
besoin, nous qui nous imaginons être obéissants, de nous
éprouver attentivement pour savoir si nous ne sommes
pas des auditeurs oublieux et, selon l'expression de l'A-
pôtre, *nous séduisant nous-mêmes* (Jacq., I, 22). Que n'a-
vons-nous pas à craindre dans ce cas, nous, ministres
indignes de la parole, quand, guidé immédiatement par
Dieu dans la parole, le prophète a éprouvé cette inconstance des auditeurs? Les Israélites parlaient d'Ézéchiel
le long des murs et aux portes de leurs maisons, et se
disaient : *Réunissons-nous, et écoutons la parole qui sort
de la bouche du Seigneur* (Ézéch., XXXIII, 30). Mais en ce
moment même, Celui qui voit les cœurs découvrit au prophète qu'on allait l'écouter comme on écoute un chanteur
habile, par curiosité, sans utilité : *Et tu seras pour eux
comme la voix d'un chanteur dont le chant est doux et agréable, et ils écouteront tes paroles et ne les accompliront pas*
(52). Pensez-y, vous aussi : ne vous rassemblez-vous pas
uniquement pour écouter les paroles qui sortent de la
bouche du Seigneur, pour entendre et juger comment
nous parlons, sans vous inquiéter de l'accomplissement
de ce que nous proposons? — Malheur à nous, Verbe de

Dieu! ce par quoi tu te nommes, ce que tu es, ce par quoi
tu as créé l'univers, par quoi tu as fait l'homme grand,
par quoi se manifeste la sagesse, par quoi se communique la vie, — le verbe saint, le verbe divin, nous en
avons fait un sujet de spectacle et de divertissement.

Je le répète, nous devons nous examiner attentivement
pour savoir si nous ne sommes pas seulement des auditeurs curieux, des auditeurs oublieux de la parole, nous
séduisant nous-mêmes. Et pour vous donner un moyen
prompt de faire cette épreuve aujourd'hui même, je n'a-
joute qu'un mot : En ce jour, saint par lui-même, et
digne d'une attention particulière en ce que nous nous
préparons à des jours d'abstinence et de pénitence, don-
nez votre attention au Christ, et non à la frivolité du
monde; suivez le Christ, et non les esclaves affolés de la
chair. Celui qui se gardera aujourd'hui fidèle à cette parole, nous l'espérons et nous le demandons dans une
prière pleine d'espérance, celui-là sera à l'avenir, *non un*
auditeur oublieux, mais faisant des œuvres, et, à la fin, il
sera parfaitement *heureux dans ce qu'il fera.* — Ainsi
soit-il.

2

SERMON

EN SOUVENIR DE SAINT ALEXIS

Prononcé le samedi de la première semaine du grand carème.

— 1844 —

> Et il leur dit : J'ai désiré d'un grand désir de manger cette Pâque avec vous.
> — Luc. xxii, 15. —

L'usage veut qu'un festin soit l'une des conditions de toute fête. A une fête spirituelle, c'est, sans aucun doute, un festin spirituel qui convient de préférence ; mais un festin corporel n'a rien qui doive le faire éloigner d'une fête spirituelle même, parce que nous ne sommes pas incorporels, parce que l'on nous enseigne à *glorifier Dieu non-seulement dans nos âmes*, mais aussi *dans nos corps, et que, soit que nous mangions, soit que nous buvions, nous devons faire même cela pour la gloire de Dieu* (I Cor., vi, 20 ; x, 31). Il y eut un jour, et il y a encore aujourd'hui un festin solennel, matériel, mais qui n'est pas seulement matériel, auquel désira prendre part, sans rougir d'exprimer ce désir, Celui même qui n'a besoin d'aucune nourriture, parce que lui-même *il donne la nourriture à toute chair* (Ps. cxxxv, 25). *J'ai désiré*, dit-il, *d'un grand désir de manger cette Pâque avec vous.*

Nous célébrons aujourd'hui le bienheureux souvenir du saint prélat et thaumaturge Alexis. Par quel festin célébrerons-nous cette fête? Le carême ne s'oppose-t-il pas à ce que nous songions à un banquet corporel? Notre pauvreté spirituelle ne met-elle pas obstacle à un banquet spirituel? — La difficulté est levée par la destination même que l'Église attribue à ce temps, destination qui nous invite particulièrement aujourd'hui à un festin solennel, non-seulement spirituel, mais divin, et assurément il n'y a pas un autre jour dans l'année où autant de fidèles dévoués à Dieu viennent se délecter au banquet divin, qu'il en vient aujourd'hui.

Selon l'exhortation de l'Évangile, nous n'irons pas *nous inquiéter et nous troubler de beaucoup de choses* (Luc, x, 41); mais comme des gens traités de bon cœur conversent joyeusement, s'adressant surtout à leur hôte, ainsi, nous, avec tous ceux qui participent aujourd'hui au banquet du Seigneur, nous livrant à des pensées joyeuses, et le cœur plein de reconnaissance, et des paroles de glorification sur les lèvres, adressons-nous au grand Hôte qui a en vérité *préparé un grand festin où il a invité beaucoup de convives* (Luc, xiv, 16). Et que ceux qui ne se sont pas encore rendus à cette invitation, entendent nos propos joyeux, et qu'ils se hâtent de venir prendre part à notre gaieté : qu'ils viennent, et *qu'ils goûtent, et qu'ils voient combien est doux le Seigneur* (Ps. xxxiii, 9).

Si un homme d'un rang plus élevé que le vôtre, honoré de vous et de tous pour son mérite et sa vertu, que vous ne vous jugeriez pas vous-même digne d'approcher et de fréquenter, vous recherchait contre toute attente, vous recevait affectueusement et vous invitait à sa table, avec quel plaisir vous vous empresseriez d'accourir à cette in-

vitation; avec quelle joie vous en reviendriez; avec quelle
satisfaction vous parleriez, dans le cercle de vos amis, et
de l'hôte et de l'invitation ! Que dire si un Roi agissait
ainsi, et non envers quelque serviteur distingué de son
royaume, mais envers un esclave, et encore un esclave
coupable et sous le coup d'une condamnation à mort?
Cependant, combien ces suppositions sont encore faibles
pour servir de termes de comparaison avec ce qui se
passe entre le Christ et le Chrétien ! Le Roi du ciel, le
Fils de Dieu, Dieu lui-même, ne se contente pas d'envoyer ses esclaves et ses serviteurs, mais descend lui-
même sur la terre pour vous et pour moi, — car, puisqu'il est venu pour tous les hommes sans exception, il
est donc venu assurément pour vous et pour moi, et
c'est absolument comme s'il fût venu nommément et
uniquement pour vous et pour moi, — pour nous, esclaves d'une humble et petite province de son royaume
sans limites, et, de plus, esclaves du péché, descendants
du coupable Adam, conçus dans l'iniquité, nés dans le
péché, vivant naturellement d'une vie qui n'est pas meilleure que notre origine, parce que notre vie fut empoi-
sonnée déjà par nos premiers parents, lorsqu'ils ne vou-
lurent pas se contenter de la nourriture bénie du paradis,
et qu'ils recherchèrent la jouissance dérobée du fruit
défendu, — c'est pour nous que vient l'Hôte céleste, et
il nous prépare lui-même un banquet, non-seulement
nourrissant et délicieux, mais encore curatif et vivifiant;
il nous y invite lui-même, et lui-même il nous présente
la nourriture et le breuvage qu'il nous a préparés. *Prenez*, dit-il, *mangez. Buvez en tous.* Il dit, aujourd'hui encore, pour nous aussi, ces paroles qu'il adressa autrefois
à ses apôtres, parce que sa parole est immortelle et tou-

jours efficace. Ici, on peut demander ce qu'il y a de plus étonnant, du bonheur de ceux qui ont prêté l'oreille à sa voix, ou de l'inattention de ceux qui se privent eux-mêmes de ce bonheur.

Et que nous présente sur sa table l'Hôte céleste! — Tout ce que vous trouveriez sur la table la plus magnifique d'un roi de la terre, les productions les plus rares de la terre transformées par l'art le plus savant dans les nourritures et les boissons les plus recherchées, qui cependant ne conservent leurs qualités exquises que jusqu'au moment où l'on en fait usage, et vont ensuite à la même corruption que le pain grossier du pauvre, — tout cela serait indigne *du Roi des siècles, qui est immortel* (I Tim., 1, 17), et qui veut étendre son immortalité jusqu'à sa table. Quoi donc? Ne réunira-t-il pas tout ce que, dès avant la corruption du péché, il avait lui-même, comme Créateur, mis dans la nature de plus propre à nourrir et à délecter? Ne tirera-t-il pas des profondeurs de cette nature tous les trésors de vertu bienfaisante et curative qu'y découvrent depuis des siècles, avec tant de peine et au hasard, les médecins si bornés de la terre? — Tout cela même serait encore insuffisant, et pour la générosité de l'Ordonnateur du banquet mystérieux, et pour la satisfaction de ses convives, parce qu'une nourriture divine peut seule nourrir véritablement, et qu'un remède divin peut seul guérir l'âme malade de l'homme qui, par son origine, est un souffle de vie de la bouche de Dieu. Mais comme ce qui est divin ne peut pas, par son essence, ne pas être caché pour l'homme, il fallait encore trouver un moyen de rendre cette nourriture et ce remède divins faciles à découvrir et à prendre pour l'homme, dans la simplicité de la foi. Et c'est ainsi que le Fils de Dieu nous propose comme une nourriture et un breuvage mystérieux, et comme un remède qui guérit toutes les maladies, sous les apparences du pain et du vin, son corps divin et son sang divin : *Mangez*, dit-il, *ceci est mon corps. Buvez-en tous, ceci est mon sang.*

Peut-être pouvez-vous vous représenter quelque chose qui ressemble à ce festin, lorsqu'une mère nourrit son enfant de son lait qui ne se sépare qu'en ce moment de son corps et de son sang. Mais que cette comparaison est encore faible devant ce grand mystère ! La mère ne donne à son enfant que de la surabondance de son corps, préparée pour cela par la nature, — elle le donne sans peine, et même pour se délivrer de cette surabondance qui pourrait lui être à charge. Notre divin Nourricier nous donne son corps lui-même, — son corps tout entier ; — il nous le donne avec une suavité d'amour qui surpasse infiniment tout amour maternel ; mais bien plus, il nous donne son corps préparé en nourriture pour nous par des souffrances amères et mortelles. *Ceci, dit-il, est mon corps qui est rompu pour vous. Ceci est mon sang qui est répandu pour vous et pour un grand nombre.* Comme le froment souffre sous la meule, sous la main du boulanger et dans un four surchauffé pour devenir le pain qui fortifie le cœur de l'homme ; comme le sang du raisin souffre sous la pression du pressoir pour devenir le vin qui réjouit le cœur de l'homme, ainsi le Fils incarné de Dieu a voulu livrer son corps aux souffrances variées du Jardin des Oliviers, de Jérusalem et du Golgotha ; il a laissé jaillir son sang sous les tortures multipliées d'avant la croix et de la croix, pour nous en préparer une nourriture et un breuvage de vie qui nous donnent la guérison, l'immortalité et la félicité.

Le mystère du corps et du sang du Christ est si étonnant et si incompréhensible que nos saints Pères sages en Dieu, comme s'ils craignaient pour la simplicité et la fermeté de notre foi, veulent la fortifier en lui faisant comme des appuis de leurs raisonnements pleins de la sagesse divine. *Puisque*, dit saint Jean Damascène dans son raisonnement, *cet Adam, c'est-à-dire le second Adam, Jésus-Christ, est spirituel, il convenait et que la naissance fût spirituelle, et la nourriture de même : cependant, puisque nous sommes doubles et complexes, il convient aussi et que notre naissance soit double, et notre nourriture complexe. C'est pour cela que nous recevons la naissance de l'eau et de l'esprit, qui nous est donnée dans le saint baptême; quant à notre nourriture, c'est le pain vivant lui-même, Notre-Seigneur Jésus-Christ, descendu des cieux.* Et plus loin : *Comment se fera ceci, dit la sainte Vierge, puisque je ne connais point d'homme? Et l'archange Gabriel lui répondit : Le Saint-Esprit viendra en vous, et la vertu du Très-Haut vous couvrira de son ombre. Et vous demandez de même aujourd'hui : Comment le pain est-il le corps de Jésus-Christ, et le vin et l'eau, le sang de Jésus-Christ? Et moi je vous dis : Le Saint-Esprit descend, et il fait cela contre toute parole et toute raison.* De même, saint Jean Chrysostôme nous exhorte *à nous soumettre en tout à Dieu et à ne contredire en rien, quand même ce qui nous est dit nous paraît contraire et à notre raison et à notre vue, car sa parole est plus vraie que notre raison et notre vue. Faisons de même aussi pour les mystères, ne regardant pas seulement ce qui est sous nos yeux, mais croyant à sa parole : car sa parole est infaillible, tandis que nos sens se laissent facilement tromper; sa parole ne change jamais, tandis que nos sens sont souvent séduits. Quand donc sa parole a dit :*

Ceci est mon corps, nous devons nous soumettre, et croire, et voir des yeux de notre esprit. Car Jésus-Christ ne nous a rien transmis de sensible, mais seulement des choses spirituelles dans des objets sensibles.

Puisque la destination de notre vie présente est telle que nous devons, ainsi que nous l'a expliqué l'Apôtre, *nous conduire par la foi, et non par les yeux* (II Cor., v, 7), ainsi les dons précieux qui nous sont offerts dans la communion de la table du Seigneur, la nourriture bienfaisante, la guérison, la réfection, la lumière, l'éloignement du mal, l'incorruptibilité, s'obtiennent surtout par la foi, se communiquent surtout par la confiance, infiniment mieux que par la vue et par la sensation, quoique du reste, suivant la mesure de la foi, suivant la mesure du besoin, suivant la mesure de l'attention, de la dignité, de la pureté, l'influence sensible et l'efficacité manifeste s'en fassent reconnaître à un grand nombre de bien diverses façons. A cause des vertus nombreuses de la nourriture et du breuvage divins, à cause de la variété infinie des manifestations de la sagesse et de la bonté du Nourricier divin, le fruit sensible de la participation à la table du Seigneur se manifeste aux croyants, — tantôt par une joie ineffable dans le cœur, tantôt par une douce placidité dans l'âme, tantôt par la sérénité de l'esprit, tantôt par la paix profonde de la conscience, tantôt par l'apaisement de la révolte des passions, tantôt par la cessation des souffrances spirituelles et corporelles, et quelquefois même par une guérison complète, tantôt par un sentiment plus vif d'amour pour le Seigneur, ou par l'augmentation du zèle et de la force dans les combats et la pratique de la vertu. Mais quelles que soient nos propres expériences de ce divin mystère, je répéterai avec saint

Chrysostôme : *La parole de Notre-Seigneur est plus vraie que notre raison et notre vue.* Après qu'il a dit : *Celui qui mange ma chair et boit mon sang demeure en moi, et moi en lui ; — celui qui mange ma chair et boit mon sang a la vie éternelle* (Jean, VI, 56, 54), — comment osons-nous, quoique participants indignes de sa chair et de son sang, — comment osons-nous nier qu'il soit en nous, et nous en lui, et que nous ayons en lui la vie éternelle pourvu seulement que nous ne nous éloignions pas de lui, pourvu seulement que nous ne nous replongions pas nous-mêmes dans la mort du péché?

L'une des preuves les plus charmantes, soit de la nécessité pour nous, soit de la vertu bienfaisante et salutaire du banquet du Seigneur, c'est celle que nous trouvons dans l'ardeur avec laquelle le Seigneur lui-même l'a désiré. En effet, que signifient ces paroles qu'il adressa à ses apôtres : *J'ai désiré d'un grand désir de manger cette Pâque avec vous ?* Est-ce la Pâque ancienne qu'il désire si ardemment? Mais jusque-là elle était ordinaire, puisqu'elle s'accomplissait chaque année ; et, dès ce jour, elle devait cesser complètement, puisque la figure devait céder la place à la réalité qui était arrivée. Ainsi, il est hors de doute qu'il désire ardemment la Pâque du Nouveau Testament, — cette Pâque à laquelle il s'apporte lui-même comme victime, il se donne lui-même en nourriture. *J'ai désiré d'un grand désir*, dit-il, *de manger cette Pâque avec vous avant de souffrir,* — après la Pâque figurative, la Pâque véritable; non-seulement tangible, mais aussi visible; non-seulement matérielle, mais aussi spirituelle, et divine; non-seulement immolée, mais aussi vivante et vivifiante; commencée avant le supplice, afin qu'elle fût un témoignage perpétuel de la prévision et de la libre acceptation du supplice, mais renfermant déjà en elle-même l'efficacité salutaire de la croix pour tous les temps, ainsi qu'il est propre d'agir à un principe éternel. *J'ai désiré d'un désir* d'amour et de miséricorde *de manger cette Pâque avec vous*, parce qu'en elle est scellé tout mon amour pour vous, avec toute votre vie véritable et votre félicité.

Mes Frères, coparticipants du banquet du Seigneur! si le Seigneur, dans son amour ineffable, a désiré si ardemment ce banquet, non pour lui, mais pour nous, avec quelle ardeur nous devons le désirer, nous, par amour et par reconnaissance pour lui, et pour notre propre bien et notre propre félicité! Réchauffons notre froideur à la flamme de l'amour de Jésus-Christ. *Ne nous laissons pas aller à l'indolence*, s'écrie saint Chrysostôme, *nous qui avons été trouvés dignes de tant d'amour et d'honneur. Ne voyez-vous pas les enfants, avec quelle ardeur ils saisissent le sein, avec quelle avidité ils y appliquent leur bouche? Approchons-nous avec une avidité pareille de ce banquet, de cette coupe spirituelle, et plus encore, attirons à nous, comme des enfants à la mamelle, avec une avidité sans bornes, l'Esprit de grâce.* — Ainsi soit-il.

3

SERMON

POUR LA FÊTE DE SAINT ALEXIS

Prononcé le 12 février 1845.

> Qu'il n'y ait pas parmi vous beaucoup de maîtres,
> mes Frères, sachant que nous encourons un jugement
> plus sévère ; car nous commettons tous beaucoup de
> fautes.
>
> — Jacq., III, 1. —

Autour de l'un des maîtres inspirés de Dieu de l'Église
de Russie, entré depuis plusieurs siècles déjà dans le
repos et le silence, se sont réunis ici, aujourd'hui, des
disciples nombreux. Est-ce donc que, même dans son silence, il enseigne encore, et que, même dans son repos,
il agit encore ? En vérité, à présent encore, il nous enseigne la foi et la vie, mieux que par la parole, par l'exemple
de sa foi trouvée agréable devant Dieu, et de sa vie glorifiée par Dieu. A présent encore, il agit pour nous, devant
Dieu, par les prières qu'il lui adresse en notre faveur, et
devant nous, par le don précieux qui nous fait trouver en
son corps même, dans ses saintes reliques, comme dans
un vase d'où s'exhale un esprit pur, au lieu des faiblesses
ordinaires de l'humanité, une source de force et des vertus élevées qui, comme un parfum matériel, étendent une

influence secrète sur le sentiment de la foi, élèvent nos propres forces et produisent en nous des changements bienfaisants.

Ainsi, ce n'est pas en vain, mes Frères et condisciples, que nous nous sommes réunis pour révérer notre Maître. Mais s'il est juste d'honorer un maître élu de l'Évangile, il est juste aussi d'honorer en général la dignité de maître de l'Évangile. Honorer le maître et ne pas honorer l'enseignement, ce serait une inconséquence. Ainsi, par le fait même de notre réunion présente, nous proclamons l'obligation pour nous d'honorer la dignité de maître de l'Évangile.

L'apôtre saint Jacques nous indique un des moyens que nous avons de remplir ce devoir, lorsqu'il nous dit : *Qu'il n'y ait pas parmi vous beaucoup de maîtres.*

Si vous estimez un pouvoir, vous n'aurez pas la hardiesse de le prendre arbitrairement sur vous, ou de vous mêler de ce qui le regarde ; au contraire, vous serez toujours disposé à remplir toutes les obligations qu'il impose à ceux qui lui sont soumis. De même, si vous estimez la dignité de maître, instituée dans l'Église de Jésus-Christ, vous ne devez pas en assumer de vous-même les fonctions, ni recourir à des maîtres qui n'ont pas reçu une mission légitime, ou à des prophètes que Dieu n'a point envoyés ; mais vous devez accepter avec humilité et obéissance la situation de disciple de l'Évangile, sous la direction des maîtres placés par Dieu et l'Église. Craignez même d'être votre maître à vous-même, et d'autant plus de vous compromettre, sans une vocation supérieure, à enseigner les autres, ou même à redresser les maîtres placés par Dieu et l'Église. *Qu'il n'y ait pas parmi vous beaucoup de maîtres.* Cette recommandation est peut-être plus nécessaire, pour un grand nombre, qu'on ne le croirait de prime abord.

La passion d'être maîtres et de passer pour tels régnait chez les Scribes et les Pharisiens juifs. *Ils aimaient*, ainsi que le leur reproche Notre-Seigneur, *à être appelés par les hommes, Maître, Maître* (Matth., xxiii, 7). C'est contre cette passion que *Jésus dit à la multitude et à ses disciples*, c'est-à-dire à tous ses adhérents : *Mais vous, ne vous appelez pas maîtres, car vous n'avez qu'un seul maître, le Christ, et vous êtes tous frères* (8). Commandement sévère qui rend le titre de maître d'un accès aussi difficile pour les Chrétiens, qu'il l'élève haut dans la personne du Christ.

Cependant nous voyons que, même dans l'Église chrétienne, quelques-uns s'appellent maîtres. L'apôtre Paul lui-même s'appelle le maître des gentils, et il dit en général que *Dieu a établi dans son Église, premièrement des apôtres, secondement des prophètes, troisièmement des maîtres* (I Cor., xii, 28). Comment donc accorder cela avec le commandement du Seigneur? Ce n'est pas difficile si nous nous en tenons exactement à la valeur des paroles de l'Apôtre et de Jésus-Christ.

L'Apôtre inspiré de Dieu ne se trompe pas, cela est certain, quand il atteste que *Dieu a établi des maîtres dans l'Église*. Il témoigne de la vérité, quand il dit : *J'ai été établi prédicateur et apôtre, je dis la vérité en Jésus-Christ, je ne mens pas, maître que je suis des gentils dans la foi et la vérité* (I Tim., ii, 7). Mais Jésus-Christ lui-même ne condamne pas le ministère de l'enseignement ; car il ne dit pas : Qu'il n'y ait pas de maîtres. Cela n'est même pas possible, parce que, s'il y a des disciples, il doit nécessairement y avoir aussi des maîtres ; et, comme tous les Chrétiens sont des disciples, et que, dans le commencement, ils ne s'appelaient pas autrement que *disciples*, il doit de toute nécessité y avoir aussi des maîtres chrétiens, et surtout après que le *Maître unique* est monté au ciel.

Ne vous appelez pas maîtres, dit-il ; *car vous n'avez qu'un seul maître, le Christ.* Est-il jaloux d'avoir seul le nom de maître? Assurément non : car il est au-dessus de tout nom. Mais il veut soumettre notre prétendue sagesse, humilier notre orgueil, refréner notre témérité, réprimer notre volonté propre, condamner et défendre un enseignement établi sur la licence et l'usurpation. *Ne vous appelez pas maîtres :* ne vous décorez pas vous-mêmes de ce titre ; n'usurpez pas ces fonctions quand vous n'y êtes pas appelés. Mais si vous y êtes appelés, si Dieu vous établit, si l'autorité légitime vous nomme maîtres, alors même ne vous enorgueillissez pas d'un titre qui ne vous appartient que comme un don et une attribution, puisque en principe et essentiellement *vous n'avez qu'un seul maître, Jésus-Christ.* Ne vous regardez comme rien de plus que comme *les frères* de ceux qui vous appellent maîtres ; soyez les serviteurs, et non les dominateurs de l'enseignement et des disciples : *Que le plus grand d'entre vous soit votre serviteur* (Matth, xxiii, 11).

Il paraît que, malgré cet avertissement opportun, la passion des Pharisiens pour l'enseignement s'était glissée promptement, par ceux qui avaient passé du Judaïsme au Christianisme, jusque dans l'Église chrétienne, puisque l'apôtre saint Jacques renouvelle contre elle le même avertissement aux Chrétiens de son temps : *Mes Frères, qu'il n'y ait pas parmi vous beaucoup de maîtres.*

Cet avertissement n'exige pas qu'il n'y ait pas un grand

nombre de maîtres. En effet, dans aucune société, et surtout dans l'Église, qui est l'école de *la sagesse de Dieu cachée dans le mystère*, un grand nombre de personnes éclairées et capables de donner aux autres un enseignement salutaire, ne saurait être un surcroît embarrassant. Il n'y a aucun doute que l'Apôtre, s'il avait vu un grand nombre de personnes de ce genre, ne leur aurait pas défendu d'enseigner, de même que Moïse ne défendit pas à Heldad et à Modad de prophétiser, mais qu'il aurait bien plutôt dit avec lui : *Qui donnera à tous les hommes du Seigneur d'être prophètes*, ou maîtres, *et que le Seigneur répande son esprit sur eux* (Nomb., XI, 29)? Mais il faut prendre en considération que les hommes vraiment religieux et les maîtres vraiment dignes ne peuvent presque jamais apparaître en quantité surabondante : car, comme le premier degré de leur dignité est la reconnaissance de leur indignité, et que le plus haut degré de leur sagesse est la modestie, ils se cachent, tant qu'ils le peuvent, parmi les disciples, et jamais ils n'augmentent de leur plein gré le nombre des maîtres. Ainsi Moïse et Jérémie, même lorsque Dieu lui-même les envoie prophétiser, s'en défendent encore. *Choisissez un autre qui le puisse*, dit Moïse, *et envoyez-le* (Ex., IV, 13). *Je ne sais pas parler*, dit Jérémie (Jér., I, 6). Nous voyons les apôtres tout disposés à devenir pêcheurs d'hommes et à prêcher le royaume des cieux ; mais nous n'en voyons pas un seul s'offrir de lui-même à la mission d'apôtre, — je ne dis pas l'assumer de lui-même. Par conséquent, si, ne pas rechercher la mission d'instituteur spirituel, et même la décliner, est le trait qui distingua plus d'une fois ceux mêmes qui en étaient le plus dignes, il s'ensuit que la rechercher avec effort et la briguer est certainement un signe très-défavorable. Donc, en voyant plusieurs se hâter d'occuper ou s'attribuer spontanément le siège de l'enseignement spirituel, nous aurions pu, non sans raison, leur dire à tous : Prenez garde ; votre multitude confuse, votre recherche spontanée de la dignité d'instituteur, montrent que vous ne suivez pas le chemin des prophètes, les traces des apôtres, les pas des vrais maîtres de l'Église. L'Apôtre a renfermé cet avertissement dans son exhortation : *Qu'il n'y ait pas beaucoup de maîtres parmi vous.*

Les gens qui entreprennent d'enseigner sans y être appelés, peuvent se justifier par cette raison que, si leur entreprise est hardie, leur œuvre est salutaire. L'Apôtre détruit cette illusion présomptueuse en les rappelant à la connaissance d'eux-mêmes, et en leur représentant les conséquences de cette usurpation. *Sachant*, dit-il, *que nous encourrons un jugement plus sévère : car nous commettons tous beaucoup de fautes !*

Remarquez ici la mansuétude et l'humilité d'un véritable maître. Alors même qu'il remplit ses fonctions d'instituteur, il se met au rang des disciples. Alors qu'il a besoin de signaler les fautes des autres, et de prononcer contre elles une condamnation, il accepte pour lui-même ces fautes étrangères, cette condamnation étrangère : *Nous encourrons un jugement ; — nous commettons tous des fautes.* Mais par là-même qu'il adoucit la condamnation, elle acquiert plus de force pour ceux qui réfléchissent. Si l'Apôtre, quant à l'œuvre de l'enseignement, se place lui-même sous la crainte de la condamnation, à l'égal de ceux qui commettent beaucoup de fautes, combien cette œuvre ne doit-elle pas être redoutable pour tout autre !

Que fais-je, ô Maître unique ? Si j'enseigne, et que je pèche, je crains d'encourir une condamnation plus sévère. Et au contraire, *malheur à moi si je ne prêche pas l'Évangile : car la dispensation m'en a été confiée* (I Cor., ix, 16, 17). O Juge, justement sévère envers les maîtres plus qu'envers les disciples ! quand tu veux condamner l'indignité, fais grâce à l'obéissance à tes institutions, à ta loi et à la tradition !

Quant à ceux que les décrets souverains de Dieu n'ont pas envoyés pour enseigner, que l'autorité de l'Église n'a pas établis instituteurs, comment osent-ils enseigner et se présenter comme instituteurs ? Quelle excuse peuvent-ils présenter de cette audace, devant le souverain Maître et Juge ? Comment ne songent-ils pas que *nous commettons tous beaucoup de fautes* ? Peuvent-ils espérer qu'ils ne nuiront pas à l'œuvre de l'enseignement par leurs péchés dont ils ne sont pas purifiés par le choix de la grâce pour cette œuvre, dont ils ne sont pas garantis par l'obéissance à la loi de l'élection ? Agissant par leur propre sagesse et leur propre volonté, peuvent-ils être d'accord avec ceux qui sont sages en Dieu, qui sont dirigés par la volonté de Dieu ? Et, par conséquent, ne diviseront-ils pas au lieu de conduire à l'unité de la foi, ne propageront-ils pas le scandale au lieu de l'édification, ne troubleront-ils pas la paix de l'Église ? Et quelle condamnation ils encourront pour cela, à quelle condamnation ils exposeront ceux qu'ils auront égarés ou scandalisés, et enfin ils s'exposeront eux-mêmes à cause d'eux !

Combien ces craintes sont fondées, l'Église l'a reconnu par beaucoup de déplorables expériences. Pour abréger, je n'en citerai qu'un exemple qui dira beaucoup à celui qui sera attentif. Dans l'Épître du saint apôtre et évangéliste Jean, nous lisons ce qui suit : *J'ai écrit à l'Église; mais Diotrèphe, qui aime à tenir le premier rang parmi eux,* ne nous reçoit point. C'est pourquoi, si je viens, je le ferai souvenir de ce qu'il fait en tenant des discours malins contre nous ; et ne se contentant pas de cela, non-seulement il ne reçoit pas lui-même les frères, mais encore il en empêche ceux qui le voudraient, et les chasse de l'Église (III Jean, 1, 9, 10). Entendez-vous ? Diotrèphe ne reçoit pas Jean ! Diotrèphe, duquel on ne sait pas s'il avait seulement une étincelle de saine intelligence de la Foi et de l'Église, et dont le nom n'est venu jusqu'à nous que grâce à l'homme qu'il méprisait, — Diotrèphe ne reçoit pas Jean, choisi entre les apôtres, le théologien par excellence, le témoin des mystères et le chef des prophètes du Nouveau Testament ; il ne respecte pas son Épître ; il le blâme ; il ne reçoit pas ceux qui sont reçus par l'Apôtre ; il défend aux autres de les recevoir, et il les chasse de l'Église ! Qui aurait cru cela si l'Apôtre ne l'avait dit lui-même ? Voyez quelles œuvres impies, quels désordres destructeurs produit dans l'Église le désir d'être le premier à son propre avis, l'indépendance dérobée à ceux qui sont établis les maîtres, en s'imaginant pouvoir suffire à soi et aux autres ! Jugez, d'après cela, combien est nécessaire et important l'avertissement de l'Apôtre : *Qu'il n'y ait pas beaucoup de maîtres parmi vous.*

Mais il n'y a ici aucun Diotrèphe, penseront probablement quelques-uns de ceux qui m'écoutent, et nous ne cherchons point à être les maîtres des autres. A qui donc s'adressent le reproche et l'avertissement? — A beaucoup, mes Frères, et à vous-mêmes qui pensez ainsi.

C'est le propre du disciple de prendre pour lui toute parole d'enseignement, comme la terre reçoit toute goutte de pluie et tout grain de semence. Si vous ne vous efforcez pas de vous appliquer l'enseignement à vous-mêmes, si vous vous épuisez à rechercher minutieusement s'il est à sa place et à qui il peut bien s'adresser autour de vous, vous ne l'écoutez pas avec simplicité, comme des disciples, mais plutôt comme des maîtres et des juges. Dans ce cas, cet avertissement n'est point superflu pour vous : *Qu'il n'y ait pas parmi vous beaucoup de maîtres*. N'enseignez pas à celui qui enseigne comment il doit mieux enseigner ; n'appliquez pas aux autres le jugement de l'enseignement que vous entendez ; écoutez l'enseignement avec la simplicité et la modestie qui conviennent à un disciple, pour votre édification intérieure.

Vous ne songez à vous établir vous-mêmes maîtres dans aucun emploi de maître ; examinez cependant si vous n'êtes pas déjà tels par vos opinions et vos principes, ou, ce qui ne vaut pas mieux, si vous n'avez pas choisi de pareils maîtres pour la conduite de votre vie. De qui êtes-vous les disciples depuis que vous n'appartenez plus aux écoles des enfants ou des adolescents ? Êtes-vous les disciples dévoués de nos Pères ? Ou bien ceci ne vous paraît-il pas inopportun, parce que le siècle nouveau se proclame plus sage que le précédent ? Êtes-vous les disciples diligents de la parole de Dieu ? Ou bien cette école vous paraît-elle assez inutile pour des gens très-occupés de la sagesse humaine, ou mieux de la frivolité humaine ? Êtes-vous des disciples dociles de l'Église ? Ou bien trouvez-vous nécessaire d'abréger ses leçons parce qu'elles ne sont pas d'accord avec l'enseignement que donne l'esprit du monde ? Mais comme l'esprit du monde e l'esprit du siècle sont étrangers à l'unité qui n'est propre qu'à l'esprit de Dieu, et donnent autant d'enseignements et de maîtres qu'il y a de têtes plus ou moins pensantes, il est même inévitable que, selon l'esprit du monde et du siècle, chacun soit son maître à soi-même et ait en même temps une quantité innombrable de maîtres se contredisant les uns les autres. Que peut-il y avoir de plus malheureux? Songez donc combien est juste le reproche, et combien est nécessaire l'exhortation de l'Apôtre : *Qu'il n'y ait pas beaucoup de maîtres parmi vous, mes Frères : car nous faisons tous beaucoup de fautes.* Choisissez-vous donc plutôt un petit nombre de maîtres dignes de confiance et d'accord entre eux : la parole salutaire de Jésus-Christ, les saintes lois de l'Église, la sagesse expérimentée de nos Pères si pieux et si éclairés en Dieu !

Il n'y a point ici de Diotrèphe ; mais, au grand chagrin de l'Église et de l'autorité ecclésiastique, vous pouvez rencontrer, non loin d'ici, plus d'un Diotrèphe, et même suivi d'adhérents, quoiqu'il ait été depuis longtemps dévoilé par la parole de l'Apôtre : *Ils sont sortis du milieu de nous, mais ils n'étaient pas de nous* (I Jean, ii, 19), dit l'apôtre Jean de ceux qui se sont écartés de l'unité de la foi et de l'obéissance de l'Église. Ne voyons-nous pas, aujourd'hui encore, des gens de cette espèce? Ils ont reçu de nous les principes de la foi et des mystères, — *ils sont sortis du milieu de nous,* mais ils ne veulent plus être nôtres. Sans vocation, sans bénédiction, chacun à sa guise, ils s'établissent maîtres, et, pour couvrir la difformité de leur usurpation, ils repoussent l'Église de laquelle ils ont reçu tout ce qu'ils ont ou s'imaginent avoir. *Diotrèphe, qui aime à tenir le premier rang, ne nous reçoit pas.* — *L'Esprit parle ouvertement,* et prophétise par la bouche de l'apôtre Paul, *de gens qui suivent l'esprit d'erreur et les doctrines des démons, mentant dans l'hypocrisie, cautérisés dans leur conscience, et, entre autres principes et commandements menteurs, interdisant le mariage*

(I Tim., ɪv, 1-5). Et, malgré cet avertissement préalable, *les esprits d'erreur* apparaissent, *les menteurs* n'ont pas honte de prêcher qu'il n'y a plus du tout aujourd'hui de mariage béni, que Dieu ne se soucie plus aujourd'hui de la propagation du genre humain; ils s'élèvent contre le mariage avec plus de force que contre ce qui est con damné par la loi du mariage, et quelques-uns s'arment contre les lois vraies et du mariage et de la virginité, non seulement du mensonge, mais encore du fer. Quelque évidents que soient ici les traits *de l'esprit d'erreur*, *des doctrines des démons*, il se trouve cependant des gens qui les *suivent*. Beaucoup de maîtres établis de leur pro pre autorité multiplient les doctrines de mensonge, tandis que les adhérents insensés multiplient les docteurs de mensonge. Quand vous rencontrez les uns et les autres, rappelez-vous, mes Frères, pour vous et pour eux, l'aver tissement de l'Apôtre qu'ils méprisent si malheureuse ment : *Qu'il n'y ait pas beaucoup de maîtres parmi vous, sachant que nous encourons un jugement plus sévère.*

Rappelez-vous que *Dieu a établi, dans son Église, pre mièrement des apôtres, secondement des prophètes, trois mement des docteurs* (I Cor., xɪɪ, 28), — *et que nul ne peut s'attribuer à soi-même cet honneur, mais celui qui y est ap pelé de Dieu, comme Aaron* (Héb., v, 4), selon l'ordre établi par Dieu. Il n'y a que les maîtres appelés par Dieu qui conduisent sûrement à Dieu. — Ainsi soit-il.

4

SERMON

EN MÉMOIRE DU SAINT PRÉLAT ET THAUMATURGE ALEXIS

Prononcé le mercredi de la seconde semaine du grand carême.
12 février 1847.

> Bienheureux vous qui pleurez maintenant, car vous
> vous réjouirez.
> — Luc, vi, 21. —

L'image du carème, naturellement quelque peu sévère
et triste, même avec la précaution que nous pouvons avoir
de ne pas nous laisser séduire par l'assombrissement
hypocrite du visage des Pharisiens, se rassérénit assez
pour nous aujourd'hui par la joie de cette fête, et cela,
par l'ordre de la sainte Église. Mais aujourd'hui aussi, et
par le même ordre, l'Évangile nous fait entendre ces paroles qui nous disposent aux larmes : *Bienheureux vous
qui pleurez maintenant.*

Que devons-nous donc faire? Faut-il nous réjouir, ou
pleurer? Notre Mère a-t-elle bien réfléchi à ce qu'elle
demande à ses enfants? — Sans doute elle a réfléchi, et
elle sait ce qu'elle désire. Soyez attentifs, et vous com-
prendrez sans beaucoup de peine combien facilement la
joie spirituelle pénètre dans le domaine de la tristesse, et

ensuite, lorsque cela est nécessaire, cède encore la place à une légitime affliction.

Nous célébrons la fête du saint prélat et thaumaturge Alexis. Mais le saint proverbe nous enseigne que *la mémoire des justes* doit être accompagnée *de louanges* (Prov. x, 7). Et un autre proverbe dit que *quand les justes triomphent, le peuple est dans la joie* (xxix, 2). Vous voyez par là, vrais Croyants, comment nous pouvons nous réjouir aujourd'hui. Pour cela, il suffit de rappeler à votre mémoire la vie de saint Alexis, ses victoires, ses vertus, ses belles actions. Le bien contient sa louange en lui-même et réjouit par lui-même.

Considérez par la pensée le jeune Éleuthère, prédestiné à devenir par la suite le saint prélat Alexis. Entre les jeux de l'enfance, il en choisit un sensé, innocent et qui n'est peut-être pas sans utilité. Il tend des filets et veut prendre des oiseaux. Mais Celui sans la volonté duquel le passereau même ne tombe pas sur la terre, ne lui envoie pas de gibier, parce qu'il veut, non pas récréer Éleuthère à ces jeux d'enfants, mais lui faire perdre toute inclination pour les amusements, et le préparer à des occupations importantes. L'Oiseleur céleste veut prendre l'oiseleur terrestre lui-même. Fatigué d'attendre sa proie, l'enfant s'assoupit, et, dans ce moment de silence de ses sens extérieurs, un ange lui ouvre le sens de l'ouïe intérieure, et dit à son âme : *Alexis, pourquoi te fatigues-tu en vain? Tu seras preneur d'hommes.* L'âme émue éveille le corps. Éleuthère ne sait quelle est cette voix, quel est ce nom, ce que signifie cette prédiction de chasse d'hommes; mais la semence céleste ne s'en est pas moins enfoncée profondément dans son âme, et a commencé à germer. Il a quitté la chasse aux oiseaux et tous les autres amusements; il est devenu silencieux et paraît triste, parce qu'il n'est plus distrait et ne s'occupe plus des choses extérieures; le souvenir de la voix mystérieuse l'appelle vers les choses intérieures et invisibles. Trois ans après, il se laisse aller décidément à cet attrait, il se sépare du monde, et, à son entrée en religion dans le monastère de l'Épiphanie, il reçoit le nom d'Alexis, duquel il a été appelé d'avance dans sa vision.

Ce n'est là que l'aurore matinale de la vie spirituelle de saint Alexis; mais n'est-elle pas déjà assez claire et assez belle? Un enfant de quinze ans s'arrache aux plaisirs de la jeunesse; le fils d'un boyard, — à l'éclat de l'illustration; le filleul d'un prince souverain futur de Moscou, — à l'attente d'une illustration plus grande encore; il se résout à ne vivre que pour Dieu et pour son âme; il s'enferme dans la vie monastique, — et j'espère que vous ne me contredirez pas si j'avance que cette vie était plus sévère il y a cinq siècles que de notre temps. Considérez, vieillards, un enfant; et ne vous contentez pas de l'admirer, mais instruisez-vous à ses leçons. Et il serait très-bien que certains fils de boyard sussent aussi le considérer comme il convient, du moins pour ne pas se croire animés de pensées très-sages et très-élevées lorsque, se hâtant de sortir des écoles, ils n'aspirent pas autant à la recherche des actions d'éclat et de l'utilité de la patrie, qu'ils ne se mettent à la poursuite du fantôme des honneurs, ou ne se jettent dans le tourbillon des plaisirs et du luxe.

Suivons Alexis dans la vie monastique. Faut-il parler de ses belles actions proprement monastiques? Il va de soi que celui qui a méprisé tant d'avantages du monde, une fois qu'il a eu mis la main à la charrue, n'a plus re-

gardé en arrière; qu'il n'a pas cherché, comme quelques-
uns aujourd'hui, sous le nom de vie de pénitence, uniquement une vie paisible et assurée ; qu'il n'a rien
retranché, pour sa paresse, des prières et des offices prolongés ; qu'il n'a pas regardé l'église d'un œil, et, de
l'autre, par-dessus l'enceinte du monastère ; qu'il n'a attaché aucun prix à la propriété, après son vœu de pauvreté ; qu'il n'a rien mêlé de sa volonté à ses actes d'o-
béissance. Je rapporterai un exploit particulier qui suffit
seul pour montrer Alexis comme une lumière extraordinairement brillante non-seulement pour son siècle, mais
pour beaucoup d'autres siècles. Dans un siècle qui n'offrait ni assez de moyens, ni assez de stimulants pour se
livrer à de fortes études, il eut un vif désir et il trouva
les moyens d'apprendre suffisamment la langue grecque.
Et pourquoi? — Pour acquérir une intelligence plus
claire et plus exacte des saints livres du Nouveau Testament, dans la langue originale des apôtres. Et peu content d'avoir fait cette acquisition pour lui-même, il voulut encore la partager avec ses coreligionnaires et ses
compatriotes. Il compara la traduction slavonne des
livres du Nouveau Testament avec les originaux grecs,
et, après l'avoir purifiée des imperfections et des erreurs
qu'y avaient introduites des copistes inexpérimentés, il
l'écrivit de sa propre main dans un livre qui se conserve
jusqu'aujourd'hui dans ce Monastère fondé par lui,
comme un des objets inestimables de son héritage.

Quiconque aime la vérité divine et la gloire pure de
l'Église, verra toujours avec consolation cet exploit théologique de saint Alexis. De quel éclat pur y brille l'Orthodoxie, qui est toujours remontée et remonte toujours à
la sainte Écriture, comme à la source éternelle et ouverte

à tous, de la vérité divine! Dans quel éclat favorable il présente la valeur du Clergé russe au quatorzième siècle chrétien, dans lequel les lumières de l'instruction ne brillèrent nulle part! Quel puissant témoignage il donne aux efforts de la Prélature russe des siècles suivants, pour la correction des fautes introduites dans les manuscrits slavons des Écritures saintes et des livres ecclésiastiques, et leur révision sur les originaux grecs! Comme il met dans un jour clair la fausse sagesse de ces amateurs d'une antiquité imaginaire, chez lesquels l'amour de l'antiquité s'est changé en dévotion pour des erreurs antiques, et qui regardent la correction d'une faute d'un copiste ancien comme un crime et même comme une atteinte portée à la foi!

Enfin, considérons Alexis comme prélat et comme saint. Sa vie vertueuse et sa sagesse engagèrent le Métropolitain de toute la Russie, Théognoste, à le prendre dans son palais et à lui confier le jugement des affaires ecclésiastiques. Il fut retenu douze ans dans ce service, non sans une disposition particulière de la Providence, afin de reconnaître de plus près, dans les membres souffrants, l'état et les besoins de tout le corps de l'Église qu'il eut ensuite à surveiller et à soigner. Après cette préparation, saint Alexis fut établi par le même Métropolitain Théognoste, évêque de la ville de Vladimir, et, quatre ans plus tard, il fut élu par lui encore et par toute l'assemblée du Clergé, à laquelle se réunit le Conseil du grand prince Siméon, et élevé au trône de la Métropole de toute la Russie. Cette élection, pendant la vie du titulaire de ce siége et par lui-même, était quelque peu contre les usages; mais cela se fit comme par prévision, pour prévenir et arrêter les prétendants sans élection à ce siége, tels

I.

qu'apparurent bientôt en effet Théodorite et Romain. Depuis ce jour, saint Alexis apparaît décidément comme
l'ange choisi, conservé et dirigé par Dieu, de l'Église de
toute la Russie.

Il fait un voyage à Constantinople, et reçoit la consécration et la confirmation patriarchales. Ayant rencontré
ensuite un compétiteur en Russie, il fait un second
voyage à Constantinople pour se soumettre avec lui au
jugement du Patriarche, et il est une seconde fois confirmé sur le Siége de Russie, tandis que les deux prétendants non élus disparaissent. Dans le dernier de ces
voyages, il se trouve en danger sur mer ; mais ayant fait
une prière et le vœu de fonder un monastère s'il est
sauvé, il atteint sain et sauf le rivage et sa patrie ; et le
monastère des Androniciens est encore aujourd'hui un
monument de sa prière exaucée et de son vœu accompli.

Bientôt il apparut que Dieu, dans sa bonté, en sauvant
saint Alexis du danger, avait conservé un instrument de
salut pour la protection de l'Église et de l'Empire de
Russie, et pour la gloire de son nom au delà même des
limites de l'Église. Le roi de la Horde, dont la puissance
pesait alors sur la Russie, ordonna, par un envoyé, à
Alexis de se rendre à la Horde pour guérir la reine qui
était aveugle et possédée. Djanibec exigeait ce qui n'est
pas au pouvoir de l'homme ; mais, ne comprenant pas
cela, il était prêt, sans doute, en cas de non accomplissement de ce qu'il exigeait, à se livrer à une colère dangereuse et pour le Prélat, et pour l'Église, et pour la
Russie. Les grandes calamités font apparaître les grands
hommes et les saints : il en fut ainsi dans cette occasion.
Alexis montra un grand courage, — en ne refusant pas

d'entreprendre un voyage dangereux; une foi vive, — en ne refusant pas de demander à Dieu une guérison miraculeuse; une humilité profonde, — en ne se reposant pas sur lui seul et en allant prier au tombeau du saint prélat Pierre. Dieu fortifia sa foi par un signe : un cierge s'alluma de lui-même au tombeau du saint prélat Pierre. Saint Alexis se rendit à la Horde, guérit la reine et rapporta l'admiration, des honneurs, des présents et la sécurité de l'Église et de la Russie.

L'accomplissement de ce miracle le plaça si haut dans l'opinion générale que, lorsqu'un autre roi, plus féroce encore, de la Horde, menaça la Russie d'une invasion dévastatrice, le grand prince Jean ne trouva pas pour elle de meilleur défenseur que saint Alexis : et celui-ci, se dévouant encore pour le bien public, se rendit à la Horde, et, malgré toutes les difficultés qu'il rencontra, malgré tout ce qu'il eut à supporter, il revint encore avec gloire, rapportant la tranquillité à l'Église et la paix à la Patrie.

Je me suis souvenu, Seigneur, des jugements que vous avez exercés dans tous les siècles, et j'ai été consolé (Ps. cxviii, 52), dit le témoin des jugements divins sur le peuple de Dieu. N'est-ce pas ce que doit sentir un témoin attentif des jugements éternels de Dieu sur la Russie et l'Église russe? Avec quelle force, chez nous, l'Église et la Patrie se sont embrassées et soutenues l'une l'autre! Que bienfaisante fut l'unité ferme des chefs du Clergé, lorsque l'unité de l'Empire n'était pas encore consommée. Que merveilleusement s'opposa à la puissance des nations étrangères et infidèles qui pesait sur nous, la puissance spirituelle de l'Église, pour diminuer quelque peu et maintenir cette pesanteur destructive, jusqu'à ce que pussent grandir et mûrir pour la repousser, les forces victorieuses de l'Empire! Souviens-toi avec reconnaissance, fils orthodoxe de la Russie, de ces antiques jugements, et conserve avec confiance, pour les temps à venir, des forces si bienfaisantes dans les temps écoulés, la force de la foi et de l'amour pour la patrie, la force de l'unité d'âme et de l'amour disposé à tous les sacrifices pour le pouvoir autocratique.

Je ne peux suivre saint Alexis dans toute sa carrière de vingt-quatre années sur le siége Métropolitain de Moscou. Et je crains de vous fatiguer. Mais voici quelque chose que je ne puis passer sans attention. Il est une entreprise de saint Alexis, qu'il n'a pas conduite à sa fin. Il est une lutte dans laquelle il n'a pas eu la victoire. Je regarde, je m'étonne, et je me réjouis, quoique je ne comprenne pas. Un thaumaturge rencontre une entreprise qu'il ne peut pas achever! Un homme rempli de la sagesse de Dieu rencontre une difficulté dans laquelle il ne remporte pas la victoire! C'est extraordinaire; mais c'est ainsi. En approchant de la fin de sa carrière terrestre, saint Alexis désira se trouver un saint successeur. Les saints voient les saints : ainsi saint Alexis vit saint Serge. Il l'appela et lui proposa son siége. Mais Serge refusa, et Alexis n'insista pas.

Que peut-il y avoir de plus saint que l'entreprise du prélat Alexis? Comment donc n'eut-elle pas de succès? Comment l'humble Serge osa-t-il résister à un Prélat dont il recevait toujours les paroles comme celles de Jésus-Christ? Comment le Prélat ne se décida-t-il pas à soumettre l'Abbé par la puissance de la loi d'obéissance ecclésiastique et monastique? Nous aurons beau multiplier les questions, ni saint Alexis, ni saint Serge ne nous répondront. Pourquoi donc cela nous a-t-il été montré?

— Pour que l'orgueil de notre esprit s'humilie jusqu'à terre devant les jugements de Dieu que les saints eux-mêmes ne pénètrent pas quelquefois, et devant les saints eux-mêmes que nous, pécheurs, nous ne savons souvent ni voir, ni comprendre; et pour que les hommes pieux s'écrient du plus profond de leur cœur, avec le Psalmiste : *Dieu est admirable dans ses saints* (Ps. LXVII, 36).

En vérité, Dieu est admirable en toi, saint Alexis : il est admirable en ce qu'il te montra prophétiquement, dans le bienheureux Serge, son instrument élu, non seulement pour ton temps, mais encore pour les temps à venir; il est admirable encore en ce que, ne t'ayant pas donné de successeur semblable à toi, il t'a donné, comme à quelques-uns de tes collègues, un pouvoir sans succession dans son Église. Tu te tais ; mais, mieux que ta parole, ton silence prêche la piété et défend l'Orthodoxie. Tu reposes en apparence; mais tu agis invisiblement, par la sainte puissance qui t'a été donnée, en purifiant et en fortifiant nos prières imparfaites et impuissantes, en répandant autour de toi un parfum spirituel calmant, adoucissant, salutaire, en nourrissant ainsi le troupeau, et en paissant les brebis et les pasteurs. Grâces soient rendues à ton pastorat de ce que ces brebis, qui sont tiennes, se pressent aujourd'hui encore avec amour autour de toi! Grâces soient rendues à ta bénédiction de ce que, dans les premiers jours de ce carême, ton temple s'est encore rempli de fidèles comme aux fêtes les plus solennelles ! C'est un don qui vient de toi; et c'est ma joie, c'est la commune espérance du salut, quoiqu'il nous reste encore des sujets et d'affliction et de crainte.

En me réjouissant de voir ceux qui respectent le carême, puis-je voir sans affliction ceux qui non seulement

ne le respectent pas assez, mais encore semblent le railler
par leur conduite. Pourquoi ont eu lieu ces réjouissances
publiques déplacées hors d'un jour de fête? Et le jour de
fête, pourquoi ce temps dérobé à la dévotion, et gaspillé
en frivolités? Pourquoi cette intempérance, cette usurpation des plaisirs sur l'ouverture du carême? Des milliers
de chrétiens courent sur les traces de l'étourderie
païenne, et il se trouve des gens pour raconter avec solennité et avec éloges les œuvres de cette étourderie
comme des faits dignes de mémoire. Comment cette
multitude ne se rappelle-t-elle pas que plusieurs centaines de mille de Ninivites se sauvèrent, par le jeûne,
d'une ruine prochaine, et que tout le premier monde,
qui mangeait et buvait, qui s'adonnait au luxe et à la
joie, fut englouti dans le déluge? Pourquoi, même pendant le carême, quelques-uns ne se contentent-ils pas,
ou même n'usent-ils pas du tout des chants si doux et si
émouvants de l'Église, mais vont-ils entendre un chanteur de spectacle et des chants passionnés, ou contempler
des tableaux où l'on ne tient plus, il est vrai, des discours
déhontés, mais où l'on ne voit non plus rien d'édifiant
pour les yeux? Quelques personnes, affligées comme moi
de tout cela, disent : Pourquoi l'Autorité est-elle si indulgente pour toutes ces choses? Il me semble que j'ai à
cela une réponse satisfaisante. L'Autorité, indulgente
pour vous comme pour des enfants, vous permet des
amusements publics afin que votre inclination ne vous
entraîne pas, si vous n'en aviez pas de publics, à des
amusements cachés, plus désordonnés et plus nuisibles.
Mais vous, pourquoi voulez-vous rester toujours des enfants, dans votre inclination aux amusements? N'allez pas
entendre le chanteur passionné, ni voir le spectacle en-

chanteur; donnez-vous de meilleures occupations : les spectacles intempestifs et indignes de la sagesse chrétienne se fermeront d'eux-mêmes ; les séducteurs perdront leur charme; l'Autorité, qui veille au maintien de la religion et des bonnes mœurs, sera satisfaite, et la société chrétienne prendra un aspect de moralité sévère digne des temps apostoliques. Tant que cela ne sera pas, nous ne chercherons pas du moins à nous flatter, nous ne donnerons pas des éloges à l'étourderie comme à la sagesse, nous avouerons notre imperfection, nous condamnerons notre frivolité, nous nous affligerons et nous pleurerons sur nos réjouissances qui ne sont pas exemptes de péché. Hâtons-nous de semer les larmes du repentir, pour moissonner la joie du salut. Prenons garde, en poursuivant trop vivement et trop longtemps les plaisirs frivoles, de tomber à la fin dans les pleurs tardifs et inutiles du désespoir. *Toutes les joies* mondaines et sensuelles *finissent dans les larmes*, dit l'expérience de Salomon (Prov., xiv, 15). Au contraire, *bienheureux ceux qui pleurent* des larmes d'attendrissement spirituel, dit Jésus-Christ notre Sauveur, à qui soit la gloire avec le Père et le Saint-Esprit dans les siècles. — Ainsi soit-il.

5

SERMON

POUR LA FÊTE DE SAINT NICOLAS

Prononcé au Monastère de Saint-Nicolas de Pérerva, le 9 mai 1822.

> Souvenez-vous de vos instituteurs qui vous ont prê-
> ché la parole de Dieu, et, considérant quelle a été la
> fin de leur vie, imitez leur foi.
> — Hébr., xiii, 7. —

L'apôtre Paul adresse ces paroles aux Hébreux, c'est-à-
dire à ceux des Hébreux qui s'étaient convertis au Christianisme, probablement à ceux qui vivaient en Judée.
Il est donc permis de penser que les instituteurs dont il
veut parler sont nommément les apôtres Jacques, frère
de Jean, et Jacques, frère du Seigneur. Le premier mourut par le glaive qu'Hérode leva sur l'Église de Jérusalem,
et le second fut martyrisé par Anne, grand prêtre des
Juifs, et ses partisans. Il était tout naturel que les enfants
de l'Église se souvinssent avec un vif regret de la perte si
douloureuse de deux si grands instituteurs. L'Apôtre
cherche à redresser et à élever cette disposition d'esprit,
en leur apprenant à se souvenir de la fin de leurs pieux
instituteurs, non avec chagrin, mais avec vénération;
non pour les pleurer, mais pour les imiter. *Souvenez-*
vous de vos instituteurs qui vous ont prêché la parole de

Dieu, et, considérant quelle a été la fin de leur vie, imitez leur foi.

Comme les apôtres disaient ce qui leur était enseigné par l'Esprit-Saint, les enfants dociles de l'Église recevaient leurs instructions comme des lois, et mettaient leurs paroles en pratique. De là l'usage des Chrétiens de commémorer solennellement leurs instituteurs morts dans le Seigneur, et de s'instruire par leurs exemples lorsqu'ils ne reçoivent plus l'enseignement de leur parole.

Parmi ces instituteurs, les uns ont brillé par la parole de sagesse, les autres par d'autres dons spirituels, pour l'utilité de l'Église. L'instituteur que nous fêtons aujourd'hui, saint Nicolas, s'est signalé particulièrement par une foi vive et par le zèle selon la foi.

Souvenez-vous donc de lui de telle sorte que ce souvenir vous soit un enseignement, et que, par vos actes, vous imitiez *son zèle selon la foi.*

Le zèle est un feu spirituel. De même que la sagesse éclaire l'esprit, de même que l'amour échauffe le cœur, ainsi le zèle, qui est l'action combinée de ces deux forces, enflamme tout l'être dans lequel il se trouve. Il se manifeste en lui par une activité constante qui dirige puissamment vers son but tout ce qui peut lui être soumis, purifie tout ce qui est susceptible d'être purifié, démêle tout ce qui est confus, détruit tout ce qui est impur et corruptible, écarte et dissipe tout ce qui lui résiste. Ainsi l'Apôtre dépeint le zèle de Dieu lui-même, quand il l'appelle *le zèle d'un feu qui doit dévorer ses adversaires* (Hébr., x, 27).

A cette image, le zèle de l'homme, par rapport à la foi, est une qualité et une disposition d'esprit par lesquelles il s'efforce avec un désir ardent et l'activité la plus vive, de conserver, d'étendre, de purifier de tout mélange de superstition et de séduction la vraie foi qu'il a une fois connue et aimée, et, ou de gagner et de convertir ses ennemis, ou de les réduire à l'impuissance de lui nuire.

Le zèle selon la foi est *la faim et la soif de la justice* dans la foi, et autant il rencontre de foi conduisant à la justice, autant il s'en rassasie et en fait son bonheur ; mais quand il ne peut pas rencontrer la foi conduisant à la justice, ou bien quand il la voit affaiblie par la nonchalance des faux chrétiens, ébranlée par les dissensions, menacée de malheurs, alors il *dévore* (Jean, II, 17) le zélateur lui-même. Salomon, dépeignant cette puissance ardente ou dévorante du zèle, dit : *Le zèle est cruel comme l'enfer* (Cant., VIII, 6). Il le compare à l'enfer, non que personne puisse être précipité par lui en enfer, — car ce ne saurait être l'effet du vrai zèle, puisqu'il contient en lui l'amour, — mais soit parce que, voyant les créatures bien-aimées de Dieu sur le chemin de l'enfer, et se représentant avec la plus vive compassion la mort qui les menace, le zèle sent leur enfer en lui-même ; soit parce que, mélangé d'une grande abondance d'amour, il est prêt à partager même l'enfer avec ceux pour lesquels il s'exalte, afin d'alléger leur sort et de les dérober au danger à son propre péril. C'est ainsi que l'apôtre Paul, enflammé pour les Israélites d'un zèle divin, fut poussé à leur dire qu'*il aurait désiré d'être séparé lui-même du Christ pour ses frères* (Rom., IX, 5), c'est-à-dire afin qu'ils crussent fermement en Jésus-Christ.

Après cet exemple et d'autres semblables, quelques-uns penseront peut-être que ce saint zèle n'est pas une obligation commune et constante, mais un don envoyé d'en haut par la grâce à un petit nombre, pour certaines occasions particulières, lorsque des dangers extraordinaires de la foi exigent des efforts extraordinaires pour sa conservation et sa confirmation. Nous n'adressons point ce soupçon d'un raisonnement de ce genre à ceux qui sont refroidis dans la foi au point de n'en pas remplir les devoirs les plus ordinaires et reconnus de tous : comment chercher le zèle de la foi chez ceux dans les œuvres desquels on ne saurait trouver la foi elle-même ? N'y a-t-il pas des gens qui attachent du prix à la foi, qui désirent en remplir, et font même quelques efforts pour en remplir les devoirs autant qu'ils les connaissent, mais dans le dénombrement des devoirs, dans la liste des vertus desquels ne se trouve pas le nom du zèle? Ne pensent-ils pas que nous n'avons aucun besoin du zèle de Paul, parce que nous ne sommes point appelés à combattre l'opiniâtreté des Juifs, ni du zèle de Moïse, ou de Phinéès, ou d'Élie, parce que nous ne vivons pas au milieu des abominations du paganisme.

Sans doute, il n'est pas donné à chacun d'être un Moïse ou un Phinéès, un Élie ou un Paul, quand Moïse lui-même, dans une circonstance donnée, ne put pas être un Phinéès, ni Phinéès un Moïse. Mais si Moïse, dans une circonstance, et Phinéès, dans une autre, sauvèrent, par leur zèle, tout le peuple de Dieu, ne serait-ce pas encore mieux qu'il y eût plus de pareils zélateurs? Mais on peut voir déjà par là que si le saint zèle n'est pas une obligation indispensable, il est au moins une vertu désirable.

Mais examinons avec plus d'attention si nous ne trouverons par le zèle même parmi nos obligations indispensables. Que peut-il y avoir de plus indispensable et de plus universel que les obligations que Dieu lui-même

nous a imposées par les dix commandements? Je cherche
ici la loi du zèle, et je n'ai pas besoin de pousser cette
recherche au delà du premier commandement. *Je suis le
Seigneur ton Dieu, et tu n'auras pas d'autres dieux :* entendez-vous dans ces paroles, en même temps que le
commandement de la foi et de l'amour, le commandement
du zèle? Écoutez judicieusement. Lorsque le Législateur
céleste se déclare *Seigneur* et *Dieu*, il proclame son autorité et demande notre soumission; il proclame sa grandeur et nous impose la vénération pour lui. Mais quand
il ne rougit pas, ainsi que s'exprime l'Apôtre sur ce même
sujet (Hébr., xi, 16), *de s'appeler* notre Seigneur *et notre
Dieu*, que montre-t-il en lui pour nous, si ce n'est l'a-
mour, et qu'éveille-t-il en nous pour lui, si ce n'est l'a-
mour? En effet, que peut-il y avoir de plus rempli d'a-
mour de la part de la personne qui parle que de dire,
que peut-il y avoir de plus aimable pour celui qui écoute
que de s'entendre dire : *Je suis à toi?* Voilà donc le commandement de l'amour. Mais ensuite? *Tu n'auras pas
d'autres dieux que moi.* Qu'est-ce que cela veut dire, sinon
que Dieu, après avoir établi entre lui et l'homme une
union d'amour, désire la fortifier et l'élever à un tel degré de perfection que cet amour exclue tout autre amour
qui ne serait pas d'accord avec lui et qui ne lui serait pas
soumis, ou, ce qui est la même chose, nous découvre son
zèle et nous commande le zèle? Voilà donc le commandement du zèle. Cette explication n'est point imaginaire,
mais elle nous est donnée par l'Auteur lui-même de la
loi, dans la continuation du Décalogue : *Car je suis le
Seigneur ton Dieu, le Dieu jaloux* (Exod , xx, 5).

Par là, il n'est pas difficile de comprendre que, de
même que l'obligation d'être zélé pour Dieu et pour la

foi en lui incombe à chaque homme, ainsi cette obligation s'étend à tous les temps et à toutes les occasions, puisque le commandement du zèle est indissolublement lié, par le souverain Législateur, au commandement de l'amour pour Dieu, qui ne peut jamais souffrir aucune exception.

Mais pour voir de plus près, dans le fait même, jusqu'où peut et doit s'étendre le zèle saint, je demande : Fallait-il être zélé pour un culte qui, quoiqu'il eût été régulier et établi par Dieu, commençait déjà, selon les desseins de la Providence, à perdre de sa valeur et de sa signification, et devait bientôt disparaître complètement ? Combien d'âmes, n'étant pas embrasées du feu divin, penseraient pouvoir considérer avec une froide indifférence, sans manquer à leurs obligations, tout abaissement quelconque d'un pareil culte ! Quelques-uns ne penseront-ils pas que, dans un cas pareil, il serait même d'un zèle déplacé et déraisonnable de vouloir soutenir ce qui doit infailliblement être renversé ? Remarquez donc ici combien peut nous tromper une sagesse imaginaire, privée d'un vif sentiment du cœur, ou, pour mieux dire, la nonchalance couverte du voile de la sagesse. Ce n'est pas ainsi qu'a pensé, qu'a agi Celui qui est la sagesse même et en même temps l'amour même, et, par conséquent, le plus pur modèle du zèle. Le culte de Jérusalem, composé d'ombres et de figures, devait prendre fin lorsque apparut Jésus-Christ, la lumière des ombres et la réalisation des figures ; le temple lui-même devait être bientôt livré aux gentils pour être définitivement renversé. Cependant, que sentit à cette époque, que dit, que fit Jésus-Christ, quand il vit dans le temple des choses indignes du temple ? Il éprouva le sentiment que peint le Prophète : *Le zèle de ta maison me dévore. Ne faites pas*, dit-il, *de la maison de mon Père une maison de trafic*. Et en effet, *il chassa les vendeurs du temple* (Jean, ii, 14, 17).

Vous voyez, Chrétiens, un exemple du saint zèle dans une occasion telle qu'il en faut conclure que jamais aucun de nous ne manquera d'occasions d'accomplir des actes de zèle. Et cet exemple s'adresse bien à tous : car Jésus-Christ ne se conduisit pas, dans cette occasion, comme appartenant au temple, en vertu d'une obligation particulière, puisqu'il est connu qu'il ne se plaça jamais dans une pareille situation, mais que dans toutes les circonstances, pour l'accomplissement des obligations du culte établi, même lorsqu'il s'agissait de ses miracles, il renvoyait aux prêtres : il agit ici en vertu d'un zèle libre, commun à tous.

Et ainsi, Chrétien, si tu crois, et si tu veux être fidèle à la foi, il faut aussi que tu sois zélé pour la foi. Ne t'en excuse pas sous prétexte que tu ne vois pas d'ennemis de la foi, et que tu ne rencontres pas de sujets d'exercer ton zèle. Jésus-Christ trouva un sujet de zèle dans le temple même du vrai Dieu. Dans la vraie Église chrétienne aussi, se rencontre assez souvent ce qui dévore de zèle le Chrétien zélé.

Peut-on voir de sang froid beaucoup d'enfants de la foi vivre dans une telle ignorance de ce en quoi ils croient, qu'on peut leur appliquer exactement ce qui a été dit aux Samaritains : *Vous adorez celui que vous ne connaissez point* (Jean, iv, 22)? Si Dieu t'a donné la vraie lumière de la foi et l'intelligence du mystère du Christ, sois donc zélé pour eux, avec l'Apôtre, *du zèle de Dieu* (II Cor., xi, 2), et *souffre* d'une souffrance salutaire, *jusqu'à ce que Jésus-Christ soit formé en eux* (Gal., iv, 19).

Ne rencontrons-nous pas des Chrétiens qui ne fondent leur droit de se nommer ainsi que sur l'accomplissement de quelques devoirs extérieurs, qu'ils embrassent entre autres à la légère, sans réformer intérieurement leur cœur, sans purifier leur conscience, sans élever leur esprit à la communion avec Dieu? Si tu es chrétien, non pas seulement de nom, mais par l'esprit et la force, dis, ne fût-ce qu'à un de ces hommes, à celui que tu pourras : Pourquoi, étant chrétien, vis-tu comme un juif, ou même comme un païen?

Il serait difficile d'en finir, si nous voulions continuer l'énumération des occasions semblables d'exercer un saint zèle, que peut trouver chaque jour un Chrétien attentif, vivant au milieu de Chrétiens semblables à lui. Mais n'allons-nous pas encore les chercher bien loin, quand nous les cherchons hors de nous?

Regarde, Chrétien, dans ton propre intérieur, rentre en toi-même : ne trouveras-tu pas ici-même ce qui doit te dévorer de zèle?

Si ton esprit se laisse *emporter à des doctrines étrangères et diverses* (Hébr., XIII, 9), et ne veut pas se livrer au libre esclavage et à l'heureuse servitude de la foi, n'as-tu pas besoin contre toi-même du zèle des saints Pères qui, par la force de la foi, *terrassaient l'orgueil s'élevant contre l'esprit de Dieu* (II Cor., X, 5) de l'esprit présomptueux des hérésiarques?

Si l'intérêt ou la frivolité remplit ton cœur des objets du monde, et s'il en est plus occupé que du Dieu pour qui il a été créé, n'as-tu pas besoin alors contre toi-même du zèle de Moïse et d'Élie condamnant et renversant l'idolâtrie?

Si tes sens sont portés aux plaisirs qui corrompent et

souillent l'âme, n'as-tu pas besoin alors contre toi-même du zèle de Phinéès, afin, si cela est possible, de porter un coup décisif et de *faire mourir les membres de l'homme terrestre, les passions et les désirs mauvais* (Col., III, 5).

Brûle de zèle pour le Seigneur ton Dieu (III Rois, XIX, 10). Ce n'est pas à Phinéès seul que le zèle a apporté l'alliance du sacerdoce éternel. A nous aussi, si nous sommes de purs et fidèles zélateurs et défenseurs du royaume de Dieu en nous et en notre prochain, ce zèle apportera la promesse, ou mieux, l'accomplissement même de la promesse, et Jésus-Christ *nous fera rois et prêtres de Dieu son Père. A lui soit la gloire et l'empire dans les siècles des siècles. Ainsi soit-il* (Apoc., I, 6).

6

SERMON

POUR LA FÊTE DU SAINT MARTYR, L'ORTHODOXE TSARÉVITCH DIMITRI

— 1846 —

Si le monde vous hait, sachez qu'il m'a haï avant vous.
— Jean. XV, 18. —

Le monde fait quelquefois des actions qui non seulement sont horribles pour ceux qu'il hait, mais qui sont odieuses même à ceux qu'il aime. Mais a-t-il des moyens de rassurer ou de consoler ceux qui souffrent de ces actions?

Livrez au jugement du monde lui-même le forfait accompli par l'une des grandes forces du monde, la passion de l'ambition, sur le fils d'un souverain, sans se laisser toucher par l'innocence d'un enfant, sans avoir horreur de verser un sang que ses aïeux avaient sanctifié par leurs travaux pour le bien de la nation. Sans aucun doute, le monde lui-même dira que cela est horrible et odieux. Mais que peut-il faire pour effacer ou réparer cette action horrible et odieuse?

Jésus-Christ seul peut opérer ce miracle que le mal que fait le monde et qu'il ne peut effacer, non seulement soit effacé, mais encore se change en bien pour ceux qui souffrent de la part du monde; qu'un évènement horrible et odieux puisse être envisagé tranquillement et avec amour; que, malgré les idées et les sentiments naturels, d'après lesquels une mort même heureuse est encore affligeante, une mort malheureuse devienne un sujet de fête, parce que c'est la mort d'un martyr du Christ, parce que *la mort de ses élus est précieuse aux yeux du Seigneur* (Ps. cxv, 6).

Tant le monde est condamné par lui-même et impuissant dans le mal! Tant Jésus-Christ est puissant et vainqueur dans le bien!

C'est pourquoi Notre-Seigneur, en prévenant ses disciples et ceux qui le suivent de la haine du monde, ne se préoccupe ni de les réconcilier avec le monde qui est indigne de leur alliance, ni de les armer contre un adversaire qui est impuissant, mais seulement les met en garde afin que la rencontre inattendue de la haine ne les jette pas dans la crainte et le trouble. Il leur apprend à l'envisager

de sang froid, comme une chose qui n'est pas nouvelle.
Si le monde vous hait, sachez qu'il m'a haï avant vous.

Apprends donc bien, Chrétien, à ne pas redouter la
haine du monde, si elle s'élève contre toi parce que tu
suis Jésus-Christ, parce que tu t'efforces de penser pieusement et de vivre vertueusement.

Quelques-uns peuvent penser que l'avertissement de
Jésus-Christ de ne pas redouter la haine du monde ne
s'adresse pas à eux, et n'a pas été donné pour notre temps,
ni pour les circonstances où nous vivons. Il était nécessaire pour les premiers adhérents de Jésus-Christ, qui
vivaient au milieu des ennemis et des persécuteurs de la
Religion chrétienne. Nous, Chrétiens, nous vivons au milieu de chrétiens. Le monde qui autrefois haïssait les
Chrétiens, s'est transformé, dans le cours des temps, en
un monde chrétien. A qui est inconnue *la victoire qui a*
vaincu le monde, notre foi (I Jean, v, 4)?

Prenez garde, vainqueurs imaginaires, triomphants
d'une victoire qui, peut-être, n'est pas encore acquise
pour vous, ou ne l'est pas entièrement pour vous! Le
monde est vaincu, mais il n'est pas anéanti. Il est encore
vivant, et, comme auparavant, il hait ceux qui sont de
Jésus-Chsist, ou qui s'efforcent diligemment de l'être. Le
monde, vaincu par la vérité irréfragable de la foi, comme
involontairement captif sous son obéissance, et par conséquent admis dans son domaine visible, n'a pas complètement dépouillé, mais seulement caché, dans ce passage,
ses anciennes propriétés ; il les y a introduites secrètement, et y a propagé son esprit propre, et ainsi, cet ennemi du Christ et du Christianisme a fait de brusques
apparitions dans l'intérieur du domaine du Christianisme
lui-même. En se couvrant du nom de monde chrétien, il

agit librement, et il s'efforce de façonner pour lui un christianisme mondain, de transformer les enfants de la foi en enfants du monde, de ne pas permettre aux enfants du monde d'arriver à la renaissance à la vraie vie de la foi, et, contre ceux qui lui résistent, il s'arme des diverses armes du mensonge, la séduction, le blâme, la moquerie, le mépris, la calomnie, la violence.

Si vous voulez vous convaincre de la vérité de ce que j'avance, par des expériences incontestables, voyez les annales ! Qui donc a excité si souvent, dans le sein de la Chrétienté elle-même, les animosités, les dissensions, les agitations ; a poursuivi souvent les meilleurs des chrétiens, s'est efforcé d'éteindre les flambeaux de la foi? Qui a rempli la Chrétienté de martyrs torturés par des hommes qui s'appelaient aussi des chrétiens? Qui a fait de la plus grande partie de la vie d'Athanase le Grand des pérégrinations dans l'exil? Qui n'a pas laissé un jour de repos dans la vie de Basile le Grand et de Grégoire le Théologien? Qui a exilé Chrysostôme? Qui a été la cause que beaucoup de saints ont dû fuir des villes chrétiennes, et se sont trouvés dans une plus grande sécurité au milieu des déserts et des bêtes féroces? Qui a immolé si criminellement cette sainte victime, et s'est encore efforcé de déflorer la fin de l'orthodoxe Tsarévitch, tant qu'elle n'a pas été glorifiée par Dieu? Qui? Seraient-ce des Chrétiens dont l'esprit inspiré par Jésus-Christ est un esprit d'amour, de paix, de mansuétude, de bénignité, d'obéissance, de patience, d'édification mutuelle dans toute vertu? Assurément c'est le monde qui, un jour glorieusement vaincu par notre foi, a renouvelé ensuite et renouvelle la lutte de diverses manières selon la diversité des temps, tantôt avec les armes d'une sagesse menteuse, tantôt par les transports des passions, par les efforts du scandale, par les artifices, enfin, les plus grossiers, et cela non sans un succès bien triste pour nous ; non pas que la foi chrétienne ait cessé d'être invincible, mais à cause de notre affaiblissement et de notre lâcheté volontaires.

Si le Seigneur, qui est fidèle dans la protection qu'il accorde à la foi, et qui *ne souffre pas que nous soyons tentés au delà de nos forces* (I Cor., x, 13), ne permet pas que, de notre temps, notre faiblesse soit soumise à des tentations aussi fortes que par le passé, le monde a cependant aujourd'hui encore ses flèches contre ceux qui sont vraiment de Jésus-Christ, ou qui désirent réellement de l'être. Et quoique ce soient, selon l'expression du Psalmiste, *des flèches de petits enfants*, elles peuvent cependant faire des *blessures* (Ps. LXIII, 8) à ceux qui sont faibles comme de petits enfants dans la foi. Par exemple, lorsque ceux qui sont revêtus de l'esprit de Jésus-Christ *disent la sagesse de Dieu renfermée dans son mystère* (I Cor., II, 7), parlent, dans leur enseignement, de la blessure profonde faite par le péché à la nature humaine, du renoncement à soi-même, de la régénération, de l'homme intérieur, de la vie contemplative, des effets du *Saint-Esprit*, par lequel, selon l'expression de saint Jean Damascène, *toute âme est vivifiée et élevée en pureté*, et enfin *sanctifiée par l'indivisible Trinité dans le sacrement*, la sagesse superficielle du monde ne s'élève-t-elle pas contre cet enseignement profond, comme contre un rêve et une innovation dangereuse, quoique cet enseignement ne puisse être appelé nouveau que parce qu'il est l'enseignement de l'homme nouveau, et non du vieil homme, et qu'il ne soit dangereux que pour la

chair sujette au péché, parce qu'il en contient le crucifiement ? Ou bien, si quelqu'un de ces hommes que leur position dans la société expose aux regards du monde, se
laissant gagner complètement à l'attrait de l'esprit chrétien, se décidait à renoncer à tout éclat extérieur, au
luxe, aux spectacles, aux plaisirs, à la distraction, à ne
prodiguer sa richesse qu'aux pauvres, à s'attacher exclusivement au temple de Dieu, le monde ne se mettrait-il
pas à poursuivre son transfuge de ses regards mordants ?
Ne dirigerait-il pas contre lui les traits de la moquerie ?
Ne se trouverait-il pas des gens qui douteraient que cet
homme fût sain d'esprit, uniquement parce qu'il cesserait
d'être attaché au monde, à ses idées déraisonnables et
à ses faux principes ?

Il faut donc reconnaître que cette haine dont Jésus-
Christ accuse le monde contre ceux qui le suivent,
n'a pas seulement existé autrefois, mais qu'elle continue
encore aujourd'hui. Et si nous voulons être sincères, il
faut, je pense, qu'un grand nombre d'entre nous avouent
qu'il y a aussi une fausse crainte produite par cette haine,
et une complaisance pusillanime pour le monde, dont la
cause unique est de ne pas s'exposer à cette haine. C'est
pour cela que des gens raisonnables se permettent des
actions dépourvues de raison ; que des gens qui estiment
très-haut l'honnêteté se permettent des actions que l'honnêteté n'estime pas très-haut.

La raison la plus ordinaire peut comprendre que le jeu
est le partage de l'enfance, et que, par conséquent, il est
permis à peine à de rares intervalles à des hommes d'un
âge et d'un esprit mûrs, pour réparer leurs forces après de
longues et sérieuses occupations. Comment donc expliquer
ce phénomène étrange de la vie sociale, que des réunions

d'hommes d'un âge et d'un esprit mûr consacrent au jeu, chaque jour, des heures déterminées, avec plus d'assiduité et d'exactitude peut-être qu'aux affaires de leur état et de leur emploi? On ne saurait expliquer ce fait autrement que par cela que ces hommes prudents, quoiqu'ils reconnaissent intérieurement la frivolité de cette occupation, craignent d'être exclus de la société, dans laquelle la frivolité est devenue une loi, et, par conséquent, se font les esclaves de cette frivolité, et lui sacrifient leur temps, et quelquefois plus que leur temps seulement.

Il n'est pas difficile à la raison chrétienne d'apprécier à sa juste valeur l'art qui fut récompensé autrefois, dans la personne d'Hérodiade, par la décollation de celui qui prêchait le repentir et la chasteté, art déjà odieux, par ce seul souvenir, à toute personne réfléchie, qui ne mérite en lui-même, comme le jeu, aucune considération, et qui en outre ne s'accorde pas *avec la vie douce et paisible* à laquelle dispose la piété chrétienne. Pourquoi donc des chrétiens et des chrétiennes s'adonnent-ils à cet art si souvent, en si grand nombre, et comme inévitablement? Nous pouvons supposer, non pour leur condamnation, mais pour l'excuse d'un grand nombre, que c'est par là crainte que le monde ne punisse de son mépris le mépris des lois du monde.

Celui qui est honoré, dans la société, des fonctions du gouvernement ou de la magistrature, sait et sent combien il est bon d'avoir les mains pures de toute iniquité et de toute corruption. Cependant il craint que le monde ne rabaisse sa noble pauvreté: dès lors on ne saurait répondre qu'il n'ouvrira pas sa main d'abord aux dons de la reconnaissance, et, après cela, il est difficile de répondre qu'il ne l'ouvrira pas à la récompense de l'iniquité.

Voilà des exemples qui montrent comment, dans le cours le plus ordinaire de la vie, le Chrétien est tenté par la crainte de la haine du monde, et comment, par là, il peut devenir ou presque malgré lui l'esclave du monde, ou volontairement son ami. Mais qu'arrive-t-il ensuite? Celui qui craint d'être rejeté par le monde, peut en venir au point d'être rejeté par Dieu : car *personne ne peut servir deux maîtres* (Matth., VI, 24). *Quiconque veut être l'ami du monde, devient l'ennemi de Dieu* (Jacq., IV, 4).

Apprends donc bien, Chrétien, à ne pas redouter la haine du monde, si elle s'élève contre toi parce que tu suis Jésus-Christ, parce que tu t'efforces de penser pieusement et de vivre vertueusement.

Qu'y a-t-il là de si redoutable? — te dit le Seigneur Jésus-Christ? Ta situation n'a rien d'extraordinaire ; ton danger n'a rien d'inattendu. Vois ton Maître et ton Seigneur, et sache qu'il a supporté avant toi la haine du monde, et une haine sans comparaison plus violente qu'aucune qui te puisse atteindre. *Sachez qu'il m'a haï avant vous.*

Mais, Seigneur, quelle consolation est-ce pour ceux que le monde poursuit de sa haine, que tu en aies été poursuivi avant nous? N'est-ce pas un double chagrin pour nous que toi, l'Amour même, tu aies été en butte à la haine? N'est-ce pas un double danger pour nous que toi, la Vie même, tu aies été mis à mort par ceux qui te haïssaient?

Ne doutons pas, Chrétiens, des consolations du Seigneur. Si *tout ce qui est écrit a été écrit pour notre instruction, afin que nous concevions une ferme espérance par la patience et par la consolation que les Écritures nous donnent* (Rom., XV, 4), est-il possible que les paroles du Seigneur, et particulièrement celles qu'il a prononcées pour notre consolation, ne soient pas pour nous une source abondante de consolation? Si cette source est profonde, plongeons-y, pour y puiser, notre attention. Plus nous l'y plongerons profondément, plus nous puiserons abondamment.

Sachez, dit-il, *qu'il m'a haï avant vous*. Savoir que Jésus-Christ a été haï du monde est consolant pour nous, Chrétiens, d'abord parce que cela peut servir à nous délivrer du doute que nous soyons dans le droit chemin. En effet, le monde, qui nous hait à cause de Jésus-Christ, s'efforce de donner à sa haine une apparence telle que l'on puisse croire qu'il ne nous poursuit pas à cause de Jésus-Christ, mais qu'il nous condamne parce que nous ne suivons pas vraiment la voie de Jésus-Christ. La manière de penser et de vivre que nous dictent les principes chrétiens, et qui, par conséquent, n'est pas la sensualité et la dissipation qu'aime le monde, est traitée par le monde de sévérité déraisonnable, d'entêtement, d'étrangeté; la simplicité et la modestie, il les appelle petitesse et abjection d'esprit; la disposition aux exercices spirituels et à la vie contemplative, inclination à la rêverie. Mais lorsque nous savons qu'à Jésus-Christ lui-même, malgré ses actes et ses discours divins, ceux qui ne comprenaient pas les mystères de Dieu et du salut, disaient : *Cette parole est dure* (Jean, VI, 61); *Il prononce des blasphèmes* (Luc, V, 21); *Il est insensé* (Jean, X, 20), alors les reproches que le monde nous adresse cessent de nous être redoutables, parce qu'ils assimilent notre voie à la voie de Jésus-Christ. Alors les épines au milieu desquelles nous marchons, nous déchirent moins qu'elles ne nous encouragent, comme étant la marque de la voie de Jésus-Christ. Alors le calice amer que l'on nous présente, s'adoucit par la conviction que *nous buvons le calice qu'a bu* Notre-Seigneur, et que, par conséquent, ce n'est point un calice de colère, mais un calice de salut.

En second lieu, savoir que Notre-Seigneur lui-même a été haï du monde, est consolant pour nous parce que nous pouvons par là envisager les suites de la haine que nous supportons de la part du monde, et la fin de nos souffrances. Si la haine du monde contre le Seigneur n'avait abouti à la victoire du Seigneur, il n'aurait pas pu la donner comme un motif de consolation à ses disciples haïs du monde. Mais lorsque, en nous voyant sur sa voie épineuse, nous voyons où l'a conduit cette voie, nous voyons également où cette voie nous conduit nous-mêmes. Et ainsi, que l'on calomnie la vérité, que l'on haïsse l'amour, que l'on immole la vie; la vérité sera justifiée, l'amour sera vainqueur, la vie ressuscitera.

En troisième lieu, même sans regarder plus loin, pour ceux qui sont haïs du monde, savoir que le Seigneur lui-même a été haï du monde, est consolant par cela même que c'est la preuve de leur conformité avec le Modèle auquel ils ont voué leur amour et leur ardent désir de ressembler. Serait-il possible qu'un Chrétien préférât être aimé d'un monde qui hait Jésus-Christ ? Non. Que le monde nous haïsse, nous méprise, nous repousse; cette haine nous est aimable, ce mépris nous est glorieux, cette répulsion nous est agréable qui nous rapproche de Jésus-Christ et nous assimile à lui.

Aide-nous, Seigneur, à nous rapprocher de toi, si ce n'est par les œuvres d'une vertu parfaite, du moins par une patience vaillante à supporter les contrariétés et les chagrins dans notre foi et notre amour pour toi, à l'exemple de ta patience! Mais préserve-nous du malheur de la lâcheté, afin que, par crainte des contrariétés et des chagrins, nous ne devenions pas les esclaves des passions et de la frivolité du monde qui te hait! Fais cela par ta grâce, toi qui es miséricordieux envers les pécheurs, admirable dans les saints, glorifié dans les siècles! — Ainsi soit-il.

7

SERMON

POUR LA FÊTE DU SAINT MARTYR, L'ORTHODOXE TSARÉVITCH DIMITRI

Prononcé dans la cathédrale de l'Archange, le 15 mai 1822.

> C'est pourquoi, que ceux-là donc aussi qui souffrent selon la volonté de Dieu, lui recommandent leurs âmes comme à leur fidèle Créateur, dans leurs bonnes actions.
> — I Pier., IV, 19. —

Pourquoi l'Église nous remet-elle si souvent sous les yeux le spectacle de la souffrance imméritée, en renouvelant avec solennité le souvenir de ceux qui ont souffert innocemment? Pourquoi la Providence elle-même seconde-t-elle en cela l'Église, — pourquoi elle aussi nous présente-t-elle si longtemps et sans interruption le spectacle de la souffrance innocente en conservant et en montrant miraculeusement à nos regards les restes incorruptibles de ceux qui ont souffert innocemment?

Pourquoi, saint Enfant, né à la vie terrestre dans la

pourpre du sang des Tsars, né à la vie céleste dans la pourpre du sang du martyre, — pourquoi laisses-tu encore parmi nous tes restes mutilés, et rends-tu ainsi la postérité témoin oculaire de la manière dont tu as souffert, non sans la permission de Dieu, assurément, quoique par la volonté et par le fait d'hommes qui avaient oublié Dieu ? — Je comprends. Les assassins t'ont immolé misérablement à une ambition illégitime, pour détruire le pouvoir légitime des Tsars, et Dieu, admirable dans ses desseins, l'a permis, afin de dévoiler et de punir, dans l'iniquité du grand, les péchés du peuple ; mais pour que ton sang innocent ne fût pas versé inutilement, il l'a conservé pour le temps, il lui a ordonné, comme au sang d'Abel, de crier contre les rebelles et les ravisseurs de la couronne tsarienne, et ainsi il a fait de toi une victime sainte, un agneau immolé pour le salut du pouvoir légitime des Tsars.

Cependant, cela n'était nécessaire que pour un temps. Pourquoi donc, aujourd'hui encore, sommes-nous appelés à être les témoins d'un martyre accompli il y a plus de deux siècles ? Pourquoi est-ce d'une manière aussi évidente que, selon l'expression de l'Église, *les reliques des martyrs se sèment par tout l'univers ?* Est-ce pour que, ainsi qu'elle le dit encore, il en *naisse des fruits de guérison ?* — Cela est vrai. Mais pourquoi encore le don de guérison est-il donné à ceux qui ont souffert innocemment, quand même quelquefois ils n'ont pas accompli de grands exploits de vertu, comme cet enfant, du reste béni ? Pourquoi, je le répète, le don de guérison ? Est-ce pour le corps seulement, quand le corps n'est pas fait pour lui-même, mais bien pour l'âme ?

Comme le nœud le plus compliqué se dénoue par un

seul bout du fil, ainsi toutes ces questions se résolvent par la seule et simple pensée que Dieu conserve et décore du don des miracles les restes des martyrs innocents, et que l'Église, la confidente des voies et des intentions de Dieu, renouvelle et glorifie leur souvenir à cette fin de nous habituer à l'idée de la souffrance innocente, et de faire que nous soyons toujours prêts à livrer ainsi notre vie, si c'est la volonté de Dieu. Il me semble voir écrit sur le tombeau de chaque martyr ce qu'écrivait l'apôtre Pierre en pensant à Étienne, à l'apôtre Jacques et aux autres martyrs de l'Église chrétienne primitive : *Et que ceux qui souffrent ainsi selon la volonté de Dieu, lui abandonnent leurs âmes, comme à leur Créateur qui leur sera fidèle, en faisant le bien.*

Il faut avouer qu'il n'est pas facile de s'accoutumer à la pensée de la souffrance innocente. Toute la nature s'élève en quelque sorte contre elle, soit la nature humaine, soit celle de toutes les autres créatures de Dieu. Puisque tout a été créé par un Dieu unique, infiniment sage et tout clément, tout a été créé dans l'unité, disposé selon la loi de l'ordre, et dirigé vers la félicité : *car Dieu n'a point fait la mort* (Sag., I, 13). Il est donc tout naturel qu'aucun objet ne soit disposé pour ce qui rompt l'unité, détruit l'ordre, éloigne de la félicité. Ainsi, toute vie aime à vivre, et repousse la mort ; tout organe de connaissance ou de sensation désire trouver son aliment et sa satisfaction dans les objets qui répondent à son organisation, et n'avoir pas à souffrir de ceux qui ne correspondent pas à ses propriétés et sont destructifs pour sa constitution.

Dans l'homme, outre la répulsion naturelle pour la souffrance, le sentiment de justice propre à sa nature élevée, se soulève encore contre la pensée de la souffrance innocente. Si la nature corporelle, selon le principe de son organisation, exige que la vie soit à l'abri de tout danger, la nature morale, selon le principe de liberté et de vérité divine imprimé en elle, exige encore plus fortement que l'innocence soit en sécurité. Et par conséquent, de même que la vue de la destruction remplit d'effroi la nature corporelle, ainsi la nature morale s'émeut et se trouble doublement à la vue de la souffrance imméritée.

Mais voici une étrangeté et une contradiction de la nature avec elle-même, bien propres à plonger l'homme qui réfléchit dans une tristesse inconsolable et une douleur désespérée, s'il ne découvre au-dessus de la nature une source de consolation et d'espérance! Cette même nature, qui inspire l'éloignement et la terreur de la souffrance, particulièrement de la souffrance innocente, cette même nature proclame que la souffrance, même innocente, est inévitable. Parcourez tous les degrés des créatures visibles, parcourez tous les domaines de la nature terrestre : où n'y a-t-il pas de souffrance? Qu'est-ce qui ne souffre pas? Et ne voit-on pas le plus de souffrances là où sont le plus visibles les traits de l'innocence? L'agneau tremble devant le loup, l'oiseau timide devant l'oiseau de proie ; les animaux les plus forts, soit par instinct naturel et nécessité, soit par hasard, détruisent les plus faibles, et quelquefois les plus rusés terrassent les plus forts ; ce qu'il y a de meilleur dans les végétaux est déchiré et détruit par les animaux, et constitue leur nourriture. Tout bien, toute joie, tout plaisir, dans la nature, s'achète plus ou moins cher au prix de la souffrance. Le grain doit se déchirer et périr tout à fait pour que naissent la plante et le fruit ; le sentiment maternel, la source de la joie la

plus vive dans la nature animale, est visiblement mélangé, même chez la brute, d'anxiété et d'inquiétudes; le
plaisir de manger et de se rassasier est presque en proportion de l'exténuation causée par la faim qui le précède, et la douceur du sommeil, — de l'épuisement de la
veille. Dans toutes les puissances, même les plus bienfaisantes, de la nature, sont ouvertes des sources de souffrance et de destruction. Le soleil échauffe, mais il brûle
aussi de ses ardeurs; le froid fortifie, mais il abat aussi;
l'eau arrose, mais elle submerge aussi; le vent rafraîchit,
mais il apporte aussi des maladies; la terre donne à
l'homme son pain, mais elle exige ses sueurs. L'homme
naît, vit et meurt également sous la loi de la souffrance,
et il est plus encore soumis à cette loi que les autres
créatures. La mère enfante dans les tourments, l'enfant
pleure en naissant; le mourant souffre, ceux qui restent
après lui pleurent. Dès le commencement de la vie,
l'homme souffre du manque de forces, du développement
incomplet de ses facultés; vers la fin de sa vie, — de la
perte de ses forces et de ses facultés : s'il y a quelque milieu entre ces extrémités, il est comblé et déborde de souffrances provenant de ce que l'homme ne trouve jamais
ses facultés et ses désirs satisfaits. Et que d'accidents
divers! Les maladies, les passions, les injustices des
hommes, une pauvreté délaissée, une richesse onéreuse,
une subordination pesante, une administration désordonnée, — que de traits, ou plus exactement, que de
carquois remplis de traits pour percer le cœur humain!

Quelle destinée! On ne veut pas souffrir, mais il faut
souffrir! C'est intolérable; mais c'est inévitable!

Que faire, donc? « C'est lourd, dit un penseur païen,
mais on peut alléger par la résignation ce qu'on ne peut

changer. » Cet exemple montre que les païens eux-mêmes reconnaissaient la nécessité de s'accoutumer à la pensée de la souffrance, et même à l'attente de la souffrance innocente. Mais *les païens, qui n'avaient pas l'espérance* (Éphés., ii, 12), ne connaissaient pas la *patience qui produit l'espérance* (Rom., v, 4), et enseignaient la patience désespérée. « Souffre volontairement, disaient-ils ; autrement tu souffriras involontairement. » Ou bien : « Meurs magnanimement, parce que tout meurt ; il est beau de tomber sous des ruines immenses. » Amères consolations ! Comme si une coupe amère pouvait devenir douce par l'addition d'un océan de la même amertume, et par la pensée qu'elle ne saurait être moins amère ! Si peu il est au pouvoir de l'homme d'adoucir le calice de sa destinée sans la connaissance de Celui qui est *la consolation d'Israël et l'espoir des nations* (Luc, ii, 25. — Gen., xlix, 10) !

C'est dans la vraie Religion seule, en un mot, c'est dans le Christianisme seul que l'on peut trouver la pierre merveilleuse qui change le fer méprisable en or pur, l'amertume en douceur, le mal en bien, la mort en vie, la souffrance en félicité. Et ainsi, *que ceux qui souffrent selon la volonté de Dieu, lui abandonnent leurs âmes, comme à leur Créateur qui leur sera fidèle.*

Et cette pensée même que *nous souffrons par la volonté de Dieu* peut effrayer un incrédule, et le faire murmurer contre le Créateur fidèle. Mais le croyant, en s'enfonçant dans cette pensée, y trouve une source abondante de consolations, qui mêle la douceur à toutes ses tristesses. La pensée réconfortante et pleine d'espérance *de la volonté de Dieu*, de la volonté du *Créateur fidèle*, réconcilie le croyant avec la pensée terrifiante de la *souffrance innocente*.

Nous souffrons par la volonté de Dieu, par la volonté
de Celui de la part de qui *toute grâce excellente et tout don*
parfait viennent d'en haut (Jacq., i, 17) ; par la volonté de
Celui qui nourrit l'oiseau ne valant pas une obole, qui
revêt l'herbe des champs plus magnifiquement que Salomon n'était vêtu dans sa gloire, et qui nous assure, par
la voix de son Fils unique, que, malgré notre peu de foi,
nous avons plus de valeur devant lui que n'importe quel
lis ou quel passereau ; par la volonté de Celui *qui fait luire*
son soleil sur les bons et sur les méchants, et fait pleuvoir
sur les justes et sur les injustes (Matth., v, 45), et qui nous
commande d'imiter la perfection de sa clémence. Comment donc est-il possible que Celui qui est, et duquel
provient le seul bien, ait eu la volonté de nous placer dans
une situation où il n'y aurait rien que le mal ? Comment
est-il possible que Celui qui a soin du passereau et de
l'herbe des champs, ne garde pas l'homme, alors même
qu'il le fait passer par le feu et par l'eau quand il le trouve
nécessaire. Comment est-il possible que Celui qui manifeste sa clémence même envers les méchants, ne manifeste pas même sa justice envers ceux qui souffrent innocemment ? Si l'Auteur de tout bien envoie la souffrance,
il y a certainement quelque bien même dans la souffrance.
Si l'Auteur de tout don et de toute nourriture *nous nourrit*
d'un pain de larmes, et nous abreuve de larmes (Ps. LXXIX,
6), c'est donc qu'il est nécessaire et utile de nous préparer une semblable nourriture, de même que l'on trouve
nécessaire de relever la fadeur ou la douceur de la nourriture ordinaire par une pointe de sel, d'acidité ou d'a-
mertume. Si le Dieu infiniment miséricordieux n'est pas
empêché par sa miséricorde de *faire éprouver à son peuple*
des choses dures (Ps. LIX, 5), il ne peut pas être, assuré-

ment, qu'il permette cela contre toute justice. Dira-t-on que, de cette manière, il n'y aurait pas de souffrance injuste et innocente ? Mais je ne sais si, devant Dieu, il y a une autre souffrance innocente que la souffrance de Celui qui a été *déchiré pour nos péchés, et brisé pour nos iniquités* (Is., LIII, 5). Excepté lui, *tous ont péché* (Rom., V, 12), et, par conséquent, tous méritent la souffrance; et, avec les hommes coupables, la créature, qui leur est soumise, est aussi soumise involontairement à la frivolité, et, à cause de cela, elle soupire et souffre avec eux, dans l'espérance d'être purifiée et délivrée avec eux. Si donc il y a des hommes qui souffrent innocemment par rapport à eux-mêmes et à leurs œuvres, la justice et la clémence de Dieu se manifestent surabondamment sur eux dans les œuvres merveilleuses et salutaires par lesquelles il rémunère la souffrance innocente. Nous avons de cela une image sensible dans l'aveugle-né de l'Évangile : si sa cécité était une énigme obscure sous le rapport de la justice du châtiment : *Est-ce lui qui a péché, ou ses parents, pour qu'il soit né aveugle* (Jean, IX, 2)? cette énigme reçoit une solution complète par la justice rémunératrice : *Ni lui, ni ses parents n'ont péché; mais c'est afin que les œuvres de Dieu soient manifestées en lui* (5). Est-ce trop d'être privé quelques années de la lumière corporelle, pour recevoir en récompense la lumière spirituelle, divine, qui éclaire tout homme pour la vie éternelle?

Mais si la pensée de Dieu, comme *Créateur fidèle*, peut alléger pour nous la souffrance innocente, la pensée de Jésus-Christ, comme *Sauveur bien-aimé*, peut nous rendre la souffrance aimable, douce, bienheureuse. Celui qui a un cœur, celui-là sait qu'il y a une souffrance par amour et par reconnaissance, et combien est douce cette souf-

I.   21

france. Chrétien ! Qui peut t'aimer autant, et qui est aussi digne de ton amour et de ta reconnaissance que Celui qui, par amour pour toi, a quitté la gloire du ciel, a éprouvé toutes les douleurs et toutes les amertumes de la terre, a souffert sur la croix, a passé même au travers des tourments de l'enfer, pour t'arracher à l'enfer et te ramener à la gloire divine? Peux-tu refuser, si cela est nécessaire, par amour pour lui, de goûter quelques gouttes du calice qu'il a vidé pour toi jusqu'à la lie? Que dis-je? Ne sens-tu pas la douceur ineffable de ce calice mélangé si abondamment de l'amour divin, que l'amertume de la souffrance lui donne à peine un léger piquant? Ah! si tu ne sens pas cela, tu as le goût spirituel émoussé et mort; et c'est une maladie pour la guérison de laquelle il n'y a encore pas d'autre moyen que d'augmenter l'amertume dans la coupe de ta destinée!

Et ainsi, disciples du Crucifié, soit comme punition, soit comme gage de bonté, soit comme jouissance, soit pour notre guérison, nous devons inévitablement avoir notre part de souffrances. *Puisque Jésus-Christ a souffert pour nous dans la chair, vous aussi, armez-vous de cette pensée que celui qui a souffert en la chair, a cessé de pécher* (I Pier., ɪv, 1). *Mes bien-aimés, ne trouvez point étrange quand vous êtes comme dans une fournaise pour votre épreuve, comme s'il vous arrivait quelque chose d'extraordinaire; mais réjouissez-vous de ce que vous avez part aux souffrances de Jésus-Christ, afin qu'aussi, à la manifestation de sa gloire, vous vous réjouissiez avec allégresse* (12, 15). *Si vous êtes outragés pour le nom de Jésus-Christ, vous êtes bienheureux: car l'Esprit de gloire, qui est l'Esprit de Dieu, repose sur vous. Que nul d'entre vous ne souffre comme meurtrier, ou comme voleur, ou comme malfaiteur, ou comme*

convoitant le bien d'autrui ; mais s'il souffre comme chrétien,
qu'il n'en ait point de honte, et que même il glorifie Dieu de
ce partage (14, 15, 16). — Ainsi soit-il.

8

SERMON

POUR LA FÊTE DE L'INVENTION DES RELIQUES
DE SAINT ALEXIS

Prononcé au Monastère des Miracles, le 20 mai 1822.

> Au reste, la couronne de justice m'est réservée, et
> le Seigneur, juste juge, me la donnera en ce jour-là,
> et non seulement à moi, mais aussi à tous ceux qui
> auront aimé son avénement.
> — II Tim., IV, 8. —

Paroles d'une hardiesse extraordinaire! On pourrait
croire que cet homme s'oublie et rêve lorsqu'il se justifie
devant Dieu avant le jugement de ce Dieu, et qu'il s'ad-
juge lui-même une couronne de la part de Dieu. Mais cette
pensée n'est permise ni par sa modestie connue, ni par
l'opinion profondément humble qu'il avait de lui-même.
En effet, ce même homme, dans un autre temps, s'appelait *le moindre des apôtres, indigne du nom d'apôtre* (I
Cor., xv, 9), *persécuteur de l'Église, blasphémateur* et *véri-*
table ennemi, pardonné uniquement par grâce, *le premier*
des pécheurs (1 Tim., 1, 13, 15).
Comment est-il arrivé qu'un homme qui aimait tant à

s'humilier lui-même, se soit élevé avec une pareille audace? — Sans doute, la foi lui faisait pressentir ce qui
lui était réservé, et l'amour, je pense, le portait à dévoiler ce pressentiment. *Souffre tous les maux*, écrivait-il
plus haut à son bien-aimé fils Timothée, et aussitôt, pour
adoucir par la consolation ce commandement amer, il lui
montrait l'exemple de ses propres souffrances : *Je suis
déjà marqué comme victime*, et sa récompense indubitable :
*Au reste, la couronne de justice m'est réservée, et le Seigneur,
juste juge, me la donnera en ce jour-là.* Mais à peine l'a-
mour pour son disciple a-t-il arraché du cœur du maître
le secret de sa haute espérance, que l'humilité revient aussitôt et replace le maître élevé au niveau des derniers
disciples : *Et ce n'est pas seulement pour moi qu'est la couronne de justice, mais aussi pour tous ceux qui auront aimé
son avènement.*

Et, de même, tous les hommes de Dieu sont loin d'aimer à être glorifiés au milieu des hommes ; mais s'ils
apparaissent au milieu d'eux dans leur gloire, ou s'ils
montrent en eux-mêmes l'espérance de la gloire, c'est
pour les attirer, en leur montrant la couronne de justice,
dans le chemin de la justice. Et toi aussi, successeur inspiré et imitateur des apôtres, *qui as rempli les devoirs
d'un prédicateur de l'Évangile, qui as combattu le bon combat*, lorsque tu laisses briller ici-bas, sur la terre, quelques rayons de ta couronne céleste, — et toi aussi,
Alexis, après ta mort, comme Paul avant sa mort, tu
nous prêches l'espérance de la couronne céleste, et tu
nous encourages à la rechercher. *Ce n'est pas seulement
pour moi qu'est la couronne de justice, mais aussi pour
tous ceux qui auront aimé son avènement.*

Il est digne de remarque, Chrétiens, que l'Apôtre promet la couronne de justice à *tous ceux qui auront aimé l'avènement du Seigneur.* Par là, il nous enseigne qu'entre autres efforts salutaires pour obtenir cette couronne du Seigneur, il est nécessaire que nous *aimions son avènement,* c'est-à-dire que nous méditions attentivement la venue de Jésus-Christ, que nous l'attendions sans cesse, que nous la désirions de tout notre cœur, que nous nous y préparions diligemment.

Lorsque Jésus-Christ s'éleva au ciel, les apôtres eux-mêmes, quoiqu'ils fussent déjà prévenus de son ascension vers son Père, restèrent les yeux fixés de son côté, soit dans l'étonnement que leur causait l'évènement merveilleux, soit dans la perplexité sur les suites qu'il devait avoir, soit dans le regret de leur séparation d'avec le divin Sauveur : alors des anges furent envoyés pour calmer leurs pensées et leurs sentiments agités. Que font-ils donc? Quel remède emploient-ils? — Comme remède puissant, ils emploient la pensée de l'avènement futur de Jésus qui vient de disparaître à leurs yeux. *Ce Jésus, qui s'est élevé loin de vous au ciel, reviendra ainsi, de la même manière que vous l'avez vu s'en aller au ciel* (Act. des Ap., I, 11). Et comme ce remède spirituel fut efficace! *Ils retournèrent,* dit l'Évangéliste en parlant des apôtres, après l'ascension du Seigneur, *ils retournèrent à Jérusalem avec une grande joie* (Luc, xxiv, 52).

Il est visible qu'après avoir pris le remède qui leur fut présenté par les anges, les apôtres y trouvèrent réellement et abondamment les forces de la vie future. C'est pour cela qu'ils offrent aussi le même remède aux autres hommes, c'est-à-dire qu'ils leur font goûter l'espérance de l'avènement futur de Jésus-Christ, soit qu'ils aient à purifier les impurs, ou à fortifier les faibles, ou 'à soulager ceux qui souffrent : *Jésus-Christ*, écrit l'apôtre Paul aux Hébreux, *a été offert une fois pour effacer les péchés d'un grand nombre ; la seconde fois, il apparaîtra sans le péché, à ceux qui l'attendent pour le salut* (Hébr., ix, 28). En apprenant à Tite à exposer l'enseignement de la grâce libératrice, il dit que cette grâce *nous apprend, après avoir renoncé à l'impiété et aux désirs du monde, à vivre avec chasteté, avec justice et avec piété dans le siècle présent.* Mais comment pourrons-nous satisfaire à de si grandes exigences de la grâce? — Pour réponse à cela, il ajoute : *Attendant l'espérance bienheureuse et l'avènement de la gloire de notre grand Dieu et Sauveur Jésus-Christ* (Tit., ii, 11-13). En exhortant Timothée à *suivre en tout la justice, la piété, la foi, la charité, la patience, la douceur, à livrer le bon combat de la foi,* il lui ordonne *d'observer ce précepte purement et sans reproche;* — mais est-ce pour longtemps? aurait pu, peut-être, lui demander quelque jour le combattant épuisé ; et le maître perspicace, prévenant cette question, lui indique le terme joyeux de ces combats : *même jusqu'à l'avènement de notre Seigneur Jésus-Christ* (I Tim., vi, 11-14). De même l'apôtre Pierre, en conviant les pasteurs à se conduire en véritables pasteurs : — *Soyez les modèles du troupeau,* — n'emploie, pour exciter en eux le zèle pastoral, aucun autre moyen que la pensée de l'avènement du Chef des pasteurs qui donne la couronne : *Et lorsque paraîtra le Chef des pasteurs, vous obtiendrez une couronne de gloire qui ne se flétrira jamais* (I Pier., v, 3, 4). Il mêle encore cette espérance au calice amer de ceux qui souffrent : *Puisque vous participez aux souffrances du Christ, réjouissez-vous, afin qu'à la manifestation de sa gloire, vous soyez comblés de joie, vous soyez dans l'allégresse* (I Pier., iv, 13). L'apôtre Jean exige du

Chrétien la plus parfaite *purification de lui-même, de même que Jésus-Christ lui-même est pur.* Par quel feu donc, non destructeur, ou par quelle eau brûlante pense-t-il produire cette purification radicale? — Par l'espérance de l'avènement du Christ. *Nous savons,* dit-il, *que, quand il viendra, nous serons semblables à lui, parce que nous le verrons tel qu'il est; et quiconque a cette espérance en lui, se purifie comme il est pur* (I Jean, III, 2, 5).

On peut dire que la pensée de l'avènement attendu du Christ était, dans l'Église chrétienne primitive, la base générale qui soutenait tout l'édifice, la force commune qui animait tout le corps, le moteur commun par lequel se produisaient les actes grands et purs. Mais pourquoi ai-je dit : « dans l'Église chrétienne primitive? » Quand le Christianisme a-t-il pu, et quel christianisme pourrait se soutenir sans cette base, vivre sans cette force, agir sans ce moteur? *Nous sommes sauvés en espérance* (Rom., VIII, 24), dit l'Apôtre ; nous sommes sauvés en espérance, mais non dans le plein accomplissement du salut. Que signifie *ce salut en espérance?* — *L'attente,* comme l'explique le même apôtre, *de l'espérance bienheureuse et de l'avènement de la gloire de notre grand Dieu et Sauveur Jésus-Christ* (Tit., II, 15). Et ainsi, là où n'est pas cette attente, il n'y a pas d'espérance : là où il n'y a pas d'espérance, il n'y a pas de salut ; là où il n'y a pas de salut, il n'y a pas de Christianisme.

Si quelqu'un trouve que ces conclusions ne sont pas assez claires, parce qu'elles sont déduites du témoignage de l'un des maitres du Christianisme, et non des principes simples et évidents de la raison, — quoique, dans les choses de la foi, il soit beaucoup plus sûr de s'en rapporter au témoignage de ceux qui les connaissent qu'aux

propres recherches de la raison naturelle, qui est orgueilleuse et vaine, et qui, dans des cas pareils, avec toutes ses
questions et tous ses doutes, ne mérite d'autre réponse
que la réponse sans réplique de Jésus-Christ à Nicodème:
*Ce que nous savons, nous le disons, et ce que nous avons
vu, nous le témoignons; mais vous ne recevez pas notre témoignage* (Jean, III, 11) ! — si, dis-je, malgré cela, quelqu'un veut chercher, par son propre raisonnement, jusqu'à quel degré l'espérance et l'attente incessante de
l'avènement de Jésus-Christ entrent dans l'essence du
Christianisme, qu'il prenne conseil de son raisonnement
le plus droit et de sa conscience. Celui qui sent en lui le
péché, celui-là n'a-t-il pas essentiellement besoin de la
ferme espérance du pardon complet et de la purification?
Sans cela, ne serait-il pas menacé du désespoir, qui est
l'enfer dans l'âme avant qu'il ne jette l'âme dans l'enfer?
Celui qui souffre, celui-là n'a-t-il pas essentiellement besoin de l'espérance consolante d'une situation meilleure?
Celui qui éprouve, ou même voit l'injustice, celui-là,
pour calmer son cœur et sa conscience, n'a-t-il pas également besoin de l'espérance de la justice? Celui qui
combat jusqu'à l'épuisement, n'a-t-il pas besoin de l'espérance réconfortante de la rémunération?

Le Chrétien sait que le pardon et la purification de ses
péchés lui sont acquis par le sang et la mort du Christ;
cependant il sent aussi que la racine du péché n'est pas
encore arrachée en lui, ainsi que l'Apôtre lui-même avoue
qu'il sent que *le péché habite en lui*, et qu'il *n'y a rien
de bon dans sa chair* (Rom., VII, 17, 18). On peut même
dire que le saint, mieux que le pécheur, sent le péché en
lui, parce que ce sentiment intérieur n'est étouffé en lui
ni par les plaisirs extérieurs sensuels, ni par l'engourdis-

sement de sa conscience : par conséquent, qu'en serait-il donc du Chrétien, s'il n'espérait pas et n'attendait pas sans cesse l'avènement du Christ qui le doit transformer dans toutes ses parties, même jusqu'à la soumission de son corps, à l'image glorieuse de Jésus-Christ, en conséquence de quoi s'effaceront pour toujours en lui, sans aucun doute, jusqu'aux derniers restes de l'impureté du péché, et toute révolte du péché, toute tentation.

Le Chrétien souffre, et souffre peut-être plus que les autres hommes, car, outre les souffrances communes, inévitables pour la nature humaine corrompue, il a reçu en partage spécial une croix semblable à celle sur laquelle a souffert le Christ. Combien donc serait malheureux le Chrétien, s'il ne pensait pas, s'il ne sentait pas, dans sa souffrance, que *Celui qui est entré dans la gloire par la souffrance* (Luc, xxiv, 26), s'approche de minute en minute pour environner de gloire ceux qui souffrent?

Le Chrétien, et voit sur les autres, et sent sur lui-même l'injustice du monde, selon cette prédiction de la Vérité : *Comme vous n'êtes point du monde, pour cela le m̲o̲de vous hait* (Jean, xv, 19); et plus il comprend clairement la justice divine, plus il est *animé d'un zèle ardent*, plus il est douloureusement dévoré de zèle *en voyant la paix des pécheurs* (Ps. lxxii, 3) et les misères des justes; son zèle propre s'évanouirait si, comme la voix d'un vent frais, ne soufflait sur lui l'espérance rafraîchissante de la justice : *Voilà que je viens promptement, et ma récompense avec moi, pour rendre à chacun selon ses œuvres* (Apoc., xxii, 12).

Enfin le Chrétien combat : car depuis que le péché a intronisé le mal dans le monde, aucun bien ne s'y acquiert autrement que par l'effort, la lutte et la victoire;

et il lui faut combattre, à l'exemple du grand Agonothète, quelquefois même jusqu'à la sueur de sang et jusqu'à l'épuisement de toutes les forces; qu'y a-t-il donc de plus indispensable pour lui, pour le soutenir dans la lutte et renouveler ses forces, que de voir des yeux de l'espérance, au bout de la carrière, le grand Agonothète lui-même, s'avançant déjà pour le couronner : — non pas que le véritable athlète doive être poussé par l'intérêt ou la vanité à aspirer à la couronne, mais son âme est altérée du bien-aimé Agonothète et Rémunérateur lui-même, pour lequel le véritable athlète *triomphe en toutes choses, comme pour Celui qui nous a aimés* (Rom., VIII, 57)? Si le véritable Chrétien n'avait pas cette unique espérance, toute autre espérance pourrait le jeter dans le désespoir. *Si l'espérance que nous avons en Jésus-Christ n'est que pour cette vie, nous sommes les plus malheureux des hommes* (I Cor., XV, 19).

Tout démontre qu'avec le véritable christianisme doivent être essentiellement unies l'espérance et l'attente de l'avènement du Christ. Que faut-il donc dire après cela de ceux ou qui n'ont rien absolument ni de cette espérance, ni de cette attente, ou en qui elles sont faibles et presque entièrement éteintes par l'oubli? — C'est qu'ou bien ils n'ont pas le véritable christianisme, ou bien leur christianisme est faible et ils oublient les obligations que ce titre leur impose. — *De quel côté suis-je?* pensera peut-être, après cela, le vrai disciple, redoutant d'être coupable. — *De quel côté suis-je?* dira aussi le faux disciple, cherchant à éviter d'être convaincu. Nous ne pouvons donner à personne un signe certain ; mais pour ceux qui ont des yeux, les œuvres éclaircissent tout. *Vous les reconnaîtrez à leurs fruits* (Matth., VII, 16).

Le Maître tarde à venir, dit le mauvais serviteur de la parabole, *et il se met à battre ses compagnons, à manger et à boire avec des ivrognes* (Matth., xxiv, 48, 49). *L'Époux tarde à venir* (Matth., xxv, 5), pensent les vierges folles, et elles dorment sans souci, tandis que les dernières gouttes d'huile achèvent de brûler dans leurs lampes. Ainsi, chez les chrétiens faibles ou menteurs, l'oubli de la venue prochaine du Seigneur et de son juste jugement entraîne après lui toutes les œuvres contraires à l'esprit du Christianisme, et épuise jusqu'à la fin toutes les vertus chrétiennes. *Le Prince des rois de la terre* (Apoc., i, 5) tarde à venir, dit le puissant de la terre, séduit par le désir de montrer son pouvoir, et il se met à fouler les faibles à ses pieds. Il tarde à venir, crient les peuples révoltés, et ils méditent l'anarchie. Il tarde à venir, le Roi à la couronne d'épines, dit le fils des joies sensuelles, et, se couronnant de fleurs, il s'endort sur des roses qui doivent bientôt se flétrir et ne laisser après elles que des épines déchirantes. Il tarde à venir, le Roi créancier, dit l'esclave de l'amour de l'argent ou de la paresse, et il enfonce plus avant dans la terre le talent dont l'intérêt pouvait être un royaume. L'Époux tarde à venir, dit l'âme fiancée à l'Époux céleste, et elle sommeille sans s'apercevoir que, dans son vase spirituel, se déssèche l'huile de la tendresse et de l'amour divins, et que, par conséquent, la lumière de l'intelligence peut bientôt s'éteindre. Il tarde à venir, crient les blasphémateurs : *Qu'est devenue la promesse de son avènement? car depuis que nos pères sont morts, toutes choses demeurent comme elles étaient au commencement du monde; et dans l'espoir de ce retard, ou, pour mieux dire, dans leur désespoir, ils marchent suivant leurs propres convoitises* (II Pier., iii, 5,4).

Non, serviteurs infidèles et servantes légères, *le Seigneur de la promesse ne tarde pas, comme quelques-uns se l'imaginent ; mais c'est qu'il nous attend avec une longue patience, ne voulant pas qu'aucun périsse, mais que tous aient recours à la pénitence* (II Pier., m, 9). Et qui sait si la mesure de sa longanimité n'est pas déjà pleine ? — Remarquez, Chrétiens, comme de jour en jour se multiplient les signes de son avènement, qu'il a prédits lui-même : la détresse des nations, les famines, les pestes et les tremblements de terre en divers lieux, la multitude des scandales, la trahison de l'un par l'autre, la multiplication de l'iniquité, le dépérissement de l'amour, — et ce signe encore qu'un si grand nombre sommeillent, sans faire attention aux signes frappants des temps : car, selon les prédictions de vos saints prophètes et apôtres, *le jour du Seigneur viendra comme le larron dans la nuit* (10).

Voici qu'il viendra sur les nuées, et tout œil le verra (Apoc., 1, 7)! Bienheureux celui qui peut dire de tout son cœur : *Ah ! venez, Seigneur Jésus* (Apoc., xxii, 20)! *La couronne à ceux qui auront aimé son avènement !* — Ainsi soit-il.

9

SERMON

POUR LA FÊTE DES PRINCES DES APOTRES PIERRE ET PAUL

Nous célébrons la fête des Princes des apôtres; cherchons donc à connaître l'esprit et la signification de cette solennité.

Sous le titre de *Princes des Apôtres*, l'Église réunit Pierre et Paul.

Que ce titre distinctif convienne à saint Pierre, c'est ce dont il n'est pas difficile de se convaincre par l'histoire Évangélique. Dans toute assemblée, même de personnages égaux entre eux, quelqu'un a ordinairement une certaine prééminence, soit par élection et désignation, pour l'ordre, soit par la supériorité de ses facultés et par une présence d'esprit particulière : et dans beaucoup de cas, lorsque l'histoire Évangélique représente Pierre dans l'assemblée des apôtres, son nom occupe le premier rang dans l'ordre de leurs noms, et sa personne occupe la première place entre eux, soit pour la parole, soit pour l'action. Lorsque, par exemple, saint Matthieu veut dresser la liste de ceux qui ont été élus à la mission apostolique, il écrit : *Or, les noms des douze apôtres sont ceux-ci : le premier, Simon, appelé Pierre* (Matth., x, 2) ; — et ensuite il nomme les autres apôtres. Lorsque le divin Maître lui-même, après quelque temps d'enseignement, examine ses disciples choisis, dans l'objet principal de son enseignement, et demande : *Qui dites-vous que je suis ?* — Pierre prévient tous les sages en Dieu par cette réponse : *Tu es le Christ, Fils du Dieu vivant;* et, pour cela, il est le premier, non seulement loué, mais encore appelé bienheureux : *Tu es bienheureux, Simon;* à lui le premier il est dit : *sur cette pierre je bâtirai mon Église* (Matth., xvi, 15-18), quoique du reste cela ne s'adresse pas exclusivement à lui, parce que l'Église *est bâtie sur le fondement des apôtres et des prophètes, Jésus-Christ étant lui-même la principale pierre de l'angle* (Éph., ii, 20); il reçoit le premier les clefs du royaume des cieux et le pouvoir de lier et de délier (Matth., xvi, 16-19), quoique du reste, après cela, le même pouvoir soit donné aussi à tous les apôtres (Matth., xvii, 18). Et dans le temps malheureux où, le Pasteur ayant été frappé, les brebis du troupeau furent dispersées, où les colonnes elles-mêmes furent ébranlées, où les pierres du fondement elles-mêmes furent dérangées de leurs places, parce que Satan demanda qu'elles fussent semées comme on sème le blé, — que devint alors la pierre Pierre? — Il est vrai qu'il ne résista pas lui-même, que même il fut renversé plus misérablement que les autres ; mais en même temps il eut le privilége, grâce à la prière particulière de Jésus-Christ, d'être relevé à sa place précédente, et il reçut la mission de confirmer ses Frères. *Et moi,* lui fut-il dit, *j'ai prié pour toi, afin que ta foi ne défaille pas; et toi, quand tu seras converti, confirme tes frères* (Luc, xxii, 32). En effet, lorsque la résurrection du Seigneur fut révélée aux saintes Femmes avant tous les autres, cela ne confirma pas les apôtres dans la croyance de ce fait : *Et leurs paroles leur parurent comme un mensonge* (Luc, xxiv, 11). Mais lorsque le Ressuscité

eut apparu à Pierre, alors les autres apôtres, même avant
l'apparition qui leur fut commune à tous, dirent avec assurance : *Le Seigneur est vraiment ressuscité, et il a apparu
à Simon* (Luc, xxiv, 34). Enfin, faut-il combler le vide
laissé dans l'assemblée des apôtres par la chute de Judas?
— Pierre y pense le premier et s'en occupe le premier.
Faut-il, immédiatement après la descente du Saint-Esprit, commencer solennellement la prédication de l'Évangile? — *Pierre, s'étant levé avec les onze, éleva la voix*
(Act. des Ap., ii, 14) le premier d'entre eux. Faut-il poser
les fondements de l'Église au milieu des Gentils comme
au milieu des Juifs? — Pierre baptise Corneille ; et ce
n'est déjà plus la première fois que s'explique simplement par les faits cette parole du Christ devenue si embarrassée par les interprétations : *Tu es Pierre, et sur
cette pierre je bâtirai mon Église.*

Mais plus est claire, de cette façon, la priorité de saint
Pierre entre les apôtres, plus il devient nécessaire d'examiner avec attention comment il se fait que l'Église lui
adjoigne saint Paul sous la dénomination commune à
tous deux de Princes des Apôtres, — Paul, très-peu lié,
à ce qu'il semble, avec Pierre, dans l'Apostolat. On sait
que le Seigneur choisit d'abord douze apôtres, et ensuite
soixante-dix autres. Les douze, comparativement aux
soixante-dix, peuvent tous être appelés Apôtres supérieurs. Mais on sait également que saint Paul ne fut
point du nombre de ceux-ci. Pendant qu'ils étudiaient,
durant plusieurs années, la science de l'Apostolat auprès
du divin Maître, alors, probablement, Paul continuait encore ses études auprès du rabbin juif Gamaliel. Lorsque
la Sagesse incarnée de Dieu les promut solennellement au
titre de Maîtres de toutes les nations : *Allez, enseignez*

tous les peuples, Paul n'était encore que le disciple de Gamaliel. Quand ils attendirent unanimement et reçurent tous ensemble le Saint-Esprit, et qu'ils devinrent ensemble ses instruments immédiats et les dispensateurs souverains sur la terre, de ses dons, alors encore Paul n'était pas au milieu d'eux. Quand ils commencèrent à établir et à propager l'Église du Christ, Paul en était encore le persécuteur et le destructeur. Comment donc est-il arrivé que celui qui était resté, à ce qu'il semble, si loin en arrière de l'assemblée des Apôtres supérieurs, reçoive aujourd'hui de l'Église un honneur non-seulement égal aux Apôtres supérieurs, mais encore prééminent à l'égal du premier d'entre eux ?

Voyons s'il n'y a pas un moyen de rapprocher ces deux hommes, et de comprendre la pensée de l'Église qui les réunit dans la solennité actuelle.

Il n'est pas besoin d'expliquer en détail ni de démontrer que l'apostolat de Paul est aussi majestueux et aussi divin par son principe que l'apostolat de Pierre et des autres apôtres. C'est assez, pour cela, de dire que Celui qui avait appelé Pierre et les autres à l'Apostolat, au temps de son séjour sur la terre, — Celui-là même appela Paul au même Apostolat, en s'inclinant vers lui du haut des cieux ouverts. *Paul apôtre, non de la part des hommes, ni par un homme, mais par Jésus-Christ et Dieu le Père,* ou, comme il s'exprime encore, *par la révélation de Jésus-Christ* (Gal., I. 1, 12).

Si celui-là est grand, qui s'élève en peu de temps d'une profonde ignorance à une haute et divine sagesse, est-il moins grand celui qui, d'une haine mortelle contre la vérité divine, passe soudain à l'amour pour elle, et à un amour *fort comme la mort?* Hier pécheur, et aujourd'hui le premier et l'unique théologien : *Tu es*, dit-il, *le Christ, Fils du Dieu vivant :* — voilà la grandeur de Pierre ! Hier persécuteur du Christ, et aujourd'hui apôtre du Christ : — *Celui qui autrefois nous persécutait*, disent les fidèles, *annonce maintenant la foi qu'il s'efforçait alors de détruire* (Gal., i, 23) : — voilà la grandeur de Paul ! Si la supériorité de l'esprit de Pierre sur celui des autres apôtres parait en ce qu'un jour il confirma ses frères chancelants dans la foi, la supériorité de l'esprit de Paul sur celui de Pierre lui-même ne parait-elle pas aussi lorsque Paul remarqua un scandale qui menaçait l'Église, que Pierre n'avait pas aperçu, et qui consistait en ce que celui-ci s'éloignait des Gentils convertis pour plaire aux Juifs convertis, et lorsqu'il redressa, en cette circonstance, la conduite de Pierre ? *Lorsque Pierre*, dit-il, *vint à Antioche, je lui résistai en face, parce qu'il était répréhensible* (Gal., ii, 11). Si le domaine apostolique de Pierre se montre particulièrement grand en ce qu'il pose les premiers fondements de l'Église de Jésus-Christ au milieu des Gentils comme au milieu des Juifs, en ce que c'est par lui surtout, comme par l'instrument le plus puissant de la grâce, que le collège apostolique agit, de Jérusalem, non-seulement sur toutes les Églises de la Palestine, mais encore sur beaucoup d'autres, le domaine de l'apostolat de Paul n'est-il pas encore plus vaste, s'étendant de Jérusalem et de la Syrie à la Macédoine, à la Grèce, à l'Illyrie, d'Antioche à Rome, et peut-être à l'Espagne, et en outre de telle sorte que, en grande partie, *il n'a point bâti sur le fondement d'autrui* (Rom., xv, 20), mais qu'il a prêché là où, avant lui, le nom de Jésus-Christ n'avait point été prononcé. Voyez comme ces conquérants sans armées et sans armes de tout l'univers, se partagent entre eux les

1. 22

peuples, luttant à l'envi, non à qui dominera le plus sur l'univers, mais à qui souffrira le plus pour le salut de l'univers : *A moi a été confiée*, dit Paul, *l'évangélisation des incirconcis*, c'est-à-dire des Gentils, *comme à Pierre l'évangélisation des circoncis* (Gal., II, 7), c'est-à-dire des Juifs. Mais puisque, à l'époque de ce partage qui ne divisait pas, mais unissait, il n'y avait rien dans le monde que les *circoncis* et les *incirconcis*, que les Juifs et les Gentils, Pierre et Paul se l'étaient donc partagé entre eux sans aucun reste, et, par conséquent, dans tout le monde, personne ne peut leur disputer la dignité de Princes des apôtres.

Du reste, comme il y a réellement une certaine suprématie apostolique dans l'excellence des dons, la hauteur des vertus et la grandeur des actions, on peut encore demander : Pourquoi proclame-t-on avec tant de solennité la suprématie des prédicateurs de la foi qui mettaient, et enseignaient aux autres à mettre leur triomphe, non dans l'élévation, mais dans l'humilité, et leur priorité dans le service des autres ? — Pour répondre à cela, rappelons-nous la parabole de Jésus-Christ : *Une ville placée sur une montagne ne peut être cachée* (Matth., v, 14). La ville au sommet d'une montagne représente ici l'âme élevée, remplie et embellie de perfections et de vertus, de même que, dans d'autres circonstances, le Verbe de Dieu appelle l'âme pieuse et pénétrée de l'amour divin, la demeure de Dieu, ou la maison de Dieu. Comme une ville située au sommet d'une montagne, quelque modestes qu'en soient les édifices, n'en est pas moins visible de loin, ainsi une âme qui a renoncé au monde et à la chair avec leurs passions et leurs convoitises nous attirant en bas, qui s'est rapprochée des Puissances célestes, qui s'est élevée sur la mon-

tagne de la loi de Dieu, qui habite en Dieu par la pureté, la
foi et l'amour, et qui est devenue la demeure de la grâce de
Dieu, quelque modeste que soit sa parole, quelque humbles que soient ses actions, révèle son élévation même
dans son humilité, et ne peut cacher, sous sa modestie,
sa gloire intérieure à des yeux quelque peu purifiés. Et
comme des voyageurs, en voyant une ville sur une montagne, s'arrêtent eux-mêmes sur quelque hauteur d'où il
est plus facile de la voir, se la montrent l'un à l'autre, en
remarquent les élévations particulières, s'entretiennent de
ses beautés en jouissant de la magnificence du spectacle,
et quelquefois même en en faisant le but de leur voyage et
en s'efforçant d'atteindre ce qu'ils voient dans le lointain,
ainsi nos saints Pères et nos guides dans le chemin du
salut nous arrêtent à un point déterminé du temps pour
nous montrer, comme deux villes magnifiques, les
grandes âmes de Pierre et de Paul ; ils nous font remarquer l'élévation singulière de leurs perfections et de leurs
vertus ; ils donnent aux âmes pures l'occasion de se délecter de la contemplation de deux demeures élevées du
Saint-Esprit, ou de l'unique grâce élevée de l'Apostolat
habitant deux demeures corporelles ; ils engagent ceux
qui sont purifiés à considérer, autant qu'ils le peuvent,
et quoique de loin, ce spectacle spirituel, et à en profiter
pour diriger et hâter leur voyage vers le salut par une
imitation zélée des exploits et des vertus qu'ils ont devant les yeux ; et pour purifier, par une sorte de purification anticipée, même ceux qui ne sont pas débarrassés
de la poussière des vanités du monde, et les élever au-dessus de la fange de la chair, afin qu'ils puissent mieux voir,
des yeux de l'esprit, ces hauteurs spirituelles, ils se sont
efforcés de nous conduire, en quelque sorte, sur une

élévation spirituelle, par le chemin du carême qui a précédé le jour où nous sommes.

Je ne dirai rien aux contemplateurs purs et élevés, pour ne pas les empêcher de se délecter de ce qu'ils voient aujourd'hui sur la montagne divine, sur la hauteur de l'Église de Jésus-Christ. Soyons attentifs, nous aussi qui, peut-être, sommes à peine sortis, par l'esprit, de la chair et du monde ; profitons du haut spectacle spirituel que l'Église nous présente et nous montre aujourd'hui. — Si tu es encore attaché au monde, aux biens ou aux plaisirs du monde, à la science du monde, aux honneurs du monde, considère Pierre qui a tout quitté pour suivre Jésus-Christ ; considère Paul qui a regardé comme des ordures les connaissances, qui ne semblent pourtant pas tout à fait mondaines, d'un docteur de la loi juive et d'un Pharisien, et la gloire de ces connaissances, pour acquérir la folie salutaire et l'opprobre de la croix. Si tu ne peux renoncer à tes biens, renonce du moins à la cupidité et à l'avarice. Si tu ne peux pas encore aimer l'opprobre, renonce du moins à l'amour des honneurs. Autrement, quel disciple es-tu des apôtres ? Quel fils es-tu de l'Église apostolique ? — Si tu es pécheur, connaissant ton iniquité, et si ton péché, toujours devant toi, ne laisse pas de repos à ta conscience. quoique, dans ce cas, tu sois arrêté bien bas, regarde cependant aussi les apôtres si élevés. Le Prince des apôtres Pierre n'a-t-il pas un moment renié le Christ ? Et le Prince des apôtres Paul n'a-t-il pas été un jour persécuteur de l'Église ? Mais les larmes du repentir ont relevé Pierre, malgré la profondeur de sa chute, à la suprématie de l'Apostolat ; mais le repentir de Paul, même avant d'être né, et dans sa prévision seulement, a été reçu à bras ouverts, du haut dès cieux, par le Sauveur des pécheurs. Pourquoi te laisses-tu aller à l'abattement, pécheur, et appesantir par le découragement ? Prends les ailes du repentir et de l'espérance, et vole vers les hauteurs de la grâce.

En voilà assez pour nous montrer par l'exemple comment nous pouvons, nous aussi, si humbles dans l'Église, considérer les hautes perfections des apôtres, nourrir notre âme de leur méditation et en animer notre vie. C'est en cela que consiste la véritable manière de fêter les Apôtres. La bénédiction des saints Apôtres et de la sainte Église apostolique reposera sur ceux qui célébreront cette fête de cette manière. — Ainsi soit-il.

10

SERMON

POUR LA FÊTE DE L'INVENTION DES RELIQUES DE SAINT SERGE

Prononcé à sa Laure, le 5 juin 1822.

> Ils ont passé vêtus de peaux de brebis et de peaux de chèvres, dénués de tout, affligés, tourmentés, eux dont le monde entier n'était pas digne, errant dans les déserts, et dans les montagnes, et dans les antres, et dans les cavernes de la terre.
>
> — Héb., xi, 37, 38. —

Qu'est-ce donc que c'était que ces hommes que l'Apôtre peint sous des traits, ce semble, si discordants? Il les apprécie au-dessus du monde entier : *Eux dont le monde entier n'était pas digne ;* mais en même temps il les montre rejetés comme n'étant d'aucune valeur, parce qu'ils n'ont ni vêtements présentables, ni nourriture, ni sécurité, ni habitation : *ils ont passé vêtus de peaux de brebis, et de peaux de chèvres, dénués de tout, affligés, tourmentés, errant dans les déserts, et dans les montagnes, et dans les antres, et dans les cavernes de la terre.*

Peut-être le monde ne reconnaît-il pas, ou ne veut-il pas reconnaître ces exilés volontaires du monde ; mais à vous, il ne doit pas vous être difficile de les reconnaître, ces habitants de la sainte solitude ! Ce sont nos devanciers, quoique, peut-être, une grande partie d'entre nous se soient tellement éloignés d'eux que nous les offensions en nous appelant leurs imitateurs. S'il faut citer des noms : tel fut Élie de Thesbé, que l'Apôtre avait particulièrement en vue, cela est visible, lorsqu'il écrivait les portraits de ces grands étrangers du monde ; — Élie, qui fermait et ouvrait le ciel, faisait descendre la pluie et le feu, appelait la famine et l'abondance, tandis qu'il trouvait à peine lui-même sa subsistance, la recevant tantôt d'un corbeau du désert, tantôt d'une pauvre veuve ; qui exterminait les vivants par sa parole, ressuscitait les morts par son souffle, et lui-même s'enfuyait dans *le désert pour son âme,* c'est-à-dire à cause du danger où était sa vie, et, épuisé par les poursuites de ses ennemis, *demandait la mort pour son âme* (III Rois, xix, 3, 4). Tel fut Jean-Baptiste, à qui la Vérité elle-même a rendu ce témoignage que *nul ne s'est élevé plus grand d'entre les enfants des femmes* (Matth., xi, 11), et qui vivait pourtant dans un désert sauvage, portait un vêtement grossier, se nourrissait de sauterelles, et qui termina sa carrière dans une prison et par le glaive. Tels furent ensuite Paul de Thébaïde, Antoine le Grand, Macaire d'Égypte, Éphrem de Syrie, et une foule d'autres qui, du milieu de l'obscurité des déserts, ont brillé, comme des étoiles, d'une lumière spirituelle, et ont éclairé l'univers.

Mais pourquoi réunir tant de témoins étrangers, pour des témoins oculaires du fait lui-même? Tel fut aussi cet homme étonnant qui vint ici, dans un désert inhabité et impénétrable; il vécut longtemps ici dans un dénuement complet, seul avec Dieu seul; ensuite, quand il se trouva des hommes qui, reconnaissant sa valeur, préférèrent sa solitude au monde et se livrèrent à son autorité et à sa direction, il fut le premier dans les travaux et les efforts, et le dernier au repos; il porta le vêtement que les autres refusaient; il mangea du pain pourri; au lieu de bannir les indociles, il se bannit lui-même du milieu d'eux; et qu'arriva-t-il à la fin? — Selon la parole du Prophète, *ses lieux déserts depuis des siècles se remplirent d'édifices; ses fondations devinrent indestructibles pour les générations des générations, et il fut appelé le fondateur d'enceintes* (Is., LVIII, 12). Non-seulement faibles et forts de la terre vinrent dans son désert lui demander sa bénédiction, ses conseils, des guérisons miraculeuses et la victoire sur leurs ennemis triomphants, mais la Reine des cieux elle-même, entourée de ceux qui sont auprès du Roi des rois, descendit dans sa sainte solitude, pour confirmer dans son désert la bénédiction du ciel que, dans la suite du temps, les forces hostiles du monde, malgré toute leur puissance apparente, tentèrent inutilement de détruire.

Qui jette les objets précieux? — Pourquoi donc des hommes *dont le monde entier n'est pas digne*, qui, à cause de leur haute valeur intérieure, devraient être particulièrement précieux au monde par les nombreuses actions bienfaisantes qu'ils accomplissent pour lui, — pourquoi ces hommes sont-ils dispersés avec une insouciance en apparence si grande *dans les déserts et les montagnes, dans les antres et les creux de la terre?* Est-ce le monde qui, ne les appréciant pas, les a repoussés ; ou bien est-ce eux qui, reconnaissant ce qu'il vaut, n'ont pas voulu lui appartenir ?

L'orgueil du monde ne lui permet pas d'avouer qu'il est quitté comme indigne, et c'est pour cela qu'il s'efforce de persuader ceux qui l'écoutent avec crédulité que c'est lui-même qui repousse, comme incapables de rien, ceux qui le quittent, ou bien qu'en le quittant volontairement, ils le quittent étourdiment. Mais la vérité et l'expérience disent en dépit de lui qu'il ne les rejette pas autant qu'ils le quittent, et que c'est lui qui est étourdi et injuste en les reniant, et non pas eux en s'éloignant de lui.

On pense nous prendre en défaut en disant que quelques-uns des anciens et pieux ermites ont été poussés à ce genre de vie par la crainte des persécutions. Mais contre quoi s'élevaient les persécuteurs? — Contre la piété. Pourquoi les persécutés fuyaient-ils dans les déserts? — Pour conserver leur piété. Qui donc ici mérite le reproche? Le guerrier qui, se voyant seul dans le camp ennemi, a su s'éloigner sain et sauf et conserver intact le drapeau qui lui avait été confié, est-il donc un fuyard méprisable? N'est-il pas en quelque sorte vainqueur? Si le monde veut nous humilier en nous appelant les imitateurs de semblables fuyards, que l'on examine si par là il ne s'élève pas lui-même à la dignité — d'imitateur des persécuteurs.

Est-il juste de haïr ceux qui vous désirent toujours du

bien? Et ainsi, le monde est-il juste quand il hait des hommes qui, en le quittant pour toute leur vie, se sont voués en même temps pour toute leur vie à demander pour lui le vrai bonheur dans des prières incessantes? N'est-il pas complètement insensé de repousser ceux qui non-seulement nous souhaitent du bien, mais encore peuvent en effet nous procurer ce qu'ils souhaitent? Et cependant, n'est-ce pas ce que fait le monde quand il repousse ceux qui, par leurs exploits de piété et par leurs prières pures, détournent de lui les foudres du ciel irrité, et font descendre sur lui des bénédictions puissantes et efficaces? S'il ne comprend pas les mystères des bénédictions spirituelles, nous lui montrerons des bénédictions visibles et sensibles. Voyez : un désert sauvage se change en une habitation florissante et permanente; un désert inhabité donne naissance à une population nombreuse; le monastère du désert résiste inébranlablement aux efforts d'ennemis qui ont déjà renversé la capitale; il devient le bouclier de l'Empire déjà atteint, et l'asile de son salut; et tout cela est l'œuvre d'un Ermite! Après cela, nous laisserons au monde à juger cette espèce d'hommes même sous le rapport des seuls intérêts temporels. S'il continue à les repousser encore, il repousse son propre avantage. S'il trouve encore qu'ils ne sont bons à rien, il ne comprend pas ses propres intérêts.

Autant le monde se conduit injustement quand il humilie et repousse ces hommes, autant est vain l'amour-propre qui lui fait croire que c'est parce qu'ils ont désespéré de sa bienveillance qu'ils se sont éloignés de lui. En vain Pharaon aurait voulu se flatter d'avoir chassé les Israélites dans le désert, quoique réellement *les Égyptiens pressassent le peuple et se hâtassent de le faire sortir de leur pays* (Ex., xii, 35). Ce ne fut pas le désespoir, mais bien l'espérance qui fit sortir les Israélites de l'Égypte; ils profitèrent de ce qu'on les renvoyait comme d'un moyen de délivrance, et, pour leur fuite, ils chantèrent à Dieu un hymne de victoire. Ceux qui ont véritablement renoncé au monde, s'ils éprouvent sa malveillance, en profitent comme d'une occasion favorable pour s'éloigner de lui avec moins de difficulté; mais souvent, même sans avoir éprouvé de sa part aucune défaveur visible, ils le quittent, non point parce qu'il les a repoussés, mais parce que la solitude les appelle, et que sa voix douce, quelquefois même triste, a pour eux cent fois plus de charmes que les joies bruyantes du monde. Qui chassa du monde cet enfant merveilleux qui le quitta avant d'avoir eu occasion de le connaître? *L'enfant croissait, et se fortifiait en esprit, et il demeurait dans les déserts* (Luc, i, 80). Et le monde aussi connaissait-il ce Barthélemy avant que le désert l'eût rendu célèbre, et put-il le repousser avant que lui-même eût repoussé le monde? Le monde ne connut Serge qu'après qu'il eut quitté le monde, par la renommée de ses actes et de ses miracles, et il le repoussa moins qu'il ne l'attira; mais alors même que Serge fut appelé à une position qui, quoiqu'elle soit dans le monde, n'est ni du monde, ni pour le monde, — l'obéissance elle-même, qu'il observa si saintement dans toutes les autres occasions, ne put le déterminer à se séparer de sa chère solitude.

Quelle force mystérieuse a donc arraché ces hommes au monde, et les a obligés, après avoir renoncé à tout ce qu'il a d'attrayant, à errer dans les déserts, au milieu des privations, des afflictions et des souffrances? Nous apprendrons ce mystère de l'Apôtre qui a dépeint ces

hommes incompréhensibles pour le monde. Cette force
mystérieuse, c'est *la foi*. Par la foi, dit-il, *ils ont conquis
les royaumes, ils ont accompli la justice,* — et plus loin :
ils ont passé vêtus de peaux de brebis, — *errant dans les
déserts ;* et enfin il conclut : *Tous ceux-là ont témoigné de
leur foi* (Héb., xi, 55-59). La foi leur a montré qu'ils
sont étrangers et voyageurs sur la terre (15), pensée que
connaissent aussi les incrédules, mais qu'ils laissent,
même quand ils l'entendent, glisser sur leurs oreilles,
ou, pour mieux dire, sur leurs cœurs, et c'est pour cela
que, quoiqu'ils voient chaque jour mourir leurs semblables, ils vivent dans une aussi grande insouciance de
l'avenir, avec un aussi grand attachement aux choses
terrestres que s'ils devaient vivre ici éternellement. — La
foi a inspiré à ses fidèles un profond sentiment de la
corruptibilité du monde et de la brièveté de la vie, et, par
suite, un désir ardent de la Patrie céleste ; elle leur a appris à *demeurer fermes devant le Dieu invisible comme s'ils
le voyaient* (27), à *porter leurs yeux vers Jésus, le chef et
le consommateur de la foi, qui, au lieu de la joie qui était
devant lui, a souffert la croix en méprisant l'ignominie, et
s'est assis à la droite du trône de Dieu* (xii, 2); elle leur a
montré *la rémunération* (xi, 26) préparée pour eux aussi.
Avec ces sentiments étrangers au monde, avec ces vues
élevées, les beautés du monde ont disparu à leurs yeux,
les douceurs sensuelles leur sont devenues amères, les
trésors de la terre se sont changés en ordures, le monde
leur a paru un désert, et le désert un paradis, — et ils
se sont enfuis. Ils se sont enfuis, comme les Israélites, de
l'Égypte; comme Loth, de Sodome; comme les captifs,
de Babylone. Ils se sont enfuis du monde, où la société
des mondains et la créature défigurée par la frivolité et

l'abus, déroutaient sans cesse leurs pensées, asservis-
saient leurs désirs, troublaient leur âme et leur con
science. Ils se sont enfuis dans le désert, où autant ils
s'éloignaient de la créature, autant ils pouvaient se sentir
près de Dieu; ils ont renoncé à l'hymen de la terre, afin
de se préparer avec d'autant plus de liberté à l'unique et
céleste *hymen de l'Agneau* (Apoc., xix, 7); ils se sont couverts de vêtements sordides afin que le désir de la parure
n'eût pas d'autre objet que *le lin de la justice des saints*
(8); ils se sont condamnés à la faim et à la soif, afin que
la satiété sensuelle n'émoussât pas en eux la faim et le
goût du *souper* (9) spirituel du Royaume de Dieu; ils se
sont éloignés, pour ainsi dire, sur les limites mêmes du
monde visible et du monde invisible, et, conformément
à leur destination pour le monde invisible, ils y ont
transporté volontairement et d'avance leur pensée et leur
cœur; et s'ils doivent nécessairement laisser ici un corps
de boue, ils s'efforcent du moins, par le jeûne, par les
veilles et par d'autres efforts, de l'épurer et de le diminuer
assez pour qu'il puisse moins *appesantir l'âme* (Sag., ix,
15); que l'âme l'alléger et lui donner des ailes afin qu'il
l'empêche le moins possible d'imiter la vie des êtres im-
matériels et de recevoir les visites bienfaisantes du Saint-
Esprit.

Voilà, mes Frères et cohabitants du désert, une descrip-
tion courte, mais vraie, du chemin par lequel nos véritables prédécesseurs se sont éloignés du monde, et n'ont
pas erré au hasard dans le désert, mais se sont dirigés
sûrement vers *la cité qui a un ferme fondement, et dont
Dieu même est le fondateur et l'architecte* (Hébr., xi, 10).
Ce n'est pas le moment d'entrer dans des détails à ce sujet,
et cela n'est peut-être pas nécessaire pour des hommes

qui marchent eux-mêmes activement dans ce chemin. Mais de peur que, par nonchalance ou par la séduction de l'esprit d'erreur, nous ne venions à nous écarter du vrai chemin à la suite de ceux qui errent *dans une terre sans voie et hors du chemin* (Ps. cvi, 40), nous avons besoin de rechercher avec soin les traces de nos prédécesseurs, et de vérifier notre marche. Nous avons grand besoin de nous éprouver pour savoir si c'est bien dans le désir de plaire à Dieu seul que nous nous sommes éloignés du monde, et non parce que le monde ne nous a pas été favorable. Même en nous éloignant du monde, n'avons-nous pas emporté avec nous, comme Rachel de la maison de Laban, les dieux que l'on sert dans le monde, — les idoles de l'orgueil, de l'intérêt et de la sensualité? Ou bien, dans le désert même, à l'exemple des Israélites, ne nous sommes-nous pas fondu de nouvelles idoles à la place de celles que nous avions laissées en Égypte? Nous sentons-nous intérieurement plus près de Dieu depuis que nous sommes éloignés extérieurement du monde? Après avoir renoncé à la prééminence et à l'autorité dans le monde, ne sommes-nous pas tentés du désir de la prééminence et de la supériorité entre nos frères? Notre vie exclusivement destinée aux travaux de la vertu, n'en faisons-nous pas uniquement le repos de la chair? Béni est le fils paisible du désert que, dans cette épreuve, *son cœur ne condamnera pas : il pourra s'approcher de Dieu avec confiance* (I Jean, iii, 21). Heureux encore celui à qui, après l'aveu de quelques oublis et de quelques chutes, une pensée de repentir et la contrition du cœur promettront l'espérance du pardon et de la consolation. Malheur au semeur de scandales qui, ayant apporté avec lui le monde et ses souillures jusque dans le désert, en viole la sainteté spirituelle! Une triple condamnation tombera sur sa tête : la condamnation du péché, la condamnation de la violation de ses vœux, et la condamnation du scandale empoisonné.

Il faut dire quelque chose aussi pour les habitants bien intentionnés du saint désert. Lorsque, après l'Apôtre, nous disons des anachorètes que la foi les a enlevés au monde, ne pensez pas que nous ne vous laissions pas, à vous qui êtes restés dans le monde, la foi et l'espérance du salut. Non ! *La foi est la victoire qui a triomphé et qui triomphe du monde* (I Jean, v, 4, 5). On peut même vivre *dans le monde* sans être *du monde* (Jean, xv, 10). Jésus-Christ n'a pas commandé à tous ce qu'il a conseillé à certain jeune homme : *Si tu veux être parfait, va, vends ce que tu possèdes, et donne-le aux pauvres, et tu auras un trésor dans le ciel ; puis viens et suis-moi* (Matth., xix, 21), c'est-à-dire, pour suivre Jésus-Christ, ne renonce pas seulement à l'iniquité et aux passions du monde, mais romps toute alliance avec ceux qui vivent dans le monde. Au contraire, il a prêché à tous le repentir, la foi dans l'Évangile et l'espérance dans le royaume des cieux. Lui-même a vécu et dans le monde et dans le désert : il enseignait dans le monde, et, pour prier, il s'isolait dans le désert.

Ce que je vous dis, je le dis à tous (Marc, xiii, 57). De même que personne n'est sauvé seulement par la vie extérieure dans le désert, ainsi personne ne périt seulement par la vie extérieure dans le monde. Le désert ne signifie rien quand, dans le désert extérieur, il n'y a pas de désert intérieur ; mais le désert intérieur peut, quoique moins facilement, se trouver aussi dans le monde, si l'on se donne la peine de le chercher. *Quand vous priez, entrez dans votre chambre*, c'est-à-dire dans la chambre solitaire de votre âme, *et, ayant fermé votre porte*, c'est-à-dire, ayant écarté toute distraction de vos pensées et de vos sens, *priez votre Père qui est dans le secret* (Matth., VI, 6). — *N'aimez point le monde, ni ce qui est dans le monde* (I Jean, II, 15). Faites de votre cœur un désert dans lequel il n'y ait ni richesses, ni magnificences du monde, ni désirs impurs de la chair, ni pensées sensuelles. Voilà, et pour les anachorètes, et pour ceux qui vivent dans le monde, le saint désert commun, dans lequel *vient, et dans lequel se fait une demeure* (Jean, XIV, 23) notre Maître bien-aimé Jésus-Christ, avec son Père consubstantiel et le Saint-Esprit, pour notre vrai bonheur, à la gloire de son nom trois fois saint. — Ainsi soit-il.

12

SERMON

POUR LA FÊTE DE SAINT SERGE, SUR LE JUGEMENT DES SAINTS

Ne savez-vous pas que les saints doivent juger le monde?

— I Cor., VI. 2. —

Ils doivent juger le monde! — La parole de l'Apôtre livre le monde entier au jugement des Saints : qui donc pourra éviter ce jugement, et où se cacher pour s'y soustraire?

Tout le genre humain se trouve divisé en deux parts : les jugés, qui sont les *saints*, et les justiciables, qui sont tous les autres hommes compris dans ce mot : *le monde*. Il n'y a, pour n'être pas au nombre des justiciables, d'autre moyen que d'être au nombre des juges. Si nous ne nous plaçons pas de notre propre chef au rang des juges, — ce qui serait d'une témérité extrême et, sans jugement ultérieur, déjà digne de condamnation, nous devons forcément nous regarder comme compris dans la multitude des justiciables.

Les saints doivent juger ! — Que devons-nous donc penser de ce jugement, nous pécheurs ? On dit des tribunaux ordinaires des hommes qu'il ne faut pas craindre le jugement, mais qu'il faut craindre le juge, parce que le jugement, de son essence, comme action de la justice, ne menace que quelques-uns de ceux qui sont jugés, c'est-à-dire les coupables, tandis que le juge, par ignorance, par partialité, par vénalité, expose au danger les innocents non moins que les coupables; mais du jugement des Saints, — je ne sais que dire, et s'il faut redouter davantage les juges ou le jugement lui-même. Moins les innocents pourraient craindre ces juges, dans lesquels on ne saurait supposer ni ignorance, ni partialité capables de pervertir le jugement, plus les pécheurs doivent redouter de pareils juges, puisqu'on ne peut supposer en eux ni défaut de perspicacité qui les empêche de découvrir le péché, ni partialité qui puisse couvrir le pécheur. S'ils ne sont pas redoutables, parce qu'ils sont bons et miséricordieux, ils sont redoutables par cela même qu'ils sont saints, que par conséquent ils haïssent le péché d'une haine souveraine, et que certainement ils le condamneront avec une justice souveraine. Si donc ces juges du monde sont sévères dans la justice, et si *le monde entier est sous l'empire du mal* (I Jean, v, 19), et si *personne n'est pur de la souillure* du péché et de l'iniquité, *quand même un seul jour serait la durée de sa vie sur la terre* (Job, xiv, 4, 5), combien donc doit être inévitablement redoutable le jugement des Saints sur le monde !

Et toi, auprès de qui nous nous réfugions et nous nous reposons aujourd'hui, comme les poussins sous les ailes de la couveuse, à qui nous avons recours comme au médecin de nos maladies, comme au consolateur de nos chagrins, comme au gardien du trésor de la miséricorde, comme au distributeur des largesses, comme à notre intercesseur auprès du Juge suprême, — et toi aussi, tu dois être, à la fin, un de ces juges menaçants établis sur nous !

O nous qui cherchons miséricorde ! redoutons un jugement auquel nous ne pouvons échapper, et que nous n'avons pas la force de soutenir. Tremblons cependant, non de l'effroi de la pusillanimité, qui conduit au désespoir, mais de l'effroi de la sagesse, qui inspire la prudence. Hâtons-nous de nous placer de bonne heure, par la pensée, devant ce tribunal, afin de n'être pas en retard pour nous justifier lorsqu'il s'ouvrira soudainement et solennellement. *Ne savez-vous pas que les saints doivent juger le monde ?*

L'apôtre Paul rappelle brièvement aux Chrétiens de son temps le jugement des Saints comme une chose qu'il suppose leur être bien connue. *Ne savez-vous pas ?* Est-il possible que vous ne sachiez pas ? Sans doute vous savez cela. Je le demande : peut-on faire appel au souvenir des Chrétiens d'aujourd'hui avec la même assurance que l'Apôtre ? Pouvons-nous répondre à cela : Oui, nous connaissons le jugement des Saints? Ou bien une grande partie d'entre nous, s'ils prenaient conseil de leur conscience, ne devraient-ils pas avouer qu'ils n'en savent presque rien? Dans ce cas, je demande encore : Que signifie cette ignorance? L'ignorance du jugement dénote, ou la simplicité d'un homme innocent qui n'a nul souci d'un jugement, — mais ce n'est pas là notre situation par rapport au jugement des Saints, comme on peut le conclure de ce qui a été dit déjà, — ou l'insouciance et l'endurcissement du pécheur qui évite la pensée d'un jugement inévitable, parce qu'il est toujours occupé de pensées et d'œuvres de péché. O jugement, dont la connaissance nous terrifie, et dont l'ignorance nous accuse et nous confond; dont la pensée nous menace de la condamnation, et dont l'oubli nous mène droit à la condamnation! révèle-toi à nous dans toute ta terreur, avant que tu ne t'ouvres pour notre condamnation inévitable.

Ne savez-vous pas? dit le saint Apôtre à ceux qui connaissent le jugement des Saints. Nous, remontons, avec ceux qui ne le connaissent pas, à la source de la connaissance. Nous puiserons le premier et le plus important témoignage sur le jugement des Saints dans les paroles du Fils de Dieu lui-même, auquel Dieu le Père *a donné tout jugement, afin que tous honorent le Fils comme ils honorent le Père* (Jean, v, 22, 23), et qui, à son tour, partage son jugement avec les Apôtres : *En vérité je vous dis que vous qui m'avez suivi, lorsqu'au temps de la régénération le Fils de l'homme sera assis sur le trône de sa gloire, vous aussi vous serez assis sur douze trônes, jugeant les douze tribus d'Israël* (Matth., xix, 28). Dans ces paroles, il faut remarquer, en premier lieu, que le jugement des Saints s'ouvrira solennellement *à la régénération*, à la seconde naissance des hommes, c'est-à-dire après la résurrection des morts, et que, par conséquent, ce jugement sera universel non seulement par rapport aux hommes des derniers temps, mais aussi par rapport au genre humain depuis le commencement jusqu'à la fin des temps; en second lieu, que ce jugement s'ouvrira solennellement, *lorsque le Fils de l'homme sera assis sur le trône de sa gloire;* mais que, comme ce sera, selon une autre de ses paroles, *lorsque le Fils de l'homme viendra dans sa gloire, et tous les saints anges avec lui* (Matth., xxv, 51), il s'ensuit que le jugement des Saints aura lieu, non-seulement devant le genre humain, mais encore devant les anges de Dieu; en troisième lieu, que ceux qui auront suivi Jésus-Christ *seront assis sur des trônes* pour le jugement, en même temps que *le Fils de l'homme sera assis sur le trône de sa gloire,* que par conséquent leur jugement sera joint avec son jugement, et qu'ils seront séparément les instruments, ou les agents subalternes, partiels, de son jugement unique, général et souverain; en quatrième lieu, que les Apôtres *seront assis sur douze trônes, jugeant les douze tribus d'Israël;* mais que, comme en outre il restera encore une multitude de peuples et de races qui comparaîtront au jugement universel, on peut conclure de là qu'avec ces douze juges, il en devra venir encore beaucoup d'autres. Cette déduction conjecturale paraît une vérité claire et confirmée par les paroles de l'Apôtre, selon lesquelles non-seulement les Apôtres, mais en général *les saints doivent juger le monde.* Le Prophète dit encore avec plus de précision que tous les Saints de Dieu, sans exception, seront élevés à la dignité de juges, pour procéder au jugement des peuples et des hommes, des rois et des grands : *pour faire sur eux un jugement écrit.* Cette gloire, c'est-à-dire la gloire d'être juges dans ce tribunal, *appartiendra à tous ses saints*. Ajoutons à cela le témoignage d'un témoin oculaire de ce jugement, car saint Jean l'a déjà vu dans une révélation : *Je vis*, dit-il, *des trônes et ceux qui s'assirent dessus, et la puissance de juger leur fut donnée* (Apoc., xx, 4).

Il est difficile de se représenter comment se passera le jugement unique, unanime et sans appel d'un si grand nombre de juges sur une multitude bien plus grande encore de justiciables, et sur des objets aussi divers et aussi difficiles à saisir que le sont toutes les actions connues et cachées, les paroles, les désirs et les pensées de chaque homme dans le cours de toute sa vie. Pour éclaircir ce point, nous trouvons quelque chose dans le Psalmiste qui nous dit que les Saints rendront un *jugement écrit*, et dans l'auteur de l'Apocalypse qui a écrit : *Et je vis les morts, grands et petits, debout devant Dieu, et les livres furent ouverts; et un autre livre fut ouvert, qui est le livre de vie; et les morts furent jugés sur ce qui était écrit dans ces livres, selon leurs œuvres* (Apoc., xx, 12). Comme, parmi les hommes, il est d'usage de se servir de l'écriture dans les jugements, soit pour la commodité des juges supérieurs, parce qu'on réunit ainsi dans quelques pages non-seulement les paroles et les actions des justiciables, avec toutes leurs circonstances et leurs détails, mais encore une foule de témoignages venus de divers côtés, et d'autres arguments du procès; soit pour l'exactitude, parce qu'une parole prononcée disparaît à l'instant et peut être répétée autrement, tandis qu'une parole écrite reste visible et irrévocable, ainsi le jugement des Saints est représenté comme écrit dans des livres, et particulièrement dans le livre de vie, pour signifier que le souverain Juge leur donnera un moyen de voir toute la vie intérieure et exté-

rieure de chacun de leurs justiciables, d'une manière
aussi facile et aussi sûre, ou, pour mieux dire, incomparablement plus facile et plus sûre que les juges ordinaires
ne peuvent voir les actes de celui qu'ils jugent, dans la
procédure écrite la plus complète, et que, par conséquent,
il ne restera aux pécheurs jugés aucun moyen de ne pas
avouer les fautes dont ils auront été convaincus, et pour
lesquelles les Saints les condamneront. Mais par qui et
quand sera écrit le livre de notre vie, pour le jugement
futur des Saints? — Je pense que nous l'écrivons nous-
mêmes, et que nous l'écrivons sans interruption, au moment même où nous agissons ou parlons, où nous dési-
rons ou pensons : il en doit être ainsi afin que nous
n'ayons aucun prétexte de le renier au jugement, et de
dire que quelqu'un y a écrit, quand ou quand, quelque
chose que nous ne savons pas et qui n'est pas de nous.
Mais où se trouve ce livre? — Qui sait où le Juge conserve le jugement écrit jusqu'à ce que vienne le temps de
l'ouvrir devant tous les peuples? Toutefois, j'espère que
nous ne commettrons pas d'erreur grave en disant que le
livre de vie se trouve dans le cœur de chacun de nous,
pour notre jugement futur, — là où non-seulement ceux
qui connaissent Dieu, et sa loi, et sa grâce, mais encore
les païens, *montrent que ce que la loi ordonne est écrit,
leur conscience leur rendant témoignage, et leurs pensées se
condamnant ou se justifiant l'une l'autre* (Rom., II, 15), car
cette manifestation intérieure n'est pas autre chose qu'une
ouverture plus ou moins grande du livre de vie qui à la
fin s'ouvrira tout entier, du commencement à la fin, et
s'éclairera, de notre intérieur aussi, ou d'une douce lumière, ou d'un feu dévorant, *au jour où Dieu jugera les
secrets des hommes.* On peut dire encore que dans notre

corps même qui, sous son apparence corruptible, se prépare à la résurrection, nous écrivons, comme dans un
livre, notre vie en caractères invisibles maintenant, mais
qui seront visibles pour notre jugement futur, *puisque tous
les trésors*, dit saint Macaire, *que l'âme amasse maintenant
en elle-même, s'ouvriront et apparaîtront alors tels qu'ils
dans le corps* (Homél. v, 8) ; et peut-être même aussi
dans les autres créatures de Dieu, — car, dans l'Apocalypse, il est dit qu'outre un livre de vie particulier, il y
en a d'autres encore qui doivent se déployer pour le jugement selon ce qui y est écrit, — peut-être même aussi
dis-je, dans les autres créatures de Dieu dont nous auron
fait un méchant usage, que nous aurons souillées, endom-
magées, se montrera écrit, par parties, le jugement de
notre vie présente : par exemple, nos grossières impuretés paraîtront sur la terre et sur l'eau ; nos paroles
oiseuses, sur l'air ; les traces de notre méchanceté paraîtront dans ce qui aura été l'objet ou l'instrument de
nos actions méchantes ; les preuves de nos scandales, dans
ceux que nous aurons scandalisés. Ainsi le fratricide
Caïn, qui n'a pas eu de témoins vivants, sera écrit sur la
terre par le sang d'Abel : et en effet, le Juge céleste s'est
déjà servi de cette écriture sanglante, non-seulement ouverte à la lecture, mais même parlante, pour convain
le criminel refusant d'avouer son crime : *La voix du sang
de ton frère crie de la terre jusqu'à moi* (Gen., iv, 10).
l'un de ces futurs juges divins prend d'avance à tém
la rouille de l'or et de l'argent, contre les hommes au
d'argent : *Cette rouille*, dit-il, *s'élèvera en témoignage contre
vous* (Jacq., v, 3). Enfin, la grâce elle-même, qui a fait
sa demeure dans les Saints, et que rien autre ne nous
empêchés de recevoir que notre indolence ou notre

nation volontaires, leur foi, leurs belles actions, leurs vertus, que nous avons eues longtemps sous les yeux dans ces hommes sujets aux mêmes passions que nous, mais que nous n'avons pas imitées, apparaissant, au jour du jugement, dans tout leur éclat, feront que l'action du jugement des Saints se manifestera d'elle-même sur nous par le moyen de notre conscience, de même que Noé, sans composer de tribunal, sans ouvrir d'enquête judiciaire, par cette même foi qui le sauva lui-même du déluge, condamna le premier monde pour son incrédulité : *Par la foi*, dit l'Apôtre, *Noé ayant reçu une réponse sur les choses qui ne se voyaient point, craignit, et bâtit l'arche pour la conservation de sa famille : par elle aussi*, c'est-à-dire par la foi, *il condamna le monde entier* (Héb., xi, 7).

Voilà, autant que peut nous permettre de les concevoir notre ignorance profonde, quelques idées bien faibles du jugement redoutable de Dieu et des Saints de Dieu sur nous : faibles pour nous introduire dans les mystères de l'avenir, mais non, peut-être, pour éveiller en nous une crainte salutaire de l'avenir. Si nous redoutons la manifestation de quelques-uns de nos péchés, qui ne sont même pas tout à fait secrets, devant quelques hommes pécheurs comme nous ; si nous nous troublons devant le témoin et le juge secret de notre conscience, que l'Église nous donne moins pour nous condamner que pour effacer nos péchés, comment supporterons-nous la manifestation de toutes nos fautes, même les plus cachées au plus profond de notre âme, devant l'assemblée vraiment universelle des Saints, avec tous les hommes connus et inconnus, devant les regards si purs des anges, en la présence visible de Celui qui sera assis sur le trône de sa gloire, lorsque cette manifestation de nos péchés ne sera plus réclamée par la pénitence et le pardon, mais par l'enfer et le feu éternel? Si un seul rayon de la sévère vérité, éclairant une seule parole d'iniquité dans le livre de notre conscience, transperce, comme une flèche, notre intérieur, que devrons-nous éprouver lorsque tout le livre de notre vie s'ouvrira, lorsque tous les traits du péché, qui nous semblent effacés, y apparaîtront clairement visibles, lorsque tout ce qui est dans notre être présentera le jugement écrit de notre vie passée, et que tout ce qui nous entourera deviendra une légion innombrable de témoins contre nous? O jugement dont la seule pensée me bouleverse et m'épouvante ! comment te soutiendrai-je lorsque tu t'ouvriras réellement? — *Que ferons-nous, hommes mes frères?*

Si ce jugement est si redoutable, craignons le péché qui seul est cause que ce jugement est si redoutable. Mais puisque nous sommes déjà coupables de péché, comme ceux qui, menacés d'un jugement public et solennel de la part des hommes, recourent quelquefois d'avance à celui qui a le pouvoir de juger, et, pour éviter un jugement et un châtiment publics et sévères, se soumettent volontairement à un jugement et à un amendement secrets et indulgents, hâtons-nous de recourir à ceux qui doivent juger le monde, et au souverain Juge lui-même, demandant nous-mêmes un jugement secret avant le jugement public, un jugement de miséricorde avant le jugement de justice, un jugement d'amendement avant le jugement de châtiment. En effet, il y a un jugement anticipé des Saints, jugement de miséricorde et d'amendement, par lequel se prévient et se détourne la crainte de leur dernier jugement, le jugement de justice et de châtiment. *Que signifie donc*, demande saint Macaire, *ce que dit le Seigneur : Vous serez assis sur douze trônes, jugeant les douze tribus d'Israël ? Et il répond : Nous voyons ces paroles déjà accomplies sur la terre, après l'ascension du Seigneur au ciel : car il envoya l'Esprit consolateur sur les douze apôtres, et la sainte puissance qui, étant venue résider en eux, s'est assise sur les trônes de leurs esprits. Mais comme ceux qui étaient présents disaient qu'ils étaient ivres, à cause de cela, Pierre se mit à les juger, parlant de Jésus comme d'un homme puissant en paroles et en prodiges, qu'ils avaient crucifié, le suspendant à l'arbre de la croix (Act. II). — A cause de cela,* continue saint Macaire, *beaucoup se repentirent, ayant appris de Pierre qu'ils devaient être le monde nouveau et choisi de Dieu. Voyez-vous comment s'est manifesté le commencement du jugement ? Car là s'est montré un monde nouveau. Et quoiqu'ils doivent encore siéger et procéder au jugement à l'avènement de Jésus-Christ, à la résurrection des morts, cependant il est arrivé ici aussi que l'Esprit-Saint s'est assis sur les trônes de leurs esprits* (Homél. VI).

De même que Pierre, l'un des juges de Dieu sur les tribus d'Israël, a jugé, par sa parole remplie de la force spirituelle, la race d'Israël soumise à Dieu, non pour la condamnation et la ruine, mais pour le repentir et le salut, ainsi toi, Juge de Dieu sur notre race, bienheureux Serge, par l'exemple rempli de grâce de ta vie, juge notre vie remplie de péchés, pour la purification, l'amendement et la régénération. Par tes austérités et ta mortification de la chair, juge notre luxe et notre mollesse, et apprends-nous au moins une saine modération et la simplicité dans la satisfaction des besoins corporels. Par ton infatigable amour du travail, juge notre paresse et notre oisiveté, et éveille-nous à une utile activité et à l'accom-

plissement sans murmure de nos obligations. Par ta douceur et ton humilité, juge notre orgueil et notre dédain,
et apprends-nous à ne pas avoir de notre sagesse une opinion plus haute qu'il ne convient à la sagesse. Par ta
pauvreté volontaire, juge notre avidité des richesses, et
enseigne-nous à être contents de ce que la divine Providence donne à chacun, et à ne pas attacher notre cœur
aux richesses, si même nous en possédons. Surtout, par
l'Esprit de grâce qui vit en toi, juge et condamne notre
sagesse charnelle, et rallume en nous, de manière à ce
qu'il ne puisse plus s'éteindre, l'esprit de la grâce éteint
par cette prétendue sagesse. Intercède pour nous devant
le trône du Souverain Juge, Notre-Seigneur Jésus-Christ,
afin que nous participions à la rédemption de la condamnation éternelle par son sang vivifiant, et, si le jugement
et la punition ne peuvent passer loin de nous, puissions-
nous être aujourd'hui *jugés et châtiés par le Seigneur dans
le temps, afin que nous ne soyons point condamnés avec le
monde* (1 Cor., xi, 52) pour l'éternité. — Ainsi soit-il.

12

SERMON

POUR LA FÊTE DE L'INVENTION DES RELIQUES
DE SAINT SERGE

> La ville s'édifie par la bénédiction des justes ; mais
> elle est renversée par la bouche des impies.
> — Prov., xi, 11. —

Voici un nouveau genre d'art architectural qui, probablement, n'est pas connu de tous, et que quelques-uns regarderont même comme impossible. Une ville se construit : par quoi pensez-vous? Par la richesse? Par l'art? Par la puissance? Par une grande foule? — D'après l'avis de Salomon, par rien de tout cela, mais par les bonnes paroles des bonnes gens : *par la bénédiction des justes*. Et au contraire, une ville est renversée : par quoi? Par les armes des ennemis? Par le feu? Par l'eau? Par un tremblement de terre? — Encore par rien de tout cela, mais par les méchantes paroles des méchantes gens : *elle est renversée par la bouche des impies*. Combien est puissante et bienfaisante, d'après l'avis de Salomon, la bénédiction! Et combien sont destructives les paroles méchantes!

Mais si Salomon n'avait pas découvert ce mystérieux pouvoir de la parole en Palestine, nous aurions pu le soupçonner à la considération attentive du lieu où nous nous trouvons en ce moment. Ici fut un désert abandonné

que les bras de l'homme ne cultivaient point, où l'on
n'apercevait aucune trace de pas humains. Mais ici apparut la bénédiction d'un juste, seul ou accompagné d'un
petit nombre d'autres, et aussitôt s'accomplit cette parole
du Prophète à l'homme juste et pieux : *Tu bâtiras dans
des lieux qui de tout temps avaient été déserts, et tes fondations seront éternelles pour les générations des générations ;
et tu seras appelé le fondateur d'enceintes, et tes voies seront au milieu de la paix* (Is., LVIII, 12). Le désert est devenu semblable aux villes par la beauté des édifices et par
la population ; ses fondements sont devenus plus forts que
ceux des villes, parce qu'il n'est pas tombé lors même
que la ville reine a été plus d'une fois renversée ; il s'est
élevé plus haut que les villes, puisqu'à son ombre viennent s'asseoir les habitants des villes et des bourgs, qu'ils
y apportent au Juste des présents qu'il n'a jamais recher-
chés, et des honneurs desquels il s'est toujours éloigné ;
et ils font tout cela, parce qu'ils voient sur leurs proches
et éprouvent sur eux-mêmes combien est puissante et
bienfaisante la bénédiction de ce Juste.

Cela m'amène à faire sur la *bénédiction* quelques réflexions qui, pour d'autres aussi, peut-être, ne paraîtront
pas superflues.

Bénédiction, selon son étymologie, provient de bien
dire ou parole bienfaisante. Si maintenant vous voulez
chercher d'où proviennent ces mots : parole bienfaisante,
où en est la source première, où est la racine profonde
de leur signification, vous trouverez, selon l'indication du divin sage Jean, qu'*au commencement était
le Verbe, et le Verbe était en Dieu, et le Verbe était
Dieu : — En lui était la vie, et la vie était la lumière des
hommes* (Jean, I, 1, 4). Puisque l'homme a été créé à

l'image de Dieu, on peut conclure de cela même que, dans le don de la parole aussi, il a reçu quelque chose à l'image du Verbe créateur Dieu. Saint Jean porte cette pensée jusqu'au degré le plus élevé de signification, lorsqu'il dit que cette même vie, ou force, qui est en Dieu le Verbe, est devenue la lumière des hommes. La lumière intérieure de l'homme se manifeste dans la parole. Et ainsi, puisque Dieu le Verbe *dit et* que *tout fut fait*, et qu'en outre *tout fut très-bon*, il n'est pas étonnant que l'homme aussi, quand il se trouve dans la haute condition d'image de Dieu, exprime la parole de la plénitude de sa foi en Dieu le Verbe dont *la vie était la lumière des hommes*, du plus profond de la bonté de son cœur, et que cette parole aussi soit efficace, se montre puissante, produise le bien.

La réflexion que je vous propose en ce moment doit mériter votre adhésion, puisqu'elle est fondée sur la vérité immuable de la sainte Écriture. Mais pour que personne ne doute que notre conclusion ne soit vraiment déduite de la vérité divine, nous vous présenterons le témoignage d'un saint homme qui, du même principe, a tiré la même conclusion que nous. Cet observateur profond, malgré la simplicité de sa parole, des choses divines et humaines, Macaire d'Égypte, parlant de l'état de l'homme *lorsqu'il était encore participant de l'image céleste*, écrit ce qui suit : *Tant que le Verbe de Dieu fut avec lui, et qu'il garda la loi, il eut tout.* Et plus loin : *Le Verbe lui-même étant en lui, lui était tout, c'est-à-dire qu'il était et sa raison, et son sentiment, et son héritage, et son enseignement. Que dit en effet Jean, du Verbe? Au commencement était le Verbe. Vous voyez que le Verbe était tout. Et encore : Le Verbe lui était tout, et tout qu'il persévéra dans l'obser-*

vation de la loi, il fut l'ami de Dieu (Homél. xii, §§ 6, 7, 8).
Le Verbe de Dieu était tout pour l'homme ; dans le Verbe
de Dieu, il avait tout, dit saint Macaire. Je ne fais qu'a-
chever : Le Verbe de Dieu était aussi pour l'homme la
puissance de son propre verbe humain ; dans le Verbe de
Dieu, il avait aussi la force de la bénédiction. Il n'est pas
étonnant que cette force fût grande : cela est au contraire
très-naturel, puisqu'elle provenait, d'une manière si rapprochée, du principe divin. Il serait beaucoup plus étrange
de se la représenter aussi limitée dans l'homme parfait
que dans les hommes devenus étrangers à la vie de Dieu.

La raison humaine ordinaire ne connaît pas la puissance spirituelle de la parole, et elle craint même les
conjectures à ce sujet. Il est presque nécessaire qu'il en
soit ainsi, puisqu'elle prend les images de ses connaissances, non plus dans l'homme qui a été créé à l'image
de Dieu, mais dans celui qui, tombé de cette grandeur par
le péché, *s'est mis au niveau,* comme dit le Psalmiste, *des
animaux sans raison, et leur est devenu semblable* (Ps.
xlviii, 15). Et c'est à ce même homme encore qu'appartient cette même raison qui juge maintenant des facultés
et des forces de l'homme. Mais quelle sagesse attendre
d'une pareille raison ? Comme un aveugle, il palpe ses
yeux, et, n'y pouvant saisir la lumière, il en conclut qu'il
n'y a pas plus de soleil au ciel que dans ses yeux, et que
croire à l'existence et à l'action du soleil et de la lumière,
ce serait une duperie et une chimère. A cet aveugle est
nécessaire, et pour lui nommément a été écrit ce conseil
médical de l'auteur de l'Apocalypse : *Oins tes yeux d'un
collyre, afin que tu voies* (Apoc., iii, 18) ; guéris-toi de l'a-
veuglement de la sensualité grossière : oins les yeux de
ton entendement de l'onguent fin de la foi en ce qui est

spirituel et divin, et alors tu verras véritablement. Ensuite, si nous voulons voir ou reconnaître la puissance et
l'action spirituelles, il faut choisir pour sujets de notre
observation, non des gens charnels, quoique nous en
ayons toujours sous les yeux, mais des gens spirituels,
quoiqu'il ne s'en rencontre pas souvent ; — des gens qui,
par la purification morale et l'abnégation, aient diminué
la pesanteur de la matière qui oppresse l'esprit humain,
et, en tenant constamment leur esprit et leur cœur tour-
nés vers Dieu, se soient rapprochés de lui, soient revenus
à la participation de l'image céleste, aient renouvelé
leur communication intérieure avec le Verbe et l'Esprit
de Dieu.

Si vous êtes disposés convenablement pour ce genre
d'observation, il ne me sera pas difficile de vous montrer
par des faits tout ce que renferment ces mots de Cléo-
phas : *Homme puissant par la parole* (Luc, xxiv, 19). Par
la parole, Josué arrêta le soleil. *Des paroles de la bouche*
(III Rois, xvii, 1) d'Élie, dépendirent la rosée et la pluie
durant trois ans et demi. *Selon la parole du Seigneur,
qu'il dit par l'entremise d'Élie* (16), la poignée de farine de
la cruche, et la quantité tout aussi minime d'huile de
l'ampoule, suffirent pour tout le temps de la famine. Par
le souffle trois fois répété et par la parole d'Élie, le fils de
la veuve de Sarepta fut ressuscité. Élisée corrigea la mauvaise qualité des sources de Jéricho en y jetant du sel ;
mais comme chacun sait que le sel n'a pas une pareille
efficacité, il en faut conclure nécessairement que la puissance qui produisit cet effet se trouvait dans ces paroles
du Prophète : *Voici ce que dit le Seigneur : J'ai purifié ces
eaux* (IV Rois, ii, 21). Par la parole, l'apôtre Pierre guérit
le boiteux et ressuscita Tabitha. Sans réunir un plus

grand nombre d'exemples, je remarquerai en particulier combien est claire, dans quelques-uns de ceux que je viens de rapporter, l'action du Verbe de Dieu dans le verbe humain, comme dans les paroles d'Élisée : *Voici ce que dit le Seigneur*, et dans les paroles de l'apôtre Pierre au boiteux : *Au nom de Jésus-Christ de Nazareth, lève-toi et marche* (Act., III, 6). Dans les autres circonstances, il semble en être autrement : ainsi, le même Apôtre dit à Tabitha, comme si c'était par sa seule parole : *Tabitha, lève-toi* (IX, 40). Mais le cas précédent ne laisse aucun doute qu'ici aussi, quoiqu'il n'apparaisse pas sensiblement et par son nom, ce même Verbe de Dieu, qui réside dans le saint Apôtre, n'agisse par sa puissance.

S'il est donc ainsi reconnu que la Parole de Dieu, soit qu'elle se montre ouvertement dans la bouche des hommes rapprochés de Dieu, ou qu'elle agisse secrètement du fond de leur cœur, opère des choses merveilleuses, en quelque sorte imitatives des œuvres créatrices de la Divinité, il ne doit pas être moins facile à comprendre et moins digne de foi que cette même Parole de Dieu, par les mêmes hommes et par les mêmes moyens, exprimée

donne des bénédictions en quelque sorte imitatives des œuvres de la divine Providence.

Ainsi donc, bénir, dans la signification la plus exacte de ce mot, signifie étendre l'action de la Parole de Dieu sur la création de Dieu. Celui qui bénit est, par sa volonté bienfaisante, un intermédiaire entre la Parole de Dieu et la création de Dieu.

En ce sens, le distributeur suprême et universel de la bénédiction, c'est Jésus-Christ, le Médiateur entre Dieu et les hommes, le Dieu-Homme, en qui *le Verbe s'est fait chair*. Voilà pourquoi la bénédiction a été le trait le plus ancien par lequel il a été signalé aux patriarches mêmes, par exemple à Abraham : *Toutes les nations de la terre seront bénies en ta race* (Gen., xxii, 18). Voilà pourquoi l'Apôtre aussi, voulant peindre les bienfaits de Jésus-Christ au genre humain, a dit que Dieu le Père *nous a bénis de toutes sortes de bénédictions spirituelles pour le ciel, en Jésus-Christ* (Éph., i, 5). Voilà pourquoi nous aussi, en donnant notre bénédiction empruntée au Ciel, nous employons ordinairement le nom de Jésus-Christ, soit en particulier, soit confondu dans le nom de la Très-Sainte Trinité, et le signe de la croix de Jésus-Christ.

Entre ceux qui donnent la bénédiction empruntée au Ciel, les parents sont en quelque sorte les intermédiaires naturels entre le Verbe créateur et leurs enfants, puisqu'ils ont en quelque sorte achevé à leur égard l'œuvre de la création en les mettant au monde. Voilà pourquoi la bénédiction paternelle est naturellement importante et puissante, surtout si elle s'élève, par la piété, jusqu'à la vertu de la grâce divine. Les bénédictions des patriarches sont admirables en ce genre. Par exemple, la bénédiction de Noé à Japhet : *Que Dieu étende la postérité de Japhet* (Gen., ix, 27), comme elle agit encore puissamment aujourd'hui, après plusieurs milliers d'années, sur les descendants de Japhet, les Européens, qui ne cessent d'étendre dans tous les pays du monde leurs colonies, leur commerce, leur puissance, leur religion, leurs mœurs !

Le Prêtre est le distributeur de la bénédiction, selon l'ordre du saint ministère. Dès l'établissement primitif du sacerdoce légal, Dieu dit aux prêtres : *Vous bénirez les enfants d'Israël* (Nomb., vi, 23). Et plus loin, il dit encore d'eux : *Ils imposeront mon nom sur les enfants d'Israël, et*

moi, le Seigneur, je les bénirai (27). Et dans le Nouveau
Testament, lorsque le Seigneur ordonna aux Apôtres et à
leurs successeurs jusqu'à la fin des siècles, d'enseigner,
de baptiser, et en général de remplir le saint ministère,
au nom du Père, et du Fils, et du Saint-Esprit (Matth.,
xxviii, 19), il mit en eux, par là, la puissance de sa bénédiction, et il leur donna le pouvoir de la distribuer.
Jugez par là si la bénédiction du Sacerdoce est digne
d'attention. Ne considérez point par quelle main, ni dans
quel vase, mais de quelle vigne divine le vin spirituel vous
est offert par la bénédiction du ministre de Jésus-Christ.

Du reste, il est vrai aussi que, *si quelqu'un se purifie, il*
sera un vase d'honneur, sanctifié et propre au service du
Seigneur, préparé pour toute bonne œuvre (II Tim., ii, 21).
D'après cela, les Saints, comme des vases purifiés par la
foi et les œuvres spirituelles, remplis de grâce, ouverts par l'amour et en débordant, sont moins des vases
destinés à puiser et à dispenser la bénédiction, pour un
temps, selon leur ministère, selon le besoin, que des torrents vivants de bénédictions, coulant et arrosant sans
pouvoir s'épuiser. La bénédiction de Jésus-Christ coule
sans cesse en eux et se répand par eux *comme le parfum*
répandu sur la tête, descendant sur la barbe, la barbe d'Aa-
ron, descendant sur le bord de ses vêtements; comme la
rosée d'Aermon descendant sur les montagnes de Sion : car
c'est là que le Seigneur a ordonné que soient *la bénédiction*
et la vie pour l'éternité (Ps. cxxxii, 2, 3). Elle répand la lumière et la paix dans les âmes, la guérison dans les
corps, l'assistance dans les entreprises et les affaires, le
bon ordre partout, et sur la terre une rosée céleste invisible, mais qui produit l'abondance la plus riche et la
plus diverse.

On envoyait les Juifs chercher la bénédiction à Jérusalem, sur les montagnes de Sion : *Car c'est là que le Sei-*
gneur a ordonné que soit la bénédiction. Combien nous
sommes plus heureux, Chrétiens! Pour nous elle est d'un
abord plus facile, et plus rapprochée. Et là et ici, le Seigneur a commandé que soit la bénédiction. Comprenons
donc ce que c'est que la bénédiction.

Combien doit être désirable ce que désire Dieu lui-même
qui a toutes choses en abondance ! Or, il désire, il exige,
de nous et de toutes ses créatures, des bénédictions :
Bénissez le Seigneur, vous tous qui le servez (Ps. cxxxiii, 1).
Vous tous, ses anges, bénissez le Seigneur ; vous toutes, ses
œuvres, bénissez le Seigneur (Ps. cii, 20, 22). Aimons donc
ardemment, nous aussi, la bénédiction, et, en premier
lieu, la bénédiction particulière de Jésus-Christ.

Inclinons aussi nos cœurs devant toute bénédiction de
la sainteté, par cette raison même qu'en elle descend la
bénédiction du Verbe de Dieu.

Parents, n'oubliez pas de bénir vos enfants d'un cœur
aimant, et efforcez-vous d'élever la puissance de votre
bénédiction naturelle, en appelant par la piété et la foi la
vertu de la grâce divine.

Enfants, estimez la bénédiction de vos parents mille
fois plus que tout autre héritage : car par elle, selon la
foi, vous pouvez recevoir la bénédiction du Père *de qui*
toute paternité découle dans le ciel et sur la terre (Éph., iii,
15). *Honorez par l'action et par la parole votre père et votre*
mère, afin que leur bénédiction descende sur vous : car la
bénédiction paternelle affermit la maison des enfants (Sag.
de Sir., iii, 8, 9).

Puisque, dans toute bénédiction véritable, le Verbe bienfaisant de Dieu descend mystérieusement par l'homme qui

bénit, songeons, mes Frères, quel avantage spirituel nous avons lorsque nous bénissons. Alors que nous ouvrons notre cœur à l'homme en donnant notre bénédiction, Dieu le Verbe ouvre intérieurement l'entrée dans notre cœur à sa bénédiction. En donnant à l'homme, nous recevons de Dieu. Recevons donc comme un bienfait spirituel, et nous accomplirons vraiment aussi ce précepte chrétien : *Bénissez ceux qui vous persécutent ; bénissez-les, et ne les maudissez pas* (Rom., XII, 14). L'accomplissement fidèle de ce précepte fera certainement de nous les bénis du Père céleste que Jésus-Christ appellera à l'héritage du royaume qui leur a été préparé dès le commencement du monde. — Ainsi soit-il.

13

SERMON

POUR LA FÊTE DE L'INVENTION DES RELIQUES DE SAINT SERGE

> Mon fils, si vous entrez au service du Seigneur Dieu, préparez votre âme à la tentation : réglez votre cœur, et attendez avec patience, et ne vous hâtez point au temps où vous serez enveloppé : attachez-vous à lui, et ne vous éloignez point, afin que vous croissiez pour la fin de votre vie.
>
> — Sag. de Sir, II. 1-3. —

Réunis ici autour d'un homme vaillant, qui a travaillé avec zèle, en son temps, au service du Seigneur Dieu, et a reçu de lui une récompense éternelle si abondante que, depuis plusieurs siècles, il donne inépuisablement de son superflu à quiconque en a vraiment besoin et le demande sincèrement, — nous nous sommes réunis, sans doute, afin d'obtenir de lui un secours et un enseignement pour travailler au service du Seigneur Dieu, et recevoir la récompense du salut et de la félicité.

Ceux qui, ayant franchi avec succès les premières difficultés du service de Dieu, *marchent* déjà *dans les voies de la perfection*, nous les laissons à l'enseignement immédiat et à la direction mystérieuse de cet instituteur savant en Dieu, leur parlant cœur à cœur, et à l'*onction* commune à lui et à eux de l'Esprit de Dieu qui leur *enseigne tout* (I Jean, II, 27). Mais puisque le devoir de servir la parole de vérité incombe à notre faiblesse, nous nous efforcerons, dans la mesure de nos forces, et après avoir demandé la bénédiction de cet homme puissant en œuvres et en paroles, d'adresser quelques mots à ceux qui, comme nous, languissent encore dans *la parole de l'initiation à la vie de Jésus-Christ* (Hébr., VI, 1) : qui *travaillent* moins pour Dieu qu'ils ne *se préparent* à le faire ; qui, peut-être, commencent depuis longtemps, mais ne se trouvent jamais préparés à l'œuvre du salut. Et à ceux-là, nous ne proposerons pas les inventions douteuses de notre prétendue sagesse, mais l'enseignement tout préparé d'un sage expérimenté.

Mon fils, si vous entrez au service du Seigneur Dieu, préparez votre âme à la tentation.

Enseignement trop peu attendu pour quelques-uns, et encore moins agréable ! Je pensais, dira quelqu'un, que celui qui entre au service de Dieu doit se préparer à des efforts assez grands à la vérité, mais peu difficiles, et plutôt

— à la consolation, à la joie, au bonheur, parce que Dieu, tout puissant et tout bon, ne voit pas seulement ceux qui travaillent pour lui, mais s'approche d'eux, les aide, les console, les récompense. — En effet, tout cela est ainsi; cette espérance est juste, et il faut s'y attacher; mais il faut savoir aussi que, sur le chemin qui conduit à la récompense et à la félicité, au milieu de la carrière de la vertu, et même à son entrée, il n'est pas rare, et il est même inévitable de rencontrer la tentation; et c'est pourquoi il faut être prêt à cette rencontre. *Si vous entrez au service de Dieu, préparez votre âme à la tentation.*

Qu'est-ce que *la tentation?* — C'est une épreuve des qualités de quelque chose, ou de quelqu'un, de sa force, de son excellence, ou bien, au contraire, de son imperfection, dont on ne peut pas juger assez sûrement sur l'extérieur, ou qui sont complètement cachées à l'intérieur. Ainsi s'explique elle-même, sur ce sujet, la parole de Dieu: *Comme on éprouve l'argent et l'or dans le fourneau, ainsi les cœurs élus sont éprouvés devant le Seigneur* (Prov., xvii, 3). Un objet qui paraît d'or, peut être ou d'or pur, ou d'or impur, ou même n'être pas du tout d'or à l'intérieur; dans le feu, l'or devient plus pur, le mélange se sépare, la falsification se découvre. Ainsi la vertu de l'homme peut être pure et ferme, provenant de Dieu et inébranlable dans la force de Dieu, ou bien moins pure à cause d'un mélange de pensées de vanité, d'intérêt personnel et de satisfaction propre, ou bien enfin tout à fait menteuse: le feu de la tentation en augmente la pureté, en sépare les impuretés, en montre la fausseté.

A cela on pourra répondre : nous essayons les objets parce que nous ne pouvons pas toujours juger, sur l'extérieur, de ce qui se cache à l'intérieur; mais

Dieu, dont le regard pénètre comme il embrasse tout, pourquoi a-t-il besoin d'éprouver les cœurs des hommes? Celui qui conserverait quelque doute à ce sujet, n'aurait qu'à considérer que l'artiste met l'or ou l'argent dans le feu, non pas seulement pour reconnaître la qualité et la pureté ou l'impureté du métal, mais encore pour en séparer et en rejeter toute impureté et tout mélange, et obtenir un métal pur, brillant, solide, et plus précieux que le premier. Pour arriver au premier de ces deux buts, Dieu, qui voit tout, n'a nullement besoin d'éprouver les cœurs par certains moyens particuliers ; mais pour atteindre le second, permettre que l'homme soit soumis à quelques épreuves, et même, peut-être, les lui envoyer quelquefois, est utile à l'homme lui-même. Il est utile de dévoiler, par le moyen de la tentation, une vertu fausse et menteuse, afin de délivrer l'homme d'une erreur funeste, et de le mettre sur le chemin du vrai repentir et de l'amendement. Il est utile d'élever, par le moyen de la tentation, même la vertu sincère à une plus grande pureté, à une solidité plus ferme et à la perfection, suivant cette parole : *Que celui qui est saint se sanctifie encore* (Apoc., XXII, 11), afin que, selon la promesse de Jésus-Christ, *ceux qui ont le cœur pur voient Dieu* (Matth., v, 8), que *celui qui vaincra tout, possède tout* (Apoc., XXI, 7), et que celui qui est parfait s'unisse et entre en communion sans obstacle, selon la loi de la ressemblance et de l'unité, *avec l'église des premiers-nés qui sont inscrits dans le ciel, et l'esprit des justes parfaits* (Hébr., XII, 23). Enfin, il est utile, et que la foi déjà purifiée, et que la vertu perfectionnée, et que l'amour divin véritable faisant sa demeure dans le cœur de l'homme où le cachent la modestie et l'humilité, soient dévoilés par le moyen de la tentation, afin qu'on les recon-

naisse, qu'on les aime, qu'on désire les imiter, et qu'on
glorifie doublement Dieu, et pour le modèle, et par le
moyen de l'imitation.

Sans entrer pour le moment dans des considérations
sur le genre particulier, élevé, de tentation réservé aux
âmes parfaites ou qui approchent de la perfection, comme
par exemple, autrefois, *Dieu éprouva Abraham* (Gen., xxii,
1) en lui demandant le sacrifice du fils unique de la promesse, mais nous conformant au texte de l'Écriture que
nous avons pris pour base du présent entretien, bornant
nos considérations au genre de tentation commun, inférieur, élémentaire, auquel doit se préparer quiconque
entre au service du Seigneur Dieu, nous ne dissimulerons
pas que la rencontre de la tentation qui, dans l'intention de
la Providence, doit être utile, quoiqu'elle puisse être pénible, peut être au contraire dangereuse, quoique, malgré
cela, elle soit quelquefois même avantageuse. Il est une
direction méchamment habile et violente de la tentation,
qui tend puissamment à affaiblir et à étouffer le bien, et
à soulever le mal dans l'homme ; à introduire l'impureté
d'abord dans ses pensées, ensuite dans ses désirs, et enfin dans ses actions ; à jeter le trouble et le désordre dans
son âme. Ne méprise pas cela, toi qui désires servir Dieu ;
sois prévoyant ; prépare la force contre la violence, l'art de
la vertu contre l'artifice de la méchanceté. *Prépare ton âme.*

Pour cela, il faut savoir d'où proviennent ce genre et
cette tendance de la tentation. Le saint apôtre Jacques dit
à ce sujet : *Que nul, lorsqu'il est tenté, ne dise que c'est
Dieu qui le tente ; car Dieu n'est tenté par aucun mal, et il
ne tente donc personne* (Jacq., i, 13). Un autre, au temps
de la tentation, dit : Dieu m'a envoyé la tentation, et il ne
s'inquiète pas lorsqu'elle produit dans son âme des mou-

vements déréglés, désordonnés, impurs ; il ne remarque pas comment elle ouvre la porte au péché. Non, lui répond saint Jacques, ne t'endors pas dans la pensée vaniteuse que tu es dans la voie de Dieu, parce que tu as donné à ta situation défavorable le nom innocent et même honorable de tentation : Dieu, de même qu'il n'est pas lui-même tenté par le mal auquel sa nature est complètement inaccessible, ne tente non plus personne par une direction maligne de la tentation, ce qui serait contraire à sa bonté. D'où viennent donc ce genre et cette tendance de la tentation ? — *Chacun*, continue le même Apôtre, *est tenté par sa propre concupiscence qui l'emporte et le séduit ; et cette concupiscence, quand elle a conçu, enfante le péché* (14, 15). Si donc, cette tentation spontanée — par la concupiscence, n'étant pas encore quelquefois décidément coupable, est cependant propre à concevoir le péché, il n'est pas difficile de discerner les sources multipliées de tentations, selon l'indication suivante d'un autre Apôtre : *Tout ce qui est dans le monde, concupiscence de la chair, et concupiscence des yeux, et orgueil de la vie, n'est pas du Père*, ajoute aussi Jean, d'accord avec Jacques ; *tout cela est du monde* (I Jean, u, 16). Ajoutons encore que le monde lui-même, étant une création de Dieu, n'est pas par lui-même un repaire de convoitises ou une officine de tentations ; ce n'est pas à cela que l'a destiné le très-sage Artiste et Créateur, qui est Dieu ; mais c'est ce que s'efforce d'en faire l'artisan de ruine qui y est entré par la désobéissance du premier homme, le démon, qui est aussi le *tentateur* par excellence, comme l'appelle elle-même la Sainte Écriture (Matth., iv, 3). S'il eut l'audace insolente de s'approcher en cette qualité de Jésus-Christ lui-même, en qui il n'avait *rien* (Jean, xiv, 30), c'est-à-dire en qui il n'y avait rien du péché, rien de corrompu, rien d'impur, et, par conséquent, aucun aliment pour la tentation, n'en faut-il pas conclure que ce vent infernal, toujours, jusqu'à ce que soit, ainsi qu'il a été dit, définitivement scellé l'abîme (Apoc., xx, 5), et par des issues visibles ou secrètes, directes ou détournées, soufflera sur le monde, s'efforcera de ranimer toute étincelle de concupiscence dans l'homme, et de faire de *tout ce qui est dans le monde* du bois pour ce feu impur?

Combien donc de causes, combien d'occasions de tentation! Comme est caché, et en même temps combien doit être grand le danger! Il n'est pas bon d'être sans inquiétude; impossible de se laisser aller à l'aventure : il faut de la prudence, de la vigilance; il faut rechercher les moyens de se garder du danger; il faut avoir toutes prêtes des armes pour repousser les attaques; il faut de la présence d'esprit, du courage, de la fermeté; il faut, longtemps peut-être, tenir tête à la tentation qui éprouve ce qu'il y a de bon en nous, et ne pas céder une minute à l'épreuve qui nous incline vers le mal. Tout cela ne vient pas de soi-même : si vous voulez réellement servir le Seigneur Dieu, songez-y sérieusement, sans distraction, avec une attention profonde, avec une sollicitude diligente; ordonnez votre esprit, disposez votre cœur. *Préparez votre âme à la tentation.*

Demanderez-vous comment faire cela? — Je vous proposerai les instructions suivantes du maître que je me suis choisi.

Premièrement. *Réglez votre cœur.* Ne permettez pas à vos pensées et à vos désirs de s'emporter sans direction, comme un navire sans pilote, comme un cheval sans frein. Dirigez sans cesse vos pensées vers la vérité, vos désirs vers le bien. Réfrénez vos pensées et vos désirs frivoles, afin que vos convoitises mauvaises ne se déchaînent pas et n'entraînent pas le char de votre âme dans le précipice de l'iniquité.

Secondement. *Attendez avec patience, et ne vous hâtez point au temps où vous serez enveloppé.* La précipitation et l'inconstance sont des ennemis domestiques également nuisibles aux bonnes intentions, et des transfuges qui passent du côté hostile de la tentation. L'inconstance renverse l'ordre qu'on a commencé à mettre dans son âme ; la précipitation, commençant à construire sans fondement, ne prépare également que la ruine. Celui qui *ne se hâte pas au temps où il sera enveloppé*, c'est-à-dire qui, au temps où frappe la tentation, ne procède pas avec précipitation, se garde d'un pas qui, selon toute probabilité, l'engagerait dans une voie qui ne serait pas la voie droite, et gagne le temps de recueillir ses forces et de recevoir du secours. Or, *celui qui aura résisté jusqu'à la fin*, selon la promesse immuable, *celui-là sera sauvé* (Matth., x, 22).

Troisièmement. *Attachez-vous à lui, et ne vous éloignez point, afin que vous croissiez pour la fin de votre vie.* Souvenons-nous de ce que nous avons entendu de l'Apôtre : *Dieu n'est tenté par aucun mal, et il ne tente donc personne.* Ainsi, plus vous vous attacherez fortement à lui, plus vous affermirez solidement votre cœur en lui, et plus vous serez à l'abri de la tentation qui ne peut pénétrer en Dieu, et qui, par conséquent, ne pourra vous ébranler en lui.

Si la tentation, qui ne provient pas de Dieu, vous *tente par le mal*, vous trouble, soulève le limon impur du fond de votre nature, met en fermentation vos mauvaises inclinations, recourez à Dieu et adressez-lui la prière qui nous a été enseignée par le Seigneur : Père céleste ! *ne nous induisez pas en tentation.*

Et si la tentation, dirigée par la divine Providence, vous fournit les moyens d'apercevoir en vous des défauts que vous n'aviez pas remarqués jusque-là, des infirmités dont vous vous croyiez exempt ; si elle ajoute à votre expérience et à votre zèle pour votre amendement ; si elle vous retrempe dans l'humilité, recourez encore à Dieu, et adressez-lui la prière du Psalmiste : *Éprouvez-moi, mon Dieu, et sondez mon cœur ; scrutez-moi et connaissez mes sentiers ; et voyez s'il est en moi une voie d'iniquité, et guidez-moi dans la voie éternelle* (Ps. cxxxviii, 23, 24).

Terminons par les paroles consolantes de l'Apôtre à ceux qui sont tentés : *Bienheureux l'homme fort qui endure la tentation : car, lorsqu'il aura été éprouvé, il recevra la couronne de vie que Dieu a promise à ceux qui l'aiment* (Jacq., i, 12). — Ainsi soit-il.

14

SERMON

POUR LA FÊTE DE L'INVENTION DES RELIQUES DE SAINT SERGE

Son maître lui dit : Courage, bon et fidèle serviteur ; tu as été fidèle dans de petites choses, je t'établirai sur beaucoup de grandes.
— Matth., xxv, 21. —

Ces paroles ont été dites dans la parabole du royaume des cieux ; par conséquent elles représentent la loi du royaume des cieux : Celui qui, à l'œuvre, se montrera fidèle dans de petites choses, recevra de pleins pouvoirs sur de grandes choses.

Voulez-vous voir dans la vie réelle ce que vous entendez dans l'allégorie de cette parabole? Vous pouvez voir même sur la terre l'action de la loi du royaume du ciel sur les hommes que le Roi des cieux a choisis particulièrement, dont il a éprouvé la fidélité, qu'il a trouvés *fidèles dans les petites choses*, et que, pour cela, *il a établi sur de grandes choses*, et qu'il a glorifiés comme de hauts et puissants instruments de son royaume.

Nous prendrons notre exemple près de nous. Avait-il beaucoup, notre bienheureux père Serge, lorsqu'il se choisit cet endroit, ou plutôt, lorsque Dieu le choisit pour bénir par lui cet endroit? — Il serait plus facile de dire ce qu'il n'avait pas, et ce qu'il avait quitté, que ce qu'il avait. Il avait quitté sa condition, la maison de son père, son héritage; il trouva ici un désert stérile, impénétrable, ne manquant pas tout à fait d'eau pour un homme seul, mais beaucoup trop pauvre en eau pour la réunion d'un grand nombre; il construisit une chaumière et une petite chapelle pour laquelle il n'avait pas de desservant; quelquefois il n'avait pas de pain dans sa chaumière, et sa chapelle manquait de la lampe accoutumée pour les prières de nuit. On ne put d'abord remarquer qu'un seul *talent* qui lui avait été donné : — c'était le désir de servir Dieu; mais le temps seul pouvait montrer si ce talent était d'or pur, et jusqu'à quel point il devait enrichir son possesseur. Et qu'a montré le temps? Voyez *sur combien de grandes choses a été établi ce serviteur fidèle en une petite*. Sur combien de choses célestes il reçut de pleins pouvoirs, même lorsqu'il vivait encore sur la terre! Sur combien de choses terrestres s'étendent encore maintenant ses pouvoirs, du haut du ciel! Ne possédait-il pas de grands pleins pouvoirs célestes lorsque, par exemple, il rendit la vie à un mort, ou lorsqu'il contribua à sauver sa patrie du joug des infidèles, non pas simplement par ses conseils et ses prières, mais par ses prévisions et ses prédictions? Que peut-il y avoir de plus puissant et de plus étendu que le pouvoir qui put changer un désert sauvage en un charmant séjour, et qui étend son influence et son action bienfaisante, — bénédiction, protection, consolation, guérison, secours dans le bien, secours contre le mal, — dans le temps, dans l'espace, sur les hommes, de sorte que, par la grâce de Dieu qui est admirable dans les saints, on ne peut assigner à ces merveilles ni fin ni limites!

Voilà un exemple admirable et frappant pour montrer que, dans le royaume de Dieu, *celui qui a été fidèle dans de petites choses est établi sur beaucoup de grandes.* Mais je ne parle pas de cela seulement pour l'admirer, mais aussi pour en tirer un enseignement. Et c'est pour cela qu'après vous avoir montré, dans un exemple particulier, l'action de la loi commune, je me hâte d'appeler votre attention sur cette loi elle-même qui, comme loi commune du royaume de Dieu, doit s'appliquer à tous et à chacun de nous, si nous voulons appartenir au royaume de Dieu.

Qui que tu sois, toi qui désires acquérir le royaume du ciel, la parabole du royaume du ciel t'a été adressée à toi aussi. Donc, si tu veux parvenir au but désiré, il te faut aussi parvenir à mériter cette parole approbatrice: *Courage, bon et fidèle serviteur; tu as été fidèle en de petites choses.* En effet, si tu ne parviens pas à cela, il arrivera nécessairement le contraire: on te dira: *Ser-*

viteur infidèle et paresseux ; et ensuite : — *Jetez le serviteur inutile dans les ténèbres extérieures* (Matth., xxv, 26, 30). Si tu es effrayé de cela, aie souci *de la fidélité.* Ne regarde pas comme chose peu importante *d'être fidèle dans les petites choses.*

Comme chrétiens, nous nous appelons volontiers *fidèles,* et nous faisons reposer sur cette dénomination l'espérance de notre salut, de même qu'au contraire nous nous représentons la dénomination *d'infidèle* comme odieuse et funeste. Et cela est juste. Cette manière de penser est évangélique et apostolique. *Quelle société entre le fidèle et l'infidèle?* dit l'Apôtre (II Cor., vi, 15). Et comme le partage du fidèle est le salut, selon la parole de Jésus-Christ lui-même : *Celui qui aura la foi et qui sera baptisé, sera sauvé* (Marc, xvi, 16), la part opposée, celle de l'infidèle, doit être la mort.

Mais, pour ne pas nous tromper nous-mêmes, il nous faut examiner avec attention cette question : Qui a plein droit de s'appeler fidèle, et, par conséquent, avons-nous ce droit?

Quelqu'un dira-t-il: J'ai plein droit de m'appeler fidèle, parce que je crois à la doctrine chrétienne sur Dieu? — Je crains que ceux qui parlent ainsi ne reçoivent de l'Apôtre une réplique terrible : *Vous croyez qu'il n'y a qu'un seul Dieu, et vous faites bien; mais les démons croient aussi, et ils tremblent* (Jacq., ii, 19). Cependant personne ne les appelle fidèles.

Vous voyez que cette question, si simple en apparence, devient plus difficile à résoudre lorsqu'on en approfondit l'examen. Redoublez donc d'attention, pour vaincre la difficulté.

En conformant le caractère de notre langage à l'esprit

de la doctrine évangélique, nous pouvons, semble-t-il, sans crainte de nous tromper, reconnaitre, dans l'idée pleine de *la foi*, trois idées subordonnées et constituantes : *la conviction, la confiance* et *la fidélité*. Lorsque l'Apôtre dit que, *sans la foi, il est impossible de plaire à Dieu ; car, pour s'approcher de Dieu, il faut croire premièrement que Dieu est, et qu'il récompense ceux qui le cherchent* (Hébr., XI, 6), il indique par là particulièrement le commencement de la foi, *la conviction* des vérités qui découlent de la connaissance de Dieu, la foi de l'esprit. Mais quand le même Apôtre, dans un autre endroit, dit d'Abraham *qu'il crut à Dieu qui rend la vie aux morts, et qui appelle ce qui n'est point comme ce qui est ; qu'il crut en l'espérance contre l'espérance* (Rom., IV, 17, 18), ce n'est plus ici la simple foi de l'esprit, mais la foi plus profonde et plus forte du cœur ; c'est l'abandon sans condition de l'homme à Dieu, la *confiance* illimitée dans les promesses de la grâce, n'ayant besoin d'aucune garantie des preuves et des témoignages ; c'est l'âme se portant résolument vers ce qui est divin, s'harmoniant comme naturellement avec la grâce divine. A ce degré appartient la foi qui reçoit la puissance salutaire des mystères, et qui, dans certains cas particuliers, est signalée par le don des miracles. Mais que cette foi, lors même qu'elle est signalée par le don des miracles, puisse encore quelquefois n'être pas la foi complète, justificative et qui opère le salut, c'est ce dont ne nous permettent pas de douter ces paroles vraiment terribles de Jésus-Christ : *Plusieurs me diront en ce jour-là : N'avons-nous pas prophétisé en ton nom, chassé les démons en ton nom, et fait beaucoup de prodiges en ton nom ? Et alors je leur dirai : Je ne vous ai jamais connus ; retirez-vous de moi, vous qui opérez l'iniquité* (Matth., VII,

22, 23). Ainsi, le complément nécessaire de la foi, pour qu'elle soit justificative et qu'elle opère le salut, doit être *la fidélité*. C'est de ce complément que parle l'Apôtre lorsqu'il dit : *Le juste sera vivant par la foi; et s'il hésite, mon âme ne se complaira pas en lui. Mais nous, mes frères, nous ne sommes pas de l'hésitation qui mène à la ruine, mais de la foi pour la conservation de nos âmes* (Hébr., x, 38, 39). La *foi* opposée à *l'hésitation* qui mène à la ruine, à la fluctuation, au retour en arrière, à l'inconstance, à la trahison, c'est la *fidélité*, — la fidélité à Dieu et à Jésus-Christ dans la confession inébranlable de la foi ortho-doxe, la fidélité par rapport aux commandements de Dieu, qui consiste dans la diligence à les accomplir; la fidélité par rapport aux sacrements, aux dons de Dieu, à son service, qui consiste à en user avec attention, selon l'intention de Dieu, à la gloire de Dieu.

Il est clair maintenant, ce me semble, qu'il n'est pas aussi facile d'acquérir le plein droit au titre salutaire de *fidèles*, que de nous attribuer légèrement le titre, comme nous le faisons, sans nous inquiéter du droit. Si tu veux effectivement appartenir au nombre des *fidèles* pour lesquels doit s'accomplir cette règle de Jésus-Christ : *Celui qui aura la foi et qui sera baptisé, sera sauvé*, ne te contente pas de croire théoriquement que Dieu existe, qu'il récompense ceux qui le cherchent, que, dans son ineffable amour pour l'homme, il a envoyé son Fils unique sur la terre pour nous ouvrir la voie du salut, et son Saint-Esprit pour nous combler de biens et nous bé-nir; ne te contente pas d'admettre avec confiance et sans te livrer aux investigations curieuses de la raison, les mystères inexplicables de la foi, mais abandonne-toi à cette foi, toi et toute ton âme, et toute la vie, tei-

I.

lement que la foi soit la pensée principale de ta vie, et que toute ta vie soit l'expression de ta foi ; enfin, sois fidèle au Roi du ciel au service duquel, outre que tu lui appartiens naturellement de droit, comme au Créateur et au Maître de toutes choses, tu t'es encore inscrit volontairement lorsque tu es devenu chrétien; sois donc invariablement et constamment fidèle à son nom, à ses ordres, à son service, aux dons et aux talents qu'il nous confie, *à chacun selon ses forces* (Matth., xxv, 15).

Vraisemblablement, un grand nombre d'entre nous ne craignent pas assez de devenir infidèles envers Dieu, parce qu'ils ne voient l'infidélité qu'en grand, et ne font pas attention aux petites choses. Si quelqu'un nous disait : *Allons et servons un autre Dieu* (Deut., xiii, 2), qui n'aurait horreur de la pensée seule d'une pareille infidélité? Dans ce cas, la grandeur même du mal diminue le danger d'en être atteint. Devenir infidèle en une *petite chose* n'est pas aussi effrayant, et l'imprudent périt d'autant plus facilement dans un danger, qu'il le méprise plus à cause de son apparence peu effrayante.

Un autre se tranquillisera par cette pensée : Je ne fais pas comme le serviteur infidèle qui enfouit dans la terre le talent qui lui avait été confié, et n'en fit rien de bon; j'en fais quelque chose; ce n'est pas, après tout, un grand malheur que quelques oboles de mon talent restent sans revenu, ou même se perdent entièrement ; que quelques commandements ou quelques promesses ne soient pas accomplis ; que quelques jours de l'année ou quelques heures du jour ne soient pas consacrés au service de Dieu comme il le faudrait; que quelques moyens de faire le bien soient mis en usage avec négligence ou utilisés à

mon profit personnel. Ah! mon compagnon! Tu ne rai-
sonnes pas comme juge notre juste maitre. Il ne donne
beaucoup qu'à celui qui a été *fidèle dans les petites choses;*
par conséquent, en te permettant de propos délibéré une
infidélité dans une petite chose, tu te prives toi-même du
droit à une grande. Et si, pour ton infidélité dans une
petite chose, tu n'en reçois pas du maitre une grande, et
que tu perdes même la petite par ton infidélité, que te
restera-t-il à la fin?

Une artificieuse disculpation ose dire quelquefois aussi
qu'il ne vaut pas la peine d'être fidèle dans une *petite
chose*, et qu'il serait possible d'être plus fidèle si la chose
confiée était plus importante. Fermons aussi ces bouches
éhontées, par cette parole du Seigneur : *Celui qui est
fidèle dans les petites choses, est aussi fidèle dans les grandes, et celui qui est injuste dans les petites choses, est aussi
injuste dans les grandes* (Luc, xvi, 10). Celui qui vole ou
gaspille sur un rouble, ne fera-t-il pas la même chose sur
mille? Il en est ainsi dans les choses spirituelles. Pour
celui qui est infidèle dans les petites choses, des dons
plus grands ne seraient que l'occasion d'une grande infidélité. Ce n'est pas la libéralité qui manque à Dieu pour
donner à l'homme, à la fois, les dons nombreux et élevés
de la grâce; mais, pour le préserver d'une condamnation
définitive pour une grande infidélité, il l'éprouve dans des
obligations moins importantes, et par là le prépare à recevoir des dons plus grands.

Efforçons-nous, mes Frères, par ces réflexions et d'autres semblables, de nous exciter souvent à une conduite
fidèle en tout devant Dieu. Efforçons-nous d'être fidèles à
ses yeux dans l'emploi des dons de la nature, et il nous
enverra des dons plus élevés que ceux de la nature, les

dons de sa grâce; gardons fidèlement les commencements de la grâce, et nous serons jugés dignes de dons
plus grands; mais dès que nous remarquerons notre infidélité en quelque chose, nous serons du moins fidèles
dans l'aveu et la confession de nos péchés, et — Dieu *est
fidèle et juste pour nous remettre nos péchés, et nous purifier
de toute iniquité* (I Jean, I, 9), et, pour cette fidélité dans
une petite chose, dans le repentir, il nous donnera
l'abondance de la paix spirituelle et du salut éternel.
— Ainsi soit-il.

15

SERMON

POUR LA FÊTE DE L'INVENTION DES RELIQUES DE SAINT SERGE

> En vérité, en vérité je vous le dis, tout ce que vous
> demanderez à mon Père en mon nom, il vous le don-
> nera. Jusqu'ici vous n'avez rien demandé en mon nom:
> demandez, et vous recevrez, afin que votre joie soit
> pleine.
>
> — Jean, XVI, 23, 24. —

La prière est l'une des plus hautes exigences de l'âme
humaine, l'un des attributs essentiels de la piété envers
Dieu. L'âme plongée dans la sensualité, dispersée dans le
monde, aveuglée par le péché, ne sent pas que, par son
origine, elle est un souffle de la bouche de Dieu; mais la
puissance de ce sentiment s'élève, à son insu, de ses pro-

fondeurs, et porte le cœur vers Dieu quoiqu'elle ne s'en aperçoive pas, ou qu'elle s'en aperçoive d'une façon erronée. C'est pourquoi, ce qui constitue l'essence et l'âme de tout culte, depuis le spirituel jusqu'au sensuel, depuis le plus éclairé jusqu'au plus ignorant, c'est ordinairement l'invocation de la Divinité, et conséquemment la prière. Quoique, dans les institutions de l'Ancien Testament, les sacrifices constituassent la solennité la plus importante du culte divin, la victime était toujours ou l'intermédiaire ou la représentante de la prière, et la fumée qui s'élevait de la victime brûlée représentait le char sur lequel la prière voulait atteindre jusqu'au ciel.

Mais l'œuvre de la prière, constante dans tous les temps, commune à tous les hommes, les hommes ont-ils appris enfin à la faire toujours dans la perfection, toujours avec un plein succès? — Qui ne sait que non!

Je me vois avec consolation au milieu d'une assemblée apportant ses prières au vrai Dieu, unique dans sa Trinité, selon le rite qui lui est consacré par l'Église, et sous la protection de la prière parfaite de notre bienheureux Père Serge. *Il a demandé, et il a reçu* ce qu'il désirait avec ardeur pour son âme, et *la joie pleine* du ciel : et il *demande, et il reçoit* encore ce qui est utile à ceux qui recourent avec foi à son intercession. Il a comme assuré ici une échelle pour les prières dépourvues d'ailes que nous venons déposer devant ses saintes reliques, qu'il élève sur ses prières, qu'il fortifie, qu'il purifie et qu'il place sur l'autel des sacrifices du ciel, devant le Seigneur. Et assurément il ne manque pas ici de témoins qui ont obtenu eux-mêmes l'accomplissement de leurs prières. Mais, malgré tout cela, il n'est pas possible de ne pas avouer qu'ici même, ce n'est pas tous qui *demandent et reçoivent*, et que, par conséquent, *la joie* de tous n'est pas *pleine*.

Que devient donc, dans ce cas, la promesse qu'a prononcée d'une manière si affirmative Jésus-Christ notre Seigneur et notre Sauveur : *En vérité, en vérité je vous le dis, tout ce que vous demanderez à mon Père en mon nom, il vous le donnera ; — demandez, et vous recevrez, afin que votre joie soit pleine ?* Serait-il possible que cette promesse restât sans accomplissement ? Ou bien ne se rapporterait-elle pas à nous ?

Il ne faut pas douter, mes Frères, que la promesse que nous a faite le Seigneur de l'heureux succès de nos prières, ne se rapporte à nous aussi. Il l'a mise au nombre de ses dernières dispositions au moment de quitter ce monde et de se rendre, par le chemin de la croix et de la mort, auprès de son Père ; et lui-même il a déclaré que les biens qu'il léguait alors directement à ses apôtres, ne devaient pas appartenir à eux seuls, mais encore à tous ceux qui *devaient croire en lui par leur parole* (Jean, xvii, 20). Tous les chrétiens sont leurs héritiers. Mais il faut remarquer qu'à la promesse du Seigneur de l'heureux succès de la prière, est jointe une instruction sur la manière de faire la prière, avec un encouragement à la pratiquer. Quiconque suit fidèlement cette instruction, et répond à l'encouragement à la prière, doit éprouver certainement l'accomplissement de la promesse sur la prière.

L'instruction importante pour l'heureux succès de la prière, consiste en ce que celle-ci doit être présentée au nom du Seigneur Jésus : *Tout ce que vous demanderez à mon Père en mon nom, il vous le donnera.*

Déjà il y avait plus d'une année que les apôtres recevaient l'enseignement du Seigneur Jésus, déjà ils avaient reçu de lui l'Oraison dominicale qu'ils nous ont transmise, lorsqu'il leur découvrit qu'il leur manquait encore quelque chose pour que leur prière fût décidément efficace : *Jusqu'ici, vous n'avez rien demandé en mon nom.* Cela leur était arrivé peut-être parce que, jusque-là, ils avaient vu en lui un instituteur et un bienfaiteur de l'humanité plutôt que le Médiateur entre Dieu et les hommes : car il s'est découvert en cette dernière qualité surtout par ses souffrances, sa mort et sa résurrection. Mais quoi qu'il en soit, si les Apôtres n'apprirent pas tout d'un coup à présenter leurs prières au nom du Seigneur Jésus, nous hâterons-nous de nous vanter d'avoir fait assez de progrès dans cette science ? Sous le silence, insignifiant en apparence, par lequel le ciel reçoit si ordinairement les prières dont nous l'importunons, ne se cache-t-il pas plus souvent que nous ne le pensons, ce reproche que Jésus, qui voit jusqu'au fond des cœurs, nous adresse ainsi avec douceur : *Jusqu'ici, vous n'avez rien demandé en mon nom.*

Qu'est-ce que — *demander au nom du Seigneur Jésus ?* Cela est simple pour les cœurs simples, sincères et humbles, et ils le comprennent ou le perçoivent sans pousser bien loin leurs investigations. *Ton nom est un parfum répandu* (Cant., 1, 2), Seigneur Jésus ! Quand un parfum se répand, la senteur s'en étend aux alentours, et l'odorat qui n'est ni émoussé, ni comprimé, en reçoit, sans art et sans effort, une sensation douce et vivifiante. Quand le nom du Seigneur Jésus se répand dans la prière, il exhale le parfum de l'Esprit-Saint, et le cœur qui n'est pas alourdi par les préoccupations terrestres, le sentiment intérieur qui n'est pas étouffé par les passions, reçoivent facilement et simplement l'émotion douce et vivifiante de la grâce. Ainsi l'âme confiante dans le nom du Seigneur Jésus, et, par là, dans la grâce du Saint-Esprit, s'approche du Père céleste, et lui crie avec assurance : *Abba, Père !* et elle lui dit ses prières avec une simplicité d'enfant, et il reçoit favorablement ses prières accompagnées de la médiation de son Fils unique et de son Esprit consubstantiel.

Il en peut et il en doit être ainsi pour tous, selon la puissance du nom du Seigneur Jésus, qui est pour tous une seule et même puissance; mais il n'en est pas ainsi pour un grand nombre, à cause de leurs dispositions particulières, selon que leur cœur est appesanti, selon que leur âme est troublée et leur sentiment intérieur envahi par les passions, selon que leur sagesse propre n'est pas prosternée devant la grâce de Dieu. Pour ces personnes, la vertu du nom de Jésus est comme la senteur d'un parfum pour un sens émoussé, dans un vase fermé. Il faut de l'art, il faut un effort pour assainir le sens, pour ouvrir le vase du parfum divin, — l'art d'une méditation pieuse, — l'effort de l'attention dans la prière.

Songe, pauvre âme, que, sans la communion avec Dieu, tu ne peux être heureuse ; mais tu ne peux pas non plus, par toi-même, avoir accès auprès de Dieu. Le Paradis, dans lequel Dieu allait autrefois et conversait avec l'homme, a été perdu par le péché, et il t'est fermé par la justice divine. Il a été possible de devenir pécheur même dans le paradis, et, par conséquent, d'en être chassé ; mais il n'est pas possible au pécheur d'y pénétrer. L'arme flamboyante du Chérubin t'en barre l'entrée ; la malédiction tonne contre toi ; la loi te condamne. D'un autre côté, tu n'as pas la force de t'arracher par toi-même du domaine des ténèbres, parce que tu as été vendue au péché par une faute héréditaire et volontaire ; mais comme le domaine du péché appartient à la souveraineté de Celui qui a l'empire de la mort, est-ce toi qui, devenue esclave, pourras vaincre ceux qui t'ont asservie? Est-ce toi, vendue, qui te rachèteras de l'esclavage? *Qu'est-ce que l'homme donnera en échange de son âme* (Matth., xvi, 26)?

Mais après cela, songe, pauvre âme auparavant, aujourd'hui presque bienheureuse, songe à ce qu'a fait pour toi le Fils unique de Dieu, Jésus-Christ. Il est descendu du ciel afin de rapprocher de toi la Divinité dont, sans cela, tu n'aurais jamais pu te rapprocher. Il s'est uni miraculeusement et incompréhensiblement à ta nature créée, à ta chair et à ton sang, moins le péché, pour poser, par son abaissement extrême, la base de ton élévation, afin que tu pusses, pour ton bonheur et ton salut, être participante de sa nature divine, de sa chair et de son sang vivifiants. Étant sans péché, il a pris sur lui tes péchés, avec les péchés du monde entier, afin que leur pesanteur ne t'écrasât pas, toi et le monde entier. Il a porté sur lui la malédiction, la condamnation, la mort, les tourments que tu méritais, et, par là, il t'a obtenu et préparé la bénédiction, la justification, la vie, la félicité. Il a passé, pour toi, par la mort et par l'enfer lui-même, afin de t'ouvrir de toutes parts une voie nouvelle et vivante, et, par sa résurrection et son ascension, il t'a ouvert non-seulement les portes du paradis, mais encore les portes du ciel, t'envoyant aussi et la lumière et la force d'en haut, pour que tu puisses t'élever en suivant ses traces. Comme abrégé de tout ce qu'il a fait pour toi, comme gage de ses dons, comme clef des trésors de sa grâce, il a donné à ta foi, à ton amour et à ton espérance son nom divin, et il a dit : *Tout ce que vous demanderez à mon Père en mon nom, il vous le donnera.*

Par ces réflexions et d'autres semblables, apprends à

connaître, âme chrétienne, quels biens renferme pour toi
le nom du Seigneur Jésus, et ouvre le sens de ton cœur
afin qu'il puisse se délecter de la senteur divine de ce
parfum répandu. Comprends que prier vraiment le Père
céleste au nom du Seigneur Jésus, c'est ne pas prononcer
ce nom des lèvres seulement, mais bien élever vers Celui
que l'on nomme l'attention de son esprit, l'embrasser par
la foi et le recevoir dans son cœur par l'amour. Prier Dieu
le Père au nom de Jésus-Christ, c'est se revêtir, par la foi
et le désir, de Jésus-Christ, c'est-à-dire de son obéissance
à son Père, de ses souffrances qui nous purifient, de sa
mort vivifiante, de sa justification et de sa sanctification,
de ses mérites divins pour nous, de sa force, de ses propriétés et de son exemple; c'est couvrir et transformer,
sous ces vêtements saints et qui nous consacrent, notre
indignité, et, de cette manière, nous approcher avec espérance du Père éternel qui ne peut rien refuser aux vertus
et aux mérites de son Fils unique dans lequel repose son
éternelle complaisance. C'est proprement à ceux qui
prient ainsi qu'appartient, c'est en eux que, dans la mesure de leur foi et de leur fidélité s'accomplit fidèlement
la promesse immuable du Seigneur Jésus : *En vérité, en
vérité je vous le dis, tout ce que vous demanderez à mon
Père en mon nom, il vous le donnera.*

Une promesse du succès de la prière si magnifique,
venant d'un Auteur si puissant, si fidèle, qui non-seulement garantit l'accomplissement de sa promesse, mais
encore est le Médiateur actif de cet accomplissement,
— une telle promesse n'est-elle pas en même temps un
encouragement si puissant à la prière qu'il n'est nullement besoin de la rappeler ou d'y insister davantage? Il
en devrait, ce semble, être ainsi ; mais il est clair que

cela n'est pas dans les prévisions de l'Auteur de la promesse ; et, peu content de sa promesse, comme s'il craignait qu'elle ne restât inaperçue et inutile, il nous encourage encore à la prière par un ordre direct et par une exhortation pressante : *Demandez, et vous recevrez, afin que votre joie soit pleine.*

En effet, il y a, dans la nature humaine, une étrange dualité et une contradiction de direction : d'un côté, le sentiment du besoin de ce qui est divin et le désir de communiquer avec Dieu ; de l'autre, une certaine répugnance secrète à s'occuper de ce qui est divin, et une inclination à fuir l'entretien avec Dieu. Et il n'est pas difficile de comprendre pourquoi il en est ainsi. La première de ces inclinations appartient à la nature primitive, et la seconde à la nature altérée par le péché. C'est la continuation jusqu'à ce jour du mouvement qui se manifesta dans nos premiers parents, après leur première transgression de la loi de Dieu : *Ils entendirent la voix du Seigneur Dieu se promenant dans le paradis sur le soir, et Adam et sa femme se cachèrent de devant la face du Seigneur Dieu* (Gen., iii, 8).

O enfants, moins d'Adam maintenant que de Dieu en Jésus-Christ ! nous entendons la voix du Seigneur qui ne nous trouble plus en nous reprochant le péché, quoique du reste ce reproche même fût moins terrible que bienfaisant ; qui ne tonne plus contre nous par sa malédiction, quoique du reste la crainte même soit pour lui un moyen de salut ; mais qui nous invite doucement et aimablement à venir et à recevoir du Père céleste les biens que nous avons perdus par le péché : est-il possible que nous ne nous rendions pas à la voix du Seigneur ?

Si un roi de la terre faisait publier que quiconque

viendrait et prononcerait devant lui le nom de son fils
bien-aimé, recevrait de lui le riche don de ses trésors,
pensez-vous qu'il fût nécessaire d'engager beaucoup ses
esclaves à profiter de cette invitation? Comme tous ac-
courraient! Comme ils s'efforceraient de se devancer les
uns les autres, avant que les trésors royaux fussent
épuisés! Mais voilà que le Roi du ciel a publié, par la
voix de son Fils unique, que quiconque le demande,
au nom de ce Fils, est le maître de recevoir, de ses
trésors inépuisables et incorruptibles, tout ce qu'il désire, tout ce qui peut enrichir et rendre bienheureuse
pour l'éternité une âme immortelle. Qu'arrive-t-il? Tous
accourent-ils vers lui? Tous invoquent-ils le nom de son
Fils, et lui adressent-ils en même temps leurs demandes
et leurs prières? Non! Voilà qu'il confirme sa promesse,
qu'il invite, qu'il persuade : *Demandez, et vous recevrez.*
Que font-ils maintenant? Tous se sont-ils ravisés? Tous
ont-ils senti leur incurie, leur déraison, leur ingratitude?
Pas encore! — *A vous, Seigneur, la justice; mais à nous la*
honte du visage (Dan., ix, 8).

Admirons, mes Frères, la générosité et la longanimité
de Dieu. Rougissons de notre paresse et de notre inattention. Animons-nous à l'activité spirituelle en réveillant
notre esprit de son inattention, en nous recueillant de
notre distraction, en nous purifiant, nous de nos pensées
trompeuses et frivoles, et notre cœur des passions et
des désirs mauvais. *Persévérez et veillez dans la prière*
avec actions de grâces. Et quoi que vous fassiez, en parlant ou
en agissant, faites tout au nom du Seigneur Jésus-Christ,
rendant grâces par lui à Dieu le Père (Col., iv, 2; iii, 17).
Cessons de nous opposer, mais efforçons-nous de contribuer à l'accomplissement en nous de l'invitation et de la

promesse du Seigneur : *Demandez, et vous recevrez, afin que votre joie soit pleine.* — Ainsi soit-il.

16

SERMON

POUR LA FÊTE DU SAINT PROPHÈTE ÉLIE

— 1830 —

> Et il marcha, dans la force de cette nourriture, quarante jours et quarante nuits, jusqu'au Choreb, la montagne de Dieu. Et là, il entra dans une caverne, et il s'y établit, et voilà que le Seigneur lui parla.
> — III Rois, xix, 8. 9. —

Dans beaucoup d'églises, comme ici, la mémoire du saint prophète Élie se célèbre par des cérémonies particulières. Les fidèles zélés se réunissent dans le temple principal du lieu, et, précédés des saintes bannières de la foi, chantant des cantiques spirituels, ils se rendent à un autre temple particulièrement consacré à la mémoire du Prophète, où se célèbre enfin avec solennité l'office divin. Quelle a été la pensée de nos saints Pères dans cette institution qui n'a pas de pareille dans beaucoup de fêtes d'autres Saints, et même dans beaucoup de fêtes du Seigneur?

Pour répondre avec fondement à cette question, remarquons le principe général de la sainte Église de présenter des images visibles et des similitudes de ce qu'elle rappelle ou contemple spirituellement dans ses fêtes. Ainsi, en célébrant le souvenir du baptême du Seigneur, elle vous conduit à la rivière et fait des prières sur l'eau; en solennisant la résurrection du Seigneur, elle vous réveille à minuit, et, par la surabondance de la lumière des cierges dans le temple, elle représente le jour de la vie éternelle dans la Jérusalem céleste, où le flambeau est l'Agneau, où l'on n'a pas besoin de soleil, où il n'y aura pas de nuit.

D'après ce principe, d'après ces exemples, on peut comprendre que notre procession, le jour de la fête du prophète Élie, est, pour notre édification, une représentation, une image en petit de ses nombreux voyages faits en réalité à la suite de la Croix, c'est-à-dire accompagnés d'efforts faits et de souffrances supportées pour Dieu et la religion, et, en particulier, une image de son grand et miraculeux voyage à la montagne de Choreb où il fut trouvé digne de contempler l'apparition majestueuse de la Divinité.

Ainsi donc, rappelons à notre souvenir, avec une attention pieuse, le voyage du prophète Élie, au temps de la sécheresse et de la famine, au torrent de Khorrath, et la manière miraculeuse dont il y fut nourri par les soins des corbeaux; ensuite son voyage à Sarepta où il fit les miracles de la poignée de farine inépuisable, de l'huile intarissable et de la résurrection du fils d'une veuve; son retour dans la terre d'Israël, et les miracles de l'appel de la pluie sur la terre et du feu du ciel sur l'holocauste; sa course devant Achab jusqu'à Jézrahel, avec le désir aussi, peut-être, de ramener à Dieu l'impie Jézabel par la puissance des prodiges qui s'étaient accomplis, et son retour pour sauver sa vie, non que celui qui combattait pour le ciel attachât du prix à la vie terrestre, mais parce qu'il ne voulait pas procurer le triomphe de l'impiété au détriment de la religion ; enfin le grand voyage dont j'ai parlé, auquel un ange prépara le Prophète par deux repas successifs, sans doute parce que le jeûneur ne voulait pas manger suffisamment, tandis que cela était nécessaire pour le fortifier pour un long voyage, — voyage prodigieusement pénible, qui dura quarante jours et quarante nuits sans qu'il prît de nourriture, du reste suffisamment récompensé par un entretien avec Dieu, et par cette sensation de félicité, incompréhensible pour nous : *là est le Seigneur*. Je ne parlerai pas du dernier voyage du Prophète de Galgala à Béthel, de Béthel à Jéricho, de Jéricho au delà du Jourdain, dans lequel Élie s'efforça de se cacher à Élisée, lui et la gloire de son enlèvement au ciel. Avec les mouvements trop terrestres encore de notre esprit et de notre cœur, nous ne parviendrions pas à suivre le voyageur se hâtant vers le ciel.

Je suis particulièrement arrêté par la question du voyage du Prophète au Choreb, qui ressemble à la question de notre procession de ce jour : quelle fut la pensée qui lui ordonna d'entreprendre un voyage si lointain et si extraordinaire? Si l'on demandait pourquoi il fut envoyé, pendant la sécheresse, au torrent de Khorrath, la réponse ne serait pas difficile : il y devait trouver encore l'un des soutiens indispensables de l'existence, quoique ce ne fût qu'un seul : l'eau. Pourquoi fut-il envoyé à Sarepta? — Parce que le torrent de Khorrath était desséché ; puis à Sarepta, il se trouva une femme croyante qui fut digne, et d'être sauvée elle-même miraculeusement de la famine, et de contribuer à la conservation de l'homme de Dieu.

Mais pourquoi fut-il envoyé au Choreb? Pour s'entretenir avec Dieu? Pour y voir Dieu? Mais Dieu n'avait-il pas conversé avec Élie et au Khorrath et à Sarepta? N'est-ce pas la même chose, pour Celui qui est partout, de se montrer dans un désert de la Judée ou de l'Arabie? Ne m'accusez pas, pour ces questions, de curiosité ou de témérité. Écoutez tranquillement : je cherche un enseignement.

En effet, Dieu peut converser partout avec le croyant; il peut se faire voir partout au cœur pur. Cependant, on ne peut pas conclure de là qu'Élie n'eût pas besoin d'aller au Choreb : car Dieu lui ordonna d'y aller ; or Dieu ne peut rien ordonner de superflu ou d'inutile. La communication de la grâce est toujours prête pour l'homme, du côté de Dieu ; mais l'homme, de son côté, n'est pas toujours prêt pour la communication avec Dieu, et il a besoin de plus ou moins de préparation, selon la disposition dans laquelle il se trouve habituellement, et selon ce à quoi il se prépare. *Purifie-les aujourd'hui et demain; et qu'ils lavent leurs vêtements, et qu'ils soient prêts pour le troisième jour* (Ex., xix, 10, 11). Par cet ordre, Dieu lui-même préparait évidemment les Hébreux à la grande révélation du mont Sinaï. *Je me suis préparé, et je ne me suis point troublé pour garder tes commandements* (Ps. cxviii, 60), dit à Dieu le Psalmiste, et par là il donne à comprendre que si, pour accomplir les commandements de Dieu avec ordre, sans trouble, une préparation est nécessaire, elle l'est bien plus pour recevoir les communications de la grâce et les révélations spirituelles. Plus était particulière la communication à laquelle Dieu appelait le Prophète Élie, et plus elle exigeait de lui une préparation particulière, qui était contenue dans son pèlerinage de quarante jours.

Élie marchait dans le monde, mais du monde à Dieu ; dans la chair, mais de la chair à l'esprit ; sur la terre, mais de la terre au ciel.

Il s'éloignait du monde, parce que d'heure en heure il laissait plus loin derrière lui et l'incompréhensible démence d'Achab, et l'indomptable cruauté de Jézabel, et l'abomination des faux prophètes, et le misérable aveuglement du peuple d'Israël. Comme la lune se dégage du brouillard et des nuages, l'âme du Prophète se dégageait des sombres, tristes et impurs souvenirs de la vanité, du vice et de l'improbité du monde : elle s'élevait à la lumière, au calme, à la pureté, et, suivant la même comparaison, elle se découvrait de plus en plus à Dieu qui est la lumière et la paix.

Élie marchait de la chair à l'esprit : car, quoique, même avant cela, il ne fût pas soumis à la chair, et qu'il se tînt toujours en la présence de Dieu en esprit, ce qui fit qu'il fut capable d'entendre sa voix et de recevoir ses ordres, cependant, lorsqu'il lui fallut, même après cette communication secrète, entrer en communication plus rapprochée et en quelque sorte ouverte avec Dieu, il eut nécessairement besoin d'une purification et d'une épuration complètes de l'homme extérieur, afin que ce vase d'argile ne se fondît pas au contact de la suprême puissance spirituelle. Un œil malade ne peut supporter la lumière ordinaire, qui est agréable à un œil sain : mais pour fixer sans danger le soleil, il faut avoir le regard de l'aigle. Ainsi l'homme charnel, infecté de la contagion du péché, n'est pas susceptible des attouchements de la grâce du degré même le plus inférieur : mais pour soutenir à visage découvert la vue de la gloire de Dieu, ou pour l'approcher, même sous un voile, l'homme même purifié des souillures

I.   25

de la chair et entré en participation de l'esprit, a besoin de s'élever encore. C'est pour cela que, de même que la communication de Moïse avec Dieu sur le Sinaï fut accompagnée d'un jeûne de quarante jours, ainsi la communication d'Élie avec Dieu sur le Choreb fut précédée d'un voyage de quarante jours, durant lequel il ne se nourrit de rien autre que de la pensée de Dieu et de la prière.

Élie marchait vers le ciel et vers Dieu : car, quoique, probablement, il ne sût pas d'avance ce qui devait lui arriver sur le Choreb, en se rendant sur cette montagne qui est contiguë au Sinaï avec lequel elle a une base commune, ce qui l'a fait appeler *la montagne de Dieu*, il se souvenait, sans doute, de la glorieuse apparition de Dieu sur le Sinaï, et, plein de ce pieux souvenir, non-seulement *il s'approchait de la montagne tangible, et du feu brûlant, et du nuage, et de l'obscurité, et de la tempête, et du son de la trompette, et de la voix des paroles célestes,* mais encore il s'approchait, comme contemplateur, *vers celui même qui parle du haut du ciel, et dont la voix alors ébranla la terre* (Hébr., xii, 18, 19, 25, 26), et, de cette manière, pendant que les pieds d'Élie touchaient toujours à la terre, l'esprit d'Élie s'élevait toujours au ciel, et se préparait à la haute communication avec Dieu.

Tel fut, mes Frères, le grand pèlerinage d'Élie; telle fut sa fête sainte, dans laquelle il ne fit absolument rien pour la chair, il ne s'occupa nullement du monde, mais qu'il consacra uniquement à Dieu. Il est facile de juger, d'après cela, quel doit être aussi notre pèlerinage, quoique très-court; quelle doit être notre fête spirituelle, quoiqu'elle ne soit pas aussi parfaite.

Quand une procession sainte te conduit d'un lieu sacré à un autre pour une prière prolongée et un office solennel, songe que l'on veut aussi le préparer à une communication avec Dieu aussi pure que possible, aussi rapprochée que possible. Et si tu es attentif, chacun de tes trajets ordinaires de ta maison au temple de Dieu sera accompli, autant que possible, comme une préparation soigneuse à la communication avec Dieu. Encore mieux, que toute ta vie, à l'exemple des saints, ne soit pas autre chose qu'un pèlerinage non interrompu, précédé, dirigé et protégé par la croix du Christ, un voyage à la suite de la croix du Christ, de la chair à l'esprit, de la terre au ciel, du monde à Dieu. Que ta fête ne consiste pas seulement à être délivré du poids des œuvres serviles, mais plutôt à être affranchi du service attrayant des sens, de la distraction, de la vaine gloire, des vanités de tout genre. Délivre de toute manière ton esprit, ton cœur et tes sens eux-mêmes de toute créature qui pourrait les charmer, les préoccuper, les troubler, et tu pourras recevoir Dieu dans ton esprit, dans ton cœur, dans ton sentiment intérieur, par la contemplation, par le désir, par la sensation, au moyen de l'enseignement spirituel, de la prière pure, des œuvres pieuses et saintes.

Après cela, que dire de ceux qui se rendent sans piété, sans réflexion, sans attention, à une fête religieuse comme à un spectacle mondain, — au lieu saint comme à un lieu de divertissements sensuels? Que Dieu les garde de prendre part aux fêtes d'Achab et de Jézabel : mais qu'ils participent à la fête du prophète Élie, c'est assurément ce qu'il n'est pas possible de dire d'eux.

Généreux possesseur des dons spirituels, qui ne repoussas pas la sollicitation peu modeste d'Élisée d'avoir deux fois autant que toi! ne nous refuse pas non plus lorsque nous osons te prier : intercède devant ton Dieu et le nôtre, pour qu'il redouble sa grâce à ceux qui célèbrent ta fête avec toi par la prière et l'abstinence, ou, avec la veuve qui te nourrit, par des œuvres d'humanité et de miséricorde. Mais pour ceux qui ne comprennent pas encore l'élévation et la pureté de ta fête, fais descendre sur eux, du ciel qui t'exauce toujours avec bienveillance, non le feu dévorant de la colère, mais la lumière bienfaisante de la grâce, et que ceux-là aussi, à la fin, arrivent, par le chemin de la vérité et de la justice, à la sainte montagne de Dieu, et qu'ils y habitent pour l'éternité. — Ainsi soit-il.

17

SERMON

EN MÉMOIRE DE SAINT SERGE,

SUR L'INCORRUPTIBILITÉ DES RELIQUES DES SAINTS,

Prononcé le 25 septembre 1821.

> Et tes os seront engraissés, et ils seront comme un jardin arrosé, et comme une source dont les eaux ne tarissent jamais.
> — Is., LVIII, 11. —

Aux jours du prophète Isaïe, il y avait des gens, — comme il y en a probablement encore aujourd'hui, — qui se plaignaient de Dieu parce qu'il ne récompensait pas leur piété. *Pourquoi avons-nous jeûné sans que vous nous ayez regardés* (Is., LVIII, 3)? Le Prophète répond à cela que, et *le jeûne et le sabbat*, et les œuvres de *piété*, et le repos spirituel sont agréables à Dieu si les hommes, *dans les jours de leurs jeûnes, ne trouvent pas leurs propres volontés, s'ils ne font pas leurs volontés dans le jour saint;* et, en récompense de cette piété sincère, il leur promet, entre autres choses, que *les os* de ces hommes *seront engraissés, et seront comme un jardin arrosé, et comme une source dont les eaux ne tarissent jamais.* — Promesse inattendue! Les os de ce corps corruptible ne peuvent, ce semble, s'engraisser par les efforts du jeûne, ni par l'observation spirituelle du sabbat. — Semblablement, un autre homme inspiré de Dieu, *en exaltant les hommes célèbres,* dit entre autres choses : *Et les os des douze Prophètes refleuriront dans leurs tombeaux* (Sag. de Sir., XLIX, 12). Mais les os de ces Prophètes reposaient déjà depuis longtemps dans leurs cercueils, lorsque cela fut écrit par le fils de Sirach. Ainsi donc, est-il vrai que les os de ceux qui ont été agréables à Dieu, et *s'engraisseront* dans la mortification de la chair, et *fleuriront* dans le tombeau?

En vérité *ils s'engraisseront et ils fleuriront!* Les os des hommes pieux s'engraissent et fleurissent spirituellement pendant leur vie, puisque *leur âme est remplie de joie, comme de moëlle et de graisse* (Ps. LXII, 6), en Dieu; puisque *le juste fleurit comme le palmier* (Ps. XCI, 13) par ses bonnes œuvres qui portent des fruits dans la sainteté; — ils s'engraisseront et fleuriront quoique leur chair se flétrisse et se dessèche par les efforts de leur abstinence, car quoique *en eux l'homme extérieur se détruise, néanmoins l'intérieur se renouvelle chaque jour* (II Cor., IV, 16). Mais après leur mort, les os des hommes pieux s'engraissent et fleurissent de la gloire de leurs vertus, de sorte que, après avoir été souvent humiliés et oubliés pendant leur vie, ils paraissent grands et illustres après leur mort; de sorte que leurs tombeaux sont souvent les plus magnifiques des demeures qu'ils ont habitées.

Mais outre cela, dans les saintes reliques du Juste qui sont devant nous, nous pouvons voir de nos propres yeux encore une manière dont, même dans leurs tombeaux, *s'engraissent et fleurissent* les os des justes. Tous les corps des hommes aussi, après leur mort, comme les semences enfouies dans la terre, comme les plantes pendant l'hiver, végètent d'une végétation lente, insensible pour nous, au milieu même de la corruption, et se préparent graduellement au printemps vivifiant de la résurrection universelle. Mais quelques-uns des corps des justes ressemblent au laurier et à quelques autres arbres qui, même pendant l'hiver, croissent et verdissent visiblement; *leurs os gardés par le Seigneur* (Ps. xxxiii, 21), même après leur mort, montrent en eux, *comme une moëlle et une graisse*, une force spirituelle de vie qui se répand miraculeusement même sur ce qui les entoure; leurs corps, avant la résurrection générale, *fleurissent* des prémices de l'incorruptibilité.

D'où vient cela, et pourquoi cela? D'où vient que les corps des justes sont incorruptibles? Pourquoi Dieu leur fait-il ce don de l'incorruptibilité? L'examen de ces questions peut nous expliquer l'une des récompenses de la piété, et l'un des motifs qui nous y engagent.

Dieu, comme dit le Sage, a *créé l'homme pour l'incorruptibilité* (Sag., ii, 23). Son esprit vivait de la parole de Dieu, et, par conséquent, il jouissait d'une bienheureuse immortalité; son corps prenait sa nourriture sur l'arbre de vie, et devait ainsi se conserver dans une incorruptibilité exempte de toute maladie. *Par un seul homme,* c'est ainsi que l'Apôtre explique le changement de cet état, — *par un seul homme, le péché est entré dans le monde, et, par le péché, la mort ; et ainsi la mort est entrée dans tous les hommes par ce seul homme en qui tous ont péché* (Rom., v, 12). Ainsi, la cause pour laquelle l'homme est mortel, et son corps corruptible, c'est le péché, — poison que l'homme a d'abord pris dans son âme, mais qui, par son activité pénétrante, a infecté aussi le corps d'un venin lent à certains égards, mais généralement mortel. Il n'est pas difficile de comprendre par là que le retour de l'homme à *l'incorruptibilité* n'est possible que s'il cesse de s'empoisonner *par le péché.*

Mais cela est-il possible après que *le péché est entré dans* tout *le monde,* après que *nous avons été conçus dans l'iniquité, et que nous sommes nés dans le péché* (Ps. L, 7), et que, comme par une nécessité naturelle, *nous buvons l'iniquité comme un breuvage* (Job, xv, 16)? Ensuite, pour guérir un homme infecté d'un poison, il est nécessaire de faire quelque chose de plus que de cesser l'usage de ce poison. Personne ne peut être le créateur de soi-même : l'homme atteint d'une maladie mortelle, ou mort, ne peut se rendre à lui-même la santé ou la vie dont la source est tarie en lui. Si, même dans son état de pureté, l'homme a vécu, comme nous l'avons dit, de la parole de Dieu, à combien plus forte raison il n'y a, pour rendre le mortel à l'immortalité, et le corrompu à l'incorruptibilité, rien que la parole du Dieu créateur.

La Parole créatrice a été prononcée à nouveau sur la créature de Dieu déchue par le péché, pour la relever, et elle est descendue en elle jusqu'à la profondeur où l'homme était tombé par le péché. *Le Verbe s'est fait chair* (Jean, I, 14). Maintenant, tout ce qui était tombé et

devenu étranger à la vie de Dieu, voit s'ouvrir une voie
nouvelle pour retourner sur ses pas. La source divine se
rouvre dans la profondeur de la nature humaine, et répand intérieurement en elle une lumière et une vertu
bienfaisantes. Ici, l'âme humaine trouve un remède purifiant et réparateur qui détruit en elle la contagion mortelle du péché, et en même temps un remède fortifiant et
préservateur qui ne permet pas à cette contagion de se
renouveler et de s'aggraver par de nouvelles transgres-
sions. L'action vivifiante de la grâce, comme autrefois
l'action mortelle du péché, s'étend à tout l'être humain,
de l'esprit au corps; et, comme la puissance de Dieu est
plus forte, assurément, que la puissance du péché qui est
proprement l'impuissance elle-même, il n'est pas étonnant que *la grâce*, selon l'expression de l'Apôtre (Rom.,
v, 20), *surabonde là où le péché a abondé*, qu'elle guérisse
et réédifie plus efficacement que le péché ne blesse et ne
détruit. Si, *par le péché d'un seul*, ainsi que raisonne
l'Apôtre, *un grand nombre sont morts, à plus forte raison
la miséricorde et le don de Dieu ont surabondé dans un
grand nombre, par la grâce d'un seul homme qui est Jésus-
Christ* (Rom., v, 15), *afin que, comme le péché avait régné en donnant la mort, la grâce, de même, régnât par la
justice en donnant la vie éternelle, par Jésus-Christ notre
Seigneur* (21). De cette manière, le Verbe de Dieu, en
s'abaissant jusqu'à l'incarnation, ouvre à la chair elle-
même une voie pour s'élever jusqu'à l'incorruptibilité et
la glorification; Jésus-Christ devient notre *résurrection*
(Jean, xi, 25), et lorsqu'il s'établit par la foi dans nos
cœurs, alors, dans nos corps eux-mêmes, purifiés et sanc-
tifiés par la foi, commence à luire, plus ou moins vite ou
plus ou moins lentement, la vertu de sa résurrection.

Remarquez, dans toute l'existence du genre humain, comment la manifestation de cette vertu de la résurrection a toujours été proportionnée à la révélation graduelle du Verbe incarné de Dieu. Dans les premiers siècles, alors que nous trouvons tout le mystère du Christ contenu dans l'unique parole *de la postérité de la femme écrasant la tête du serpent*, nous n'apercevons la vertu de la résurrection que dans Énoch seul qui, comme un aigle solitaire dans une jeunesse renouvelée, prend son essor dans l'incorruptibilité au-dessus du monde entier s'avançant, à travers la dépravation morale régnante, vers la commune corruption naturelle. Aux temps des prophètes, quand la promesse du Christ, comme *de la semence dans laquelle devaient être bénies toutes les nations*, souvent répétée et mieux expliquée, réveilla plus sensiblement la foi, et par conséquent établit plus abondamment dans les cœurs, quoiqu'elle y fût encore profondément cachée, la vertu de Jésus-Christ, la vertu de la résurrection aussi ne se manifesta pas seulement dans Élie, à l'instar d'Énoch, au moment de son enlèvement au ciel, mais elle se montra en outre dans le même Élie et dans Élisée, durant leur vie terrestre, par la résurrection des morts ; et même, — ce qui constitue, dans les saints récits, un exemple unique avant la venue de Jésus-Christ, mais concordant avec les prodiges nombreux de ce genre qui s'accomplirent après sa venue, — la vertu de la résurrection commença à agir un jour, contre toute attente, par les os du prophète Élisée, après sa mort. *Il arriva*, raconte le livre des Règnes [1] (IV Rég. xiii, 21), *il arriva que*

---

[1] Désormais, pour obéir en tout à la règle de scrupuleuse fidélité qu'il s'est imposée, le traducteur appellera, avec l'illustre Auteur de ces Sermons, conformément à la traduction slavonne de la Bible, *Livres des*

quelques hommes qui enterraient un mort, virent des hommes armés, et que — de frayeur — ils jetèrent le mort dans le sépulcre d'Élisée; et le corps de l'homme mort tomba, et il toucha les os d'Élisée, et il ressuscita, et il se leva sur ses pieds. Mais lorsque l'incarnation du Verbe de Dieu, prédite depuis si longtemps et préparée graduellement, s'accomplit enfin, alors, qui ne sait en quels torrents rapides la vertu de la résurrection coula sur cette terre, même non encore renouvelée? Conformément au but de nos réflexions présentes, il faut noter ici particulièrement une circonstance. Lorsque Jésus-Christ, par ses souffrances volontaires pour notre salut, se laissa descendre dans le domaine de la mort pour y porter la vertu propre de la vie, et ruiner ainsi l'empire de la mort jusque dans ses fondements, sa force pénétra tout immédiatement, et se signala aussitôt, dans tout ce qui fut susceptible de la recevoir, par son action vivifiante. Voilà l'explication de ce qu'en ce temps *les tombeaux s'ouvrirent et plusieurs corps des saints qui étaient morts se levèrent* (Matth., xxvii, 52).

Jésus-Christ était hier, et il est aujourd'hui, et il sera dans tous les siècles (Hébr., xiii, 8). Comme Dieu, il *opère tout en tous* (I Cor., xii, 6); il opère encore aujourd'hui de même qu'il a opéré dès le commencement et qu'il opérera jusqu'à la fin; il opère dans ce qui est petit comme dans ce qui est grand; comme il opère dans toute l'Église qui est son corps, il opère dans tous les croyants qui sont ses membres. *Il se forme en eux* (Gal., iv, 19), *il vit en eux* (Gal., ii, 20), et comme *en lui-même habite corporellement toute plénitude de la Divinité* (Col., ii, 9), ainsi, par une certaine imitation de ce divin mystère, il daigne aussi

Règnes, les quatre livres désignés dans la Vulgate sous le nom de *Livre des Rois*. (Note du traducteur.)

habiter, même corporellement, dans ses élus, autant qu'il les trouve capables de communion intérieure avec lui. Trouve-t-il un esprit constamment tourné vers lui par l'adoration et la prière, *il se forme* dans cet esprit, il le remplit de sa lumière, de sa vérité, *il lui manifeste les secrets et les mystères de sa sagesse* (Ps., L, 8). Trouve-t-il un cœur ouvert devant lui par la pénitence, par la foi et par l'amour pour lui, *il habite dans ce cœur* (Éph., III, 17) et il y porte avec lui une vie nouvelle, la vie spirituelle au lieu de la vie charnelle, la vie céleste au lieu de la vie terrestre; il transforme l'amour humain en amour divin, et les propriétés humaines en propriétés angéliques. Trouve-t-il enfin même un corps qui, en conformité avec l'âme, soit constamment purifié par la tempérance et les actes de vertu, et qui, par conséquent, soit susceptible de recevoir et de conserver en lui comme quelques empreintes et quelques traces des mouvements intérieurs de la grâce, ce corps aussi, en quelque façon, même dans cette vie terrestre, commence à être rempli de Dieu. Quelque étrange que puisse paraître à quelques-uns cette idée du corps de l'homme terrestre uni à Dieu, je ne regrette pas de l'avoir exprimée : car ce n'est ni par conjecture, ni par combinaison que je me forme cette image, mais je la trouve dans l'expérience même que nous ont présentée déjà les temps apostoliques, et dont les temps des saints ont conservé pieusement la tradition. Saint Ignace Théophore s'était tellement habitué à nourrir son cœur du souvenir bien-aimé du doux nom de Jésus-Christ, que cette impression profonde de son âme resta gravée d'une manière sensible dans l'organe corporel, et que, lorsque, après son martyre, on ouvrit son cœur, on y trouva écrit en toutes lettres le nom de Jésus-Christ (Ménologe,

20 déc.). Comme un vase dans lequel on conserve longtemps un parfum odorant, en emprunte la senteur, ainsi
le corps même du chrétien dans lequel habite constamment la vertu de la grâce de Jésus-Christ, s'en pénètre
dans toutes ses parties, et même en répand le parfum autour de lui. Et puisque *la force de Jésus-Christ* est incorruptible, il est naturel qu'en *habitant* (II Cor., xii, 9) dans
les hommes *qui appartiennent à Jésus-Christ* (Gal., v, 24),
elle communique même à leurs corps l'incorruptibilité;
puisque la force de Jésus-Christ est toute-puissante, il est
conforme à sa nature de produire par eux des prodiges
quand cela plaît à Dieu, ainsi qu'elle en produisait autrefois par *les bandeaux et les linges qui avaient touché au*
corps du saint apôtre Paul et s'étaient imprégnés de *sa*
sueur (Act., xix, 12), et par le seul *passage de l'ombre du*
saint apôtre Pierre (Act., v, 15).

Quelle magnifique rémunération de la piété, mes Frères,
que par elle non-seulement l'esprit de l'homme s'élève à
la communion bienheureuse de Jésus-Christ, mais que le
corps lui-même, par lequel nous accomplissons ces efforts
légers de l'observance du jeûne, de la génuflexion pour
la prière, des devoirs de l'amour fraternel, devienne
aussi, par là, participant de la force bienfaisante, vivifiante et miraculeuse de Jésus-Christ ! Et s'il en est ainsi
dès ce monde, quelle vie, quelle puissance et quelle gloire
attendent les personnes pieuses dans le ciel !

Cependant nous pouvons remarquer que toutes les personnes pieuses, et même tous les saints n'ont pas la même
part à cette *première résurrection* (Apoc., xx, 6), pour
ainsi parler, qui consiste dans la merveilleuse incorruptibilité, sur la terre, de leurs corps consacrés, de même
qu'à la manifestation primordiale de cette première résur-

rection, *beaucoup de corps des saints qui étaient morts res-
suscitèrent*, mais non pas tous les corps des saints qui
étaient morts. Que veut dire cela? Est-il donc vrai que
Dieu ne soit pas équitable envers ses saints, en augmentant aux uns la mesure de sa grâce et en la diminuant
aux autres, en rapprochant l'immortalité des uns et en
éloignant celle des autres, en glorifiant les uns et en cé-
lant les autres? Sans aucun doute, personne, connaissant
Dieu, ne saurait avoir une pareille pensée. Que signifie
donc cette inégalité apparente de la récompense visible
accordée aux saints? Peut-être répond-elle en quelque
façon aux degrés de leur consécration intérieure selon laquelle, — dirons-nous en nous servant des paroles de
l'Apôtre, — de même qu'*une étoile diffère d'une autre
étoile par l'éclat, ainsi en est-il de la résurrection des morts*
(I Cor., xv, 41, 42), et la dernière est définitive, et la
première, initiale : mais, de l'inégalité de cette récompense préliminaire accordée aux saints, nous pouvons
conclure avec un grand fondement qu'elle leur est accordée
moins pour les récompenser eux-mêmes que dans un
autre but conforme à la sagesse et à la bonté de Dieu. En
effet, pour des gens qui ne cherchent point la gloire humaine, et qui sont persuadés qu'ils règneront éternellement dans la gloire de Dieu avec le Christ, est-ce une
grande affaire d'avoir ou de ne pas avoir les prémices
temporelles de cette gloire sur la terre? — Mais comme, à
la résurrection du Christ, *plusieurs corps des saints qui
étaient morts se levèrent* afin de venir, après sa résurrection,
dans la ville sainte, et d'apparaître à plusieurs vivants, pour
les convaincre de la force de la résurrection ainsi mani-
festée, de même, aujourd'hui encore, les corps des saints
qui sont morts se montrent dans l'incorruptibilité, avec

une force miraculeuse et vivifiante, pour nous vivants, afin de nous convaincre, — si, à la honte de notre temps, il y a encore parmi nous de pareils incrédules, — afin de nous convaincre de la résurrection du Christ et de notre résurrection future, afin de fortifier les faibles dans leurs luttes contre le péché et la mort, afin de rappeler les distraits et les négligents aux combats de la piété.

Souvenez-vous de vos instituteurs, dit l'Apôtre aux chrétiens de son temps, souvenez-vous de vos instituteurs *qui vous ont prêché la parole de Dieu, et, considérant quelle a été la fin de leur vie, imitez leur foi* (Hébr., xiii, 7). C'est comme s'il avait raisonné ainsi : « Nous ne nous conten- « tons pas de vous instruire par notre parole : toutes les « âmes ne sont pas assez ouvertes pour la recevoir, et « toutes ne la conservent pas quand elles la reçoivent. « C'est pour cela que nous appelons encore votre atten- « tion sur les exemples de *vos instituteurs*, et, entre ces « exemples, sur ce qui frappe le plus vivement les sens « et pénètre d'autant plus profondément dans l'âme, « — sur *la fin de leur vie*, qui fut marquée des signes « évidents de la foi. » Spectacle vraiment instructif, et dont le silence parle plus à l'âme que la parole la plus abondante ! Mais comme la parole se tait à la fin, ainsi l'exemple finit par tomber dans l'oubli, et le souvenir des instituteurs qui sont morts peut s'éteindre. Mais que fait Dieu *qui veut que tous les hommes soient sauvés, et qu'ils parviennent à la connaissance de la vérité* (1 Tim., ii, 4)? Il immortalise, pour ainsi dire, la fin instructive des insti- tuteurs qui sont morts dans la piété. Il se passe plusieurs siècles, et nous la voyons encore de nos propres yeux, en contemplant leurs restes incorruptibles. Cette incorrup- tibilité, cette force salutaire et vivifiante qui en sort, nous

enseignent la piété d'une manière plus claire et plus convaincante que la parole, et nous engagent à *imiter leur foi.*

A quoi bon encore ma pauvre parole? — C'est assez
pour vous, mes Frères, de cet enseignement incessant
que vous donne ce cercueil silencieux. Est-il possible de
ne pas entendre cet enseignement? Est-il possible, quand
on l'entend, de ne pas le comprendre? « *Considérez,* nous
« dit lui-même notre Instituteur mort, *considérez la fin de*
« *ma vie,* que j'offre depuis tant de siècles aux yeux de
« mes disciples et de tous ceux qui ont besoin d'ensei-
« gnement. Vous reconnaissez tous que la fin de ma vie
« est bénie et bienheureuse ; je vous entends, dans mon
« Dieu, la glorifier ; je vous vois accourir pour la célé-
« brer. Est-ce pour moi que vous glorifiez ma fin? Vos
« louanges n'augmentent pas ma félicité en mon Dieu.
« Mais si vous glorifiez ma fin, glorifiez donc aussi la
« vie qui m'a conduit à cette fin, et glorifiez-la pour
« votre propre glorification. Celui-là est doublement im-
« pardonnable qui, voyant la voie droite, s'en écarte pour
« s'égarer ; qui, voyant le bon exemple, s'opiniâtre dans
« le mal. Il est doublement douloureux de faire naufrage
« et de sombrer en vue du port, de s'attirer la puni-
« tion en vue de la récompense, de périr en vue de la
« félicité. Le seul accroissement que vous puissiez ap-
« porter à ma félicité, c'est de donner à mon amour pour
« vous la joie de votre salut. Faites votre bonheur à vous-
« mêmes par l'imitation de ma foi avec tous les fruits que
« lui a fait produire la grâce de mon Jésus-Christ, qui
« est aussi le vôtre. »

Qu'ajouterions-nous à cela, mes Frères? — Ah! Notre
Père, notre Instituteur rempli de Dieu! *qu'il nous soit fait*
selon ta parole. — Ainsi soit-il.

18

SERMON

EN MÉMOIRE DE SAINT SERGE.

SUR LA PRIÈRE, ET PRINCIPALEMENT SUR LA PRIÈRE FAITE A L'ÉGLISE.

Priez pour nous, car nous avons la confiance d'avoir une bonne conscience, désirant de nous bien conduire en toutes choses (Hébr., XIII, 18), écrit le saint apôtre Paul aux Hébreux, c'est-à-dire à ceux d'entre les Hébreux qui étaient chrétiens.

Priez pour nous ! disons-nous quelquefois, nous aussi, aux personnes que nous regardons comme puissantes dans la prière, ou du moins comme s'y adonnant avec une attention remarquable. Et aujourd'hui, pourquoi cette foule est-elle réunie dans ce temple, si ce n'est surtout pour dire au bienheureux Serge, comme à un intercesseur puissant : Prie Dieu pour nous ?

Profitons donc des paroles de l'Apôtre pour en tirer, sur la prière que nous pouvons faire les uns pour les autres, quelques pensées utiles.

Priez pour nous. Songez quel est celui qui demande pour lui la prière des autres. — C'est Paul, qui, un jour, avec son compagnon Silas, dans la prison de Philippes, adressa à Dieu une hymne de louanges avec une telle force spirituelle que *soudain il se fit un grand tremblement de terre, tel que les fondements de la prison furent ébranlés, et toutes les portes s'ouvrirent, et les liens de tous les prison-*

niers furent déliés (Act., xvi, 25, 26); — Paul, qui, en l'embrassant dans sa charité compatissante et dans sa prière, ressuscita Eutique; — Paul, à la prière duquel Dieu accorda, en une seule fois, deux cent soixante-seize hommes, ses compagnons de navigation, près de périr dans un naufrage; — Paul, que le Seigneur lui-même appela un *vase d'élection* de sa grâce, et qui n'hésita pas à dire hautement de lui-même : *Je puis tout en Jésus-Christ qui me fortifie* (Phil., iv, 13)! Et c'est cet homme qui peut tout, qui demande pour lui le secours de la prière; et à qui le demande-t-il? — Ce n'est pas à quelques personnes choisies, ferventes dans la prière, mais à tous les Hébreux devenus chrétiens, sans aucun choix, sans excepter même le dernier d'entre eux. Que fait donc là saint Paul? Oui, ce qu'il fait est digne de notre attention profonde, et, si nous sommes attentifs, nous en pouvons tirer des enseignements qui ne seront pas de peu d'importance.

L'exemple de l'Apôtre doit nous faire comprendre, Chrétiens, combien est urgente pour nous la nécessité de la prière des uns pour les autres, et surtout de la prière en commun, puisque cet athlète spirituel si fort avoue le besoin pour lui-même de ce secours spirituel; combien il serait téméraire de nous reposer sur la puissance de notre propre prière, quand même quelqu'un aurait fait déjà quelques épreuves de son efficacité et aurait obtenu quelques succès, quand nous voyons ne pas oser se reposer sur sa propre prière un homme exaucé d'une manière si extraordinaire et si miraculeuse; avec quelle modestie et quelle simplicité nous devons ne pas refuser, ne pas dédaigner le secours de la prière du plus faible d'entre les croyants, quand l'esprit clairvoyant de Paul n'a fait dans ce cas

1.

aucun choix, choix qu'il serait difficile de faire sans s'é-
lever soi-même et sans rabaisser le prochain, et qui serait
sans but, parce que *la force de Dieu s'accomplit dans les
faibles*, et, par conséquent, peut quelquefois s'accomplir dans ceux qui paraissent les plus faibles dans la
prière.

Il sera bon de remarquer, à propos de l'exemple de
saint Paul, avec quelle fidélité se conserve jusqu'aujour-
d'hui même, dans l'Église de Dieu, le même esprit et le
même ordre qu'y ont introduits, par leur enseignement
et leur exemple, les saints apôtres. Dans chaque office
divin, vous entendez l'Église inviter tous les croyants,
sans en excepter le plus faible ni le dernier, à prier soit
les uns pour les autres en général et dans toutes les situations, soit en particulier pour ceux qui sont appelés
par la grâce à succéder aux apôtres dans leurs fonctions.

Pour vous montrer clairement, sans raisonnements
profonds, l'efficacité bienfaisante de la prière que l'on
fait les uns pour les autres, je vous citerai l'exemple d'un
autre apôtre. *Pierre était retenu dans la prison, et les
prières de l'Église s'élevaient sans cesse vers Dieu pour lui.
Mais lorsque Hérode voulait le faire sortir*, pour le juger
et, probablement, pour le faire mourir, *dans cette même
nuit, Pierre dormait entre deux soldats, lié de deux chaînes
de fer, et des gardes qui étaient devant la porte gardaient la
prison.* Le danger était extrême; il semblait impossible
d'y échapper; en outre, Pierre lui-même ne priait pas
pour sa délivrance : *Pierre dormait.* Mais quel évènement
inattendu ! *Voilà qu'un ange du Seigneur parut devant lui.
Il éveilla Pierre; ses chaines tombèrent d'elles-mêmes;
l'ange le conduisit par les portes fermées, à travers les
gardes qui se tenaient devant elles, et il le laissa en li-*

berté! Comment donc se fit-il que Pierre, sans prier et pendant qu'il dormait, obtint sa délivrance? — C'est que *les prières de l'Église s'élevaient sans cesse vers Dieu pour lui.* Elle accomplit la délivrance de Pierre sans effort de sa part et à son insu.

Ceux qui sont peu experts dans les choses de l'esprit pourront demander : Pourquoi ont besoin de la coopération accessoire, ou même de la pleine efficacité de la prière des autres, des hommes qui ont eux-mêmes le don de la prière développé par l'exercice et produisant même des fruits miraculeux? Quelques-uns, par ignorance, dans leur simplicité, peuvent dire de Pierre ou de Paul ce que les Juifs, dans leur endurcissement, disaient autrefois en injuriant le Christ : *Il a sauvé les autres ; ne peut-il pas se sauver lui-même?* A cela, pour ceux qui interrogent avec sincérité, nous répondrons : Paul a demandé pour lui les prières des autres, par modestie ; Pierre ne se délivre pas lui-même de la prison, par abnégation de sa volonté, par dévouement à la volonté de la Providence divine, tandis que l'humanité et la compassion rendent ce même Pierre et ce même Paul beaucoup plus portés à prier pour les autres et plus confiants dans leur foi ; et c'est pour cela qu'en effet ils sauvent les autres par leurs prières, et n'ont pas honte d'être sauvés eux-mêmes par les prières des autres. Mais pourquoi Dieu soumet-il ses élus à ce degré de pauvreté spirituelle et d'humiliation qu'ils empruntent le secours de la prière d'autres personnes moins favorisées des dons de la grâce? — C'est pour mieux mettre la hauteur de leur mérite à l'abri sous la profondeur de leur humilité. Ou bien, que ces hommes expliquent eux-mêmes comment Dieu les protège si admirablement : *Nous portons,* disent-ils, *ce trésor dans des vases d'argile, afin* que cette sublimité de force soit celle de Dieu, mais ne vienne pas de nous (II Cor., iv, 7). Si les saints étaient toujours aussi miraculeusement puissants pour eux-mêmes qu'ils le sont souvent pour les autres, les gens peu clairvoyants leur attribueraient facilement à eux-mêmes la force divine qui agit en eux, et par conséquent ils déroberaient à Dieu la gloire qui lui appartient ; mais comme ces hommes sont semblables à Dieu, dans certaines occasions, par leur puissance miraculeuse, et, dans d'autres cas, assujettis aux mêmes faiblesses que nous par l'infirmité commune aux hommes, les gens peu clairvoyants eux-mêmes sont forcés de voir qu'il y a là une *sublimité de force qui est de Dieu, mais ne vient pas de nous.*

Revenons aux paroles de l'Apôtre que nous avons prises pour texte de ces réflexions. *Priez pour nous, car nous avons la confiance d'avoir une bonne conscience, désirant de nous bien conduire en toutes choses.* Il ne demande pas simplement la prière pour lui, mais il présente une sorte de raison pour que l'on trouve sa demande juste et qu'on ne lui refuse pas ce qu'il demande : *Car nous avons la confiance d'avoir une bonne conscience, désirant de nous bien conduire en toutes choses.* Dans ces paroles, on peut trouver la réflexion suivante de l'Apôtre : Si je reconnaissais en moi une conscience qui ne fût pas bonne, qui ne fût pas purifiée du péché selon la possibilité humaine et selon la grâce de Dieu ; si je n'avais pas une intention sincère de mener une vie bonne sous tous les rapports, je n'aurais pas la hardiesse de demander pour moi à l'Église le secours de ses prières, dont une conscience impure est indigne, parce qu'elle ne peut pas prêter son appui à une intention méchante ; mais puisque, en sondant mon cœur devant Dieu, je ne trouve pas que ma conscience me reproche d'avoir commis sciemment et avec intention des actions mauvaises, et qu'au contraire je m'efforce, dans toutes les circonstances, d'avoir des intentions agréables à Dieu, utiles au prochain, salutaires pour mon âme propre, j'ai recours, avec une confiance entière, à l'esprit de grâce et de munificence qui souffle sur l'Église, qui scrute les cœurs et donne à tous selon le cœur de chacun. Et ainsi voilà encore un enseignement que nous devons tirer pour nous de l'exemple de l'Apôtre : celui qui veut obtenir l'appui de la prière du prochain et de toute l'Église, doit éprouver avec soin sa conscience, repousser toute intention de péché, tout désir impur, s'efforcer sans fausse apparence, en toute occasion, d'accomplir la part de bien et de justice dont il est capable selon le don naturel de Dieu et selon la grâce préalable, et alors il peut demander avec confiance le secours spirituel et efficace le plus abondant des âmes qui prient sincèrement.

Telles sont, mes Frères, les lois de l'esprit commun de la prière ; tel est l'ordre de son action. Celui qui ne se soumet pas à ces lois, celui qui ne prend pas garde à cet ordre, celui-là s'aviserait en vain de se plaindre de la pauvreté des fruits de la prière commune et réciproque ; il doit se plaindre de lui-même, de son inintelligence, ou, puisque pour l'ignorance simple qui aime le bien, il y a les inspirations simples de l'esprit et le secours mystérieux de la grâce, il doit avec plus de raison encore se plaindre de sa négligence volontaire ou de son infidélité.

L'Église nous invite sans cesse à la prière de réciprocité, soit en particulier pour ceux qui conduisent et servent l'Église, soit pour nos frères en proie à diverses souffrances, soit pour tous les vrais croyants en général. Le Chœur ne cesse de crier pour nous vers le Seigneur, afin de nous obtenir sa miséricorde et le don de la grâce. Et toi, que fais-tu, assistant? Cries-tu aussi, pendant ce temps, dans ton cœur? Sens-tu l'importance de cette communion pour joindre la faible voix de ta prière au grand concert de prières de l'Église? As-tu une idée modeste et humble de ta prière privée, et, de la prière collective de l'Église, — une idée respectueuse et confiante? Ou bien ne fais-tu qu'entendre les paroles courantes du lecteur comme le bruit du vent, et la voix du chantre comme le son d'un chalumeau, et ne restes-tu pas, au milieu des autres qui sont animés de l'esprit de prière, oisif, froid, insensible? Si, par malheur, il en est ainsi, reviens à toi, âme à demi morte; réveille ton cœur, crie, de ta profondeur intérieure, vers le Seigneur, afin que, dans ton élan, tu puisses atteindre les profondeurs de l'Esprit de Dieu qui remplit l'Église de Dieu, et attirer à toi le commencement de l'esprit de grâce et de miséricorde pour le renouvellement et le redressement de ta vie.

D'autres, ce semble, ont recours aux prières de l'Église, font appel aux prières des saints, demandent des prières à quelques-uns de leurs frères; mais, en même temps, ils ne s'adressent pas assez à leur conscience, ils ne font pas assez attention à leur vie, ils ne prennent pas de bonnes résolutions, ou, les ayant prises, ne les conservent pas. Ils disent à un saint : Prie pour nous, tandis qu'eux-mêmes restent sans inquiétude dans la voie du péché. Avez-vous songé à ce que vous demandez? L'esprit de prière n'aurait-il été donné à l'Église que pour pouvoir prendre, comme un tourbillon, le pécheur en-

durci, et le jeter dans le paradis? Où serait, dans ce cas,
la justice de Dieu? Et que deviendrait le paradis lui-
même lorsqu'on l'aurait rempli de pécheurs non purifiés
par le repentir et dont la vie n'aurait pas été amendée?
— Un séjour heureux ne saurait rendre le pécheur heureux ; mais le pécheur souillerait et altérerait par sa
présence le séjour même de la félicité, comme cela est
arrivé à ce monde autrefois béni, par le péché d'Adam.
Non ! — Le saint esprit de prière a été donné par Dieu
pour secourir les pécheurs qui sentent et détestent leur
péché, qui désirent sincèrement leur purification et leur
entier amendement, auxquels il ne manque que la force
de faire le bien, et non la bonne intention.

Je désire, mes Frères, qu'il y ait parmi nous le moins
possible de personnes pour lesquelles se trouve, dans nos
réflexions présentes, une condamnation. — Quant à celui
qui trouvera ici une condamnation pour lui, qu'il ne s'en
prenne pas à celui qui le condamne par devoir, mais
qu'il entende son avertissement plein de bienveillance,
et qu'il le fasse servir à son amendement ; et puisse ce
bien nous être donné à tous par la grâce du Seigneur
Dieu et notre Sauveur Jésus-Christ, et par les prières de
notre bienheureux Père Serge et de tous les saints. —
Ainsi soit-il.

19

SERMON

POUR LA FÊTE DE SAINT SERGE.

Rappelez-vous vos instituteurs qui vous ont prêché
la parole de Dieu, et, considérant quelle a été la fin de
leur vie, imitez leur foi.
— Hébr., xiii, 7. —

Voilà le commandement apostolique. Il semble qu'il
ne soit pas oublié parmi nous, et qu'il n'y reste pas sans
accomplissement. En effet, que signifient ce jour et cette
réunion, sinon que *nous nous rappelons*, par une commémoration solennelle, notre instituteur le bienheureux
Serge? Nous *considérons* religieusement *quelle a été la
fin de sa vie* quand nous fêtons le jour de la fin de sa
vie, et sa réapparition, après sa mort, au milieu des vivants, dans ses restes incorruptibles et miraculeux.

Pouvons-nous, comme complément à cela, nous féliciter aussi de ce que nous *imitons la foi* de nos instituteurs *qui nous ont prêché la parole de Dieu?* Oh! Si cela
était! Mais l'Apôtre même n'accordait pas à tous les
Chrétiens apostoliques cet éloge. Il rendait un haut témoignage à la foi des Chrétiens de Philippes, lorsqu'il
leur écrivait : *Il vous a été donné en Jésus-Christ, non-
seulement de croire en lui, mais encore de souffrir avec lui*
(Phil., i, 29). Mais en écrivant aux Chrétiens Hébreux, il

trouvait nécessaire de leur donner encore des préceptes et de les instruire à ce sujet. *Imitez*, dit-il, *leur foi*.

Avouons, nous aussi, mes Frères, que nous avons moins droit à des éloges pour notre foi, que besoin d'être instruits à imiter la foi des saints.

L'imitation est l'un des meilleurs moyens pour l'institution et la réforme de la vie et de l'activité sous tous les rapports. C'est un moyen non moins efficace que la parole de l'enseignement, quelquefois encore plus efficace, et quelquefois presque unique. L'imitation est plus ancienne que la parole de l'enseignement, et la parole elle-même se développe et se forme par le moyen de l'exemple. Une mère peut-elle expliquer scientifiquement à son jeune enfant par quels mouvements de la langue et des lèvres, par quelles aspirations il doit produire les différents sons pour prononcer les mots ? — L'enfant entend ces mots prononcés par sa mère, et, à mesure qu'il s'éveille à l'activité de la vie qui se développe en lui, activité qu'il ne peut ni trouver ni diriger lui-même, parce qu'il n'en est pas encore capable, il se sent porté à faire ce qu'il voit faire à sa mère; en un mot, il l'imite, entre autres choses, dans la prononciation des sons vocaux, et, après bien des tentatives et des essais renouvelés de plus en plus heureusement, — l'enfant sait parler.

Telle est la puissance de l'imitation implantée dans la nature même de l'homme. Avec l'âge, elle se trouve limitée et soumise par les autres facultés qui apparaissent, et par les autres forces qui se développent : le libre arbitre, l'instruction, la réflexion, l'invention. Cependant, la puissance de l'imitation reste toujours considérable, d'abord parce que se révélant plus tôt que les autres et

embrassant un grand nombre d'objets, elle est soutenue
et par l'habitude et par la nécessité; en second lieu, parce
que peu d'hommes sont suffisamment doués pour parvenir à une instruction supérieure, à l'investigation intellectuelle, à l'invention, tandis que tout le genre humain
est capable d'imitation ; en troisième lieu, parce que
l'investigation intellectuelle poursuit son objet dans le
domaine abstrait de l'imagination et de la mémoire, dans
les traits indéfinis des idées générales, tandis que l'imitation voit son objet existant dans la nature, sous les
traits déterminés et définis de la réalité, et que, par conséquent, la première, en transportant ses abstractions
dans la réalité, se trouve assez souvent embarrassée et
déroutée, tandis que la seconde fait plus facilement et
avec plus d'assurance ce qu'elle a déjà vu faire.

On peut apercevoir par là de quelle importance sont
pour la vie les modèles que l'homme imite et la manière
dont il les imite. S'il prenait la résolution de ne rien imiter, mais de tout inventer lui-même et d'agir toujours par
lui-même, dans quelle triste situation il se placerait, et
qu'il lui serait difficile d'en sortir! Par exemple, il mour-
rait de faim avant d'avoir découvert, dans l'immense
multiplicité des productions du règne végétal, le froment
ou le seigle, et d'avoir trouvé l'art compliqué de le culti-
ver, de le moissonner, de le battre, de le transformer en
farine et enfin en pain. Si, dans sa propension à imiter,
il tombe sur des modèles indignes et trompeurs, il devient naturellement un mauvaise copie d'un mauvais original, et souvent pour longtemps. Celui qui, dans sa jeunesse, a formé son écriture sur de mauvais modèles, écrit
ordinairement mal toute sa vie. Il y a même souvent de
mauvaises imitations d'un bon modèle, lorsque l'imita-

tion n'est pas attentive, réfléchie, persévérante. Si donc nous nous choisissons des modèles d'activité dignes quant à l'objet, parfaits ou du moins approchant de la perfection quant au mode et au degré d'exécution, et si nous les suivons avec attention, avec réflexion et avec persévérance, alors nous aussi, nous sommes dans une voie facile et sûre pour marcher vers la perfection.

Mais des réflexions touchant l'influence de l'imitation sur la vie naturelle et sur ses actes, ne sont-elles pas étrangères à l'étude de l'imitation des saints dans la vie spirituelle? — Réfléchissez. Si les lèvres de l'enfant n'apprennent pas autrement que par l'imitation à nommer son père et sa mère, pensez-vous qu'il soit beaucoup plus facile d'instruire votre cœur sans modèle, sans imitation, au hasard, non pas à produire des sons vocaux par la pulsation de l'air, mais à nommer et à invoquer, par l'impulsion de l'Esprit-Saint dans la foi, le Seigneur Jésus, à crier du fond de son abaissement vers le Père céleste : *Abba, Père?* Si, sans le secours de l'imitation, vous auriez de la peine à préparer et à employer le pain terrestre utilement pour le soutien de votre santé corporelle, pensez-vous que, sans un secours de ce genre, il ne vous serait pas difficile de vous procurer et de saisir utilement pour votre salut, des lèvres de la foi, le pain céleste qui donne une nouvelle vie à l'âme, qui, il est vrai, descend du ciel sans notre art et notre travail, mais dont l'usage est inaccoutumé et inconnu à la nature humaine, et que ceux qui le connaissent ne goûtent pas tous pour la vie éternelle, mais quelques-uns pour leur condamnation? Si ce n'est que par l'imitation persévérante d'un modèle, que vous avez appris à tracer des lettres mortes sur un papier corruptible, pensez-vous qu'il soit beaucoup plus simple d'apprendre sans modèle, sans imitation, au hasard, à tracer votre nom dans le livre incorruptible de vie, en caractères vivants, c'est-à-dire par les œuvres d'une foi vivante?

Nous cesserons du reste, si vous le voulez, de raisonner au gré de notre imagination et de nos conjectures. *Nous avons la parole plus certaine des prophètes et des apôtres.* Que dit-elle? — *Soyez les imitateurs de Dieu,* dit-elle par la bouche de saint Paul. Et le Verbe hypostatique incarné dit lui-même : *Soyez parfaits comme votre Père céleste est parfait.* Mais comment cela peut-il se faire? — Sans aucun doute, par l'imitation.

Ou bien l'élévation incommensurable de ce modèle proposé à votre imitation vous jette-t-elle dans la perplexité et la désespérance du succès? — C'est à tort. L'imitation n'exige pas que l'on égale le modèle. Vous pouvez ne choisir que quelques traits, les plus nécessaires pour vous et les plus à votre portée, une partie réduite de l'immense tableau, et, avec cela encore, l'imitation peut avoir son utilité, sa valeur et même sa perfection. Le Père céleste *fait luire son soleil sur les méchants et sur les bons, et pleuvoir sur les justes et sur les injustes* (Matth., v, 45). Voilà le premier modèle qui vous est offert, afin que vous en puissiez prendre la copie pour vous. Assurément tu ne peux pas allumer un autre soleil pour tel ou tel autre monde ; mais tu peux allumer la lumière d'une vérité salutaire dans l'esprit d'un ignorant, allumer une étincelle d'amour pour le bien dans un cœur endurci, ou autrement perverti, et voilà que tu es l'imitateur de Dieu, non-seulement faisant luire son soleil sur le monde visible, mais encore éclairant les âmes de sa lumière spirituelle. Il ne t'est pas donné de faire descendre la pluie du ciel, et d'arroser les champs des justes et des injustes, mais tu peux arroser d'une larme de compassion et d'amour le cœur desséché par la douleur de celui qui souffre innocemment, ou le cœur du pécheur consumé de repentir, et voilà que tu es l'imitateur de Dieu qui fait pleuvoir sur les justes et sur les injustes. Tu n'as pas le pouvoir, comme Dieu, de combler de bienfaits tous les bons et les méchants ; mais fais, ne fût-ce qu'à un seul homme que tu sais n'être pas bon pour toi, tout le bien que tu pourras, avec zèle, avec le sacrifice de toi-même, et cette seule action fera de toi un imitateur du Père céleste qui *fait luire son soleil sur les méchants et sur les bons, et pleuvoir sur les justes et sur les injustes.*

Mais pour rendre la hauteur du modèle divin plus facilement accessible au zèle de l'imitation, voyez ce qu'imagine encore le maître habile et indulgent qui nous enseigne l'imitation propre à nous sauver, saint Paul. Il nous présente comme une échelle pour nous élever, en disant : *Soyez mes imitateurs, comme je le suis de Jésus-Christ* (I Cor., xi, 1). Ce n'est plus maintenant dans les profondeurs élevées, invisibles, inaccessibles du ciel qu'il vous appelle à chercher le modèle de votre imitation, mais il l'abaisse pour vous sur la terre et vous le montre en Jésus-Christ, vrai Dieu, mais en même temps vrai homme, ayant pris sur lui notre nature, même notre infirmité, hormis le péché. Si cela ne suffit pas encore pour nous élever de notre abaissement à la hauteur voulue, notre guide descend encore plus bas, et se place lui-même encore plus près de nous, au degré d'élévation où nous devons atteindre : *Soyez mes imitateurs.* Moi, dit-il, homme soumis aux mêmes faiblesses que vous, — moi, autrefois blasphémateur et persécuteur de la foi, — vous pouvez m'imiter sans peine, vous, même pécheurs, car *je suis le premier d'entre les pé-cheurs.*

Si quelqu'un répondait à cela que les traits de la vie apostolique ne sont pas facilement applicables à l'état de son âme, aux circonstances de sa vie, l'Apôtre résout encore cette difficulté en donnant au précepte de l'imitation une plus large étendue : *Souvenez-vous de vos instituteurs,* — *imitez leur foi.* Dans la quantité de bons exemples donnés par les vrais instituteurs, il se découvrira, sans doute, quelques traits exemplaires pour vous, pour chacun, selon la situation particulière de l'âme, selon les circonstances particulières de la vie.

En nous commandant de *considérer* particulièrement *la fin de la vie* de nos instituteurs, l'Apôtre, ce semble, avait particulièrement en vue les exemples de fermeté dans la foi des martyrs, puisqu'il était particulièrement nécessaire de les rappeler pour fortifier les croyants dans ces temps calamiteux de l'Église. Mais si le commandement de l'Apôtre doit embrasser tous les temps de l'Église, et les besoins de tous et de chacun des croyants, il doit avoir aussi cette signification générale : Imitez la foi et la vie des saints. Et, en effet, pourquoi le Seigneur lui-même a-t-il éclairé le ciel de l'Église d'une telle quantité de saints glorieux, comme le ciel éthéré d'une multitude d'étoiles, — pour quelle autre raison, sinon pour que chacun de nous pût facilement recevoir d'eux, selon ses besoins, la lumière et la direction de son chemin vers le ciel?

Quelqu'un a-t-il devant soi la haute tâche de défendre la sainte foi contre l'incrédulité? — Qu'il se cherche un modèle et un guide convenable dans la vie et dans la parole d'instituteurs comme les grands Athanase et Basile, Grégoire le Théologien et Chrysostôme.

Quelqu'un a-t-il choisi le chemin de la vie solitaire et particulièrement consacrée à Dieu et à la prière? — Qu'il parcoure par la pensée, dans les livres et les traditions, les solitudes et les communautés spirituelles, et qu'il y considère, quoique de loin, les traces de héros non moins grands dans leur genre, tels que les Antoine, les Macaire, les Pacôme, les Éphrem, et beaucoup d'autres qui de siècle en siècle ont marché sur leurs pas, et enfin Serge qui, par la bonté de Dieu, se trouve encore si près de nous.

La Providence divine impose-t-elle à quelqu'un, comme épreuve de sa foi, les privations et le malheur? — Qu'il se fortifie par l'exemple de Job qui, dans les privations et les souffrances, n'a pas cessé de bénir le nom du Seigneur.

Quelqu'un est-il en peine de concilier avec la foi une vie comblée de richesse et d'abondance? — Qu'il considère Abraham, doux, condescendant, bienfaisant, soulageant les malheureux, hospitalier, recevant avec empressement les Anges et Dieu.

Quelqu'un fût-il tombé profondément dans les œuvres des passions et du vice, il a pour lui montrer l'espérance et le moyen de sortir du précipice, le larron sauvé sur la croix, Marie l'Égyptienne et beaucoup d'autres qui ont été sauvés après avoir été perdus, qui sont devenus saints après de grands déportements.

Je ne finirais pas ce discours si je voulais énumérer tous les exemples des saints, diversement édifiants et salutaires. Efforcez-vous, mes Frères, de rechercher et de remarquer particulièrement ceux d'entre eux qui sont le plus rapprochés de l'état de votre âme, des circonstances de votre vie. En les considérant attentivement, vous obtiendrez un double fruit : et une connaissance assurée du chemin qui vous doit conduire au salut, et un secours puissant pour le parcourir, celui des prières des saints, desquels vous vous rapprocherez par votre imitation et votre prière.

Mes Frères ! L'imitation est si naturelle à l'homme que nul de nous ne peut s'en dispenser. La différence est dans les objets et dans le zèle de l'imitation. — Qui impose les lois de la frivolité, du luxe, de l'intérêt, de la vanité ? — Personne. Comment donc s'enracinent et se propagent la frivolité, le luxe, l'intérêt, la vanité ? — Surtout par le moyen d'une imitation déraisonnable. Quelle puissance doit donc avoir l'imitation, quand elle s'attache à des objets légitimes et bénis ?

Réfléchissons, mes Frères, qu'il faut *être zélé pour le bien dans le bien* (Gal., iv, 18), et que, de même que l'exemple élevé élève l'imitateur, ainsi l'exemple bas l'abaisse. Ainsi donc, détournons nos yeux de la frivolité du monde, et attachons-les attentivement sur la vie des saints ; imitons leur foi sans tache, ferme, vive, agissant dans les œuvres, dans l'amour, dans la pratique du bien, afin que nous héritions aussi *de l'héritage des saints dans la lumière*, et que nous glorifiions éternellement avec eux le Père, le Fils et le Saint-Esprit. — Ainsi soit-il.

20

SERMON

EN MÉMOIRE DE SAINT SERGE, THAUMATURGE DE RADONÈJE

— 1811 —

> Toi donc, endure toutes les peines, comme un bon soldat de Jésus-Christ.
> — II Tim., ii, 3. —

Nous entendons souvent ici un chant sacré dans lequel l'Église, en louant saint Serge comme un *héros de vertus*, l'appelle en même temps *un vrai soldat de Jésus-Christ*, et, pour expliquer ces paroles, ajoute qu'il *a combattu contre ses passions*. — qu'il a résisté à ses passions et à ses désirs, et qu'il les a vaincus par la force de l'intelligence, par le secours de Dieu, par les armes propres au combat spirituel.

Dans quelle disposition devons-nous entendre l'éloge d'un *vrai soldat de Jésus-Christ?* Est-ce comme entendent souvent les éloges des guerriers et des vainqueurs, les gens qui n'ont jamais été et ne pensent pas devoir jamais être ni guerriers ni vainqueurs? Ou bien est-ce comme de jeunes soldats, qui viennent de commencer ou vont commencer le métier des armes, écoutent les éloges des guerriers et des vainqueurs qui ont longtemps combattu, afin d'apprendre leur art, d'exciter leur ardeur aux exploits de la guerre ?

La sainte Église, en célébrant les hauts faits et les vertus des saints, ne se préoccupe pas ordinairement d'ajouter à leur gloire céleste une gloire terrestre insignifiante et qui leur est inutile, mais de nous enseigner leurs exploits et de nous encourager à la vertu. Que nous apprend donc, et qu'exige de nous le modèle du vrai soldat de Jésus-Christ qui nous est mis sous les yeux ?

La représentation élogieuse d'un saint homme sous l'image d'un soldat du Christ, est empruntée, sans doute, à l'apôtre saint Paul, qui écrit dans son Épitre à Timothée : *Toi donc, endure toutes les peines, comme un bon soldat de Jésus-Christ*.

Timothée, auquel est donné cet enseignement, ou ce précepte d'endurer toutes les peines comme il appartient à un bon soldat de Jésus-Christ, était l'un des disciples de saint Paul, de qui il avait mérité une confiance particulière, et reçu la direction de l'Église d'Éphèse. Nous pouvons conclure de là que cet enseignement est digne d'être accepté même par les hommes d'une valeur supérieure. Mais il ne faut pas penser qu'il se rapportât exclusivement au seul personnage auquel était adressée l'Épitre, ou seulement aux personnages de la condition à laquelle il appartenait. Non : Il s'adresse plus ou moins à tout chrétien. On peut s'en convaincre par ces autres paroles du même apôtre au même Timothée, dans une autre Épitre : *Combats*, lui écrit-il, *selon les lois de la sainte milice, en conservant la foi et une bonne conscience* (1 Tim., 1, 18, 19). N'est-ce pas tout chrétien qui doit avoir la foi et une bonne conscience ? Mais comme l'Apôtre rapporte cela à la bonne manière de combattre, il est donc clair que tout chrétien est aussi obligé à cette bonne manière de combattre, et par conséquent à endurer toutes les peines, ainsi que saint Paul l'exige du bon soldat de Jésus-Christ.

Pour nous en mieux convaincre, rappelons encore l'enseignement du même Apôtre, qu'il adressait bien cette fois, non plus par l'exemple d'une seule personne, mais directement, à tous les Chrétiens. *Prenez*, dit-il, *toutes les armes de Dieu, afin que, fortifiés en tout, vous puissiez, au jour mauvais, résister et demeurer fermes. Tenez-vous donc prêts : que la vérité soit la ceinture de vos reins, et que la justice soit votre cuirasse, et que votre chaussure soit la disposition à aller prêcher l'Évangile de la paix. Servez-vous surtout du bouclier de la foi, pour pouvoir éteindre tous les traits enflammés de l'esprit malin. Prenez le casque du salut, et l'épée spirituelle qui est la parole de Dieu* (Éph., vi, 15-17). Vous voyez que l'Apôtre nous a tous inscrits au service dans l'armée du Christ, et qu'il distribue à tous des armes selon le genre de leur service.

Examinons d'un peu plus près ces armes, que l'Apôtre appelle *divines* parce qu'elles ne sont pas disposées par l'art et la puissance des hommes, mais qu'elles nous sont données par la grâce de Dieu.

Le guerrier porte une *ceinture* pour attacher ses vêtements et affermir son corps, et pouvoir ainsi agir plus énergiquement et plus librement. Votre ceinture doit être *la vérité*. Reconnaissez la vérité, ceignez de la vérité vos pensées, vos inclinations, vos désirs. Avec cette ceinture, vous pouvez agir spirituellement avec vigueur et liberté, sans être affaiblis — par la paresse, sans broncher — contre le scandale, sans être ébranlés — par les fausses doctrines, et sans tomber — dans le péché et le vice.

Le guerrier se revêt d'une *cuirasse*, pour que les armes de l'ennemi ne puissent pas le blesser, même si elles viennent à le frapper. Que votre cuirasse soit *la justice*, l'honnêteté, la vertu. Une conscience droite vous conservera invulnérables intérieurement, lors même que la calomnie ou l'injustice vous frapperaient extérieurement.

Le guerrier, en *se chaussant*, se prépare à marcher de pied ferme contre l'ennemi. Que votre chaussure soit la *disposition* à marcher, non pour attaquer et frapper, car ce n'est pas en cela que consiste votre guerre, mais pour *annoncer la paix*, — la paix de Jésus-Christ qui remporte la victoire dans toute dissension et dans toute guerre.

Le guerrier prend un *bouclier* pour ne laisser arriver à son corps aucun trait de l'ennemi. Contre vous aussi, un ennemi invisible dirige des traits aigus, pénétrants, enflammés et brûlants, — tantôt les traits plus invisibles des raisonnements et des doutes de l'impiété, enflammés par les passions et les désirs brûlants, tantôt les traits plus visibles des embûches, des outrages et même des persécutions des ennemis de la vérité et de la vertu. Mais si votre cœur est couvert du *bouclier de la foi*, les traits les plus aigus ne pourront le percer, et les plus brûlants s'éteindront sans lui faire aucun mal.

Le guerrier couvre sa tête d'un *casque* pour la garantir des blessures qui sont particulièrement dangereuses dans cette partie du corps. Garantissez aussi votre esprit *sous le casque du salut*, ou, selon l'expression plus complète de l'Apôtre dans une autre Épître, sous *le casque de l'espérance du salut* (I Thess., v, 8). Quelques difficultés ou quelques dangers que vous rencontriez, l'espérance en

Dieu ne doit jamais laisser arriver jusqu'à votre âme l'esprit d'abattement que pourrait suivre un désespoir mortel.

Le guerrier, en frappant l'ennemi avec *l'épée*, réduit à l'impuissance et sa force et ses armes. Ainsi, et plus victorieusement encore agit *l'épée spirituelle* qui est *la parole de Dieu*. Par cette arme, notre Guide Jésus-Christ lui-même a soutenu un combat qui doit nous servir d'exemple, et a remporté une victoire bienfaisante pour nous sur le chef du mal. *Il est écrit, lui dit-il, que l'homme ne vit pas seulement de pain. — Il est écrit : Tu ne tenteras pas le Seigneur ton Dieu. — Il est écrit : Tu adoreras le Seigneur ton Dieu, et tu ne serviras que lui seul* (Matth., iv, 4, 7, 10). Et l'ennemi, transpercé trois fois de l'épée spirituelle, quitta épuisé la place du combat. Arme-toi aussi, Chrétien, de l'épée spirituelle, de la parole de Dieu; tiens-la dans ta mémoire et dans ton cœur; exerce-toi à en diriger la pointe contre toute parole d'iniquité, et aucun mal ne sera invincible pour toi, aucune puissance de l'ennemi ne te sera redoutable, aucune de ses ruses impénétrable, et toutes ses armes seront brisées et rendues vaines.

Mais revenons au précepte de l'instituteur des soldats de Jésus-Christ, qui nous a fourni l'occasion d'examiner leurs armes.

Endure toutes les peines, dit-il, *comme un bon soldat de Jésus-Christ.* Que signifient ces mots : *Endure toutes les peines?* Cela veut-il dire : Impose-toi toi-même des souffrances, comme quelques-uns le font dans l'abondance de leur zèle, par la discipline, ou par d'autres exténuations contre nature, et même par la mutilation de leur corps? — Mais on sait que l'Apôtre n'approuvait pas ceux qui ne ménagent pas leur corps (Colos., ii, 25). Cela veut-il

dire : Faites-vous martyrs ? Mais on ne peut pas prescrire
cela absolument, parce que cela ne dépend pas de la volonté du soldat de Jésus-Christ.

La pensée de l'Apôtre renfermée dans ces mots : *Endure
toutes les peines* doit s'expliquer par l'allusion qu'il fait à
la pensée de *la guerre*. Par quoi se distingue le titre de
guerrier, et qu'est-ce qui lui donne sur les autres titres
un droit à la considération et à l'honneur? — Ce sont les
fatigues particulières, les privations, les hauts faits joints
avec la disposition de sacrifier sa vie à l'accomplissement
de son devoir. Voilà ce que l'Apôtre appelle, pour le soldat de Jésus-Christ, *endurer toutes les peines*.

Au milieu du repos des autres, le guerrier veille sous
ses armes. Il sacrifie son repos pour garantir sa sécurité,
pour ne pas être surpris par quelque machination impré-
vue de l'ennemi, ce qui augmenterait beaucoup le danger.
Il te faut aussi, soldat du Christ, veiller avec sollicitude à
la garde de ta foi et de ta bonne conscience, à la garde de
ton salut et du salut des autres. Pour s'être laissés aller
à l'assoupissement de l'insouciance et aux rêves de la
sensualité, des athlètes élus de la foi et de la vertu sont
tombés eux-mêmes, surpris à l'improviste et frappés par
les traits de l'esprit malin. Tu dois avoir sans cesse présent à la pensée, et mettre en pratique l'avis de ton guide:
Veillez et priez, afin que vous n'entriez pas en tentation
(Matth., xxvi, 41).

Le guerrier, soit dans les marches pénibles, soit dans les
luttes prolongées, doit supporter le froid, le mauvais
temps, la chaleur, la faim, la soif, la fatigue, la douleur,
et vaincre tout cela par la force d'esprit, sans quoi il ne
saurait mener à fin son entreprise, ni vaincre son ennemi.
Semblablement, le Chrétien doit savoir supporter les fati-

gues, les privations, les afflictions, pour accomplir ses exploits spirituels, pour remporter la victoire sur ses passions. Il ne doit pas autant satisfaire la faim et la soif des désirs sensuels, que les surmonter et les mortifier. Il doit renoncer aux plaisirs qui dissipent et affaiblissent l'esprit, et plus résolument encore à ceux qui blessent le sentiment moral et la conscience. Il doit supporter volontiers les afflictions, à commencer par l'affliction du repentir, pour vaincre la tentation, pour acquérir la vertu.

La disposition parfaite à sacrifier sa vie pour son Souverain, rend seule le guerrier intrépide et inébranlable dans le combat, capable de remporter la victoire, digne de la couronne. La disposition parfaite à tout sacrifier, quand cela est nécessaire, et même sa vie, pour son Souverain le Christ, pour conserver sa foi en lui, pour observer ses commandements, fait seule du chrétien *un bon soldat de Jésus-Christ*, capable de résister inébranlablement à ses ennemis visibles et invisibles, de vaincre tout ce qui s'oppose à lui, d'atteindre à la couronne incorruptible. C'est ce que signifient ces paroles de Jésus-Christ : *Celui qui perdra sa vie pour moi, la trouvera* (Matth., x, 39).

Si quelqu'un se plaignait que les principes chrétiens d'immolation de soi-même fussent sévères et pesants, je lui répondrais, en continuant l'allégorie de l'Apôtre : Comment donc les soldats d'un Souverain terrestre ne trouvent-ils pas trop pesant de se conduire par des principes semblables d'immolation d'eux-mêmes ? Il est beau et glorieux de tout sacrifier pour le Souverain et la Patrie ; mais le Roi du ciel et la Patrie céleste sont-ils moins dignes de nos sacrifices ? Au contraire, rien n'allège et ne favorise

I.

le sacrifice de soi-même au Souverain terrestre mieux que le sacrifice de soi-même au Roi du ciel, sacrifice qui est en possession de la promesse immuable de la vie éternelle et de la couronne immortelle. *Celui qui perdra sa vie pour moi, la trouvera.*

Si les principes d'immolation de soi-même pour la foi et la vertu sont pesants, trouvez-m'en d'autres — qui soient légers ; donnez-moi une vertu qui ne soit pas difficile, et je vous ferai juges de sa valeur. Si le guerrier n'a pas supporté les fatigues de la guerre, s'il n'a pas affronté la mort face à face dans le combat, donnerez-vous des éloges à sa fermeté et à son courage? Si le chrétien n'a pas résisté à la tentation avec une ferme disposition à tout souffrir plutôt que de trahir son nom, comment lui reconnaitrez-vous la forte et haute vertu chrétienne? Comment trouverez-vous la patience chez celui qui n'a supporté ni afflictions ni malheurs?

Comprenons donc que les peines, les privations, le sacrifice de soi-même, constituent l'excellence et une sorte de nécessité de la vertu, en partie pour qu'elle puisse avoir son mérite, son élévation, son droit à l'honneur et à la récompense, en partie même pour qu'elle puisse être la vertu. Ainsi, sans aucun doute, pensait l'Apôtre sur la foi même, quand il regardait comme un *signe* particulier *du salut*, dans quelques chrétiens, qu'il leur eût été donné en Jésus-Christ, *non-seulement de croire en lui, mais encore de souffrir pour lui* (Phil., I, 29).

Mes Frères! le don de souffrir parfaitement et de mourir pour Jésus-Christ et pour sa foi, est un don élevé réservé aux âmes élevées. Efforçons-nous d'obtenir que les degrés même les moins élevés de ce don ne nous soient pas étrangers. Quand nous nous trouvons en face d'un acte de foi, d'une œuvre de justice, mais que, pour les accomplir, il nous faut faire des efforts pénibles, ou supporter des privations, ou nous exposer aux contradictions des gens indifférents pour la foi, aux poursuites des ennemis de la vérité, ne balançons pas à choisir une difficile élévation d'esprit de préférence à une bassesse facile. Encourageons-nous par l'exhortation de l'Apôtre : *Toi donc, endure toutes les peines comme un bon soldat de Jésus-Christ*. Au prix de notre propre repos, de notre intérêt, de nos plaisirs, de notre sécurité, accomplissons les exploits de la foi, de la justice, de la vertu, — et nous obtiendrons certainement la couronne de justice que donnera le Seigneur, juste Juge, à tous ceux qui l'auront aimé ! — Ainsi soit-il.

21

SERMON

POUR LA FÊTE DES MILICES DU SAINT ARCHISTRATÈGE MICHEL,

Prononcé dans l'église cathédrale des Archanges, en 1821.

> Tous les anges ne sont-ils pas des esprits serviteurs, envoyés pour leur ministère en faveur de ceux qui veulent hériter le salut?
> — Hébr., I, 14. —

Une assemblée terrestre s'est réunie solennellement aujourd'hui pour rendre hommage à l'Assemblée céleste:

une assemblée d'hommes s'est réunie pour chanter les
louanges de l'Assemblée des anges. Pourquoi? *Ne sont-ils
pas tous*, dit l'Apôtre en expliquant la haute prééminence
du Fils de Dieu sur les anges, *ne sont-ils pas tous des esprits serviteurs?* Pourquoi donc l'Église, qui exprime souvent le désir de servir Dieu et de glorifier sa bonté avec
les anges, reste-t-elle maintenant, pour ainsi parler, en
arrière d'eux, et accomplit-elle une sorte de service en
l'honneur d'eux-mêmes? Ceci exige d'autant plus un
examen que l'ancienne loi elle-même, *ordonnée par les
anges* (Gal., III, 19), ne présente aucune institution solennelle en l'honneur des anges.

Le fondement le plus ordinaire des institutions saintes,
— en disant cela, nous n'ébranlons nullement les autres
fondements, profonds et mystérieux, — le fondement le
plus ordinaire, dis-je, des institutions de l'Église, c'est
un pieux souvenir. *Souvenez-vous du jour du sabbat* (Ex.,
XX, 8), dit le Commandement; *Ce jour vous sera un monument* (Ex., XII, 14), dit la loi de la Pâque; *Faites cela en
mémoire de moi* (Luc, XXII, 19), dit Jésus-Christ lui-même,
en instituant le mystère de son Corps et de son Sang. La
loi ancienne n'a pas pu établir sur ce fondement une institution ecclésiastique particulière en l'honneur des saints
anges, dans des temps où les hommes étaient enclins à
rendre les honneurs divins à des forces serviles, et lorsqu'il était par-dessus tout nécessaire de leur rappeler le
culte dû au Dieu unique. Aujourd'hui, sous la loi de Jésus-Christ, les temps sont tout différents. L'unité de Dieu
éclaire les esprits comme le soleil; mais, de même que
les étoiles ne sont pas visibles auprès du soleil, ainsi, en
présence de la grande pensée de la Lumière incréée, qui
préoccupe uniquement les esprits, quelques-uns ne re-

marquent déjà plus les lumières créées qui, malgré leur petitesse auprès de la première, sont cependant pures et bienfaisantes; — ils ne remarquent plus *les esprits serviteurs, envoyés* par Dieu *pour* remplir *leur ministère en faveur de ceux qui doivent hériter du salut;* mais en ne les remarquant pas, ils s'éloignent de leur société et de leurs secours bienfaisants. C'est pour ces temps que l'Église a institué, avec perspicacité et sagesse, des solennités en l'honneur de l'assemblée des Puissances célestes, afin que nous eussions, faibles êtres terrestres, un souvenir instructif de ces aides de notre salut.

Il est étonnant que l'oubli des Puissances célestes aille, chez quelques chrétiens, jusque-là qu'ils doutent même de l'existence du monde invisible. Si nous n'en avions pas un témoignage dans le livre de la Révélation, nous pourrions le trouver dans le livre de la nature. Dans tout ce qui est visible, est écrit un témoignage de l'invisible. L'apôtre Paul dit que *le Dieu invisible, son éternelle puissance et sa divinité, sont visibles, depuis la création du monde, par la considération des créatures* (Rom., 1, 20); mais comme tout ce qui est visible ne peut pas être attribué immédiatement à la puissance invisible de Dieu, il en résulte qu'en se fondant sur les paroles de l'Apôtre, on peut voir le monde invisible, au travers du monde des formes passagères — le monde des forces constantes au moyen desquelles la force toute-puissante de Dieu soutient, *porte* (Hébr., 1, 3), meut, dirige et conserve tout ce qui est visible. Regardez l'arbre ou l'herbe : ce que vous voyez ne peut que se flétrir, se dessécher et se détruire ; mais ce qui produit la verdure, la croissance, la fleur et le fruit, n'est-il pas invisible? Considérez-vous vous-mêmes : ce qui, en vous, sent, désire, pense, n'est-il pas invisible? Observez la progression, semblable à une échelle, des créatures, qui sont d'autant plus parfaites les unes que les autres que l'action de l'invisible s'y manifeste davantage; commencez par la terre et la pierre, dans lesquelles l'invisible est complètement enseveli, montez l'échelle des créatures visibles jusqu'à l'homme, dans lequel l'invisible peut déjà dominer; n'est-il pas naturel de supposer au-dessus de ce degré des créatures dans lesquelles le visible est complètement absorbé, — des êtres purement invisibles, spirituels?

Il est vrai, dans la situation obscurcie actuelle de l'homme et du monde, la lumière du monde invisible n'apparaît que confusément au travers des formes des objets visibles. Mais en revanche, dans le livre de la Révélation, l'œil purifié par la foi distingue clairement, non-seulement l'existence du monde invisible, mais sa proximité et son union étroite avec le visible. Là, un chérubin garde le chemin de l'arbre de vie (Gen., III, 24); ici un ange console Agar désespérée (Gen., XVI, 7-12); ailleurs des anges s'arrêtent avec le Seigneur chez Abraham (Gen., XVIII); des anges sauvent Loth de la destruction de Sodome (Gen., XIX); un ange sauve la vie à Ismaël mourant de soif (Gen., XXI, 17-19); un ange, — et, peut-être, plus qu'un ange en réalité, mais enfin un ange, selon l'apparence et le nom que lui donne le saint livre de la Genèse, — retient la main d'Abraham levée pour immoler Isaac, et le comble de bénédictions (Gen., XXII, 15, 17); Abraham promet un ange pour guide à son serviteur (Gen., XXIV, 7), et ce serviteur est merveilleusement conduit à la découverte de Rébecca. Jacob, tantôt voit en songe une multitude d'anges montant par une échelle vers le ciel et en descendant vers la terre (Gen., XXVIII,

12), tantôt, tout éveillé, rencontre une armée d'anges (Gen., xxxii, 1). Un ange apparaît à Moïse dans un buisson ardent (Ex., iii, 2), pour le préparer à conduire les Israélites hors de l'Égypte. Un ange précède les Israélites dans la colonne lumineuse et ténébreuse, pour les conduire hors de l'Égypte, les protège contre les Égyptiens qui les poursuivent (Ex., xiv, 19), les accompagne à travers la mer Rouge, et voyage quarante ans, sans interruption, avec eux dans le désert. Les Israélites *reçoivent la loi de Moïse par le ministère des anges* (Act. des Ap., vii, 55). *L'archistratège de l'armée du Seigneur* apparaît à Josué (Jos., v, 14), et dirige la prise miraculeuse de Jéricho. Un ange, remplissant le ministère de prophète, parle aux Israélites, et le peuple, pleurant à cause de ses paroles, marque le lieu de cette apparition du nom de *Pleurs* (Jug., ii, 1-6); un ange appelle Gédéon à délivrer les Israélites de la servitude (Jug., vi, 11); un ange visite deux fois les parents de Samson, leur prédit sa naissance extraordinaire, et enseigne à la mère à conserver par l'abstinence le fruit de son sein (Jug., xiii). Un ange frappe les Jérosolymitains à cause de la vanité de David (II Règ., xxiv, 16), et les Assyriens à cause de l'orgueil de Sennachérib (IV Règ., xix, 55). Le prophète Élie est plus d'une fois dirigé, dans ses actions, par un ange (III Règ., xix, 5; IV Règ., i, 15); Élisée montre à son serviteur une foule d'anges sous la forme d'une armée protectrice (IV Règ., vi, 17). Isaïe voit des séraphins entourant le trône du Seigneur, et reçoit de l'un d'eux la purification du feu (Is., vi); Ézéchiel contemple, au milieu des cieux ouverts, quatre animaux portant Dieu, et des roues animées (Ézéch., i); Daniel voit *mille millions servant l'Ancien des jours, et dix mille millions assistant devant lui* (Dan., vii,

10); une fois il rencontre un ange gardien, et peut-être plus qu'un ange, dans la fournaise ardente (Dan., III, 92); une autre fois, dans la fosse aux lions (Dan., VI, 22); une autre fois, Gabriel *vole* vers lui, et le *touche*, et lui explique la vision (Dan., IX, 21); une autre fois, dans ses révélations, il entend parler de *Michel, un des premiers princes* célestes, et *prince* de son peuple (Dan., X, 13, 21). Zacharie, outre qu'il voit et entend les anges, sent souvent *un ange parlant en lui* (Zach., I, 14). O Seigneur des armées! Quelles réunions, en vérité, d'armées célestes tu rassembles pour les habitants de la terre! *Comme tu armes merveilleusement tes anges autour de ceux qui te craignent* (Ps. XXXIII, 8)! Dans quelle union d'amitié, dans quelle unité tu joins les esprits angéliques et les esprits humains!

Quelques-uns penseront peut-être que les temps anciens seuls, ces temps d'ombres et de figures, furent soumis aux anges, de même que les étoiles visibles sont placées pour la domination de la nuit. Voyons. Ouvrons le Nouveau Testament. Voici que se lève le Soleil des esprits; voici apparaître le Roi de la révélation, Jésus-Christ. Eh bien! Les étoiles doivent-elles disparaître? Les esprits serviteurs de la Lumière doivent-ils s'éloigner? Ou bien la présence du soleil, sans annuler les étoiles, ne fera-t-elle que les rendre moins éclatantes? Ou bien, même en présence du Roi, les serviteurs royaux prépareront-ils et faciliteront-ils l'accès vers lui? Mais pourquoi le demander? Le Roi lui-même proclame ce qui doit arriver : *Dès ce moment, vous verrez le ciel ouvert, et les anges de Dieu montant et descendant vers le Fils de l'homme* (Jean, I, 51): et en effet, nous voyons un ange annonçant la conception, dans un sein infécond, du Précurseur

(Luc, i, 11), et la conception immaculée du Sauveur (Luc, i, 26); une armée entière d'anges chantant la gloire de la naissance du Sauveur (Luc, ii, 13); un ange dissipant le doute de Joseph (Matth., i, 20) et préparant la sécurité de l'Enfant Jésus, contre ceux qui en veulent à sa vie (Matth., ii, 13); des anges servant Jésus après sa tentation dans le désert (Matth., iv, 11); des anges attachés en propre à chaque enfant, *qui voient sans cesse le Père céleste* (Matth., xviii, 10); plus de douze légions d'anges prêtes à s'armer pour Jésus contre les Juifs (Matth., xxvi, 53); un ange apparaissant pour le fortifier dans sa lutte de Gethsémani (Luc, xxii, 43); des anges ouvrant son sépulcre (Matth., xxviii, 2), et proclamant sa résurrection (Jean, xx, 12); des anges accompagnant son ascension et annonçant son second avenement (Act., i, 10, 11); des anges faisant tomber les chaines (Act., xii, 7) et ouvrant les prisons des apôtres (Act., v, 19); enfin un ange apparaissant à Corneille à peine échappé aux ténèbres de l'idolâtrie, pour lui montrer l'entrée de l'Église chrétienne (Act., x, 5-6).

Chrétiens! Jésus-Christ, selon l'expression de Jean le Théologien, est *le Saint, le Véritable, qui a la clef de David, qui ouvre, et personne ne ferme* (Apoc., iii, 7). Et ainsi, s'il a ouvert le ciel, qui donc osera le fermer? Ou bien qui osera dire que ce n'est plus aujourd'hui le temps de voir les anges de Dieu, montant et descendant selon la volonté du Fils de l'homme? *Ne sont-ils pas tous des esprits serviteurs, envoyés pour leur ministère en faveur de ceux qui veulent hériter du salut?* Qui donc, aujourd'hui même, peut affirmer qu'ils n'ont plus rien à faire, et que nous sommes sans assistance?

Mais plus nous sommes indubitablement persuadés que

les saints anges sont près de nous et prêts à nous assister, plus nous devons mettre de sollicitude à rechercher
pourquoi, de nos jours, on entend si peu parler de cette
assistance, et l'on croit encore moins à ce que l'on en
entend dire. Ou il n'y a pas d'anges près de nous, ou
bien nous ne les remarquons pas, ou bien nous les éloignons de nous. Qu'il n'y en ait pas, cela n'est pas vrai,
comme nous l'avons vu. Par conséquent, la vérité est que
nous ne les remarquons pas, ou même que nous les
éloignons de nous.

De même que dans leurs apparitions visibles, les saints
anges ont souvent été pris par les hommes pour des
hommes semblables à eux, ainsi il peut facilement arriver que l'homme prenne aussi leurs actions invisibles
pour les siennes propres, ou pour des actions ordinaires
et naturelles. N'arrive-t-il pas, par exemple, qu'au milieu d'un doute ou d'une certaine inertie de l'esprit,
brille tout à coup à notre pensée, comme un éclair, une
idée pure, sainte et salutaire; que dans un cœur agité ou
froid, soudain s'établisse le calme, ou s'allume la flamme
céleste de l'amour de Dieu? Si tout phénomène atteste,
dans son genre, la présence d'une force efficiente, ces
phénomènes intérieurs de notre âme n'attestent-ils pas
la présence de Puissances célestes qui jettent, par amour
de l'humanité, leurs rayons dans notre esprit et leurs
étincelles dans notre cœur? Ne sont-ce pas là des actions
des anges qui, selon l'expression du prophète Zacharie,
parlent en nous? Quel malheur digne de compassion, si
nous ne remarquons pas cette assistance des anges! Car,
ne la remarquant pas, nous ne la recevons pas comme il
conviendrait, et nous n'en profitons pas; n'en profitant
pas, nous sommes ingrats et coupables, nous ne nous

préparons pas à d'autres visites semblables, et, de cette manière, nous éloignons même de nous nos gardiens.

Si nous, hommes, nous nous éloignons des hommes dont les dispositions sont contraires à nos dispositions ; si l'instituteur renonce enfin à l'écolier qui ne prête pas l'oreille à ses instructions, ou le gouverneur à l'élève qui repousse sa direction ; si le père lui-même éloigne de lui le fils insoumis, comment les saints anges ne s'éloigneraient-ils pas à la fin de nous, lorsque nous n'écoutons pas leurs inspirations salutaires, et que nous laissons infructueux pour nous leur ministère ? Comment les Puissances célestes ne s'éloigneraient-elles pas de nous, quand nous ne sommes adonnés qu'à ce qui est terrestre ? Comment les esprits purs ne s'éloigneraient-ils pas, quand nous vivons dans les impuretés de la chair ? Comment les anges de Dieu ne s'éloigneraient-ils pas, quand nous avons sans cesse dans nos pensées et nos désirs, non pas Dieu et son Christ, mais le monde et nous-mêmes ?

Enfants de l'Église ! Enfants de Dieu ! conduisons-nous comme des enfants d'obéissance. N'entendons-nous pas notre Mère demander chaque jour pour nous à notre Seigneur et notre Père *l'ange de paix, le fidèle instituteur, le gardien de nos âmes et de nos corps ?* Ne repoussons pas les biens qu'elle fait tant d'efforts pour nous procurer. Méprisons ce qui est terrestre, et rapprochons-nous de ce qui est céleste. Purifions nos sens, et portons nos regards au-dessus de ce qui est sensuel. Chassons de notre âme les désirs charnels et les pensées frivoles, et alors les Puissances incorporelles la visiteront, et elles nous conduiront avec elles *de vertu en vertu,* jusqu'à ce qu'enfin lui-même *apparaisse le Seigneur Dieu dans la Sion* de

I.

29

notre esprit (Ps. LXXXIII, 8), et qu'il s'y *fasse une demeure* (Jean, XIV, 23). — Ainsi soit-il.

22

SERMON

POUR LA FÊTE DES MILICES DU SAINT ARCHISTRATÈGUE MICHEL

> Ne sont-ils pas tous des esprits serviteurs, envoyés pour leur ministère en faveur de ceux qui veulent hériter du salut?
>
> — Hébr., 1, 14. —

C'est en l'honneur de l'Assemblée des esprits incorporels et célestes que s'est réunie ici aujourd'hui cette assemblée religieuse, corporelle, et cependant spirituelle aussi. Rapprochement merveilleux, possible à la foi seule, du terrestre avec le céleste, du visible avec l'invisible. Les anges sont au ciel, nous sommes sur la terre, et cependant nous les fêtons comme si nous les avions avec nous. Ils sont invisibles pour nous; sans aucun doute, nous ne sommes pas toujours visibles pour eux, puisqu'ils ne sont ni omniprésents ni omnivoyants; cependant nous les fêtons comme s'ils étaient devant nos yeux, comme si nous étions devant leurs yeux. En effet, il serait étrange et inutile de leur préparer une fête, de leur adresser des paroles de louange et de prière, s'ils ne

le voyaient pas, ne l'entendaient pas et ne le savaient pas.
Ainsi, la fête présente nous est une preuve que la sainte
Église est persuadée que nous sommes en communication
rapprochée, Chrétiens, avec les anges. Mais dans quelle
relation se trouvent-ils donc avec nous? Dans quelle relation devons-nous nous trouver avec eux?

L'expression principale et commune des relations des
anges avec les hommes se trouve dans ces paroles de
l'apôtre Paul : *Ne sont-ils pas tous des esprits serviteurs,
envoyés pour leur ministère en faveur de ceux qui veulent
hériter du salut?* L'Apôtre nous enseigne, dans ces paroles,
trois points dignes d'être remarqués : le premier, que les
anges sont des *esprits serviteurs*, quand même, selon le
genre de leur service, ils s'appellent aussi quelquefois
puissances et *dominations*, et *fils de Dieu* selon la grâce,
et que, par conséquent, il ne faut en aucune façon confondre leur dignité avec la dignité suprême de Jésus-
Christ, Fils de Dieu par essence, consubstantiel et égal à
Dieu le Père, vrai Dieu et Seigneur tout-puissant ; le second, que, quoique les anges vivent au ciel, ils sont
cependant *envoyés* par Dieu, *pour leur service*, même sur la
terre; le troisième, que Dieu destine particulièrement le
service des anges à l'utilité de ceux d'entre les hommes
qu'il prévoit capables, par leur foi et leur vie vertueuse
ou corrigée par le repentir, d'*hériter du salut* et de la
félicité éternelle.

Mais si nous voulons savoir un peu plus en détail de
quelle manière les anges accomplissent leur service en
faveur de ceux qui veulent hériter du salut, saint Jean
Damascène nous dira ce qu'il a appris de saint Denys
l'Aréopagite et de saint Grégoire le Théologien, que les
anges *veillent à la garde des différentes parties de la terre.*

qu'ils intercèdent pour les peuples et les contrées, et selon la destination qu'ils ont reçue du Créateur, dirigent nos intérêts et nous aident, cependant de toute manière selon la volonté et l'ordre de Dieu, comme étant plus élevés que nous et se tenant toujours devant Dieu (Théol., Liv. II, ch. III).

Dans la révélation de saint Jean, nous voyons un ange *ayant pouvoir sur le feu* (XIV, 18), *un ange des eaux* (XVI, 5), *quatre anges se tenant debout aux quatre coins de la terre, retenant les quatre vents de la terre* (VII, 1). Ainsi, il y a des anges auxquels sont confiées la garde et la bonne direction de certaines parties et de certaines forces du monde des éléments. Et il est facile de comprendre combien cela est sage. En effet, si la longanimité de Dieu permet quelquefois au démon même d'agir sur les éléments, comme il lui fut permis d'exciter le feu dans l'air pour brûler les brebis et les pasteurs de Job, et de soulever la tempête pour renverser sa maison et faire périr ses enfants, combien plus n'est-il pas convenable et avantageux que les bons anges aient un pouvoir sur les éléments, afin d'en diriger l'action pour la conservation et le bien des hommes, et afin de repousser et d'anéantir les efforts furieux du destructeur.

Dans les visions du prophète Daniel, nous voyons un envoyé céleste qui vient lui annoncer l'exploit céleste qu'il a accompli (sans doute par la prière) en faveur du sort du peuple Hébreu, et qui ajoute : *Et voilà que Michel, l'un d'entre les premiers chefs, est venu à mon secours ;* et plus loin : *il n'y a pas un seul qui m'aide dans ces choses, sinon Michel votre prince* (x, 13, 21). Et ainsi, il y a des anges gardiens et des protecteurs célestes des peuples et des empires.

Enfin, — et c'est ce qui doit toucher de plus près chacun

de nous, — il y a des anges gardiens de chacun des hommes qui appartiennent au royaume de la grâce de Dieu. Nous pouvons déduire cela des paroles de Jésus-Christ lui-même : *Prenez garde de mépriser un de ces petits, car je vous dis que leurs anges, dans le ciel, voient toujours la face de mon Père céleste* (Matth., XVIII, 10). La force de ces paroles consiste en ce que le Seigneur, en recommandant de ne pas mépriser les enfants, appelle l'attention sur l'exemple des anges qui, quoiqu'*ils voient toujours la face du Père céleste* dans la gloire céleste, ne croient cependant pas indigne d'eux de prendre soin des petits enfants des hommes, et de s'appeler *leurs* anges. Si donc, de cette manière, pour les petits enfants, dont les forces et les facultés spirituelles ne sont pas encore assez développées pour qu'ils aient une activité propre, et qui, par conséquent, sont, moins que les hommes, exposés aux tentations, il n'a pas été jugé superflu qu'ils aient leurs anges, il en faut conclure à plus forte raison que les hommes eux-mêmes ne sont pas exclus de cette disposition, eux qui sont plus tentés, qui, par conséquent, ont plus besoin de secours spirituel, et, grâce au plus haut développement de leurs forces spirituelles, sont plus susceptibles des communications spirituelles. L'Église orthodoxe est si fortement convaincue de la nécessité de ce service des anges pour chacun de ceux qui veulent hériter du salut, qu'elle demande chaque jour plusieurs fois, pour nous, à Dieu, *l'ange de paix, le fidèle instituteur, le gardien de nos âmes et de nos corps.*

En examinant attentivement cette prière de l'Église, non-seulement nous reconnaîtrons dans quel rapport les anges se trouvent avec nous (c'est-à-dire que, mystérieusement ou manifestement, ils nous instruisent, gardent notre âme et notre corps), mais encore nous y apprendrons en partie dans quel rapport nous devons nous trouver avec eux.

Après avoir entendu l'Apôtre dire que les anges sont *des esprits serviteurs, envoyés pour leur ministère en faveur de ceux qui veulent hériter du salut,* tu pourrais être trop rassuré sur ton propre compte, et t'endormir dans la confiance en ces gardiens toujours prêts à te protéger : c'est pourquoi l'Église envoie souvent vers toi le serviteur de la prière, pour t'exciter à demander à Dieu son envoyé pour te garder : *Demandons au Seigneur l'ange — gardien !*

Mais quelle nécessité, diras-tu peut-être, de demander un ange pour nous, quand le soin de garder les hommes est la destination de tous les anges, d'après les immuables desseins de Dieu ? Quelle nécessité de demander pour nous un ange gardien, quand il est donné même aux enfants qui ne sont pas même capables de le demander ? — Questions quelque peu téméraires, puisque ce doit être assez de l'ordre de l'Église pour que nous fassions cette prière avec la conviction de sa nécessité et de son utilité. Mais je ne recule pas devant la témérité de la question, afin de trouver un enseignement dans la réponse.

Je réponds donc. L'ange est le serviteur de Dieu, et non le tien ; oseras-tu donc attendre qu'il vienne à toi comme un esclave au service duquel on ne prend pas garde, et non comme un envoyé au devant duquel on va et que l'on reçoit avec honneur ? Or, comment iras-tu à la rencontre de l'envoyé du ciel, si ce n'est en élevant ton esprit et ton cœur vers le ciel au moyen de la prière ? *Je suis venu à tes paroles,* dit l'envoyé céleste au prophète Daniel (x, 12), — sans aucun doute, aux paroles de sa prière : par sa prière, Daniel a frayé la voie, a dressé l'échelle par laquelle l'envoyé céleste est descendu vers lui. Mais si tu ne fraies pas cette voie à l'ange, si le fidèle serviteur de Dieu te voit présenter à son Seigneur le dos et non le visage, prends garde : il est certain que sa sainteté même exige qu'il ait plus de zèle pour la gloire de son Seigneur que pour toi ; il n'y aura rien d'étonnant s'il se fâche, s'éloigne de toi et retire de toi son aile prête à te couvrir. Si tu ne veux pas que cela arrive, sois assidu et attentif, et à la prière en général, et en particulier à celle par laquelle l'Église t'engage à solliciter de Dieu le secours de l'ange gardien.

L'ange gardien est donné aux enfants quoiqu'ils ne le demandent pas, à cause de leur impuissance. Penses-tu qu'il doive t'être envoyé de la même manière, à toi qui ne le demandes pas, à cause de ta paresse? L'âme de l'enfant, purifiée par le baptème, exempte de la souillure du péché volontaire, par son innocence, par sa simplicité, par sa candeur, présente une certaine parité avec la nature angélique, et, par conséquent, non-seulement n'oppose aucun obstacle à l'approche de l'ange gardien, mais l'attire même peut-être. Nous, à notre âge, avons-nous conservé notre âme dans cet état de parité avec l'ange? N'éloignons-nous pas de nous la pureté angélique par la souillure de nos péchés? Car, de même que les abeilles s'éloignent des lieux infectés d'une mauvaise odeur, ainsi les anges s'éloignent de là où s'est répandue l'infection du péché. Est-il donc étonnant que l'on nous invite si souvent à demander pour nous l'ange gardien comme une nouvelle faveur de Dieu, quoique nous l'ayons reçu dès les fonts baptismaux?

Après tout ce que nous avons dit, il n'est pas difficile

de comprendre maintenant ce qui, outre la prière, est encore nécessaire de notre côté par rapport aux saints anges, à savoir, de nous efforcer d'obtenir leur amitié, en nous purifiant du péché et en mettant tout notre zèle à sanctifier notre vie.

Quelle union entre la lumière et les ténèbres (II Cor., VI, 14)? demande l'Apôtre, exprimant ainsi la loi des communications spirituelles. Par conséquent, quelle union est possible à un ange de lumière avec des hommes de ténèbres et de péché? Quelle union est possible à un esprit pur avec des hommes embourbés volontairement dans les impuretés de la chair? Quelle union est possible à un ange bon et saint avec des hommes dans lesquels la vertu est étouffée par les passions, qui regardent la sainteté comme une qualité qui n'est pas faite pour eux?

Prépare-toi à l'union avec les anges par la prière, et au moins par un désir sincère de la purification et de la sanctification du cœur et de la vie, et sois persuadé que le Seigneur *commandera à son ange de te garder dans toutes tes voies* (Ps. XC, 11), c'est-à-dire dans toutes les circonstances de la vie temporelle, et surtout dans la voie du salut éternel. — Ainsi soit-il.

22

SERMON

POUR LA FÊTE DE SAINT NICON,

ABBÉ DE RADONÈJE

> Car la légère affliction que nous supportons au-
> jourd'hui, par une augmentation extraordinaire en
> prospérité et en vertu, produit pour nous un poids
> de gloire éternelle, et nous ne considérons pas les
> choses visibles, mais les invisibles : car les choses
> visibles sont passagères, mais les invisibles sont éter-
> nelles.
>
> — II Cor., IV, 17, 18. —

Supporter légèrement l'affliction, faire de grands progrès dans la vertu, espérer une gloire éternelle, — que
peut désirer de plus l'homme dans une vie où l'affliction
est inévitable, la vertu difficile, le bonheur inespéré?
Telles sont cependant les prérogatives dont l'Apôtre s'attribue sans hésiter la possession dans la vie présente :
*Car la légère affliction que nous supportons aujourd'hui, par
une augmentation extraordinaire en prospérité et en vertu,
produit pour nous un poids de gloire éternelle.*

Soyons donc attentifs au moyen par lequel s'acquièrent
ces prérogatives de la vie. Comment l'*affliction* est-elle
légère même pour vous qui, de votre propre aveu, êtes
en tout *affligés, rebutés, persécutés, maltraités, et, toujours
vivants, livrés à la mort* (II Cor., IV, 8, 11)? Comment cette
affliction *augmente-t-elle extraordinairement* votre prospé-

rité, comment *produit-elle* pour vous *un poids de gloire éternelle ?* — Ils répondent : *Si nous ne considérons pas les choses visibles, mais les invisibles.* Le secret consiste en ce que nous ne considérons pas le visible, mais que nous considérons l'invisible.

Ainsi, ne pas considérer le visible, mais considérer l'invisible, — voilà en quoi consiste le moyen puissant de combattre l'affliction, d'acquérir la vertu, la félicité.

Si, pour déterminer le remède, il est utile de remonter au principe de la maladie, il n'est pas inutile de remarquer ici que le principe premier et général de la maladie générale de l'humanité, le principe de toute imperfection et de toute souffrance, ou autrement, le principe de tout péché et de tout châtiment de l'homme, c'est la pensée fausse de l'esprit et la détermination désordonnée de la volonté de ne plus considérer l'invisible, mais de ne considérer que le visible. Quelle autre chose appelle-t-on *la chute* de l'homme qui, même dans l'état de chute, reste sur ses pieds, n'étant pas, comme le serpent, condamné à ramper sur son ventre, — quelle autre chose, dis-je, appelle-t-on la chute de l'homme, sinon que son esprit, sa volonté, son activité se sont détournés, se sont éloignés, sont tombés de Dieu à la créature, du céleste au terrestre, de l'invisible au visible? Voyez comment décrit cela le livre de la Genèse : *La femme vit que le fruit de l'arbre était bon à manger, et qu'il était agréable à ses yeux de le voir* (III, 6). Au lieu de porter diligemment son attention vers le Dieu invisible qui lui avait commandé de ne pas manger du fruit de cet arbre, de porter son attention vers le ciel invisible où était préparée la récompense éternelle de l'accomplissement du commandement de Dieu, de porter son attention vers la mort, qu'elle n'avait pas encore vue, mais qui lui avait déjà été indiquée, qui devait suivre inévitablement l'infraction du commandement, — au lieu de tout ce qui est invisible, la femme ne regarde que la beauté visible du fruit défendu, et s'oublie à le contempler, et le goûte, et invite l'homme à le goûter aussi. Et de cette manière, de l'attention passionnée au visible, naissent le péché, la nudité, l'expulsion, la malédiction, les travaux, les afflictions, les maladies, la mort, la corruption.

Répétons ce que nous avons dit : pour déterminer le remède, il est utile de remonter au principe de la maladie ; en fermant la source du mal, on coupe court au progrès du mal et l'on en dessèche le courant. Et ainsi, si le principe des maladies de l'âme, dans l'homme, et la première source de tout mal se découvrent dans ce que l'homme a cessé de considérer l'invisible et a commencé à ne considérer que le visible, il n'est pas difficile d'en conclure combien il est naturel de chercher le remède au mal et le moyen salutaire, dans la cessation de la considération du visible, et dans la résolution de considérer de préférence l'invisible.

Ce qui a été dans la source, coule dans les courants. L'oubli de l'invisible et la passion du visible ont été le principe du mal dans l'homme : le même principe a agi et continue d'agir dans la propagation du mal parmi les hommes. Quelques-uns d'entre eux se sont opiniâtrés à ne pas vouloir porter leurs regards vers le Dieu invisible, — et l'impiété est née ; d'autres, par la passion du visible, ont voulu avoir même un Dieu visible : de là sont provenues l'idolâtrie et la superstition. Ils ont méprisé la partie invisible de leur être, l'âme, et ils se sont mis à ne voir que la partie visible de leur composition, le corps ;

— et au lieu de la vie humaine, dirigée par la raison et la loi du bien, a commencé dans les hommes la vie animale, conduite par les appétits sensuels, la vie brutale, emportée par une ardeur effrénée. La considération passionnée et avide du visible, laissée sans direction ni retenue, devient une sorte de force malfaisante qui, de tous les objets visibles, selon leur diversité, extrait des poisons divers d'autant plus redoutables qu'ils empoisonnent ce dans quoi ils se forment. Ainsi, l'on regarde la beauté corporelle visible, et l'on tombe dans la frénésie de la volupté; — l'or et les autres biens visibles, et l'on est infecté de la cupidité; — les biens visibles dans les mains d'autrui, et l'on empoisonne son propre cœur de l'envie; — ses propres avantages visibles, et l'on s'aveugle soi-même par l'orgueil. Ainsi, selon l'expression du prophète Jérémie (ix, 21), *la mort monte par vos fenêtres;* c'est-à-dire que par les sens par lesquels vous communiquez avec le monde visible, trop ouverts par votre imprudence, et encore plus par l'attachement au visible, la mort du péché entre dans l'âme. Qu'avons-nous donc à faire? — Sans aucun doute, nous devons fermer avec soin nos fenêtres, par lesquelles entre la mort, c'est-à-dire maîtriser nos sens, par lesquels la séduction et le scandale entrent dans l'âme; ou bien, selon l'expression de l'Apôtre, *ne pas considérer le visible, mais l'invisible.* N'arrête pas tes regards sur la beauté visible, — et tu te garderas de la séduction de la volupté. Ne regarde pas l'éclat de la richesse, que ce soit la tienne ou celle d'autrui, — et tu ne seras pas asservi par la cupidité, et tu ne seras pas empoisonné par l'envie. Ne regarde pas tes avantages visibles, mais efforce-toi de connaître les perfections qu'exige ta nature invisible, — et tu ne l'abaisseras pas par l'orgueil, mais tu t'élèveras par l'humilité. Ne sème pas dans la chair des semences de corruption, — et tu moissonneras de l'esprit la vie éternelle. Laissant de côté tout ce qui est visible, porte sans cesse tes regards vers le Dieu invisible, — et tu seras paré de grâce devant ses yeux, et tu seras rassasié de l'apparition de sa gloire.

Comment est-il possible, dira-t-on, de ne pas regarder le visible qui, non-seulement sans notre volonté, mais même contre notre volonté, se trouve sous nos yeux, et de regarder au contraire l'invisible qui se cache à nos regards? —

A cela, pour que personne n'ait aucun fondement de se laisser troubler par cette prétendue impossibilité, nous répondrons, en premier lieu, que l'expérience la plus commune montre comment il est possible de ne pas arrêter ses regards sur le visible, quand, par exemple, un homme plongé dans la méditation ne remarque rien de ce qui se passe autour de lui, ou bien quand, pour un homme en proie au chagrin, tout ce qui lui avait paru jusque-là le plus intéressant et le plus agréable, lui devient importun et insupportable. De même l'homme occupé de la méditation religieuse des hauts mystères de l'invisible, ou d'une pieuse tristesse en Dieu, en se plongeant dans ces états intérieurs, se sépare de tout ce qui est extérieur, de telle sorte qu'il n'est plus fortement attiré par les objets agréables, et n'est plus profondément affecté par les objets désagréables, et qu'il voit sans les regarder, et qu'il regarde sans y fixer ses yeux, les objets visibles. C'est pour cela que l'Apôtre nous présente comme moyen de faire de grands progrès dans le bien et comme secours pour arriver à la félicité, non pas simplement le dédain de ce qui est visible, mais ce dédain en

corrélation avec l'attention fortement appliquée à ce qu
est invisible : *si nous ne considérons pas les choses visi-*
bles, mais les invisibles.

En second lieu, pour nous convaincre qu'il est possible
de considérer les choses invisibles comme si elles étaient
visibles, il suffit de nous rappeler que, quoique Dieu soit
invisible au plus haut degré, et, selon l'expression de
l'Apôtre, *habitant une lumière inaccessible, où aucun homme*
ne l'a jamais vu ni ne peut le voir (I Tim., vi, 16), cependant Moïse, au témoignage du même Apôtre, *attendit pa-*
tiemment le Dieu invisible, comme s'il l'eût vu (Hébr., xi, 27).
En effet, les perfections invisibles de Dieu, aussi bien que
son éternelle puissance et sa divinité, sont devenues visibles
depuis la création du monde, par tout ce qui a été fait
(Rom., i, 20), pour tous les hommes. Ainsi le visible
lui-même, quand nous ne le considérons pas uniquement, mais que nous nous efforçons de pénétrer plus
avant, devient un télescope pour contempler l'invisible.

Du reste, nous pouvons apprendre de l'Apôtre un
moyen particulier, soit de nous éloigner du visible, soit
de nous attacher étroitement à l'invisible. Ce moyen consiste dans la pensée que *les choses visibles sont passagères,*
mais les invisibles, éternelles.

Les choses visibles sont passagères. Qu'avons-nous donc
à considérer le visible? Quelle utilité de bâtir sur le sable, d'écrire sur l'eau, de poursuivre le vent ou une ombre fuyante? Pourquoi l'homme avide, l'ambitieux, l'envieux veulent-ils dévorer le monde entier de leurs yeux
insatiables? Avant qu'ils puissent être rassasiés, le
monde disparaîtra, et avant que le monde disparaisse, ils
disparaîtront du monde.

Les choses visibles sont passagères. Qu'est-ce donc, si cette loi inévitable du visible produit déjà son effet sur ce qui nous entoure, si le temps nous dérobe tout ce qui nous plaît et que nous aimons, et nous laisse un sentiment de privation ou même de souffrance? — Cette même loi du temps, qui nous poursuit maintenant avec l'arme de l'affliction, reviendra bientôt sur elle-même pour nous en délivrer. S'il est déraisonnable de s'attacher par de trop puissants liens d'amour au visible qui peut nous être bientôt ravi par le temps, il n'est pas plus raisonnable de faire peser lourdement sur soi-même le fardeau du regret du visible que le temps nous a déjà dérobé.

Les choses invisibles sont éternelles. Devant l'éternité, toute l'étendue du temps est aussi insignifiante que la minute. Qu'est-ce donc qu'une minute de privation après laquelle vient une éternité de possession du bien, une minute de souffrance qui nous prépare une éternité de jouissance, une minute de lutte pour la vertu, qu'attendent une récompense et une gloire éternelles?

Les choses invisibles sont éternelles. Et — ah! dans les vastes domaines de l'invisible, il y a non-seulement l'éternelle possession du bien, mais aussi l'éternelle privation du bien; non-seulement l'éternelle jouissance, mais aussi l'éternelle souffrance; non-seulement l'éternelle rémunération et la gloire éternelle, mais aussi l'éternel repentir et la honte éternelle; non-seulement la lumière éternelle et la vie éternelle, mais aussi le feu éternel et la mort éternelle. Dans cette courte vie présente, nous passons par le visible et le temporel comme par une sorte de vestibule de l'invisible et de l'éternel. La mort corporelle nous ouvre la porte, et si nous avons appris à temps à reconnaitre d'un œil fidèle et constant le chemin mystérieux de l'invisible, et si nous avons résolûment dirigé nos pas vers l'éternel, elle nous introduit dans les hautes demeures de la lumière et de la vie; mais ceux qui sont aveuglés et appesantis par la passion pour le visible, elle les précipite dans l'abime ténébreux, dans le vestibule effroyable de la seconde mort. Apprenons, voyageurs du monde visible, — pendant qu'il n'est pas trop tard, apprenons comment nous devons parcourir la route si courte de la vie temporelle en sécurité et avec confiance, ce que nous y devons laisser sans attention afin de nous garder de la distraction, et de quel côté nous devons tourner nos regards attentifs et prudents. Nous devons tendre vers la gloire éternelle, *ne pas considérer les choses visibles, mais les invisibles : car les choses visibles sont passagères, mais les invisibles sont éternelles.*

Si quelquefois, par exception à ce principe, il est permis et même obligatoire de considérer avec attention le visible, c'est surtout dans les circonstances où le visible, comme image, comme instrument mystérieux et comme réceptable de l'invisible, du saint, du divin, a été désigné aux hommes, par Dieu lui-même ou par des ordonnateurs sages en Dieu, comme objet d'une pieuse attention. Tels sont les images visibles, les substances, les signes, les cérémonies des mystères de l'Église et du service divin. Mais dans ces cas-là même, quelque digne de respect que soit le visible, — il ne faut pas s'arrêter à lui seul. Au travers des images et des signes saints et visibles, le regard pieux, mais jamais curieux, de la foi doit s'attacher à la puissance invisible et à l'action essentielle de la grâce de Dieu. Il est effrayant de penser que Simon le Magicien aussi avait reçu le baptème visible selon le rite chrétien : songeons donc combien il est nécessaire, même là où la sainteté, sortant de l'invisible, remplit et embrasse le visible, — combien, là-même, il est nécessaire de s'élever du visible à l'invisible, afin de ne pas offenser en même temps la sainteté invisible et la sainteté visible.

La sainte Église s'efforce de bien des manières de nous rapprocher du visible à l'invisible. Ainsi, dans la célébration de ses Mystères, elle ne nous représente pas seulement les anges invisibles comme y assistant et y participant, mais encore elle nous ordonne à nous-mêmes de figurer mystérieusement en nous les chérubins. Ainsi elle nous invite à célébrer solennellement la mémoire des saints qui sont passés du visible à l'invisible. Et la Providence divine elle-même, tantôt nous engage à la communication avec eux par le moyen de leurs reliques visibles et miraculeuses, tantôt cache ces reliques à notre vue afin que la foi nous enseigne à nous élever vers l'invisible même sans le secours du visible. Soyons attentifs à cet enseignement, et *considérons les choses invisibles*. Si, selon la parole du Seigneur, les anges des enfants élevés dans la foi voient toujours la face du Père céleste, et s'il n'y a pas de raison d'ôter ces gardiens invisibles à ceux qui, sortis de l'enfance, continuent à marcher dans la foi ; si les saints de Dieu, en entrant dans les habitacles invisibles de la lumière, daignent encore abaisser leurs regards dans l'obscurité de ce monde visible, et, par des signes bienfaisants, nous appellent vers eux ; unissons-nous donc avec les saints anges gardiens et avec tous les saints de Dieu, et — en particulier, ici, avec nos saints pères Serge et Nicon, autant que cela nous est possible, dans un même et pur regard vers leur Père invisible et le nôtre, et dans un même vœu suppliant, afin qu'il nous affermisse pour que nous puissions regarder vers lui, en esprit, constamment et sans nous laisser distraire, ne *considérant pas les choses visibles, mais les invisibles*, et pour que, dans cette disposition d'esprit, nous puissions supporter vaillamment les afflictions de cette vie temporelle, et lutter avec succès dans la vertu, et atteindre à la gloire éternelle, par la grâce du Père de la gloire à qui, avec son Fils unique et son Esprit consubstantiel, est la gloire dans les siècles. ✝ Ainsi soit-il.

FIN DU PREMIER VOLUME.

TABLE

DU PREMIER VOLUME

PREMIÈRE PARTIE.

SERMONS POUR LES FÊTES DOMINICALES.

DEUXIÈME PARTIE.

SERMONS POUR LES DIMANCHES.

TROISIÈME PARTIE

SERMONS POUR LES FÊTES DE LA SAINTE VIERGE.

QUATRIÈME PARTIE.

SERMONS POUR LES FÊTES DES SAINTS.

FIN DE LA TABLE

PARIS. — ET. SIMON RAÇON ET COMP., RUE D'ERFURTH, 1.